BASTEI
LÜBBE

Von Peter Berling sind bei Bastei Lübbe Taschenbücher lieferbar:

12060 Die Kinder des Gral
12368 Das Blut der Könige
12634 Die Krone der Welt
14262 Der schwarze Kelch
15539 Der Kelim der Prinzessin

Über den Autor:

Peter Berling, geboren 1934, hat sich als Produzent von Filmen der Regisseure Alexander Kluge, Werner Schroeter und Rainer Werner Fassbinder einen Namen gemacht. Seine Rolle als Bischof von Assisi in FRANZISKUS veranlasste Berling zum Verfassen historischer Romane, darunter der berühmte Zyklus DIE KINDER DES GRAL, der ihm Ruhm als Bestsellerautor in vielen Ländern einbrachte. Inzwischen teilen Leser in aller Welt seine Faszination für das Hohe Mittelalter.
Peter Berling lebt und arbeitet seit 1969 in Travestere, im Herzen von Rom.

Peter Berling

DAS PARADIES DER ASSASSINEN

Historischer Roman

BASTEI LÜBBE

BASTEI LÜBBE TASCHENBUCH
Band 15909

1. Auflage: Oktober 2008

Vollständige Taschenbuchausgabe
der im Gustav Lübbe Verlag erschienenen Hardcoverausgabe

Bastei Lübbe Taschenbücher und Gustav Lübbe Verlag in der Verlagsgruppe Lübbe

Ein Projekt der AVA international GmbH Autoren und Verlagsagentur, Herrsching
www.ava-international.de

Lektorat: Daniela Thiele
Titelillustration: Pool in a Harem, c. 1876 (oil on canvas) by Gerome,
Jean Leon (1824–1904) Hermitage, St. Petersburg, Russia/
The Bridgeman Art Library
© mauritius images/age fotostock
Umschlaggestaltung: Kirstin Osenau
Satz: Kremerdruck GmbH, Lindlar
Gesetzt aus der ITC Berkeley Oldstyle
Druck und Verarbeitung: GGP Media GmbH, Pößneck
Printed in Germany
ISBN 978-3-404-15909-3

Sie finden uns im Internet unter
www.luebbe.de
Bitte beachten Sie auch: www.lesejury.de

Der Preis dieses Bandes versteht sich einschließlich
der gesetzlichen Mehrwertsteuer.

Alexis, Asta und Kyra
In Dankbarkeit und Liebe

NEC SPE NEC METU

INHALTSVERZEICHNIS

DRAMATIS PERSONAE

DIE ASSASSINEN VON MASYAF
UND IHRE NÄHERE UMGEBUNG

Alter der Kinder
zur Zeit der Verkündung der da'wa (1169)

SHEIK SINAN RASHID AL-DIN, auch genannt:
›Der Alte vom Berge‹, Oberhaupt der Assassinen in Syrien, der ›Huddscha‹

AN-NASIR AD-DAULA, ›Der Eunuch‹,
Oberaufseher des Harem von Masyaf, der ›Kabir at-Tawashi‹

SAYF, Adoptivsohn des Eunuchen (9 J.),
alias der Ritter ›Seyfert von Daula‹

HUSAIN AD-DIN MARZUBAN, ›Der Geschickte‹,
Wesir von Masyaf

THAMAR, die ›Saida‹, dessen Frau,
alias die ›Baronin de Marzuban‹

KIRA, deren Tochter (10 J.),
alias der Ritter ›Kyr du Lac‹

SHIRIN, deren Tochter (12 J.)

RAMON, Shirins Sohn (geb. 88)

ROGER DU FERBAC, fränkischer Ritter,
Herr auf Montmor

AZIZA, dessen Frau, eine Muslima

GERNOT DE MONTMOR, deren Sohn
(11 J., Zwilling), ›Der Templer‹

VALERIAN DE MONTMOR, deren Sohn
(11 J., Zwilling), ›Der Johanniter‹

VICTOR DU FERBAC, deren Sohn (8 J.),
der Fida'i ›Al-Mansur‹
MELUSINE DU FERBAC, deren Tochter (7 J.),
›Melou‹
XENIA, Melous Tochter (geb. '80), ›Nixe‹
TIMDAL, der Mohr, Diener der Thamar,
später des Eunuchen
Die Fida'i: KARIM & ABDAL, ALI & YUSSUF; OMAR,
TARIK, RASHID (die ›Dreierbande‹)

DAS KÖNIGSHAUS VON JERUSALEM

ALMARICH I., König von Jerusalem (gest. '74)
Zu diesem Zeitpunkt sind:
BALDUIN, dessen Sohn (13 J.), folgt ihm als König
Balduin IV. (gest. '85 an Lepra)
SYBILLE, dessen Tochter (14 J.), '80 verheiratet
(in zweiter Ehe) mit Guido von Lusignan
ISABEL, dessen Tochter (2 J.), '83 verheiratet
(in erster Ehe) mit Humfried von Toron
ADELAIDE, EMMA, GUINIVÈVE, Sybilles Zofen

CHRISTLICHE FÜRSTEN, BARONE,
HERREN UND RITTER

RAIMUND VON TRIPOLIS, Graf, Regent des
Königreiches von Jerusalem (gest. '87),
verheiratet mit Eschiva, Fürstin von Galiläa
REYNALD DE CHATILLON, Abenteurer und
Raubritter (gest. '87), verheiratet
(in zweiter Ehe) mit Stephanie, Fürstin von
Oultre-Jourdain
HUMFRIED VON TORON, Stiefsohn des Chatillon,
erster Ehemann der Isabel von Jerusalem
KONRAD VON MONTFERRAT, Markgraf.
Herr von Tyros

REINHOLD VON SIDON, Herr von Beaufort
BALIAN VON IBELIN, verheiratet mit der Königinmutter Maria von Byzanz
GUIDO VON LUSIGNAN, jüngerer Bruder des Konnetabels des Königreiches, zweiter Ehemann der Sybille von Jerusalem
PLIVANO VON BOTRUN, ein Pisaner, ›Il Cavalier'‹
LUCIA, dessen Frau
THOMAS VON NIPHIN, Raubritter

KLERUS UND RITTERORDEN

HERAKLIOS, Patriarch von Jerusalem
RALPH VON SIDON, Bruder des Reinhold, Kaplan am Königshof
TITUS DE LA PORTA, päpstlicher Visitator, der ›Magister Venerabilis‹
GERARD DE RIDFORT, erst Seneschall, dann Großmeister des Templerordens (gest. '89)
ROBERT DE BÉTHUNE, Komtur der Templer von Tortosa

ISLAM

SALADIN, seldschukischer Feldherr, später Sultan von Syrien und Ägypten
TAKI, ein Sohn, Feldherr unter seinem Vater
EL-AFDAL, ein Sohn, Gouverneur von Banyas
AHMED ED-DIN TUSH, Emir und Feldherr Saladins
SHAMS, dessen Sohn
JALUDDIN, Gaukler und Waffenmeister, alias ›Meister Jaludinus‹
SHURA & BADRA, zwei Haremsdamen aus Botrun

AUS DER VERBORGENHEIT

DIE TIEFEN DES SEES

Die drei Reiter folgten im bedächtigen Schritt dem Lauf des Orontes. Es waren zwei ältere Männer und ein Knabe, dem sie trotz seiner Jugend – er war fast noch ein Kind – ein eigenes Kamel überlassen hatten. Die sichere Art, mit der er das Tier lenkte, rechtfertigte ihr Vertrauen. Sie hatten ihn in ihre Mitte genommen. Der hochgewachsene Hagere, der vorwegritt, schaute sich nicht ein einziges Mal nach ihm um. Sein scharf geschnittenes Raubvogelgesicht wies herrische Züge auf, aber er war kein wirklicher Herr. Der unstete Blick, mit dem er die vor ihm liegende Landschaft musterte, verriet Verschlagenheit, gepaart mit Grausamkeit, die sich nicht versteckte, wenn er sich unbeobachtet fühlte. Der Mann am Schluss der kleinen Reisegruppe wirkte – wenn auch ungewollt – wie sein sorgfältig ausgewählter Kontrast. Er war starkleibig, ein mächtiger Riese mit einem ausgesprochen gutmütigen Gesicht, es erinnerte an einen treuherzigen Bernhardiner – auch wenn seinen flinken Augen unter faltig herabhängenden Lidern nichts von dem entging, was sich um ihn herum tat. Meist aber ruhten sie wohlwollend, fast mütterlich besorgt auf dem schlanken Knaben, der vor ihm auf seinem Reittier hockte und sich des Öfteren grinsend nach ihm umsah. Eine Ähnlichkeit war zwischen den beiden – trotz des gönnerhaften Verhältnisses – nicht festzustellen, der Knabe war wesentlich hellhäutiger als der ihn beschützende Fleischberg, dessen Züge einen leicht negroiden Einschlag aufwiesen. Als er sich jetzt umständlich von seinem Turban befreite, um sich stöhnend den Schweiß von der Glatze zu wischen, drehte sich der Knabe zu ihm um und konnte ein Lächeln nicht verbergen. »Ganz schön heiß, was?«, feixte er.

»Schau gefälligst nach vorn, Sayf!«, fuhr der Dicke den Knaben ungnädig an.

»Das tut das Kamel für mich, Onkel An-Nasir«, gab der frech über die Schulter zur Antwort, »und zwar von ganz allein!« Dennoch leistete Sayf der Aufforderung Folge und trieb mit leichten Schlägen und abgehackten Zurufen sein Tier an, um beim Onkel keinen Unmut aufkommen zu lassen.

Sie ritten auf der östlichen Seite des Orontes, allerdings reichlich Abstand zu seinem Ufer und der ihm folgenden Straße haltend und so die bewohnten Dörfer am Fluss umgehend. Der Weg durch das unebene Gelände bedingte das gemächliche Tempo der Reisenden, aber es war auch der voranreitende Hagere, der es bestimmte. Als er sah, dass Sayf fast zu ihm aufgerückt war, knurrte er sofort: »Halt dich zurück, Knabe!«, um dann doch erklärend hinzuzufügen: »Wir wollen nicht auffallen.«

Auf der Höhe von Afamija jedoch lenkte der wortkarge Anführer seine Gruppe ohne weitere Erklärung plötzlich rechts ab zum Fluss. An der Fährstelle des kleinen Ortes stand ein einziger Baum. Darunter saß ein Mann, der sich langsam erhob, als er die drei Reiter auf sich zukommen sah. Er sprach den Hageren an.

»Seid Ihr ›Der Geschickte‹?«

Der Angesprochene nickte.

»*Alhamdulillah!* – Allah sei gepriesen!«, seufzte der Wartende. »Wir hatten uns schon Sorgen gemacht.« Er band sein Kamel los und schritt ihnen voran zur Fähre. Der Fährmann war noch schweigsamer als ihr neuer Führer. Er wechselte mit seinen Fahrgästen kein Wort, noch verlangte er Geld für die Überfahrt. Auf dem Westufer angekommen, eröffnete der Führer dem Geschickten knapp: »Ich geleite Euch bis Chariba, dort werdet Ihr erwartet.«

Sie ritten auf den lang gestreckten Gebirgszug des Djebel Bah'ra zu, der sich vor ihnen erstreckte. Aus Rücksicht auf ihren Führer sprachen sie kaum ein Wort, denn bisher hatten sie untereinander Persisch gesprochen. Der Einzige, dem ein kundiges Auge seine Herkunft ansehen konnte, war der, den sie respektvoll den ›Geschickten‹ nannten. Er trug keine *djallabija*, sondern eine eng anliegende braunfarbene, uniformähnliche *sutra*, und auch seine *sarawil* waren anders geschnitten. Der Knabe Sayf und sein Onkel hingegen waren in der luftigen Landestracht gekleidet, die auch die Hitze leichter ertragen ließ.

In eine Schlucht des zerklüfteten Djebel eingebettet, erhob sich am Bergeshang die Burg von Chariba, das Dorf zu ihren Füßen. Es ging steil hinauf, doch sie hatten die Mauern noch nicht erreicht, als ihnen bereits Reiter entgegenstoben, um sie freudig zu begrüßen.

»Ihr seid Husain ad-Din Marzuban«, der Älteste unter ihnen verneigte sich, »den uns *al athim*, der Erhabene, der ruhmreiche Vollstrecker der Lehren Ismaels, der von Gott gesandte Imam aus Alamut geschickt.«

Der Geschickte nahm die Elogen gleichmütig entgegen und ließ sich und seine Gefährten auf die Burg geleiten.

Von Chariba aus reisten sie dann, von Freunden eskortiert, über das Gebirge nach Qadmus. Von dieser Burg aus konnte man bei klarer Sicht bereits in der Ferne das Meer erblicken. Hier wurden sie auch einer eingehenden Überprüfung unterzogen, weniger der Geschickte als sein starkleibiger Begleiter und der Knabe. Der Fleischberg musste seinen Namen offen legen, »An-Nasir ad-Daula«, sowie sein verwandtschaftliches Verhältnis zu Sayf, den er als Waisenkind adoptiert hatte. Das stimmte offenbar mit den Angaben überein, die Alamut, der Hauptsitz der Assassinen in den Bergen südlich des Kaspischen Meeres, bereits vorsorglich übermittelt hatte. Nach dem Auftrag des Geschickten fragten sie nicht, das war ihnen wohl auch nicht gestattet. Die Leute von Qadmus wussten nur, dass sie dafür Sorge zu tragen hatten, dass die Reisenden sicher zur nächsten Feste gelangten. Das Gefolge, das sie diesmal begleitete, war bis an die Zähne bewaffnet, denn um Kahf zu erreichen, mussten sie ein Gebiet durchqueren, das sowohl die Tempelritter von Tortosa als auch die Johanniter vom Krak des Chevaliers beanspruchten, und beide Orden waren den Anhängern Ismaels nicht wohl gesonnen, obgleich sie von den Niederlassungen der Sekte Tribut kassierten.

Der Abstieg aus dem Gebirge ging zur Vorsicht des Nachts vonstatten, doch dank einheimischer Führer erreichten sie Kahf noch vor Sonnenaufgang, sodass ihre Eskorte noch den Rückweg antreten konnte, kaum, dass sie den Geschickten und seine Begleiter an der Burgpforte abgeliefert hatten. Husain wies unverzüglich die Bewohner der Burg darauf hin, dass er für seinen weiteren Weg keines Führers mehr bedürfe. Die Instruktionen aus Alamut, die ihnen mitgegeben, seien so genau, dass sie zum Erreichen ihres Ziels nicht fehlgehen könnten.

Schnell tauschten sie ihre Kamele gegen Pferde und ritten noch zur selben Stunde weiter. Der Geschickte wollte keine Minute verlieren, denn sie mussten ihr Ziel erreicht haben, bevor die Dunkelheit einbrach. Doch was den einzuschlagenden Weg anbetraf, musste sich Husain zwangsläufig an seinen dicken Begleiter halten, denn Alamut hatte die einzelnen Teilabschnitte des einzuschlagenden Weges jeweils nur einem der ungleichen Weggefährten mitgeteilt. Es war wohl eine Maßnahme, die dazu dienen sollte, dass keiner von ihnen allein dem Mann, den sie aufsuchen sollten, gegenübertrat.

»Also, Wächter des Harem?«, raunzte Husain missvergnügt den behäbigen An-Nasir an, kaum dass sich das Tor ihrer letzten Station wieder hinter ihnen geschlossen hatte.

»Wohin sollen wir uns wenden?«

Der Eunuch hatte bereits die sich unter ihnen ausbreitende Hügellandschaft mit prüfendem Blick in Augenschein genommen. »Wir folgen dem Kammweg in südlicher Richtung.« Er blinzelte hinauf zur Sonne und wies auf das nahe Gebirge zur Linken.

»Dann sollten wir uns sputen, ich möchte nicht irgendwelchen umherstreifenden Ordensrittern in die Hände fallen!« Husain hieb auf sein Pferd ein und wandte sich bergwärts, die anderen folgten ihm auf dem langsam ansteigenden Saumpfad. Bald hatte der Bergwald sie aufgenommen, dessen Bäume nicht nur Schatten spendeten, sondern sie auch vor Blicken aus dem Tal verbargen. Doch immer wieder zügelte der Eunuch sein Reittier, und seine Augen suchten die im Dunst des nahen Meeres liegende Ebene ab.

»Dort hinten, das muss der Turm von Chawabi sein«, erklärte er Sayf ohne Rücksicht auf die Ungeduld des vorwärtsdrängenden Husain. »Immer zur Stunde des Gebets wird dort drei Mal ein Spiegel aufblitzen, der auf einen bestimmten Punkt im Djebel Bah'ra ausgerichtet ist.«

»Und was hilft uns das?!«, fuhr ihn der Geschickte unwirsch an, der die letzten Worte mitbekommen hatte.

»Wenn er unsere Augen blendet, sind wir an der Stelle angelangt, wo wir den Kammweg verlassen müssen –«, erläuterte ihm der Eunuch freundlich.

»Und von da ab bin ich glücklicherweise nicht mehr auf das geheime Wissen eines Beschnittenen angewiesen!«, fauchte der Geschickte. »Den weiteren Weg weiß ich selbst!«

»Es gibt also keinen Grund zur Hast.« Der Eunuch ließ sich so leicht weder beleidigen noch aus der Ruhe bringen. »Wir sollten vielmehr den Turm im Auge behalten, es muss bald der Ruf zum Mittagsgebet *salat al thuhur* ertönen.«

Kaum hatte er das gesagt, wehten von den Minaretten in der Ebene die durch Schalltrichter verstärkten Rufe der *muezzin* herüber und von Chawabi glomm ein erstes schwaches Blitzen durch den Dunst.

»Muss ich Euch erst Beine machen«, schnaubte Husain aufgebracht, »damit Ihr das Blenden Eurer verquollenen Augäpfel unter verfetteten Lidern nicht versäumt?!« Er gab seinem Tier die Sporen und sprengte den Saumpfad hoch. Der Eunuch und der Knabe folgten ihm gemächlich. Aus der Ebene ertönte immer noch auf und ab schwellend der Gesang der *a'imma*, und vom Turm erfolgte der zweite Lichtblitz, diesmal schon schärfer und heller.

»Was ich Husain, dem Geschickten, nicht mehr sagen konnte –«, der Eunuch blinzelte Sayf verschmitzt zu, »war, dass der Schritt unserer Tiere sich nur an den melodischen Rhythmus der Suren anpassen muss, dann werden wir zur rechten Zeit am rechten Ort sein.«

Der Knabe grinste. »Dann ist also Herr Husain weit über das Ziel hinausgaloppiert?!«

»Er wird's schon merken und sich noch mehr ärgern!« Dem behäbigen Eunuchen schien das nichts auszumachen, und auch Sayf machte keine Anstalten, ihren Anführer zurückzurufen. Das dritte Blitzen traf sie voll, wie vorausgesagt, und fiel mit dem Verstummen der Rufe zusammen. Sayf zügelte sein Pferd.

»Hier geht eine Schlucht ab!«, verkündete er stolz seinem Adoptivvater. Sie mussten nicht lange warten, da stürmte Husain wieder auf dem Kammweg zurück, dass die Steine nur so spritzten.

»Mir nach!«, befahl er wütend und stürzte sich in das dichte Gebüsch. Doch gleich darauf bäumte sich sein Pferd wiehernd auf, denn vor ihnen öffnete sich eine Felsscharte, die nur mit Bedacht oder noch besser zu Fuß, die Tiere am Halfter führend, hinabzusteigen war. Das taten Sayf und der Eunuch sofort, während Husain sein Pferd mit Peitschenhieben hart an die Kandarre nahm, um es zu zwingen, den Abstieg samt Reiter zu bewältigen. Mächtige Felsbrocken, vom Wasser, das jetzt bis auf ein Rinnsal versiegt war, spiegelglatt geschliffen, blockierten den steil abfallenden Einschnitt. Schon beim nächsten Felsenhindernis verweigerte sich das gute Tier endgültig, und weiß vor Wut ließ sich Husain aus dem Sattel gleiten. Schweigend kletterten sie über die großen Steine hinab in die Klamm. Unten, auf der Talsohle der Schlucht, führte ein Gebirgsbach immer noch so viel Wasser, dass sein Überqueren mit den Pferden erhebliche Schwierigkeiten bereitete, doch der Geschickte drängte ungestüm vorwärts. Hinter ihm griente der Knabe Sayf und schüttelte, zu seinem Erzieher gewandt, unwillig den

Kopf. Der jedoch unterband jede Art von Protest. Husain trieb sein Pferd am anderen Ufer sofort wieder in die Höhe, doch das, was er als Weg nach oben ansah, erwies sich nach wenigen Metern als eine Sackgasse, die in schroff aufsteigenden Felswänden ihren Abschluss fand. Seine Gefährten waren ihm gar nicht erst gefolgt. Verärgert trat er den Rückzug an.

»Ab hier solltet Ihr, An-Nasir, uns wohl wieder den rechten Weg weisen!?«, forderte er höhnisch den Eunuchen auf. Der wiegte mit gleichmütiger Miene verneinend sein Haupt. »Wie das?!«, fuhr ihn der Geschickte zornig an. »Habt Ihr Eure Instruktion etwa vergessen?!«

»Ich weiß den Weg!«, frohlockte Sayf.

»Wieso du?!« Der Geschickte verstand die Welt nicht mehr. Beschwichtigend griff der Eunuch ein.

»Unser erhabener Imam ließ es sich angelegen sein, Sayf, den ich wie einen Sohn halte, mit dem letzten Stück unserer Wegstrecke zu betrauen.« Er sah ungerührt in das von ungläubigem Zorn gerötete Gesicht des Geschickten. »Er sagte, der Jugend gebühre das Abenteuer des Entdeckens!«

Husain war sprachlos. »Dann führ uns, schlaues Bürschlein!«, fuhr er den Knaben an, der den Kopf gesenkt hielt, um sein Lachen zu verbergen. Zu Husains Erstaunen führte Sayf sein Pferd zurück ins träge fließende Wasser und wandte sich – gegen die Strömung – bachaufwärts. Die anderen folgten wohl oder übel, auf beiden Seiten erhoben sich senkrecht glatte Felswände, kein Sonnenstrahl verirrte sich in die Tiefe der Klamm. Husain ging misstrauisch als Letzter. Sie kamen an eine Höhle, die sich mannshoch seitlich in der Felswand öffnete. Hier verließ Sayf wortlos den Bach und verschwand mitsamt seinem Pferd vor ihren Augen. Der Geschickte schob den Eunuchen zur Seite und zerrte sein Pferd hinter sich her in das Dunkel des Felseinschnitts. Schon nach wenigen Schritten bergauf nahm er einen Lichtschein wahr, und als er ihm folgte, stand er plötzlich in einem kleinen Talkessel, der im Gegensatz zu der kargen Umgebung mit grün wuchernden Sträuchern angefüllt war, zartblättrige Stauden erhoben sich zu beiden Seiten eines offenbar regelmäßig benutzten Pfades. Er erblickte Sayf, der sein Pferd bereits die gehauenen Stufen hinaufführte, die sich nach oben schraubten. Husain versagte es sich, den Knaben aufzufordern, auf ihn zu warten, sondern verharrte, bis der Eunuch nachgekommen war.

»Sagt Eurem ›Entdecker‹, dass es ihm keinesfalls gebührt, den Sheik als Erster zu begrüßen!«, zischte er dem dickfelligen An-Nasir zu.

»Sayf weiß, wo das Abenteuer endet und die Disziplin beginnt«, erwiderte der sanft. »Er wird auf uns warten.«

Sie begannen den Aufstieg. Oben angelangt, schauten sie auf eine mit Blumen übersäte Matte, über die ein Weg auf eine zugemauerte Grotte zu führte. Vor ihr saß ein Mann mit schlohweißem Haar, doch seine Gestalt verriet kein Alter, im Gegenteil, es schien eine Energie von ihm auszugehen, die die Ankömmlinge wie unsichtbare Strahlen traf.

Sayf ließ den beiden Männern den Vortritt, und der Geschickte schob sich sofort vor den Eunuchen. Beide verbeugten sich vor dem Alten, der sie amüsiert beobachtete. Selbst Husain hatte begriffen, dass es bei dem Gesuchten lag, ihnen ein Zeichen zu geben, näher zu treten. Doch der Weißhaarige winkte nicht ihn zu sich, sondern den Knaben Sayf. Seinen Ärger hinunterschluckend, wagte der Geschickte nicht weiterzuschreiten, sondern überließ es zögerlich dem schnaufend nachfolgenden Eunuchen, den ersten Schritt zu tun. Der Alte hingegen hatte mit Sayf kein Wort gewechselt, ihm nur einen Platz an seiner Seite angewiesen, damit er sich setze. Doch der Knabe blieb in ehrfürchtigem Abstand stehen.

»Ihr bringt mir die Botschaft«, wandte sich der Mann, den sie gesucht hatten, jetzt an Husain ad-Din Marzuban. Es war keine Frage, sondern eine Bekundung, die keinen Widerspruch duldete. Husain nahm allen Mut zusammen und verneigte sich nochmals, da sprach hinter ihm An-Nasir ad-Daula:

»Ja, erhabener Herr und Meister, er ist der Geschickte!«

Auffordernd richtete der Meister den Blick seiner grauen Augen auf Husain, dem vor Erregung fast die Stimme versagte.

»Sheik Sinan, die Botschaft lautet: Ihr möget heraustreten aus der Verborgenheit!«

Die Burg Montmor bestand aus einem einzigen dicken Turm, an den sich die Mauern des Hofes schlossen. Innen schmiegten sich einige verwahrloste Wirtschaftsgebäude an das Gemäuer, strohgedeckte Ställe für die Schweine und das Federvieh. Der Hof war ein einziges Schlammloch, nur hinter dem Tor, wo die Treppe anstieg zur Mauerkrone hinauf, konnte man unter dem Morast noch die Reste eines Plattenwegs entdecken, der einstmals bis zum Treppenaufgang in den Turm geführt haben musste. Der Felskegel, auf dem sich Montmor erhob, ging mit seinen schroffen Klippen nahtlos in das Mauerwerk des Donjon über, er überragte die darunter befindliche Schlucht, ohne die Sicht auf sie freizugeben. Doch ein Angriff von dieser Flanke war höchst unwahrscheinlich. Auf der anderen Seite, wo sich das Tor befand, fiel das Gelände flacher ab, dafür waren hier die Mauern höher, und der Zugang verlief wie ein Burggraben zu deren Füßen, einen ungebetenen Besucher jeder Art von herabgeschleuderten Geschossen aussetzend. Am tiefsten Punkt dieses wenig einladenden Hohlwegs befand sich das Torhaus. Allen anderen Versuchen, sich Montmor zu nähern, widersetzte sich das felsige Gelände.

Herr auf Montmor war der fränkische Ritter Roger du Ferbac, als Besitzer durfte er sich nicht fühlen. Der Orden der Johanniter erhob Anspruch auf das Gemäuer, gehören tat es allerdings auch ihnen nicht. Als Herr Roger die Burg kurzerhand besetzte, war Montmor derart heruntergekommen, im Zustand kaum besser als eine Ruine, dass sich außer ihm in seiner Not kein Mensch dafür interessierte. Roger du Ferbac war einst junger Ritter der Johanniter gewesen, ein geachtetes Mitglied des Ordens, dem alle eine aussichtsreiche Karriere voraussagten und auch deswegen seine Nähe suchten. Er war tapfer und fromm, selbstlos und besonnen, die Fleisch gewordene Verwirklichung aller erdenklichen Tugenden und beispielhaft in der strikten Befolgung der strengen Ordensregeln. Bis zu dem Tag, an dem er an einer Strafexpedition teilnehmen musste, er wollte es auch, die gegen die Bewohner eines Dorfes gerichtet war, das räuberischen Beduinen Unterschlupf gewährt hatte. Diese Beduinen jedoch hatten zweien seiner Ordensbrüder einen Hinterhalt gelegt und sie grausam verstümmelt. Und nun musste das ganze Dorf dran glauben. Absoluter Gehorsam gegenüber einem Befehl gehörte zu den wichtigsten Punkten im Gelöbnis eines jeden Johanniters. Dagegen verstieß Roger du Ferbac, als er heimlich ein weinendes Mädchen, fast noch ein Kind, aus dem brennenden Haus der bereits erschlagenen Eltern rettete, statt das junge Weib zurück in die Flammen zu treiben oder es mit eigener Hand zu töten. Er kam vor das Ordensgericht und wurde aus der Gemeinschaft der Ritter des heiligen Johannes ausgestoßen. Weniger aus Zuneigung, auch nicht aus christlichem Erbarmen, sondern aus Trotz nahm er das Mädchen bei sich auf. Verfemt und Hunger leidend streunten die beiden durch das Land auf der Suche nach einem Unterschlupf. Das verlassene Montmor bot ihnen damals nicht einmal ein Dach über dem Kopf, aber eine sichere Bleibe, und die war auch dringend vonnöten, denn kurz darauf kam Aziza mit Zwillingen nieder, zwei kräftigen Jungen. Um seine kleine Familie zu ernähren, ritt Roger du Ferbac aus und überfiel alleinreisende Kaufleute. Aziza, sein junges Weib, schlug ihm immer wieder vor, den beträchtlichen Schatz an Goldmünzen zu bergen, den ihre Eltern tief unter ihrem Haus vergraben hatten und der noch unter den Trümmern ruhen müsste. Roger verschob das gewagte Unternehmen ein ums andere Mal, weniger weil er ihr nicht glaubte, sondern weil er sich nicht vorstellen konnte, dass in der Zwischenzeit keiner ihn entdeckt haben sollte. Aziza wurde wieder schwanger, sie gebar ihm noch einen Sohn – immer in der heimlichen Hoffnung, dass eines Tages ihre Söhne den Vater begleiten könnten und so endlich Wohlstand auf Montmor einziehen würde. In ihren Träumen wurde der Schatz immer größer, für Roger wurde er immer unwirklicher, es blieb ihm auch keine Zeit, an ihn zu denken, denn er musste noch mehr hungrige Mäuler stopfen, denn schon ein Jahr später schenkte ihm Aziza ein weiteres Kind, zu ihrer Enttäuschung eine Tochter, doch dem Ritter zur närrischen Freude. Er liebte die kleine Melusine abgöttisch. Und sie brachte ihm Glück.

Eines Tages fand er bei seinen Raubzügen einen alten Mann halbnackt neben seinem getöteten Kamel am Boden liegend und aus einer Kopfwunde blutend. Er sagte mit letzter Kraft, seine eigenen Diener hätten ihn niedergeschlagen und selbst seiner Kleider beraubt. Roger schenkte dem Armen keinen Glauben, aber nach langer Zeit bedenkenloser Straßenräuberei erwachte in ihm wieder so etwas wie Nächstenliebe. Er verband dem Alten die Kopfwunde, hüllte ihn in seinen Mantel, setzte ihn auf sein Pferd und führte ihn mit sich nach Montmor. Dort übergab er ihn in die pflegenden Hände seines Weibes, die Tag und Nacht an seinem Bett wachte, den Verband wechselte und dem Fiebernden die Stirn kühlte. Die kleine Melusine war immer dabei und fasste zärtliches Zutrauen zu dem mit dem Tode Ringenden. Eines Abends verlangte der Fremde nach Schreibzeug und schrieb mit zitternder Hand unter größter Anstrengung ein paar Zeilen auf Arabisch. Das Papier zeigte er, mit einem Lächeln für das Kind, das wie die Mutter nicht von seinem Bett wich, dem herbeigerufenen Ritter.

»Bringt das morgen bitte für mich zum Kadi von Damaskus!«, flüsterte er keuchend, schob es aber dann unter sein Kissen.

In der gleichen Nacht verstarb der Gast. Beklommen nahm Aziza das Geschriebene an sich. Der Fremde hatte sein gesamtes Vermögen der kleinen Melusine vermacht, und es war beträchtlich. Roger du Ferbac konnte seine Räubereien aufgeben und hätte auch Montmor für seine Familie zu einem komfortablen Wohnsitz ausbauen können, aber er vertrat die Auffassung, dass alles Geld allein Melusine zustünde und die Familie davon nicht mehr entnehmen dürfe, als sie zum Leben hatte, als er noch sein schändliches Handwerk ausübte.

Roger du Ferbac wurde fromm, sehr fromm, und auf Montmor blieb Schmalhans Küchenmeister. Aziza trug auch weiter die Last, ohne zu klagen. Sie wollte erleben, dass wenigstens ihre beiden ältesten Söhne, die Zwillinge Gernot und Valerian, das Alter erreichten, in dem sie endlich ausziehen konnten, um ›ihren‹ Goldschatz zu bergen; der sollte dann allen zugute kommen.

So waren die Jahre vergangen. Wenn der Hausherr nicht gerade nach Damaskus ritt, um sich dort mit dem Nötigsten zu versehen, dann kniete er in der Kapelle, dem einzigen Ort, für dessen Ausgestaltung mit Votivbildern und silbernem Altargerät ihm kein Aufwand zu schade war, und betete den lieben langen Tag. Der Innenraum des Kirchleins, das er in einem Schuppen installiert hatte, wirkte wie ein Trödlerladen im Bazar von Damaskus, denn inzwischen sammelte der immer seltsamer werdende Roger du Ferbac auch Reliquien, kostbare Schatullen mit einem Splitter vom wahren Kreuz oder dem Fingernagel eines Märtyrers, Schweißtüchlein und Knochenreste, dazu alle Arten von Kruzifixen, derer er habhaft werden konnte. Der Altar ähnelte mehr und mehr einem christlichen Friedhof, so voll gestellt war er mit Kreuzen, und dazwischen brannten überall Kerzen in verschieden hohen Leuchtern, und kleine Öllämpchen flackerten gespenstisch. Weihrauch und Myrrhe durchzogen in dicken Schwaden den gruftartigen Raum, in dem einst Hühner gackerten.

Aziza nannte ihn voller Spott einen »Mönch«, und auch ihre älteren Söhne benutzten das Wort genüsslich hinter seinem Rücken. Nur Melusine, die von allen nur Melou gerufen wurde, blieb beim zärtlichen »Peire Roger«, das sie lispelnd zu »Speroche« zusammenzog.

So kam es, dass Victor, der Jüngste, kaum Beachtung fand. Von seinen älteren Brüdern stets gehänselt und ansonsten sich selbst überlassen, saß er meist allein auf der Mauer und starrte über die tiefe Schlucht hinüber zu der verfallenen Festung von Masyaf. Die Einzige, die ihn dort aufsuchte, war Melou. Sie war auch die Einzige, mit der er sich verstand.

Eines Tages, als er wieder einmal auf der Mauer saß, nahm er dort oben auf der gegenüberliegenden Festung Bewegung wahr; Menschen tauchten hinter den abgebrochenen Zinnen auf, eilten geschäftig hin und her.

Mit dieser Neuigkeit überraschte er seine Familie, die sich im Untergeschoss des Donjon, wo sich die Küche befand, zu Tisch begeben hatte. Gleich nach dem Gebet des Vaters platzte er damit heraus.

»Ich glaube, die Burg ist wieder besetzt!«

Alle sprangen auf und drängten zur Tür.

»Sie scheinen Bauarbeiten vorzunehmen –« Valerian hielt die Hand über die Augen. »Seht ihr die Gerüste?!«

Roger du Ferbac blinzelte versonnen hinauf zur Montmor weit überragenden Festung. »Es scheint, die *hashashyn* sind zurückgekommen«, murmelte er an sein Weib gewandt.

»Diese Haschischraucher?«, hakte Gernot angriffslustig nach. Sein Zwillingsbruder warf ihm einen warnenden Blick zu.

»Assassinen!«, schnaubte Roger. Es sollte verächtlich klingen, aber es klang Respekt durch, als er jetzt hinzusetzte: »Eiskalte Mordgesellen!«

»Na, wenigstens haben wir wieder Nachbarn«, gab Aziza unbeeindruckt zurück, »in dieser Einöde!«

»Und allemal umgänglichere als die Johanniter vom Krak – oder die anmaßenden Herren Templer!«, fügte Valerian hinzu, nur um seinem Bruder einen Stich zu versetzen, der für diesen elitären Orden schwärmte.

»Zu Tisch!«, rief Aziza. Sie wollte sich von den Erinnerungen an die Untat des Johanniterordens nicht wieder einholen lassen – außerdem waren diese Ordensritter einer wie der andere! »Das Essen wird kalt.« Sie zog die kleine Melusine mit sich, die anderen folgten auch sogleich.

Nur Victor starrte noch eine Zeit lang fasziniert zu den Mauern und Türmen von Masyaf hinüber. Was würden ihm diese Fremden bringen, über die so Aufregendes geredet wurde?

Um den runden Eichentisch versammelt, es gab einen Eintopf aus kleinen Fischen, Salbei und Knollen von wild wachsendem Fenchel, tat der Hausherr sodann seine abschließende Meinung kund. »Erstens sind diese Ismaeliten Ungläubige, und zweitens wird die wiedererstandene Sekte von erfolgreichen Erpressern, die mit nichts Geringerem schrecken als mit gewaltsamem Tod, die Ritterorden anziehen wie der Blütenduft die Bienen!«

»Soll uns das kümmern?!«, fragte Gernot patzig zurück. »Bin ich eine Biene?!«

Roger du Ferbac sah seinen Sohn vorwurfsvoll an ob solchen Unverstands. »Für einen Bären – wenn dir das besser gefällt – ist der Honig von Masyaf nicht weniger verlockend! Die Mörderbienen sammeln fleißig, aber die zottigen Tiere im Ordensgewand saugen die Waben aus. Dem vermögen sie nichts entgegenzusetzen.«

»Und um sich drohend auf die Hinterbeine zu stellen, ist Montmor gerade der rechte Ort!« Valerian bewies seinem Vater, und dem Bruder allemal, dass er nicht auf den Kopf gefallen war, wie der unbeholfene Gernot.

»Gernot würde sich vor Glück doch in die Hose machen«, setzte Victor, der Jüngste, naseweis hinzu, »wenn sich hier bei uns die Templer mit ihren Tatzen auf den Mauern erheben würden.«

»Um mit gezielten Prankenhieben nach Masyaf zu grapschen!«, fiel ihm Valerian vergnügt ins Wort, doch der Vater sah das anders.

»Und wenn sie wieder abgezogen sind, dann haben wir den wütenden Schwarm auf dem Hals!« Er sah missbilligend in die Runde. »Wir müssen Montmor da raushalten –«

»– denn die Assassinen bleiben unsere nächsten Nachbarn«, setzte Aziza beflissen hinzu, ein Versuch, die erregten Gemüter zu besänftigen, »und die sollten wir uns nicht zu Feinden machen.«

»Ihr seid mir schöne Streiter für Christus!«, grollte Gernot, weil er sich nicht mit seinem Vater anlegen wollte, der mit zunehmendem Alter schnell jähzornig wurde und gleich zuschlug. »Lieber vor den Muslimen kuschen, als Seite an Seite mit den Rittern Ehr' einlegen!« Wenn er gedacht hatte, dies sei ein schlagendes Argument, sah er sich getäuscht.

»Du hast ganz recht, Victor«, entgegnete Valerian spöttisch und laut genug, dass es sein Zwillingsbruder hörte. »Gernot sehnt sich brennend nach dem roten Tatzenkreuz auf weißem Umhang!«

»Der heißt ›Clamys‹!«, fauchte ihn der Verspottete an. »Und du wirst das Ehrenkleid dieses Ordens nie tragen!«

»Das fehlte noch!« Mit diesem Machtwort hob der Hausherr die Tafel auf.

Victor beschloss, der Sache mit den neuen Nachbarn auf den Grund zu gehen. Von Montmor führten in den Fels gehauene Stufen hinab zu der Schlucht, die die beiden ungleichen Burgen trennte. Hier der armselige Hungerturm mit seinem verschlammten Hof und dort oben vier Türme, ein dreifacher Mauerring und feste Häuser, mächtige Säle mit hohen Fenstern und endlose, verwinkelte Treppenbauten, Falltüren und Kellergelasse zu Hauf. In seiner Phantasie gedieh die Festungsanlage weitaus prächtiger, als ihr derzeitiger Zustand war. Victor hatte noch nie seinen Fuß über den Torweg hinausgesetzt; erstens war es ihm streng verboten, und zweitens, das zählte mehr, war das Tor von Masyaf die ganze Zeit über von einem unfreundlichen Schäfer bewacht, der seine Herde in den weitläufigen Höfen und zwischen den Wällen weiden ließ. Und der hatte zwei bissige Hunde. Manchmal gelang es ihm, einen Blick ins Innere der Festung zu erhaschen, bevor die Biester seiner gewahr wurden. Außerdem war ihm der Ort unheimlich. Spannender und vertrauter war ihm da die Schlucht. Hier unten staute sich selbst im heißesten Sommer in einem Felsbecken das kühle Wasser eines Gebirgsbachs. Es stürzte von oben kommend als erfrischende Kaskade in ihren Badesee. Die Kinder von Montmor verbrachten jede freie Minute dort unten, wenn sie nicht von der Mutter Aziza für Arbeiten herangezogen wurden, die auf Montmor immer wieder anfielen, vom Schweinekoben-Ausmisten bis zum Hüten des Federviehs, denn Adler und Falken kreisten ständig über dem Hof. Und der mönchshafte Roger ließ es sich immer öfter einfallen, dass seine Brut mit ihm beten müsste, damit der Teufel nicht in ihre Seelen fuhr. Kamen sie den frommen Übungen nicht zufriedenstellend nach, setzte es entweder Schläge, oder sie wurden ohne Essen, nur bei Wasser, weggesperrt in einen der stinkenden Ställe. Brot buk Frau Aziza nur immer zum vollen Mond, das sollte Glück bringen, aber dadurch wurden die Buchweizenfladen schnell zäh, und die längste Zeit waren sie dann knochenhart. Der einzige Grund, der keinen Einspruch nach sich zog, wenn sie hinunter in die Schlucht wollten, war das Versprechen, dort Fische zu fangen, Forellen, Stichlinge und manchmal einen großen fetten Wels. Der Mönch aß gerne Fisch und wusste den Fang auch jedes Mal köstlich zuzubereiten, das ließ er sich nicht nehmen. Aber wehe, sie kamen mit leeren Händen oder Netzen zurück. Diesmal versprach Victor gar nichts, er wartete einen Moment ab, als seine Mutter im Turm verschwunden war, seine älteren Brüder mit der Reparatur des Daches vom Hühnerstall beschäftigt waren – der Mönch betete sowieso in seiner Kapelle –, nahm sein Schwesterchen an die Hand und verdrückte sich durch das kleine hintere Hoftor. Immer eine Stufe vorangehend, half er fürsorglich der zappeligen Melou die steilen Stufen hinab. Sie war immer noch die beste Gefährtin für solche Ausflüge, sie konnte klettern wie eine Ziege und schwamm wie ein Fisch, sodass Victor – ohne sich um sie kümmern zu müssen – auf Forschungsreise gehen konnte. Er hatte nämlich in einer der Kavernen, die das Wasser aus dem Fels gewaschen, nach etlichen Windungen des tief in den Stein getriebenen, natürlichen Ganges plötzlich vor einem eisernen Gatter gestanden. Es zu öffnen war ihm nicht gelungen. Diese mysteriöse Pforte hatte unzweifelhaft mit der hoch oben darüber liegenden Festung zu tun. Ein geheimer Fluchtweg? – Oder ein verborgener Zugang? Er wollte unbedingt erkunden, ob nicht doch noch ein anderer versteckter Weg zu finden war, der ihn das Hindernis überwinden ließ. Vielleicht unter Wasser? Victor beschleunigte seine Schritte, Melou – endlich seiner lästigen Hilfestellungen ledig – hüpfte befreit die hohen Stufen hinter ihm her. Unten am Wasser angekommen, warfen beide um die Wette ihre Kleider ab, Melou war schneller; sie trug nichts unter ihrem *kamis saghir* und war in die klaren Fluten getaucht, eh er sich aus seiner Leibwäsche geschält hatte. Er sah ihrem schlanken Leib versonnen nach, wie er unter der Oberfläche, von Licht und Wellen unwirklich verzaubert, von zügigen Beinstößen vorangetrieben, ohne jede Hast dahinglitt. Wie hell er war, eine *aadji a'shakel*, eine Elfengestalt aus dem Märchen! So weißblond wie ihr Haar, das an Wimpern und Lidern über den merkwürdigen Augen kaum auszumachen war. Melous Augen changierten zwischen Amethyst, hellem Rubin und Smaragd, ihre Lippen waren breit und voll und gaben ihrem glatten Gesicht das Aussehen der Maske einer Tempeltänzerin, jetzt schon alterslos – und auf eine unerklärliche Art betörend!

Wie ein Korken schnellte ihr schmaler Torso jetzt aus dem Wasser; sie fuchtelte auffordernd mit beiden Armen, und als Victor nicht schnell genug von den Steinen zu ihr sprang, spritzte sie ihn nass. Er rächte sich, indem er im wilden Luftsprung die Beine anzog und sich wie ein Stein ins Wasser klatschen ließ. Als er sich nach ihr umschaute, war Melou schon wieder weggetaucht, er sah sie am Grund des Beckens gründeln und nach bunten Kieseln greifen. Ihr kleiner Po reckte sich ihm entgegen. Da nahm er plötzlich aus dem Augenwinkel eine Bewegung wahr. Auf der gegenüberliegenden Seite stand ein dunkelhäutiger Junge auf den Felsen, sicher kaum älter als er. Er musste ihnen zugeschaut haben. Victor fühlte sich für einen Augenblick wie ertappt, das ärgerte ihn, und dass der Fremde Melusine genau so gesehen haben musste, wie sie sich ihm darbot, ärgerte ihn erst recht! Victor schwamm angriffslustig zu dem Jungen hinüber, ihn nicht aus den Augen lassend. Doch als er gerade an der anderen Seite an die runden Felsbrocken anschlug, die so mächtig waren, dass sie der in der Regenzeit zum reißenden Strom anschwellende Bach nicht einmal dann oder zur Zeit der Schneeschmelze weiter mit sich gerissen hatte, da hechtete der Knabe über Victors Kopf hinweg in den See. Wenn der hinter Melou her war, dann konnte er lange kreuz und quer das Becken absuchen! Victor sah seine Schwester behende über die Steine klettern, die unter den Wasserfall führten, das war ihr Lieblingsplatz. Nirgendwo kam ihr Zauber besser zum Tragen als hinter dem funkelnden Schleier sprühender, zerplatzender Wassertropfen. Was fiel dem Kerl eigentlich ein?! Victor wollte gerade wenden, um den Frechen zur Rede zu stellen, da tauchte dieser direkt neben ihm auf. Er trug einen knappen Lendenschurz und lächelte unbekümmert und offenherzig.

»Ich heiße Sayf«, sagte er mit sanfter, dunkler Stimme.

»Bist du von da oben?« Victor hatte alle Empörung sofort vergessen, er platzte vor Neugier.

Sayf nickte und wies auf die Treppe, die nach Montmor hinaufführte. »Und du bist mit ihr dort die Stufen hinabgestiegen.«

»Melou ist meine Schwester«, fühlte Victor sich bemüht klarzustellen.

»Wie schön für dich«, sagte Sayf, »ich hab' niemanden, den ich beschützen kann.«

»Ich hab' noch zwei Brüder, Zwillinge«, gab Victor Auskunft. »Mit denen habe ich nur Ärger.«

»Eltern?«

Victor nickte.

»Hab' ich auch keine, nur den Eunuchen, der mir Vater und Mutter ist – ein herzensguter Mensch.«

Victor war verwirrt. »Was ist ein Eunuch?«

Sayf lachte. »Der Aufseher des Harem!«

Victor wollte sich keine weitere Blöße geben. »Bist du ein Assassine?«

»Noch nicht«, erwiderte Sayf voller Ernst. »Aber wenn ich vom Sheik aufgenommen werde, will ich in die Gemeinschaft der *fida'i* eintreten –«

»Und der Sheik, lebt er da oben?«

»Kann sein«, erklärte Sayf, »niemand weiß das so genau.« Er schaute zum Wasserfall. »Er ist zwar aus der Verborgenheit getreten, aber man sieht ihn nicht.«

Das fand Victor aufregend, er warf einen kontrollierenden Blick hinüber zu Melou, die inzwischen im Lotussitz unter dem rauschenden Wasserfall thronte und unbeweglich zu ihnen herübersah – oder schaute sie nur auf Sayf?!

»Hast du ihn denn schon mal gesehen?«, scheuchte er Sayf aus dessen Gedanken auf, die sicher bei seiner schönen Schwester waren.

»Ich durfte dabei sein, als wir ihn suchten und fanden, wie uns aufgetragen. Wir geleiteten ihn hierher nach Masyaf, das heißt der Eunuch und ich. Husain kam nicht mit uns. Der Sheik schickte ihn auf alle Burgen der Assassinen, damit sie nach Masyaf kämen, um es wieder herzurichten. Danach wird er nach Persien zurückgehen.«

»Bist du auch aus Persien?«

Sayf nickte. »Aber jetzt bin ich hier, und es gefällt mir.«

»Ich habe gesehen, ihr habt schon mit den Bauarbeiten begonnen? Das muss interessant sein –?«

»Es ist viel Arbeit – wie heißt du eigentlich?«

»Victor du Ferbac!«

»Es ist aber auch sehr spannend, dieses Masyaf ist ein recht geheimnisvoller Fuchsbau, mit Tausenden von unterirdischen Gängen und Höhlen – willst du es gerne sehen?«

Dieses Angebot hatte Victor so schnell nicht erwartet. Er fühlte sich überrumpelt. »Heute nicht«, stammelte er, »ich, ich muss Melou zurück nach Hause begleiten, aber morgen?«

»Gut«, sagte Sayf und stieg aus dem Wasser. »Morgen hier zur gleichen Zeit.« Er drehte sich noch mal um. »Ich bin froh, dich getroffen zu haben.«

Wieder war Victor verwirrt, diesmal riss er sich zusammen. »Wir können Freunde werden!«, gab er, über seinen eigenen Mut erstaunt, zur Antwort.

Sayf legte die Handflächen zusammen und verneigte sich. »*Asa an yakbaluha Allah!* – Möge es Allah gefallen!«, erwiderte er seltsam sanft lächelnd und entschwand dann mit eiligen Sprüngen über die Ufersteine. Genau in jener Kaverne mit dem eisernen Gatter!

Victor sah sich nach Melou um. Die saß längst wieder drüben und hatte ihr Hemd schon übergestreift, Victors *bantolanat* hatte sie um Hals und Schultern gewickelt. Sie bibberte vor Kälte.

»Musst du denn so lange unter der Kaskade hocken?«, warf ihr der besorgte Bruder vor.

»Melou fliegt wie ein Smetterling«, lispelte sie. »Wenn das Wasser sprüht, kann Melou träumen, ohne vorher einschlafen zu müssen!«

Die Geschwister traten den Heimweg an.

Das besterhaltene Bauwerk innerhalb der Festungsanlage von Masyaf war ein runder Turm, der alles andere überragte. Er wuchs aus einem breiten Sockel heraus, der keine Öffnungen aufwies; erst in gut zehn Metern Höhe erlaubte eine extrem schmale Zugbrücke überhaupt einen Zugang. Der Turm verschlankte sich dann nach oben, bis er zum Abschluss zu einem Hochgeschoss auskragte, bestückt mit erstaunlich vielen, schießschartenähnlichen Fensteröffnungen, gekrönt schließlich von einer Zinnen bewehrten Plattform. Man nannte ihn ehrfürchtig *burdj ayn al sama*, ›Turm der Himmelsaugen‹, und er diente von Anfang an dem neuen Herrn von Masyaf als Domizil und Observatorium. Hier oben, in seinem Studierzimmer in luftiger Höhe, empfing Sheik Sinan den Eunuchen, umgeben von seltsamen Geräten, Messlatten und Zirkelbögen, genau justierten Tripoden und kupfernen konischen Röhren, die zu den einzelnen Öffnungen hinausragten. Merkwürdig musste es dem nicht eingeweihten Besucher ankommen, dass keine der Scharten nach unten hin offen war, zum Pfeilschuss oder zum Guss glühender Pechmassen, sondern alle Öffnungen, wenn auch in verschiedensten Winkeln, nach oben wiesen, hinauf zum Himmelszelt. Ansonsten war der Raum karg eingerichtet, eine schmale Lagerstatt, ein Schreibpult und in der Mitte eine kunstvoll gearbeitete hölzerne Wendeltreppe, die hinaufführte zur Plattform. Ihre Stufen waren übersät mit Rollen von Pergamenten. Sinan saß auf der Kante seines Zeltbettes, die einzige Sitzfläche, einen hohen Schemel, hatte er seinem Gast zugewiesen.

»Keiner von uns weiß, werter An-Nasir«, sprach er gedankenverloren zum Eunuchen, »welcher Erfolg, welches Schicksal unseren Bemühungen beschieden sein wird.« Sinan schaute amüsiert zu dem recht unbequem über ihm thronenden dicken An-Nasir auf, der immer noch heftig schnaufte von dem beschwerlichen Aufstieg. »›Aus der Verborgenheit heraustreten‹ ist eines, die Macht unserer Bruderschaft furchterregend zu etablieren, ein anderes.«

Der Eunuch versuchte mit leidendem Gesichtsausdruck die harte Sitzgelegenheit mit seinem breiten Hintern in Einklang zu bringen. »Wer sollte sie Euch streitig machen, erhabener Herr und Meister?!«

Der Sheik ließ ihn weiter leiden. »Es sind mehr, als Ihr es Euch in Euren schlechtesten Träumen ausmalen könntet.«

Der Eunuch fasste sich ein Herz und rutschte schweratmend vom Hocker. »Dem will ich gefasst ins Auge sehen!«

»Sehen und niederschreiben!«, beschied ihn Sinan überraschend. »Ich wünsche, dass Ihr alles, was uns von nun an auf unserem Weg begegnet, zu Papier bringt, so wie Euch der Schnabel gewachsen oder die Tinte aus der Feder fließt!«

»Aber, ich –«, versuchte An-Nasir das Unheil abzuwenden, doch der Sheik ließ ihn nicht zu Wort kommen.

»Ich weiß, Ihr verfügt über einen wachen Verstand, und Ihr beherrscht die Kunst der Schrift!«, würgte Sinan jede Gegenwehr ab. »Als Bewacher des Harem seid Ihr zu wenig ausgelastet, wenn Ihr ihn erst mal bestückt habt, denn ich für meinen Teil gedenke nicht, von dieser Einrichtung sonderlich Gebrauch zu machen. Also scheue ich mich nicht – auch auf die Gefahr hin, dass Ihr weiter verfettet –, über Eure Zeit derart zu verfügen, statt dass Ihr im Paradies rennen und springen müsst, so schnell Euch die viel zu zarten Füße tragen, nur um Euren geringen Pflichten zu genügen! Auf diese Weise könnt Ihr die vielen so gewonnenen Stunden sinnvoll am Schreibpult verbringen, um mit der Gelassenheit eines großen Gelehrten geistvolle Gedanken zu Papier zu bringen – oder mich unterhaltsam mit Gerüchten und Intrigen zu versorgen.«

»Ich bin weder witzig noch besonders gescheit!« An-Nasir unternahm einen letzten Versuch, der Umklammerung zu entkommen.

»Dann werde ich über Eure Unbeholfenheit lachen«, wischte der Sheik den halbherzigen Einwand beiseite. »Außerdem lehrt des Lebens Erfahrung, dass gerade dem auf Ruhe und Frieden Bedachten so vieles an dramatischem Geschehen um die Ohren fliegt, dass Ihr kaum nachkommen werdet mit dem Schreiben – und wehe Euch, ich vermisse Dinge von Bedeutung!«

»Tötet mich lieber gleich!«, jammerte der Eunuch und machte Anstalten, sich vor Sinan niederzuwerfen.

»Mitnichten!«, beschied der ihn streng und hinderte ihn am Kniefall. »Ich will, dass Ihr mich überlebt!«, sagte er, hintergründig lächelnd. »Und nun macht Euch an die Arbeit – oder muss ich Euch Beine machen?!«

Als Victor am nächsten Tag zur verabredeten Stunde hinunter in die Schlucht zum Badesee eilte, stand sein neuer Freund schon wartend auf der anderen Seite. Victor hatte gehofft, dass Sayf ihm jetzt das Geheimnis des eisernen Gatters in dem Felsstollen zeigen würde, der mit Sicherheit hinaufführte nach Masyaf, doch der junge Assassine winkte gleich ab, als Victor seinen Schritt zum Eingang der Grotte lenkte.

»Ich will dich nicht heimlich wie einen Dieb in die Festung schmuggeln, sondern dich dort vorstellen als meinen Freund.«

»Das ehrt mich wie auch dich«, entgegnete Victor steif, seine Enttäuschung verbergend, »dennoch gilt mein herausragendes Interesse allen geheimen Gängen, verborgenen Stiegen und –«

Sayf lachte. »Davon wirst du mehr als genug zu sehen bekommen.« Er zog den Freund mit sich fort zu den gut sichtbar in den Felsen gehauenen Stufen, die, ähnlich wie nach Montmor, aus der Schlucht hinaufführten zur Festung der Assassinen.

»Wir müssen uns sputen, denn die Bauarbeiten im Paradies sind so weit fortgeschritten, dass bald mit der Errichtung jener Mauer begonnen werden könnte, die den Garten zur Gänze von der übrigen Welt abtrennen soll, sodass kein Unbefugter sein Auge auf die köstlichen Wunder werfen kann, die es dort gibt!«

Victor bemühte sich, mit seinem Freund Schritt zu halten. »Ein wahrhaftiges Paradies?«, bohrte er nach. »Wie kann das sein? Und welche Wunder soll es denn verbergen?«

»Zauberwesen!«, flüsterte Sayf rückwärts gewandt, aber ohne im Schritt innezuhalten. »*Huriat* wandeln unter Blütenbäumen und Zweigen voller köstlicher Früchte –«

Victor wollte nicht zeigen, dass er sich unter Zauberwesen dieses Namens nichts vorstellen konnte.

»Und die werden wir jetzt sehen?!«, keuchte er aufgeregt.

»Nein.« Sayf begleitete den kalten Guss mit einem herzlichen Lachen. »Nur den Garten, die Stätte, in der sie dereinst lustwandeln werden«, erklärte er seinem ums andere Mal sich betrogen fühlenden Freund. »Sie treffen erst ein, wenn das Paradies bereitsteht –«

»– aber dann erhebt sich schon jene Mauer«, hatte Victor die Zusammenhänge begriffen, »und wir werden sie nie zu Gesicht bekommen?!«

Sayf zuckte die Achseln. »Wenn du zu uns gehören würdest, könnte es dir eines Tages vergönnt sein«, meinte er vieldeutig.

Sie waren oben, in der Höhe des ersten Mauerringes von Masyaf angelangt, und Sayf schritt auf das Torgebäude zu. Die bewaffneten Wächter ließen ihn und seinen Begleiter passieren. Im Innern der Wehranlagen herrschte geschäftiges Treiben, Balken wurden geschleppt, Steine, mächtige Quader behauen, andere rührten Mörtel an und trugen die Eimer oder Kiepen mit gebrannten Ziegeln über Leitern auf die Gerüste, wenn sie nicht Ketten bildeten und sich das Material geschickt zureichten oder gar -warfen.

Victor, der dergleichen noch nie gesehen hatte, wollte immer wieder voller Wissbegier stehenbleiben, doch Sayf drängte ihn in das bereits fertiggestellte Haupthaus. Über viele Treppen und Flure erreichten sie ein hölzernes Portal mit kostbaren Beschlägen verziert, aber auch gesichert. Wieder gewährten die beiden Wächter rechts und links des Portals den Freunden bereitwillig Zutritt, sobald sie Sayfs ansichtig wurden. Sie befanden sich in einer Art Prunksaal, das war schon an den farbenfroh gewebten Kelims zu erkennen, die bereits an den Wänden hingen, und den kunstvollen Intarsienarbeiten sowohl an der Kassettendecke wie auch im glatt geschliffenen Fußboden des Raumes. Doch möbliert war er noch nicht, verfügte weder über irgendeine Sitzgelegenheit noch über sonstigen Zierrat. Sie durchquerten ihn und noch viele andere Räume, einer immer prächtiger als der andere, bis sie an eine unscheinbare Tür gelangten, fast unsichtbar im Holzpaneel versteckt. Sayf klopfte – drei Mal kurz, zwei Mal lang –, wie Victor sofort registrierte. Das Holzpaneel knackte, und Sayf drückte die verborgene Tür mit der Schulter auf. Sie traten in einen Korridor, der stockfinster wurde, als sich die Tür jetzt geräuschlos hinter ihnen schloss.

»Beweg dich nicht!«, wies Sayf leise seinen Freund an.

Sie mussten nicht lange warten, dann knackte vor ihnen der Fußboden, als würden unsichtbare Riegel vorgeschoben, und am anderen Ende erschien ein kraushaariger Mohr mit einem gewaltigen fünfarmigen Kerzenleuchter. Er verneigte sich unmerklich und trippelte ihnen voraus. Den Raum, den sie jetzt nach mehreren Biegungen und Ecken betraten, erstrahlte in hellem Licht aus unzähligen Kristalllüstern, und die Wände des Oktaeders, aus edlen Hölzern des fernen Orients gefertigt und geflochten, waren mit chinesischen Seidenmalereien bedeckt, allesamt kühnste und nahezu akrobatische Darbietungen fleischlicher Lust. Doch die Gesichter der Dargestellten verrieten weder Feuer noch Leidenschaft. Völlig kühl, fast unbeteiligt in maskenhafter Starre, zelebrierten sie den Liebesakt. Victor hätte sich gern satt gesehen an den nie geahnten Möglichkeiten menschlicher Vereinigung, sie trieben ihm ungewollt die Röte ins Gesicht, als sich jetzt im hinteren Ende dieses Tempels der Wollust – war das schon das Paradies? – eine massige Gestalt von ihrem Divan erhob und auf sie zukam. Ein Fleischberg von Mann, aber sein faltiges, rundes Mondgesicht strahlte Freundlichkeit und Güte aus.

»Verehrungswürdiger Vater«, sagte Sayf, »ich möchte Euch meinen Freund Victor du Ferbac vorstellen, jüngster Sohn des Herrn Roger auf Montmor!«

Der fette Riese blieb vor Victor stehen, der sich beeilte, durch eine Verneigung seinen Respekt zu erweisen.

»Freunde von Sayf sind mir immer willkommen«, sprach der Fleischberg mit feiner Stimme. »Wie denkt man über uns auf Montmor?«, setzte er wie plaudernd hinzu, aber Victor spürte die Prüfung in der Frage.

Der mächtige Mann flößte ihm Vertrauen ein, und so beschloss er, offen zu reden. »Man nennt euch ›Assassinen‹.«

Der Eunuch lachte ein silberhelles Lachen. »So mutiert

der Ausdruck *hashashyn* durch ungenaue Wiedergabe! – Was stellst du dir denn unter einem ›Assassinen‹ vor?«

Victor wurde es unbehaglich, er suchte Blickkontakt zu Sayf, doch der grinste nur. »Haschisch rauchende Meuchelmörder!«, antwortete er schließlich. »Das hat jedenfalls mein Herr Vater gesagt!«

Der Fleischberg wirkte wider alles Erwarten belustigt. »Wir rauchen nicht mehr vom Kraut der Träume als andere«, stellte er richtig. »Außer bei besonderen Gelegenheiten. Wir morden auch nicht mehr als andere, außer es handelt sich um Feinde des wahren Glaubens – oder unser erhabener Herr und Meister befiehlt es –«

»Warum –« Victor wurde jetzt mutig, »– seid Ihr dann so gefürchtet – mehr als alle anderen?«

Der Eunuch behielt seine gute Laune, vielleicht gefiel ihm auch die ehrliche Art des Jungen. »Weil wir das, was wir zu tun gedenken, vorher ankündigen und weil wir das, was wir angekündigt haben, dann auch durchführen, ohne dass uns jemand zu hindern vermag!«

»Keiner kann Euch entkommen?«, fragte Victor beklommen.

»Nein, es sei denn, unser erhabener Herr und Meister, Sheik Sinan, verzeiht und schenkt ihm das Leben.«

»Ich wollte Euch nicht beleidigen«, sagte Victor schnell, »doch wie nennt Ihr Euch selbst?«

Der Fleischberg tätschelte seinen Kopf. »Wir haben keinen Namen, mit dem wir uns selber bezeichnen«, er wurde jetzt durchaus ernsthaft, »das gehört zur Strategie – oder zum Mysterium. Die Welt mag uns Haschischqualmer heißen, Meuchelmörder oder Ismaeliten – Namen sind nichts als Rauch, was bleibt, ist die vollbrachte Tat!«

»Ich würde Victor gern mehr von den Bauarbeiten zeigen, die wir auf Masyaf ausführen«, meldete sich Sayf zu Wort und nahm dabei auf sich, dass der Eunuch sein Begehren als ungebührliche Unterbrechung des Diskurses empfand, doch der sah seinem Ziehsohn diese Aufmüpfigkeit lächelnd nach.

»Wissbegierde ist das Vorrecht, ja die Pflicht der Jugend«, lenkte er seine Belehrung geschickt auf das Feld der Weisheiten. »Ich freue mich für Sayf, einen Gleichaltrigen gefunden zu haben, mit dem er sich austauschen kann. Vielleicht ist es euch vergönnt – wenn Allah will –, einen längeren Weg zusammen zu gehen.«

Damit entließ er die beiden Freunde.

»Sie haben schon mit den Fundamenten der Mauer begonnen.« Sayf zeigte auf die Schneise im Erdreich, die freigehackt wurde, bis die Bauleute auf harten Felsuntergrund stießen. Rechts und links, wo die trennende Mauer an das bestehende Gemäuer anschließen sollte, hatten die Männer bereits so viel Steinwerk hochgezogen, dass sie eine Schnur ziehen konnten, die ihnen bei Einhaltung der Gradlinigkeit helfen sollte. Sayf und Victor stiegen behutsam über die Richtschnur hinweg, und der junge Assassine hielt auf das Gemäuer zu, das sich unmittelbar danach erhob, eine Art Stummelturm mit spitzem Dach. Die eiserne Tür war nur angelehnt, und als niemand auf sie achtete, schob Sayf seinen Freund hastig ins Innere und folgte ihm.

»Das ist das Brunnenhaus!«, flüsterte er ihm zu, als sie im Dunkeln standen. Mit der Gewöhnung der Augen an die Dunkelheit nahm Victor die kreisrunde Brüstung des Schachtes wahr. Doch darüber befand sich nicht die übliche Vorrichtung für Ziehbrunnen, sondern eine massive Balkenkonstruktion mit einem waagrechten Speichenrad, groß genug, um von mehreren Männern bedient zu werden. Eine schwere Eisenkette lief über eine kräftige Winde und verschwand in der Tiefe. Es waren also erhebliche Lasten zu bewegen, schoss es Victor durch den Kopf. Sayf kam ihm zu Hilfe.

»Wie du schon richtig vermutet hast, führt ein in den Fels gehauener Stollen schräg nach unten zur Schlucht. Er endet unter der Wasseroberfläche.«

»Das ist mir entgangen«, musste Victor eingestehen.

Sayf lachte. »Die Öffnung, durch die das Wasser in unser

Becken läuft, ist leicht zu übersehen, sie soll auch von niemandem entdeckt werden.«

»Ah«, entrang sich Victor die Erkenntnis, »so könnt ihr unbemerkt Wasser schöpfen, so viel ihr wollt?!«

»So ist es«, erklärte Sayf voller Stolz. »Wir haben glatt gehobelte Baumstämme auf die Treppenstufen gelegt, wie Schienen!«

»Auf denen zieht ihr –« Victor zeigte, wie schnell er begriff, »– das übergroße und gefüllt auch sehr schwere Gefäß nach oben?«

»Nicht nur eines«, trumpfte Sayf auf, »mehrere hintereinander können gleichzeitig an der Kette hängen! Die Winde arbeitet wie ein Flaschenzug, was du nicht sehen kannst, weil wir dazu hinabsteigen müssten.« Er öffnete eine unscheinbare, in den Boden eingelassene Klappe. Victor wollte sofort seinen Fuß auf die unscharf erkennbaren Stufen setzen, doch Sayf hielt ihn zurück. »Ein anderes Mal«, vertröstete er den Freund, »dazu brauchen wir Licht, direkt unter uns verbergen sich noch ganz andere Geheimnisse – und weitere sind im Bau«, fügte er geheimnisvoll hinzu. »So wird zu unseren Füßen ein Gang münden, der vom Turm der Himmelsaugen sich durch ganz Masyaf hinschlängelt, sodass unser erhabener Herr und Meister, Sheik Sinan, immer und überall auftauchen oder verschwinden kann!«

»Euren erhabenen Meister«, sagte Victor mit dem Ausdruck größtmöglicher Ehrerbietung, »möchte ich unbedingt kennenlernen!«

Sayf lächelte gequält. »Eine solche Entscheidung liegt allein bei ihm. Auch mir widerfährt diese Ehre eher selten, also übe dich in Geduld!«

»Morgen?«, hakte Victor sofort nach.

Sayf schüttelte den Kopf. »Du kannst es nicht erzwingen!«

Victor schluckte die Zurückweisung, ohne mit der Wimper zu zucken, und Sayf geleitete seinen Gast, der starrsinnig bis zuletzt hoffte, wenigstens auf dem Rückweg den geheimen Treppengang gezeigt zu bekommen, bis zum Tor von Masyaf. Sie verabredeten kein neues Treffen.

Die Runde um den Mittagstisch von Montmor wirkte für einen Moment wie erstarrt. Im Gewölbebogen des Eingangs zum ebenerdigen Gemeinschaftsraum der Familie war Melusine erschienen, die sich, verlegen lächelnd, auf einen fremden Jungen stützte.

»Ich habe mir erlaubt«, sagte Sayf und verneigte sich tief vor Frau Aziza, »Euch Eure Tochter zurückzubringen –«

»Ich habe mir am Wasserfall den Knöchel verstaucht«, schob Melou schnell die Erklärung nach. »Ausgerutscht!« Sie prüfte rasch den Gesichtsausdruck ihres gestrengen Vaters und wandte sich vorsichtshalber gleich an ihn. »Sayf war so freundlich –«

»Und wer ist Sayf?«, polterte Roger du Ferbac los. »Kann er sich nicht erst mal bekannt machen?«

Aziza legte beschwichtigend ihre Hand unterm Tisch auf das Knie des Ritters.

»Sayf ist der Sohn des ehrbaren An-Nasir ad-Daula«, fühlte sich Victor reichlich spät in die Freundespflicht genommen, »und er ist mein Freund.«

Das eisige Schweigen hatte einer kaum weniger abweisenden Stimmung Platz gemacht. »Also einer dieser – also ein Assassine!«, grummelte Gernot und suchte Beifall bei seinem Vater, doch der schwenkte unerwartet um.

»Wollt Ihr nicht Platz nehmen?«, forderte er den Fremden auf, immerhin hatte der seinem verletzten Kind geholfen, und Aziza schob beglückt nach: »– und mit uns essen?«

»– das Wenige teilen«, stichelte Valerian, »das wir zu bieten haben.«

Sayf war verwirrt, er verbeugte sich vor dem Hausherrn. »Nein«, sagte er mit wiedergewonnener Bestimmtheit. »Seid bedankt für Eure Gastfreundschaft, aber ich muss –«

»Nicht doch!«, fuhr ihm Herr Roger dazwischen. »Einen Becher guten Weins werdet Ihr doch mit uns trinken?« Victor hatte bereits einen Platz zwischen sich und seiner Mutter auf der Holzbank freigemacht, zumal Frau Aziza schon an den Herd geeilt war. Der Vater goss aus der Kanne Wein in einen

Becher und hielt ihn Sayf auffordernd hin. »Oder erlaubt Euch Euer Gelübde nicht –?«

Draußen am Eingang zur Burg ertönten herrische Schläge gegen das Tor. Einer der alten Wächter kam aufgeregt angelaufen. »Johanniter, Herr!«, stammelte er.

»Wie viele?!« Gernot und sein Zwillingsbruder waren gleichzeitig aufgesprungen.

Der Alte druckste mit der Antwort herum. »Zwei«, gab er endlich zur Auskunft. »Sie verlangen Euch zu sprechen.«

Der Ritter Roger du Ferbac war puterrot angelaufen. »Ich bin für diese Leute nicht zu sprechen«, rief er zornig und stürzte wütend den Becher mit dem Wein hinunter, den er noch in der Hand hielt.

»Lasst mich mit den Herren reden«, schlug Gernot vor. »Ihr seid gerade aushäusig.«

»Begebt Euch in Eure Kapelle, derweil wir prüfen werden, welcher Art ihr Anliegen«, stand Valerian seinem Zwillingsbruder bei und schob den Vater aus dem Raum in Richtung des Stalles, den sich Roger du Ferbac als Ort der Andacht hergerichtet hatte.

»Und Ihr, Herr Sayf oder wie Ihr Euch nennen möget –« Gernot ließ sich die Gelegenheit nicht entgehen, dem ungebetenen Gast zu zeigen, wie unerwünscht er ihm war, »Ihr solltet jetzt auch von hier verschwinden, denn das fehlte noch, dass christliche Ordensritter uns verdächtigen, mit Assassinen unter einer Decke zu stecken!«

Victor sprang dazwischen, da er fürchtete, sein ungehobelter Bruder könnte handgreiflich werden. »Ich werde Sayf hinunter in die Schlucht begleiten«, fauchte er Gernot kampfeslustig an, doch der drehte jetzt beiden den Rücken zu und begab sich gemächlichen Schritts zum Tor.

Auch Melusine war an die Seite ihres Retters gehumpelt. »Danke, Sayf, dass du mich nicht verraten hast!«

Sayf lachte und lief hinter dem aufgebrachten Victor her. Mit einem letzten Blick zurück auf Montmor sah er noch, wie das Tor geöffnet wurde und zwei Ordensritter mit dem weißen

Schwertkreuz auf ihren roten Überwürfen in den Burghof einritten.

»Du solltest mehr auf Melou achten«, ermahnte er Victor im Hinabsteigen. »Sie ist nicht ausgerutscht, sondern hat sich von der Klippe wie eine Forelle Kopf voran in den See gestürzt – ohne sich vorher die Lage der Steine unter Wasser anzuschauen. So schlug sie sich ihren Knöchel wund!« Sayf erzählte nicht, dass er die vor Schmerz ohnmächtig Gewordene gerettet hatte, indem er ihren weißen Leib umfasste und so – die zarte Last eng umschlungen – schwimmend das Ufer erreichte. Er hatte ihren Mund geküsst, bis sie die Augen wieder aufschlug. Beschämt wollte er von ihr lassen, doch dann hatte Melou ihn umklammert und seine Lippen nicht wieder freigeben wollen.

»Du hast recht, Sayf, und ich muss mich für meine Familie entschuldigen, zumindest für die Männer!«

»Wenn du dich dazuzählst, ist meinerseits die Entschuldigung angenommen!«

Sie waren in der Schlucht am See angelangt.

»Nicht mehr und nicht weniger verlangt der Orden von Euch!« Beide Johanniter waren ältere Ritter, nach ihren harten Gesichtszügen zu urteilen, auch wohl erfahrene, vielleicht höhere Dienstgrade.

»Warum sollten wir hier Spitzeldienste für Euch leisten?«, begehrte Valerian auf. Gernot hatte ihm, der besser denken und reden konnte, die Verhandlungsführung überlassen. »Nach all dem, wie Ihr mit unserem Vater umgesprungen seid?!«

»Gerade darum!«, verwies ihm der Johanniter die Widerrede. »Das Ordensgelübde sieht vor, neben absolutem Gehorsam und unabdingbarer Keuschheit, auch den Übertrag allen Besitzes auf den Orden. Davon haben wir großzügig bislang keinen Gebrauch gemacht.«

»Mit Recht«, konterte Valerian empört. »Roger du Ferbac erwarb Montmor erst, nachdem –«

»– eignete es sich an«, verbesserte der Johanniter kühl. »Wir könnten immer noch –«

Sein graubärtiger Begleiter fiel ihm ins Wort, »– zu einem beide Seiten befriedigenden Arrangement kommen!«

»Was haben wir davon!?«, belferte Gernot seinem Zwilling dazwischen.

»Ihr könnt Montmor weiterhin halten, und selbst die Aufnahme von zwei so stattlichen Burschen, wie Ihr beiden es seid, in die Gemeinschaft der Ritter vom heiligen Johannes wäre denkbar – der Orden ist nicht nachtragend.«

Damit kam er bei Gernot an den Falschen. »Ich werde Templer!«, beschied er den Graubärtigen knurrend.

»Wie stellt Ihr Euch unsere Dienste eigentlich vor?«, bemühte sich vermittelnd Valerian. »Zu erfolgreicher Spionage bedarf es des freien und ungehinderten Zugangs zu Masyaf –«

»Verschafft ihn Euch!« Der Johanniter wurde jetzt ungeduldig.

Valerian lag nichts daran, es zu einem Bruch, gar zur Feindseligkeit mit dem mächtigen Orden kommen zu lassen. »Wir könnten eventuell einen Mittelsmann zum Einsatz bringen«, sann er nach, um zumindest Bereitwilligkeit zu zeigen.

»Was bekommen wir dafür!?«, fuhr ihm Gernot wie ein Horniss in das kaum gesponnene Netz. »Denn das muss klar sein: Für jede brauchbare Information erhalten wir den Gegenwert in barer Münz!«

Der Graubärtige lachte schallend. »Und wenn sie nichts taugt, die gleiche Zahl in Stockschlägen auf Euren klügsten Körperteil!«

Das überforderte Gernot, er überließ das Feld lieber seinem Bruder.

»Wir werden uns bemühen, Euch verwertbare Nachrichten über Stärke, Bewegungen und Absichten der Assassinen zukommen zu lassen.«

»Ich sehe, wir haben uns verstanden«, sagte der Johanniter freundlich und wendete sein Pferd. »Wir sehen uns wieder!«, versprach er zum Abschied, es war eine klare Drohung.

»Unsere Empfehlungen an Roger du Ferbac«, sprach der Graubärtige. »Es war mir eine Freude, mit eigenen Augen gesehen zu haben, welch gelungene Exemplare seinem Fehltritt entsprossen sind.« Jovial winkte er den Zwillingen zu und sprengte hinter seinem Begleiter zum Tor hinaus.

DAS SCHLÜSSELLOCH

»Wir müssen den Weg über die Brunnensteige nehmen«, eröffnete Sayf seinem Freund, als dieser aus dem Wasser zu ihm ans Ufer kletterte, »denn die Mauer hat den Rundbau mit einbezogen, und die eiserne Tür ist bereits verschlossen!«

Victors Herz hüpfte vor Aufregung, endlich würde sich das geheimnisvolle Gatter in der Grotte für ihn öffnen, und er würde herausfinden, wie der Zugang hinauf nach Masyaf beschaffen war. Sie betraten die Höhle und bogen, den Weg bis dahin kannte er schon, um die Ecken des Felsstollens. Das eiserne Gatter stand offen.

»Ich habe es nicht wieder verschlossen«, erklärte Sayf spitzbübisch, »das erspart mir, dir zu offenbaren, wie der Schließmechanismus auf Seiten der Außenwelt funktioniert.«

»Vertraust du mir nicht?«

»Doch, aber so belaste ich weder dich noch mich, dich mit dem Wissen, mich, weil mir die Preisgabe verboten ist.« Sayf zog das Gatter hinter ihnen zu und griff einige Schritte weiter in eine Aushöhlung der Felswand. Ein vernehmbares Klacken verriet, dass die unsichtbare Verriegelung eingerastet war. Auf Seiten der Außenwelt, bedachte sich Victor insgeheim, wird es kaum anders sein, er musste nur den versteckten, sicher kaum handgroßen Spalt im Gestein aufspüren.

Sie folgten dem Gang um eine weitere Biegung und standen in einer größeren Grotte, deren Mitte mit einem kunstvoll in den Stein gehauenen Bassin ausgefüllt war. Das Wasser darin war unruhig und gluckerte, es war Victor ein Leichtes, sich vorzustellen, dass eine unterirdische Verbindung zu ihrem Badesee bestand. Sie gingen um das Becken herum bis zu der mannshohen Öffnung in der Felswand, wo steinerne Stufen in die Tiefe des Bassins hinabreichten und ebenso die auf ihnen befestigten, nebeneinanderliegenden Rundhölzer. Eine doppelte, schwere Eisenkette führte ebenfalls in das dunkle Wasser und wieder hinaus, um dann im Treppenaufgang zu verschwinden. Victor war klar, sie lief als Endlosband dort unten über eine Trommel, ebenso wie er sie oben im Brunnenhaus um das Speichenrad gewickelt gesehen hatte. Sayf gab keine Erklärungen ab, und Victor akzeptierte das.

Schon kurz nachdem sie den Aufstieg über die Treppe begonnen hatten, stießen sie auf den ersten hölzernen Wasserkübel, aufgehängt an der zu ihren Köpfen verlaufenden Kette. Unschwer errechnete sich Victor das Gewicht des Gefäßes, wenn es dann mit Wasser gefüllt wieder hochgewunden wurde.

»Dass hier überhaupt etwas Licht einfällt«, bemerkte Sayf in ihr schweigendes Hinaufstapfen hinein, »ist ein Wunder. Es muss nicht leicht gewesen sein, diese winzigen Sonnenlöcher durch den Stein zu bohren.«

»Gemessen an der sonst hier aufgewandten Technik, sicher nicht das schwierigste Problem«, gab ihm Victor überlegen heraus. »Die Bändigung gewaltiger mechanischer Kräfte ist ein wahres Meisterwerk.«

Sie kamen noch an zwei weiteren, über ihren Köpfen schwebenden Wasserkübeln vorbei, bis sie endlich über sich die kreisrunde Öffnung des Brunnenringes und die Umrisse der Balkenkonstruktion mit dem Speichenrad erblickten. Noch befanden sie sich unter dem Fußboden des Raumes, in dem sie zum ersten Mal gestanden hatten. Ein steinerner Säulenumgang umgab den Eingang zur Brunnentreppe, die Kette lief stramm über ein geschmiedetes Zahnrad, das mit einer verstärkten Achse durch die Decke oben mit der Winde und den Seilzügen verbunden schien. Sayf zeigte auf eine unscheinbare eiserne Tür im Hintergrund des Umganges.

»Durch sie darf nur unser erhabener Herr und Meister das Brunnenhaus betreten«, belehrte er – Ehrfurcht in der Stimme – seinen Gefährten.

Doch Victor dachte weiter. »Also ist dies für ihn auch der Zugang zum Paradies?«

Sayf war die Frage unangenehm. »Vielleicht, nein, sicher kennt Sheik Sinan noch andere Mittel und Wege«, wehrte er ab. »Dir muss es genügen, um den einen zu wissen – schon das ist mehr, als ich dir verraten durfte«, setzte er besorgt hinzu. Gleich neben der Eisentür führten Stufen hoch unter die Gewölbedecke des Säulenumgangs. Die Bodenklappe, erinnerte sich Victor. Sayf entriegelte sie sachkundig und stieß sie nach oben auf.

Sie standen dort, wo sie bei ihrem ersten Inspektionsgang gestanden hatten, nur war der Raum jetzt in fast völliges Dunkel gehüllt. Der Zugang nach außen war verschlossen, Victor wollte sich dessen vergewissern, aber Sayf zerrte ihn zurück.

»Bist du verrückt? Man könnte dein Rütteln draußen hören!«, zischte er mahnend. Der einzige Lichtstrahl, der in den Raum drang, fiel durch ein gewaltiges Schlüsselloch auf der dem abgetrennten Garten zugewandten Seite. Victor zog es sofort dorthin, um einen Blick hindurchzuwerfen. Sayf hinderte ihn nicht.

»Dir ist die Sicht des Paradieses vergönnt«, seufzte er und gab den Weg frei, »mir hingegen strengstens untersagt«, er bedachte sich kurz. »Aber niemand verbietet dir, mir mitzuteilen, was du erblickst«, drängte er den Freund, der bereits sein Auge gegen die Öffnung presste. »Also – was siehst du?!«

»Ich sehe junge Weiber aus den hübschen Hütten kommen und gehen, die im Halbrund sich an die aufsteigende Mauer der Festung schmiegen –«

»Nackt?«, fragte Sayf mit erregter Stimme.

»Mitnichten!«, verwies ihm Victor streng dererlei Gedanken. »Züchtig verhüllt, nein, nicht jede – zwei nehmen ein Bad, ihre nassen Schleier kleben an ihren Körpern, die Knospen ihrer Brüste zeichnen sich deutlich ab, das dunkle Dreieck zwischen ihren Schenkeln schimmert verlockend durch den hauchdünnen Musselin –«

»Du bist gemein, mich so zu quälen!«, keuchte Sayf im Rücken seines Freundes. »Treiben es die Mädchen?«

»Nicht doch!« Genüsslich verbreitete sich Victor über das Geschaute, ohne sein Auge vom Schlüsselloch zu nehmen. »Eher scheint es mir, sie langweilen sich, sie turteln, sie balgen sich – oh! Jetzt hat eine den Gefährtinnen ihre Brüste vorgewiesen!«

»Sind sie schön?«, stöhnte Sayf. »Rund und voll – wie Honigmelonen?«

»Eher spitz und fest wie süße Limonen.«

»Ich meine die jungen Weiber«, stammelte Sayf, »ihre Hüften, ihre Ärsche?«

»Sie dürften dir gefallen«, vergrößerte Victor die Qualen seines Freundes. »Ich liebe mehr die Schlanken und Ranken, mit langen Beinen und hartem Steiß – aber solche vermag ich bislang nicht zu erblicken –« Sein Seufzer war dazu angetan, den armen Sayf zu versöhnen.

»Mein Gebieter, der großmächtige Aufseher des Harem, hat es in seiner gütigen Hand, den Garten des Paradieses mit jeder Sorte von *huriat* zu bepflanzen, die du dir nur zu erträumen vermagst.«

»Was bringt uns das, mein lieber Sayf?«, sagte Victor und löste sein Auge von der Öffnung. »Wir können uns nicht in kleine Schlangen verwandeln, um geschmeidig durch das Schlüsselloch zu gleiten und die Schönsten unserer Wahl zu beglücken –«

»Ich könnte auf den besten aller Väter Einfluss nehmen –«, träumte Sayf.

»– dass er dich und mich in *djinn* verwandelt?«, spottete Victor. »Dann bräuchten wir nicht einmal den mühsamen Weg durchs Schlüsselloch zu nehmen!« Er klopfte dem Freund auf die Schulter. »Am besten, wir tun uns diesen Einblick ins Paradies nicht wieder an – so leiden wir in Zukunft weniger!«

»Und träumen dafür umso mehr!«, stimmte Sayf ihm zu. »Der Eunuch tut schon gut daran, seine kostbare Beute im Verborgenen zu halten, die er im ganzen Land einsammelt wie ein Kräuterweib seine vielversprechenden Knospen, seltenen Blumen und duftenden, wohltuenden Blätter.«

»Nur, dass seine jungen *huriat* bei dir das Verlangen noch stärker schüren, anstatt Wunden lindernd oder gar heilend zu wirken.«

»Es brennt wie das Feuer der Hölle!«, gab Sayf stöhnend zu.

»Dann tauch die Fackel ins kühle Nass!«, beschwor Victor die Leiden seines Freundes so bildreich, dass dieser lachen musste.

»Mal sehen, wessen Schwanz des Teufels besser zischt!« Sayf sprang auf und rannte zur Luke. »Ich muss dich sowieso nach unten zum See begleiten«, rief er leise, »denn der einzige Rückweg für mich nach Masyaf führt jetzt durch das Haupttor.« Er schloss die Bodenklappe hinter Victor und steuerte auf den Treppenabgang zu. »Wir können uns zukünftig nur noch beim Baden treffen«, sagte er über die Schulter zu dem ihm Nachfolgenden, »in der Festung wimmelt es mehr und mehr von tatendurstigen *fida'i*, die dem Ruf des Sheiks gefolgt sind.« Er wandte sich Victor verschwörerisch zu. »Ihnen gebührt der Blick auf die schönen *huriat*.« Die Stimme des jungen Assassinen wurde ernsthaft. »Der Erste und der Letzte! – Nicht uns, die wir des Dolches noch nicht für würdig befunden wurden!«

»Ist das der Preis?« Victor war nachdenklich geworden.

»Nein«, antwortete Sayf, ohne sich umzudrehen. »Das Versprechen!«

REINEN HERZENS SITTENLOS

Das einschläfernde Gurren der Wildtauben setzte schlagartig aus, wenn einer der stattlichen Greifvögel mit ausgebreitetem Gefieder von den Höhen der Klippen des Djebel Bah'ra herabsegelnd seinen Schatten über das Laub des Waldes gleiten ließ. Auch der Häher hielt in seinem Schreien inne, nur den Specht schüchterte die Bedrohung nicht ein. Sein unregelmäßiges Klopfen unterstrich allerdings die plötzlich eingetretene Spannung im Walde. Auch der Ritter Roger du Ferbac verharrte kurz, um dann seinem Jüngsten, der ihm den Köcher mit den Pfeilen nachtrug, einen Knuff zu versetzen. »Wer wird schon den ›Alten vom Berge‹ fürchten«, knurrte er herausfordernd und äugte dabei angestrengt durch das Geäst hinauf zu den Lichtflecken, über die der Schatten geglitten war.

»Nichts!«, grollte er und ließ den Bogen mit dem schon aufgelegten Geschoss wieder sinken. »Er ist ein Niemand!«, wandte er sich an Victor, der sich freute, dass der Fischreiher schneller über sie dahingeflogen war, als sein Vater reagieren konnte.

»Ich weiß wirklich nicht, was einen von meinem Blut an diese elenden Mordgesellen fesseln könnte, feiges Gelichter, das aus dem Hinterhalt zusticht und entfleucht!«, ereiferte sich der Ritter Roger mehr und mehr. Victor brachte Abstand zwischen sich und den Vater, denn er wusste, wie schnell ihm zu Worten die Faust herausfuhr, besonders wenn ihm keine mehr einfallen wollten! Dennoch wollte er diese Aussage so nicht hinnehmen.

»Die Assassinen fliehen nicht, Vater«, sagte er fest, »sondern zahlen die Tat mit ihrem Leben!«

Der Ferbac starrte seinen *filius* entgeistert an. »Wenn das dein Ziel ist, könnt' ich dich auch gleich totschlagen, so richtest du wenigstens keinen Schaden an!«

Victor war zurückgewichen, aber Angst wollte er nicht zeigen. »Dann habt Ihr Eure Hände mit einer Bluttat besudelt«, entgegnete er streng, »mir aber winkt das Paradies!«

Herr Roger rang nach Fassung, dann musterte er seinen Sohn und verfiel in eine polternde Lache. »Und das glaubst du?!«

»Ich hoffe es«, flüsterte Victor, war sich aber nicht sicher, ob sein Vater es gehört hatte.

Sie waren unter den Mauern der Burg Qadmus angekommen, auf der Ritter Roger zu übernachten pflegte, wenn er sich auf Jagd begab, obgleich er genau wusste, dass die Festung sich in der Hand der Sekte des Alten vom Berge befand. Er kannte den Kastellan seit langem und schlief dort nach einem oder mehreren Bechern Wein mit ihm jedes Mal sorglos seinen Rausch aus. Das Gemäuer erhob sich vor ihnen zwischen hohen Zederbäumen und Tannen, die Zugbrücke war herabgelassen. Im Hof standen zwei fremdartige Sänften, etliche Knechte kümmerten sich um die Reitpferde mit kostbarem Zaumzeug.

»Von weit her«, empfing der Kastellan den Ritter wie einen alten Freund ohne Umschweife, »ein Gesandter aus Alamut! Er führt den Titel eines Geschickten«, vertraute er Roger an, »und reist mit Frau und zwei Töchtern –«

»Mein Sohn Victor wird nichts zu essen bekommen«, ordnete der Ritter kurz und bündig an, »sondern sich gleich zur Ruhe begeben!«

Ein herbeigewunkener Knecht geleitete Victor in die Burg, während der Kastellan und Roger Arm in Arm dem Weinkeller zustrebten.

Als Victor dem Diener durch die Gänge der Burg folgte und sich dabei schon jetzt überlegte, wie er der ihn erwartenden Schlafkammer entkommen könnte, stießen sie auf einen hochgewachsenen Mann in breit ausladenden Reithosen und einer eng anliegenden Jacke, der gerade aus der Tür eines Zimmers trat. Sein Gesicht konnte der neugierige Knabe nicht sehen, denn der Fremde drehte ihnen den Rücken zu, weil er gerade einen Vermummten begrüßte, der ihn offensichtlich erwartet hatte. Sich im Vorbeigehen nach den beiden Männern umzudrehen schien ihm zu aufdringlich, und so folgte er dem Bediensteten, der sich ehrerbietig verbeugend schnell weiterstrebte. Aber Victor vernahm noch deutlich die Stimmen hinter sich.

»… Erfüllung meines Auftrags, dem Geschickten die Legitimation abzuverlangen, die ihn berechtigt …«

»Die werdet Ihr erhalten«, unterbrach ihn der andere schnarrend, um dann in ein für den sich entfernenden Victor unverständliches Flüstern zu verfallen.

Der Diener entriegelte eine niedrige Tür und schob den ihm übergebenen Knaben unnachgiebig in die dunkle Kammer. Hinter ihm schob er sofort den Riegel wieder vor. Es dauerte, bis sich Victors Augen an das Dunkel gewöhnt hatten. Ganz oben an der Decke fiel ein schwaches Licht durch einen schmalen Schlitz, eine Art Schießscharte, kein Fenster! Aus war der Traum, auf der Stelle wieder ins Freie zu klettern, über die Dächer zu entweichen! Betrübt hockte er sich auf die steinerne Pritsche. Dies war ein Gefängnisverlies! Aus Trotz spürte er jetzt auch noch seinen Magen knurren, wütend rüttelte er an der Verriegelung. Gerade wollte er mit Fäusten seinen Protest gegen das Holz trommeln, als die Tür plötzlich problemlos dem Druck nachgab und aufschwang! Der Knecht hatte ein Herz mit ihm gehabt und den Riegel in Wahrheit gar nicht betätigt! Der gute Mann! Wie ein Ratz witschte Victor aus der Kammer.

Er machte sich sofort auf die Suche nach der Küche. Er durchquerte mehrere Gewölbe und Galerien, trabte mehr, als dass er schlich, etliche Stiegen hinauf und wieder hinab. Er fühlte sich durchaus im Recht, seinen Hunger zu stillen. Dann hörte er die schnarrende Stimme über sich, die ihm bekannt vorkam. Sie musste einem der beiden Männer gehören, denen er zuvor im Flur begegnet war. Stufe für Stufe bewegte er sich wie eine Katze hinauf, denn seine Neugier war noch stärker als sein Hungergefühl.

Durch eine steinerne Balustrade schaute er in einen Raum, der von Fackeln erleuchtet war. Dort standen wieder die beiden Herren, der mit den weiten Beinkleidern und der Vermummte, dem der Schnarrende offensichtlich eine Vorführung zu bieten gedachte, denn er wandte sich ostentativ an zwei abseits bereitstehende *fida'i*, zu erkennen an ihren breiten schalartigen Gürteln und den typischen hohen Kopfbedeckungen.

»Ihr habt nun das Zeichen erkannt«, vergatterte er sie, ohne irgendeine Gemütsbewegung zu verraten, »und ihr kennt jetzt euren Auftrag!«, schloss er seelenruhig. Die beiden nickten, zogen schweigend ihre Dolche und sprangen gleichzeitig den Vermummten an. Ihre Klingen blitzten nur kurz auf, bevor sie sich in seinen Leib senkten, der mit dumpfem Schlag zu Boden stürzte.

Victor musste ein Schreckenslaut entfahren sein, denn brüsk drehte sich der Mann, der den Befehl gegeben hatte, nach dem Geräusch um, und Victor sah in den stechenden Blick eines Augenpaares, der ihn zu verbrennen drohte. Wie von Sinnen stolperte er die Treppe hinunter und hastete zurück in seine Kammer. Sie ließ sich nicht verschließen. Schlaflos vor Angst verbrachte er den Rest der Nacht, bevor er sich des Morgens hinaus zu den Knechten schlich und sich mit Hilfe seines stummen Freundes unter sie mengte, bis er seinen Vater endlich in den Burghof torkeln sah. Wie liebte er doch den Ritter Roger du Ferbac!

Eines Tages erschien der Geschickte wieder auf Masyaf. Husain ad-Din Marzuban wurde diesmal begleitet von seiner Frau und seinen beiden Töchtern Shirin und Kira. Die beiden Mädchen waren kaum älter als Sayf und Victor, wie dieser sofort als Neuigkeit von seinem Freund erfuhr, und durchaus attraktive Geschöpfe. Shirin, die ältere der Schwestern, war die besonnenere, sanftere von beiden, fast mütterlich in ihrer Art, wusste Sayf zu berichten, mit großen Brüsten, und auch ihr Hintern sei mächtig.

»Dann muss sie dir doch gefallen wie ein warmes, weiches Ruhekissen, in dem du glücklich wie ein Säugling versinken möchtest?!«

Sayf kannte Victor lang genug, um den Spott herauszuhören. »Diese Kira hingegen scheint mir eher der Typ von einer sehnigen Berggazelle, wie du sie so schätzt, langbeinig, flachbrüstig und frech! Eine Wilde, die du allerdings kaum wirst zähmen können – die tritt schneller nach hinten aus, als du dich's versiehst!«

Victor lachte überlegen. »Solange sie mich nicht auf die Hörner nimmt!«

»Dazu müsstest du erst einmal ihre Aufmerksamkeit erregen!«

Sayf beharrte auf den Vorzügen dieser Kira, oder wollte er Victor eigens scharfwetzen auf das ungebärdige Mädchen, damit er in Zukunft Melou für sich allein hatte?

»Sie reizen als Mann – bis aufs Blut!«

»Du meinst als rotes Tuch?!« Victor machte sich lustig über seinen Gefährten. »Du hast dir den bequemeren Teil erwählt, wohlig gebettet zwischen drallen Schenkeln und wogendem Busen –«

»Jetzt übertreibst du!«, wehrte Sayf verlegen ab. »Außerdem will ich diese Shirin vielleicht gar nicht?«

»Aber mich heiß machen wie einen brunftigen Löwen auf dieses gehörnte Huftier namens Kira?!«, empörte sich Victor scherzhaft. »Am besten, du überredest beide, hinabzusteigen zu unserem Badesee, dann sehen wir, wem wer gefällt!«

»Das wird nicht so einfach sein«, wiegelte Sayf sofort ab. »Du magst dich erinnern, dass der Geschickte mir schon damals nicht sonderlich gewogen war, als er uns nach dem Auffinden des Sheiks verließ, jetzt scheint er mir noch herrischer, unwirscher – Husain hat aus Alamut eine *da'wa* überbracht.«

»Was ist das?«

»Wenn ich das genau verstanden hätte«, gab Sayf offen zu,

»aber es muss sich um eine Art Befehl handeln, der alle auf der Festung in tiefe Bestürzung versetzt, etwas Schreckliches, keiner redet offen darüber, aber es wabert wie eine dunkle Wolke bösartiger Pestilenz über Masyaf –«

»Ist es ansteckend?!« Victor war alarmiert.

»Kann sein.« Sayfs Auskunft klang nicht sonderlich beruhigend.

»Was sagt dein ehrwürdiger An-Nasir ad-Daula dazu?«

»Zu mir nichts, aber es beunruhigt auch ihn – anscheinend hängt alles von der Annahme oder Ablehnung des erhabenen Herrn und Meisters ab –«

»So entscheidet Sheik Sinan darüber, ob ihr euch dieser *da'wa* unterwerfen werdet oder euch widersetzen sollt?«, stellte Victor interessiert fest.

»Ja«, erklärte Sayf mit Stolz. »Unser Schicksal liegt in seinen gerechten Händen. Er ist unser Herr über Leben und Tod. Wir folgen blind dem Befehl des großen Meisters!«

Victor kannte diese Art von Emphase bei seinem Freund. »Dann sieh zu, dass wir uns noch zuvor gemeinsam beim Bade in der Schlucht des Lebens erfreuen – ich werde Melou mitbringen.«

»Aber bitte nicht die Zwillinge!« Sayf machte aus seinem Herzen keine Mördergrube.

»Keine Gefahr«, erklärte Victor lachend. »Die sind eh wasserscheu.«

Bericht des Eunuchen an seinen erhabenen Herrn und Meister, Sheik Sinan

Ich habe die «da'wa» nicht zu lesen bekommen, denn Husain ad-Din Marzuban, der sich immer noch ›Der Geschickte‹ nennt, bestand darauf, sie sofort Euch, und nur Euch, zu übergeben. So lautete wohl sein Auftrag, obgleich ich ihm unterstelle, dass er jeden Befehl auch so auszulegen in der Lage ist, wie dessen Ausführung ihm in seine persönlichen Pläne passt. Da er auch mir keine Auskunft über den Inhalt der «da'wa» geben wollte, es aber dennoch auf unserer Festung von den abenteuerlichsten Mutmaßungen, Befürchtungen ebenso wie wahnwitzigen Erwartungen so sirrt und schwirrt wie ein Mückenschwarm in lauer Sommernacht, die sich alle mit Art und Ausmaß der Maßgabe aus Alamut beschäftigen, die eigentlich keiner kennen dürfte. Kein Rauch ohne Feuer! Der brodelnde Gerüchtekessel muss ein Leck als Ursache haben. Ich habe mir erlaubt, die Person, die für mich logischerweise in Frage kam – natürlich ein Weib! –, in ein Gespräch zu verwickeln: Die Ehefrau Thamar des Husain ad-Din Marzuban, eine zum Islam konvertierte georgische Christin. Von ihr erfuhr ich die grauenhaften Dinge, die Ihr, erhabener Herr und Meister, inzwischen schon wisst, gipfelnd in der Aufhebung der «sha'ria»! Sie berichtete mir, dass auf Alamut der Imam es eingeführt habe, beim Gebet Mekka nicht mehr das Antlitz zuzuwenden, sondern das Hinterteil! Dass Ehebruch nicht länger mit Steinigung der ungetreuen Frau bestraft, sondern im Gegenteil zur Felonie, zu Unzucht und Inzest aufgerufen würde! Ich habe sie beschworen, nichts über solch bedauerliche Vorfälle von beispielloser moralischer Entartung verlauten zu lassen – verbieten kann ich einem Weibe des Geschickten nichts –, aber es ist wohl zu spät! Diese Thamar ist nicht nur geschwätzig, sondern sie scheint mir von den Möglichkeiten, die sich durch Befolgung der «da'wa» für sie hier auf Masyaf ergeben könnten, äußerst begierig angetan! – Geil und lüstern wie bestimmte Weiber nun mal sind – und denke ich an die vielen jungen «fida'i», die jetzt auf Euer Geheiß, erhabener Herr und Meister, hier zusammenströmen, reinen Herzens und voller Inbrunst für unseren Glauben ihr junges Leben gegen die Verheißungen des Paradieses einzutauschen, dann fürchte ich doch sehr, dass ungezügelte Frauen wie sie – und davon gibt es mehr, als wir uns träumen lassen! – furchtbaren Schaden anrichten könnten. Schon weil erlebte Fleischeslust, «ma yahfadu Allah!» – Was Gott verhüten möge!, oder auch nur als reale Möglichkeit dargeboten und erkannt, die Attraktion des Paradieses mit seinen engelsgleichen «huriat» erheblich mindern, wenn nicht null und nichtig machen würde! Als Hüter der köstlichen Blüten Eures Gartens flehe ich Euch an, sprecht ein deutliches Machtwort gegen den sich einschleichenden Verfall der Sitten! Diese «da'wa» mag in Persien Sinn machen, sonst hätte der Imam – Gott segne seine Einsichten! – sie nicht auf Alamut eingeführt, aber hier auf syrischem Boden würde sie ein falsches Bild von Lehre und Lebenswandel der Ismaeliten in die Herzen unserer Anhänger einpflanzen und die uns umgebende Welt, seien es nun Anhänger der «sunna» – Allah verdamme sie, mögen sie in der Hölle schmoren! – oder diese Christen – Allah zeige ihnen den rechten Weg zum wahren Glauben, oder vernichte auch sie! – Die alle würden ausrufen: ›Da seht ihr diese heuchlerischen Ismaeliten! Sie sind verderbter als jeder Teufel!‹ Masyaf bedarf eines klärenden Wortes seines «huddscha» zu dieser «da'wa», ihr brodelnder Inhalt, brandgefährlich wie Griechisches Feuer, lässt sich nicht länger unter dem Deckel halten.

Euer ergebener Diener An-Nasir.

PS: Noch habe ich die gewünschte Anzahl von einundzwanzig «huriat» nicht beisammen, doch lege ich größten Wert auf edle Gestalt und Schönheit der Seelen.

Das Wasser des Sees in der Schlucht spritzte auf und schwappte gegen das steinige Ufer, so viele junge Leiber sprangen von den Felsen, die Jünglinge, um sich vor den Mädchen mannhaft zu beweisen, die hingegen, um sich vor ihnen in Sicherheit zu bringen. Es war Victor nicht gelungen, das Treffen am Badeplatz vor Gernot und Valerian zu verheimlichen. Den Zwillingen, die sich eigentlich für solche Kindervergnügungen zu alt vorkamen, fiel das geheimnisvolle Getue ihres jüngeren Bruders nun gerade auf. Durch die Bekanntschaft mit Shirin nebst Schwester Kira sahen sie sich reichlich belohnt. Valerian, der weichere und auch klügere von beiden, hielt sich gleich instinktiv an die zurückhaltende Shirin, schon weil er die Gefahr witterte, die von der fordernden Kira ausging. Gernot, den eigentlich die Versprechungen der sanften Kurven der Älteren auch eher gelockt hätten, ließ sich wohl oder übel auf Kira ein. Übereilt hielt er in seiner schlichten Art ihre Bereitwilligkeit, sich mit ihm im Wettkampf zu messen, bereits für ein Einverständnis, zumindest unter Wasser – auf Tuchfühlung zu gelangen. Nachdem es ihm schon nicht gelungen war, die Schwestern zu bewegen, es Melou gleichzutun, die immer noch mit nackten Brüsten zu schwimmen pflegte, wie sie es als kleines Mädchen tat, versuchte Gernot im Schutz des ob seiner Tiefe dunklen Sees Kira zu berühren. Zwar schwamm er dank seiner kräftigen Armstöße schneller als sie, doch sobald sie abtauchte, war er ohne Chance, sie auch nur mit den Fingerspitzen zu erhaschen. Den Tölpel umkreisend wie ein verspielter Delfin, gelenkig wie ein Gaukler machte sie sich lustig über ihn, sehr wohl wissend, dass das sie verhüllende Tuch unter Wasser völlig durchsichtig an ihrem Leibe haftete. Gernot fuchtelte wie wild mit den Armen und strampelte mit den Beinen, bis er unter Atemnot prustend wieder an die Oberfläche rudern musste, während Kira ganz woanders auftauchte und sich völlig unbeteiligt gab. Ihr Verhalten – Victor fand, dass Sayf diese Kira völlig unzureichend beschrieben hatte, und Sayf, dass er das Mädchen auf keinen Fall dem tumben Gernot überlassen wollte – bewirkte, dass beide Freunde, die sich bisher fast ausschließlich um Melou gekümmert hatten, sich mehr und mehr der erfolgreichen Taucherin zugesellten. Und da beide ebenfalls geübte Unterwasserjäger waren, entgingen ihre Avancen wohl dem atemlosen Zwilling, nicht aber der alerten Kira. So leicht wollte sie niemandes Beute sein, schon gar nicht dieser vorwitzigen Knaben. Sie tauchte tiefer und tiefer, bis den beiden der Schädel dröhnte. Sie drehten abgeschlagen um, als an ihnen vorbei grinsend mit ihrem breiten Mund und weißblonder wehender Mähne Melou in die Tiefe schoss, der sie gerade entkamen.

Seine Schwester hatte etwas von einer Meduse, so schien es Victor, jenen gläsernen, schwerelosen Wesen mit ihren langen Fangarmen, die so zerbrechlich wirkten und doch so gefährlich sein sollten. Allein schon die Berührung brannte auf der Haut wie Feuer! Doch dann machte sich Sayf Sorgen um den Verbleib der Nymphe mit den züngelnden Schlangenhaaren. Verstohlen schaute er sich um, seine Augen suchten See und Ufer ab. Victor wollte er seine aufsteigende Angst nicht zeigen, doch ausgerechnet der wies plötzlich wie versteinert auf die Gischt des Wasserfalls. Hinter dem Perlenvorhang standen eng einander umschlingend die sehnige Kira und die zartleibige Melusine – ihrer beider verzauberte Kindfrau und Zauberin zugleich.

Hoch über dem See, auf der am weitesten vorgeschobenen Bastion, standen der Geschickte und sein Weib, die *saida* Thamar, und schauten hinab auf das Treiben der Kinder. Einzelheiten – *alhamdulillah*! – blieben ihnen von hier oben aus verborgen, zu groß war der Höhenunterschied, doch zeigte sich zumindest Husain ed-Din Marzuban auch wenig daran interessiert. Ihm war keineswegs bewusst, was die von ihm überbrachte *da'wa* in den Herzen seiner Töchter und ihrer Gespielen anrichtete. »Zukünftige *huriat* des Paradieses«, knurrte er die Saida an, »sollten sich von jungen Männern fernhalten. Sie verlieren sonst an Reiz, an Anreiz für unsere *fida'i*!«

»Bislang habt Ihr wenig Wert darauf gelegt, Husain«, schnappte Thamar zurück, »Kira und Shirin als junge Bräute aufwachsen zu lassen, für die sich überhaupt ein Mann interessieren könnte! – Eine normale Ehe wäre für sie ja auch denkbar gewesen!«

»Wieso gewesen?!« Husain war verunsichert. »Haben sie etwa bereits ihre Jungfräulichkeit eingebüßt!?« Der Gedanke erschütterte ihn, Wut kochte in ihm hoch. »Ab sofort verbiete ich ihnen, sich dort –«, er zeigte mit spitzem Finger hinunter zur Schlucht, »– derartigen Vergnügungen hinzugeben!«

Thamar beherrschte sich. »Der Einzige, dem es zusteht,

über die *huriat* des Paradieses zu verfügen, ist der *kabir at-Tawashi* An-Nasir ad-Daula, Oberaufseher über den Harem des erhabenen Huddscha!«, entgegnete sie kühl. »Haltet Euch an den –«

Der Geschickte machte auf der Stelle kehrt und trat den Rückzug an. Die Saida folgte ihm auf dem Fuß. Sie hatte die Schlüsselgewalt über den nach oben offenen Korridor entlang der Haremsmauer, über das Brunnenhaus hinweg. Ein Einblick in das Paradies war den Benutzern dieses Laufganges sowieso verwehrt, dazu war die innere Brüstung zu hoch gezogen. Ein Zugang zur Bastion war nur für den Kriegsfall vorgesehen. Sie würde in Zukunft ihrem Ehemann den Blick hinab auf den See nicht mehr zumuten.

Sayf drängte zum Ufer, zum einzigen flachen Felsen, auf dem man lagern konnte. Dort hockten bereits die Zwillinge und lauschten den Schauermärchen, die Shirin aus Alamut zu berichten wusste.

»Die *da'wa* hatte auch zur Folge, dass ringsherum in den Dörfern der Assassinen die Männer –«, sie verstummte betreten, als jetzt Sayf und Victor hinzutraten.

»Was taten die Männer?«, forderte Valerian behutsam den Fortgang der Geschichte ein.

»Sie werden ihren Weibern gezeigt haben«, polterte Gernot dazwischen, »wer im eigenen Hause den Knüppel –«

»Falsch!«, unterbrach ihn Sayf mit aller Schärfe. »Und nicht sehr originell. Der Witz ist ja, es nicht mit der eigenen Frau zu treiben, sondern mit der des Nachbarn –«

»Es kam noch schlimmer!«, empörte sich Shirin. »Söhne – nein, ich mag es nicht sagen –«, sie flüchtete in einen Jammerton.

»Söhne schliefen ihren Müttern bei –«, ergänzte Kira ungerührt, »oder wurden von diesen ins Bett gezogen. Väter bestiegen ihre Töchter, Schwestern trieben es mit ihren Brüdern, alle ergaben sich dem Rausch des Weines wie trunkene Sufis, sie taten es in aller Öffentlichkeit, so wie Hunde auf den Straßen kopulieren, sie tanzten nackt miteinander um lodernde Feuer in der Brunst ihrer befreiten Sinne!«

Alle schwiegen betroffen, nur Gernot griff nach Shirin und versuchte sie an sich zu ziehen. »Das gefällt mir!«, stöhnte er wollüstig, doch die beherzte Kira stieß ihm ihr Knie ins Gemächte, sodass er mit einem unterdrückten Schmerzenslaut von der Schwester ließ.

Valerian war aufgesprungen und stieß den Zwilling zurück, der sich auf die Freche stürzen wollte. Gernot sah, dass alle gegen ihn waren, und trat grollend den Rückzug nach Montmor an.

»Das habt ihr euch ausgedacht?«, wandte sich Victor erschüttert an die beiden Schwestern. »So etwas hat es doch noch nie gegeben!«

»Denk an Sodom und Gomorrha!«, spottete Kira, doch Valerian fauchte sie an.

»Dann weißt du auch, wie es Lots Weib ergangen ist!? So wird es mit dir geschehen, wenn du solche schändlichen Lügenworte in den Mund nimmst!«

»Und wenn es die Wahrheit ist?«, wies Victor seinen älteren Bruder zurecht. »Wenn es so in der *da'wa* geschrieben steht und morgen der Sheik es euch befiehlt?« Er wandte sich jetzt an Sayf und die beiden Schwestern.

»Dann machen wir das!«, krähte aus dem Hintergrund Melou, die bislang mit leuchtenden Augen nur gelauscht hatte. »Ich schlafe oft bei meiner Mutter«, fügte sie aufgeregt hinzu, »und ›pokulieren‹? Heißt das so, wenn Hunde sich ficken?«

»Gewiss doch!«, wiegelte Kira weitere Fragen der Jüngsten ab, und Sayf eilte ihr zu Hilfe.

»Ich glaube nicht, dass unser erhabener Herr und Meister, Sheik Sinan, gewillt ist, diesem widernatürlichen Erlass Folge zu leisten!«

»Und wenn doch?«, hielt Victor seinem Freund vor.

»Dann müssen wir –«, Sayf bezog Shirin und Kira mit ein, »seinem Befehl gehorchen.«

»Muss ich dann mit meinem lieben Speroche, mit Gernot,

mit Valerian und mit dir ›pokulieren‹?« Melusine schien nicht besonders angetan von der Aussicht, als sie sich jetzt an Victor hielt. »Oder darf man es sich wünschen?«

»Du darfst es dir aussuchen!«, bestärkte sie die gutherzige Shirin. »Und jetzt gehen wir!«, beschied sie energisch den leicht verstörten Valerian. »Tugendsame Mädchen wie unsereins gehören ins Paradies!« Der Seitenhieb bezog sich auf ihre jüngere Schwester Kira, die ihn auch sofort spöttisch auffing.

»Verderbte wie ich können sich was Schöneres vorstellen!«

Melou schlang ihre Arme um Sayf. »Ich weiß, was ich mir wünsche«, flüsterte sie. Das versetzte Victor einen Stich ins Herz, doch wie ein Wirbelwind fiel Kira über ihn her, küsste seinen Mund – und schon war die Wilde entschwunden.

Die Saida Thamar stand im Oktogon des Eunuchen, mit dem sie eine fast komplizenhafte Freundschaft verband. Durch eines der Bodengitter beobachtete der Kabir at-Tawashi die Rückkehr der Badenixen zurück in ihre Kemenaten.

»Der Geschickte«, sprach sie An-Nasir auf ihren Mann an, »hat Euch ersucht, seinen Töchtern weniger Freiheiten zu gewähren?«

Der gutmütige Fettkloß lächelte milde. »Ich hab' ihm erwidert, dass die von ihm eingeschleppte Lustseuche namens *da'wa* den Ismaeliten noch ganz andere Dinge anempfehle!«

Grienend ließ sich der Kabir at-Tawashi in eines der Sitzkissen fallen. »Oder ob die ›Neue Verkündung‹ für ihn und seine Familienangehörigen etwa nicht gelte?!«

»Jetzt schmort er im eigenen Saft!«, amüsierte sich die Saida.

Eigentlich hatte An-Nasir der leichtfertigen Thamar heftige Vorwürfe machen wollen, dass sie mit ihrer Geschwätzigkeit nicht nur sich, sondern auch ihm als verantwortlichen Oberaufseher des Harem diese Probleme überhaupt erst eingebrockt hatte, aber die gemeinsame Front gegen den Geschickten hatte ihn dann doch davon abgehalten.

»Die offensichtlich höchst willkommene Zügellosigkeit ist bereits ins Land gedrungen, zu den uns umgebenden Dörfern unserer Anhänger. Ich bekomme das zu spüren, weil immer mehr besorgte Mütter ihre Töchter nach Masyaf bringen, denn es gäbe auch keine Sicherheit mehr innerhalb der eigenen vier Wände.«

»Sie sagen es nicht«, triumphierte die Saida, »weil sie sich schämen, aber es sind die eigenen Männer der Familien, von denen sie die Unschuld der Töchter bedroht sehen. Hier in Masyaf bin ich froh, dass wir beizeiten den Harem mit dicken Mauern abgesichert haben, dennoch ist es mir eine grauenhafte Vorstellung, die mich des Nachts nicht schlafen lässt, der Funke dieser grässlichen *da'wa* könnte überspringen auf unsere jungen *fida'i*!«

»Es käme zum Aufruhr, sie würden sich zusammenrotten und mit Brachialgewalt das Paradies erstürmen! Ein Albtraum für den treuen Diener, dem die Unversehrtheit des Harems anvertraut ist!«

»Für die Unversehrtheit der Hymen meiner beiden Töchter – wie Ihr sicher bereits festgestellt habt – kann ich garantieren.«

»Damit ist die festgesetzte Anzahl der *huriat* des Paradieses erreicht –«

Hüftschwingend verließ Thamar das Oktogon und vernahm nicht mehr den Rest des Satzes, den er hinterherschickte:

»– und Euch verwende ich als Gouvernante für Sitte, Benimm – und Pflege des Gartens!«

Trunken vom Weine aus dem Fass des Roger du Ferbac – die Zwillinge hatten den sorgsam gehüteten Vorrat ihres Vaters im Kellerverlies unter dem Donjon entdeckt –, waren Gernot und Valerian am Tor von Masyaf erschienen und hatten mit lauter Stimme nach Shirin und Kira verlangt. Die befremdeten Wachen wollten die Trunkenbolde erst wegjagen, doch die machten sogleich Anstalten zu randalieren und grölten, die Töchter des Husain seien ihnen anverlobt und versprochen. Die Wachen schickten nach Frau Thamar – der Geschickte war aushäusig –, und die befahl ihnen streng, die Kerle auf der Stelle wegzuschicken, notfalls mit Waffengewalt zu vertreiben.

Nicht lang darauf vernahm Frau Aziza auf dem Hof von Montmor merkwürdigen Singsang aus einem der Ställe. In ihrer Arbeit stören ließ sie sich davon nicht. Sie säuberte mit Wasser und Besen den Hühnerstall von seinem Mist. Es waren zweifellos ihre ältesten Söhne, die Zwillinge. Sie schrien sich, immer wiederholend, die Worte *»da'wa! da'wa!«* zu, als würden sie sich anfeuern bei schwerer Handarbeit. *»da'wa! da'wa!«* Aziza wusste, dass die beiden sich heimlich über das Weinfass ihres Mannes hermachten, hatte aber so getan, als hätte sie nichts bemerkt. Sicher waren sie wieder betrunken, und sie verspürte keine Lust, ihnen in diesem unwürdigen Zustand gegenüberzutreten.

Im Inneren des Ziegenstalls hockte Melusine auf dem obersten Holz des Gatters und starrte auf ihre Brüder. Sie hatte sich hier hinaufgeflüchtet, als die Zwillinge plötzlich in den Stall drängten, ihre Hosenlatze öffneten und ihre erigierten Schwänze herauszerrten. Sie trieben die Kleine vor sich her, brüllten vor Lachen, während sie ihre Schwengel mit der einen Hand kreisen und wippen ließen und dazu *»da'wa! da'wa!«* schrien. Immer, wenn Melusine sich vor dem einen in Sicherheit bringen wollte, sprang ihr *»da'wa! da'wa!«* der andere in den Weg, fuchtelte scherzend mit seinem Glied und scheuchte sie zurück vor die Lendenzier des Zwillingsbruders. Melusine wusste nicht recht, ob sie das spaßig finden sollte oder bedrohlich. Sie dachte an das ›Pokulieren‹ der Hunde, und es schien ihr nicht so recht erstrebenswert. Deswegen war sie behende auf das Gatter geklettert, und Gernot und Valerian standen unter ihr, ihre Schwänze in der Faust, als wollten sie um die Wette masturbieren, johlten lachend und keuchend »*da’wa! da’wa!*«, als ihre Mutter den Stall betrat. Aziza trug in der einen Hand den Wassereimer und in der anderen den Reisigbesen. Sie erstarrte nur kurz, als sie der Situation gewahr wurde, in der sich Melusine befand. Da sich die Zwillinge in ihrem Eifer, »*da’wa! da’wa!*« zu brüllen, um der kleinen Schwester Angst einzujagen, nicht im Geringsten um die Mutter kümmerten, nahm Aziza den Eimer und schwappte mit zornigem Schwung seinen kalten Inhalt gegen das Gemächte des ihr näher stehenden Valerian, der wie ein begossener Pudel vorwurfsvoll zu Melou aufschaute, derweil Aziza schon den Besen ergriffen hatte und mit dessen Reisern auf die Blöße Gernots einschlug. Jetzt lachte Melusine hellauf, schrie auch »*da’wa! da’wa!*«, rutschte von ihrem Balken herunter und rannte aus dem Stall. Valerian hatte pitschnasse Hosen und stopfte sein erschlafftes Glied mit hochrotem Kopf zurück in die Beinkleider. Gernot rettete sich vor den Reisighieben der erbosten Aziza durch einen Sprung über das Gatter mitten unter die erregt meckernden, auseinanderstiebenden Ziegen. Aziza schmiss den Besen weg, stampfte hinaus und verriegelte die Tür des Stalls von außen. Dann besann sie sich jedoch, ihrem Ehegespons, dem Ritter Roger du Ferbac, nichts von dem Vorfall zu sagen, und machte sich besorgt auf die Suche nach ihrem Töchterlein.

»Ich will nicht bei den Assassinen eingesperrt werden!«, fauchte Melou ihren Lieblingsbruder Victor an. »Warum muss ich dafür büßen, wenn die blöden Zwillinge doch pokulieren wollten!?«

»Das heißt ›kopulieren‹ und ist ein unanständiges Wort, Hunde tun so etwas.« Victor war bemüht, den Zorn der kleinen Schwester einzudämmen.

»Deine Kira hat es in den Mund genommen, und da hat es dir sehr gefallen!«, entgegnete Melou. »Und ich geh’ nicht nach Masyaf, schon wegen dieser *da’wa*, die ist noch schlimmer als Hundeficken!«

»Du solltest dich schämen!«

»Warum immer nur ich?!«

»Hör zu, Melusine –« Victor sah ein, dass er so nicht weiterkam. »Dort lebst du in einem wunderschönen Garten unter Palmen und blühenden Bäumen, die zweimal im Jahr saftige, süße Früchte tragen, in Marmor gefasste Springbrunnen versprühen nach Rosen duftende Fontänen und –«

»Aber ich will in unserem See tauchen und unter dem Wasserfall träumen, ich sei ein Smetterling!«

»Als *huri* kannst du nicht nur vom Paradies träumen, wann immer es dich gelüstet, du lebst mittendrin unter Kaskaden von Blütenblättern –«

»Und wie lange?!«

»Bis ein Ritter kommt, dich auf sein Pferd hebt und dich auf seine Burg entführt.«

»Ich reite lieber selber, und Sayf hat gesagt, er würde kein Ritter werden, sondern ein *fida'i*!«

»Weißt du überhaupt, was ein *fida'i* zu sein bedeutet?«

»Oh ja!«, rief Melou begeistert aus. »Das sind kühne, junge Männer, die ihr Leben wagen um der großen Liebe willen, aus Sehnsucht nach dem Paradies –«

»Siehst du, Melou, als *huri* bist du das Paradies! Du wirst zum schönsten Schmetterling in diesem Garten voller Blumen!«

Melusine dachte angestrengt nach. »Nur, wenn du mit mir kommst –«

Victor wurde es heiß und kalt bei diesem Vorschlag. »Mir bleibt das Paradies verschlossen.«

»Du könntest doch *fida'i* werden, dann bist du immer in meiner Nähe und in meinen Träumen ein Smetterling wie ich!«

Victor schwieg, er kämpfte mit sich. Er sah in die glänzenden rätselhaften Augen von Melou, sah ihre breiten, vollen, leicht geöffneten Lippen – alles zog ihn unwiderstehlich in den Bann dieses Zauberwesens.

»Gut«, sagte er, »ich werde Sayf bitten, dass er ein Wort

für mich einlegt und ich auf Masyaf als *fida'i* aufgenommen werde.«

Melou schlang ihre Arme um seinen Hals, griff zärtlich in sein Haar und zog seinen Kopf zu sich herab. Sie bot ihm nicht ihre Lippen, sie küsste ihn, wie ihn noch nie ein Mädchen geküsst hatte, vielleicht nie wieder küssen würde!

Victor war noch völlig benommen, da war Melou schon aus dem Hühnerstall gestürmt. Verstört sammelte er in den Nestern die Eier ein, denn deswegen waren er und seine Schwester von Aziza in den Stall geschickt worden. Genauso hatte sie auch Sayf umarmt! Victor schwor sich, seiner Eifersucht auf den Freund keinen Raum zu geben. Nur jemand wie Melou konnte so verrückt sein, zwei Männer zu lieben. »Das bringt sie tatsächlich fertig«, murmelte er zu sich selbst, während er im Stroh nach versteckten Gelegen suchte. Vielleicht war es sogar gut so, dass Sayf dabei war. Und kein anderer.

**Bericht des Eunuchen
an seinen erhabenen Herrn und Meister,
Sheik Sinan**

Auf Masyaf ist unangemeldet eine Delegation der Templer eingetroffen, zwanzig Mann stark, acht Ordensritter unter der Führung eines jungen Komturs samt Bannerträger. Der Rest waren Turkopolen. Da Ihr Euch nicht überrumpeln lassen wolltet und deshalb unsichtbar bliebt, habt Ihr Empfang und Verhandlung dem Geschickten überlassen. Husain ad-Din Marzuban wiederum bat mich, ihn zu begleiten und Protokoll zu führen. Ich erlaubte mir, meinen Ziehsohn Sayf mitzunehmen in der Hoffnung, ihn mit einer ehrenvollen Aufgabe betreut zu sehen. Da die Templerabordnung mit dem «Beauséant» erschienen war, also auf offiziellen Charakter ihrer Mission Wert legte, schlug ich vor, auch unser Auftreten nach dem eindrucksvollen Ritual ablaufen zu lassen, mit dem wir vor allem bei unseren Gegnern für Schauder und Furcht sorgen.

Husain ließ mir freie Hand, also ordnete ich an, dass in den Audienzsaal, in den unser Herold die Gäste geleitet hatte und dort warten hieß, als Erstes eine Doppelreihe unserer «fida'i» einzog. Von den beiden Burschen, die vorwegschritten, trug der eine drei kostbare Dolche vor sich her, wie eine geweihte Kerze. Immer die Klinge des einen in das Heft des nächsten gesteckt, zum Beweis, dass auf jeden in Erfüllung seines Auftrags getöteten Assassinen ein anderer folgt und keiner dem von Euch befohlenen Tod entgehen kann. Der andere Vormann trug über dem Arm ein gefaltetes Tuch aus grobem Linnen, zur Erinnerung daran, dass der Tod, den Ihr befohlen, so unausweichlich ist, dass der Verurteilte sich nur noch als lebender Leichnam betrachten soll, das Leichentuch als Symbol für die verbleibende Spanne zwischen Erlöschen seines Lebens und der Grablegung. Ich hätte mir gewünscht, dass Sayf die Rolle des ersten «fida'i» übernehmen könnte, damit er sich mit seinen zukünftigen Aufgaben vertraut macht, wobei ich den Dolchen der Tat den Vorzug gegeben hätte vor dem weißen Laken des Todes. Aber der Geschickte verwehrte ihm die Ehre, Sayf sei noch nicht einmal von Euch in die Gemeinschaft der «fida'i» aufgenommen, und folglich stünde ihm als «rafiq» eine solche herausragende Rolle noch längst nicht zu. Zumal sich andere, ihren Auftrag sehnlichst erwartende «fida'i», um das ehrenvolle Amt des Vormannes reißen würden. Um bei seinen Kameraden kein böses Blut zu wecken, habe ich nicht weiter insistiert. Als die beiden Reihen rechts und links an der Wand des Saales Aufstellung genommen hatten, betrat dann Husain ad-Din Marzuban den Raum, gefolgt von vier älteren «da'i», als Letzter ging ich, Euer treuer Diener. Der junge Komtur, sein Name war Robert de Béthune, ließ sich ungerührt dem Geschickten vorstellen und eröffnete die Verhandlung, indem er die Forderungen verlas, die der Orden der Templer an die Sekte der Assassinen stellte. Das Schreiben, das an Euch gerichtet war, sollte angeblich vom Großmeister der Tempelritter aufgesetzt worden sein. Ich kann mir das nicht vorstellen, denn es enthielt nichts anderes als das banale Verlangen, allen syrischen Assassinen eine Steuer abzuverlangen, wobei Masyaf, als Euer Sitz, erhabener Herr und Meister, für deren Eintreibung verantwortlich sei. In äußerst hochmütiger Formulierung wurden sodann die Sanktionen beschrieben, die wir zu erleiden hätten, sollten wir den uns auferlegten Tribut nicht regelmäßig und pünktlich in Tortosa beim Schatzmeister abliefern, und als Garantie wurde die Stellung von Geiseln aus Eurer engsten Familie erwartet. Das Ganze nannte sich ›Schutz- und Freundschaftsvertrag‹!

Nun zeigte sich, wie weise es von Euch war, nicht vor diesen ungehobelten und arroganten Templern zu erscheinen, denn das versetzte den Geschickten in die Lage, sich äußerst freundlich und entgegenkommend zu zeigen, ja dankbar geradezu für die uns erwiesene Huld. Husain konnte eilfertig und bemüht versprechen, Euch das hochherzige Angebot sofort nach Eurer Rückkehr vorzulegen, und den Eindruck vermitteln, dass es ihm keinerlei Mühe bereiten würde, Euch von den Vorteilen eines solchen Paktes der Freundschaft zu überzeugen. Ob ihm der junge Komtur das geglaubt hat, vermag ich nicht zu beurteilen. Seines Zeichens Kommandeur der Templerburg von Safita, ist Robert de Béthune der Typus des Normannen, überlange Nase, wasserblaue Augen, die außer Grausamkeit wenig ausstrahlen, Pferdegesicht mit vorstehenden Schneidezähnen, schütteres Blondhaar und näselnde Stimme. Eben einer aus diesen ersten Kreuzfahrerfamilien, die Syrien inzwischen als ihr ererbtes Land ansehen, die einheimische Bevölkerung als ihre Leibeigenen und eine Glaubensgemeinschaft wie die unsere als lästiges Beiwerk, derer man sich – ob unserer berüchtigten Spezialität – bei Gelegenheit vielleicht bedienen kann, aber bis dahin ordentlich schröpfen sollte.

Nach diesem Schachzug Husains, bei dem Ihr des Geschickten Hand geführt und seinen Geist geleitet haben müsst, blieb dem Komtur nichts anderes mehr, als sich zurückzuziehen. Er tat es mit dem Versprechen, dass man wiederkommen würde, vielleicht mit einer etwas größeren Delegation, und dass er erwarte, Euch beim nächsten Mal persönlich vorzufinden, damit der Vertrag besiegelt werden könne. Damit ritten sie stolz wieder davon.

Euer ergebener Diener An-Nasir.

PS: Bleibt zu überlegen, mit welcher Macht wir uns verbünden könnten, die uns einerseits vor Übergriffen der Templer schützt, für die andererseits ein Bündnis mit uns von äquivalentem Interesse ist? Die Johanniter scheiden aus, da geraten wir von der Regentonne in den Abfluss der Zisterne!

MAGISTER VENERABILIS

Die einsame Burg lag inmitten der hochaufgetürmten Felswüste oberhalb des Toten Meeres. Sie war auch als Silhouette nicht von dem Saumpfad aus zu erkennen, der sich in der Senke an dem bleischwer wirkenden Salzwassersee entlangschlängelte, denn die Steine ihrer Mauern waren der Umgebung angepasst wie der Schuppenpanzer eines Chamäleons. Ringsherum herrschte das Schweigen glühender Hitze, die keinen Laut wie Bienengesumm oder Vogelgezwitscher zuließ. Still lag auch der Burghof mit seinen steinernen Platten, die Burg erschien menschenleer, bis dann auf den Mauerkronen gemessenen Schritts Wächter aufzogen, sich zwischen den Zinnen postierten und wie Statuen hinabstierten ins wüste Land. Alle hatten ihre gepanzerten Rücken dem Hof zugekehrt, als sich jetzt eine Tür öffnete und neun Männer in langer Reihe hinaustraten und schweigend das Geviert durchquerten, in der Ecke eine Treppe hinunterschritten und durch einen Torbogen in der dunklen Tiefe des Gewölbekellers verschwanden. Sie waren allesamt weiß gewandet, mit langen Mänteln übergehend in hohe, spitze Kopfbedeckungen, nur von den schwarzen Sehschlitzen unterbrochen. Lediglich die letzten beiden in der Reihe schritten barhäuptig. Es waren Robert de Béthune, der Komtur der Templer, – und Husain ad-Din Marzuban, der Geschickte.

Derjenige, der im kreisrunden, niedrigen Gewölbe die Sitzung der weißen Kapuzen eröffnete, zeichnete sich durch nichts vor den anderen aus, weder von der Statur her noch durch irgendwelche Insignien. Auffällig war höchstens seine metallische, unangenehm hohe Stimme.

»Das Priorat der heiligen Magdalena«, hub er an, kaum, dass der Kreis am Außenbogen einer mondsichelartigen steinernen Tafel Platz genommen hatte, »ist heute zusammengekommen, weil mir als Euer Magister die Ehre zukommt, Euch zwei neue Mitglieder unserer Bruderschaft vorzustellen, die vom ›Inneren Kreis‹ ausgewählt wurden –« Er selbst saß, flankiert von dem Templer und von Husain, im Fokus der Sichel. »Robert de Béthune ist Komtur des Ordens der Templer zu Tortosa –«, er deutete die angesprochene Person mit einer knappen Handbewegung an. »Husain ad-Din Marzuban nimmt den zweithöchsten Rang in der Gemeinschaft der syrischen Assassinen ein.« Der Geschickte gab sich mit einem leichten Nicken zu erkennen, und der *magister venerabilis* fuhr routinemäßig fort: »Was wir diesmal zu besprechen haben, werde ich mit beiden Herren und unter sechs Augen erörtern, sodass es Eurer Gegenwart nicht länger bedarf. Ich danke Euch«, fügte er ungerührt hinzu und wartete, bis sich die somit zum Verlassen des Raumes Aufgeforderten erhoben hatten und ebenso schweigend, wie sie sich eingefunden hatten, wieder abgezogen waren. Er schickte ihnen nicht einmal einen Blick hinterher, sondern stieß einen hörbaren Seufzer der Erleichterung aus, klar zu erkennen gebend, wie lästig er die Pflichtübung empfunden hatte. »Ich bin zufrieden«, sprach er sodann in lockerem Ton, der sein blechernes Organ erträglicher machte, »dass Bruder Husain meinem Ruf, sich hier einzufinden, sogleich gefolgt ist.«

»Der mitgeführte Beauséant des Bruders Robert zeigte mir Euer geheimes Siegel, das der ›Schwarzen Madonna‹ – und so bin ich genau nach eines Monats Frist wie vereinbart hier auf Burg Karleman zur Stelle«, erwiderte der Geschickte mit hörbarem Stolz.

»Das heißt aber noch lange nicht, werter Mitbruder Husain«, entgegnete der Templer an des Vorsitzenden statt, bisher hatte er die Prozedur mit unbeweglichem Gesicht verfolgt, »dass die euch Assassinen von Masyaf überbrachte Forderung meines Ordens etwa null und nichtig ist: Das Gesagte gilt, die Hautfarbe ›Unserer Lieben Frau‹ hebt es mitnichten auf!«

»Die Antwort wird Euch der erhabene Huddscha erteilen, wenn ihm danach zumute ist!«, bellte der Geschickte zurück, aufgebracht über die unverschämte Arroganz des Templers.

»Liebe Brüder!«, bemühte sich der Magister Venerablis, den aufkommenden Streit zu beschwichtigen. »Haltet bitte die Auseinandersetzungen Eurer Ordensgemeinschaften heraus aus dem gemeinsamen Anliegen, das uns zusammenführt. Ihr sitzt hier nicht als deren Vertreter, sondern als *electi*, auserwählte Personen, auf die eine größere Aufgabe wartet!«

Der Templer schluckte die Zurechtweisung und setzte wieder sein hochmütiges Gesicht auf, das fälschlicherweise als Lächeln verstanden werden konnte. Aber Husain sprang auf, er war wütend. »Mit mir steht hier die Person des Wesirs des obersten Sheiks aller Assassinen des Landes!«, sagte er und funkelte den Kapuzenträger an. »Ihm entspräche der Seneschall, oder zumindest der Marschall eines Ritterordens –«, wieder riss Robert de Béthune die Antwort an sich.

»Wie Ihr selbst gerade zugegeben habt, zählt bei Euch ja nur das Wort Sinans! Ich hingegen habe Stimme im *capitulum*!«

»*Silentium!* Meine Herren!«, donnerte diesmal die Stimme wie die Posaunen von Jericho. »Jeder von Euch wird den Platz einnehmen, den das Priorat ihm zuweist! Euer Zutun beschränkt sich darauf, sich dessen würdig zu erweisen!« Er ließ ihnen Zeit, die unverhüllte Drohung zu überdenken. Als beide jetzt schwiegen, nahm er den Faden mit verbindlicher Stimme wieder auf. »Lasst uns nun dem *opus magnum*, dem geheimen Projekt des Priorats, näher treten: Die Schaffung eines unabhängigen Ordensstaates, der Islam und Christentum –«

»Keine Juden!«, belferte Robert dazwischen, der Vortragende überging den Einwurf.

»– der allen Angehörigen unter dem Patronat seiner Schutzherrin ein freies Ausleben jeglichen inviduellen Glaubens gestattet –«

»Das ist schlimmer noch als die Lehre der Ungläubigen, das ist eine gottlose Häresie, die Ihr uns da –«, protestierte der Geschickte so vehement, dass es ihm die Stimme verschlug.

»Wolltet ihr Ismaeliten nicht sowieso zum Christentum übertreten?!«, warf der Templer in die entstandene Atemnot, doch Husain hatte sich sofort gefangen.

»Wenn Euer Templerorden sich dafür der Verheißung des ›Verborgenen Imam‹ unterwirft?«

»Überlasst die religiösen Fragen den Weisen des Priorats!«, rügte sie mit erstaunlicher Sanftheit der von seiner Kapuze verhüllte Magister Venerabilis. »Es geht um Macht, die reine Macht auf Erden! Von uns wird erwartet, dass wir die territorialen Voraussetzungen schaffen –«

»Beginnend mit dem Gebiet, das die Assassinen von Masyaf als ihren Machtbereich betrachten!«, fügte Robert de Béthune provozierend an, um sich gleich die Antwort des Geschickten einzufangen.

»So wären Safita und Tortosa das erste Faustpfand, das uns Euer Orden schuldet!«

Die meckernde Lache des Spitzhutes ließ sie verstummen. »Meine Brüder!«, bedauerte die Stimme, die sonst kein Empfinden verriet. »Ihr werdet Euch noch viele blutige Nasen holen, bevor Ihr einseht, dass der Weg, den das Priorat Euch weist, der Pfad des Lichtes ist und darüber hinaus der unvermeidliche. Was Eure Person anbetrifft, Ihr habt ihn betreten, und Ihr könnt nicht mehr zurück!« Seine Stimme wurde streng, Eiseskälte durchwehte das Gewölbe. »Das Priorat sieht keinen Austritt seiner Mitglieder vor, nur ihren Tod!« Er erhob sich und verließ den Raum.

In ein schlichtes Gewand gekleidet, wurde Victor von seinem Freund Sayf hinaufgeführt zur Festung der Assassinen, damit er dort als *rafiq* Aufnahme in die Gemeinschaft der gläubigen Ismaeliten finden sollte. Doch schon am Burgtor von Masyaf empfingen zwei von Husain beauftragte fida'i die beiden, um ihnen mitzuteilen, dass Sheik Sinan jetzt keine Zeit habe, den vorgesehenen Akt der Initiation vorzunehmen, zumal bei einem Christen dies einer besonderen Überprüfung bedürfe. Es sei Victor du Ferbac freigestellt, als *mustadschib*, also im niedrigsten Rang eines Kandidaten, auf Masyaf zu verbleiben, bis der Huddscha entschieden habe. Victor ließ sich von dem kühlen Empfang nicht entmutigen und bezog Quartier bei Sayf, um sich den erforderlichen Prüfungen zu unterziehen. Der Einzige, der ihn freundlich willkommen hieß, war der Eunuch An-Nasir ad-Daula, der Ziehvater Sayfs. Er versuchte dem enttäuschten Aspiranten zu erklären, dass der erhabene Herr und Meister im Moment andere Sorgen habe, auch wenn er durchblicken ließ, dass er die angeblich ablehnende oder zumindest vertröstende Haltung des Sheik Sinan für eine Eigenmächtigkeit des Geschickten hielt.

So lebten die beiden Freunde in unmittelbarer Nähe des Kabir at-Tawashi, des Aufsehers über den Harem, lernten dessen mit erlesenem Geschmack eingerichtete Gemächer kennen, durften sich in seiner umfangreichen Bibliothek mit den Schriften der Ismaeliten beschäftigen, denn in dem Punkt gab er seinem Widersacher Husain ad-Din Marzuban recht, als Christ habe Victor sich noch viel Wissen anzueignen und einiges zu studieren, bevor er seiner Konvertierung nicht nur zum traditionellen Islam, sondern zur sehr spezifischen, in vielem abweichenden Lehre der *shiat* und insbesondere der Ismaeliten Glaubwürdigkeit verleihen könne.

»Alamut schäumt ob der zögerlichen Haltung des Sheik Sinan, die *da'wa* in Syrien einzuführen und weisungsgemäß durchzusetzen«, vertraute der Eunuch seinen beiden Schutzbefohlenen an, »der Imam, oberster Herr aller Ismaeliten, sieht in dieser Verweigerung eine Unbotmäßigkeit, die er nicht dulden will und kann!«

»Wie will er Sheik Sinan zwingen, einem solchen Gebot wider jede Sitte Folge zu leisten«, empörte sich Sayf.

»Es ist gegen die Moral, die uns der Prophet lehrt und wie sie im Koran geschrieben steht«, zeigte Victor seinem Mentor eifrig an, dass er sich bereits in wesentlichen Elementen des Islam gut auskannte. Zustimmend schwieg der Eunuch. »Ist das die Sorge, die unseren erhabenen Herrn und Meister umtreibt?«

An-Nasir nickte bekümmert.

Den beiden Freunden standen alle Räume offen, nur das über dem Harem befindliche, weit und hoch wie ein gewaltiger Schiffsbug in das Paradies hineinragende Arbeitszimmer des Aufsehers durften sie nicht betreten. Sayf und Victor nutzten die ihnen gewährte Freizügigkeit, ganz Masyaf in all seinen Winkeln, unterirdischen Gängen und versteckten Treppenaufgängen zu erkunden. Doch von keinem Punkt aus war es ihnen möglich, auch nur einen Blick in die Gärten des Paradieses zu werfen. Dabei lag Victor viel daran, Melou ein Zeichen zu geben, dass er sein Versprechen gehalten hatte. Auch von dem geheimen Korridor, der sich angeblich vom Observatorium des Sheiks bis zum Brunnenhaus unter der Festung hinzog, entdeckten sie keine Spur – und doch wussten sie, dass es ihn geben musste, sie hatten ja die eiserne Tür, hinter der er endete, mit eigenen Augen gesehen. Im Übrigen gaben sie sich Mühe mit ihren zukünftigen Gefährten, den *rafiq*, in ganz Masyaf Bekanntschaft zu machen, um von ihnen nicht als privilegierte Außenseiter angesehen zu werden. Bald kannten sie jedes der Gesichter der auf Masyaf versammelten *fida'i*.

Auf ihren Streifzügen gelangten Victor und Sayf allerdings nicht einmal annähernd in den Bereich des Turms der Himmelsaugen, wie das Observatorium von den *fida'i* gemeinhin genannt wurde. Es war, als läge ein unsichtbarer Bannkreis um den Sitz des Huddscha. Schon bei Betreten des breiten Flurs, der zu den Gemächern des Sheiks führte, traten Wachen hervor und hinderten jeden, weiter vorzudringen. Die Freunde sahen, wie zwei *fida'i*, die es ahnungslos versucht hatten, sofort harsch zurückgewiesen wurden. Nur bei Aufforderung durch den Huddscha selbst, hieß es, würden sie den Weg freigeben. Eine solche Einladung überbrachten einzig und allein seine Leibdiener, die den Besucher dann auch abholten und weitergeleiteten. Die beiden fremden *fida'i* mussten frisch in Masyaf eingetroffen sein, denn Victor und Sayf hatten sie zuvor nie auf der Festung gesehen. Da sie sich eng zusammenhielten und Abstand zu den anderen *rafiq* wahrten, sich also vielleicht in einer ähnlichen Situation befanden wie die Freunde, suchten die das Gespräch mit ihnen. Die beiden waren sehr wortkarg mit ihren Auskünften über sich selbst, doch Sayf fiel auf, dass sie mit keinem Wort auch nur das geringste Interesse am Paradies und seinen *huriat* zeigten. Das war ansonsten unter den *rafiq* das einzige Thema, das jedermanns Phantasie beflügelte und dessen Verwirklichung von allen mit Begierde erwartet wurde: Der Blick ins Paradies, das sinnfällige, wenn auch unausgesprochene Versprechen der himmlischen *huri*, beflügelte die *fida'i*, frohen Mutes zur befohlenen Tat zu schreiten.

»So abgeklärt kann ein in Keuschheit aufgewachsener *fida'i* doch gar nicht sein!«, verwunderte sich Victor.

»Es sei denn, in Qadmus, wo die beiden herkommen, sind Frauen leichter zu haben«, entgegnete Sayf grinsend.

»Qadmus?!« Victor erinnerte sich plötzlich an die längst verdrängte Szene auf jener Assassinenfeste im Norden; eine ihm unheimliche, offensichtlich mit höchsten Machtbefugnissen versehene Gestalt, die zwei *fida'i* auf einen Mord einschwor, den sie auch sofort begingen. Oder war das gar nicht der eigentliche Auftrag? Sondern eine Probe ihrer Tauglichkeit? Und die eigentliche Tat stand erst noch bevor? Gegen wen? Victor biss sich auf die Lippen. Wenn jetzt ausgerechnet diese beiden *fida'i* hier auftauchten, konnte ihm das nur ein mulmiges Gefühl im Magen bereiten. »– oder sie sind echte Draufgänger, denen alle Weiber zur leichten Beute werden«, brachte Sayf seinen Gedanken zu Ende.

Victor nickte stumm. Er beschloss, Sayf erst einmal nicht in seinen Verdacht einzuweihen. Doch die stechenden Augen des Mannes, der damals den Befehl erteilte, verfolgten ihn noch den ganzen Tag.

Erst viele Tage später trafen Sayf und Victor wieder auf die Fremden, die ihnen diesmal unaufgefordert und fast geschwätzig mitteilten, dass sie heute vom Huddscha selbst, dem großen Sheik Sinan, empfangen und ihr Gelübde als *fida'i* in seine Hand ablegen würden, denn sie seien bisher – ebenso wie Victor und Sayf – nichts anderes als gewöhnliche *mustadschib* im Wartestand. Verärgert ob dieser Bevorzugung fragte Sayf nach, was ihnen denn – vor allem anderen – diese Ehre verschafft hätte? So erfuhren die Freunde, dass sich die beiden Fremden angeboten hatten, den Großmeister des Tempels aus der Welt zu schaffen. Diese unerwartete Aussicht habe den ehrenwerten Husain ad-Din Marzuban veranlasst, ihnen die gewünschte Audienz beim Sheik Sinan zu verschaffen, denn sie hätten sich nur eines sehnlich gewünscht, ihre Dolche aus seiner Hand persönlich zu empfangen. Nach dieser bereitwilligen Auskunft hasteten die beiden Fremden in freudiger Erregung von dannen.

Bei Victor blieb dennoch ein Stachel des Unbehagens zurück. Die Freunde begaben sich zum Eunuchen und teilten ihm ihre Beobachtungen und Bedenken mit – von der auffälligen Missachtung des Paradieses und der kalten Schulter, die die Fremden den *huriat* gezeigt hätten – es habe sie nicht einmal verlangt, etwas über das ominöse Schlüsselloch zu erfahren, geschweige denn einen Blick hindurchzuwerfen!

»Irgendetwas führen sie im Schilde!«, warf Victor ein, der sich noch immer nicht sicher war, ob er seinen ungeheuerlichen Verdacht äußern sollte.

Der Eunuch mochte ihrer wirren Erzählung keinen Glauben schenken, erst als er hörte, dass der Geschickte hier mit Nachdruck seine Hand im Spiele hätte, begab er sich – immer noch widerwillig und in der Sorge, sich zu blamieren – zusammen mit seinen Schutzbefohlenen zu den Wächtern am Einlass zum breiten Flur, der zu den Gemächern Sheik Sinans führte. Die Beschriebenen seien gerade von den Dienern abgeholt worden.

»Da hinten gehen sie«, zeigte der Hauptmann der Wache,

ein im Dienst des Sheiks ergrauter *da'i*, zum Ende des langen Korridors.

Angestachelt von seinem Ziehsohn setzte An-Nasir durch, dass die Wachen ihnen nachsetzten und sie für die versäumte Leibesvisitation zurückholten. Unter lautem Protest wurden die festlich Gekleideten zurück in das Wachlokal gezerrt, die begleitenden Diener des Sheiks taten laut ihren Unmut kund über diese Anmaßung des Eunuchen. Doch jetzt bestand auch der Hauptmann auf einer gründlichen Untersuchung der Kleider der möglicherweise zu Unrecht Verdächtigten: Sie wurden zu Boden geworfen, und bei beiden entdeckten die tastenden Hände der Wächter zweiseitig geschliffene Dolche, auf der Innenseite der Schenkel so geschickt befestigt, dass der Knauf wie ein Teil des Gemächtes wirken mochte. Die Fremden wurden in Fesseln geschlagen und dem herbeigerufenen Husain ad-Din Marzuban übergeben, der überraschend schnell zur Stelle war. Er ließ sie mit unbewegter Miene von seinen Leuten abführen. Sein Blick fiel auf Victor. Und Victor sah in die gleichen stechenden Augen, die ihn damals auf Qadmus angestarrt hatten.

Der Sheik befahl seinen Dienern, die beiden *mustadschib* Sayf und Victor zu ihm zu bringen. Er empfing sie in einem kargen, fensterlosen Raum des Turmes der Himmelsaugen, lediglich merkwürdige Schießscharten ließen das Licht des Himmels ein. Nach den bewältigten Treppenstufen schätzte Victor, dass das Rundzimmer sich im Mittelteil des Observatoriums befinden musste. Der Sheik saß hinter seinem Arbeitstisch in einem hochlehnigen Sessel und betrachtete vor allem Victor mit durchdringenden und gleichzeitig unendliche Güte ausstrahlenden Augen – Sayf kannte er ja schon, wenngleich die Begegnung beim ›Heraustreten aus der Verborgenheit‹ einige Jahre zurücklag.

»Victor – du weißt – und das sicher mit Stolz –, was dein Name besagt: Der Siegreiche! Auf Arabisch: *El-Mansur*! Das sei hinfort dein Name als *fida'i*.« Der Sheik sprach langsam und deutlich, als wolle er kein Wort zu viel sagen. Mit knapper Handbewegung hieß er sie vortreten. »Ich nehme dich und den ebenfalls verdienten Sohn meines treuen An-Nasir in unsere Gemeinschaft auf. Da ihr beide kluges Denken und Übersicht im Handeln bewiesen habt, unterstelle ich euch meiner persönlichen Befehlsgewalt.« Er hatte die letzten Worte gerade ausgesprochen, als der Geschickte den Raum betrat. Sein Gesicht verdüsterte sich, als er von der besonderen Gunst vernehmen musste, die der Sheik den beiden *fida'i* mit dieser Auszeichnung erwies. Ein schalkhaftes Lächeln glitt über das Antlitz des würdigen Huddscha.

»Ihr dürft nun gehen!«, wandte er sich an die neu Aufgenommenen, und Sayf und El-Mansur verließen nach knapper Verbeugung vor Glück strahlend den Raum.

Der schwergewichtige Eunuch betrat das Arbeitszimmer des Sheiks, als der gerade folgende Frage an den Geschickten richtete: »Was hat es mit den zwei jungen Männern auf sich, dass sie mit gut verborgenen Dolchen vor mich treten wollten?« Sinan strahlte dabei gleichmütige Ruhe aus, nur Husain wirkte ungehalten ob des hinzutretenden An-Nasir. Er versuchte vergeblich, ihn zu ignorieren, während Sinan die Ankunft des Eunuchen mit einem knappen Nicken zur Kenntnis nahm.

»Sie haben gestanden, dass Alamut sie ausgesandt habe, um Euch zu ermorden, erhabener Huddscha! Bestrafung für Eure Saumseligkeit, der *da'wa* wie befohlen Geltung zu verschaffen!«

»Ich möchte mit ihnen sprechen«, sagte der Sheik.

Der Geschickte gab sich einen Ruck. »Das ist nicht mehr möglich«, erwiderte er, sichtlich bemüht, ebenfalls gleichmütig zu erscheinen, »sie wurden auf meinen Befehl von den Mauern gestürzt.«

Der Sheik sah ihn nachdenklich an. Dann sagte er: »Ihr könnt Euch jetzt zurückziehen, Husain ad-Din Marzuban. Ich bedarf Eurer heute nicht mehr.«

Als sie allein waren, bat Sinan den Eunuchen Platz zu nehmen und kam hinter seinem Tisch hervor, um sich zu ihm zu setzen.

»Ihr habt mich ständig ermahnt, zur *da'wa* eine klare Stellung zu beziehen, um ärgerliche Auswüchse zu vermeiden oder wenigstens einzudämmen«, der Sheik sprach bedächtig und ließ sich Zeit, »und Ihr werdet Euch gewundert, vielleicht sogar an mir gezweifelt haben, treuer An-Nasir, dass ich mich in Schweigen hüllte.« Er sah seinem Gegenüber offen in das breite Gesicht mit den vielen Altersfalten und den wachen Augen eines im Herzen jung Gebliebenen. »Die Folgerungen, die von schwachen Menschen aus ihr gezogen wurden, die mit der angeblichen neuen Freizügigkeit nicht umgehen konnten, machen jedoch mitnichten den eigentlichen Kern der *da'wa* aus. Die Aufhebung des starren Gesetzes der *sharia* ist nur die unausweichliche Konsequenz des kühnen Entwurfs unseres Imam Muhamed Hasan zu Alamut.« Sinan nahm seinen Vertrauten an der Hand, um ihn auf dem Pfad der Gedanken der obersten Instanz aller Ismaeliten zu führen. »Die *da'wa*, die mir von dem Geschickten überbracht wurde, enthält verschlüsselt die Nachricht von der Wiederauferstehung, der Reinkarnation des verschollenen Imams, auf die wir so lange warten.«

»Also ist die hohe Zeit der ewigen Freude angebrochen, die der Wiederkehr des verborgenen Imams vorausgeht?«, fragte An-Nasir.

»Wohl eher wird auch der Begriff der ewigen Freude falsch ausgelegt«, entgegnete Sinan. Der Eunuch war bemüht, sich der Ehre und des Vertrauens würdig zu zeigen, die ihm der Sheik erwies, indem er abwartend schwieg. »Inzwischen ist Muhamed Hasan wieder von uns gegangen«, ehrfürchtig senkte Sinan die Stimme, »und sein Nachfolger hat die Verkündung geerbt – ohne ihre wahre Bedeutung erkannt zu haben, ohne recht etwas mit ihr anfangen zu können; er ließ sie zu jenen Äußerlichkeiten verkommen, die Euch wohlbekannt sind.«

»Weiß Gott!«, seufzte der Eunuch, überwältigt von den Erkenntnissen, die auf ihn einstürmten.

»Damit wird über kurz oder lang die wirkliche Botschaft der *da'wa* verschüttet werden, aber auch die Missverständnisse, die von nicht Initiierten, von törichten Ignoranten ausgelöst und ins Land getragen wurden. Ihr werdet sehen, die Abkehr von Mekka, die Ausbreitung der Sittenlosigkeit wird bald von selbst abnehmen und dann ganz verschwinden. Deshalb habe ich geschwiegen!«, sagte der Sheik abschließend, und sein Blick wanderte durch die Schießscharten hinauf in den nächtlichen Himmel.

»Und was machen wir jetzt?«, fragte An-Nasir und bewies, dass er seinem erhabenen Herrn und Meister letztlich doch nicht zu folgen vermochte.

Der Sheik lächelte. »Abwarten bis zur erneuten und endgültigen Wiederkehr des verborgenen Imams, der uns aus dem Tal der Finsternis endlich hinaufführt zu den lichten Höhen des Berges der Erleuchtung!«

Der Eunuch nickte. »Die *da'wa* ist also – richtig verstanden – ein Versprechen?«

»Erst mal bleibt sie unsere Hoffnung – und Geißel zugleich!«, sagte Sinan und erhob sich. Es war das Zeichen für den Eunuchen, sich mit stummer Verbeugung aus dem Turm der Himmelsaugen zu verabschieden.

DER GAUKLER

DER ESEL
IST KEIN ESEL

Am Tor von Masyaf erschienen Gernot und Valerian und verlangten dringend nach ihrem Bruder Victor. Sie wurden zu Husain ad-Din Marzuban geführt, der sie als Erstes spöttisch darauf hinwies, dass Victor inzwischen den Namen El Mansur führe und als *fida'i* den Regeln der Gemeinschaft unterstellt sei, somit nicht für jedermann nach eigenem Gutdünken zu sprechen sei.

»Dies–«, ›Diese Schande‹ lag Gernot schon auf den Lippen, er verkniff sich jedoch den Affront gegenüber dem Geschickten, der furchteinflößend vor ihm stand, »– dies ist uns schon zu Ohren gekommen!«, erwiderte er aufsässig. »Es geht darum –«

»Unser, sein Vater –«, fiel ihm Valerian erregt ins Wort, »liegt im Sterben. Es verlangt ihn danach, seinen Jüngsten noch einmal zu sehen!«

Das verfehlte seinen Eindruck auf den Geschickten nicht. Er sandte einen Läufer aus, den Gesuchten herbeizuholen. El-Mansur erschien, erstaunt und sofort misstrauisch, die Zwillinge auf Masyaf in Gesellschaft der gefürchteten Person vorzufinden, von der er annehmen musste, dass sie gerade ihm wenig wohlgesonnen war. Bislang hatte Husain mit keinem Wort erkennen lassen, dass er in El-Mansur den Knaben wiedererkannte, dem er damals auf Qadmus in die entsetzten Augen gesehen. Jener Victor war ein unliebsamer Zeuge, und El-Mansur hätte gewarnt sein sollen, doch als er dann von Valerian erfuhr, dass sein Vater mit dem Tode ringe, traf ihn das wie ein Keulenschlag. Er war zutiefst erschüttert, und Zorn stieg in ihm auf, als Husain jetzt völlig gefühllos Einwände vorbrachte. Der hinzugekommene Sayf erkannte sofort die Not seines Freundes.

»Ich bürge für ihn!«

Weder der Geschickte noch die Zwillinge schenkten dem Angebot irgendwelche Beachtung. Der Geschickte verspürte mit Genuss die kaum unterdrückte Wut der beiden Freunde und lenkte großzügig ein: »Ich nehme die Bürgschaft an und erwarte Rückmeldung auf Masyaf vor Sonnenuntergang!«

Damit war der jüngste Sohn des Roger du Ferbac entlassen und verließ die Festung der Assassinen gesenkten Hauptes. Er hastete hinter seinen Brüdern her.

»Und Melou!?«, gab er ihnen zu denken, doch Valerian schüttelte den Kopf.

»Eine Insassin des Harem kann diesen niemals verlassen!«, sagte Valerian, und es klang in El-Mansurs Ohren wie ein Vorwurf, dabei waren es doch die Zwillinge gewesen, die ihre Schwester dorthin getrieben hatten.

»Vater liebte Melou«, insistierte er, »und ganz sicher würde sie ihren geliebten ›Speroche‹ auch gern noch ein letztes Mal umarmen!«

»Daran hättet ihr früher denken sollen!«, schnaubte Gernot. »Du und Mutter!«

Sie erreichten schnellen Schritts Montmor. »Dein Vater erwartet dich in seiner Kapelle!«, rief Gernot dem voranstürmenden Bruder hinterher, der rannte verzweifelt über den matschigen Hof und riss die Tür des Schuppens auf, den sein Vater sich als Andachtsraum eingerichtet hatte. Er sah im Kerzenschein den angeblich Todkranken auf seiner Gebetsbank vor dem Altar knien. Ehe er ihn noch ansprechen konnte, wurde hinter ihm die Tür zugeschlagen, und starke Hände ergriffen ihn, rissen ihm die Arme auf den Rücken und fesselten den vor Abscheu Wortlosen. Die Knechte schleppten ihn vor den Vater.

Roger du Ferbac schaute seinen jüngsten Spross nicht einmal an, noch erhob er sich. »Glaubtest du denn, ich lasse es zu«, murmelte er kaum verständlich, »dass mein Sohn ein Assassine wird!?« El-Mansur biss sich auf die Lippen und verweigerte dem Vater jede Antwort. »Schafft ihn fort!«, knurrte der Ritter, und seine willigen Knechte zerrten ihr Opfer aus der Kapelle.

Den steilen Weg hoch zur Assassinenfestung erklomm müden Schritts eine alte Frau. Sie war einfach gekleidet wie die Bäuerinnen der Umgebung, Kopftuch und *hidjab* verhüllten ihr Antlitz. Aziza war über Nacht gealtert, als sie miterleben musste, wie ihr Mann, ›der Mönch‹, mit Victor, ihrem Jüngsten, verfuhr. Alles Bitten und Betteln hatte nichts genutzt, er wurde ihr entrissen und in einer grob zusammengezimmerten Kiste, wie man sie sonst zum Transport der Schweine zum Markt benutzt, fortgebracht.

Oben angekommen, bat sie die Torwächter, sie zum edlen Herrn An-Nasir ad-Daula zu führen, dem Oberaufseher des Harem. Die Wachen taten ihr den Gefallen und übergaben sie Timdal. Dem Mohren erzählte Aziza mit knappen Worten die Geschichte, die den Kleinen sehr erschreckte, und er geleitete sie unverzüglich zu seinem Lehrherrn An-Nasir. Der Eunuch hatte bereits Schlimmes geahnt, als Sayf ihm von dem überraschenden Besuch der Zwillinge auf Masyaf berichtete – und als kurz darauf von Husain geschickte *fida'i* seinen Ziehsohn abholten, dämmerte ihm, dass hier ein Komplott bereits im vollen Gange war, und zwar zu seinen Lasten. Die Botschaft des Geschickten beseitigte seine letzten Zweifel: Sayf habe für seinen Freund El-Mansur gebürgt, der sei nicht wie vereinbart am Abend von Montmor zurückgekehrt, also müsse er Sayf bei seinem Wort nehmen und ihn die Karzerstrafe verbüßen lassen, die solche Disziplinlosigkeit nach sich ziehe. Er hatte Sayf fragend angeschaut, und der hatte ihm mit stummem Nicken zu verstehen gegeben, dass die Forderung des Geschickten zu Recht bestünde. So sah sich der Eunuch auf einen Schlag beider Schutzbefohlenen beraubt, aber was zählte das gegen den Schmerz einer Mutter? Die verzweifelte Aziza bat händeringend darum, den Huddscha selbst anflehen zu dürfen, dass er etwas unternähme, um ihren Sohn vor einem ungewissen Schicksal zu retten. Das musste der Eunuch ablehnen, er hatte den Sheik bislang noch nicht von dem Vorgefallenen unterrichtet. Sie an den Geschickten zu verweisen, würde nichts nützen und die Qualen der Frau nur unnötig vergrößern. An-Nasir hatte Mitleid mit Aziza und gestattete ihr ausnahmsweise, Thamar, das Weib des Geschickten, um Hilfe oder Fürsprache zu ersuchen. Diese sei die Einzige, die das Ohr des Husain besäße und sich frei zwischen Festung und dem Paradies bewegen könne. Thamar befände sich gerade im Harem bei ihren Töchtern, und er wolle es auf sich nehmen, ihr, der Fremden, dort für die Dauer des Gesprächs Zutritt zu gewähren. Und das auch nur, weil Aziza die Mutter von Victor sei, des engsten Freundes seines Ziehsohnes Sayf, den zudem alle hier auf Masyaf als El-Mansur sehr schätzen würden. Allerdings müsse Aziza darauf verzichten, bei dieser Gelegenheit mit ihrer Tochter Melusine zusammenzutreffen. Das Mädchen frage sowieso schon pausenlos danach, ob ihr geliebter Bruder wie versprochen auf Masyaf sei, und würde sicher außer Rand und Band geraten, wenn sie hören müsste, was Victor geschehen war. Das wolle er Melusine und auch ihr, der Mutter, ersparen. Aziza willigte ein, und Timdal brachte sie über verschwiegene Stiegen hinab in den Harem.

Während seine Mutter Aziza all dies für ihren Sohn auf sich nahm, befand sich El-Mansur schon weit weg von Montmor und Masyaf auf dem Weg nach Süden. Die Knechte seines Vaters kannten ihn seit Knabenbeinen und hatten ein Herz mit ihm. Sie gestatteten El-Mansur, dem schmutzigen Schweinekoben zu entsteigen, und setzten ihn auf ein Pferd, allerdings immer noch mit Stricken um die Handgelenke, und auch der eine Fuß war mit dem Steigbügel fest verbunden. So mussten sie ihn wenigstens nicht mehr tragen, und es würde auch bei Hofe einen besseren Eindruck machen, wo sie ihn unter seinem echten Namen Victor du Ferbac abliefern sollten. So erfuhr El-Mansur nach und nach, dass er an den Königshof von Jerusalem verbracht wurde, wo er die Stellung eines Pagen bekleiden sollte. Ein entsprechendes Empfehlungsschreiben des Ritters Roger du Ferbac führten sie bei sich. Victor bat sie inständig, ihn dort nicht wie einen Gefangenen abzuliefern, aber die Knechte trauten sich nicht, ihm die Fesseln zu lösen, aus Angst, er könnte ihnen entfliehen.

Aziza saß im überladenen Boudoir der Saida Thamar auf seidenen Kissen, umringt von dieser und deren Töchtern Shirin und Kira. Soeben hatte sie die Strenge des Vaters geschildert, deren Opfer ihr Jüngster geworden sei.

»Nur weil Victor ohne Einwilligung und ohne Nachricht an seinen überzeugt christlichen Vater sich als *fida'i* hat anwerben lassen«, schluchzte sie. »und sich den Namen ›El-Mansur‹ zugelegt hat!«

»Sayf könnte helfen«, sagte Shirin, »er würde nicht zögern, seinen Freund zu suchen, zu finden und zu befreien!«

»Genau deshalb«, wurde sie von ihrer umtriebigen Mutter Thamar belehrt, »wird der Geschickte ihn vorerst nicht freilassen, ich kenne meinen Mann!«

»Wir könnten ihn befreien?«, schlug Kira vor, um ebenfalls von ihrer Mutter in die Schranken gewiesen zu werden.

»Vergiss es, Kind! Es gibt für dich keinen Weg, von hier in die Festung zu gelangen, wo die Augen der *fida'i* deiner ansichtig würden. Eher kannst du aus dem Paradies nach draußen entweichen.«

»Dann mach' ich das«, erklärte Kira überraschend, weniger aus Anhänglichkeit denn aus Abenteuerlust.

»Und wo willst du ihn suchen?«, fragte Shirin erschrocken.

»Selbst wenn es dir gelingen würde auszubrechen«, wiegelte sofort Thamar ab, »werden sie dich schnell vermissen und noch schneller wieder einfangen!«

»Wir müssten eine Puppe basteln, die dir ähnlich sieht,

Kira«, schlug Shirin vor, »und ehe sie den Betrug entdecken, müsstest du –«

»– und wenn ich mich bereit fände!?« Aziza meldete sich erregt flüsternd zu Wort. »Ich könnte deinen Platz einnehmen, wenn du dir das kühne Unternehmen wirklich aufbürden willst –«

»Vielleicht solltet ihr die Kleider tauschen«, schlug Shirin vor, selbst wenig überzeugt, doch genau das griff ihre Mutter Thamar auf.

»Ich behaupte, du seiest ansteckend krank«, erklärte sie Kira ihren Plan, »und stecke Aziza ins Bett, über die Ohren verhüllt und verpackt –«

»Ach, Mutter!«, hub Shirin kleinmütig an, doch Thamar ließ sich nicht aufhalten.

»Dann begleitet der Eunuch seinen Gast, die Frau, die ihn heute aufgesucht hat, bis zum Tor, an den Wachen vorbei und verabschiedet sich – von der als Bäuerin verkleideten Kira –«

»Also lieber lass ich mich von Timdal begleiten, der einen Korb schleppt mit Geschenken – die mir dann als Proviant dienen werden.« Kira war zwar Feuer und Flamme, doch das ließ sie die Umsicht nicht verlieren. »Jetzt brauche ich nur noch ein Pferd!«, bestimmte sie.

Ihre Mutter Thamar kam ihr entgegen. »Ich geb' dir meinen Esel, der Mohr mag ihn dann zurückbringen, wenn du ein Pferd aufgetrieben hast!«

»Danke, Mama!«, rief Kira und schlang ihre Arme um den Hals von Thamar.

»Ich weiß nicht, wie ich Euch danken soll«, wandte sich Aziza unter Tränen an Mutter und Töchter.

»Ihr, gute Frau«, entgegnete Thamar lachend, »werdet uns noch verfluchen, wenn Ihr erst mal schwitzend und fiebernd im Harem eingeschlossen seid und nicht wisst, wie Ihr hier wieder rauskommt.« Shirin wischte Aziza liebevoll die Tränen von der Wange, Thamar lächelte. »Für meine Tochter Kira hingegen ist es das ersehnte große Abenteuer, um das ich sie sehr beneide!«

Von der Burg der Könige zu Jerusalem hatte Victor wenig zu Gesicht bekommen. Die Knechte seines Vaters hatten ihm die Fesseln an Händen und Füßen im letzten Augenblick abgenommen, er hätte vielleicht diesen Moment nutzen können, um zu Fuß im Gewühl der Händler und Reisigen, der Lastenträger und Gaukler, der Pilger, Mönche und Priester zu entfliehen, aber er fühlte sich viel zu geschwächt von der langen Reise und auch unsicher, ob er nicht den Dreschflegel gegen den Mühlstein eintauschen würde, wenn er sich jetzt in ein solches Abenteuer stürzen würde, zumal er niemanden in der Stadt kannte. Kaum hatte er sich dazu durchgerungen, fürs Erste auf seinen geliebten Beinamen El-Mansur zu verzichten, lieferten ihn die Knechte an einen einarmigen mürrischen Haudegen ab, einen ehemaligen Kriegsgefährten des Roger du Ferbac, der ihn sofort an einen eitlen Majordomus weiterreichte. Der ließ Victor einkleiden und teilte ihn zum Dienst an den Tischen der zu Gast weilenden Ritter ein. Seine anmutigen Bewegungen, mehr noch als sein Geschick mit den Krügen, fielen dem Truchsess der königlichen Tafel auf. Er fischte ihn aus dem Heer der hurtig schleppenden Pagen und beorderte ihn – nach kurzer Instruktion über Benimm und Regeln – in den Saal des Königs, an den Tisch der Prinzessinnen. Die beherrschende Person hier war die Prinzessin Sybille. Sie regierte, ihren Launen freien Lauf lassend, über ihre oft älteren, meist aber jüngeren Kusinen und Halbschwestern, Nichten und Tanten, schließlich war sie – nach ihrem jüngeren Bruder Balduin – Thronerbin und vielleicht die zukünftige Königin. Das Personal schikanierte Sybille mit allen Bosheiten, zu denen verwöhnte Kinder fähig sind, bis dann ihr Auge auf Victor fiel. Sie ließ sich von ihm einschenken, immer wieder, denn sie goss den verdünnten Wein jedes Mal unter den Tisch, sie scheuchte den hübschen Pagen, bis der stolperte und mit Schwung den Inhalt seines Kruges über das Kleid der Prinzessin vergoss. Ein Aufkreischen der Empörung, in das die Kusinen, Tanten und Nichten sofort einfielen. Die aufgesprungene Sybille haderte noch mit sich, ob sie den zwischen den

Scherben am Boden Liegenden selbst züchtigen oder dies einem Majordomus überlassen sollte, – zunächst trat sie Victor erst einmal kräftig auf die tölpelhafte Hand. Doch da erhielt sie einen kräftigen Stüber in die Rippen – ihr um ein Jahr jüngerer Bruder starrte sie zornfunkelnd an, während er seine Hand hilfreich dem sich aufrappelnden Victor hinstreckte. Der herbeigeeilte Truchsess geleitete auf Geheiß des Thronfolgers Victor eilfertig an dessen Tafel und stellte ihn den Erziehern, Lehrern und Freunden des Prinzen vor. So wurde Victor in den engsten Kreis um den jungen Balduin aufgenommen.

Nur solange die Straße flach verlief, trug Kiras Esel auf beiden Seiten, auf der einen hing der Korb mit dem Proviant, auf der anderen eine Kiepe, in der der Mohr steckte, sodass nur sein Krauskopf herausschaute. Ging es bergan, dann musste Timdal nebenherlaufen, wurde der Pfad noch steiler und unwirtlicher, glitt auch Kira von des Tieres Rücken und zog es hinter sich her, immer in der Hoffnung, dass der eingeschlagene Weg sie eines Tages nach Jerusalem führen würde. Die ersten Tage im Gebirge trafen sie niemanden, den sie hätten fragen können. Dem Mädchen war es auch wichtiger, erst mal ausreichend Abstand zu Masyaf zu gewinnen. Aziza hatte ihr zwar die Andeutung gemacht, dass Victors Vater von »Flausen aus dem Kopf« und »Als Page bei Hofe dienen« im Gespräch mit den einverständigen Zwillingen gepoltert hätte, was die weltgewandte Thamar sofort mit dem Königshof von Jerusalem in Verbindung gebracht hatte. Es konnten aber genauso gut Antioch oder Armenien sein, selbst Tripolis wäre in Frage gekommen. Aber Kira hatte sich für Jerusalem entschieden.

Sie kamen in ein Dorf. Auf dem Marktplatz hatte ein *saffa* sein Zelt aufgeschlagen, einen luftigen Pavillon, der zwischen vier schräg aufragenden Pfosten einen pompösen Baldachin trug und durch Vorhänge gegen neugierige Blicke ins Innere abgeschirmt war. Der Gaukler döste davor in der Sonne, es war

Mittagszeit, und keine Seele ließ sich sehen. Als er Kiras samt Mohren und Esel ansichtig wurde, sprang er auf, schlug ein, zwei, drei Salti aus dem Stand und fragte artig:

»Womit kann ich Euch dienen, schöne Dame?«, dann – nach einem Blick in den Proviantkorb und die leere Kiepe – besann er sich. »Euch könnt' ich brauchen! Was braucht Ihr?!«

»Ein Pferd!«, antwortete Kira keck.

»Lässt sich machen, wenn auch mit gewissen Umständen.«

»Ich kann zahlen!«, beeilte sich Kira, um ja keinen falschen Eindruck zu erwecken.

»Das wäre gegen die Berufsehre des berühmten Meisters Jaluddin!«, protestierte der sofort. »Und bringt bedeutend weniger Vergnügen! – Geld? – Pah!« Der langarmige, recht dürre Kerl spuckte verächtlich in den Sand. Er wirkte auf Kira wie ein entlaufener Affe mit seinem ausladenden, behaarten Brustkorb und dem bis auf einen geflochtenen Zopf kahl geschorenen Schädel.

»Lasst hören!«, schlug Kira vor und betrat das Zelt.

Jaluddin zog hinter ihr die Vorhänge wieder zu. Bedächtig streute er einige schwarze Krümel auf die Glut der *nargilah* und schenkte seinem Gast *shai ma' nana* ein. »Hört mir nur gut zu, wie wir an das gewünschte Pferd kommen«, und er entwickelte Kira in knappen Worten den Verlauf des Spektakels, das er des Abends dem verehrten Publikum zu geben gedachte, und in dem sowohl Kira wie dem Esel und dem Mohren ganz bestimmte Rollen zugewiesen waren. Jaluddin hatte eine sehr präzise Vorstellung von dem erfolgreichen Ablauf der Aktion, sodass Kira sich dafür entschied, sich auf das Abenteuer einzulassen. »Wichtig ist nur, dass Ihr nie an meinen Fähigkeiten zweifelt, niemals wankt oder wackelt – immer ganz ruhig, sehr anmutig und würdevoll – die geborene Prinzessin!« Kira nickte wie verlangt anmutig und würdevoll. »Jetzt ruht Euch aus bis zum Abend.« Jaluddin wies auf die großen Kissen im Zelt. »Ich kümmere mich um Euren Mohren und den Esel.«

Victors Stand bei Hofe hatte sich durch das Eingreifen des gleichaltrigen Kronprinzen Balduin schlagartig verändert. Er schlief jetzt in unmittelbarer Nähe der königlichen Gemächer, und wenn auch die Erzieher des jungen Prinzen stets Sorge trugen, dass der neue Page schon in aller Herrgottsfrühe und dann bis spät in den Abend hinein stets zur Verfügung stand, hatte er ein Leben, das ihm im Vergleich mit Montmor wie ein Märchen erschien, manchmal sah er sogar den König Almarich persönlich vorbeischreiten, in Begleitung seiner Ratgeber und wichtigen Würdenträger, umgeben von seiner Leibwache und den Hofkaplanen, gefolgt von einer Traube von Bediensteten aller Art. Manchmal ertappte sich Victor dabei, dass er kaum noch an seinen bisherigen Gefährten Sayf dachte, und auch die Erinnerung an Melou, seine Schwester, trat oft in den Hintergrund oder verschwand hinter einer Nebelwand, geschweige denn, dass die freche Kira ihm noch in seinen Träumen erschien. Die Lehrer Balduins forderten – wohl auf Wunsch des Prinzen –, dass der Page auch an den Unterrichtungen teilnehmen sollte, sodass Victor sich jetzt mühsam vieles aneignen musste, von dem auf Montmor nie die Rede war, wie Schönschrift und Latein, Kenntnis des klassischen Altertums und seiner Mythologie, Geometria und Poesie. Das einzige Fach, in dem er – im Vergleich zu seinem königlichen Mitschüler – erstaunlich zu glänzen wusste, war Waffenkunde und Wehrtechnik. In der Konstruktion von Katapulten und anderen Belagerungsmaschinen, aber auch im Festungsbau, der Anlage von Brunnen und Stollen entwickelte Victor eine Mixtur aus Phantasie und Praxis, die seine Ausbilder begeisterte, zumal dies Interesse auch auf den königlichen Knaben übergriff. Einmal erschien während des Unterrichts plötzlich der König und war hocherfreut, seinen Sohn mit Fragen des Kriegshandwerks beschäftigt zu sehen. Er schenkte Victor eine Goldmünze mit seinem Abbild. So blieb es auch nicht aus, dass der junge du Ferbac aus dem Stand des Pagen entlassen und zum *commilito* erhoben wurde. Das hatte zur Folge, dass Victor jetzt gleichberechtigt an den

Wehrübungen teilnehmen durfte, an Wettkämpfen, wie Ringen, Fechten und Reiten, bei denen es üblicherweise den Söhnen des höheren Adels vorbehalten war, mit dem Kronprinzen körperlich aneinanderzugeraten.

Zu den Mut- und Kraftproben gehörte, wenn auch nicht auf dem Lehrplan, der heimliche Wettstreit im Armdrücken, Fingerhakeln, Sich-gegenseitig-aus-dem-Ring-Treten und die spannende Frage, wer am längsten den Schmerz aushielt, wenn der andere ihm mit aller Kraft seine Fingernägel in den Unterarm bohrte. Manche feilten sich ihre dafür eigens spitz. Victor hielt wenig von der »Teufelskralle«, aber Balduin bestand darauf, sich mit ihm zu messen. So krempelten sie ihre Ärmel hoch, einigten sich auf die Stelle des Arms, an der sie beide jeweils zugreifen wollten, und begannen dann ihre Nägel in das Fleisch des anderen zu pressen. Es tat teuflisch weh, Victor verstärkte seinen Druck auf Balduin, in der Hoffnung, dass der als Erster klein beigeben würde, aber der Prinz hielt stand. Bei Victor traten schon kleine Blutstropfen aus der malträtierten Haut, er musste die Zähne zusammenbeißen, um nicht aufzuschreien vor Schmerz – Balduin verzog keine Miene. Der lautlose Kampf lockte nicht nur die Mitschüler an den Tisch, an dem sich die Kontrahenten gegenübersaßen, sondern jetzt auch die Waffenmeister und Lehrer des Nahkampfs mit und ohne Dolch. Sie starrten alle wie gebannt auf den Königssohn, dessen Arm an der attackierten Stelle schneeweiß wurde. Endlich gebot der Älteste von ihnen, ein Mongole, der sich Eisengewichte an Haken in den Unterarm hängen konnte und Nägel mit der bloßen Faust durch Bretter trieb, plötzlich erschrocken Einhalt. Er löste die beiden ineinander Verkrallten mit größter Vorsicht, Victor wurde einem Medicus überantwortet, der ihm *mercurium* auf die Wunde träufelte, was höllisch brannte, – aber den Kronprinzen Balduin führten die besorgten Erzieher behutsam aus dem Übungssaal.

Am Abend sickerte dann durch, ein eilends zusammengerufenes Gremium von Ärzten habe zweifelsfrei festgestellt, dass der Prinz von der schlimmsten Geißel Gottes, der unheilbaren

Lepra, befallen sei. Der Hof und schnell auch das Volk von Jerusalem waren erschüttert, der König von Gram gebeugt. Victor machte sich Vorwürfe, aber der Medicus, der seine geringfügige Verletzung behandelt hatte, sprach ihn von jeder Schuld frei.

»Besser, wir wissen es jetzt«, vertraute er Victor an, »denn wir hätten uns sowieso eines Tages damit auseinandersetzen müssen!«

»Prinzessin Sybille?«, fragte Victor, schnell die neue Situation erfassend.

»Unausweichlich«, erwiderte der altgediente Mann des Hofes.

Auf dem Marktplatz des Dorfes im Gebirge war der Pavillon des »Meisters aller Meister, des größten aller lebenden Illusionisten, des einmaligen Jaluddin!« – so kündigte sich der Gaukler marktschreierisch selber an – in das Licht von vielen Fackeln getaucht. Noch waren die Vorhänge verschlossen. Ringsherum hockten im Halbkreis die Bewohner des Ortes, aber auch viele, die eigens aus der Umgebung herbeigeströmt waren. Jaluddin trat auf Timdal, den Mohren, zu, der sich am Rande der Menge mit seinem Esel aufgestellt hatte.

»Was wollt Ihr für Euer Pferd?«, fragte er ihn laut.

Timdal protestierte empört. »Das ist mein Esel.«

Das Volk begann zu lachen.

»Ihr täuscht Euch, es ist ein wunderbares Pferd!«, insistierte Jaluddin.

Timdal wehrte sich. »Esel!«, rief er vernehmlich und sah sich hilfesuchend um.

Die Leute lachten, einige riefen: »Pferd! Pferd!«

Jaluddin zog seinen prallen Beutel. »Ich zahle Euch einen guten Preis für Euer Pferd, drei Mal so viel wie für jeden Esel!«

Er schüttete die Goldmünzen in seine Hand, die Menschen

wurden gleich ganz andächtig, Timdal rollte die Augen, schaute begehrlich auf die Münzen, schaute zweifelnd auf seinen Esel, gab sich schließlich einen Ruck, zumal Jaluddin aus dem Beutel weiter Goldstücke fallen ließ, sprang vor und riss Jaluddin das Gold fast aus den Händen. Die Leute hatten ihren Spaß, waren ganz erregt. Timdal stopfte sich das Geld in die Taschen und wollte weglaufen.

»Halt!«, rief Jaluddin. »Ich brauche Euch noch als Zeugen!«

Erwartungsvolle Ruhe kehrte schlagartig ein auf dem Platz. Jaluddin schritt feierlich auf den Pavillon zu, den Esel hinter sich herziehend. Er umrundete ihn und trat – ohne den Esel – wieder vor sein gebanntes Publikum und zog langsam den Vorhang auf: Drinnen saß, auf einem Turm von aufeinandergehäuften Kissen, festlich glitzernd gewandet und mit viel blitzendem Schmuck behängt, stocksteif Kira und lächelte.

»Seht Ihr die Prinzessin?« Jaluddin wartete, bis die »Ohs« und »Ahs« verstummten, und trat wieder vor die Leute. »Ich brauch' ein Pferd«, sagte er. »Ich will dem Besitzer eine Wette anbieten. Verliere ich, dann erhält er sein Pferd zurück und das Pferd dazu, das ich gerade von diesem Herren da –«, er zeigte auf den Mohren, »erworben!«

»Was soll denn die Wette sein!?«, rief ein Dicker, der in der ersten Reihe Platz genommen hatte und offensichtlich zu den Reichen des Dorfes zählte.

»Leiht mir erst das Pferd«, antwortete Jaluddin, »danach vernehmt mein Angebot, und erst dann müsst Ihr einschlagen!«

Der Dicke gab seinen Dienern einen Wink, und sie führten einen prächtigen Apfelschimmel herbei. Jaluddin nahm ihn mit sich. Am Pavillon angekommen, wandte er sich noch mal um und fragte – diesmal an den Dicken gerichtet: »Habt Ihr die Prinzessin gesehen?«

Kira warf dem Dicken einen gravitätisch hingehauchten Luftkuss zu. Jaluddin verschloss den Vorhang und führte den Schimmel hinter den Pavillon; er kam allein wieder auf der anderen Seite zum Vorschein und zog den Vorhang wieder auf: Auf dem Apfelschimmel saß jetzt die Prinzessin. Die Leute klatschten Beifall, Jaluddin trat vor, bis er vor dem Dicken stand.

»Ich mache mich anheischig, die Prinzessin im Sattel sitzend in den Schlaf zu versetzen.« Er machte eine Pause, damit nun alle es hören sollten. »Dann werde ich – ohne, dass sie es merkt – ihr das Pferd unter dem Leib wegstehlen, sie wird weiter so sitzen, wie Ihr sie jetzt seht – das ist meine Wette!«

Die Leute begannen ungläubig zu tuscheln und zu raunen: »Das schafft er nicht, sie wird es merken.«

»Runterfallen wird die Prinzessin!«, rief einer keck.

»Nie und nimmer!«, sagte der Dicke wohlgemut. »Die Wette nehm' ich an!«

Timdal hatte sich schon hinzugedrängt. »Habt Ihr's gehört?«, fragte ihn Jaluddin mit lauter Stimme. »Die Wette gilt!«

Die Menge klatschte, wurde unruhig, als Jaluddin jetzt zum offenen Zelt zurückschritt. Kira warf den erregt Wartenden weiter anmutige Kusshändchen zu, doch dann trat der Meister aller Meister auf sie zu, bewegte beschwörend die Hände gegen sie und gegen das Pferd, zog kunstvolle Arabesken, Kreise und blitzartige Bewegungen, immer langsamer – und die Prinzessin erstarrte, grazil die Kusshand vor dem halb geöffneten Mund. Totenstille auf dem Marktplatz, als jetzt Jaluddin auf Zehenspitzen nach vorne schlüpfte, den Schimmel behutsam am Zaumzeug griff und ihn ganz langsam nach vorne zog. Sein Rücken glitt unter Kira hinweg, die Prinzessin zuckte mit keiner Wimper – der Arsch des Pferdes kam zum Vorschein, es schlug mit dem Schweif, Jaluddin führte es vor den Pavillon und drängte es zur Seite, damit jeder sehen konnte, wie die Prinzessin im Sattel frei in der Luft schwebte. Als die Spannung ins Unerträgliche stieg, schloss er endlich wieder den Vorhang, und der jubelnde Beifall brach aus. Jaluddin verbeugte sich bescheiden, Timdal schüttelte dem konsternierten Dicken die Hand.

»Ihr habt die Wette verloren!«, und der nickte für alle sichtbar. Der Mohr ging auf Jaluddin zu, verneigte sich. »Einmaliger, großer Meister!«, rief er laut. »Ihr habt die Wette gewonnen, dies Pferd ist Euer!«

Jaluddin zuckte mit den Schultern, als sei das alles ganz selbstverständlich. Er zog aus der Satteltasche des Schimmels ein weißes Seidentuch, und je länger er zog, desto größer wurde es. Dann gab er die eine Ecke dem Mohren zu halten und warf das weiße Laken über das Pferd, dass es völlig darunter verschwand.

»Ich will Euch Euer Pferd zurückgeben, braver Mann«, sagte er zu Timdal, und der fing gleich wieder an, sich empört zu beklagen.

»Es war mein lieber Esel«, protestierte er, »mein Esel, Esel!«, und fing an zu weinen. Die Leute waren wieder aufmerksam geworden.

Jaluddin zeigte Herz, legte seine Hand auf die Schulter des Mohren. »Wenn Ihr recht habt, dann sollt Ihr ihn zurückhaben und dürft das Geld, das ich Euch für ein Pferd bezahlte, noch dazu behalten!«

Timdal kniete nieder und küsste Jaluddin beide Hände. Der riss sich los, führte den Schimmel unter seinem weißen Kleid seitlich an den Pavillon und zerrte mit aller Macht, damit das Tier ihm folgen sollte; schließlich gab es nach und verschwand durch den seitlichen Vorhang, und schon erschien Jaluddin auf der anderen Seite und zerrte noch immer am Halfter, bis schließlich das Tier, immer noch vom weißen Laken verdeckt, ebenfalls wieder zum Vorschein kam. Es schien leicht verändert in Form und Gestalt, doch ehe sich das Publikum darüber ereifern konnte, hatte Jaluddin das Tier schon bis zum wartenden Mohren gezerrt.

»Hier habt Ihr Euer Pferd zurück!«, rief Jaluddin und riss mit einem Ruck das Laken herunter: Da stand der Esel! Die Leute lachten und freuten sich.

»Mein Esel!«, rief Timdal überglücklich. »Mein lieber Esel!«

Jaluddin schüttelte den Kopf über soviel Unverstand. »Ist

das ein Pferd?«, rief er zu dem Dicken hinüber, und der schrie schadenfroh zurück: »Esel!«, und alle Leute stimmten ein: »Esel! Esel!«

Da übergab Jaluddin als guter Verlierer den Strick des Tieres dem Mohren, der sofort damit abzog. Jaluddin verneigte sich viele, viele Male vor seinem Publikum, der Platz leerte sich. Jaluddin löschte die Fackeln.

Als der Meistergaukler mit seinem Schaustellerkarren die vor ihm reitende Kira auf ihrem Apfelschimmel und Timdal auf seinem Esel eingeholt hatte, mussten sie alle drei lachen, besonders über die eindrucksvollen ›hypnotischen‹ Handbewegungen Jaluddins, als dieser die dünnen Schnüre – aus ungemein belastbaren Fischdärmen gedreht – in Windeseile am Sattel ›der Prinzessin‹ befestigt hatte, sodass sie – für aller Augen unsichtbar – aufgehängt an den vier Masten des Pavillons richtig ›schweben‹ konnte.

»Ich habe tausend Ängste durchlitten«, gestand Kira, »sie würden reißen und ich auf den Hintern knallen.«

»Tausendfach erprobt!«, brüstete sich Meister Jaluddin. »Wir sind ein so perfektes Trio, dass wir mit der Nummer reich werden können!«

»Als Pferdehändler?!«, spottete Kira und wurde gleich auch wieder ernst. »Ihr habt mir versprochen, mich nach Jerusalem zu bringen und mir eine Stellung als Zofe am Königshof zu besorgen!«

»Kein Problem!«, erwiderte Jaluddin. »Ich habe gute Beziehungen zur königlichen Familie! Aber …« Der Meister aller Meister gab sich noch nicht geschlagen. »… aber auf dem Weg dahin könnten wir doch –«

»Nichts da!«, beschied ihn bündig seine Prinzessin. »Timdal muss den Esel zu meiner Mutter zurückschaffen, und ich will schnellstens die mir selbst gestellte Aufgabe erfolgreich lösen!«

»Schade!«, murmelte der einmalige Jaluddin. »Wirklich jammerschade!«

Bericht des Eunuchen an seinen erhabenen Herrn und Meister, Sheik Sinan

Euer treuer Diener muss sich der Unaufmerksamkeit zeihen, dass es geschehen konnte, dass sich Aziza, das Weib des Ritters Roger du Ferbac, Herr auf Montmor, in Euren Harem einschleichen konnte und so der jüngeren Tochter des Geschickten namens Kira die Flucht aus dem Paradies ermöglichte. Alles geschah im Zuge der Verwirrung, als Euer «fida'i» El-Mansur von seinen Brüdern entführt wurde und seitdem offenkundig an einer Rückkehr zu uns gehindert wird – oder bereits an einen fremden Ort verschleppt worden ist, wie mir seine verzweifelte Mutter unter Tränen anvertraute, als ich sie – bei Entdeckung des Schwindels – aus Masyaf wies. Mein Ziehsohn Sayf hatte für seinen Freund gebürgt, und der Geschickte hatte ihn in den Karzer stecken lassen. Ich habe ihn wieder freibekommen. Ihr habt mir die Ehre erwiesen, mich mit einer sehr verantwortungsvollen Mission zu betrauen. Es ist richtig, dass sich in letzter Zeit die Gerüchte häufen, wir Assassinen würden uns dem Christentum zuneigen. Wie viel davon auf die «da'wa» aus Alamut zurückzuführen ist, weiß ich nicht, aber immerhin könnten ebenso willige wie törichte Priester der «ecclesia catolica» in der angekündigten Wiedergeburt des verschollenen Imam etwas Vergleichbares sehen mit der Auferstehung ihres Propheten Jesus, dem Nazarener. Vielleicht ist auch der Grund für derartige Mutmaßungen in unserer – den Franken ebenfalls bekannten, wenn auch nicht verstandenen – Ablehnung der «sunna» zu finden, wenngleich wir Ismaeliten deswegen noch längst nicht der althergebrachten «shiat» des Ali folgen! Unser eigener Weg zum Heil scheint sie jedenfalls zu ermutigen in der grotesken Annahme, wir seien bereit, zu ihrem Glauben überzutreten. Folglich ist Eure Idee, zu diesem Zeitpunkt Verhandlungen mit den Christen des Königreiches von Jerusalem aufzunehmen, ein genialer Schachzug, denn ein Bündnis mit den Franken gegen den uns übel wollenden Herrscher über Syrien, den Sultan der Seldschuken, könnte sich als äußerst hilfreich erweisen. Auch sollten wir bei dieser Gelegenheit den König Almarich von Jerusalem bitten, uns von den Pressionen freizustellen, die seitens der Templer immer unverschämter auf uns ausgeübt werden. Das sollte in seiner Macht stehen! So nehme ich Euren Auftrag mit Freude im Herzen an und bin mir gewiss, dass ich ihn zu Eurer vollen Zufriedenheit ausführen werde – auch, wenn der Geschickte darauf brannte, an der Spitze dieser Delegation nach Jerusalem zu reisen. Ich weiß, dass diese Angelegenheit bei mir in guten Händen ist.

Euer ergebener Diener An-Nasir.

PS: Ich werde meinen Ziehsohn Sayf – Eure gütige Erlaubnis vorausgesetzt – mit mir nehmen, er erfreut mein Herz, und ich bin sicher, dass ihm so in meiner Abwesenheit nichts Böses widerfahren kann.

GUNST UND FRON

Jaluddin der Gaukler hatte nach Erreichen der Stadt Jerusalem seinen Karren mit all den Requisiten, die er für seine Auftritte benötigte, so auch einen großen Korb voller Kostüme – von der feinen Robe der ›Prinzessin‹ bis zu den Lumpen der Figur ›Altes Kräuterweib‹, in eine Karawanserei gelenkt, im Quartier der Juden an der Jehosaphatstraße, wo er für sich und Kira Quartier nahm. Hier staffierte der Meister seinen Schützling so aus, wie er es für ihre Rolle als Zofe den meisten Erfolg versprechend ansah, einfach, aber von schlichter Eleganz! Dazu gehörte auch Schmuck, und zwar echter! Der große Jaluddin ließ sich nicht lumpen, der Armreif, die Brosche, und als Krönung eine Perlenkette ins hochtoupierte Haar geschlungen, ließen Kira wahrlich im besten Licht erscheinen. Fast schon eine Dame! Dann richtete er sich selber als Edelmann her, der seine Verwandte bei Hofe einzuführen gedachte. Von einer Sänfte ließ er sich und Kira vorbei an der Grabeskirche und dem Davidsturm zu ihrem Ziel tragen. Kira war aufgeregt, Jaluddin tätschelte ihr beruhigend die ringgeschmückte Hand. Der Meister aller Meister verfügte tatsächlich über Verbindungen im Königspalast, wenn auch recht merkwürdigen. Das Tor zum Palast des Königs passierten sie unter Ehrenbezeugungen der Wache. Jaluddin verlangte sofort nach dem obersten Haushofmeister, mit einem gewöhnlichen Majordomus gab jemand wie er sich nicht ab. Sie schritten – Kira nun doch mit klopfendem Herzen – die große Freitreppe hinauf zu den Sälen im ersten Geschoss. Schon an der letzten Stufe erwartete sie der herbeigerufene hohe Hofbeamte. Der war hocherfreut, den Meister wiederzusehen, und entzückt von der Grazie, die Kira ausstrahlte.

»Das wird Seiner Majestät gar köstlich munden!«, lächelte er süffisant und rief gleich den Kämmerer herbei.

Der taxierte Kira mit Kennerblick und flüsterte dem Jaluddin verschwörerisch zu: »Wir könnten sie schon vor der Abendtafel in die königliche Kammer bringen – das steigert den Appetit fürs anschließende Mahl!« Anerkennung schwang in seiner hohen Stimme.

Kira war verwirrt ob der Rolle, die ihr anscheinend zugedacht, und zeigte ihren Unmut, indem sie kurz entschlossen ihren Armreif abstreifte und dem verdutzten Jaluddin zuwarf.

»Habt Dank für Eure Dienste, großer Meister!«, hauchte sie errötend und ergriff den Arm des Kämmerers. »Die weiteren Schritte werde ich mit diesem Herrn allein erörtern!«, und sie zog den etwas indignierten älteren Herrn rasch mit sich fort. Während sie im Säulengang verschwanden, griente der Haushofmeister:

»Als Vermittler von willigen Weibern lasst Ihr nach, Meister aller Meister. Entweder werdet Ihr zu alt, oder die energische junge Dame hat Euch den Kopf verdreht?!«

Jaluddin starrte dem Davonschreitenden immer noch fassungslos hinterher. »Ich kam nicht dazu, Euch zu sagen«, stammelte er, fing sich aber sofort, »dass diese Maid mitnichten darauf aus ist, des Königs Bett zu teilen, sondern sich in den Kopf gesetzt hat, als Zofe bei Hofe zu dienen, weil sie ganz scharf darauf –«

Der Haushofmeister lachte schallend und ließ ihn nicht ausreden. »Da hat sie nun aber auf das falsche Pferd gesetzt: Der Kämmerer ist bekannt für seinen einseitigen Hang zu jungen Burschen!«

Jaluddin nahm's bemüht mit Anstand. »Jetzt stehe ich in ihren Augen als Kuppelweib da«, gab er sich zerknirscht. »Ihr müsst das in Ordnung bringen, sie ist ein Mädchen von Stand – ein so garstig Bild sollte sie auch von Euch nicht haben, werter Freund!«

Der oberste Haushofmeister wiegte sein Haupt, aber er bedachte sich schnell. »Ich weiß, dass die Prinzessin Sybille nach einer neuen Zofe Ausschau hält«, murmelte er und setzte noch spitz hinzu: »In ihren Diensten hält es keine lange aus – seitdem sie weiß, dass ihr die Krone winkt.«

»Damit wird das edle Fräulein Kira du Paradis schon fertig werden!«, beruhigte ihn Jaluddin. »Sorgt nur dafür, dass die resolute Dame auch von dem werten Herrn Kämmerer einen reputierlichen Eindruck gewinnt!«

Die beiden Männer umarmten sich wie alte Freunde und gingen eilig auseinander.

Balduin, der einzige männliche Erbe der Krone, war also vom tückischen Aussatz gezeichnet – für sein damit endliches Leben. Noch litt er nicht, man sprach in seiner Gegenwart auch nicht darüber, aber die Unbefangenheit seiner meist gleichaltrigen Spielgefährten war dahin. Sie mieden es, ihn zu berühren, sich mit Balduin im Wettkampf zu messen. Einzig Victor, den immer noch ein schlechtes Gewissen plagte, weil er der Auslöser dieser bitteren Erkenntnis war, suchte seine Nähe und unternahm alles, um den unglücklichen Königssohn von trüben Gedanken abzubringen. Er ritt mit ihm aus, focht gegen ihn – das Ringen und den Faustkampf hatten die Ärzte verboten –, sie schwammen im Teich Siloah. Um dorthin, weit außerhalb der Stadtmauer, zu gelangen, mussten sie vom Palast aus das angrenzende armenische Viertel durchqueren, was sie beide stets genossen, ob des Bazars mit seinen vielfältigen Farben und Gerüchen, feilschenden Händlern und raffgierigen Köchinnen. Sie verließen die Heilige Stadt durch das Zionstor. Allein waren sie nie, stets begleitete eine berittene Leibwache den Prinzen, denn außerhalb der Mauern drohte immer Gefahr, und sei es nur von umherstreifenden räuberischen Beduinen. Diese ansonsten unübliche, für den Hofstaat auffällige Zweisamkeit erregte die Neugier der Prinzessin Sybille. Sie hatte sich sowieso in letzter Zeit angewöhnt, des Öfteren nach ihrem Bruder zu schauen.

»Um sicherzugehen«, wie Balduin scherzte, »dass ich dem Tod nicht von der Schippe springe!«

Wenn sie rechtzeitig von solchen Besuchen erfuhren, dann versteckte sich Balduin schnell und überließ es Victor, sich mit der Schwester herumzuschlagen. Doch Sybille begriff rasch, dass die beiden unter einer Decke steckten, und versuchte, jedes Mal zorniger, ihr Mütchen an Victor zu kühlen, mal mit Drohungen, mal mit wüsten Beschimpfungen. Als sich Victor gegen beides gefeit erwies, änderte sie ihre Taktik und begann ihm zu schmeicheln, ihm handfeste Komplimente zu machen und ihn schließlich körperlich zu bedrängen. Doch ihre zunehmende Begehrlichkeit brachte den »Pagen« – wie sie ihn schimpfte, sobald sie sich vergaß – nur zu noch größerer Zurückhaltung, und das wiederum entfachte in Sybille noch mehr Hitze, noch wildere Leidenschaft. Bald war es so weit, dass die Prinzessin im Eifer des Gefechts ›versehentlich‹ den Busen entblößte oder gar schamlos sich breitbeinig vor dem Opfer ihrer Begierde auf den nächstbesten Sessel hockte und versuchte, ihn an sich zu reißen, und wenn das misslang, mit sich überschlagender Stimme dem Pagen zu befehlen, vor ihr niederzuknien. Balduin, der sich in seinem Versteck königlich amüsierte, hatte ein Einsehen, und sie vertauschten die Rollen. Wie eine Furie raste nun Sybille durch die Zimmer, in die sie längst unangemeldet hereinbrach, und suchte unter dem Bett oder in den Schränken nach dem verdammten Pagen. Das Ganze fand erst ein Ende, als Balduin sich in Absprache mit seinen Ärzten ins Bett legte, hinter dichten Gazevorhängen, und Victor die stürmische Besucherin mit Leidensmiene an der Tür empfing, den Finger bedeutsam vor den zusammengepressten Lippen, und Sybille leise mitteilte, ihr Bruder habe einen neuerlichen Anfall seiner schlimmen Krankheit erlitten und es sähe nicht gut aus für ihn. Schlagartig stellte Sybille ihre schwesterlichen Aufwartungen ein.

»Wahrscheinlich sitzt sie jetzt weinend in ihrer Kemenate«, spottete Balduin, »und wartet auf die traurige Nachricht von meinem Ableben!«

Der Prinz und sein treuer Gefährte verließen die nächste Zeit den Palast nur noch heimlich durch einen unterirdischen Gang, der in der Krypta der nebenan liegenden Kirche des ungläubigen Thomas mündete, oder durch eine in Vergessenheit geratene Ausfallpforte in der Mauer, die an die Zitadelle grenzte.

Die Zofen der Prinzessin Sybille behandelten die Neue mit unverhohlener Geringschätzung, denn es gab eine Hackordnung und da hockte Kira auf der untersten Sprosse des Hühnerstalls. Sie ließen sie nicht einmal an ihrem Gegacker teilnehmen, und das hob jedes Mal an, kaum hatte die Herrin ihre Gemächer verlassen.

»Sie lauert mal wieder dem Pagen Balduins auf«, kicherte Guinivève, »das muss ein adretter Bursche sein.«

»Von Geblüt?«, fragte Adelaide spitz.

»Wohl kaum! Nach dem Namen zu schließen«, tat ihr Emma hochnäsig Bescheid, »unbedeutender Landadel! Mickriger Stammbaum!«

»Dein Großvater war – soviel ich weiß«, Adelaide wetzte die Zunge, »Stallmeister, bevor ihm der Herzog von Burgund den hübsch klingenden Namen ›d'Etrier‹ verpasste und ihm ein zinspflichtiges Lehen überließ! Fräulein ›von Steigbügel‹!«

»Deiner war Raubritter!«, schnappte Emma zurück.

»Fing sich aber eine betuchte Erbin!«, mischte sich Guinivève mit ihrem glucksenden Lachen ein.

Die Tür ging auf, die Prinzessin Sybille stürmte in den Raum. »Zieht mich um!«, herrschte sie ihre Hühner an. »Die Robe aus rotem Sammet mit dem gülden bordierten Kragen von Damast!«

Die Zofen waren aufgesprungen und flatterten kopflos herum. Kira wusste, wo das Kleid hing. Sie reichte es wortlos der Prinzessin. Statt ein Wort der Anerkennung, fauchte Sybille sie nur an: »Steh nicht so blöd rum, hilf mir gefälligst!« Sie hatte das Gewand, das sie am Leibe trug, schon fallen gelassen, darunter war sie nackt. Kira räumte es weg; inzwischen drängten Emma und Adelaide zur Prinzessin und schubsten die Neue beiseite. »Eine Gesandtschaft der Assassinen ist eingetroffen«, plapperte Sybille munter drauflos, während die beiden Zofen ihr die enge Robe über den Kopf zerrten. »Au!«, die Prinzessin trat Emma gegen das Schienenbein. »Pass besser auf, dumme Kuh!«

Guinivève kniete nieder und zog die Robe nach unten, sodass sie sich faltenlos um die breiten Hüften schmiegte.

»Diese Meuchelmörder?«, fragte Guinivève schüchtern.

»Mit denen kann sich unsereins doch nicht an einen Tisch setzen!«, giftete Adelaide. »Zack! Und schon hat man einen Dolch im Rücken!«

»Denen kann man nicht trauen.« Emma rieb sich ihr schmerzendes Schienbein. »Wer weiß, auf wen sie es abgesehen haben? Der König oder gar auf Euch, die Erbin der Krone?«

»Noch bin ich's nicht!«, grollte Sybille. »Aber ich werde auf der Hut sein vor diesem heimtückischen Pack von blindwütigen Fanatikern!«

Kira mochte nicht länger an sich halten. »Die Ismaeliten haben einen hohen Ehrbegriff und töten nur, wenn dieser gröblich verletzt wird –«

»Nun hör sich einer unsere Neue an!«, fauchte Adelaide erbost. »Sie will dieses verräterische Gesindel wohl heilig sprechen!«

»Sie morden, wann und wo sie wollen!«, beschied die Prinzessin mit strafendem Blick die vorlaute Kira, doch auch das hinderte diese nicht.

»Nie würde eine Gesandtschaft der Assassinen die Gastfreundschaft –«

»Nun schlagt ihr doch eine aufs Maul!«, jaulte Emma und wollte sich auf Kira stürzen.

»Schweigt!«, befahl ihr Sybille zornfunkelnd und wandte sich an Kira, »und Ihr wagt nicht noch einmal, mir zu widersprechen!« Kira biss sich auf die Lippen und wollte sich abwenden. »Seht mich gefälligst an, wenn ich mit Euch spreche!«

Kira schaute der Prinzessin trotzig ins Gesicht und schwieg verbissen. In Sybilles Augen braute sich die Wut zusammen, dann lachte sie schrill. »Adelaide, Emma, Guinivève – Ihr begleitet mich!«, beschied sie ihre Zofen, die sofort davonschwirrten. »Der König gibt seinen Gästen ein Festessen«, sagte sie schnurrend wie eine Katze zu Kira.

Sie musste nicht lange lauern. »Und warum kann ich nicht mitkommen?« Auch Kira konnte sich sanft geben, sogar ein bittender Blick gelang ihr. In den königlichen Festsaal zu gelangen war ihre einzige Chance, um festzustellen, ob Victor sich bei Hofe aufhielt oder ob sie sich hier vergeblich schikanieren ließ.

Sybille genoss ihre Macht. »Und was treibt dich an die Tafel unserer lieben Gäste?« Sie gab sich als die vertrauenswürdige Freundin.

Kira ging ihr nicht auf den Leim. Kein Wort über Victor würde sie sich herauslocken lassen. Sie stellte sich naiv. »Ich möchte sie erbauen«, erwiderte sie freundlich.

Die Prinzessin schluckte. »Erbauen? Willst du für sie singen? Willst du vor ihnen tanzen?«

Kira schaute ihre Peinigerin offen an. »Das täte ich mit größtem Vergnügen!«, gab sie zur Antwort.

Sybille fühlte sich auf den Arm genommen. »Hast du mal in deinen Kleiderkorb geschaut!? Mit diesem Plunder glaubst du zum Festbankett gehen zu können?« Sie ließ ihrem Hohn freien Lauf. »Du bildest dir doch nicht ein, an meiner Tafel Platz zu nehmen?«

Die frisch hergerichteten Zofen betraten in aufgeregter Erwartung die Kemenate, um die Herrin abzuholen für den Empfang des Königs. Hinter ihnen schritt der Majordomus mit seinen Bediensteten, deren Aufgabe es war, die Prinzessin und ihr Gefolge hinunterzugeleiten in den Saal.

Kühl und beherrscht wandte sich Sybille an den Hofbeamten. »Das Fräulein Kira du Paradis wünscht, etwas zur Erbauung der Gäste des Königs zu leisten. Führt sie hinunter in die Küche!« Sie kostete ihre Bosheit aus wie eine gezuckerte Dattel. »Beim Putzen von Gemüse kann sie durchaus etwas zur Labung der hungrigen Mägen beitragen!« Die Diener fassten Kira an den Armen. »Ich wünsche, dass mir diese Person nicht wieder unter die Augen gerät!«

Kira ließ sich wortlos abführen.

Bericht des Eunuchen an seinen erhabenen Herrn und Meister, Sheik Sinan

Der Empfang unserer Delegation zu Jerusalem übertraf meine kühnsten Erwartungen. Das Volk in den Straßen jubelte uns zwar nicht zu, aber es war auch keinerlei Feindseligkeit zu bemerken. Wir wurden eher bestaunt, als würden ihnen seltene Exemplare wilder Tiere vorgeführt, wie Elefanten, Zebras und Giraffen. Eine große Neugier herrschte vor, einige beklatschten sogar unseren Zug zum Palast des Königs. Dort hatten sich alle großen Barone des Königreiches versammelt, ebenso die hohe Geistlichkeit, prächtig gewandet, der Patriarch an der Spitze.

König Almarich erwartete uns im festlichen Kronsaal. Er saß auf seinem Thron, umgeben von seinen Ratgebern und seinen Hofbeamten. Nur die Abordnungen der beiden Ritterorden schauten finster und grimmig drein. Der König aber lächelte und winkte uns – bei aller Würde durchaus zuvorkommend – zu, damit wir näher treten sollten. In wohlgesetzter Rede richtete ich dem Herrscher Eure Grüße aus und ließ die mitgeführten Geschenke vor ihm ausbreiten. Sie fanden beim Hofstaat, vor allem bei den Damen, viel Anklang, und der König bedankte sich herzlich und bat uns, Platz zu nehmen auf den bereitstehenden Bänken.

Dann befahl er, den Saal zu räumen, sodass nur noch wir und der Hohe Rat des Königreiches sich gegenübersaßen. Erst in diesem Moment betraten der Großmeister der Templer und der der Johanniter den Saal und nahmen ihre Sitze ein.

Ich muss sagen, ich war heilfroh, die dringende Empfehlung des Geschickten zurückgewiesen zu haben, der mir die zwei «fida'i» zur Seite stellen wollte – mit den Dolchen und dem Leichentuch! Ein solcher Auftritt hätte unweigerlich wie eine Drohung gewirkt und die friedliche Atmosphäre der nun beginnenden Verhandlungen vergiftet! Stattdessen sprach ich, nachdem der König mir das Wort erteilt hatte, von den zutiefst freundschaftlichen Gefühlen, die wir Assassinen den Christen entgegenbringen würden, und wie wichtig uns ein Bündnis. – Hier unterbrach mich der Herr Patriarch und wollte klipp und klar wissen, ob es wahr sei, dass wir zum christlichen Glauben übertreten wollten. Auf diese heikle Frage war ich vorbereitet, und doch traf sie mich jetzt wie ein Schlag in die Magengrube.

Es ist eine Sache, ein solches fiktives Manöver mit Euch, erhabener Herr und Meister, im vertrauten Gespräch zu erörtern, und eine andere, einen solchen, von der anderen Seite erwarteten Schritt vor einem eher skeptisch, denn begierig lauschenden Kronrat des christlichen Königreiches von Jerusalem ›in Erwägung‹ zu ziehen. Ich hoffe, ich habe mich wacker geschlagen, denn ich wollte nicht den Eindruck erwecken, dass ich meinen Kopf geschickt aus der Schlinge zöge. Ich sagte: »Der Wunsch der Führungsschicht der Ismaeliten nach einem dauerhaften und verlässlichen Bündnis mit dem Herrscher von Jerusalem ist klar zu bejahen!« Das Verhalten unseres Volkes, also der Mitglieder unserer Glaubensgemeinschaft, hinge im Wesentlichen von der Art und Weise ab, wie die christliche Kirche den Assassinen gegenübertritt. Hier seien die vorgelebten, nicht die gepredigten Tugenden der Lehre Christi gefragt.

Vielleicht stieß ich damit den Patriarchen vor den Kopf, denn er fand nicht gleich die rechte Erwiderung, aber das gab dem König die Chance, von den leidigen Glaubensfragen weg zu dem ihn wie uns eigentlich interessierenden Punkt zu kommen: Das Bündnis gegen den Sultan der Seldschuken, den Beherrscher von Syrien.

Ich sagte: »Wir sind bereit, Euch den Rücken im Norden zu stärken, indem wir Aleppo bedrohen, denn ich weiß, Ihr wollt gegen Ägypten ziehen.« Meine kühne Rede verursachte einiges an Unruhe im Saal, der Großmeister der Johanniter ergriff das Wort.

»Es ist wohl mehr so –«, sprach er, »dass Ihr von unserem Schutz profitiert, wenn der Sultan Euch angreift, denn Ihr seid ihm ein Dorn im Auge–«

»Eine Hand wäscht die andere«, griff der König ein, »ganz besonders unter guten Freunden! So sagt uns jetzt, was Ihr von uns erwartet, damit dieses Bündnis zustande kommt?«

Almarich war also unser Angebot willkommen, und ich sprach bescheiden: »Unter guten Freunden ist es auch üblich, dass bei einem Bündnis auf beiden Seiten sich alle an der Einhaltung beteiligen –«

»Das versteht sich!«, erwiderte der König leicht ungehalten.

»Es ist aber so –«, fuhr ich fort, »dass die Templer uns mit Tributforderungen bedrängen –«

»Ist das so, Meister Philipp de Naplusa?« Der nickte unverfroren und reckte sein Kinn vor. »Wäret Ihr denn bereit, auf diese Zahlungen unserer Freunde zu verzichten – jedenfalls auf die Dauer des abzuschließenden Bündnisabkommens?«

Der Großmeister blieb stur. »Das ist, Majestät, als würdet Ihr bares Geld vom Orden fordern.«

»Und darauf können die notleidenden Ritter vom Tempel nicht ein einziges Mal verzichten?«, klagte ihn der König an. »Selbst, wenn das Wohl des Königreiches auf dem Spiel steht?«

Alle schauten jetzt auf den Großmeister, doch der blieb bockig. »Weist mir erst mal nach, dass ein Feldzug gegen Ägypten tatsächlich und unbedingt eine Notwendigkeit ist!?«

Hier versetzte ihm sein Rivale von den Johannitern einen Hieb in die Seite. »Wir wissen alle um die degoutanten Geschäftsbeziehungen Eures Ordens mit dem Hof von Kairo«, sagte Großmeister Gosbert leichthin, hob dann aber seine Stimme, »doch müssen wir alle deshalb nach Eurer güldenen Pfeife tanzen!?«

»Keinen Streit, schon gar nicht vor frem-, vor guten Freunden!«, rief der König verärgert, und zu mir gewandt sagte er: »Ich werde mit Herrn Philipp unter vier Augen die Sache regeln!«

»Es ist eine Unverschämtheit –«, brach es nun aus dem Templer heraus, »dass diese Leute –«, er stach mit dem Finger in meine Richtung, »unseren Orden hier bloßstellen!«, und er belferte gleich weiter. »Sie sollten glücklich sein, dass wir Masyaf noch nicht dem Erdboden gleichgemacht haben!«

Ich schwieg, er sprach schließlich gegen sich selbst, dann sagte ich dem König: »Ihr habt unser volles Vertrauen, und es ist Euer Wort, das uns vollauf genügt.«

Der Templer stapfte wütend aus dem Raum. Erleichtert unterzeichneten wir dann, der König, zwei Barone für den Kronrat, zwei weitere als Zeugen – der Patriarch verweigerte seine Unterschrift – die von den Schreibern verfertigten Dokumente, leisteten unseren Eid darauf, und wir setzten jeder unser Siegel darunter.

Ich muss jetzt schließen, denn der König gibt unserer Delegation heute Abend ein festliches Bankett, auf dem – so versicherte er mir leutselig und sichtlich mit dem Ergebnis zufrieden – wir auf unser Bündnis und seinen Erfolg die Becher erheben wollen.

Euer ergebener Diener An-Nasir.

PS: Es wurde in der Zeit, die wir auf die Schreiber warten mussten, des Weiteren vereinbart, dass uns bald eine Gesandtschaft des Königs in Masyaf mit ihrem Besuch beehren wird, um das neue Bündnis nicht nur «de iure», sondern auch «de facto» zu besiegeln. Ich schicke Euch diesen Bericht mit einem Kurier voraus, damit Ihr über den glücklichen Ausgang der Mission informiert seid. Das Vertragsexemplar werde ich selbst an meiner Brust mit mir führen, um sicherzugehen, dass ich es Euch auf Masyaf persönlich überreichen kann. Ich danke Euch noch mal für das in mich gesetzte Vertrauen.

Als Sayf hinter dem Eunuchen den Festsaal betrat, wurde er von den Saaldienern des Königs an einen Ehrentisch für die Gesandtschaft geleitet, wo auch die anderen *rafiq* Platz nahmen. Er stand nicht weit von des Königs erhöhter Tafel, wohin man An-Nasir ad-Daula als Leiter der Delegation gebeten hatte und die vier ihn begleitenden älteren *da'i*. Während die ersten Speisen aufgetragen wurden, wanderte Sayfs Blick suchend durch den Saal. Seit seiner Abreise aus Masyaf hatte er sich zunehmend gefragt, ob er den Gefährten überhaupt je wiedersehen würde. Er entdeckte Victor dort, wo er ihn nie vermutet hätte. Sein Freund hatte seinen Platz an der Seite des Kronprinzen Balduin, der ebenso wie seine Schwester Sybille an der langen Tafel der königlichen Familie einer der sich beidseitig erstreckenden Flanken vorsaß. Sayf versuchte sich bemerkbar zu machen, aber Victor war in ein lebhaftes Gespräch mit seinem Nachbarn vertieft, sie lachten, offensichtlich waren sie sehr vertraut miteinander. Da der Eunuch zwar weit von der Umgebung des Prinzen, aber immerhin nicht nur dem König, sondern auch Victor *vis-à-vis* gegenübersaß, konnte Sayf annehmen, dass sein Ziehvater den verschollenen El-Mansur längst erkannt hatte, sich aber nichts anmerken ließ. Er musste mit Victor sprechen, bevor sie morgen wieder abreisten. Wenn Victor nicht nach Masyaf zurückzukehren wünschte, würde er das respektieren müssen, aber dann sah für ihn die Welt der Assassinen ganz anders aus, dann würde auch seine Zukunft als *fida'i* in Frage gestellt sein. Auch wenn ein solches Benehmen sich nicht gehörte, erhob sich Sayf von seinem Platz und begab sich sicheren Schritts zu An-Nasir. Flüstern hätte sicher gegen die guten Sitten an des Königs Tafel verstoßen, deswegen sprach er den Eunuchen ganz offiziell an.

»Ihr, mein guter Herr Vater, könntet einem Unwürdigen einen Herzenswunsch erfüllen, indem Ihr mich mit dem Kronprinzen bekannt macht«, sagte er leichthin, und An-Nasir hatte sofort begriffen.

Er wartete die nächste Gelegenheit ab, bis er sich des Königs Ohr gewiss war, und sprach dann: »Majestät, Ihr würdet mein Vaterherz mit großer Freude erfüllen, wenn Ihr gestatten möget, dass meinem einzigen Sohn und Augapfel Sayf die Ehre vergönnt sei, sich Eurem Sohn Balduin vorstellen zu dürfen?«

Almarich lag alles daran, den Assassinen seine Freundschaft zu beweisen, so winkte er Sayf zu sich herüber und wandte sich an seinen *filius*. »Ihr habt die besondere Aufmerksamkeit des Jüngsten aus der Delegation unserer Freunde erweckt, bitte begrüßt Sayf und bittet ihn, sich zu Euch zu setzen!«

Der Kronprinz nickte gehorsam und suchte mit schnellem Blick das Einverständnis Victors, der seine Erregung nur schlecht zu verbergen vermochte, als er den auf sie zukommenden Sayf erkannte. »Die Aufmerksamkeit eines jungen Assassinen zu erregen«, scherzte Balduin unbefangen, »mag nicht ungefährlich sein. Du solltest ihn nach Waffen untersuchen – einem versteckten Dolch vielleicht!«

Aber Victor war schon aufgesprungen und sorgte dafür, dass Sayf auf der Bank zwischen ihm und dem Prinzen seinen Platz fand. Sayf war nun doch recht verlegen, er hielt sich erst mal schon um der Etikette willen an Balduin.

»Wann ist einem aus meinem Volke schon beschieden«, sagte er mit hochrotem Kopf, »den künftigen König von Jerusalem in friedlicher Stimmung eines Festes zu erleben, anstatt in der unguten Situation eines bewaffneten Kampfes!«

Ein solcher Ausspruch fand Balduins volle Zustimmung. Er griff zu seinem Becher. »Dürft Ihr trinken?«, fragte er nur leichthin den Becher auffordernd seinem Gast hinhaltend, und Victor sagte schnell:

»Ein getreuer *fida'i* darf alles, wonach es ihm gelüstet, solange er nur das versprochene Paradies vor Augen behält.« Sayf hatte die Botschaft verstanden, und der Prinz hob seinen Becher.

»Auf die Freundschaft!«

Sie tranken alle drei.

»Ich verlasse morgen dieses gastliche Haus«, sagte Sayf feierlich. »Mit der Hoffnung, nein, mit der festen Gewissheit, mit mehr zurückzukehren als ich gekommen bin: Mit einem Freund, der meine Gedanken versteht.« Sayf verneigte sich vor Balduin, bevor er sein Glas auch gegen Victor erhob, dem sich nun auch die Formulierung einer Nachricht bot, verpackt in einen Trinkspruch.

»Das ist das Wesen einer wahren Freundschaft«, sagte er, »dass man sich gewiss ist – auch wenn der Freund geht –, dass der andere reich zurückbleibt und der Zurückbleibende den Reisenden reich beschenkt weiß.«

»Wohl gesprochen, Victor«, lobte ihn Balduin, »so sollte man es unter Freunden halten!« Er lachte arglos und fügte, sich kurz bedenkend, noch hinzu: »Sie nicht halten, sondern beschenken, damit beschenkt einer auch sich selbst.«

Wohlgefällig schauten der König und der Eunuch auf die jungen Leute, die sich so gut verstanden.

Die Küchenmagd hatte natürlich davon gehört, dass eine Gesandtschaft der Assassinen als des Königs Gäste oben im Palast weilte, die Suppenköchinnen und die Saalmaiden, die Schüsselwäscherinnen und jene, die wie Kira das Gemüse putzten, zerrissen sich schon seit Tagen das Maul über die fremdartigen Besucher. Wie Meuchelmörder sahen sie eigentlich nicht aus, aber wer weiß, was sie außer einem vergifteten Dolch sonst noch in ihren Hosen hatten? Kira hätte dringend gern in Erfahrung gebracht, woher diese Assassinen kamen, aus Alamut oder gar aus Masyaf? Doch keine der geschwätzigen Saalmaiden wusste es ihr zu sagen, und mit einer von denen heimlich zu tauschen, um den Festsaal selbst in Augenschein zu nehmen, war ein Ding der Unmöglichkeit. Einmal hielt der Küchenmeister sie im Auge, denn ihr Sturz aus der Kemenate der Prinzessin in die Katakomben der dampfenden Kessel und funkensprühenden Feuerstellen, des spritzenden Fetts und der sich drehenden Spieße war ihm nicht entgangen. Zum anderen wäre keine der hochnäsigen Maiden bereit gewesen, ihr dieses Opfer zu bringen. Hofften doch alle, dass dort oben das Auge eines Prinzen auf sie fiel und ihr Aschenputteldasein eine jähe Wende zum Glück fände. Zumal heute der Tag war, an dem die Delegation mit einem Festbankett verabschiedet wurde. Sie tafelten schon seit Stunden, und es nahm immer noch kein Ende. Kira wusch ein Fuder Mangold in eiskaltem Wasser, ihre Hände waren rot und brannten vor Kälte, und schon wartete ein Sack mit gelben Schoten darauf, von ihr abgepellt, aufgeschlitzt und ihrer Bohnenfrucht beraubt zu werden. Kira schnitt sich in den Finger. Der Küchenmeister jagte sie weg von den Hülsenfrüchten, weil ihr Blut darauf getropft war. Kira schlich sich zu den Mehlsäcken, kroch zwischen die hintersten, doch statt zu weinen, wonach ihr war, fiel sie völlig übermüdet in tiefen Schlaf.

Es war in den frühen Morgenstunden, als Victor in der Treppennische die Kleidungsstücke, Schärpe und das Tuch fand, aus dem er seinen Turban wickeln konnte. Sayf hatte sie dort wie vereinbart hinterlegt. Victor stieg die Treppe hoch bis aufs Dach und zog sich dort hinter einer Mauerecke hastig um. Im Osten ging wie flüssiges Rotgold die Sonne auf über dem Heiligen Jerusalem. Er musste sich sputen, um den Aufbruch der Assassinen nicht zu versäumen, denn sie wollten noch vor Tagesanbruch die Tore der Stadt verlassen. Es würde schon heikel genug werden, sich unerkannt unter die Abreisenden zu mischen. Er hastete die Stufen wieder hinunter – und lief genau der Prinzessin Sybille in die Arme. Sie wollte sofort losschreien, denn sie hatte Victor nicht erkannt, er hielt ihr die Hand auf den Mund, sie biss zu.

»Was soll der Aufzug, Liebster?!«, gurrte sie dann. Sie trug nur ein dünnes Nachtgewand, wahrscheinlich hatte sie unter der Treppe gebrunzt, wie jeden Morgen.

Victor setzte alles auf eine Karte. »Würdet Ihr mich so gewandet gern empfangen, meine Holde?« Es gelang ihm, im Ton eine Mischung zu finden zwischen verträumtem Liebhaber und verruchtem Pirat.

Sybille war überfordert von ihrem Glück. »Immer«, hauchte sie. »Aber gebt mir zehn Glockenschläge Zeit.«

»Ich klopfe zwei Mal lang und drei Mal kurz«, beschied Victor sie, »und das zwei Mal! Macht zehn!«

Strahlend hüpfte sie davon, wahrscheinlich um sich schnell noch mit Rosenwasser zu begießen und ein paar Blätter Minze auf den Zähnen zu verreiben, dachte er, während er weiter die Treppe hinunterschlich.

Als Kira in ihrer Backmulde erwachte, war die Küche leer, der Morgen graute, die letzten Holzscheite verglühten in der Asche. Sie tastete sich schlaftrunken und von der unbequemen Lage zwischen den Säcken geschunden, mehr noch als von der Arbeitsfron, durch die Küche. In der Kammer neben der Tür zum Hof schnarchte der Küchenmeister. Wenn es stimmte, dass die Delegation heute abreiste, dann würde sie spätestens bei Tagesanbruch aufbrechen. Victor hatte sie dann zwar nicht gefunden, aber länger hierbleiben wollte sie ganz sicher nicht. Als sie die Tür behutsam öffnete, sah sie gerade noch den dicken Eunuchen als Letzten aus dem Tor reiten.

Sie schrie: »An-Nasir, An-Nasir, nun wartet doch!«, aber er hatte sie wohl nicht gehört, obgleich er kurz sein Tier anhielt und zurückschaute, allerdings nicht zu ihr. »An-Nasir!«, schrie sie noch einmal und wollte loslaufen, da legte sich eine harte Pranke auf ihre Schulter, sie glaubte Krallen zu spüren, als sie herumgerissen wurde: Vor ihr stand der Küchenmeister, verschlafen, mit wirrem Haar und stinkend.

»Ist der Liebste auf und davon?«, höhnte er. »An-Nasir! An-Nasir!«, äffte er ihre verzweifelte Stimme nach und schob sie zurück in die Küche. »Das muss ein schmucker Bursche gewesen sein!«, spöttelte er weiter. »Da möchtest du jetzt viele Tränen vergießen?!« Er presste Kira auf einen Hocker und knallte ihr eine Kiste mit Zwiebeln auf die Arbeitsplatte. »Die schälst und schneidest du mir bis Glockenschlag zehn!«

Er schlurfte zurück in seine Kammer, ließ aber die Tür offen. Kira heulte schon, bevor sie die erste Zwiebel schnitt.

HEIMTÜCKE DES ORDENS

Der Eunuch hatte sich umgedreht, weil er auf Sayf und ganz besonders auf Victor wartete. Wahrscheinlich hatte der sich verspätet. Wenn jemand die beiden zusammen entdecken würde, dann könnte auch Sayf in Schwierigkeiten geraten, begann sich An-Nasir gerade zu sorgen, als er die Freunde erblickte. Sie wollten auf ihn zurennen, er gestikulierte ihnen heftig, langsam und bedächtig zu gehen! So würden sie weniger auffallen! Aber die beiden erreichten ihn unbehelligt. Sie ritten alle drei los, um die bereits vorausgezogenen übrigen Mitglieder der Delegation einzuholen und vor allem um möglichst viel an Entfernung vom Königspalast zu gewinnen. Sie passierten das nördlich gelegene Sankt-Stephans-Tor und ritten unterhalb der Kirche des Abraham am Festungsgraben vorbei, gleich neben dem Teil der Mauer, in dem damals bei der Eroberung durch die Christen der erste Einbruch des Feindes erfolgte. Sobald sie das freie Land, ein immer noch sehr hügeliges Gelände, erreicht hatten und die vorausziehende Karawane wieder in Sicht gekommen war, ließen sich Sayf und Victor glücklich nach hinten fallen. Sie hatten sich viel zu erzählen, das sah ihr väterlicher Freund ein.

Die Delegation schickte einen Reiter mit der Bitte, sie möchten doch zu ihnen aufschließen, aber der Eunuch beschied den Boten, er könne das eingeschlagene Tempo nicht mithalten, sie sollten ruhig weiterreiten, den Weg nach Masyaf würden sie auch ohne ihn finden – und wenn nicht, dann müssten sie eben warten, er, An-Nasir folge ihnen auf den Fersen.

So zogen sie den Jordan hoch, bis der See Genezareth in Sicht kam. Danach würden sie durch die Jakobsfurt auf die andere Seite wechseln, was auch den Vorteil hätte, nicht mehr an so vielen Burgen der Kreuzritter vorbeizuziehen, erweckte doch eine Karawane jedes Mal Begehrlichkeiten. Die Stadt Tiberias, am Westufer des Sees gelegen, hatten sie im weiten Bogen umgangen und strebten jetzt durch die Hügel auf die Furt zu. Bis dahin waren sie unbehelligt geblieben.

Jetzt versperrte ein Karren den drei Nachzüglern den schmalen Saumpfad zwischen den baumbestandenen Felsen des Gebirges. Es schien das Gefährt eines Mannes aus dem fahrenden Volk zu sein, mit bunten Fähnchen und langen bemalten Stangen, die aus dem Zeltverdeck herausragten, – so wie sie halt von Markt zu Markt durch das Land zogen.

Der Besitzer, offensichtlich ein Gaukler oder vom Zirkus, lag unter seinem Karren und hämmerte an der Achse. Als er hervorgekrochen war, ein Mensch mit langen Armen wie ein Affe und behaarter Brust, konnte man ihn sich auch als Feuerspeier oder Eisenbieger vorstellen, vielleicht schluckte er auch Degen oder stieß sich Schusterahlen durchs Fleisch. Jedenfalls ein Wilder, mit kahlem Haupt, das wenige Haar hinten zu einem Zopf gebunden. Seine hohe Stirn und seine klaren Augen verrieten mehr noch als Klugheit, sie zeugten von großer Lebenserfahrung. Das alles ging An-Nasir durch den Kopf, als der Kerl jetzt auf ihn zukam.

»Ihr gehört zu den Assassinen?«, fragte er höflich und schloss Sayf und Victor, die jetzt auch herankamen, mit ein. Der Eunuch war vorsichtig und nickte nur unbestimmt, was den Mann veranlasste, sich näher zu erklären. »Aus Masyaf?«

»Und wenn's so wäre?«, mischte sich Victor ein.

»Ich hatte vor Wochen die Ehre, eine junge Dame – sie nannte sich Kira du Paradis – nach Jerusalem zu begleiten.«

»Kira nach Jerusalem?«, hakte Sayf sofort nach, mit fragendem Blick auf seinen Ziehvater.

Dem Eunuchen war das sichtlich unangenehm. »Das ist möglich«, ließ er sich entlocken. »Sie ist – kurz nachdem El-Mansur verschwand – aus dem Paradies geflüchtet, davongelaufen mit unbekanntem Ziel –«

»Ich brachte sie als Zofe am Hofe des Königs unter, denn sie suchte nach einem Freund, der entführt worden war«, schob der Fremde eilfertig nach. »Man nennt mich Jaluddin, den Meister aller Meister«, stellte er selbstbewusst klar, »und ich verfüge außer über mannigfache Fähigkeiten auch über hervorragende Beziehungen zu allen hohen Herrschaften, Prinzessin Sybille –«, setzte er noch hinzu.

»Das kann nicht sein!«, unterbrach ihn Victor misstrauisch. »Als Zofe der Prinzessin hätte ich sie zu Gesicht bekommen.«

»Gewiss beim Festmahl zu unserer Verabschiedung!«, bekräftigte Sayf. »Die Prinzessin saß da, umgeben von ihren Zofen – Kira war nicht darunter.«

»Das spielt jetzt ja auch keine Rolle«, ereiferte sich Victor. »Kira hat sich meinetwegen in den Palast des Königs begeben, wie Ihr sagt«, er nahm Jaluddin als Zeugen. »Wo auch immer sie steckt, es ist meine Pflicht, sie dort herauszuholen!« Er wandte sich an den Eunuchen. »Ich reite zurück!«

Ehe der sich zu der heiklen Frage, die keine war, überhaupt äußern konnte, schaltete sich Jaluddin ein. »Das wird Euch kaum gelingen!« Er wies mit der Hand nach oben zum Wald auf der gegenüberliegenden Bergseite. Zwischen den Bäumen waren deutlich die weißen Clamys der Ritter vom Tempel zu erkennen, Speerspitzen blitzten vereinzelt auf im Licht der Sonne. »Es scheint«, sagte Jaluddin völlig unaufgeregt, »die Templer haben es auf euch Assassinen abgesehen!«

Das leuchtete dem Eunuchen sofort ein, er erinnerte sich an den zornigen Abgang des Großmeisters, als der Erlass des Tributes der Assassinen zur Sprache kam. »Wir müssen die anderen warnen!«

Jaluddin schaute nur kurz über die Schulter. »Wir müssen jetzt uns selbst in Sicherheit bringen!« Victor wie auch Sayf erkannten hinter sich die heranstiebende Kavalkade der Ordensritter, die Lanzen eingelegt, die Visiere heruntergeklappt. »Lasst uns verschwinden!«, rief der Meister aller Meister und schob den starkleibigen An-Nasir vom Weg hoch in die bewaldeten Felsriffe.

Sayf und Victor folgten hastig. »Und der Karren!?«, rief Victor besorgt.

»Die haben uns sowieso schon gesehen!« Jaluddin trieb die drei vor sich her in den Bergwald. »Es geht nur darum, ihnen nicht im Weg zu stehen, dann machen sie dich schon im Vorbeireiten nieder!« Er nötigte den Eunuchen, auf einen Felsen zu klettern, die beiden Freunde hatten sich schon versteckt. Das Gleiche gelang gerade noch Jaluddin, als schon die ersten zwei Ritter im Wald auftauchten und nach ihnen suchten. Der stehengelassene Karren war ja auch schon ein ausreichender Hinweis, wo ungefähr die Geflohenen sich verborgen hielten.

»Das kannst du allein!«, rief der Hintere dem am weitesten den Hang hinauf vorgedrungenen Ritter zu und machte sich davon zu seinen Kameraden, die auf dem Saumpfad schon weitergeprescht waren. Der Templer entdeckte Victor und Sayf in einer Felshöhle, die keinen Fluchtausgang hatte.

»Kommt da raus!«, befahl er, zog aber schon drohend sein Schwert blank. Mit Mordlust in den Augen kam er näher, da die beiden sich nicht rührten. »Mir ist es gleich, wo ihr über die Klinge springt!«, höhnte er, ärgerlich ob des zusätzlichen Zeitverlustes. Er hatte die niedrige Grotte erreicht, bückte sich – da sprang ihn von oben Jaluddin an, riss ihn zu Boden, bog ihm den Kopf nach hinten und zog dem Ritter den Dolch durch die Kehle.

»Fasst mit an!«, rief er den beiden Freunden zu, die ihn entsetzt anstarrten. »Die Leiche muss verschwinden, bevor einer von denen zurückkommt!« Er griff dem Toten unter die Achseln, Sayf und Victor packten je eines der Beine, und sie zerrten ihn in den hintersten Winkel der Höhle. Jaluddin riss ihm die leuchtende, blutbefleckte Clamys vom Leib und stopfte sie unter den Körper, warf ein paar Zweige über ihn, und sie verließen den Ort der Tat, nachdem sie den am ganzen Leibe zitternden Eunuchen wieder von seinem Felsen heruntergeholt hatten. Sie warteten beim Karren noch eine Weile, nichts war zu hören, kein Hufgetrappel, kein Wiehern. Mit bangen Gefühlen setzten sie sich dann endlich in Bewegung.

Das Tal lag still, kein Vogelzwitschern, nicht einmal der Wind rauschte in den Blättern. Als sie den Wald verlassen hatten und um die nächste Felsnase, die ins Bett des ausgetrockneten Flusses ragte, bogen, bot sich ihnen ein Bild des Grauens. Hingestreckt zwischen den Steinen lagen die Assassinen, die gesamte Delegation, mit der sie ausgezogen waren. Erschlagen und erstochen, mit gespaltenem Schädel die ehrwürdigen *da'i*. Einige der jungen *fida'i* mussten versucht haben, mit ihren Dolchen in der Faust Gegenwehr zu leisten, doch gegen diese gepanzerte Ritterschar, die wie ein Gewittersturm über sie hereingebrochen war, hatten sie nicht die geringste Chance gehabt. Die ersten Geier flatterten auf.

»Wollen wir sie nicht begraben?«, fragte Sayf zögernd seinen Ziehvater.

»*Ehmed Allah!* – Preis' Allah, mein Sohn!«, murmelte der erschütterte Eunuch, »dass wir nicht zwischen ihnen liegen.« Er blickte nachdenklich auf Jaluddin. »Hier auf Erden verdanken wir unser Leben diesem braven Mann!«

Der Gaukler machte eine wegwerfende Handbewegung. »Mein kleiner Eingriff hat nur einen dieser Mordgesellen am Weiteratmen gehindert«, sagte er mit Bedauern, »für einen Meister aller Meister, auch in der Kunst des richtigen Umgangs mit Schwert und Dolch, ein recht bescheidenes Ergebnis.« Er verneigte sich theatralisch vor dem Eunuchen. »So lasst uns verschwinden von hier! Die Templer wären nicht die ersten Mörder, die es zurückzieht an den Ort ihrer Untat – und was die Toten anbetrifft, das besorgen die Geier besser und schneller als wir!«

Victor schauderte es bei dem Gedanken, aber An-Nasir war eine ganz andere Idee gekommen. »Wenn ich mir diese niedergemetzelten Brüder anschaue –«, wandte er sich an den Meister aller Meister, »dann könnte ich mir vorstellen, dass es nicht zu einer so furchtbaren Katastrophe gekommen wäre, oder zumindest nicht dieses Ausmaßes, wenn einer ihnen beigebracht hätte, mit Schild und Schwert umzugehen. – Wollt Ihr nicht mit uns nach Masyaf kommen, um als Waffenmeister –«

Jaluddin verbeugte sich nochmals. »Euer Angebot anzunehmen ist mir eine große Ehre, doch hab' ich zuvor noch etwas zu erledigen. Ich verspreche Euch, innerhalb eines halben Mondes Umlauf werde ich mich bei Euch einfinden.«

»Schade«, sagte Victor. »Sayf und sein Freund El-Mansur können es kaum erwarten, von Euch, dem Meister aller Meister, die rechte Handhabung des Schwertes zu erlernen.«

»Waffen jeder Art!«, stellte Jaluddin klar. »El-Mansur und Sayf werden seine ersten Meisterschüler sein!«

So trennten sie sich. Die drei einzigen Überlebenden der Assassinen-Delegation zogen weiter gen Norden, Jaluddin wendete seinen Karren und nahm die Straße zurück nach Jerusalem.

Bericht des Eunuchen an seinen erhabenen Herrn und Meister, Sheik Sinan

Ihr habt wahrscheinlich recht, weiser Huddscha – wie immer: Es war ein Fehler, die Templer in der Person ihres Großmeisters und in Gegenwart des Königs und aller Barone derartig bloßzustellen, dass sie wie ein trotziges Kind mit Hass reagierten, also zum Unrecht auch noch die Untat fügten. Eine solch unangemessene Reaktion vermochte ich nicht vorauszusehen, dazu bin ich zu sehr ein Mann des rechten Maßes und wohl zu schlicht in meiner Denkweise. Da ist es mir kaum ein Trost im Unglück, dass auch der König außer sich vor Wut geriet, als er von der verbrecherischen Tat des Ordens erfuhr, war doch damit nicht nur das Ergebnis der Verhandlungen null und nichtig, sondern auch seine Ehre besudelt, denn auch den Christen ist die Unversehrtheit eines Botschafters und seiner Begleitung ebenso heilig wie das Gastrecht. Er befahl dem Großmeister des Ordens, ihm den Schuldigen auszuliefern, und als dieser sich weigerte, mit dem Hinweis, die Templer seien nur dem Papst gegenüber verpflichtet, Rechenschaft zu geben, da eilte König Almarich mit Truppen nach Sidon, erzwang sich Zutritt zur Stadt und der Zitadelle, ergriff den Übeltäter, es war übrigens der Komtur des Ordens, Robert de Béthune, und ließ ihn zu Tyros einkerkern. Diese Nachricht habe ich heute erhalten, von einem Mann meines Vertrauens, mit dem Hinweis, der König verträte die Auffassung, dass damit der Gerechtigkeit Genüge getan sei, und hoffe, dass auch Ihr, erhabener Herr und Meister, das so seht. Und wenn ich – trotz meiner offenkundigen und eingestandenen Fehleinschätzung der Templer – mir dennoch einen Ratschlag erlauben darf, dann ist es der, dass wir diese Entschuldigung annehmen sollten. Gibt sie doch Euch wie König Almarich die Möglichkeit, – ohne Gesichtsverlust – die Verhandlungen wieder aufzunehmen und zu einem guten Ende zu führen. Ein entsprechendes offizielles Schreiben des Königs wird in den nächsten Tagen Euch persönlich überbracht werden. Der Mann, dem ich diese Informationen aus dem Königspalast zu Jerusalem verdanke, ist übrigens jener vielseitige Jaluddin, von dessen hilfreichem wie umsichtigem Eingreifen ich Euch berichtete. Ich bot ihm die Stelle eines Waffenmeisters auf Masyaf an, denn wir brauchen mehr Erfahrung im Umgang mit Kriegswerkzeugen aller Art, denn Dolche allein genügen in offener Feldschlacht nicht, nicht einmal in einem Scharmützel, Überfall oder Hinterhalt – wie wir ja gesehen haben.

Jaluddin kehrte auf eigene Faust nach Jerusalem zurück, befreite dort Kira, die Tochter des Geschickten, aus ihrer misslichen Lage und brachte sie zurück nach Masyaf. Ich habe ihr – in Anbetracht aller Umstände, ihres bewiesenen Mutes und der bitteren Erfahrungen, die schon Strafe genug waren – Euer Einverständnis vorausgesetzt – verziehen und ihr gestattet, nach pflichtgemäßer Überprüfung ihrer Jungfräulichkeit wieder in Euren Harem einzutreten. Ihr Vater hat von ihrem Ausbruch, ihrer Reise nach Jerusalem und glücklichen Heimkehr nichts erfahren – und muss das auch nicht!

Bei nächster Gelegenheit würde ich Euch diesen Jaluddin gern einmal vorstellen. Er lässt sich gut als Leibwächter einsetzen, vorerst habe ich ihm die Ausbildung jener beiden jungen Männer anvertraut, die Eurem wie meinem Herzen am Nächsten stehen: Der glücklich wiedergefundene El-Mansur und sein Freund Sayf, mein Ziehsohn.

Ich bin so vermessen, erhabener Herr und Meister, Euch meinen grenzenlosen Respekt und tiefste Bewunderung zu bezeugen, über die Art und Weise, wie Ihr mit dem neuerlichen Versuch Alamuts umgegangen seid, Euch durch zwei weitere eingeschleuste Attentäter zu beseitigen. Es muss dem Imam immer noch viel daran liegen, die syrischen Assassinen nicht länger von Euch geführt zu sehen. Ihr ersspartet den beiden falschen «fida'i», die sich während meiner Abwesenheit in Masyaf unter den Kampfnamen »Karim« und »Abdal« eingeschlichen hatten, von den Leuten des Geschickten von der Mauer gestürzt zu werden, was sie Euch ewig danken sollten – jedenfalls so lange, wie Ihr beliebt, eine Ewigkeit dauern zu lassen! Ihnen ist auch bewusst, dass es ihr unausweichliches und unrühmliches Ende bedeuten würde, wenn Ihr sie nach Alamut zurückschicken solltet, obgleich es vielleicht ganz nützlich wäre, auf solche Weise den Imam höflich zu bitten, von weiteren Entsendungen dieser Art Abstand zu nehmen.

Ich habe mir erlaubt, Karim und Abdal bis auf weiteres ebenfalls an Jaluddin zu übergeben. Eine gute Ausbildung im Kampf Mann gegen Mann kann nicht von Schaden sein! Außerdem nützen die tüchtigen Burschen El-Mansur und Sayf als brauchbare Gegner bei den Gruppenexerzitien des Waffenmeisters. Ich spüre bei unseren beiden, seit den gemeinsam überstandenen Gefahren auf dem Rückweg von Jerusalem, ein wachsendes Begehren, sich selbst zu beweisen, indem sie eine ihnen auferlegte Mission zu Eurer vollsten Zufriedenheit erfüllen. Ich weiß, erhabener Herr und Meister, dass Ihr mit El-Mansur und Sayf noch Großes vorhabt, aber mir scheint es wichtig, sie von Zeit zu Zeit mit einem Einsatz zu betrauen, damit sie nicht an ihren Fähigkeiten und damit auch an sich selbst zweifeln – oder das Gefühl haben, vergessen zu sein!

Euer ergebener Diener An-Nasir.

PS: Uns stehen womöglich schwierige Jahre bevor. Ein gewisser Salah ed-Din Yussuf, Sohn des verdienten Seldschuken-Generals Ayub, hat im Auftrag seines Sultans bereits in Ägypten bemerkenswerte Taten vollbracht, nicht zuletzt war es der junge Feldherr, der das Ende der langwährenden Herrschaft der Fatimiden auf dem Thron von Kairo beschleunigte. Damit geht unsere Glaubensbewegung, die der «shiat» folgt, auch noch dieses Machtzentrums verlustig zu Gunsten der gräßlichen Sunniten! Inzwischen greift dieser »Saladin« – so nennen ihn selbst seine Gegner, was für seine große Popularität spricht – bereits nach den Schlüsselstellungen in Syrien. Wir kämpferischen Ismaeliten – meist zu Unrecht als Assassinen verleumdet – werden ihm bald ein Dorn im Auge sein.

DAS ZÄHE LEBEN DES SULTANS

DIE BEDROHUNG

Die feierliche Dolchübergabe an die *fida'i* Karim und Abdal fand nicht im Innenhof von Masyaf statt, sondern im Turmgemach des Observatoriums. Der Geschickte hatte den Sheik darum gebeten, weil es sonst bei den eigenen, schon lange auf ihre Berufung wartenden *rafiq* zu bösem Blut kommen könnte, zumindest zu Unverständnis, wieso die fremden Neuankömmlinge eine solche Bevorzugung erführen. El-Mansur und Sayf waren von Sheik Sinan beim Eunuchen für die Zeremonie angefordert worden, damit sie als *shuhud al tameed*, als Paten, den beiden Glücklichen zur Seite stehen sollten – vom bevorstehenden *inthur il al dianna*, dem Blick ins Paradies, bis zum *rahil el abtal*, dem Auszug der Helden. So war es den beiden Freunden zum ersten Mal vergönnt, die symbolträchtigen drei ineinandergesteckten Dolche und das weiße Leinentuch zu tragen. Für beide war dies aber nicht nur eine Ehre, sondern auch eine harte Prüfung der eigenen Geduld. Sonst nahm niemand an der Feier der Aussendung teil. So erfuhr auch niemand, gegen wen die Assassinen vorgehen sollten. Der silberhaarige Huddscha hielt eine kurze Ansprache an die »Auserwählten«:

»Mir ist im Traum ein Engel Allahs erschienen, der zu mir sprach: ›Die Größe der Macht *sheitans* verdankt ihr schreckliches Wachstum einzig und allein der Trägheit und Behäbigkeit der Menschen. Sie stoßen auf seine Spuren, wenn der Böse sich noch klein und zierlich, harmlos und gesittet verhält, sie nehmen ihn weder ernst, noch halten sie ihn für gefährlich, sie liebäugeln mit seiner einnehmenden Gestalt, und sie scherzen über seine vorgetäuschten Schwächen und Fehler. Hochmütig, oberflächlich und bequem sind die Menschen, und der Teufel lacht sich ins Fäustchen und wächst und wächst, anfangs wie ein Geschwür, dann wie ein Krake, bis er dann keine Gegenmacht mehr befürchten muss und jeden verschlingen kann, ganz wie es ihm beliebt!‹« Diese Fabel schien Sinan weniger als Einführung erzählt zu haben, als zur eigenen Erbauung. Doch dann wurde er konkret. »Der Heerführer der Seldschuken Saladin hat Damaskus erobert und den Sultan gezwungen, ihn als Wesir anzuerkennen. Jetzt steht er bereits vor Aleppo, und wenn diese Stadt fällt, reicht seine Macht von Syrien bis nach Ägypten, und dann wird er die *sunna* als Lehre in den Moscheen durchsetzen, und alle, die sich dem widersetzen, wird er mit Feuer und Schwert vernichten. Es ist höchste Zeit, diesem Teufel unseren Dolch in den Hals zu stoßen! Bevor es zu spät ist, müssen die Ismaeliten sich Saladins entledigen. Geht in sein Zelt und ersticht ihn, durchbohrt ihn mit Euren Klingen, so lange, bis alles Leben aus ihm gewichen!«

Karim und Abdal waren beeindruckt und aufgewühlt zugleich von der Wichtigkeit ihrer Mission. Sie ergriffen die Dolche mit Ehrfurcht – längst hatten sie vergessen, dass sie eigentlich aus Alamut gekommen waren, um den abtrünnigen Sheik Sinan zum Tode zu befördern –, knieten vor dem Huddscha nieder, küssten ihm die Hände, sie neigten ihre Häupter und beteten stumm mit geschlossenen Augen. Sinan hatte den Raum verlassen. Sayf machte den beiden ein Zeichen, sich zu erheben, und sie folgten dem vorausgehenden El-Mansur die Treppen hinunter bis in die Tiefe des Sockelgeschosses. Schweigend führten die beiden Freunde die Auserwählten durch unterirdische Gänge bis hin zum Brunnenhaus, ohne dass sie auf jemanden stießen. Sie hatten sich schon gewundert, dass sie am Ende des ihnen bis dahin völlig unbekannten Weges aus einer versteckten Ausfallpforte der Festung traten, außerhalb der hohen Mauer, die das Paradies von der Außenwelt abschirmt. Nun fanden sie auch die eiserne Tür zum Brunnenhaus offen und das Tuch vor dem *thukb al muftah*, dem ›Schlüsselloch‹, abgehängt. Sayf wies stumm auf die Öffnung, durch die das helle

Licht einfiel, ein kalter Strahl, der wie eine Klinge das Dunkel des Raumes durchschnitt.

Plötzlich tauchte Timdal aus dem Brunnenschacht auf. Er ignorierte die Freunde und übergab den Auserwählten einen offenen kleinen Mörser aus edlem Holz. Darin glimmte ein runder Klumpen, und sein starker Duft verbreitete sich sofort im Brunnenhaus. Zwei Bambusstiele ragten, auf jeder Seite, aus dem Gefäß. Karim und Abdal schienen sich auszukennen, denn sie nahmen es und zogen gleichzeitig mit geschlossenen Augen den Rauch ein. Karim überließ den Mörser Abdal und trat als Erster an die Öffnung, presste sein Auge in die Mulde und starrte und starrte. Schweigend, doch unersättlich, so schien es. Dann riss er sich los, übernahm das Rauchgefäß von Abdal, und der nahm seinen Platz ein. Rauchen, Schauen, nochmals ein tiefer Zug, Träumen – so ging es lange, und den vom Prozedere ausgeschlossenen Freunden kam es wie eine Ewigkeit vor – und mehr und mehr als Strafe.

Vor dem Torhaus von Masyaf verabschiedete der Geschickte jene drei *fida'i*, die als seine bedingungslosen Gefolgsleute galten. Er bestimmte Rashid, den Ältesten, zum Begleiter jener *rafiq*, die ins Feldlager des Sultans eindringen sollten, um Saladin zu töten, während er Omar und Tarik nach Tyros entsandte mit einem Auftrag, den nicht einmal Rashid mit anhören sollte, weswegen Husain ihn noch zurückhielt, während die anderen beiden schon loszogen. Rashid wurde aufgetragen, am Eingang der Schlucht zu warten.

Im Brunnenhaus musste sich El-Mansur auf die Lippen beißen, um die Glücklichen nicht auszufragen, sich von Karim und Abdal nicht die Weiber genau beschreiben zu lassen, die sie zu Gesicht bekamen. Es verlangte El-Mansur danach, wenigstens durch ihre Augen, Melou zu erblicken – oder lieber Kira? – oder alle beide? Seine Liebessehnsucht wurde dadurch nicht geringer, dass diese Frauenfiguren voller rätselhafter Anmut und edler Gestalt sich in seinem verwirrten Gemüt verwischten. Beide – so verschieden sie sich auch gaben – waren ihm fremd. Melusine war die von einer unheimlichen Macht Verzauberte, die immer unerreichbarer wurde, je mehr er sich nach ihr verzehrte. Aber sie war auch die unheilvolle Zauberin! Er schaute hinüber zu Sayf, weil er wusste, dass der Freund Ähnliches durchlitt. Sayf dachte an Kira, die sich die Freiheit genommen hatte, so frei zu leben, wie er und El-Mansur es vermocht hätten, aber sich nicht dazu aufrafften. Die junge Frau war stärker als er, stärker als El-Mansur. Deshalb begehrte er sie, obwohl er den Augenblick fürchtete, in dem sie seinem Werben nachgeben sollte. Um seinen Freund stand es mit Sicherheit kaum besser. Der schwankte wie ein Rohr im Winde. Unbewusst tat El-Mansur einen Schritt vorwärts, und sofort spürte er den Druck von Sayfs Hand auf seinem Arm, der ihn zurückhielt. El-Mansur schämte sich seiner Schwäche, und sein Freund machte der Sache ein Ende.

»Wir sollten –«, räusperte er sich vernehmlich im Rücken der des Schauens immer noch nicht müden, im Gegenteil äußerst erregten *fida'i*, »uns jetzt auf den Weg nach Aleppo machen.«

Karim und Abdal ließen von dem *thukb al muftah* ab und umarmten sich stumm. Dann folgten sie Sayf und El-Mansur, die sie noch eine Strecke des Weges begleiteten.

Unterhalb Masyafs stießen sie in Höhe der Schlucht auf den Vertrauensmann des Geschickten. Rashid oblag es, die beiden *fida'i* nach Aleppo zu führen und in das Feldlager Saladins einzuschleusen. Victor schaute ihnen neiderfüllt nach, obgleich er wusste, dass er die Glücklichen nicht mehr wiedersehen würde.

Bericht des Eunuchen an seinen erhabenen Herrn und Meister, Sheik Sinan

Es starb – ich weiß nicht, ob wir uns freuen sollen oder besser den Tod des weisen Herrschers bedauern – der Sultan der Seldschuken. Damit war für seinen Neffen Saladin, den Wesir und jetzt bereits unumstrittenen Herrscher Ägyptens, der Weg frei, nachdem er schon unseren Anschlag vor Aleppo überlebt hatte. Rashid, der Vertrauensmann des Geschickten, besaß die Kühnheit, sich im Zelt Saladins von dem Erfolg des Attentats persönlich zu überzeugen. Karim war bis unter die Wartenden einer Audienz vorgedrungen, doch kaum hatte er den Dolch gezückt, fiel er trotz heftiger Gegenwehr unter den Hieben und Stichen der Leibwache. Dies war das Zeichen für Abdal, der hinter dem Zelt lauerte. Er durchtrennte mit raschem Schnitt – was niemand in dem Getümmel bemerkte – die Zeltwand und gelangte so hinter Saladins Rücken. Doch sein Stoß zum Genick wurde von der eisernen Kettenhaube aufgefangen, die Saladin unter dem Turban trug. So wurde auch er in Stücke gehauen. Die Belagerung von Aleppo hob Saladin nach diesem Vorfall fürs Erste auf, aber nur um die übrigen syrischen Städte eine nach der anderen an sich zu bringen. Und kurz darauf – und das trifft uns härter – verschied König Almarich, denn er hatte sich als Einziger unter den christlichen Fürsten immer ehrlich um unsere Freundschaft bemüht. Ihm folgt sein Sohn und Erbe Balduin auf den Thron, doch wissen wir um die schlimme Krankheit, die ihn befallen hat. Bei Lepra folgt dem Leiden unweigerlich der Tod. Es hängt einzig vom Willen Allahs ab, wie lange sich das stückweise Sterben hinzieht. Schon aus diesem Grunde wurde der Graf Raimund von Tripolis als Regent für den behinderten jungen König eingesetzt. Der spricht fließend die arabische Sprache und genießt bei Saladin ein gewisses Ansehen, was sicher nicht zu unserem Vorteil ist. Für die ältere Schwester des Königs, Sybille, wird jetzt sofort ein Mann gesucht, denn es ist unwahrscheinlich, dass Balduin noch selbst für einen Nachkommen sorgen kann. Und die jüngere Schwester Isabel ist noch ein Kind! Alles in allem keine günstige Ausgangslage für das Königreich von Jerusalem, für die Christen in Palästina wie in Syrien und mit größter Wahrscheinlichkeit auch für uns, ärgerlichste und störendste aller shiitischen Minderheiten im Lande des zukünftigen Sultans Saladin. «Insh'allah Allah yuwafikna» – So Gott will, möge er uns Erfolg bescheren!

Euer ergebener Diener An-Nasir.

PS: Für Saladin haben sich die Dinge wie durch Allahs Fügung mit diesen zwei Todesfällen zum zumindest Besseren gewandt. Musste er bisher noch tatkräftige und gefährliche Angriffe der Christen bis tief nach Ägypten mitten ins Nildelta hinein ständig fürchten, so wie es ihm König Amalrich bewiesen hatte, der einmal schon eine Garnison im Sultanspalast von Kairo installieren konnte, muss jetzt das Königreich vor der vereinigten Welt des Islam zittern und ist dabei noch im Inneren durch ständige Fehden der Ritterorden untereinander, der rivalisierenden Seerepubliken zerrissen. Steht nur zu hoffen, dass die alten Erbfeindschaften zwischen Aleppo und Damaskus, zwischen Syrien und Ägypten rechtzeitig wieder aufbrechen, damit wir Ismaeliten nicht zusammen mit den Christen von der sich abzeichnenden Großmacht eines Saladin zermalmt werden.

Im Kerker von Tyros wurde der Komtur Robert de Béthune ermordet aufgefunden. Natürlich schiebt man diese Tat uns in die Schuhe, wenngleich keiner einen Assassinen zu Gesicht bekommen hat. Solch unehrenhaftes Verhalten riecht nach der Handschrift des Geschickten. Die Templer werden den Verlust des Komturs dem König anlasten, was wiederum unser sowieso schon brüchiges Verhältnis mit dem Königshaus von Jerusalem weiter erschweren wird.

Im Boudoir der Saida Thamar, gleichzeitig der einzige Raum des Harem, von dem aus eine streng kontrollierte Verbindung zu den übrigen Teilen der Festungsanlage von Masyaf bestand, hatten sich einige *huriat* um die Saida, vor allem aber um deren Tochter Kira versammelt, so auch deren sanfte Schwester Shirin und Melusine du Ferbac, die Tochter des Herrn auf Montmor. Was sie alle nicht wussten, war der Umstand, dass der Aufseher An-Nasir von oben jedes Zimmer des Harem einsehen, jedes gesprochene Wort verstehen konnte. Auf Grund ihres Albino-bedingten Äußeren, das durch ihren nymphenhaften Leib, ihre rätselhaften Augen und den sinnlichen Mund noch überhöht wurde und sie zur unbestrittenen Königin des Paradieses machte, stand üblicherweise Melusine im Zentrum allen Interesses, aber seitdem Kira von ihrer abenteuerlichen Reise, Ausbruch und geheimnisvolles Wiederauftauchen eingeschlossen, zurückgekehrt war, gehörten die Erzählungen, die sie aus der fernen Welt von Palästen und edlen Rittern zum Besten gab, zur beliebtesten Unterhaltung der Mädchen im eintönigen Alltag des Harem. Dass Kira dabei gerne übertrieb und vieles frei erfand, konnten die von der Außenwelt abgeschnittenen *huriat* nicht wissen.

»... schließlich hatte sich die Prinzessin – während Abgesandte in ganz Europa noch nach einem geeigneten und willigen Ehegespons suchten –«, wusste Kira flüssig und einfühlsam zu berichten, »in den jungen Ibelin verliebt, doch der geriet in muslimische Gefangenschaft. Sybille schrieb ihm täglich in den Kerker, um ihn ihrer Liebe zu versichern. Schließlich wurde er freigelassen und eilte freudig zu seiner Braut. Sie empfing ihn kühl: Sein noch zu zahlendes Lösegeld mache ihn zu einem Mann mit Schulden.« Kira hielt mit dramatischen Pausen ihre Zuhörerinnen bei der Stange. »Enttäuscht und verzweifelt reiste er nach Konstantinopel und bat den Kaiser Manuel um Beistand. Der schenkte ihm den gesamten benötigten Betrag. Triumphierend kehrte der Glückliche nach Palästina zurück, nur um zu erfahren, dass Sybille inzwischen einen anderen geheiratet hatte –«

»So einer herzlosen Person«, empörte sich Shirin, »hast du als Zofe gedient!?«

»Zu mir war die Prinzessin ungeheuer liebevoll«, log Kira dreist, »sie wollte mich sogar mit dem sitzengebliebenen Bräutigam verkuppeln.«

»Da wärst du jetzt Fürstin von Beirut!«, warf ihre Mutter lachend ein. »Aber das genügt den Ansprüchen meiner Tochter natürlich nicht!«

»Er war ein blasser Langweiler und roch aus dem Mund!«, beendete Kira den Diskurs.

»Prinzessin Sybille kam vom Regen in die Traufe«, fuhr Kira fort. »Ihre Familie hatte kurzen Prozess gemacht. Sie verfügte eine Ehe über ihren Kopf hinweg, mit einem erfahrenen Kriegsmann, dem Marquis de Montferrat, der sicher auch ein tüchtiger König sein wird – daran muss man ja auch denken!«

»Noch lebt der arme Balduin!«, barmte sich Melou. »Welch grässliches Schicksal! Wenn man ihm doch nur helfen könnte!«

»Am besten, du verwandelst dich in eine hässliche Kröte«, schlug Kira der Schönen vor. »Er küsst dich – und die Krankheit fällt wie Schuppen von ihm ab!«

»Wohl eher ein weiterer Finger!«, spottete Thamar. »Man sagt, Sybille war entsetzt über das Aussehen und die Manieren des alten Haudegens. Wie sie es fertig bringen will, ein Kind von ihm zu empfangen, bleibt ihr allen Respekt gebietendes Geheimnis –«

»Die machtlüsterne Sybille wird ihren Weg schon machen!«, fasste Kira abschließend zusammen. »Männer spielen dabei keine edlere Rolle als der Stier für die Kuh!« Es war herauszuhören, dass so innig ihr Verhältnis zur Prinzessin auch nicht gewesen sein konnte. »Weitaus komischer ist die Geschichte, wie der Orden der Templer zu seinem neuen Seneschall kam!« Kira vergewisserte sich der Aufmerksamkeit ihrer Zuhörerinnen. »Es kam ein Ritter übers Meer, ein tüchtiger Mann des

Schwertes. Der Graf Raimund von Tripolis nahm ihn in seine Dienste und versprach ihm die Hand der Erbin des nächsten freiwerdenden Lehens. Gerard de Ridfort focht wacker in allen Schlachten, die der Graf bestritt. Dann starb der alte Herr von Botrun und hinterließ den Besitz seiner einzigen Tochter Lucia, doch als der Graf zu seinem Versprechen stehen sollte, trat plötzlich ein reicher Kaufherr aus Pisa auf, der setzte völlig ungalant die Erbin auf eine Getreidewaage und wog ihr Gewicht in purem Gold auf. Dem Angebot vermochte Graf Raimund nicht zu widerstehen. Der düpierte Ridfort trat voller Wut in den Orden der Templer ein und wird es sicher weiter als der ermordete Komtur bringen!«

»Das gefällt mir!«, jubelte Melou. »Wahre Liebe zeigt sich im Wert dessen, was man für sie aufwendet!« Sie erntete einen vorwurfsvollen Blick von der guten Shirin, aber Thamar stimmte in ihre Heiterkeit ein. Bei Melusine wusste allerdings auch sie nicht, woran sie war.

»Unnötig zu erwähnen –«, beschloss Kira ihre kurzweilige Geschichte, »– dass sich der wortbrüchige Raimund damit einen erbitterten, hasserfüllten Feind auf immer geschaffen hat!«

Thamar klatschte energisch in die Hände, und die jungen Frauen gingen auseinander, eine jede in ihre Kemenate mit Blick und Ausgang zu den Gärten des Paradieses.

EIN OFENWARMES BRÖTCHEN

Saladin, der sich inzwischen zum Sultan von Syrien und Ägypten hatte ausrufen lassen – der Kalif von Bagdad beeilte sich, ihm Titel und Amt zu bestätigen –, hatte den Assassinen das misslungene Attentat von Aleppo nicht vergessen. Mit einem größeren Heer fiel er ins Gebirge ein, um Masyaf zu strafen. Er rückte zügig vor, obgleich er – von der Küste kommend – vom Widerstand der im Djebel Bah'ra gelegenen Festungen aufgehalten wurde. Sehr wohl fühlte sich der Sultan nicht, aber nach seiner Ankündigung musste er nun auch das Unternehmen erfolgreich zu Ende bringen. Besorgnis ergriff aber auch die Mannen, die sich um ihren Sheik Sinan geschart hatten.

Der Huddscha empfing in seinem kreisrunden Empfangssaal im Turm der Himmelsaugen, der direkt unter seinem mit den astronomischen Instrumenten voll gestopften Arbeitszimmer lag, den Geschickten und den Eunuchen. An-Nasir hatte die Erlaubnis erwirkt, den Waffenmeister Jaluddin mitzubringen, hingegen wurde ihm das Hinzuziehen seiner beiden Favoriten El-Mansur und Sayf verwehrt. Das sah er ein, denn sonst wäre Husain ad-Din Marzuban auch mit seinen Leuten erschienen.

»Wir sollten ihn schnellstmöglich in die Hölle befördern!«, wetterte Husain sofort los. »Je näher er rückt, umso rigider werden die Maßnahmen sein, um sich vor uns zu schützen!«

»Umso mehr«, spottete der Sheik milde, »als Ihr ihm gerade bewiesen habt, dass nicht einmal ein Gefängnis Sicherheit vor den Dolchen bietet, die Ihr eigenmächtig –«

Der Geschickte stutzte nur kurz, die Zeitspanne, die er für die Einsicht brauchte, dass Leugnen gegenüber einem wie

Sinan wenig Sinn machte. »Der Tempel muss begreifen, dass es auch für ihn Grenzen gibt –«

»Für Euch offensichtlich nicht!«, wies ihn der Huddscha zurecht. »Die Ermordung eines Wehrlosen bleibt ein feiger Akt und ist der Gemeinschaft aller Assassinen unwürdig!«

»Deswegen hab' ich es ja auch persönlich auf mich genommen«, verteidigte sich der Geschickte. »Wohl wissend, dass Ihr Euch die Finger nicht schmutzig machen würdet.«

Der Sheik war zunehmend verärgert über die Aufsässigkeit des Husain ad-Din Marzuban. »An drei Fingern kann sich jeder abzählen, dass wir es waren – oder habt Ihr vielleicht ein Billet hinterlassen, dass dem nicht so ist!?« Der Sheik ließ ihn nur ein wenig im eigenen Saft schmoren, grad' so lang, wie man ein Steak in der heißen Pfanne lässt. »Zurück zu Saladin!« Der Sheik sah seinen Wesir nachdenklich an. »Effektvoller als jeder weitere Mordversuch wäre es vielleicht, gerade diesem Herrscher klar zu machen, dass er sich vor der Macht der Assassinen nicht schützen kann!«

»Wie wollt Ihr das bewerkstelligen, erhabener Herr und Meister?« Der Eunuch An-Nasir ad-Daula klang, wenn auch gegen seinen Willen, kleinmütig, das brachte Husain, den Geschickten, gegen ihn auf.

»Wenn es uns hingegen gelingt«, erwiderte er scharf, »ihn umzubringen, dann wird dies den furchterregenden Ruf der Assassinen über alle Grenzen tragen –«

»Aber keineswegs zum höheren Ruhme Allahs!«, hielt Sinan leise dagegen. »Dieser Saladin ist ein frommer Mann, das Volk liebt ihn, er ist die Hoffnung des Islam, die Kreuzfahrer wieder aus dem Land zu vertreiben, – und er ist fähig, sonst wäre er nicht Sultan geworden!«

»Wollt Ihr warten, bis er Euch –«

»Nein!«, erwiderte Sheik Sinan mit Bestimmtheit. »Aber wenn wir ihn töten, dann erfährt sein Nachfolger alle erdenkliche Unterstützung, uns ein für alle Mal zu vernichten!«

»Das wird ihnen nicht gelingen!«, machte sich der Eunuch Mut.

»Es würde auf jeden Fall Krieg und Verfolgung ohne Ende bedeuten –«, nahm Sinan den Faden wieder auf. »Also können wir uns nicht gegen ihn stellen, das würde kein Moslem verstehen!«

»Und was gedenkt Ihr zu tun, um seinen Vormarsch aufzuhalten?« Der Geschickte hielt seinen Spott nicht zurück. »Wollt Ihr ihm unsere *huriat* entgegenschicken?«

»Husain ad-Din Marzuban, beweist Euch bitte als ein Mann, dessen Geist es ihm erlaubt, sich der Lage angemessen zu verhalten!« Der Sheik lächelte mitleidig, das war schlimmer als jeder Zornesausbruch. »Leere Drohungen würden genauso wenig fruchten wie alberne. Wir müssen ihm beweisen, dass sein Leben zwar in Allahs Hand liegt, aber wir in der Lage sind, diese Hand von ihm abzuziehen. Er muss uns fürchten, ohne dass wir ihm nachweislich gedroht haben – weder mit einem Schreiben noch mit Worten eines Gesandten –«

»Mit einer symbolischen Geste!«, warf da plötzlich erleuchtet der Eunuch ein. »Erinnert Ihr Euch, erhabener Herr und Meister, an die persische Tradition der Anhänger des Verborgenen Imams? Das ofenwarme Brötchen auf der Brust des Betroffenen, als letzte Warnung?«

»Ja!«, rief der Geschickte schnell. »Und der noch zitternde Dolch im Holz des Kopfendes seines Bettes!«

»So weiß der Erwachende«, fasste Sinan zusammen, »wer eben noch neben ihm stand, als er schlief, und dass der Unsichtbare es in der Hand hatte, ihn in den Schlaf des Todes zu schicken.«

»Aber wer soll eine solche Botschaft im Zelt des schlummernden Saladin hinterlassen?« Husain war sichtlich ebenso ratlos wie An-Nasir, der den Vorschlag gemacht hatte.

»Ich!«, sagte da Jaluddin mit der Ruhe des Selbstbewussten. »Ich mache mich anheischig, diese Warnung zu hinterlegen –«

»Wenn der Sultan schläft?« An-Nasir, der große Stücke auf Jaluddin hielt, wiegte bedenklich seinen dicken, faltigen Kopf. »Und die Wachen?«

»Vertraut mir«, wandte sich der Waffenmeister an Sinan. »Ihr habt keine andere Wahl!« Er grinste kurz zu An-Nasir hinüber. »Sagt Eurem erhabenen Herrn und Meister, dass allein der große Jaluddin in der Lage ist, ein solches Unterfangen mit Erfolg zu krönen!«

Der Sheik sah ihm fest in die Augen. »*Allah maak!*«

Noch am gleichen Tag brach der Meister aller Meister auf. Er hatte dafür seinen Karren wieder aus den Ställen der Festung hervorgeholt und verstaute seine Requisiten mit größter Sorgfalt. El-Mansur und Sayf bedrängten den Eunuchen, dass er ihnen erlaube, Jaluddin auf seiner Fahrt zu begleiten. Doch An-Nasir verwehrte es ihnen erst hinhaltend, aber dann mit aller Vehemenz, als er auf Befragen des Waffenmeisters von diesem zu hören bekam, er sei wohl nicht ganz bei Troste, ihm die beiden aufhalsen zu wollen.

»Sie nützen dem Unternehmen nicht die Bohne, sie können es nur gefährden – und dann ist es mein Hals, den ich hinhalten muss!« Hingegen verlange er eine ganz andere Person als seine Gehilfin, sie sei sogar unabdingbar, und das sei das Albinomädchen!

Der Eunuch protestierte zuerst erschrocken, doch darauf ließ sich Jaluddin erst gar nicht ein. An-Nasir begriff, dass die vom Sheik angeordnete Mission über allem stand, sicher über den Regeln des Harem und dem von ihm sorgsam bewahrten Geheimnis der *huriat* des Paradieses. Melusine war sein Herzstück, der leibhaftig gewordene Traum vom Paradies, die vollkommene *huri* wie von *sheitan* geschaffen! Sich ihrer nicht nur freiwillig zu begeben, sondern auch noch ihre Zerstörung heraufzubeschwören, schien dem Eunuchen wie ein entsetzlicher Frevel, eine Versuchung Allahs. An-Nasir konnte niemanden fragen, mit niemandem über seine Gewissensnot reden, El-Mansur, aber auch Sayf würden ihn mit bloßen Händen erwürgen, wenn sie davon erführen. Er musste es auf seine Kappe nehmen. Er schickte Timdal hinab zu Melou und bat sie in sein Arbeitszimmer. Er schenkte ihr reinen Wein ein, unterschlug auch nicht im Geringsten die tödliche Gefahr. Doch die Rätselhafte lächelte nur und sagte völlig unbekümmert: »Warum nicht!?«

Sie willigte auch ein, von Jaluddin in einem Korb aus der Burg getragen zu werden, denn der Eunuch war ängstlich darauf bedacht, dass keiner erfuhr, welche Freiheiten er sich hier herausnahm, welche Risiken er einging.

Es war schon später Nachmittag, als der Karren den Burghügel von Masyaf hinunterrumpelte und jenseits des Baches in den bewaldeten Hügeln verschwand.

Lange Zeit war nichts von ihnen zu hören, sie kamen auch nicht wieder, dann erschienen Boten von den Assassinenfesten Kahf und Khawabi, die an den Hängen des Djebel Bah'ra lagen und an denen der Sultan mit seinem Heer vorbeigezogen war, und berichteten aufgeregt, dass Saladin von einem Tag auf den anderen die bereits begonnene Belagerung von Qadmus abgebrochen und sich wie in Panik in die Küstenebene zurückgezogen habe. Der Sheik, der darauf bestanden hatte, die Boten selbst zu vernehmen, wenngleich Husain und der Eunuch zugegen waren, forschte nach, ob sie denn Anhaltspunkte für diesen plötzlichen Sinneswechsel Saladins hätten – oder ob das Ganze vielleicht nur eine Finte sei, ein Manöver, um Masyaf, sein eigentliches Ziel, in Sicherheit zu wiegen. Die Boten gaben – leicht verlegen und wohl auch eingeschüchtert von der leibhaftigen Person des Huddscha – zur Auskunft, dass sie es wirklich nicht wüssten.

Der Sheik entließ die Boten, wies den Geschickten an, sie reich zu beschenken und zu verköstigen, bevor sie zu ihren tapferen *rafiq* im Djebel Bah'ra zurückritten.

Husain ad-Din Marzuban hielt solches für unter seiner Würde und darüber hinaus für unnötig. »Ohne den aufopfernden Widerstand unserer Brüder zu Kahf und zu Khawabi«, belehrte der Sheik mit leisem Ton den Mann, der sich für seinen Wesir hielt, »hätten wir Saladin längst vor den Mauern von Masyaf!«

Erst als er mit dem Eunuchen allein war, fragte Sinan ganz nebenbei: »Und von unserer Melusine und dem Waffenmeister immer noch keine Nachricht?«

An-Nasir war es, als ob ihm sein verfettetes Herz in die *sirwal* rutschen müsste, hatte er sich doch eingebildet, es sei ihm gelungen, Melou unbemerkt aus Masyaf herauszuschmuggeln. Er schüttelte bekümmert seinen faltigen Glatzkopf.

Nach dem mysteriösen Vorfall inmitten seines Feldlagers, umgeben von seiner Leibwache in seinem eigenen Zelt, wollte Saladin kein weiteres Risiko mehr eingehen. Er ließ sich sofort einen hölzernen Schlafturm bauen, mit einziehbarer Leiter und bewehrt mit eisernen Dornen, damit er hinfort die wenigen Stunden, die ihm als Feldherrn zum Ruhen blieben, in unbesorgtem Schlummer verbringen konnte. Gleichzeitig setzte er einen Drohbrief an den Sheik der Assassinen auf, in dem er dessen bedingungslose Unterwerfung forderte, andernfalls er Masyaf dem Erdboden gleichmachen und seine Bewohner ausnahmslos dem Schwert überantworten würde. In Wahrheit fühlte sich der Sultan unsicherer als je zuvor, er schlief schlecht und sah in den Nebelschwaden der Stunden zwischen Nacht und Morgengrauen unheimliche Gestalten seinen Turm entern, körperlose Schemen drängten sich heran und griffen mit dolchbewehrten Knochenhänden nach ihm. Er ließ Fackeln entzünden und beorderte Bogenschützen im dichten Ring um die hölzernen Stelzen seines Refugiums. Beim ersten Licht des Tages war der Spuk verschwunden, und Saladin schickte einen Boten nach Masyaf, um den Brief Sheik Sinan zu überbringen.

»Kannst du dir vorstellen, Timdal«, seufzte der Eunuch, »warum Jaluddin und Melou noch immer nicht zu uns zurückgekehrt sind?« Der Mohr stand am Fenster und war abgelenkt, denn er sah den Hang von Masyaf einen Herold des Sultans heraufpreschen, erkenntlich an der grünen Fahne des Propheten, die von seinem Bannerträger stolz in die Höhe gereckt wurde. Timdal behielt seine Erkenntnis für sich und tat so, als habe er die Frage nicht gehört. »Dass wir nichts von ihnen gehört haben, muss ja nicht heißen –« Der Eunuch klammerte sich an jeden Strohhalm. »Vielleicht gelang es ihnen doch, lebend zu entkommen?«

Der Mohr dachte gar nicht daran, dem Eunuchen seinen längst gehegten Verdacht mitzuteilen, dass nämlich Jaluddin endlich wieder eine ›Prinzessin‹ gefunden hatte, mit der er die einträgliche Wette um das Schweben im Pferdesattel in den Dörfern durchführen konnte.

»Vielleicht«, murmelte Timdal. »Immerhin spricht man bei Freund und Feind von Sheik Sinan –«, endlich bequemte sich der Mohr, das Maul aufzumachen, »inzwischen nur noch als ›Der Alte vom Berge‹, und das von Schauer und tiefer Furcht ergriffen!« Timdal schaute noch mal hinab, der Herold hatte das Tor der Festung erreicht.

Auf Masyaf löste das Ultimatum Saladins Schrecken aus. Noch größer war allerdings die plötzliche Angst beim Eunuchen, dass Jaluddin und Melou etwas zugestoßen sein könnte. Der Geschickte schlug vor, man sollte den Sultan zuvorderst durch Geschenke und die Übersendung von einigen schönen *huriat* besänftigen, um so Zeit zu gewinnen. Der Eunuch war entsetzt, der Sheik verwarf den Plan, der Geschickte sollte sich stattdessen ins Feldlager Saladins begeben und dem Sultan unmissverständlich ein für alle Mal klar machen, dass er den Kampf gegen die Assassinen nicht gewinnen konnte. Husain konnte sich diesem Befehl nicht entziehen, er hatte sofort die Horrorvision, dass Saladin an ihm, dem Überbringer, einer solcherart ausgesprochenen Widersetzlichkeit ein Exempel statuieren würde – er sah schon sein abgeschnittenes Haupt auf einer Stange nach Masyaf zurückkehren. In einem Anfall dumpfer Verzweiflung verlangte er, dass ihm sowohl El-Mansur wie auch Sayf als Begleiter auf dieser Mission mitgegeben werden sollten – mit der, allerdings sehr geringen, Hoffnung, dass nun wenigstens der Eunuch alles unternehmen würde, um eine Gefährdung seiner Lieblinge abzuwehren.

»Sie werden im Zweifelsfall mein Schicksal teilen!«, dräute er düster. Doch sein Rechnung ging nicht auf. Die beiden Freunde waren sofort Feuer und Flamme, als sie hörten, dass sie an einer Gesandtschaft zu Sultan Saladin teilnehmen dürften. Damit war dem Geschickten die letzte Möglichkeit genommen, sich vor der Aufgabe zu drücken, die ihm wie ein Todesurteil deuchte. Zähneknirschend erteilte er den beiden *fida'i* Auftrag, alle notwendigen Vorbereitungen zu treffen.

Mitten hinein in diese Unruhe und Ungewissheit fiel die völlig unaufgeregte, fast unbemerkte Rückkehr von Jaluddin und Melusine. Der Waffenmeister hielt seine ›Prinzessin‹ noch unter der Plane seines Karren versteckt, um erst mal beim Eunuchen zu erkunden, wie die Stimmung auf der Festung war und ob er sich Ärger eingehandelt hatte durch sein langes Fortbleiben.

»Ärger nicht, aber große Besorgnis!«

Des Nachts wurde Melou wieder zurück in den Harem verfrachtet. Der Eunuch nahm den Korb in Empfang und ließ Melou sofort aussteigen. Dem schwergewichtigen Aufseher, der eigentlich auf nichts mehr neugierig war im Leben, ging diesmal seine Wissbegierde durch wie einem jungen Hengst.

»Wie habt Ihr das nur angestellt?«, sprudelte es aus ihm heraus. »Es muss doch ungeheuer schwierig –?«

Melusine winkte erschöpft ab. »Ein andermal!«, hauchte sie. »Ich bin völlig erledigt.« Sie lächelte, als sie das enttäuschte Gesicht des An-Nasir sah. »Es strengt an, wenn man entspannt die ganze Zeit auf scharf geschliffene Klingen von *scimtars* schauen muss«, gähnte Melou, »mit denen die Leibwächter des Sultans einem –« Melou gähnte ein ums andere Mal, ihre Stimme wurde immer kleiner, »– vor der Nase herumfuchteln –«

»Wie aufregend!«, stöhnte der Eunuch. »Erzähl mir nur –?« Da sah er, dass sie eingeschlafen war. Mit Hilfe Timdals trug er sie hinunter in den Harem.

Der Eunuch hielt sich an Jaluddin. »Nun lasst mich hören, Meister aller Meister, mit welchen Tricks ist es Euch gelungen –?«

Der Gaukler grinste. »Das Bewahren von Geheimnissen ist die Krönung aller meiner vielgerühmten Fähigkeiten, in denen ich Meister bin!«, beschied er den Aufseher, verneigte sich ehrerbietig und verließ das Zimmer mit den chinesischen Seidentapeten.

Der Eunuch An-Nasir ad-Daula stand in seinem oktogonalen Arbeitszimmer inmitten der kühlen Darstellungen höchst akrobatischer fleischlicher Vereinigung und lauschte hinab in das Boudoir der Saida Thamar, wo sich die *huriat* um die Hausherrin versammelt hatten. Der gewichtige Aufseher über den Harem konnte jedes Wort verstehen, aber hörte nur mit halbem Ohr hin. Er war so froh, dass seine kleine Melou unversehrt zu ihm ins Paradies zurückgekehrt war.

»... um dem jungen König Balduin seine dankbare Anerkennung zu zeigen, dass er Saladin erfolgreich von Aleppo ferngehalten, entließ der arg bedrängte Sultan der Seldschuken den Ritter Reynald de Chatillon aus dem dortigen Kerker, in dem er sechzehn Jahre hatte schmachten müssen.«

»Ist das nicht jener arme Kerl, der gerade erst die Witwe des Fürsten von Antioch geehelicht hatte?«, hinterfragte die mitfühlende gutherzige Shirin sogleich.

»Ja, zum Entsetzen aller Barone des Königreiches!« Ihre

Mutter Thamar warf ihr einen belustigten Blick zu. »Genau dieser – ungebärdig und skrupellos!«

»Endlich mal wieder ein Mann!«, provozierte Kira ihre Mutter und die ältere Schwester.

»Der Chatillon heiratete sofort Stephanie, die unglückliche Erbin von Oultre-Jourdain!«, erstickte Thamar die aufkommende Begeisterung ihrer abenteuerlustigen Jüngsten. »Und begann unverzüglich von seinen neuen Burgen aus, Saladin heftig zuzusetzen. Er überfiel jede Karawane, die von Ägypten her heraufkam oder von Damaskus kommend das wehrhafte Jerusalem der Christen zu umgehen suchte –«

Im Hintergrund des Boudoirs tauchte, in feinstes Gespinst aus Mossul gehüllt, wie eine Traumwandlerin die rätselhafte Melusine auf. »– Saladin war wütend, denn er hatte Waffenstillstand mit dem Königreich vereinbart!«

Doch das interessierte jetzt keine der *huriat* mehr. »Melou! Melou!« Sie stürzten sich auf die zarte Nymphe. »Melou, nun erzähl doch endlich, wie es war mit Saladin, im Zelt des Sultans?!«

Melusine nahm bescheiden Platz neben Thamar, als würde sie deren Schutz suchen. Die Saida goss ihr *shai ma' nana* ein, sie nippte daran und schloss die Augen. Sofort trat andächtige Stille unter den schnatternden *huriat* ein.

»Es gibt einige Dinge«, sprach sie dann aber und schlug die Augen noch mal auf, um in die Runde zu schauen, Kira glaubte sich von ihr angesprochen und erwiderte den versonnenen Blick, »die werdet ihr nicht verstehen. Unterbrecht mich deshalb nicht, denn ich weiß selbst keine Antwort auf die Fragen.« Melou nahm noch einen Schluck aus der dampfenden Schale und begann. »Als wir hörten, von vorüberziehenden Hirten, dass Saladins Lager nicht mehr weit von uns entfernt sei, hielten wir an, der Meister gab mir ein schönes Kleid, einen zierlichen Dolch und ein frisch gebackenes *chubs*. Er sprach zu mir, dass ich den Dolch so verstecken solle, dass keiner ihn finden könne, und dafür gäbe es nur einen Ort im Leibe einer Frau. Er empfehle mir dringend, den Knauf zuvorderst einzuführen.«

Schon diese Beschreibung sorgte für erregtes Tuscheln unter den *huriat*, nur Thamar lächelte wissend. »Ich sagte, dass ich Angst hätte, mich zu schneiden, und so tat er es für mich.« Diese Vorstellung, die Melou mit unbewegter Stimme heraufbeschwor, verschlug ihren Zuhörerinnen vollends den Atem. »Das *chubs* benutzte der Meister, um die Klinge zu ummanteln, sodass mir ihre Schärfe keine Verletzungen zufügen konnte. So erreichten wir das Feldlager und Jaluddin, der sich sicher war, auch an diesem Ort jemandem zu begegnen, den er kannte, stieß bald auf einen betagten *haqawati*, den er noch von Damaskus her kannte. Er diente Saladin als Märchenerzähler, hatte Zugang zum Zelt des Sultans und war sehr angetan von dem Vorschlag des Meisters, dem Herrscher eine private Vorstellung zu geben, denn Saladin liebte es, Künstler, Gaukler und Musiker um sich zu scharen und sich von ihnen unterhalten zu lassen. So traf er sich eilends mit dem *ouazir al-khazna*, dem Oberhofkämmerer, und vereinbarte noch für den gleichen Abend eine Darbietung der Künste des Meisters Jaluddin.

Also warteten wir – mir schien es eine endlose Zeit, zumal ich mich kaum zu rühren traute wegen des Dolches, von dem nur die Spitze herausragte. Davon überzeugte ich mich immer wieder – von Zweifeln und Furcht geschüttelt –, während der Meister unglaublich gelassene Ruhe ausstrahlte.« Melusine schien es heimlich zu genießen, die Lauschenden zu quälen. Immer, wenn sich ein Tuscheln erhob, schaute sie bekümmert in die Richtung, worauf es sofort erstarb. Sie trank ihren Tee in kleinen Schlucken.

»Melou?!«, raffte sich schließlich Kira auf. »Du willst uns doch wohl nicht die gleiche Zeitspanne hier auf die Folter spannen, die du wartend durchlitten hast?«

Melou lag es nicht daran, Einvernehmen mit den ungeduldigen *huriat* herzustellen. »Schaden könnte es nicht«, sagte sie abweisend. »Es ist eine Sache, den Bericht einer Tat teetrinkend abzuwarten, eine andere, ihrer noch vor dir liegenden Durchführung in einem feindlich gesinnten Lager entgegenzufiebern –«

»Nun – lass dich nicht aufhalten, Melou!«, drängte ungerührt Kira, die das Spielchen nicht mitmachen wollte. »Am Abend betratet ihr also das Zelt des Sultans?«

»Wir wurden als Erstes drei Mal nach verborgenen Waffen abgetastet, dann führten uns der *haqawati* und der Oberhofkämmerer vor des Sultans Thron. Wir mussten uns noch etwas gedulden, weil Tambourschlägerinnen und Tänzerinnen vor Saladin auftraten. Erst als sie ihren Beifall eingeheimst hatten und reichlich entlohnt worden waren, trat Jaluddin auf einen huldvollen Wink des Herrschers vor.

›Was gedenkt Ihr zu bieten?‹, fragte Saladin überaus freundlich.

›Ihr werdet nicht in den Genuss der Darbietung gelangen, die ich Euch zu bieten habe, denn Ihr werdet schon zuvor in tiefen Schlummer gefallen sein!‹

Saladin runzelte ungnädig die Stirn. ›Der Sultan ist stets Herr über sein Wachen wie über seinen Schlaf!‹, beschied er den dreisten Gaukler, doch der ließ sich nicht beirren.

›Ich biete Euch eine Wette an, erhabener Herrscher aller Gläubigen, dass Ihr, noch bevor Ihr die Verse des Abendgebets gesprochen habt, Euch erheben und zu Bett gehen werdet.‹

Der Sultan runzelte die Stirn. ›Wetten ist von Übel, wie uns der Prophet gelehrt, und erst recht fühle ich mich keineswegs müde.‹ Er sah Jaluddin jetzt schon leicht ärgerlich an, doch der ließ sich nicht entmutigen.

›Auf die Wette kann ich verzichten, großmächtiger Sultan, aber Ihr solltet jetzt Euer Gefolge des Zeltes verweisen, damit es nicht zum Zeugen wird, wie Ihr genau das tun werdet, was ich Euch angekündigt habe.‹

Das Wohlwollen war aus des Sultans Antlitz verschwunden. ›Ihr sprecht mir eine kühne Sprache, Meister –‹, sagte er mit verhaltenem Zorn, ›und das verleitet mich, *yaafu Allah an abdeh* – Allah möge es seinem Diener nachsehen, Euer Angebot anzunehmen. Hier ist ein Beutel mit Goldbesanten, der gehört Euch, so Ihr recht behaltet. Der Einzige, der hierbleiben wird, ist jener Nubier, den Ihr dort seht. Er wird Euch das Haupt vom Rumpf trennen, wenn er die letzte Sure des *al-Fatiha*-Gebets, die Anrufung Allahs, aus meinem Munde vernommen!‹

Jaluddin wartete ab, bis alle das Zelt verlassen hatten, nur der Nubier mit seinem breiten *scimtar*, dessen Klinge bedrohlich im Schein der flackernden Öllichter aufblitzte, blieb. Dann verbannte er auch mich wie eine störende Kakerlake aus seinem Blickfeld, wies mich wie absichtslos in Richtung des Vorhanges, der die Lagerstatt vom übrigen Raum abgrenzte. Der Meister trat vor Saladin, hob beide Handflächen gegen ihn und schaute ihm in die Augen. Statt mit dem Gebet zu beginnen, sagte Saladin, der dem Blick nicht auswich, aber auch mich nicht aus den Augen verloren hatte, ganz langsam und deutlich: ›Was macht Eure Gehilfin hinter dem Vorhang?‹ Ich erschrak zu Tode, denn ich war tatsächlich in einem Augenblick, in dem ich mich nicht beobachtet fühlte, durch den Spalt geschlüpft und schon bis zum Bett vorgedrungen. Des Meisters Stimme antwortete beruhigend, wie man zu einem Kinde spricht: ›Sie bäckt Euch einen Kuchen!‹ Das war das vereinbarte Stichwort!

Der Sultan begann leise zu beten. ›*Al-hamdu'li-llāhi rabbi l-ālamīn.*‹

Ich zog behutsam an der Spitze den Dolch Stück für Stück aus meinem Leibe, dabei hörte ich die monotone Stimme Saladins: ›*Ar-rahmāni r-rahīm māliki yaumi di-dīn.*‹ Ich befreite die Klinge vorsichtig von dem *chubs*, ohne dieses zu zerstören, dann stieß ich den Dolch in das Holz oberhalb des Kopfendes. ›*Iyyākka nabudu wa iyyāka nastaīn ihdinā s-sirāta l-mustaqīm.*‹ Ich legte das feuchte und noch warme Brötchen auf die flache Hand und kehrte ohne Hast gemessenen Schritts ins Hauptzelt zurück. Saladins Stimme war so leise geworden, dass selbst der eifrig seine großen Ohren spitzende Nubier kein Wort mehr vernahm, aber mag sein, dass noch ein Hauch des Verses ›*Sirāta lladhīna anamta alaihim ghairi l-maghdūbi alaihim wa-lā d-dālīn*‹ durch den Raum schwebte. Danach aber war es wirklich still im Zelt. Jaluddin nickte, ohne seinen Blick von Saladin zu wenden, das war das Zeichen für mich, mit dem *chubs* zur Stelle zu sein.

Jaluddin nahm es mir aus der Hand und hielt es an die Brust des Sultans.

›Das Brötchen ist warm! Erhebt Euch nun, aber denkt an das *chubs*, haltet es warm, wenn Ihr nun langsam zu Eurem Lager schreitet –‹ Jaluddin ging rückwärts vor Saladin her, ich hielt ihm den Vorhang auf und ließ ihn erst wieder fallen, als der Sultan ihn passiert hatte. Der Nubier stieß warnend ein dumpfes Brummen aus und rollte aufgeregt die weißen Augäpfel, aber da trat der Meister schon wieder vor den Vorhang, zog ihn zurück und ließ den drohend näher getappten Nubier einen Blick auf seinen Herrscher werfen. Der überzeugte sich vom Atmen des Schläfers, indem er ihm die todbringende Klinge des *scimtar* vor Mund und Nase hielt. Sofort beschlug der blanke Damaszener Stahl. Befriedigt nahm der Leibwächter den Beutel mit den Goldstücken und drückte ihn mir mit einem breiten kindlichen Grienen in die Hand. Wir warfen noch einen gemeinsamen Blick auf den friedlich Schlummernden, wie er so dalag und das *chubs* gegen seine Brust presste. Dann verließen der Meister und seine Gehilfin das Zelt und das Lager –« Melusine räkelte sich und trank ihren kalt gewordenen *shai ma' nana* aus.

Ihre Gefährtinnen schauten sie an wie ein Wesen von einem anderen Stern, keine wagte eine Frage an die Rätselhafte zu richten. Sie verließen stumm das Boudoir der Saida Thamar.

DIE NACHT DER WEISSEN KAPUZEN

Die Burg Kahf, eine der südlichsten Festungen der Assassinen, lag in den Ausläufern des Djebel Bah'ra zum Meer hin, nicht sehr weit vom Templerhafen Tortosa entfernt. Der Geschickte hatte um dieses neuerliche Treffen des Priorats gebeten und sich für den vorgeschlagenen Ort als verschwiegen und sicher verbürgt. Eingetroffen war Husain in Begleitung der beiden *fida'i* Sayf und El-Mansur, die ihm eigentlich nur lästig waren, wenn nicht sogar höchst zuwider, aber er hatte sie selbst für diese Mission angefordert. Der Geschickte musste sowieso in Kahf Station machen, um die letzten Informationen über Saladin zu erhalten, dessen Heer immer noch in der Küstenebene lagerte.

Kurz nach seinem Eintreffen auf der Burg erschienen auch die zwei erwarteten Reiter. Sie tauchten erst nach Anbruch der Dunkelheit auf, beide wie erwartet in weißen Kapuzen. Ihr stattliches Gefolge ließen sie vor dem Tor zurück. Der Geschickte nahm sie persönlich in Empfang und geleitete sie zügig in das für die Besprechung vorgesehene Gewölbe. Seine eigenen Begleiter Sayf und El-Mansur hatte er bereits der Obhut der *rafiq* von Kahf übergeben.

Die beiden Kapuzenmänner hatten Platz genommen. Den Magister Venerabilis des Priorats hatte Husain sofort wiedererkannt, allein schon an der schneidenden Stimme, aber er war neugierig, wer sich unter der anderen weißen Kopfbedeckung verbarg. Doch es war nicht an ihm, diese Frage zu stellen.

»Bruder Gerard de Ridfort«, befriedigte der Magister denn auch sogleich seine Wissbegierde, »ist erst kürzlich in den Orden der Templer eingetreten.« Er machte eine bedeutungsvolle Pause. »Das Priorat hat dafür Sorge getragen, dass dieser tüchtige Ritter binnen Kurzem dort den Posten des Seneschalls bekleiden wird. Damit steht einer weiteren Karriere nichts mehr im Wege –«, sagte er leichthin, aber es war herauszuhören, dass er Wert darauf legte, dass seine Worte gebührende Beachtung fanden. »Und wie weit seid Ihr, Bruder Husain, im Dienste unseres gemeinsamen *opus magnum* gekommen, oder sollte ich sagen, mit Euren Ambitionen gediehen?«

Der Geschickte liebte es nicht, wenn man ihn auf den Arm nahm. »Ich befinde mich im Auftrag meines Ordens als Gesandter auf dem Weg zu Saladin, um dem Sultan ein für alle Mal klar zu machen, dass er gegen die Assassinen nichts auszurichten vermag und besser daran tut, sich bei unserem Huddscha zu entschuldigen für den Einfall auf unser Gebiet!« Stolz und Selbstbewusstsein waren aus jedem Wort Husains herauszuhören.

»Solch kühne Sprache erlauben sich die Assassinen mit dem Tempel nicht!«, ließ sich wenig verbindlich der neue Bruder Gerard vernehmen. »Aber sie gefällt mir!«

»Das freut mich!«, trompetete der Magister Venerabilis. »Nur auf gegenseitigem Respekt lässt sich eine fruchtbare Zusammenarbeit aufbauen.«

»Zu prüfen ist nur noch«, erklärte Bruder Gerard trocken, »in welcher Form sich diese Mördersekte in unseren Ordensstaat eingliedern lässt.«

Der Geschickte war sprachlos ob dieser Wende des Gesprächs, der Magister legte begütigend seine Hand auf den Arm des ranghohen Assassinen, denn er wusste um das aufbrausende Naturell ihres Gesprächspartners.

»Bruder Gerard ist gelegentlich ein Freund von derben Scherzen!«, beschwichtigte er. »Es ist seine Art, Anerkennung zu zollen!« Er übertönte das protestierende Murren des Templers. »Und mit ›Ordensstaat‹ meint er natürlich die souveräne Herrschaft des Priorats«, der Magister klopfte mit der anderen Hand dem neu aufgenommenen Templer aufmunternd auf die Schulter, »und da ich dies lieber unserem Freund, Bruder

Husain, unter vier Augen genauer erläutern will, nehmt Ihr, Bruder Gerard, jetzt eine Auszeit und betrachtet den Mond über den Mauern dieser schönen Burg, auf der Ihr Gast dieser Mördersekte seid!« Und weil der hölzerne Ridfort noch etwas unwillig wirkte, setzte der Magister im Ton eines Lehrers, der seinen unaufmerksamen Schüler aus dem Exerzitium verbannt, noch kalt hinzu: »Ihr dürft uns jetzt alleine lassen!«

Brummelnd, aber aufrechten Hauptes verließ der gemaßregelte Templer das Gewölbe von Kahf.

Sayf und El-Mansur waren umschwärmter Mittelpunkt der jungen *rafiq* von Kahf. Schon die Tatsache, dass sie aus Masyaf kamen, Mitglieder der Gemeinschaft der Auserwählten waren, denen – wenn sie Glück hatten – »Missionen« anvertraut wurden, also das höchste Begehren aller *fida'i*, umgab sie mit der Aura von Helden, und dass sie dazu noch auf dem Wege zu Saladin waren, was die beiden lässig herunterspielten, aber ihren Zuhörern erschien es wie ein leibhaftig gewordenes Wunder. Einige versuchten sie heimlich zu berühren wie einen Talisman. Doch der Jubel kannte keine Grenzen, als Sayf jetzt aus dem mitgeführten Reisegepäck die schlichte Tuchrolle auspackte und vor den jugendlichen Bewunderern langsam das leinene ›Leichentuch‹ ausbreitete und schließlich die drei ineinandergesteckten Dolche zum Vorschein kamen. Vor lauter Ehrfurcht wagte keiner sie zu betasten. El-Mansur musste sie in die Hand nehmen und sich so vor ihnen hinstellen, wie er sie dem Sultan präsentieren würde. Gerade war Sayf neben den Freund getreten, mit dem todverheißenden Tuch über dem Arm – alle hielten den Atem an –, als im Hintergrund eine weiße Gestalt auftauchte, mit einer hohen spitzen Kapuze, die das Antlitz darunter bis auf die Augen zur Gänze verbarg.

»Ein *djinn*, ein Geist!«, raunten einige ängstlich, doch Gerard de Ridfort lag mitnichten daran, als Gespenst angesehen zu werden, zumal er seinerseits die Szenerie als recht seltsame Scharade empfand, deren Sinn sich ihm – noch keineswegs vertraut mit den Riten der Assassinen – völlig verschloss. Der Templer war nicht nur ein unerschrockener, sondern desgleichen ein Mann, der auch in der Rede sofort angriff.

»Was bezweckt Ihr mit diesem Besteck?«, fragte die raue Stimme, respektlos auf die Dolche weisend.

Die Wirkung seiner eigenen Maskerade musste Gerard in diesem Augenblick abgegangen sein, denn statt Empörung erntete er von Sayf ausgehend schallendes Gelächter. »Das sind die Dolche, die wir unseren Feinden ins Herz stoßen!«, erklärte El-Mansur mit feierlicher Stimme dem Weißgewandeten. »Verfehlt der erste sein Ziel, so trifft der zweite!« El-Mansur behielt dabei die vermummte Gestalt fest im Auge – das Gelächter hatte sich gelegt und war einer gewissen Spannung gewichen.

»Selten«, fügte Sayf hinzu, »bedarf es des dritten Dolches – es sei denn bei besonders zähen Templern«, und er hielt dem Geist das Leinen vor die dunklen Augenhöhlen, »doch auch denen ist das Leichentuch gewiss!«

Gerard wusste nicht, wie er reagieren sollte, erkannt haben konnte ihn keiner der jungen Männer, trotzdem war ihm unwohl zumute in seiner Verkleidung. Er hatte selbst auf ihr bestanden, denn es war nicht sein Wunsch gewesen, als Mitglied des Ordens auf einer Assassinenfeste gesehen zu werden. Nun musste er erleben, dass sie ihm die Identität raubte, denn er wäre jetzt gerne den Burschen als Ritter des Tempels gegenübergetreten und hätte ihnen die frechen Sprüche verwiesen, anstatt hier als Popanz verspottet zu werden. Zu seiner großen Erleichterung trat jetzt ein *rafiq* zu El-Mansur und flüsterte ihm, dennoch gut hörbar, zu, er und Sayf sollten den Gast wieder hinunter zu dem Gewölbe geleiten, das während des von Husain anberaumten Treffens von allen Bewohnern Kahfs strikt zu meiden war. Wortlos, fast etwas schuldbewusst, verneigten sie sich vor der weißen Gestalt, die ihnen anstandslos folgte.

Sie lieferten den seltsamen Gast am Eingang zu dem unterirdischen Gewölbe ab und wollten schon den Rückweg antreten, als Sayf seinen Freund am Ärmel zupfte und ihn auf eine steinerne Treppe hinwies, die augenscheinlich hinter den Pfeilern des Raumes zu einem verborgenen Umgang hinaufführte. Und tatsächlich gelangten sie an eine Stelle, an der eine Öffnung in der Decke ihnen zwar keine Sicht in den darunter liegenden Raum ermöglichte, aber sie konnten deutlich jedes dort unten gesprochene Wort vernehmen.

»Das Gebiet, das wir ausersehen haben«, sagte eine ihnen fremde, metallische Stimme, der anzuhören war, dass sie wohl eher Befehle erteilte als solche annahm, »erstreckt sich von den Grenzen Antiochs – den gesamten Djebel Bah'ra und einen guten Teil des Libanon einbeziehend bis vor die Tore Beiruts –«

»Womit Ihr *de facto* die heutige Grafschaft Tripolis umrissen habt –«, stellte der Geschickte hörbar nicht sonderlich erbaut, aber doch sachlich fest, »das ruft Gegner auf den Plan, wie zum ersten –«

Die Kommandostimme unterbrach ihn scharf. »Es zählen nicht die Gegner«, belehrte er den Geschickten, »sondern der Wille der Schöpfer!« Er holte tief Luft, schon um seinen Unmut abzulassen. »Sorgt Ihr zum Ersten, Bruder Husain, dafür, dass die Assassinen von Masyaf nicht länger von diesem Sheik des ständigen Ausgleichs und Lavierens beherrscht werden, sondern von einem Manne, dessen Ehrgeiz –«

»An mir soll's nicht liegen«, bemühte sich Husain, sofort den Stiefel anziehend, »der derzeitige Huddscha ist ein leicht zu beseitigendes Hindernis.«

Die beiden Freunde sahen sich bedeutungsvoll an. Atemlos lauschten die beiden dem seltsamen Gespräch unter ihnen.

»Doch auch der neue«, meldete sich jetzt das raue Organ zu Wort, das sie sofort als ihr ›Gespenst‹ wiedererkannten, »muss sich darüber im Klaren sein, dass die Templer nie –«

»Meine Brüder«, unterband der, der offensichtlich das Sagen hatte, den wieder aufkommenden Streit, »bis Bruder Husain den Platz Sheik Sinans eingenommen hat und Ihr, Bruder Gerard, so weit seid, als Nachfolger des amtierenden Großmeisters gewählt zu werden, wird noch einige Zeit vergehen –«

»Unser neues Staatengebilde, das sich auf zwei ebenfalls nicht historisch gewachsene Kräfte stützt, muss die Eigenschaften eines Chamäleons aufweisen: Je nachdem wie die politische Lage sein wird, wird das Priorat entweder den christlichen oder den islamischen Aspekt herausstellen. Doch zuvor müssen wir dem erforderlichen Territorium einen Schritt näher kommen.«

»Dafür kann der vereehrte Bruder Husain vielleicht dadurch sorgen, dass er die noch immer herrschende Sippe der Grafen von Tripolis auslöscht?«, schlug das Gespenst mit scheinheiliger Freundlichkeit vor.

»Meine jetzige Mission führt mich in den nächsten Tagen zu Sultan Saladin«, entgegnete der Geschickte abweisend, »und bedauerlicherweise kann mir nicht einmal das Priorat dabei zur Hand gehen, es sei denn, es würde dafür sorgen, dass der Tempel uns nicht länger –«

»Der Fall wurde vor den Rat der Weisen gebracht!«, schnitt der Mann mit der metallischen Stimme das zu erwartende Lamento ab, doch Husain ließ sich so schnell nicht abschütteln.

»Dann sagt mir doch bitte«, jetzt wurde auch der Geschickte schneidender im Ton, »worin eigentlich die Leistung der Templer besteht, wenn sie nicht einmal –?«

»*Silentium!*«, schmetterte der andere fanfarengleich. »Zwingt mich nicht, die Sitzung aufzuheben!«

Ob die Drohung wirkte, hörten die beiden lauschenden Freunde nicht mehr. Um bei einem plötzlichen Aufbruch der Teilnehmer nicht vom Rückweg abgeschnitten zu werden, schlichen sie leise wieder die Stufen hinunter und entfernten sich. Der Geschickte sollte sie schlafend auf ihren Lagerstätten antreffen, denn für morgen war in aller Frühe die Weiterreise zu Saladin geplant.

Am frühen Abend wurde der Geschickte vor Sultan Saladin geführt. El-Mansur und Sayf flankierten ihn. Die beiden trugen voller Stolz die Insignien eines Gesandten der Assassinen vor sich her, die drei ineinandergesteckten Dolche und das gefaltete Linnen, doch als sie über die Schwelle des Sultanszeltes traten und die mächtigen Leibwächter sahen, die bei ihrem Anblick mit selbstgefälliger Langsamkeit die blitzenden *scimtare* in die Faust nahmen, da wurde es ihnen doch mulmig zumute. Husain ad-Din Marzuban ließ sich seine Anspannung nicht anmerken, schweigend und gemessen verneigte er sich vor Saladin. Dem Sultan gebührte es, das Wort an ihn zu richten. Saladin tat es, indem er mit ironischem Blick die beiden Begleiter des Geschickten streifte.

»Ich sehe, dass Euer Sheik meine Unverletzlichkeit nun doch begriffen hat, sonst hätten sich seine leeren Drohungen nicht auf die Symbole seiner einstigen Macht beschränkt –«

»Wenn Ihr, erhabener Sultan, auf die Zeilen anspielen wollt, die Euch –«

»– ein unwürdiger Gaukler hinterließ!«, unterbrach ihn Saladin mit verächtlicher Schroffheit. »Und deren Inhalt keiner kennt, dem seine Zunge lieb!«

»Die Wege und Mittel, derer sich unser Sheik bedient, passen sich den bescheidenen Umständen an, über die der Huddscha der Assassinen verfügt.« Husain ließ sich nicht einschüchtern, auch wenn es eingangs den Anschein erweckte.

Zufrieden lehnte sich der Sultan in dem Feldsessel, der ihm als Thron diente, zurück. »Ich hingegen, an der Spitze eines unbesiegbaren Heeres, kann mich auf die bedingungslose –«, er wies mit Genugtuung auf das halbe Dutzend muskulöser Scimtarträger, die ihn im Halbkreis umstanden, »Treue meiner Leibwache verlassen. Sie würden jeden in Stücke hauen, der es wagen würde, seine Hand gegen mich zu erheben!« Herausfordernd sah er dem Geschickten ins Gesicht, doch der schlug die Augen nicht nieder.

»Da wäre ich mir nicht so sicher«, Husain sprach mit Bedacht sehr ruhig, »und würde mich an Eurer Stelle, erhabener Sultan, auch nicht darauf verlassen!«

Saladin lächelte mitleidig auf ihn und sein kleines Gefolge herab. »Wenn Ihr den Beweis ihrer Treue herausfordern wollt, steht es Euch frei, nach einem der drei Zierdolche zu greifen, die man Euch gestattet hat, hier in mein Zelt zu tragen.«

Jetzt erlaubte sich auch der Geschickte ein Lächeln. »Das ist alles nicht nötig!«, sprach er und wandte seinen Blick von der Leibwache ab. »Erlaubt mir nur eine Frage an Eure Beschützer –«

Der Sultan nickte nicht ohne Hochmut und fixierte den Frechen, der es wagte, an seinem Wort zu zweifeln.

»Es hebe sein Schwert«, befahl Husain gelassen, »der bereit ist, den Sultan auf der Stelle zu töten?!«

Drei *scimtare* sausten ohne jegliches Zögern in die Höhe, während die anderen drei Männer der Leibwache erstarrten. Saladin war zu Tode erschrocken! Zutiefst erschüttert rang er nach Worten. Dann verwies er sämtliche Berater des Zeltes, bevor er weitersprach.

»Richtet bitte Eurem Herrn Sheik Sinan aus, dass ich, Sultan Saladin, um Vergebung bitte –« Er überlegte kurz. »Wenn ich auch nicht seine Freundschaft einfordern kann und möchte, so will ich doch fürderhin keinen Krieg mehr gegen ihn führen – und hoffe sehr, dass er mir Gleiches mit Gleichem vergilt!«

Der Geschickte verbeugte sich voller Respekt. »Ich kann Euch versichern, erhabener Sultan, dass mein Herr Sheik Sinan diese Botschaft mit Freude vernehmen wird und es so halten wird, wie Ihr es vorgeschlagen.« Er wandte sich zum Gehen, gab den drei Leibwächtern, die seiner Aufforderung gefolgt waren, ein Zeichen, mit ihm und seinen Begleitern das Zelt des Sultans zu verlassen. Unangefochten durchquerten sie das Lager des Sultans und machten sich auf den Rückweg zur Festung.

Schon am nächsten Morgen brach Saladin seinen Feldzug ab und zog sich von dem Gebirge der Assassinen zurück. Masyaf konnte aufatmen.

Im Observatorium des Turmes der Himmelsaugen empfing der Huddscha seinen neu ernannten Wesir Husain ad-Din Marzuban. Zur Verleihung dieses Titels hatte sich Sinan gern überreden lassen, einmal um den Geschickten für seine fraglos erfolgreiche Mission zu ehren, zum anderen, weil er ihn damit aus dem Sonderstatus eines von Alamut »Geschickten« weglobte auf einen Rang, dessen Vergabe einzig und allein in seiner Hand lag.

»Es besteht ja nun ein Schutzabkommen zwischen uns und Sultan Saladin«, begann Husain dem Sheik seine Erwägungen zu unterbreiten. »Aber das betrifft nur seine persönliche Unversehrtheit – und vielleicht noch die seines Hofstaats.« Sinan ließ ihn reden. »Doch wohl kaum den Wesir seines Gegners, des Malik von Aleppo. Wir wissen jedoch von diesem Mann, dass er heimlich mit Saladin konspiriert.«

Husain ed-Din Marzubans Blick heischte Anerkennung von seinem Sheik, doch der zeigte sich wenig interessiert. Der Geschickte gab nicht auf. »Aleppo hingegen in den Händen Sultan Saladins würde diesen zum uneingeschränkten Herrn über Syrien machen und uns dann zur leichten Beute – Waffenstillstand hin oder her –!?«

Mit dieser Schlussfolgerung war er sich nicht ganz sicher, und Sheik Sinan lächelte den Zweifler an. »Und dem wollt Ihr vorbeugen, Husain?« Der Huddscha zeigte mit keiner Miene, ob er die Auffassung des Geschickten teilte. »Warum sollte der Sultan die Lektion vergessen, die Ihr selbst ihm erteilt habt?!«

»Und warum sollten wir einen Wesir verschonen, von dessen Plänen wir nichts Gutes zu erwarten haben?!«

»Weil wir damit den Malik gegen uns aufbringen könnten«, beschied ihn der Sheik, »es sei denn, Ihr hättet Beweise für das verräterische Spiel seines höchsten Würdenträgers?«

Husain schwieg.

»Ich glaube, Husain ad-Din Marzuban, dass Ihr mit Eurem Unternehmen mehr Unruhe stiften und uns wahrscheinlich einiges an Ungemach bereiten werdet, als wenn wir die Entwicklung in Ruhe abwarten würden.«

Der Geschickte knickte ein, nicht ohne seine Enttäuschung zu zeigen. »Doch wenn Ihr meint, dass Handeln jetzt nottut, dann habt Ihr freie Hand!«

Husain schaute verwundert, bewundernd seinen Sheik an und grinste. »Ich danke Euch für das in mich gesetzte Vertrauen!« Er verneigte sich und verließ das Observatorium.

Sinan öffnete eine Tür im Paneel und ließ den schnaufenden Eunuchen eintreten. »Wie ich Euch kenne, mein Alter, ist Euch kein Wort entgangen.«

»Husain war sich seines Sieges so sicher«, schnaubte An-Nasir, »dass er sich bereits an Sayf und El-Mansur herangemacht und ihnen in Aussicht gestellt hat, sie ebenfalls an der Expedition nach Aleppo zu beteiligen!«

»Kommt nicht in Frage«, beschied ihn der Huddscha sofort in aller Strenge, und der Dicke nickte eilfertig.

Der alte Kabir at-Tawashi war es zufrieden. »Für das von Euch gebilligte, wenn auch nicht befürwortete Attentat auf den Wesir von Aleppo«, plauderte er weiter, »wird der Geschickte die drei *fida'i* einsetzen, die er veranlasst hatte, aus der engsten Leibwache des Sultans Saladin sich als Assassinen erkennen zu geben.«

»Warum nicht«, sagte der Sheik, und der Eunuch war entlassen.

Bericht des Eunuchen an seinen erhabenen Herrn und Meister, Sheik Sinan

Wie von unserem Herrn Wesir geplant, erhielten die drei enttarnten Leibwächter des Sultans, nachdem ihnen verwehrt geblieben, das Blut Saladins zu vergießen, nun wenigstens die Chance, an einem Mann des Vertrauens des Sultans ihre Fähigkeit und Hingabe als Eure treu ergebenen «fida'i» zu beweisen. Die drei Glücklichen drangen getrennt in Aleppo ein, verschafften sich Zugang zum Palast des Wesirs, schlichen

sich in den frühen Morgenstunden, als der Herr noch schlief, in seine Gemächer und erdolchten ihn. Die zu spät aufmerksam gewordenen Wächter erschlugen einen der «fida'i» bei heftiger Gegenwehr, die anderen beiden wurden überwältigt und gefangengesetzt. Der Gouverneur der Stadt, der uns nie sonderlich gewogen war, ordnete die öffentliche Tortur und Hinrichtung für den nächsten Tag an, um seinem Herrn, dem Malik, noch die Möglichkeit zu geben, eventuell anderweitig mit den Übeltätern zu verfahren.

Der Malik verschob die Prozedur um drei Tage, nicht etwa um sie zu begnadigen, aber er ließ seinen Gouverneur wissen, dass er auf die Tortur verzichten sollte, wenn die zwei öffentlich gestehen würden, dass sie vom Sultan Saladin zu ihrer Tat angestiftet wurden. Von dieser Gelegenheit machten die Verurteilten am Abend vor der Exekution reichlich Gebrauch, allerdings erst angesichts der Folterinstrumente, die ihnen und dem Publikum gezeigt wurden.

In dieser Nacht fasste der Geschickte einen – mit Euch sicher nicht abgesprochenen – Plan. Er schickte einen weiteren Trupp Assassinen nach Aleppo. Ich weiß nicht, was er vorhat. Wenn ich das Ergebnis dieses mir ziemlich unbedacht erscheinenden Schrittes kenne, werde ich Euch sofort darüber berichten.

Euer ergebener Diener An-Nasir.

Sayf und El-Mansur lagerten bereits seit mehreren Tagen zusammen mit anderen, vom Geschickten ausgewählten *rafiq* in einem Wäldchen unweit Aleppos, nachdem es ihnen gelungen war, sich unbemerkt unter die aus Masyaf abrückenden *fida'i* zu mischen. Der Geschickte wusste natürlich davon, und es stellte für ihn einen nicht geringen Triumph dar, seinen alten Widersacher An-Nasir unterlaufen zu haben. Mit Ingrimm ob der Ereignisse in der Stadt, die keineswegs so verlaufen waren, wie er sich das vorgestellt hatte, kontrollierte Husain persönlich seine versteckte Reserve.

»Na, zufrieden?!«, richtete er das Wort an die beiden, die abseits von den anderen in der Bereitschaftsstellung warteten. Wohlwollen war aus seiner Stimme nicht herauszuhören, und damit auch kein falscher Eindruck entstehen konnte, fuhr er bissig fort: »Dass Ihr hier teilnehmt, ist natürlich Euer Risiko«, ging er sie an, »wie Ihr sehr wohl wisst, und mit dem Huddscha mitnichten abgesprochen!«

El-Mansur hatte nur kurz zu ihm aufgeschaut. »Eine hinlänglich bekannte Schwäche von Euch, Husain ad-Din Marzuban«, entgegnete er dem Geschickten, bemüht, seine Worte sorgfältig zu wählen, »ist es doch, Euch auf Unternehmen einzulassen, die gewiss nicht mit Sheik Sinan abgestimmt –«, El-Mansur senkte seine Stimme, »sondern stattdessen wider seine Führung und seine Person gerichtet sind!«

»Ihr trachtet dem Huddscha nach dem Leben, Geschickter!«, platzte es aus Sayf heraus, der im Gegensatz zu dem ruhig gebliebenen El-Mansur erregt aufgesprungen war.

Husain betrachtete den aufgebrachten *fida'i* wie ein wachsamer Mungo die züngelnde Kobra. Da Sayfs Hand jedoch nicht zum Dolch zuckte, den er in seiner Schärpe griffbereit bei sich führte, beließ der Wesir es bei einem hasserfüllten Blick und bewahrte einen kühlen Kopf. »Wie kommt Ihr darauf?!«, fragte er lauernd. Er wandte sich an El-Mansur, nicht weil er ihn mehr schätzte, sondern weil der ruhig geblieben war. »Lasst mich wissen, was Euch zu dieser absurden Vermutung verleitet!?«

»Ihr wollt uns wohl von der Mauer stürzen sehen!«, empörte sich Sayf, der erkannte, dass er gefährlich weit vorgeprescht war, und sich jetzt auf die Zunge biss, um nichts von dem preiszugeben, was sie in Kahf belauscht hatten.

Die beiden Freunde schwiegen.

Der Geschickte wiegte unmerklich den kantigen Schädel, während Rachegedanken in seinem Hirn zu kreisen begannen. »Nun – ich will diesen Vorfall vergessen«, sagte er in einem Tonfall, mit dem man Geisteskranken begegnet, »und es der Anspannung anlasten, mit der alle hier auf den Einsatz warten.« Er wandte sich zum Gehen. »Bei Sonnenuntergang brechen wir auf!«

Mit Besorgnis nahm El-Mansur zur Kenntnis, dass die Führung des Trupps von Husain den drei ihm blindlings ergebenen *fida'i* Omar, Tarik und Rashid übertragen war, seiner »Dreierbande«. Mit Hilfe der zahlreichen Mitglieder der ismaelitischen Glaubensgemeinschaft, die zumeist unerkannt in der Stadt lebten, machten sich die Auserwählten des Geschickten den Umstand zu Nutzen, dass die Besatzung ebenso wie die Bevölkerung durch das angekündigte Spektakel der Hinrichtung abgelenkt war, und sickerten in den Abendstunden unbemerkt in Aleppo ein.

»Dir ist klar, lieber Sayf, dass uns nicht so sehr Gefahr droht, von den Wächtern und Häschern des Malik gefasst zu werden, sondern dass die Dreierbande mit Sicherheit Order erhalten hat, dafür zu sorgen, dass wir hier in Aleppo auf der Strecke bleiben?!«

Sayf gab dem Freund recht. »Wir müssen auf der Hut sein!«

Da es auf Grund der strengen Bewachung unmöglich war, die Verurteilten im Handstreich zu befreien, erging der Befehl, an verschiedenen Stellen der Stadt Brände zu legen, die sich allerdings schnell zu einem wütenden Feuersturm auszuweiten drohten. Sayf und El-Mansur fühlten sich bei diesem Hasten und Gerenne immer wieder von Omar, Tarik und Rashid in irgendwelche dunklen Ecken gedrängt, eine zunehmende Umklammerung, zumal ihre Verfolger offenbar vorhatten, endlich ihren Auftrag zu erledigen. In ihrer Not blieb den Freunden nichts anderes, als sich in die Höhle des Löwen zu flüchten, in die Zitadelle von Aleppo. Der Gouverneur der Stadt, der die Absicht der unsichtbaren Angreifer, eine allgemeine Verwirrung zu stiften, um sich dann doch noch der Todeskandidaten zu bemächtigen, schnell durchschaute, kam dennoch nicht auf den Gedanken, jemand könne so verrückt sein, sich freiwillig in die Nähe des Henkers zu begeben. So hatte man zwar die

Mauern der Festung, die mitten in der Stadt auf einem steilen Bergkegel lag, doppelt bemannt, aber den Wächtern des dreifach gesicherten, als uneinnehmbar geltenden Torbaus keine besondere Wachsamkeit eingeschärft. Auf diese Weise gelangten Sayf und El-Mansur unbeanstandet ins Innere und marschierten strammen Schritts durch das Innere der Zitadelle. Sie trafen gerade im Gefängnishof ein, als der Gouverneur, nicht länger gewillt, ein unnötiges Risiko einzugehen, befahl, sich der Verurteilten ohne großes Federlesen zu entledigen. Vor den Augen der Freunde schlug der Henker den beiden *rafiq* aus der Leibgarde des Sultans die Köpfe ab. Als dann der Befehl erging, unverzüglich mit der Jagd auf die in die Stadt eingedrungenen Assassinen und Brandstifter zu beginnen, beschlossen Sayf und El-Mansur, erst einmal an diesem sicheren Ort auszuharren, bis der Sturm vorüber sei. Unter hohen Verlusten wurden die Leute des Geschickten wieder aus Aleppo vertrieben und zogen sich nach Masyaf zurück. Da Rashid seinem Herrn berichtet hatte, dass die verfolgten *fida'i* nicht wieder aus der Zitadelle herauskamen, in die sie ihnen entwischt waren, ging der Geschickte davon aus, dass Sayf und El-Mansur dem Gouverneur in die Hände gefallen, ihren Leichtsinn – endlich – mit dem Leben gebüßt hatten. Während er sich noch genüsslich ausmalte, wie er dies Missgeschick dem Eunuchen »schonend« beibringen würde, kehrten plötzlich – zu Husains größtem Ärger – als Letzte die Vermissten heim.

DIE BESTRAFUNG

Bericht des Eunuchen
an seinen erhabenen Herrn und Meister,
Sheik Sinan

Erst jetzt musste ich feststellen, dass – aufgestachelt durch den Geschickten – El-Mansur und Sayf Eurem Befehl getrotzt und sich an dieser Expedition beteiligt hatten. Husain ad-Din Marzuban gab sich völlig ahnungslos, ja er besaß sogar die Dreistigkeit, ihr Mitwirken bei Euch zu denunzieren.

Ich kann verstehen, erhabener Herr und Meister, dass Ihr auf unbedingten Gehorsam und Disziplin dringen müsst, insbesondere da schon wieder eine – diesmal verschärfte Aufforderung der Templer vorliegt, die Tributzahlungen zu leisten. Falls es Euch noch nicht zu Ohren gekommen ist, wer das Schreiben des Ordens überbrachte: Es war Gernot du Ferbac, einer der beiden Zwillingssöhne von Montmor und der ältere Bruder unseres El-Mansur! Er ist kürzlich in den Orden der Ritter Templi Salomonis eingetreten und schien mehr als befriedigt, uns dieses Ultimatum zustellen zu können.

Dass El-Mansur und Sayf für ihr Vergehen bestraft werden müssen, sehe ich ein. Aber muss es sein, dass Ihr ausgerechnet den Geschickten mit der Durchführung betraut? Bei der zumindest zwielichtigen Rolle, die er bei dieser Sache spielt, steht ernsthaft zu befürchten, dass er in seinem Strafmaß für die beiden unbedachten Draufgänger zu weit gehen wird. Wie wir beide wissen, mein erhabener, gerechter Herr und strenger Meister, ist das Herz des Geschickten von Neid und Missgunst, wenn nicht von Hass, gegenüber El-Mansur und Sayf erfüllt. Er wird sich die Gelegenheit nicht entgehen lassen, sie bis zur

Grenze des Erträglichen zu quälen und zu demütigen! – Ich kann nur an Eure Einsicht und Euren Großmut appellieren!

Euer ergebener Diener An-Nasir.

PS: Dass Ihr nach einem Ausweg sucht, wie Masyaf der Bedrohung durch die Templer entgehen kann, leuchtet mir ein, mehr als das! Ich finde es einen genialen Schachzug, auf Raimund von Tripolis zu setzen, denn er ist nun nicht nur der Regent des Königreiches für den jungen Balduin, sondern auch ein erbitterter Feind der Templer. Dass Ihr mich jetzt für diese Mission ausersehen habt, kann ich ebenfalls nachvollziehen, nachdem Ihr an Eurer Verfügung über den Strafvollzug für Sayf und El-Mansur nicht gerührt habt, Euch von Eurem treuen Diener nicht rühren ließet. Vielleicht entspricht es der Weisheit Allahs, dass ich in diesem Moment, der schmerzhaft mein Herz zusammenzieht und schwer auf meiner Seele lastet, nicht zugegen sein soll!

Dass Ihr mich auf meiner Reise »unerkannt« beschatten wollt, nehme ich als Trost. Allerdings zwingt mich diese Ankündigung, als offizieller Gesandter aufzutreten, mit allen Insignien der Macht des »Alten vom Berge«, denn solltet Ihr den Wunsch verspüren, »aus der Verborgenheit herauszutreten«, dann will ich Euch den Rahmen bieten können, der Eurer würdig sein soll! Eurer Anregung folgend, werde ich mich zur Sicherheit von Jaluddin begleiten lassen. Graf Raimund hält sich zu Akkar auf, einer Burg des Ordens der Johanniter. Vielleicht liegt in dieser Wahl des Ortes für das heimliche Treffen schon ein Hinweis auf die Lösung unserer Probleme?

Husain ad-Din Marzuban lag bei seinem Weibe, das heißt, er saß, den Nacken durch eine Kissenrolle abgestützt, und starrte nachdenklich in die Flammen des dreiarmigen *misbah*. Thamar hatte versucht zu schlafen, doch bei der Unruhe ihres Mannes wollte es ihr nicht gelingen, obgleich sie sich zur Seite gerollt hatte, sodass das Licht sie nicht störte.

»Was soll ich mit den Burschen machen?! Der Alte macht es sich leicht, indem er sich mal wieder ›unsichtbar‹ stellt und alles an mir hängen bleibt!«, beklagte der Geschickte mehr sich selbst, als dass er sich über die Art und Härte der Bestrafung Gedanken machte. Vielleicht fiel ja seiner Frau etwas Brauchbares ein?

»Sperrt sie in den Karzer, bei karger Kost und vor allem getrennt –«, murmelte die jedoch unlustig. »Das wäre für die beiden schon Strafe genug!«

»Das macht weder Sayf noch diesem El-Mansur auch nur das Geringste aus!«, verwarf der Geschickte sofort den Vorschlag. »Selbst wenn ich sie auspeitschen lasse –«, meinte er düster, »nähmen sie das aus Verehrung für ihren Sheik mit Freuden auf sich, denn sie wissen, dass sie es ihm an Respekt haben fehlen lassen, und würden gern dafür büßen!«

»Dann lasst es besser sein, sonst wirft Euch der Beschnittene wieder persönliche Motive vor! – Außerdem ist es Eurer nicht würdig, nicht wegen der exzessiven Strenge, sondern weil es so entsetzlich einfallslos ist!« Thamar gab es auf, in absehbarer Zeit auf Schlaf zu hoffen, und richtete sich auf. »Außerdem würden Eure eigenen Töchter Euch die Hölle heißmachen!«

»Daran tragt allein Ihr die Schuld, Weib!«, raunzte Husain zurück. »Ihr habt aus dem Harem eine *mak'ha shai*, eine geschwätzige Teestube gemacht, in der die Mädchen statt zu tugendhaften *huriat* zu abenteuersüchtigen, leichtsinnigen Weibsbildern werden, den Kopf voller Flausen – und Männern!«

»Wenn sein Herr und Besitzer, unser Huddscha, keinen Gebrauch von dem Angebot macht, das der Harem für ihn bereithält!?« Thamar wurde aufsässig, aber der Geschickte wollte diese Diskussion jetzt nicht.

»Wie sollt' er auch! Nehmt Eure verkommene Jüngste – diese Schande meines Hauses! Wird sie nicht gleich von zwei

Männern geliebt?? Erzählt mir nicht, dass Sayf und sein Kumpan sich nicht nach ihr verzehren, verderbt wie sie ist!?«

Thamar fixierte ihn kalt. »Ihr habt eine Tochter wie Kira nicht verdient – das ist wahr«, entgegnete sie spöttisch, »weil Ihr Euch zu keiner Zeit wert gezeigt habt, der Vater einer so außergewöhnlichen Tochter zu sein! Ich bin stolz auf Kira!«, setzte sie triumphierend hinzu. »Auch wenn es nicht den Tatsachen entspricht, dass ausgerechnet sie diesen *fida'i* den Kopf verdreht, El-Mansur wie auch Sayf sind bedingungslos vernarrt in eine andere, sie sind besessen von –«

»Von wem?«, hakte Husain inquisitorisch ein, denn dass einer der Vorzug gegeben wurde, vor seinem eigen Fleisch und Blut, das traf ihn in seiner Mannesehre!

»Melusine du Ferbac!«

Mit allem hatte der Geschickte gerechnet, aber nicht mit diesem so fremdartigen, seltsamen Wesen – eigentlich gar keine richtige Frau. »Aber das ist doch El-Mansurs Schwester!«, sagte er entrüstet, er war tatsächlich abgestoßen.

»Wen hindert das?«, spottete Thamar. »Wenn ich Söhne hätte – so richtige, stramme Mannsbilder –«, bei Thamar wusste er nie, wie weit es ihr nicht doch ernst war.

»Thamar!«, bellte er. »Ihr seid die wahre Schlange der Unzucht im Paradies!« Husain war nicht wirklich empört, geschweige denn erschüttert, er kannte seine Frau, sie liebte es, ihn bis aufs Blut zu reizen. Er ging darauf ein, damit sie ihre Freude hatte, in Wahrheit begannen seine Gedanken langsam wie ein Kamel um den Mahlstein zu kreisen, unter dem die einzelnen Körner dessen, was er soeben in Erfahrung gebracht hatte, zu einem scharfen, unbekömmlichen Giftbrei zerquetscht werden sollten. Das genügsame Arbeitstier legte sich ins Zeug, nicht umsonst trug er seinen Beinamen ›Der Geschickte‹ wie einen Ehrentitel! Husain rutschte von seiner Kissenrolle, drehte seinem Weibe den Rücken zu und wartete darauf, dass ihm die rechte Eingebung kam.

Die drei *sayadun* des Geschickten, die ›Dreierbande‹, wie die Saida Thamar sich über Husains ihm bedingungslos ergebene *fida'i* Omar, Tarik und Rashid ausließ, schnappten sich erst El-Mansur und dann Sayf, als diese gerade mal nicht zusammensaßen, und schafften sie getrennt in den Kerker, der tief unter der Festung gelegen war, – ohne eine Erklärung abzugeben. Jedem der Freunde war bewusst, dass die »Strafe« des Geschickten erst ihren Anfang genommen hatte. Dem weiteren Verlauf konnten sie nur gefasst, fast heiter entgegensehen. Obgleich in verschiedenen Zellen untergebracht, befanden sie sich doch auf Rufweite, so konnten sie scherzend sich gegenseitig Mut machen. Husain ad-Din Marzuban würde es nicht wagen, ihnen so etwas wie Folterung anzutun, standen sie doch immer noch unter dem Schutz des Alten vom Berge!

Auf dem Flur, der zu den Gemächern des Eunuchen führte, griff sich Husain ad-Din Marzuban den ahnungslosen Mohren wie ein niederstürzender Geier seine Beute. Der Geschickte hatte Timdal gesucht. Er schleppte ihn auf die Mauerkrone, dort, wo man durch die Zinnen hinübersah auf die armselige Burg Montmor. In Masyaf hatten die Wände Ohren, besonders, weil Husain nicht wusste, ob der Alte vom Berge sich nicht doch in der Festung aufhielt, oder ob er sich wie angekündigt im Lande umtat.

»Der alte Herr dort drüben«, der Geschickte zeigte auf Montmor, »der Ritter Roger trägt schwer an seiner Familie. Sein Jüngster und das einzige, geliebte Töchterlein haben sich zu uns geflüchtet, wo sie als *fida'i* und als *huri* des Paradieses Aufnahme fanden. Von den älteren Zwillingen hat sich der eine, der bullige Gernot, den verfluchten Templern angedient, und der andere, der schwächere, aber verschlagene Valerian hat es gewagt, dem Vater damit zu kommen, ausgerechnet dem Orden der Johanniter beitreten zu wollen. Der Alte hat ihn grün und blau geschlagen in seinem Zorn!«

Der Mohr hatte Husain skeptisch zugehört. »Woher wisst Ihr, was auf Montmor vorgeht?«

Der Geschickte war um eine Antwort nicht verlegen, ärgerte sich aber, dem Mohren Rede und Antwort stehen zu sollen. »Aziza, die Frau des Ritters, weint sich des Öfteren bei der meinen aus, denn wenn der Ferbac tobt, hat auch sie nichts zu lachen!«

»Er schlägt sie«, bestätigte Timdal, »wenn er Valerians nicht habhaft wird.«

Husain nickte, fast erfreut, so empfand es der Mohr. »Nun will die Saida Thamar die arme geplagte Aziza in ihrem öden Heim besuchen.« Der Geschickte kam zur Sache. »Ich möchte, dass du sie begleitest, sie beschützt!«

»Was kann ich kleiner Mann gegen den bärenstarken Wüterich ausrichten!?«, wehrte Timdal kleinmütig ab. »Wenn nicht einmal sein erwachsener Sohn sich gegen den Alten durchsetzen kann und sich verprügeln lässt wie der letzte Knecht!«

Husain sah ihn nachdenklich an, als würde ihm das Problem erst jetzt bewusst, dann sagte er scheinheilig: »Man müsste ihm etwas in den Wein tun, das ihn am Toben hindert?« Husain hatte sein Ansinnen als Frage verkleidet. »Oder fällt dir ein probateres Mittel ein?!«

»Vielleicht ist er ja ganz friedlich?«, versuchte Timdal seinen Kopf aus der Schlinge zu ziehen. Husain lachte zynisch.

»Das ändert sich bei dem Herrn von einem Wimpernschlag zum nächsten, da wird er vom frommen Einsiedler zum wilden Tier – so hat die schwer geprüfte Aziza unter Tränen berichtet. Dieses Risiko kann und will ich für mein geliebtes Weib nicht eingehen!« Der Geschickte gab sich jetzt äußerst fürsorglich und geschäftig. »Ich werde mich bei unseren *saydalanjun* erkundigen, welche Kräuter den gewünschten Effekt zeitigen. Die Apotheker sollen dir das Mittel in einer kleine Phiole zubereiten.« Er sah nochmals prüfend dem Mohren ins Gesicht und zwinkerte ihm zu. »Schaden kann's ja auf keinen Fall!« Timdal war zwar von dem ganzen Vorhaben wenig angetan, aber wenn seine Herrin Thamar sich etwas in den Kopf gesetzt hatte, dann führte sie es auch durch. »Ich werde es dich rechtzeitig wissen lassen, wann der Besuch stattfinden soll.«

Damit war der Mohr entlassen.

»Wie siehst du denn aus!?«, empfing Kira die ins Boudoir eingetretene Melou, sie konnte sich das Lachen nicht verkneifen. Melusine war in einer Weise geschminkt, dass ihr hübsches Gesicht wie die Maske einer Tempeltänzerin wirkte, eines fremden, sicher fernöstlichen Kults. »Die Große Hure Babylon –«, spottete sie gleich weiter, sicher, die Lacher auf ihrer Seite zu haben, »– als Dreizehnjährige!«

»– die sie aber nicht mehr ist!«, sorgte sich Shirin. »So kannst du nicht herumlaufen, Melou!«, setzte sie vorwurfsvoll hinzu.

Melou verzog den breiten Mund zu einem traurigen Lächeln, das sie wie einen Clown wirken ließ, zumal ihre schönen Augen durch starke Brauen, die ihr sonst von der Natur versagt waren, besonders hervorgehoben wurden. Sie war enttäuscht ob der Aufnahme, die sie fand, dabei hatte sie doch den Künsten des Mohren voll vertraut.

Timdal hatte sie überredet, sich seinen geschickten Händen anheimzugeben, er hatte über ihr flachsblondes, fast weißes Haar eine machtvolle feuerrote Perücke gestülpt, die sie wie eine wilde Löwin wirken ließ, was ihr ungemein gefiel, hatte den Schwung ihrer Lippen noch stärker betont, sie glänzend und gefräßig erscheinen lassen, ihr ein kostbares Ohrgehänge appliziert und ein Perlendiadem ins Haar geflochten, das mit dem üppigen Schmuck auf ihrem Busen eine zärtlich verruchte Verbindung einging. Sie fand sich wundervoll!

Und jetzt nichts als höhnischer Spott! Diese neidischen Ziegen! Melusine machte auf der Stelle kehrt und lief wütend zurück in ihre Kemenate. Sie war beleidigt, aber heulen wollte sie gewiss nicht, nicht wegen dieser blöden Kühe, die sich damit begnügten, tagaus, tagein auf die gleiche Art hergerichtet zu sein. Das Kunstwerk des Mohren würde sie sich auf keinen Fall abschminken, sollten die sich auch noch so das Maul zerreißen!

Die Saida Thamar ritt auf ihrem Esel, gefolgt von dem neben ihr herlaufenden Timdal, hinauf zur Burg Montmor. Der Esel trug im Korb zahlreiche Gastgeschenke, schweres Tuch aus Damaskus, leichtes Gewebe aus Mossul und als besondere Aufmerksamkeit einige Seidenbänder aus dem Land Cathai fern im Osten. Der Sohn von Frau Aziza, der Zwilling Valerian, begrüßte den Gast verlegen am Tor und geleitete Thamar und ihren Esel über den schlammigen Hof. Im unteren Gewölberaum des Donjòn wartete Aziza schon mit dem eigens gesottenen, honigtriefenden Gebäck und Feigen, gefüllt mit einer Paste aus gemahlenen Mandeln und Rosenwasser. Der Herr des Hauses, Ritter Roger, ließ sich nicht sehen. Wahrscheinlich hockte er mal wieder in seiner Kapelle – unnötig, dass der naseweise Timdal gleich nach ihm fragte. Thamar hieß den Mohren, die mitgebrachten Gaben vor Aziza auszubreiten. Die wenig verwöhnte Dame des Hauses war außer sich vor Freude und Rührung. Thamar ließ die gestammelten Dankesbezeugungen lächelnd über sich ergehen.

Dann setzten sich die Damen zum bitteren Tee, auch die Minze ließen sie wegen der vielen Süßigkeiten einvernehmlich weg. Valerian kauerte sich abseits, auf die Stufen der Treppe zum Hof.

»Der Junge leidet furchtbar darunter«, klagte Aziza, »dass sein Vater ihm seit Jahren verwehrt, Mitglied des Ordens der Johanniter zu werden«, und fügte Verständnis heischend hinzu: »Wo doch sein Bruder nun schon hoch angesehen als Ritter dem Tempel dient!«

»El-Mansur, ich meine Euren Sohn Victor, geht es blendend«, wechselte Thamar schnell das Thema, schon weil sie den Ritter Roger gebeugten Hauptes über den Hof schlurfend auf den Donjon zukommen sah, »er erfreut sich der besonderen Gunst unseres erhabenen Sheiks Sinan –«

»– und Melusine?«, fragte Aziza, als der Herr der Burg hinzutrat, nachdem er seinen verachteten Sohn mit einem Fußtritt, der sein Ziel verfehlte, zur Seite gescheucht hatte.

»Eure Tochter lässt Euch grüßen, Herr Roger«, verkündete Thamar, »Ihr würdet sie nicht wiedererkennen, zu solcher Schönheit ist sie erblüht!«

»Als *huri* im Garten Eures Sheiks?!«, knurrte Roger verächtlich und ließ sich auf die Bank fallen. Thamar hatte Timdal kein Zeichen geben müssen, der Mohr hatte sofort, als er des Ritters ansichtig wurde, den Krug mit dem schweren, fast blauroten Wein aus dem Korb genommen und den Becher bereits gefüllt. Mit artigem Diener reichte er ihn dem Herrn Roger. »Na – wenigstens ist aus Victor etwas geworden – ein Assassine, pah!«, der alte Ritter nahm erbost einen Schluck. »Er hätte eine glanzvolle Karriere am Königshof machen können!« Wieder stürzte er einen Schluck Wein hinunter. »Manchmal frage ich mich, was die ganze Beterei bringt.«

Thamar lächelte dem Griesgram beschwichtigend zu. »Euer Sohn entwickelt großen Eifer und wird eines Tages würdig in Eure Fußstapfen treten.«

Roger setzte den Becher ab. »So der Sheik ihm diese Wahl lässt?!«, grollte er.

»Diese Freiheit der Entscheidung hat er in jedem Augenblick seines Lebens«, log die Saida. »Er liebt Euch sehr!«

»Dann soll er zurückkommen! – Ich überlasse Euch Valerian im Tausch.«

Timdal schenkte dem Ritter neu ein. »Lasst die Frucht reifen«, erwiderte Thamar schlagfertig. »Umso größer wird die Freude Eures Alters sein!«

»Welch schöne Hoffnung –«, hauchte Aziza und legte ihrem Mann die Hand begütigend auf den Arm, doch der schob sie weg und trank.

Drei maskierte Männer drangen lautlos in die Kemenate ein, die Melusine bewohnte. Sie hatte sich niedergelegt und war eingeschlafen. Omar, Tarik und Rashid waren vom Garten des Paradieses aus durch die nur angelehnte Tür gekommen. Einer von ihnen presste der Überrumpelten die Hand auf den Mund, bevor sie schreien konnte. Danach unterließ sie es, denn sie spürte an ihrer Kehle den kalten Stahl eines Dolches. Die drei fremden Männer fesselten sie an das Bett, auf dem sie lag. Im ersten Augenblick hatte sie gedacht, dass sie ihre Unschuld verlieren sollte, und es hatte ihr leid getan, dass sie es versäumt hatte, dieses bestimmt aufregende Gefühl mit Sayf erlebt zu haben. Sie nahm sich vor, an seinen sehnigen, braunen Körper zu denken, an seine samtige Haut. Dieses Bild zu beschwören, hatte sie allerdings schon ohne Erfolg versucht, als Jaluddin ihrem Leib den Dolch anvertraute. Angst stieg in ihr hoch, dann Scham und zuletzt irrsinnige Wut! Aber es geschah überhaupt nichts dergleichen, keiner der drei streifte ihr Kleid hoch, und die Hände, die sie an ihrem Körper verspürte, hatten nichts anderes im Sinn, als die mitgebrachten Stricke festzuziehen. Einer wurde ihr unterhalb der Brüste um Bettstatt und Leib gewickelt, der andere saß oberhalb davon, unter den Achseln durchgezogen, und war noch straffer. Sie konnte sich nicht mehr bewegen oder gar aufrichten. Wer die drei waren, denen sie jetzt ausgeliefert war, konnte sie nicht einmal an ihren Stimmen erkennen, denn sie hatten bisher kein Wort gesprochen und taten es auch nicht, als sie jetzt das Bett mit ihr anhoben und es hinaustrugen in den Garten des Paradieses. Sie wandten ihre Schritte dem Brunnenhaus zu, und Melou bemerkte, dass eine Tür im Mauerwerk, die sie nie zuvor gesehen hatte, leicht offen stand. Genau dort setzten die Männer ihre Last ab, und ohne sich noch einmal nach ihr umzusehen, verschwanden die drei Maskierten durch die Tür – ohne sie hinter sich zu schließen. Sollte sie jetzt schreien? Um Hilfe rufen? Vielleicht wartete im Dunkeln des Brunnenhauses der mit dem Dolch nur darauf? Melou wagte es nicht, sie begann vorsichtig an ihrer Fesselung zu zerren, doch so viel sie auch rüttelte, sich aufzubäumen versuchte, die Stricke hielten sie fest wie eiserne Klammern. Sie strampelte mit den Beinen, mit dem einzigen Ergebnis, dass ihr Kleid hochrutschte. So ließ sie auch das wieder sein.

Auf Montmor hatte der Ritter Roger so viel von dem Wein in sich hineingeschüttet, dass er nun brütend am Tisch saß, den Kopf gesenkt, und in sich hineinbrummelte. Die Saida Thamar fand, dass es an der Zeit war zu gehen, zumal Aziza der Zustand ihres Mannes peinlich zu werden begann. Thamar machte sich Vorwürfe, dass sie mit ihrem mitgebrachten Wein schuld an der Trunkenheit des Hausherrn war. Sie gab ihrem Mohren das Zeichen zum Aufbruch. Während die Damen sich zum Abschied in den Armen lagen, fingerte der die Phiole aus der Tasche seines Kittels und schüttete den gesamten Inhalt in den Krug, hob ihn dann aus dem Korb und stellte ihn auffordernd vor dem Ritter hin. Sie verließen rasch Montmor und ritten hinab zur Talsenke – Timdal musste laufen – und dann wieder die Serpentinen hoch bis zum Tor der Festung Masyaf.

Die Saida Thamar zog es sofort in ihr Boudoir, während sich der Mohr auf die Suche nach dem Herrn Husain begab. Zu ihrem Erstaunen fand Thamar sämtliche *huriat* in ihrem Gemach, versammelt wie aufgeregte Hühner. Man habe sie hier zusammengetrieben und die Tür zum Garten verriegelt!

»Wer?«, fragte die Saida scharf.

»Drei maskierte Männer!«, schwirrten alle Stimmen durcheinander.

»Habt ihr sie nicht erkannt?!«

»Nein, sie kamen ganz leise –«

»– bedrohten uns mit ihren Dolchen!«

»Wir hatten Angst, sie würden –«

»Und keiner hat etwas gemerkt!?«, schimpfte Thamar. »Es wimmelt hier auf Masyaf von nutzlosen *fida'i* – und keiner von denen –« Sie war mit energischem Schritt zur Tür geeilt, durch die sie gekommen war: Jetzt war die Tür verschlossen!

Ein trockenes »Aha!« entrang sich Thamars Kehle, darauf kehrte beklommene Stille ein im Hühnerstall. Thamar verzichtete darauf, an der Tür zu rütteln. Sie kehrte an ihren angestammten Polstersitz zurück und ließ sich hineinfallen. »Wo ist eigentlich Melou?«, fragte sie dann in die Runde. Betretenes Schweigen war die Antwort. Ein weiteres »Aha« kam Thamar nicht über die Lippen.

»Was soll das heißen?!«, schnaubte der Ritter Roger angestachelt durch den Wein. »Du willst nicht?! Willst du dich mir verweigern?« Er hielt sein Weib über die Tischkante gepresst und versuchte sich zwischen ihre weichen Schenkel zu drängen. Sie schlug blindlings nach ihm, so sehr er sich auch bemühte, ihre Arme festzuhalten. »Bin ich nicht dein Mann, von Gott bezeugtem Bunde, dein Gebieter?!« Aziza trat nach ihm, wortlos und verbissen. »Du gehörst mir!«, keuchte Roger. »Wann und wo es mich danach gelüstet!« Es gelang ihm nicht, den sich windenden Leib niederzuhalten, sie so über die Tischplatte zu schieben, dass ihr Widerstand erlahmen musste …

Valerian hatte längst seinen Platz auf den Stufen geräumt, er wollte nicht länger Zuhörer oder gar Augenzeuge der Schmach sein, die »der Mönch« im Gewölbe des Donjon seiner Mutter antat. Eine Schande! Er trat an den Rand der niedrigen Mauer, wo die Felsen steil zur Schlucht abfielen, um dem tobenden Gezeter zu entgehen. Dieser Mann wollte sein Vater sein!? Beanspruchte das Recht, ihn zu erziehen, ihm Verbote aufzuerlegen?

Plötzlich legte sich von hinten eine Hand um seinen Hals, er wurde zu Boden gerissen. Ein Dolch setzte sich auf seine Brust, er starrte in eine wollene schwarze Gesichtsmaske, die nur die Augen freiließ. Valerian sah einige dieser Vermummten über den Hof auf den Donjon zueilen, dann wurde er in einen Stall gestoßen, eingesperrt. Er rappelte sich auf, er spähte durch die Ritzen, wie der wild um sich schlagende, brüllende Herr Roger von mehreren Mann über den Hof gezerrt wurde. So sehr er auch tobte, sich mit Händen und Füßen zur Wehr setzte, sie schlangen immer neue Stricke um ihn, spannen ihn in ihr Netz wie die Kreuzspinne eine ungebärdige Pferdebremse. Sie schleppten ihr Opfer durch die Pforte, die zur Badeschlucht hinabführte. Erst als er sicher war, dass sie abgezogen waren, warf sich Valerian gegen die Holztür, bis sie splitternd nachgab. Er rannte los, um nach seiner Mutter Aziza zu schauen.

Im Karzer wurden jetzt Sayf und El-Mansur in ihren Zellen sorgfältig gefesselt. Die Maskierten, die schweigend diese Arbeit ausführten, waren nicht die gleichen, die sie überfallen und hergebracht hatten. Die glaubten sie inzwischen erkannt zu haben, zumindest waren sie sich darin einig, dass es sich eigentlich nur um die Dreierbande des Husain handeln konnte, Omar, Tarik, und Rashid, die üblen Handlanger des Geschickten. Doch auch jene, die ihnen jetzt die Arme auf den Rücken banden, feste Stricke um ihre Fußgelenke schlangen und alles so miteinander vertäuten, dass sie sich nicht mehr rühren konnten, ohne dass die um den Hals gelegte Schlinge sich würgend zuzog, verstanden ihr Handwerk. Es mussten *fida'i* sein wie sie, doch die Freunde hatten sich abgesprochen, mit ihren Peinigern kein Wort zu wechseln. Als wehrlose Bündel wurden sie schließlich nacheinander auf einer Bahre durch lange dunkle Gänge getragen und schließlich vor einer eisernen Tür abgesetzt. Man ließ sie allein.

»Ich glaube«, sagte Sayf, »wir befinden uns auf der Rückseite jener Tür unten im Brunnenhaus, die wir dem Sheik zugeschrieben –?«

»Offensichtlich ist der Huddscha nicht mehr alleiniger Herr

über die Schlüssel…« El-Mansur wurde sich bewusst, was es für ihn bedeuten könnte, wenn er mit seiner Annahme recht hatte. »Wir wissen ja nicht einmal, wo er ist?«

»Und ob er überhaupt nach Masyaf zurückkehrt?«

Sayfs letzte Bemerkung ließ sie beide in bedrücktes Schweigen fallen wie in ein finsteres Loch.

Die Dreierbande hatte den Ritter Roger, geknebelt und verschnürt wie eine Raupenlarve, von ihren Helfern hinunter in die Schlucht tragen lassen, wo schon ein primitives Floß am Felsufer des Sees bereitlag. Die Überfahrt mit ihrer Beute bewältigten sie allein, ebenso das mühselige Ausladen am Eingang zur Grotte. Das Eisengatter stand offen; Omar, Tarik und Rashid wuchteten zu dritt den zornig schnaubenden Ritter in den nächsten der hölzernen Bottiche, die von der Zugkette herabhingen. Dann hasteten sie die Stufen hoch und begannen die Winde zu betätigen. Es kostete sie – trotz des eingebauten Flaschenzugs – erhebliche Mühe, bis sie die schwankende Last nach oben, bis zum Brunnenrand befördert hatten – und dann noch mal die doppelte Anstrengung, um den inzwischen schäumenden, röchelnden Ritter bis vor die Tür mit dem Schlüsselloch zu schaffen, von ihnen eigens offen gelassen. Jetzt galt es nur noch, den vor Wut kochenden Herrn Roger so von seiner Fesselung zu befreien, dass er sich nicht, kaum des letzten Strickes ledig, auf sie stürzte wie ein angestochener Eber, sondern den Weg durch die angelehnte Tür in die Freiheit wählte. Nur den Knebel entfernten sie nicht – dann gaben sie ihm einen Stoß, dass er vorwärts ins Paradies stolperte; gleichzeitig hatte Rashid mit raschem Schnitt den letzten Strick durchgetrennt.

Hinter ihm schlugen sie die Tür zu: Der Stier war in der Arena! – Ein dumpfes Brüllen, ein spitzer Schrei! Den drei Maskierten war es jedoch nicht vergönnt, sich am Resultat ihrer Mühen zu delektieren, die Arbeit war noch nicht vollbracht! Rashid nestelte den Schlüssel aus seinem Wams und schloss die eiserne Tür zum ›Gang des Sheiks‹ auf. Vor ihnen lagen bewegungslos El-Mansur und sein Freund Sayf.

»Vorsichtig!«, zischte Rashid. »Das könnte eine Finte sein!?« Er trat El-Mansur heftig in die Seite, dass der vor Schmerz aufheulte. Hätte er sich heimlich seiner Fesseln entledigt gehabt, wäre er jetzt aufgesprungen und seinem Folterknecht an die Gurgel gegangen. Von draußen, aus dem Paradies ertönte ein ganz anderes Geschrei. Das Wimmern der Melusine, das tobende Schnaufen und Keuchen des Roger wurden übertönt von dem empörten Gekreisch und gellenden Gezeter der Frauen, die im Boudoir der Saida Thamar eingeschlossen waren und sich jetzt gegen das Gitterwerk der Fenster drängten.

Die Dreierbande ließ sich nicht beeindrucken. Sie stießen die beiden Bahren ins Innere des Brunnenhauses, richteten sie am Gestänge der Kettenwinde auf. Zeit, die beiden loszubinden, blieb nicht, sie verknoteten die Bahren samt den Gefesselten mit der Aufzugskonstruktion – prüften ein letztes Mal den festen Sitz und die Ausrichtung auf die Tür mit dem Schlüsselloch zum Paradies. Draußen war das Inferno ausgebrochen, die im Boudoir festgehaltenen Weiber machten ihrer zornigen Ohnmacht durch spitze Triller und laut gejaultes Wehklagen Luft.

Rashid stieß die Tür zum Garten sperrangelweit auf: Vor den entsetzten Augen von El-Mansur und Sayf, kaum hatten sie sich an die blendende Helle gewöhnt, tobte stumm ein schauderhaftes, ihnen zutiefst widerwärtiges Schauspiel – ein sie völlig lähmender Albtraum! –, denn zu hören war von dem Geschehen unmittelbar vor ihren Augen nichts, die Luft des Paradieses war einzig angefüllt mit dem ohrenbetäubenden Geheul der Weiber. Was der rasende Roger der rothaarigen *huri* antat, mussten die Freunde mitansehen – oder die Augen schließen. Sie rissen und zerrten an ihren Fesseln, die Stricke schnitten ihnen ins Fleisch, würgten den Hals, sie nahmen es lustvoll auf sich, als könnte ihr Mitleiden die Qualen des Mädchens mildern! Das rothaarige Mädchen mit dem von Schminke bis zur Unkenntlichkeit verschmierten Gesicht wehrte sich in stummer Verzweiflung gegen ihren Peiniger. Dann verrutschte plötzlich die rote Perücke, und die Freunde starrten entsetzt auf die weißen Haare von Melou. Ob der Mönch begriffen hatte, dass es sein eigen Fleisch war, das er bestiegen, besoffen bis zum Delirium von dem Wein, den ihm Husain angerichtet, getrieben von höllischen Kräften?!

El-Mansur sah den geschändeten Leib seiner geliebten Schwester, er starrte auf den stampfenden Phallus seines Erzeugers, den er hasste! Hasste! Hasste! Er sah Melous weiße Schenkel, ihren zarten Bauch; alles, was er nicht einmal zu träumen gewagt hatte, tat jetzt dieses Schwein mit ihr!

Das Trillern und Heulen der Frauen verlor an zorniger Kraft, die Stöße des Roger du Ferbac wurden ruckartiger, schütterer, gequälter. Schockiert beobachtete Sayf das Gesicht der Frau, die ihm plötzlich fremd war. Gewiss, unter der verschmierten Schminke – das war Melou. Sie wirkte wie erfroren. Wünschte sie sich den Tod? Konnte er sie noch retten mit seiner Liebe? Durfte er sie überhaupt noch lieben? Ehe Selbstmitleid und Rachegedanken die beiden Freunde vollends übermannten, wurde die Tür zum Paradies vor ihren Nasen zugeschlagen.

Sayf und El-Mansur wurden zurückgeschafft in ihre unterirdischen Zellen, wo sie mit ihren Albträumen allein blieben.

FALSCHE VERBÜNDETE

NICHT JEDE UNTAT LÄSST SICH RÄCHEN

Die furchtbare Geschichte mit Melou erregte noch immer den Harem, sie beherrschte die Gemüter der ›*huriat* des Paradieses‹, doch wurden die Dispute flüsternd geführt, denn es ging die Angst um, dass ein Gleiches jeder von ihnen blühen könnte. Die Furcht war umso stärker, weil keine wusste, wer dahinter steckte, obgleich viele ahnten, dass es sich keineswegs um einen räuberischen Überfall von außen handelte, sondern um eine Maßnahme, deren Planung und Durchführung hier innerhalb der eigentlich zu ihrem Schutz gedachten Mauern von Masyaf lag.

Die Mädchen hockten beieinander im Boudoir der Saida Thamar, am liebsten hätten sie auch hier geschlafen, denn viele von ihnen fürchteten sich, des Abends in ihre Kemenaten zurückzukehren, auch wenn sie die leichten Türen, die nach draußen in den Garten des Paradieses gingen, stets ängstlich verriegelten, denn die eisernen Gitter davor ließen sich lediglich von außen verschließen – und was das brachte, hatte man ja bei Melusine gesehen!

Melusine hütete seit dem Vorfall das Bett, zumindest verließ sie ihre Kemenate nicht. Shirin und ein paar andere hatten es übernommen, nach ihr zu schauen, ihr Essen zu bringen, sonst konnten sie wenig für sie tun. Melou redete mit niemandem, und Shirin wurde die Angst nicht los, die Arme könnte sich etwas antun, weswegen sich die Mädchen in der Fürsorge, vor allem aber in der Kontrolle ständig ablösten. Über allem hing wie eine dräuende Wolke auch noch die dunkle Vermutung, Melou sei schwanger, denn ihre lunare Regelblutung war bisher ausgeblieben. Über den »Täter« sprach in ihrer Gegenwart sowieso keiner, aber auch im Boudoir wurde dieses Thema ausgeklammert, nachdem sich die Saida mit einem Machtwort durchgesetzt hatte, dass den alten Vater keine wirkliche Schuld träfe, denn er sei zum Zeitpunkt der Untat sowohl von Sinnen gewesen als auch ein willenloses Werkzeug in den Händen derer, die offensichtlich Gottes Gebote missachteten und sich den Teufel um Sitte und Gesetz scherten! Thamar spürte, wie sich zwischen ihr und den Mädchen eine Mauer des Misstrauens aufbaute. Sie selbst hatte sich die unangenehme Frage stellen müssen, ob es einen Zusammenhang gab zwischen dem abendlichen Bettgespräch, das sie neulich erst mit ihrem Mann geführt hatte, und dem grauenhaften Vorfall, der den Garten des Paradieses erschüttert hatte und in dessen Zentrum Melusine stand.

»Was mich interessiert –«, hakte Kira nach, »– wie fühlt sich wohl Frau Aziza? – Warst du nicht zuletzt bei ihr?«

Es dauerte seine Zeit, bis Thamar den Hieb weggesteckt hatte. »Wie soll sich eine fühlen, die einen Grobian und Unhold als Mann zur Seite hat?!« Sie hatte die Formulierung ziemlich leichtfertig von sich gegeben, das merkte sie zu spät.

»Und wie fühlst du dich dann, Mutter? Dein Gatte verfügt zwar über feine Manieren, ist gebildet und gewandt –« Kira ließ den Satz offen stehen.

Thamar schoss ihr einen wütenden Blick zu. »Ich hätte mir ja denken können, dass du diese Möglichkeit nicht auslässt, um mich an den Pranger zu stellen!«

»Wenn du da nicht hingehörst, Mutter«, erwiderte Kira scharf, »dann stell dich auf die Seite derer, die das verbrecherische Geschehen aufklären wollen und vor allem dafür sorgen werden, dass sich dergleichen Willkür nicht wiederholen kann.« Kira holte Luft, es wirkte aber, als ob sie sich aufplusterte. »Solch schmutzige Tyrannei mit Entführung, Folter und Vergewaltigung darf es gerade unter uns Ismaeliten nicht geben, stehen wir doch schon im Ruch von Erpressung und Meuchelmord! Wenn es uns nicht gelingt, die Reinheit unserer …«

»Nimm den Mund nicht so voll!«, unterbrach Thamar

verärgert das pathetische Manifest ihrer Tochter. »Du weißt, gegen wen du dich da stellst!?«

Kira sprang auf. Ohne eine Antwort stürmte sie aus dem Boudoir.

In den unterirdischen Verliesen von Masyaf waren Sayf und El-Mansur die einzigen Insassen zweier getrennter Zellen. Man hatte ihnen ihr Essen gebracht und sie dann wieder allein gelassen in der von allen Geräuschen der Oberwelt abgeschnittenen Stille. Das monotone Tropfen von der Gewölbedecke zehrte mehr an Sayfs Gemüt als das gelegentliche Vorbeihuschen von Ratten.

»Was auch immer der Geschickte mit dieser perfiden ›Strafe‹ bezweckt hat«, rief El-Mansur in die Finsternis hinter dem Gitter, »ich fühle mich stärker denn je.« Er klapperte mit dem Löffel gegen seine Holzschale. »Es ist ihm nicht gelungen, unsere Freundschaft zu zerbrechen, und auch deine wie meine Liebe zu Melou wird den Schmerz, den sie uns bereitet hat, überstehen!« Von Sayf kam nur Schweigen. »Meine brennende Liebe jedenfalls«, fuhr El-Mansur schmatzend fort, »wird auch über den Schaden, den sie genommen hat, triumphieren – aber dem Mann, der mir das angetan hat, verzeih ich nie!«

»Dein Zorn richtet sich gegen den Falschen«, entgegnete Sayf. »Wenn du jemanden mit deinem Hass verfolgen willst, dann Husain ad-Din Marzuban allein!«

»Roger du Ferbac muss seine Tochter erkannt haben –!?«

»Das bezweifle ich«, hielt Sayf leise dagegen, »der Geschickte muss ihm irgendwie sein Bewusstsein, sein Gedächtnis geraubt haben, ihn zu dem gleichen wehrlosen Klumpen Fleisch, samt Haut und Haar, Muskeln und Sehnen, erniedrigt wie Melusine. – Sie waren beide Opfer!«

»Und ich, wir? Waren wir nicht auch die Leidtragenden, bewusst gequält und geschunden?! – Uns wollte der Geschickte treffen!«

»Aber er traf dich nicht, El-Mansur.« Sayfs Stimme troff von Sarkasmus. »– wenn ich deinen eigenen Schwüren glauben soll!? Er zerbrach das Mädchen und den Alten – und du bejammerst deine Schmerzen!«

El-Mansur stellte das laute Klopfen und Schaben mit seinem Essgeschirr beleidigt ein. »Sayf!«, rief er in das Dunkel. »Ich dulde nicht, dass unsere Freundschaft durch diese Machenschaften beschädigt wird, dass du sie in Zweifel ziehst!«

»Nur weil ich dich darauf aufmerksam mache, dass nicht *du* es bist, der hier leidet?« Sayf war empört. »Du labst dich an deiner Seelenpein, fühlst dich großartig – als wäre das, was Melou angetan worden, eine Theateraufführung zu deinen Ehren. Anstatt Trauer zu verspüren, statt Mitleid, Erbarmen zu empfinden, schwelgst du in erhabenen Rachegedanken!«

Diese Vorwürfe ließen El-Mansur verstummen, für geraume Zeit. Der Freund hatte wohl recht. Ihn durfte er nicht verlieren! So fragte er zaghaft: »Sayf? – Liebst du Melou so wie ich –?«

Der entfernte Freund ließ ihn lange warten auf seine Antwort. »Nicht so wie dich, El-Mansur!«

In seinen Gemächern tigerte Husain im Rücken seiner Frau unruhig auf und ab. Thamar beschäftigte sich mit der Makellosigkeit ihres Antlitzes, indem sie immer neue Pasten und streng riechende Salben auftrug und wieder abwischte.

»Was hätte ich denn anderes tun sollen?!«, räsonierte der Geschickte. »Nur mit der Zerstörung des Bildes, in das sie beide vernarrt, konnte ich sie treffen!«

»Da wär' ich mir gar nicht so sicher –« Thamar war viel zu beschäftigt, um sich nach ihrem Ehegespons umzuwenden. »Vielleicht habt Ihr auch das Gegenteil erreicht, ihren Trotz geweckt?«

»Den werd' ich auch noch brechen!«, grollte Husain, ohne

im Laufen innezuhalten. »Oder – sie mir auf andere Weise geneigt machen!«, fügte er bedeutungsvoll hinzu, aber der veränderte Ton entging Thamar.

»Euer ganzer Aufwand, nur um dieses Ziel zu erreichen, hat Euch, mein Herr und Gebieter, leider in gefährliche Nähe einer unübersehbaren Insubordination gebracht, als versuchten Staatsstreich wird man es Euch auslegen!«

»Wenn der Alte überhaupt wiederkommt!«

»Der kommt wieder, der tritt nicht so sang- und klanglos von der Bühne ab!«

»Dann werde ich ihn zu besänftigen wissen, Thamar.« Der Geschickte lachte meckernd. »Wenn es – wie mir, einem Mann gelang, eine Bestie wie Euch zu zähmen, dann werde ich auch –«

»Auch da wären Zweifel angebracht!« Thamar begnügte sich nicht mit diesem Hinweis. »Eure angewandten Mittel stehen in keinem gesunden Verhältnis zu dem Zweck, den Ihr angebt!«

Husain blieb stehen. »Seit wann haltet Ihr meinen Geist für gesund!?« Er nahm sein Schreiten wieder auf, doch weitaus bedächtiger. »Habe ich Euch unterschätzt?« Es sollte nach Lob klingen, er brauchte die Kumpanei seiner Frau weit mehr, als er sie es gemeinhin spüren ließ. »Ihr habt recht, meine Überlegungen gingen weiter, das eigentliche Ziel, das ich verfolge, ist die Schaffung der immerwährend blutjungen *huri*, die ewige Jugend des Paradieses in völlig identischen Geschöpfen, deren Faszination auf jeden *fida'i* so gewaltig ist, dass sie ihren Willen freiwillig und opferbereit dem Herrscher unterordnen. So schaffe ich mir eine schlagkräftige Truppe unbesiegbarer junger Männer.«

Thamar hatte aufgehört, sich mit ihren Falten zu beschäftigen. »Dass Ihr nicht ganz bei Trost seid, habe ich immer geahnt. Dass ich jedoch den beginnenden Wahnsinn nicht erkannt habe, kann ich mir nicht einmal vorwerfen. Das Ausmaß übersteigt alles Vorstellbare!« Dabei drehte sie sich um und lachte dem Geschickten ins Gesicht. »Ich befürchtete, dass Ihr einen Staatsstreich plant, aber nein! Ihr wollt Allah den Allmächtigen entthronen – *Allah al gaui!* Oder ist es die dunkle Macht *sheitans*, die Euch vorschwebt?! Eine neue Melusine will ER schaffen, ha! Ha! Ihr wisst ja nicht einmal, ob die alte geschwängert wurde?!«

Der Geschickte betrachtete sein Weib voll des Bedauerns. »Ich habe Euch doch unterschätzt!«, murmelte er bitter und verließ das Zimmer.

Timdal, der Mohr, irrte ratlos durch die Gänge der Festung. Seine Herrschaft, die Saida Thamar, mied er, weil er dem Geschickten nicht in die Arme laufen wollte. Sein Trost und seine Zuflucht, der Eunuch, war immer noch nicht zurückgekehrt, so auch Jaluddin, der Gaukler, mit dem er sich so gut verstand. Der Mohr wurde von seinem Gewissen gepeinigt. Jeder hatte gesehen, was der Wein bewirkt hatte, den er dem Ritter Roger auf Burg Montmor eingeschenkt, aber nur er – und der Geschickte – wusste von den Tropfen, die er in den Krug geschüttet, nicht einmal die Saida. Und dass er der einzige Mitwisser war, konnte seine Lebenserwartung erheblich verkürzen. Doch mit wem sollte er reden?

Er ging die Personen durch, mit denen er ein offenes Gespräch riskieren konnte. Melou fiel aus, die lag noch immer darnieder, und außerdem war sein Gewissen da alles andere als rein. Er hätte sich fragen müssen, warum der Geschickte darauf bestanden hatte, dass er das Mädchen so fremdartig herrichtete, ihr Gesicht schminkte, dass Melusine nicht wiederzuerkennen war. Die Rolle, die er gespielt hatte, erfüllte den Mohren mit tiefer Scham – und mehr und mehr mit Verzweiflung. Doch er durfte jetzt nicht den Kopf verlieren. Eigentlich blieb nur Kira. Die hatte er als kaltblütige, mutige Person erlebt. Sie würde sicher Rat wissen! Timdal wusste, wie der Aufseher über den Harem von seinem achteckigen Arbeitszimmer aus jede Kemenate der wichtigsten *huriat* einsehen konnte. Jeweils in den Ecken des Raumes befanden sich feine Gitter, durch die der Eunuch alles belauschen konnte, was unten gesprochen oder getrieben wurde. Kann man hören, so kann man auch sprechen, sagte sich der Mohr und begab sich in die Gemächer seines väterlichen Freundes, die zu öffnen ihm geläufig war. Er fand auch schnell die Kemenate von Kira, die sie zusammen mit ihrer Schwester Shirin bewohnte. Beide schliefen. Timdal entfernte das Gitter und spuckte Sonnenblumenkerne auf die Schlafende. Kira reagierte nicht hysterisch, aber es dauerte, bis sie begriff, dass es kein verirrter Gecko war, der von der Decke gefallen, sondern dass es Timdal war, der zu ihr spuckte. Sie war sofort hellwach.

»Ich fürchte mich vor dem Geschickten«, flüsterte der Mohr ohne jegliche Einleitung. »Er wird mich als Mitwisser beseitigen.«

»Da würde dir nur Recht geschehen, dummer Mohr«, gab Kira zurück und richtete sich auf. »Mir drohen ganz andere Dinge. Lass uns zusammen fliehen!«

Um die schlummernde Schwester nicht zu wecken, gestikulierte er ihr seine sofortige Bereitschaft. Timdal schloss den Deckel wieder und hüpfte frohgelaunt zurück in das Gewirr der Gänge von Masyaf.

Schon an der nächsten Ecke hatte ihn ein Bediensteter am Wickel, die Saida Thamar verlange dringend nach ihm. Wissend, dass es Schläge setzte, wenn er die Saida ungebührlich lange warten ließ, hastete er zu den Gemächern seiner Herrin. Die Saida empfing ihn jedoch gnädig, geradezu schnurrend vor Liebenswürdigkeit. Er möge bitte auf der Stelle dieses Schreiben zu den Wächtern der Verliese bringen, damit diese die gefangenen Sayf und El-Mansur sofort freilassen sollten.

Timdal warf einen schnellen Blick auf die Unterschrift. »Das hat seinen Preis!«, erklärte er kühn. Die Saida war so überrascht, dass ihr statt der strafenden Hand ein erstauntes »Wie!?« entfuhr.

Timdal hatte nichts zu verlieren. »Die Signatur Eures Mannes ist gefälscht!«

»Ach ja?!«, antwortete die Saida bedrohlich leise. »Und was wäre der Preis, unverschämter Wicht?!«

»Der Schlüssel! Der Schlüssel zur eisernen Pforte des Sheiks!«

Kaum war die Dunkelheit hereingebrochen, hastete Timdal zu der geheimen Tür unterhalb des Turmes der Himmelsaugen, wo der unterirdische Stollen seinen Anfang nehmen musste. Der Schlüssel passte; er öffnete wahrscheinlich alle Türen auf Masyaf für den Sheik. Timdal lief den Gang entlang, bis er das Brunnenhaus erreichte. Der Schlüssel passte sogar für das *thukb al muftah*. Er nahm die dort wartende Kira an der Hand, und sie stiegen zusammen die Wassertreppe hinunter. Sie fanden auch die Verriegelung des eisernen Gatters in der Grotte und standen am See.

»Ich glaube, wir sollten hinauf nach Montmor und uns dort verstecken«, meinte Kira zu dem sich immer wieder besorgt umschauenden Mohren. »Sie werden uns verfolgen!«

»Aber ich kann nicht schwimmen!«, stotterte der Mohr kleinlaut.

»Aber ich!«, tröstete ihn Kira und nahm den kleinen Timdal auf den Rücken. Leicht außer Atem, aber glücklich über die gelungene Flucht, stiegen sie über die großen Steine aus dem Wasser und dann im hellen Licht des Mondes die Felsstufen hinauf zur Burg.

Der Mohr fasste sich ein Herz. »Warum wolltet Ihr eigentlich entfliehen?«, fragte er die ihn um zwei Köpfe überragende junge Frau. »Ihr hattet doch ein gutes Leben im Harem, und der Eunuch ist ein gütiger Patron!«

Kira schaute belustigt hinab auf ihren Retter. »Aber er war nicht zur Stelle, als wir seiner dringend bedurften«, ging sie ernsthaft auf ihn ein, »und er hätte auch nichts ausgerichtet! Ich ertrage es nicht, auch nicht in einem ›Paradies‹, den Launen jener ausgesetzt zu sein, die zurzeit die Macht ausüben.« Timdal schien etwas auf der Seele zu haben, sie hielt aufmerksam inne, doch der Mohr schwieg. »Ich will Euch die Wahrheit sagen«, sprach sie dann nach kurzem Überlegen. »Ich habe sie nicht einmal meiner Mutter offenbart: Der Geschickte hatte die wahnwitzige Idee, dass ich mich von einem Templer schwängern lassen soll!«

»Aber das ist doch gegen die Regel der Keuschheit!«, entfuhr es dem klugen Timdal. »Kein Mitglied des Ordens –«

»*Opus magnum* nannte er seinen Plan!« Kira lachte bitter. »Leider trau ich meinem Vater sehr wohl zu, dass er auch gegen meinen Willen über meinen Körper verfügt –«

»Oder den Templer betrunken macht!«, entfuhr es Timdal, und er biss sich auf die Zunge, doch Kira hakte nicht ein. »Templer sind immer betrunken!«, erwiderte sie voller Abscheu. »Aber Husain ist besoffen von seinen Machtgelüsten – und völlig hemmungslos!« Wütend gab sie ihre Furcht und ihre Ohnmacht zu. »Solange der Sheik nicht wieder die Zügel in die Hand nimmt, warte ich die Zeit gewiss nicht in diesem Käfig ab!« Sie legte dem Mohren begütigend die Hand auf die Schulter. »Frau Aziza wird uns mit Freuden aufnehmen.«

»Ich weiß nicht«, murmelte Timdal, »ich möchte niemandem zur Last fallen –« Er schaute hinauf zu den Mauern von Montmor. »Wenn wir oben angelangt sind, trennen sich unsere Wege. Ich werde mich schon durchschlagen – ich werde mich auf die Suche nach Sheik Sinan begeben!«

»Ihr seid ein tapferer Bursche!«, sagte Kira und küsste den Verdutzten auf die Stirn.

Spät in der Nacht trafen sich die von Timdal befreiten El-Mansur und Sayf am Ausgang der gleichen Grotte unten am See. Sie hatten verabredet, getrennt voneinander die Festung zu verlassen und erst bei erlangter Freiheit ihr weiteres Vorgehen abzusprechen. Deswegen war Sayf, der sich beeilt hatte, um sicher als Erster in der Schlucht einzutreffen, bestürzt – mehr noch als enttäuscht –, als das Licht des Mondes auf die mörderische Waffe fiel, die El-Mansur mit sich führte, die Klinge einer Axt blinkte auf.

»Du hast nicht das Recht –«, fuhr er den Freund an, »allein zu bestimmen, ob du Rache nehmen willst! Melou ist auch meine Sache –«

»Um den edlen Helden zu spielen, ist es zu spät, wir konnten sie nicht retten, also müssen wir sie wenigstens rächen!«

Sayf antwortete darauf nicht, sondern stieg in den stillen See. El-Mansur stand noch unschlüssig am Ufer mit seiner Axt in der Hand. »Komm schon!«, forderte Sayf ihn auf. »Lass dich nicht davon abhalten, deiner Gerechtigkeit zum Siege zu verhelfen.« Mit den Armen rudernd wartete er darauf, dass El-Mansur sich entschied. »Komm, lass uns das Blut eines alten Mannes vergießen, kümmer dich nicht um das Weinen von Aziza, es ist noch längst nicht genug Unglück geschehen –«, reizte er ihn weiter, »zittere, Montmor! Es naht El-Mansur, der Rächer deiner Ehre!« Sayf hielt sich weit genug vom Ufer, als dass ein Wutausbruch des Freundes ihn hätte erreichen können, doch El-Mansur schleuderte plötzlich mit weit ausholender Geste die Axt über ihn hinweg in den See und sprang hinterher.

»Es ist mein Vater!«, schrie er verzweifelt Sayf an, als er neben ihm auftauchte. »Nicht deiner! – Und ich kann ihn immer noch mit bloßen Händen erwürgen!«

Sayf schwamm stumm voraus und wartete auf den Steinen am Ufer. El-Mansur ließ sich rücklings im Wasser treiben, als suchte er seinen hitzigen Kopf zu kühlen. Schließlich kletterte er ebenfalls die felsige Böschung hoch und setzte sich neben Sayf.

»Ich kann ihm doch nicht begegnen und so tun, als wäre nichts geschehen!?«

»Für den Ritter Roger du Ferbac wäre das sicher die schlimmste Strafe«, überlegte Sayf, »so bleibt ihm verwehrt, sich wenigstens vor dir zu rechtfertigen, er muss weiter allein mit der Höllenpein leben, die ihm und seiner Familie diese Schande bereitet –«

»Er hat Melou geschändet!«, bäumte sich El-Mansur noch einmal auf. »Meine Schwester! Meine über alles geliebte Schwester!«

»Und du? Hast du niemals in deinen Träumen –?«

El-Mansur vergrub den Kopf in seinen Händen. »So nicht, so gewiss nicht!«, murmelte er. »Ich muss ihn töten!«

Sayf sah ihn von der Seite an und erhob sich. »Dann bring es hinter dich! Sonst weiß ich gar nicht, warum wir nach Montmor hinaufsteigen sollen?«

El-Mansur folgte seinem Freund schweigend Stufe für Stufe, seine Tritte wurden immer schwerer, doch Sayf schritt hurtig voran.

»Warte doch!«, rief er leise, kaum oben angekommen. Sie standen in dem schlammigen Burghof. Hinten, durch das Fenster des Stalls, der dem Mönch als Kapelle diente, sahen sie ein Licht flackern. »Geh du!«, forderte er Sayf auf. »Sieh erst mal nach, was er macht!«

Sayf ließ El-Mansur allein, schlich über den Hof und spähte lange durch das kleine Fenster. Langsamen Schrittes kehrte er zurück.

»Er liegt nackt vor dem Altar und betet. Sein Rücken ist von Striemen blutüberströmt.«

El-Mansur konnte mit dem Bild nichts anfangen, weder versöhnte es ihn, noch stachelte es ihn auf. Trauer war alles, was er empfinden konnte. »Lass uns nach meiner Mutter Aziza sehen«, schlug er als Ausweg vor. Sie wandten sich hinüber zum Donjon, beide befangen und unsicher. Die Tür war nicht verschlossen. In der Küche standen Aziza und Kira. Die beiden Frauen lagen sich in den Armen und weinten.

Diesmal war es El-Mansur, der mit stummer Geste energisch zum Rückzug drängte. Sie schlichen wieder über den Hof zur Mauer und stolperten im trügerischen Mondlicht die steinerne Treppe hinab zurück zur Schlucht.

Bericht des Eunuchen an seinen erhabenen Herrn und Meister, Sheik Sinan

Wie Ihr sicher schon längst wisst, brachten unsere Verhandlungen mit Raimund von Tripolis nicht das von uns gewünschte Wiederaufleben des alten Abkommens mit dem Königreich. Seine Position als Regent des zwar körperlich behinderten, aber im Geist durchaus tatkräftigen und mutigen jungen Königs ist zu schwach, um eine solche Entscheidung herbeiführen zu können und zu wollen. Denn bedauerlicherweise ist der Hof zu Jerusalem von einer tiefen Spaltung durchzogen: auf der einen Seite der König Balduin, die meisten der alteingesessenen Barone und die Johanniter – auf der anderen die Königsschwester – und unmittelbare Anwärterin auf den Thron, Sybille, mit ihrem neuen Ehemann Guido von Lusignan, einem Schwächling von niederem Geblüt, der ungebärdige Reynald von Chatillon, ein ruchloser Räuber und Unruhestifter, sowie die Templer unter ihrem Seneschall Gerard de Ridfort, einem unversöhnlichen Gegner des Grafen von Tripolis. Herr Raimund klagte mir sein Leid, er sei wie ein Esel vor einen güldenen Karren gespannt, sobald er ihn in die eine Richtung zöge, schlüge sofort der Kutscher der Gegenpartei auf ihn ein. Im Übrigen hielt er uns monatelang hin, mit immer neuen Versprechen, die sich letztlich alle nicht erfüllten. Dabei bewirtete er uns – wohl auf Kosten der Gastgeber, also der Johanniter von Akkar, aufs Großzügigste und ließ es uns an nichts fehlen. Es war ihm wohl peinlich, einen so einfachen Vorgang wie die Wiederaufnahme freundschaftlicher Beziehungen nicht durchsetzen zu können. Jedes Mal, wenn ich ihm anbot, heimzukehren – und zwar ohne jeden Groll –, da erfand er wieder eine neue ›Lösung‹, um mich zurückzuhalten. Ich habe schließlich die Zeit genutzt und mich mit den Johannitern angefreundet. Auch sie empfanden die Forderungen, die der Templerorden an uns stellt, als überzogen und gaben vor, mit ihrer Protektion kämen wir wesentlich billiger weg, besonders, wenn wir ihnen behilflich wären, das

»Vorwerk« von Masyaf – so drückten sie sich aus –, die Burg Montmor, in die Hand zu bekommen. Ich versuchte ihnen zu erklären, dass wir keinen Anspruch auf die Burg hätten und auch nicht erheben würden. Nach meiner Meinung, erhabener Herr und Meister, täten wir uns da einen Bärendienst, im Austausch für die Raubvögel vom Tempel uns jetzt die diebischen Elstern von Sankt Johann quasi ins Nest zu holen! Sie meinten, wir sollten es uns überlegen. Ich denke, es macht wenig Sinn!

Nachdem ich Euch während der ganzen Zeit meiner Mission nicht zu Gesicht bekommen habe – obgleich ich einige Male glaubte, Eure Anwesenheit zu spüren –, bin ich nach Masyaf zurückgekehrt. Hier haben sich während Eurer und meiner Abwesenheit schreckliche Dinge abgespielt, von denen ich Euch nur mündlich berichten will, und zwar unter Heranziehung aller Augenzeugen. Denn Ihr werdet sicher auch eine Darstellung des Geschickten erhalten, die sich wahrscheinlich ganz anders anhören wird. Nur soviel, der Harem ist von gewissen «fida'i» – die allein auf Husain ad-Din Marzuban hören und ihm blind folgen – auf das Unglaublichste geschändet worden – eine «huri» ist schwanger, eine andere ist entflohen, angeblich weil sie die Zustände nicht mehr ertragen hat. Er herrscht unter Eurem »Wesir« ein Regime purer Tyrannei. Selbst der kleine, mir sehr nützliche Mohr Timdal ist verschwunden. Auch die von Euch verlangte Bestrafung der beiden «mustadschib» El-Mansur und Sayf ist von den angesprochenen Personen und ihrem Auftraggeber weit über das erträgliche Maß hinaus vollzogen worden. Um sie – bis zu Eurer Rückkehr– nicht weiteren Gefahren an Leib und Seele auszusetzen, habe ich sie veranlasst, sich vorerst auf Masyaf nicht blicken zu lassen. Es ist höchste Zeit, dass Ihr wieder »aus der Verborgenheit heraustretet«!

Euer ergebener Diener An-Nasir.

PS: »Das Scheitern« meiner Mission, so sieht es jedenfalls der Geschickte, hat ihn nun selbst veranlasst, Politik zu betreiben, was er angeblich besser kann als wir alle, zumindest als Euer ergebener Diener! Mag ja möglich sein! Anzuzweifeln erlaube ich mir jedenfalls seinen Ansatz, denn er will sich ausgerechnet mit Guido von Lusignan, dem machtlosen Gatten der intriganten Sybille, treffen. Da ich ihm von den hervorragenden Qualitäten unseres Waffenmeisters Jaluddin berichtet hatte, der mir ein vortrefflicher Reisegefährte und Leibwächter war, verlangte er nun auch, von diesem begleitet zu werden. Mir ist das nur recht, denn es wird mich in die Lage versetzen, Euch einen Bericht aus erster Hand über diese »Geheim-Mission« liefern zu können. Aus mir unerfindlichen Gründen nehmen sie auch Valerian du Ferbac mit sich, mag sein, dass seine Mutter Aziza darum gebeten hat, denn die Zustände auf Montmor müssen schlimmer denn je sein. Jedenfalls sind sie am Vortage abgereist. Wo das Treffen mit Guido stattfinden soll, wurde mir verschwiegen.

Vielleicht kommt Ihr, erhabener Herr und Meister, ja rechtzeitig zurück, um Euch selbst ein Bild zu machen. Sobald ich einen ersten Bericht des Waffenmeisters Jaluddin in den Händen halte, werde ich ihn Euch kommentarlos zukommen lassen, und zwar ohne jeden Verzug.

DIE VERSCHWÖRER

In den Hügeln unweit von Masyaf, aber durchaus noch in guter Sichtweite der Festung ebenso wie der Burg Montmor, galoppierten zwei Krieger immer wieder aufeinander los, kreuzten klirrend ihre Klingen, dass die Funken stoben – und schon waren sie aneinander vorbeigedonnert. El-Mansur und sein Gefährte Sayf nutzten die Monate, in denen der Geschickte in selbsterwählter Mission außerhalb von Masyaf weilte, und damit auch ihr gestrenger Fechtmeister Jaluddin. Sie genossen es, nach eigenem Dünken aufeinander einzuschlagen, Finten zu üben, vor allem aber sich blitzschnell und geschickt von ihren noch nicht zum Stand gekommenen Pferden gleiten zu lassen. Ohne sich eine Verschnaufpause zu gönnen, setzten sie ihre schweißtreibenden Fechtübungen zu Fuß fort, bis beide keuchend innehielten.

»Ich hoffe, der Eunuch hält dicht«, stöhnte El-Mansur.

»Sei froh, dass der gute An-Nasir beide Augen zudrückt«, entgegnete Sayf heftig atmend. »Er muss es schließlich auf seine Glatze nehmen, dass er uns hat reiten lassen! Das würde selbst dem Alten nicht gefallen!«

»Ich meinte«, erwiderte bedrückt El-Mansur, »sein Schweigen, was das Gerücht anbelangt, Melou sei schwanger!«

»Wundert dich das!?« Die Gegenfrage verstimmte den Freund, er wich der Antwort aus.

»Ob uns der Huddscha –«, fiel ihm einzig dazu ein, »nach allem, was wir erlitten, endlich auf eine Mission schickt?!«

Sayf musterte seinen Kampfgefährten verblüfft. »Erlitten? – Wir haben keine besonders gute Figur gemacht – oder siehst du das anders?!« Er hielt mit seinem Missfallen an der gezeigten Einstellung nicht hinter dem Berge, doch El-Mansur bockte.

»Umso mehr!«, knurrte der aufsässig.

»Und, bitte, gegen wen?!« Auch Sayf war nicht gewillt, locker zu lassen. »Immer davon ausgehend, der Sheik verspüre den Wunsch, uns zu belohnen?«

El-Mansur lachte kurz auf. »Noch erfreuen sich zum Beispiel die Großmeister beider Ritterorden ihres hochmütigen Lebens!«, schlug er vor, offen lassend, wie ernst es ihm damit war.

»Eine besonders geniale Idee.« Sayf stieg auf die unsinnige Offerte ein, ihm lag nichts an einem Zerwürfnis mit dem Freund. »Dem Sheik wäre sie nie gekommen!«, spöttelte er. »Wohl wissend, dass den Drachen die abgeschlagenen Köpfe noch stets nachgewachsen sind!«

El-Mansur blieb nur, seine eingeschlagene Linie zu verteidigen. »Dann überlassen wir es dem erhabenen Huddscha –«, bot er großmütig an, »etwas Passendes für uns zu finden, vielleicht den absehbaren neuen König von Jerusalem, diesen Guido?«

»Oder gar –« Sayf goss jetzt doch seinen Spott über El-Mansur aus, »den Raimund von Tripolis, einzige Stütze dieses bedauernswerten Königreiches?« Mit langsamer Gebärde hob er wieder seine Waffe. »Wieso zielst du plötzlich auf Christen?«, fragte er ihn herausfordernd. »Ist bei dir etwa die typische Krankheit aller Renegaten ausgebrochen!?« Unvermittelt sprang er wieder in Fechtstellung, sich somit einen Vorteil sichernd. »Renegat!«, hänselte er den Übertölpelten. »Renegat! Renegat!« Wütend schlug El-Mansur aus dem Stand einen gefährlichen Hieb, den Sayf nur mit Mühe parierte. »Willst du mich umbringen!?«, fauchte er im Scherz seinen Gegner an, und gleich darauf befanden sie sich wieder in erbittertem Schlagabtausch.

Bei allen Streitigkeiten blieb jedoch ihre höchste Aufmerksamkeit einzig auf ein Ziel gerichtet, dem Freund keine Verletzung zuzufügen, das galt ihnen mehr als jeder mögliche Treffer! Allerdings kannten sie sich und ihre Grenzen gut genug, um solchen Ärger zu vermeiden.

»Ich will dich nicht ablenken, Sayf«, rief El-Mansur, »aber dort hinten kommt Timdal, der Mohr!«

Sayf hütete sich, auf den Trick reinzufallen, und dachte nicht daran, sich umzuschauen – bis dann der Mohr atemlos vor ihnen stand. »Der Alte vom Berge ist zurückgekehrt!«, berichtete er strahlend, war er doch selbst ausgezogen, ihn zu suchen. Doch das verschwieg er bescheiden. »Der Kabir at-Tawashi lässt Euch ausrichten, dass Melusine du Ferbac mit einer gesunden Tochter niedergekommen – und er bittet Euch herzlichst, um der allgemeinen Disziplin willen auf der Stelle zurückzukehren!« Timdal hatte sich seines Auftrages mit so viel gewinnender Freundlichkeit entledigt, dass sich die Freunde ohne Murren fügten.

»Und Kira?«, fragte Sayf den Mohren, der die ganze Strecke, bis er sie gefunden hatte, gerannt war. »Ist auch sie zurück?«

Der Kleine schüttelte bedauernd sein kraushaariges Haupt. Sayf ließ ihn hinter sich aufsitzen.

Der Burghof von Qal'at Subeibe erstrahlte im flackernden Licht unzähliger Fackeln. Zur Verabschiedung der Assassinen-Delegation fand sich am Abend zu einem Festessen auch die Prinzessin Sybille ein, und zwar in Begleitung des Großmeisters der Johanniter. Der vom Tempel war nicht gekommen. Zu groß war der Affront, mit dem Guido sich über die Vorrechte des Ordens hinweggesetzt hatte, indem er den Assassinen die Freistellung von allen Tributzahlungen in Aussicht gestellt hatte. Im Gegenzug hatte dieser ›Geschickte‹ zugesichert, dass die Assassinen jeden Konkurrenten um die Krone ausschalten würden. Die Prinzessin Sybille war sofort eingenommen von dem galanten Auftreten des Geschickten und auch seiner Art, sich mit der Aura des Geheimnisvollen und Magischen zu umgeben! Jedenfalls fand er in Sybille sofort eine Fürsprecherin für das Anliegen des Valerian du Ferbac, in den Orden der Johanniter aufgenommen zu werden.

»Entscheidend ist sicher, dass es der Prinzessin passt, einen Mann ihres Vertrauens in den Reihen des ihr grundsätzlich feindlich gesinnten Ordens zu wissen«, erläuterte der weltgewandte Jaluddin hinter vorgehaltener Hand dem mit solchen Interna der Christen womöglich nicht so vertrauten Wesir. »Stehen doch die Johanniter gemeinhin auf der Seite der Barone und ihrer Rechte, und nicht auf der Seite ›königlicher‹ Alleinmacht!« So musste der Geschickte erleben, der sich eitel eingebildet hatte, der einzige Mann des Abends zu sein, dem die Prinzessin schöne Augen machte, wie sie den Großmeister Roger de Moulins hemmungslos bezirzte, der, um Sybille gefällig zu sein, den jungen Ferbac gleich dabehielt und zu den ihn begleitenden Rittern steckte. Valerian war überglücklich, als er zum ersten Male die rote Tunika mit dem weißen Kreuz auf der Brust überstreifen durfte.

Zufrieden mit dem Ergebnis, traten die Assassinen den Heimweg an. Valerian hätte ihnen gern noch – auch aus Dankbarkeit – das Geleit gegeben, aber Jaluddin riet ihm, jetzt bei der Stange des Banners zu bleiben, das er sich so gewünscht.

Bereits in Höhe von Ba'albek meldeten die von dem umsichtigen Waffenmeister angeheuerten einheimischen Späher, schnelle Beduinenreiter, dass sich im Rücken des Trupps eine kriegsmäßig bewaffnete und zahlenmäßig starke Abteilung von Tempelrittern näherte. Jaluddin dachte sofort an das Desaster damals bei der Rückkehr von Jerusalem, wo – außer ihm selbst – nur der Eunuch, der ehrenwerte An-Nasir ad-Daula, und die beiden *mustadschib* Sayf und El-Mansur mit dem Leben davonkamen. Man beschloss, sich eilends in die Ruinen der Tempel zurückzuziehen. Husain drang in den Waffenmeister, er solle versuchen, sich bis zur nächsten Burg der Johanniter durchzuschlagen, um Hilfe herbeizuholen. Der Meister aller Meister musste ihm beibringen, dass hier weit und breit nur Templerburgen lägen. Ein solches Unterfangen sei aussichtslos, so liebend gern Jaluddin sein Leben retten würde.

Die Delegation hatte Ba'albek erreicht und sich kaum notdürftig verschanzt, als sie schon die Templer herankommen sahen. Die Ordenskrieger ritten in breiter Front auf die Assassinen zu, ein ziemlich düsterer Anblick, die todbringenden Lanzen waren hoch aufgestellt, sie ließen die Bedrohung auf die in der Falle Sitzenden wirken wie eine große schwarze Katze auf eine kleine Maus, die ihr Loch nicht finden kann.

Die Ismaeliten bereiteten sich auf ihre letzte Stunde vor, außer einigen wenigen Bogenschützen verfügten sie lediglich jeder über den eigenen *scimtar*, meist sogar nur einen Dolch. Die Templer verlangsamten den Schritt ihrer Pferde und begannen im Halbkreis auszuschwärmen, es sollte ihnen wohl keiner entkommen! Da, plötzlich stockte die abgezirkelte Bewegung, Unruhe trat ein, die Flügel schwenkten zurück, scharten sich um den Beauséant. Jaluddin wagte sich aus seiner Deckung und hielt Ausschau über das Ruinenfeld nach dem Grund: Von Norden her kam in geschlossener Formation eine Schwadron von Johannitern angeprescht, und sie waren zahlenmäßig so überlegen, dass sie es sich leisten konnten, sich in drei Kolonnen aufzuspalten, ohne die stürmische Kavalkade zu unterbrechen. Die Templer vollführten – man konnte meinen, ihr Zähneknirschen zu hören – einen vorbildlichen Linksschwenk und ritten ohne Hast, aber im Galopp von dannen.

Die Johanniter kamen aus Akkar. Ihr Kommandeur erklärte auf Befragen, dass ihn sein Freund, der Eunuch An-Nasir, vor Antritt seiner Rückreise nach Masyaf gebeten hätte, nach der Delegation des Wesirs zu schauen, er wäre etwas beunruhigt, sie mitten im Herrschaftsbereich der Templer zu wissen. Das hörte der Geschickte zwar nur mit sichtbarem Unwillen, aber letztlich hatte die Fürsorge des Eunuchen ihm und allen anderen das Leben gerettet! Der Kommandeur gab der Delegation sogar noch eine Eskorte mit, die sie sicher zurück nach Masyaf geleitete.

Dass der Alte vom Berge zurückgekehrt war, merkten seine Anhänger auf Masyaf spätestens dann, als sich eines Tages nach dem Mittagsgebet alle im oberen Burghof zu versammeln hatten. Hier, im Schatten des Turmes der Himmelsaugen, pflegte nur der Huddscha selbst seine Versammlungen einzuberufen. So drängten sich die *fida'i* auf die Ränge der steinernen Tribünen, die *mustadschib* hatten nur Anrecht auf die hintersten Plätze, vorne saßen in zwei Reihen die ergrauten *da'i*. Die äußersten Plätze, direkt neben dem leicht ansteigenden Mittelgang, nahmen wie üblich der Geschickte auf der einen Seite und der Eunuch auf der anderen ein. Neben An-Nasir stand der Waffenmeister Jaluddin. Der Eunuch war übrigens der Einzige, der von dem Eintreffen des Sheiks in seiner Festung wusste, denn mit ihm, den niemand hatte kommen sehen, war auch der kleine Mohr wieder heimgekehrt. Dass Timdal den beiden unzertrennlichen Freunden ebenfalls einen deutlichen Wink gegeben hatte, wusste nicht einmal An-Nasir, darum hatte der Mohr sie gebeten. El-Mansur und Sayf hatten sich ganz oben aufgebaut, neben der doppelflügeligen Tür, die sich gleich öffnen sollte. Sie warteten, um aus nächster Nähe zu erleben, wie der lang vermisste Huddscha wieder erscheinen und zu seinen Gläubigen herabsteigen würde. Ihre Blicke gingen über die hohen *tarbush* der zu ihren Füßen Versammelten hinweg, hinab zum Eunuchen, der Jaluddin ein Zeichen gab. Der Waffenmeister schritt zu der Tür, die zu den Gemächern des Harem führte, und heraustrat, geführt von dem Mohren, – Melusine! Das leise Gemurmel der Wartenden schwoll schlagartig an, alle *tarbush* wandten sich in die Richtung, wo die verschleierte junge Frau jetzt neben dem Eunuchen An-Nasir stehen blieb. Melou trug ihr Kind im Arm und schenkte der Versammlung keinen einzigen Blick, noch achtete sie darauf, dass das zunehmende Raunen und Wispern einzig ihrem Auftritt galt. Ein Weib in ihrer Mitte!

Oben auf der Plattform des Observatoriums wurde das grüne Banner des Sheiks gehisst, ein Signal, das dafür sorgte, dass sofort absolute Stille eintrat. Sheik Sinan schritt trotz seines Alters mit rüstigem, leichtem Schritt die flachen Stufen hinab und begab sich zu seinem Thron, der sich allein auf dem Podium zwischen der Versammlung und der hohen Mauer hinter ihm erhob. Er nahm Platz und schaute schweigend in die Gesichter seiner Anhänger. Oben auf der Mauerkrone in seinem Rücken wurden drei gefesselte Männer herangeführt. Die Kopfbedeckungen hatte man ihnen genommen, die Wächter schoben sie vor bis zur Mauerkante, wo sie stehen bleiben mussten. Die beiden Freunde erkannten sie sofort, es waren Omar, Tarik und Rashid, die gefürchtete Dreierbande des Geschickten. Zum Hof hin besaß die hohe Mauer von Masyaf keine Zinnen. Eine steile Steintreppe führte in der Ecke des Gevierts steil zu ihrer Krone hinauf.

»Meine Hoffnung war immer –«, sprach dann der Sheik mit klarer Stimme, die keine Emotion heraushören ließ, »dass in der Zeit meiner Verborgenheit das Leben hier weiter seinen Gang geht, so wie es die Regeln vorschreiben und so, als würde es nicht meiner Person bedürfen, ihre Einhaltung zu überwachen.« Er sprach langsam, und wenn er bemerkte, dass sich viele Köpfe schuldbewusst senkten, so zeigte er es nicht. »Nun sind Dinge geschehen, die gegen die Regeln verstoßen, und die Schuldigen erwartet ihre Strafe –« Die meisten Gesichter richteten sich langsam wieder auf und starrten betreten hinauf zu den Verurteilten. »Husain ad-Din Marzuban«, fuhr der Sheik ungerührt fort, doch eine Aufforderung war unüberhörbar, »wird die Exekution der Schuldigen persönlich durchführen.« Dem Geschickten blieb nichts anderes übrig, als sich zu erheben, sich mit versteinerter Miene vor dem Sheik zu verneigen und dann die steile Treppe hinaufzuschreiten. Die Stille, die jetzt eintrat, war nicht atemlos, im Gegenteil, ein verhaltenes schweres Atmen begleitete jeden seiner Tritte, Stufe für Stufe. Oben angelangt, begab er sich schnellen Schritts hinter den ersten der drei. Der bereitstehende Wächter warf mit schneller Bewegung eine Schlinge über den Kopf des Verurteilten, und Husain stieß ihn mit einem Faustschlag in den Rücken in die Tiefe – ein Ruck ging durch das Seil, und mit gebrochenem

Genick hing der Gerichtete von den Zinnen. Schon war der Geschickte hinter den Nächsten getreten, sein Stoß fiel zusammen mit der Schlinge, kaum dass sie sich um den Hals von Tarik gelegt hatte. Der stolperte vorwärts und stürzte schräg von der Mauer. Als sich das Seil straffte, pendelte sein Körper noch lange aus, schwang im Wehen eines für die Zuschauer nicht erfahrbaren Windes. Husain schritt zu Rashid, dem Letzten seiner Dreierbande, der Wächter warf das Seil ungeschickt, sodass es auf der Nase hängen blieb. Rashid drehte sich zur Seite und spuckte dem Geschickten ins Gesicht. Der griff ihn mit beiden Händen an den Schultern und schleuderte ihn von der Mauer. Der Kopf glitt aus der Schlinge, und der Körper schlug auf dem steinernen Pflaster des Hofes auf.

Nicht einmal dieses unvorhergesehene Ereignis, das den versammelten Zeugen einen gemeinsamen dumpfen Aufschrei des Entsetzens entlockt hatte, in dem das Geräusch des Aufpralls unterging, hatte den Sheik dazu bewegt, hinter sich zu schauen, er hatte auch diesmal mit keiner Wimper gezuckt. Sinan erhob sich und schritt aufrechten Ganges wieder die flachen Stufen hinauf, die so angelegt waren, dass man auch zu Pferde hinaufstürmen konnte. Entschlossen hatte der Alte vom Berge seinen Anhängern gezeigt, warum er – und kein anderer – immer noch die Macht in den Händen hielt. Erst als er hinter der schweren Bohlentür verschwunden war, kam Bewegung in die Menge, das Raunen setzte zaghaft wieder ein. Es wagte jedoch noch keiner seinen Platz zu verlassen, bevor nicht der Geschickte wieder herabgestiegen war von der Mauer. Ein gebrochener Mann? Wer ihn kannte wie An-Nasir, würde sich gewiss hüten, davon auszugehen. Der Eunuch warf verstohlen einen prüfenden Blick hinüber zu Husain, doch dieser sah nur starr geradeaus.

In der Zwischenzeit hatte der Mohr, geleitet von Jaluddin, die junge Mutter mit ihrem Kinde schon wieder hinausgeführt. Der Eunuch folgte ihr kurz darauf.

Bericht des Eunuchen an seinen erhabenen Herrn und Meister, Sheik Sinan

Geehrt von Eurem Vertrauen in meine Sicht der Dinge, gebe ich Euch einen Überblick in Stand und Entwicklung der Lage: Sultan Saladin festigt seine Macht in Syrien. Damaskus ist längst zu seiner zweiten Hauptstadt geworden, in der er sich weit mehr aufhält als in Kairo – offenbar hat er in Ägypten zuverlässige Vertreter eingesetzt, deren Regierung ihm diese langen Abwesenheiten gestatten. Aber es gelang ihm bis heute nicht, sich Aleppos zu bemächtigen, zumal dieser letzte Stützpunkt des Seldschuken-Sultanats in Syrien, und immerhin die alte Hauptstadt, auf die Unterstützung Mossuls zählen kann. Dabei wären die Chancen für Saladin nicht schlecht, denn Antioch – sein gefährlichster Widersacher im Norden auf christlicher Seite – ist in einen Dauerkonflikt mit seinen armenischen Nachbarn verwickelt, und mit dem Königreich von Jerusalem befindet er sich in einem – bislang von beiden Seiten eingehaltenen – Waffenstillstand. Nach meiner Einschätzung ist dieser Nichtangriffspakt für die Christen geradezu lebenswichtig!

Umso unverständlicher erscheint mir da das von niemandem auf ihrer Seite gehinderte Treiben des Reynald de Chatillon! Der neue Herr von Oultre-Jourdain ist offensichtlich nicht gewillt – oder nicht imstande, die vorsichtige Politik des Königs und vor allem des Regenten Raimund von Tripolis zu akzeptieren. Der von dem – fließend Arabisch sprechenden – Grafen mühsam gezimmerte Waffenstillstand sieht vor, dass Karawanen beider Seiten ungehindert jeweils ihren Weg durch das Territorium der anderen nehmen dürfen. Es muss Reynald, diesen Abenteurer und Raubritter, ungemein verdrossen haben, die reich beladenen muselmanischen Karawanen unbehelligt so dicht an sich vorbeiziehen zu sehen. Der Chatillon konnte der Versuchung nicht widerstehen, überfiel – für die Betroffenen aus heiterem Himmel – eine Karawane von

Kaufleuten, die von Damaskus nach Mekka unterwegs waren, und machte sich mit sämtlichen Waren davon. Saladin, der sich gerade in Ägypten befand, schickte sofort Truppen nach Oultre-Jourdain, aber Reynald hatte seine Beute schon in Sicherheit gebracht, und zur Belagerung seiner mächtigen Burg Kerak fühlten sich die Ägypter nicht stark genug.

Saladin beschwerte sich bei König Balduin über den Vertragsbruch und verlangte Wiedergutmachung. Balduin sah die Berechtigung der Forderung zwar ein, entschuldigte sich auch für den Missetäter, der sich jedoch nicht im Geringsten veranlasst sah, Reue zu zeigen, geschweige denn Ersatz zu leisten. Der König in seiner Schwäche – er sah sich der machtvollen Gruppierung um seine Schwester Sybille und den kriegslüsternen Templern gegenüber – gab es bald auf, die Angelegenheit weiterzuverfolgen. Mit der gleichen Gruppe, zu der – außer dem Chatillon – auch Sybilles Gemahl Guido und Gerard de Ridfort, der Seneschall des Tempels, zählen, lag auch Raimund von Tripolis, der Regent des Königsreiches, im andauernden Zwist. Nur so ist es zu erklären, dass die Krone von Jerusalem die mit uns vereinbarten Verhandlungen nicht wieder aufnahm, was sich jetzt angeboten hätte: Mit einem verbündeten Aleppo und wahrscheinlich auch einer Beteiligung der Seldschuken im Rücken hätte Jerusalem mit uns zusammen eine gemeinsame Front gegen Saladin auf die Beine stellen können. Nicht einmal um einen Krieg gegen den Sultan von Kairo und Damaskus anzuzetteln, sondern um ihn dazu zu bewegen, seine Anstrengungen einzustellen, seine Macht hier im Norden Syriens über Damaskus hinaus auszudehnen und damit die Kernlande des Königreiches wieder zu bedrohen.

Ausgerechnet mit diesem Reynald de Chatillon will sich nun Husain ad-Din Marzuban ins Benehmen setzen, denn wie er mich spöttisch wissen ließ, hätten wir mit dem falschen Mann verhandelt, als Ihr, erhabener Herr und Meister, mich damals zum Grafen Raimund von Tripolis schicktet. Ich nehme an, ich hoffe stark, dass Ihr den Geschickten mit dieser Mission beauftragt habt, für so bedenklich ich sie auch halten mag! Mir kamen nur Zweifel, ob alles seine Richtigkeit hat, als ich ihm auch diesmal wieder die Begleitung durch unseren bewährten Jaluddin anempfahl und er dies rundheraus ablehnte. Er wolle diese Mission allein auf sich gestellt auf sich nehmen. Sollte einer wie der Geschickte plötzlich das Bedürfnis für reuige Buße empfinden für das, was er sich hatte zuschulden kommen lassen? Bei dem unberechenbaren Chatillon läuft er jedenfalls Gefahr, sich einen Kopf kürzer oder im tiefsten Verlies von Kerak wiederzufinden! Warum sollte jemand mit diesem Charakter plötzlich ausgerechnet einem Assassinen gewogen sein, stände er noch so hoch im Range?

Gestern ist Husain ad-Din Marzuban mit kleinster Mannschaft, aber unter Mitführung aller Insignien eines offiziellen Gesandten abgereist. Ich habe mir erlaubt, sofort Jaluddin hinter ihm herzuschicken. Er soll ihm ungesehen auf den Fersen bleiben und wenn möglich in Erfahrung bringen, über was die beiden verhandeln – wenn es überhaupt dazu kommt. Es geht schließlich nicht an, dass Husain ad-Din Marzuban in Eurem Namen, erhabener Herr und Meister, Verpflichtungen eingeht, die nicht Euren Wünschen entsprechen. Ich halte Euch auf dem Laufenden, sobald ich Bericht von unsrem treuen Waffenmeister erhalte.

Euer ergebener Diener An-Nasir.

PS: Ich vergaß, mich für Euer großzügiges Geschenk zu bedanken, dass Ihr der Saida Thamar den Mohren Timdal abgekauft und mir Unwürdigem in Obhut gegeben habt. Da er ordnungsgemäß verschnitten, steht seiner Verwendung im Bereich Eures Harem nichts im Wege, und er wird mir im fortschreitenden Alter sicher eine hervorragende Stütze sein.

Es hatte lange gedauert, bis im Harem wieder Vertrauen und Vertraulichkeit eingekehrt waren. Melou und ihr Töchterchen waren zum bewunderten Mittelpunkt des Boudoirs der Thamar geworden; das hübsche Kind schien seiner Mutter wie aus dem Gesicht geschnitten. Als Namen für ihre Tochter verkündete sie – ohne mit jemandem auf Masyaf – geschweige denn auf Montmor! – Rücksprache zu nehmen: »Xenia«! Die Saida hatte, ihrerseits wohl gedrängt von ihrem Mann, dem Geschickten, durchgesetzt, die Kleine ebenso zu nennen wie ihre Mutter, also hieß sie jetzt zusätzlich auch Melusine, doch Melou wehrte sich dagegen und rief sie nur »Nixe«, und die anderen *huriat* übernahmen mit Begeisterung dieses fremdartige, zärtliche Wort, einmal weil Melou es unnachahmlich lispelnd aussprach, zum anderen, weil sich »Nixe« an »Xenia« anlehnte und so auch sie dem entzückenden Kinde ihre geradezu närrische Liebe darbringen konnten. »Wie wonnig!« Dabei lag der jungen Mutter vor allem daran, die Tochter nicht mit ihrem Namen aufwachsen zu sehen, den Melou – aufgrund ihres eigenen Schicksals – für kein gutes Omen hielt. Wie gern wäre sie selbst noch ein junges, unbefangenes Mädchen gewesen.

»Stellt Euch vor, die Königinmutter hat ihren Geliebten, den Erzbischof Heraklios, zum orthodoxen Patriarchen gemacht!«

»Der ist weder Grieche noch je zum Bischof geeignet«, fuhr ihr gleich die eigene Tochter Shirin in die Parade, »sondern ein schlechter Priester, ein *mauclerc* aus der Auvergne, der weder lesen noch schreiben kann!«

Aber so leicht kam sie Thamar nicht bei. »Dann weißt du auch sicher, wie er es der alten Dame dankte?! Kaum in Amt und Würden, legte er sich eine frische Konkubine zu, namens Paschia, die Frau eines Tuchhändlers aus Naplusa!«

»Die inzwischen in Jerusalem bei Hofe nur ›Madame la Patriarchesse‹ genannt wird!«, ergänzte Shirin.

Die Mädchen, die Französisch verstanden, lachten.

Wie immer hörten die *huriat* den Erzählungen der Thamar höflich zu. Doch was sie eigentlich interessierte, war die verschwundene Kira. Die Saida Thamar hatte leider verboten, über die Entwichene zu reden, weil sie das Verschwinden ihrer Tochter gegenüber dem Geschickten bislang mit Erfolg vertuscht hatte, aber die überbordende Phantasie der Mädchen im zumeist ereignislosen Alltag des Harem ließ immer wieder neue Geschichten über die möglichen Abenteuer der Ausreißerin aufblühen.

»Dieser Reynald von Chatillon –«, warf die Saida den Namen des berüchtigten Raubritters in die Arena, »trotzt nicht nur dem Sultan, sondern auch seinem König!« Thamar versuchte das Interesse in andere Richtungen abzulenken, doch außer Shirin und gelegentlich Melou fand sie kaum Zuhörerinnen, am meisten fehlte der Mutter die schlagfertige, oft widerborstige Tochter Kira. »Unbelehrbar zieht er von seiner Burg Kerak aus, um muslimische Kaufleute auszuplündern«, fuhr Thamar fort. »Da wird eine Flotte mit Hunderten von christlichen Pilgern an Bord durch Unwetter gezwungen, im Nildelta Schutz zu suchen. Sultan Saladin ließ sie allesamt in Ketten legen und teilte dem König mit, dass sie nur freigelassen würden, wenn Reynald seine geraubte Ware herausrücke.«

»Ich wette«, sagte Melou, »er tat's nicht!«

»Die armen Pilger!«, barmte sich Shirin, »die unschuldig –«

»Was heißt ›unschuldig‹!?«, protestierte Melou. »Wenn einer nach Jerusalem pilgert, dann hat er meist reichlich Schuld auf sich geladen!«

»Du meinst Schulden!«, lachte die Saida Thamar. »Für eine solche Pilgerreise müssen viele Haus und Hof verpfänden!«

»Und landen dann auf dem Sklavenmarkt!« Melou schien es zu freuen. »Das ist als Sühne für ihre Sünden Gott viel wohlgefälliger als das Geflenne am ›Heiligen Grab‹!«

»Du bist herzlos, Melusine!«, klagte Shirin. »So etwas kann Allah nicht wollen!«

»Was weißt du«, gab ihr Melou schnippisch heraus, »vom Willen Allahs!?«

Thamar sah den Disput in eine Richtung gehen, die ihr nicht

zusagte, so nahm sie ihre Reynald-Geschichte rasch wieder auf: »Mit dieser Weigerung – du hattest recht, Melou! – ist der Krieg unvermeidlich geworden: Saladin sammelte sein Heer, um es von Ägypten herauf gegen das christliche Königreich zu führen.«

»Rief ihm da nicht beim Abschied eine Stimme aus der Menge zu –«, Schaudern belegte Shirins aufgeregten Einwurf, »er werde Kairo niemals wiedersehen?«

Thamar lächelte zustimmend; ihre Älteste liebte solche bewegenden Anekdoten, die merkte sie sich.

»Hörst du, Nixe –« Melou presste das kleine Mädchen fest an sich und küsste es. »Jetzt kommt der große Saladin und bleibt hier bei uns.« Sie sagte das grinsend in Richtung der aufgewühlten Shirin, »denn wenn er nicht nach Ägypten zurückdarf, dann haben wir ihn also für die nächsten Jahre am Hals – es sei denn, der Teufel holt ihn bald zu sich!«

»Wen?«, fragte da eine Stimme von der Gartentür her, und aus dem Paradies trat Kira in das Boudoir der Saida Thamar.

»Kira! Kira!«, jubelten die aufgesprungenen *huriat*, während die Langvermisste erst ihre Mutter Thamar, dann ihre Schwester Shirin umarmte, bevor sie sich zu Melou wandte, sie auf die Stirn küsste und sich von ihr die kleine Nixe in die Arme drücken ließ. Sie hob das Kind in die Höhe, auf und nieder, und Nixe quietschte vor Vergnügen. »Also wen holt der Teufel?!«, knüpfte Kira lachend an das Ende des letzten Satzes an, und Thamar antwortete an Melous statt:

»Saladin!«

Der Meister aller Meister war schneller gereist als der Geschickte und hatte sich bereits im Vorhof der wehrhaften Festung Kerak eingerichtet, als er Husain endlich eintreffen sah. Der Wesir wurde von zwei seltsam vermummten Gestalten in Empfang genommen, hieß sein Gefolge zwischen den beiden mächtigen Mauerringen warten und folgte den Männern durch eine unscheinbare Pforte ins Innere.

Ohne lange zu zögern, nahm Jaluddin den gleichen Weg. Die beiden ganz in Weiß gehüllten Männer mit ihren spitzen Kapuzen wiesen wie zwei wandernde Lichter dem Verfolger im Dunkeln der Gewölbe den Weg. Doch immer mehr vermummte Gestalten strömten von allen Seiten in die Richtung, die von den Voranschreitenden genommen wurde. In Jaluddin erwachte der Jäger.

Er bemerkte, wie sich eine Person seitwärts schlug, um – wie er gleich am Gestank feststellte – eine offene Kloake für seine Notdurft zu benutzen. Er schlich ihr nach, seine mächtigen Pranken legten sich um den Hals des Niederhockenden und würgten ihn, bis er das Bewusstsein verlor. Rasch zerrte er das weiße Gewand von dem schlaffen Leib, den er mit einem Stoß in die stinkende Brühe beförderte, gerade so, dass der Mann – wenn er Glück hatte – nicht in der Scheiße ersticken musste. Der Meister aller Meister streifte sich die weiße Clamys und die verhüllende Kapuze über und hastete hinter den anderen her.

Jaluddin kam gerade noch rechtzeitig, um nicht aufzufallen und um noch die Stimme des Geschickten zu hören, der im Ring ganz vorne Platz genommen hatte und sich vor der wohl tonangebenden Figur für seine Verspätung entschuldigte.

»... nur Euretwegen habe ich mir diese Mission aufgebürdet!« Auch Husain war inzwischen in das gleiche weiße Gewand gehüllt wie alle anderen, die hier zusammenkamen.

»Ihr tatet es, so will ich hoffen, zum Besten des Priorats«, wies ihn eine schneidende Stimme zurecht, deren Inhaber als Einziger dem Kreis der Kapuzenträger gegenübersaß, und der Nachbar des Geschickten setzte bissig hinzu:

»Und tatet recht daran, denn unser Freund und Gastgeber wäre wahrlich kein schlechter Partner für unsere Sache.«

»Wenn er nicht ständig zu solchen impulsiven Ausfällen neigen würde!«, knurrte Husain vernehmlich und durchaus herausfordernd. »Berechenbarkeit, geschätzter Magister Venerabilis, sollte unser –«

»Reynald de Chatillon ist und bleibt mein gutes christliches

Gewissen!«, fauchte sein Nebenmann ihn an. »Als Gegengewicht, dass ich mich mit Euch einlasse!«

»Meine Brüder!«, ermahnte die metallische Stimme die Streithähne, doch Husain musste seine Bedenken loswerden.

»Der Fürst von Oultre-Jourdain würde sich für den angestrebten Staat des Priorats kaum einsetzen, seine eigenen Interessen –«

Der Magister schnitt ihm die Rede ab. »Dennoch könnte er die Südflanke sichern, so wie die Templer den Norden, wenn wir erst mal die derzeitige Grafschaft Tripolis unser Eigen nennen können!«

Das rief wieder den Nebenmann des Geschickten auf den Plan. »Um die Zuverlässigkeit des Ordens, dem anzugehören ich die Ehre habe, soll sich niemand sorgen!« Wenn die Einleitung an die Adresse des Venerabilis gerichtet war, ging die Fortsetzung jedenfalls als offene Attacke gegen den Wesir. »Noch lebt Raimund von Tripolis!«, bellte der Templer ihn an. »Den zu beseitigen wäre eine – weiß Gott! – sinnvollere Aufgabe für euch Assassinen als mit jemandem wie Guido de Lusignan gegen uns zu verhandeln! Aber Ihr seid ja nicht mal fähig, Euch des Alten vom Berge zu entledigen!«

»Brüder!«, donnerte der Magister vorsorglich, gab sich dann aber konziliant. »Viele werden noch in den Staub beißen müssen, bis wir unser hehres Ziel erreicht haben werden, aber hier hat unser Bruder recht: Es wäre nützlich, wenn dem Störenfried – diesem willfährigen Lakai Saladins – für immer Lippen und Augen geschlossen würden!« Er schaute auffordernd hinüber zu dem Geschickten. Der nickte unmerklich.

Jaluddin hatte genug gesehen. Unauffällig schob er sich in die hinteren Reihen und verdrückte sich bald unbemerkt. Er besaß die Kühnheit, in der Kloake vorbeizuschauen und das Gewand ordentlich zusammengefaltet auf dem Rand zu deponieren. Sein Opfer schien immer noch in der Grube zu schlummern.

»Ich nehme an«, sagte Husain der Geschickte zu dem ihm gegenübersitzenden Herrn des Kerak, Reynald de Chatillon, »Ihr empfindet keine sonderliche Zuneigung für den Regenten des Königreiches, den Grafen Raimund?«

Reynald, der ihn bisher lauernd betrachtet hatte, erkannte, dass sein Gegenüber kein Freund von vorsichtigen Einleitungen war – oder das Spiel nicht beherrschte. Er grinste. »Ich kann mit dem Herrn von Tripolis leben – er vergrätzt nur meine besten Freunde!«

»Dazu gehört auch der Seneschall der Templer, Gerard de Ridfort?«

»Auch der –«, gestand ihm Reynald zu, immer noch amüsiert.

»Denkt Ihr, dass Euer Einfluss auf ihn den Orden dazu zu bewegen vermag –«

Hier unterbrach ihn der Chatillon rüde: »Dazu muss ich nicht denken, sondern wollen!« Er nahm den aggressiven Ton etwas zurück. »Ich denke nicht daran, mich mit den Templern auseinanderzusetzen, weder mit einem wie dem Seneschall noch mit dem Orden als Ganzes!«

Husain nahm die Zurückweisung hin, denn sie erlaubte ihm, jetzt mit seinem Vorschlag herauszurücken. »Und wenn ich Euch den Kopf Raimunds auf einem Silbertablett bringe?!«

Reynald lachte roh. »Dann will ich ihn Euch samt Tablett zehnfach in Gold aufwiegen, was immerhin wesentlich mehr ist, als Ihr jährlich den Templern – oder zukünftig den Johannitern – oder beiden! – als Tribut zahlen müsst!« Der Chatillon weidete sich an dem Unbehagen des Assassinen. »Das Haupt des Grafen ist dennoch nichts als Beiwerk!«

»Die Assassinen sind nicht käuflich!«, wiegelte Husain gekränkt ab – oder spielte er den Empörten?

»Dann werdet es!«, stieß ihm der Chatillon Bescheid. »Bringt Saladin um!« Lockend und mit gewinnendem Charme setzte er noch drauf: »Und ein König Guido garantiert Euch einen eigenen Staat, von der Johanniterfestung Montferrat im

Norden bis zu den Ruinen von Ba'albek im Süden!« Wie eine Würgeschlange, die ihre Beute nach der Masse des Schädelknochens taxiert, so betrachtete Reynald sein Gegenüber. »›Großfürst von Libanon‹ könntet Ihr Euch nennen, die herrscherliche Residenz Euch aussuchen!« Herr Reynald hatte zwar den persönlichen Ehrgeiz des Geschickten richtig eingeschätzt, doch ein solches Maß an politischer Ignoranz war selbst dem Geschickten zu viel an Zumutung.

»Warum dient Ihr uns nicht gleich den ›Krak des Chevaliers‹ als Regierungspalast an?!«, spottete jetzt Husain. »Oder haben die Johanniter noch nicht mit dem Ausverkauf ihrer Burgen begonnen?!«

Reynald griente. »Diese braven Rittersleut bleiben Euch als Ordnungsmacht erhalten!«, lautete seine einladende Empfehlung. »Sie sind das Geld wert, das Ihr ihnen zahlt!« Er sah den versonnenen Blick des Geschickten. »Doch lasst uns das Fell des Bären nicht verteilen, bevor Ihr diesen Saladin mit Euren Dolchen endlich zur Strecke gebracht, was – soviel ich weiß – mindestens schon einmal in Eurer Hand lag –« Reynald hielt sich für einen Menschenkenner, deswegen glaubte er auch, sich skrupellos über alle Regeln und Verträge hinwegsetzen zu können.

Husain kannte die Bedingungen und war der Meinung, dass niemand sie besser zu nutzen wusste als er. »Und wenn der Sultan nicht kommt? Sollen wir unsere Leute dann etwa bis nach Ägypten schicken?!«

Der Chatillon spürte den Fisch an der Angel. »Saladin wird kommen«, beruhigte er den Zweifler. »Dafür werde ich schon sorgen!«

Der Haken saß jetzt fest im Fleisch des Husain ad-Din Marzuban, aber er zappelte noch eine Weile.

»Dann besorgt mir auch die verbindliche Zusage des Herrn Guido von Lusignan oder noch besser die der zukünftigen Königin Sybille!«, verlangte Husain schlau.

Reynald von Chatillon erhob sich und schüttelte dem Geschickten die Hand. »Die sollt Ihr haben!«, versicherte er ihm kühl und geleitete seinen seltsamen Gast zur Tür. Im Vorraum wartete das kleine Gefolge des Geschickten, so auch die beiden *fida'i* mit den Dolchen und dem Leinentuch.

»Originell!«, bemerkte Reynald anerkennend, es klang aber so, als hätte er »sehr witzig« gesagt, und die *fida'i* gaben sich Mühe, grimmig geradeaus zu schauen. »Ich wünsche gute Verrichtung, mein Fürst«, sagte der Chatillon zum Abschied, und Husain trat den Heimweg nach Masyaf an.

Er beschloss, Sheik Sinan gegenüber nichts von diesem merkwürdigen und doch so faszinierenden Angebot verlauten zu lassen. Wenn es eine Chance war, dann wollte er sie sich auf keinen Fall entgehen lassen: »Großfürst von Libanon«! Das wären Titel, Macht und Reichtum, die ihm, Husain ad-Din Marzuban, gut zu Gesicht stehen würden – auch der Saida Thamar würde das ungemein gefallen! Dafür müsste allerdings irgendwann einer verschwinden, der ihm schon lange ein Dorn im Auge war: der Alte vom Berge! Die Beseitigung des Grafen Raimund hingegen, so glaubte er den Chatillon verstanden zu haben, stellte für das Unternehmen wohl eher eine Kostprobe dar. Sie würde sich darüber hinaus relativ einfach bewerkstelligen lassen, waren doch die Assassinen bei dem Herrn von Tripolis dank des ebenso lästigen wie törichten Eunuchen schon bestens eingeführt. Der Geschickte war nicht unzufrieden mit dem Gang der Dinge, er war stolz auf sich!

ALS SKLAVIN VERKAUFT

Jaluddin hatte sich wieder unter das Treiben der Händler und das Gedränge des schier unübersichtlichen Marktes gemischt, der hier zwischen den beiden den Kerak umgebenden Mauerringen ständig abgehalten wurde. Das Herumstreifen gab ihm die Sicherheit, nicht aufzufallen, denn er behielt dabei sowohl die unscheinbare Tür in der Mauer ständig im Blick wie auch die schmale Brücke, die zum Haupttor hinaufführte. Die eigentliche und sicher unbezwingbare Festung begann erst nach diesem leicht zu verteidigenden, einzigen Zugang – und ein möglicher Belagerer konnte in diesem Ringgraben zwischen dem Außenwall und den steil aufragenden eigentlichen Burgmauern nicht einmal Katapulte oder Sturmböcke zur Vorbereitung eines Angriffs in Stellung bringen. Jaluddin wurde aus seinen Überlegungen herausgerissen, als jetzt unter schwerster Bewachung eine schwarze Sänfte über die Brücke aus der Burg eskortiert wurde, offensichtlich eine hochstehende Persönlichkeit, wenn auch das sinistre Gehäuse keinerlei Insignien aufwies. Das konnte sowohl der Magister Venerabilis sein oder ein bedeutender kirchlicher Würdenträger, schoss es dem genau beobachtenden Jaluddin durch den Kopf – oder gar der Teufel selbst?

Aus der kleinen Tür waren schon etliche Männer getreten, die wohl als Kapuzenträger an dem geheimen Treffen des Priorats teilgenommen hatten, denn meist trugen sie die zusammengefaltete weiße Clamys sogar noch unter dem Arm. Dann war auch einer hinausgetragen worden, bedeckt von dem weißen Tuch, der furchtbar stinken musste, denn die Leute lachten und hielten sich mit obszönen Gesten die Nase zu – vielleicht lebte der arme Kerl ja noch!

Jaluddin kam nicht dazu, weitere Gedanken an ihn zu verschwenden, denn endlich erschien auf der Brücke des Haupttores das Gefolge des Geschickten. Husain ritt rasch und ohne sich umzudrehen mit seinen Leuten davon. Jaluddin beschloss, noch etwas abzuwarten, bevor er dem Herrn des Kerak seine Aufwartung machen wollte.

Im Turmzimmer des berüchtigten Fürsten von Transjordanien saß der Seneschall der Templer beim Weine mit seinem Freund Reynald. Sie hechelten locker die Sprüche und die Personen durch, die sich eben noch an dem Mummenschanz in den Kellern des Kerak beteiligt hatten.

»Ich halte von der Spinnerei mit diesem ›Priorat der heiligen Magdalena‹ nicht sonderlich viel!«, ließ der Chatillon den Ridfort wissen. »Im Besonderen ist mir der Magister Venerabilis ziemlich suspekt. Ich werde den Gedanken nicht los, dass er ganz allein dahintersteckt und sonst niemand!«

»Dann verdient dieser meckernde Ziegenbock umso mehr meinen Respekt!« Mit polternder Lache schlug sich der Templer auf die Schenkel. »Hat er mich doch im Handumdrehen auf den zweithöchsten Posten des Ordens befördert! Das deutet schon auf Macht hin – oder auf magische Kräfte!«

Reynald nahm einen tiefen Zug und leckte sich genießerisch die Bartspitzen. »Mag ja sein, dass sie daheim im wirrköpfigen Languedoc oder im spirituell beseelten Burgund nichts Besseres zu tun haben, als solche Hirngespinste zu ersinnen«, er wollte den Freund und zuverlässigen Kumpanen nicht vor den Kopf stoßen und hielt daher mit seiner totalen Ablehnung hinter dem Berge. »Es ist auch nicht blöd – gerade für den Orden, dem Ihr jetzt angehört –, sich beizeiten nach einem eigenen, souveränen Territorium umzuschauen – doch Tripolis ist es sicher nicht! Zu versippt sind die okzitanischen Grafen mit den Normannen von Antioch!«

»Was aber treibt denn den ›Magister‹, mit solchem Eifer

seine Ideen zu verfolgen?!«, hinterfragte der vom Geist her schlichter gestrickte Ridfort. Diesmal brach Herr Reynald in helles Gelächter aus.

»Ist Euch noch nie ein Jemand begegnet, der seinen Wahn für bare Münze nimmt und in seiner Manie so überzeugend wirkt, dass ihm tatsächlich Macht zuwächst, über Mittel wie über Menschen. Doch sein Ziel erreicht so einer nie, er scheitert vorher – meist an sich selbst!«

»Und so einer ist der Magister?«, fragte Gerard gerade erschüttert nach, als es klopfte und ein Diener wissen wollte, ob der Fürst für einen Gesandten aus Masyaf zu sprechen sei.

»Schon wieder?!«, entfuhr es Reynald belustigt, und er ließ offen, ob er bereit sei, den Assassinen nochmals zu empfangen. Der Seneschall wandte sich zum Gehen. »Ihr könnt ruhig hierbleiben!«, lud ihn Reynald ein. »Ich habe vor Euch nichts zu verbergen –«

»Aber mir reicht eine Begegnung pro Tag mit diesem Husain!«, knurrte Gerard. »Ich sehe Euch gerne später!« Er ging, und Herr Reynald ließ bitten.

»Es ist aber nicht der gleiche Herr!«, flüsterte der Diener devot, doch da war der Templer schon aus dem Zimmer, und Jaluddin durfte eintreten, nachdem ihn die Wächter von Kopf bis Fuß nach versteckten Waffen abgetastet hatten.

Der Meister aller Meister gab sich als »Sonderbeauftragter in geheimer Mission« aus, der hier zu dem Geschickten stoßen sollte, um mit ihm gemeinsam die Rückreise nach Masyaf anzutreten.

»Da kommt Ihr zu spät!«, ließ ihn der Hausherr grimmig wissen. »Dieser Geschickte, ein recht seltsamer Herr, hat uns heute Früh verlassen.« Jaluddins Schmunzeln zu seiner beiläufigen Bemerkung veranlasste den berüchtigten Kriegsherren, seinem Gast Vertraulichkeit zu schenken. »Welche Funktion bekleidet Husain ad-Din Marzipan eigentlich im Reich des Alten vom Berge?«

Der Meister aller Meister zierte sich nicht lange, drückte sich aber recht vage aus. »Der Geschickte wurde vom Oberhaupt der Assassinen, dem Imam in Alamut, nach Syrien beordert, um Sheik Sinan zur Hand zu gehen. Er ist derjenige, der sich um Ausbildung und Einsatz der *fida'i* kümmert – sein Rang ist der eines Wesirs –«

»Sein Ehrgeiz scheint mir jedoch weiter und höher zu zielen«, entgegnete der Chatillon, und als habe er schon zu viel gesagt, wechselte er das Thema. »Diese *fida'i* – von denen er zwei ziemlich furchteinflößende Exemplare mit sich führte –, die lassen sich tatsächlich in Stücke hauen, um ihren Auftrag zu erfüllen?«, verlangte er zu wissen.

»Der Gehorsam gegenüber dem Befehl des erhabenen Huddscha ist absolut und bedingungslos, es wartet das Paradies mit seinen schönen *huriat* auf jeden, der in Erfüllung seines Auftrages sein Leben gibt«, erklärte ihm Jaluddin das Geheimnis der Macht der Assassinen.

Herr Reynald war beeindruckt. »Würde der Alte vom Berge sich bereitfinden, mir zwei solche *fida'i* als Leibwächter zur Verfügung zu stellen?«

Mit dieser Frage hatte der »Sonderbeauftragte« nicht gerechnet, so rettete er sich in die Gegenfrage, was Herr Reynald sich als Gegenleistung vorstelle, denn ein solcher Wunsch sei nicht gerade üblich.

»Eure Schwierigkeiten mit den Templern würde ich in Ordnung bringen«, der alte Fuchs verbesserte sich sogleich, »jedenfalls für den Zeitraum, in dem Euer erhabener Meister mir die Leibwache stellt?«

»Das klingt machbar!«, ließ ihn Jaluddin entgegenkommend wissen. »Ich werde mich darum kümmern.«

»Mit Euch zu reden, macht Sinn«, lobte ihn der Chatillon, »die Sache hat Hand und Fuß!« Er grinste kumpanenhaft. »Dieser Geschickte bot mir das Haupt des Regenten auf einer Silberplatte, selbst vor Saladin wollte er nicht zurückschrecken!«

Reynald lachte, Jaluddin fiel in das Lachen ein, doch dann drehte er den Spieß um und fragte: »Trugen die beiden *fida'i*, die bei ihm waren, drei ineinandersteckende Dolche und ein über dem Arm gefaltetes Leinentuch?« Er ließ ernste Besorgnis in seiner Frage mitschwingen. Der Chatillon bejahte, plötzlich unsicher geworden. »Das soll besagen«, fuhr der Meister aller Meister todernst, aber mit beschwingter Leichtigkeit fort, »dass keiner dem Tod entkommen kann, es trifft ihn, wenn nicht der erste, dann eben der zweite oder dritte Dolch – und das Tuch ist nichts als das Leichentuch desjenigen, auf den der Finger des Erhabenen zeigt!«

»Er hat mich jedoch weder bedroht noch Forderungen an mich gestellt!«, verteidigte sich jetzt Herr Reynald und wurde wütend. »Ich will mit Euch Assassinen nichts zu tun haben!«

Der ›Sonderbeauftragte‹ sah ihn lange und bedeutungsvoll an. »Zu spät, mein werter Herr, Ihr habt zwei Leibwächter bestellt und im Gegenzug gewisse Zusagen gemacht –«

»Damit diese *fida'i* mich dann hier in meinem Hause umbringen?!«

»Das können Assassinen sowieso und zu jeder Zeit!«, beruhigte Jaluddin den Aufgebrachten. »Solange Ihr Euch an die Abmachung haltet, habt Ihr nichts zu befürchten, sie werden Euch unter Einsatz ihres Lebens schützen. Der Alte vom Berge – wie Ihr ihn nennt – hält stets sein Wort – im Guten wie im Bösen!«

Reynald von Chatillon zwang etwas gequält Heiterkeit auf seine Miene. »Sei's drum!«, sagte er tapfer. »Sterben müssen wir alle!« Er sprang auf und schob seinen unheimlichen Gast zur Tür. »Ihr steht dem Teufel womöglich noch näher als ich!« Reynald de Chatillon deutete ironisch eine Verbeugung an. »So war mir die Begegnung mit Euch eine kostbare Erfahrung!«

Jaluddin befand sich schon auf der Treppe, da rief ihn Reynald noch einmal zu sich. »Also abgemacht: zwei Leibwächter –«, er senkte seine Stimme, wahrscheinlich sollte seine Frau Stephanie es nicht hören, »– und eine *huri* aus dem Paradies!« Damit überraschte er selbst den Meister aller Meister. Kleinlich durfte sich der ›Sonderbeauftragte‹ jetzt nicht zeigen, also erwiderte er knapp: »Das ist als Forderung noch nie gestellt worden!«, und wiegte sein Haupt, um die Schwere seiner

Bedenken zu zeigen. »Der Alte vom Berge muss Euch sehr gewogen sein, wenn er dieser unverfrorenen Bitte zustimmt!«

Reynald schluckte zweimal, bevor er sich zu einem kleinen Kichern entschloss. »Ihr seid sehr mutig, mein werter Jaluddin!«, gab er dem Meister aller Meister zum Abschied mit, und der erwiderte lächelnd:

»Eine gute Prise ›Gefahr‹ ist die Würze des Lebens!« Reynald nickte grimmig.

Sie schieden als Freunde, die wussten, was sie voneinander zu halten hatten.

Bericht des Eunuchen an seinen erhabenen Herrn und Meister, Sheik Sinan

Wie ich schon vorausgeahnt, fragte der Herr Wesir bei mir nach, ob ich etwas dagegen hätte, wenn er El-Mansur und Sayf mit auf die anstehende Mission zum Grafen von Tripolis nähme. Offenbar glaubt der Geschickte, dort mehr zu erreichen, als es mir vergönnt war. Nachdem Ihr, erhabener Herr und Meister, Euch dem Geschickten weiterhin verweigert – Ihr werdet Eure Gründe haben! –, sucht Husain jetzt plötzlich Rückendeckung bei mir. Ich sagte ihm – um Zeit zu gewinnen –, ich würde die Frage mit Euch erörtern, und ich sähe im Prinzip auch nichts, was dagegen spräche. In Wahrheit musste ich jetzt blitzschnell handeln, denn die beiden Freunde El-Mansur und Sayf brennen darauf, endlich und offiziell zu einer ›richtigen‹ Mission ausgesandt zu werden. So würde der Geschickte offene Türen bei ihnen einrennen, wenn er ihnen eine mögliche Teilnahme auch nur andeuten würde. Ich habe sie sofort mit dem gerade erst zurückgekehrten Jaluddin weggeschickt, damit Husain sie nicht zu fassen bekommt. Unser Waffenmeister soll sie kurzfristig auf Montmor unterbringen, bis er weitere Weisung von Euch – oder, wenn das nicht möglich, von mir erhält. Unser umtriebiger Meister aller Meister hat mir den

Wunsch des Fürsten von Oultre-Jourdain übermittelt, von uns zwei ›echte‹ «fida'i» plus einer originalen «huri» des Paradieses gestellt zu bekommen. Dafür würde er uns garantieren, dass wir von den Templern fürderhin nicht mehr belästigt werden. Ich halte das für ein gutes Verhandlungsergebnis und würde als «fida'i» Sayf und El-Mansur vorschlagen. Denn im Prinzip finde ich die Entsendung der beiden zu einem – wenn auch berüchtigten – Kämpen wie Reynald de Chatillon keine schlechte Sache. Sayf und El-Mansur sind schon zu lange des Umgangs mit Dolch und Schwert entwöhnt, sodass ihnen ein strenges «tamrin» unter realen Kampfbedingungen nur gut tun kann, damit sie sich am Tage der Bewährung nicht unfähig zeigen, jemanden mit eigener Hand vom Leben zum Tode zu befördern.

Ich hoffe, erhabener Herr und Meister, Ihr stimmt meinen Überlegungen zu. Was die geforderte «huri» anbetrifft, habe ich ebenfalls eine Lösung: Der Geschickte hat inzwischen herausbekommen, dass seine Tochter Kira ein zweites Mal aus dem Harem entwichen war! Er beschimpfte die Saida als unfähige Mutter und schwor, die Erziehung der Aufsässigen selbst in die strenge Hand zu nehmen. Wer seine Art zu strafen kennt, ist gewarnt! Also werde ich, kraft meiner Stellung als Oberster Aufseher des Harem, die Ausreißerin diesmal – mit oder ohne ihre Zustimmung – aus dem Paradies weisen und an das nur Euch, mir und Jaluddin bekannte Ziel verfrachten. Das muss alles sehr rasch vonstatten gehen. Erreiche ich Euch nicht, muss ich selbst meine verlorenen Testikel dafür hinhalten!

Euer ergebener Diener An-Nasir.

PS: Ärgerlicherweise hat Jaluddin bei Reynald nicht nachgefragt, was denn der Geschickte als Gegenleistung für solch edle und hervorragende Köpfe verlangt hätte, die er im Angebot führte – oder dem Chatillon war es gelungen, dieses Riff wendig zu umschiffen! Nur den Verzicht der Templer auf Tributzahlungen –? Für so bescheiden schätzen weder der

Waffenmeister noch ich den Wesir Husain ad-Din Marzuban ein. Und der Chatillon offensichtlich auch nicht!

Angesichts der langen Reise, die er gerade hinter sich hat, werde ich den Meister aller Meister nur bitten, unsere lebenden Gaben für den Chatillon lediglich auf den rechten Weg zu bringen, ohne sie bis zum endgültigen Ziel zu begleiten.

Der kleine Trupp hatte sich über die Beka'a-Hochebene gequält, bis die Reisenden endlich der Tempelruinen von Ba'albek ansichtig wurden. Der Waffenmeister, der ihn bis hier geführt hatte, ließ anhalten. Sein wachsamer Blick kontrollierte ein letztes Mal das Herzstück des Transportes, eine Sänfte oder genauer ein verhangener Käfig, den die Treiber der Karawane ganz am Ende des kleinen Zuges mit sich führten. Jaluddin wandte sich an Sayf und El-Mansur.

»Von nun an folgt ihr linksseitig dem Lauf des Jordan, zieht durch das unwirtliche Tal am Fuß des Berges Hermon, passiert Banyas mit der den öden Ort überragenden, verlassenen Feste Qal'at Subeibe und erreicht schließlich die Jakobsfurt.« Der Waffenmeister vergewisserte sich, dass die beiden seinen Angaben folgen konnten. »Mit Erreichen der Furt wenden sich fast alle aus dem Norden Anreisenden über den Fluss zur Rechten«, erklärte er den beiden *fida'i*, »denn hier endet die Macht des Königreiches – wenn man den Herrn von Transjordanien nicht dazuzählen will!« Er nickte El-Mansur und Sayf aufmunternd zu, ein etwas schadenfrohes Grienen konnte oder wollte er nicht verbergen. »Damit seid ihr eurem Ziel schon recht nahe, denn ihr habt bereits das Herrschaftsgebiet des Reynald de Chatillon betreten!«

El-Mansur wies auf die verschlossene Sänfte, die am Schluss der kleinen Karawane auf einem Dromedar festgezurrt war. »Wenn Ihr uns jetzt unserem Schicksal überlassen wollt, dann geht ja auch wohl jene Kiste in unsere Verfügungsgewalt über?«

Ehe der Waffenmeister Rede und Antwort stehen konnte, schaltete sich Sayf schon ein. »Sagt lieber gleich, welche Unglücksperson wir da mit uns führen? Es muss sich ja wohl um eine Frau handeln, dass Ihr sie die gesamte Reise über so sorgsam vor uns abgeschirmt habt?«

Jaluddin lächelte verschmitzt. »Die Insassin ist eine *huri*, als Gastgeschenk bestimmt für den ungebärdigen Fürsten! Freiwillig –«, sein Grinsen nahm zu, »unternahm eure Freundin die Reise nicht. Lasst sie also erst raus, wenn ich über alle Berge bin, – am besten mitten in der Wüste, damit sie euch nicht im letzten Moment entwischt – zuzutrauen ist dem Weibe das!«

»Das kann nur Kira sein!«, entfuhr es Sayf entgeistert, und Jaluddin nickte. »Euer Weg führt danach am Ostufer des Sees Genezareth entlang gen Süden, bis ihr dann am Fluss Jarmak anlangt. Ihm folgt ihr eines viertel Tages Reise, und ihr habt die Oase Habis Dschaldak erreicht. Dort wurde der unstete Herr das letzte Mal gesehen –«

»Danke, guter Meister aller Meister –«, erwiderte El-Mansur leicht beklommen, »verlasst Euch darauf, wir machen Euch als Leibwächter keine Schande!«

»Erst mal ›Wächter eines Weibes‹!«, ermahnte der Lehrer seine Zöglinge scherzend.

»Ich hoffe«, unterbrach ihn Sayf, »dass wir die von Euch gelehrten Künste endlich an den Mann bringen können!«

Jaluddin hatte sein Pferd schon gewendet. »Grüßt mir den Herrn Reynald!«, rief er zurück. »Und entschuldigt mich bei der Dame Kira!« Er gab seinem Tier die Sporen und war wenige Minuten später entschwunden.

Der seine Abreise nach Tripolis zum Grafen Raimund vorbereitende Geschickte wurde von der Torwache benachrichtigt, ein mit seiner Karawane durchziehender Sklavenhändler wünsche, den Meister aller Meister Jaluddin zu sprechen. Neugierig zu erfahren, welcher Art die Beziehung des ihm sowieso nicht geheuren Waffenmeisters mit einem Sklavenhändler sein mochte, befahl Husain, den Mann ihm vorzuführen. Sein barscher Ton wurde sofort entgegenkommender, als der reiche Händler freimütig berichtete, er habe dem Meister aller Meister schon etliche Male junge Mädchen günstig überlassen, die diesem dann als ›Prinzessin‹ für seine lukrative ›Schwebenummer‹ gedient hätten. Pläne reiften beim Geschickten schnell, und noch schneller erkannte er die sich ihm darbietende Chance!

»Euer Freund Jaluddin«, beschied er den Mann freundlich, »befindet sich bedauerlicherweise auf einer längeren Reise in den Süden, und ich fühle mich nicht ermächtigt, für ihn einen solchen Kauf zu tätigen.«

»Seinen Geschmack kenne ich!«, gab sich der Händler zuversichtlich; er wollte den Umweg nach Masyaf nicht umsonst auf sich genommen haben. Doch der Geschickte zog ihn näher zu sicher heran. Vergessen waren seine Phantastereien über die ewig sich selbst erneuernde *huri* des Paradieses. Jetzt sah er die plötzliche Chance, Sayf und El-Mansur eins auszuwischen, dem fetten Euchnuchen vors Schienbein zu treten und selbst dem Sheik eins reinzuwürgen.

»Doch ich könnte Euch den strahlendsten Stern des Paradieses verschaffen«, flüsterte Husain, »berühmter noch als die sagenhafte Rose der Sahara, *wardatu' a' sahra*, die Schönste unter den Gefährtinnen der Mondgöttin Alilat, weiß wie des Gestirns mildes Licht schimmert ihre Haut –«

Der gewiefte Händler winkte ab. »Wenn Ihr mir eine *huri* des Alten vom Berge andrehen wollt, dann könntet Ihr mir noch Geld draufzahlen, ich nähme sie nicht!« Er wandte sich zum Gehen. »Mir ist mein wohlgenährter Leib zu lieb, um ihn für den Rest seiner Zeit auf Erden zittern zu lassen vor den Dolchen der Assassinen!«

»Keiner wird erfahren, welches kostbare Geschenk ich Euch gemacht«, lockte der Geschickte mit vor Erregung heiserer Stimme. »Gebt mir dreißig Silberlinge, und sie ist Euer, eine Siebenjährige, an Leibreiz dem jungen Weibe in nichts nachstehend, gebe ich Euch noch dazu!«

Der Sklavenhändler kniff die Augen zusammen. »Fünfzehn!«, befand er ungerührt. »Zehn für die Tochter, fünf für die Mutter!«

Husain schlug ein. »Wartet unten am Fuß von Montmor und bietet ihr an, sie samt Tochter in der schönsten Eurer Sänften hinaufzutragen zur Burg – der Rest ist Eure Sache!«

Der Sklavenhändler verabschiedete sich kühl. »Wenn es Ärger gibt, wird der Eure zehn Mal größer sein, und Ihr werdet nie wieder einen Fuß aus diesen Mauern setzen können, denn was Eure *fida'i* vermögen, können meine Beduinen noch viel besser!« Er machte dem Geschickten mit der Geste des Kehle-Durchschneidens klar, was ihn erwartete.

Kaum hatten sie die Jakobsfurt durchquert, befahl El-Mansur den sie begleitenden Beduinen, das Dromedar niederknien zu lassen, und öffnete die Verriegelung des Verschlags. Die Faust, die herausfuhr, erwischte ihn voll am Kinn. Er stolperte rückwärts, in die Arme von Sayf.

»Ein feines Pärchen!«, fauchte die Dame höhnisch. Kira wies Sayfs angebotene Hand brüsk zurück und verließ rückwärts ihr enges Gefängnis. Sie baute sich vor den beiden auf und hielt ihnen ihre gefesselten Hände hin. »Aufschneiden!«, befahl sie El-Mansur, und als der nicht reagierte, wandte sie sich an Sayf. »Wollt Ihr mich wehrlos jenem Unhold ausliefern?!«

Sayf tat so, als verstünde er sie nicht, und zuckte mit den Schultern.

»Ich habe alles gehört, was Jaluddin, dieser elende Gaukler, Euch zu sagen wusste. Entführt hat er mich, belogen und betrogen! Eine neue Nummer wolle er einstudieren«, schnaubte Kira, »ich als geraubte Prinzessin, die sich aus eigener Kraft entfesselt, ihren Käfig von innen öffnet und aus dem Harem entflieht!«

»Hat wohl nicht geklappt?!«, spöttelte Sayf grinsend und zog mit raschem Griff die scharfen Dolche aus der Bauchbinde der beiden Beduinen, auf die Kira bereits begehrlich geschielt hatte. Das setzte die Dame noch mehr in Wut.

»Ihr gebt mir jetzt ein Pferd – oder – !«, befahl sie El-Mansur.

»Ihr könnt auf dem zweiten Dromedar reiten, wenn Ihr wollt«, erklärte Sayf seelenruhig, »da es aber auch unseren Proviant und das Wasser trägt, bleibt es, fest verknotet, angebunden am Schwanz des anderen!«

»So sollte man mit euren auch verfahren!«, höhnte Kira.

»Und Eure Fesseln nehmen wir auch erst ab, wenn wir Euch sicher in den Händen des Empfängers sehen, damit wir uns nicht als Volltrottel bei diesem Reynald de Chatillon einführen!« El-Mansur war zweifellos der Vorsichtigere der beiden Freunde.

Kira wandte sich voller Verachtung von ihm ab, aber auch bei Sayf biss sie auf Granit. »Kira!«, sprach er ihr gut zu. »Entscheiden könnt Ihr Euch für den Rest des Weges nur zwischen Sänfte auf dem einen oder Hafersäcken und Wasserschläuchen auf dem anderen Dromedar. Außerdem ist es sehr fürsorglich von uns, Euch nicht allein durch die Wüste reiten zu lassen.«

Kira sah, dass sie ihre Taktik ändern musste. »Und was treibt einen *fida'i*, zwei verhinderte Helden dazu, sich den Launen eines berüchtigten Raubritters auszuliefern«, fragte sie, schon fast wie eine Komplizin, »der Euch nach Belieben prügeln und schikanieren kann?!«

»Wie Eure Bezeichnung seines Standes schon besagt: ›Räuberei und Rittertum‹! Das letzte große Abenteuer in diesem verlorenen Land!«, gab Sayf mit stolzgeschwellter Brust von sich. »Das erwarte ich mir vom Chatillon – und Ihr, Kira, solltet das auch von dieser Seite sehen, so fremd ist Euch doch ein wildes Leben nicht!«

Kira schaute ihn an. »Ich werd' das Beste daraus machen!«, sagte sie dann – plötzlich ihre Meinung ändernd. »Geht's schief, Sayf, kratze ich Euch die Augen aus – und schneid' El-Mansur die Eier ab, die er sowieso nicht zu brauchen scheint!«

Wichtiger als seine sofortige Abreise nach Tripolis war dem Geschickten jetzt die reibungslose Durchführung seines bösen Plans. Nichts bereitete seinem Ego mehr Zufriedenheit als das perfekte Ineinandergreifen jedes Teilchens einer schönen Intrige. So beeilte sich Husain, die letzten Steine aus dem Weg zu räumen, die seinem Vorhaben hinderlich werden konnten. Er schickte Boten zu An-Nasir, dem Kabir at-Tawashi, und zu seinem eigenen Weibe, der Saida Thamar. Sie würden beide gemeinsam im Observatorium des Huddscha erwartet, um mit dem Sheik zusammen Fragen der Zukunft des Harem und damit des Paradieses zu erörtern. Kaum hatte sich Husain vergewissert, dass der Weg nunmehr frei war, ließ er Melou zu sich bitten. Sie erschien, wie er erwartet hatte, samt Xenia, ihrem Töchterlein.

»Eure Frau Mutter Aziza«, eröffnete er mit öliger Stimme, »verlangt Euch, Melusine und ihre Enkeltochter noch einmal zu sehen, bevor sie eine längere Reise antritt.« Melou war bei dieser Einleitung der Schreck in die Glieder gefahren, es klang wie die Ankündigung baldigen Sterbens, doch dann bedachte sie die Robustheit von Aziza, und ein plötzlicher Verdacht kam ihr.

»Wohin?«, fragte sie argwöhnisch. »Die reist doch sonst nicht!«

Der Geschickte verstand zwar nicht, worum es ging, aber er wusste von dem Goldschatz, den Aziza immer noch unter den Trümmern ihres Heimatdorfes vermutete. »Aber diesmal!«, antwortete er schlagfertig. »Nach Tel Bourid!«

»*Insh'allah!*«, entfuhr es Melou. »Sie wird doch nicht auf ihre alten Tage –?!«

»Sie hat Euch sogar an den Fuß von Montmor –«, versuchte er ihr die Angelegenheit schmackhaft zu machen, »die Sänfte geschickt, mit der die Karawane sie dorthin bringen soll!«

»Au ja!«, begeisterte sich Xenia sofort.

Melusines Blick traf den Geschickten, als ob er derjenige sei, der nicht mehr ganz bei klarem Verstande. »Ich brauch' keine

Sänfte!«, knurrte sie ärgerlich, »noch bin ich in der Lage, zu Fuß nach Montmor hinaufzulaufen –«

»Ach!« Xenia zeigte deutlich ihre Enttäuschung. »Schade!«

Melou nahm Xenia energisch bei der Hand und stürmte mit ihr aus den Gemächern des Husain ad-Din Marzuban über den Hof, auf das Burgtor zu – kaum, dass der Geschickte mit ihr Schritt halten konnte. Sie wartete auch nicht, ob er ihr folgte. So stieg Husain die Stufen hoch zu den Zinnen über dem Torbau und kam gerade noch rechtzeitig, um zu sehen, wie Melou von ihrer Tochter in die Sänfte gezogen wurde, und wie diese dann von außen verriegelt wurde. Der Geschickte konnte sich vorstellen, wie die beiden jetzt in der Falle tobten. Er rieb sich die Hände: Besser hätte er die Favoriten des Alten gar nicht treffen können! Zufrieden schaute Husain hinter der abziehenden Karawane her, bevor er sich nun an seine eigene Abreise machte. Noch größer würde der Genuss sein, wenn die beiden Möchtegern-Helden nach Masyaf zurückkehrten, und Melusine würde nicht mehr da sein! Darauf freute sich der Geschickte jetzt schon. Den Augenblick wollte er nicht versäumen!

Während Jaluddin durch den bewaldeten Djebel Bah'ra zurückritt nach Masyaf, ließ er sich das, was er auf dem Kerak erfahren hatte, nochmals durch den Kopf gehen. Seine Heimkehr in die Feste der Assassinen hatte sich so überstürzt gestaltet, weil er sofort vom Eunuchen wieder losgeschickt wurde, sowohl Kira als auch Sayf und El-Mansur auf den Weg zum Chatillon – beziehungsweise in Sicherheit vor dem Geschickten – zu bringen. So hatte er keine Chance gesehen, dem Sheik das Gehörte mit aller gebotenen Umsicht zur Kenntnis zu geben. Und Besonnenheit war nötig, denn die Bosheit und die Intrigen des Wesirs waren nicht auf die leichte Schulter zu nehmen. Anschuldigungen, die er, der Waffenmeister, gegen einen so ranghohen Assassinen vorbrachte, mussten Hand und Fuß haben. Beweise aber hatte er nicht – und eine Schilderung der Umstände, unter denen er an die Informationen gelangt war, würde so lächerlich klingen, dass der Geschickte sie leicht als blühende Phantastereien eines Märchenerzählers abtun konnte!

Wer oder was aber war dieses »Priorat«? Den einen, den er unter der spitzen Kapuze hatte sprechen hören, glaubte er mit Sicherheit als eine höhere Charge der Tempelritter ausgemacht zu haben. Wahrscheinlich handelte es sich um den neuen Seneschall des Ordens, Gerard de Ridfort. Doch wer war der Wortführer mit diesem schrecklichen Organ einer schlecht gestimmten Trompete? Seiner Art zu sprechen nach sogar ein gebildeter Mann, jemand, der in einer ehrgeizigen Bruderschaft eine maßgebliche Rolle spielte. Eigentlich kam dafür nur ein Mann der *ecclesia catolica* der Christen in Frage, also ein hohes Mitglied der Kurie Roms. Doch was sollte ausgerechnet die Kirche dazu treiben, solche Pläne zu verfolgen, die ihm, Jaluddin, zwar unklar geblieben waren, aber sicher nicht dazu angetan waren, die Herrschaft des Gekreuzigten in diesem Lande zu festigen oder gar auszuweiten! Die Stimme dieses Magister Venerabilis hatte er im Ohr, sie saß dort lästig scheppernd fest wie ein unangenehmer blecherner Fanfarenton. Er würde sie sofort wiedererkennen, und dass er, Meister aller Meister, diesem Manne ein weiteres Mal begegnen sollte, war mehr als wahrscheinlich! Dafür würden schon die pausenlosen Machenschaften des Geschickten sorgen.

Auf Masyaf war es üblich, einen gegen den anderen auszuspielen. Die Täuschung von Kira, zu der er selbst willig – oder jedenfalls ohne Widerstand zu leisten – seinen Arm geliehen hatte, bewies ihm auch die eigene Ohnmacht. Das wilde Mädchen tat ihm leid, doch er tröstete sich damit, dass sie – so wie er sie kennengelernt hatte – ganz sicher mit ihrer Situation fertig werden würde.

Sayf und El-Mansur tat es sicherlich nur gut, wenn sie mal endlich aus dem behüteten Nest herauskämen und sich mit dem wirklichen Leben würden herumschlagen müssen! Das garantierte der Dienst beim Chatillon mit absoluter Gewissheit!

Zu bedauern war nur Melou, die sehr an den beiden jungen Männern hing – aber das ihm letztlich immer fremd gebliebene, seltsam faszinierende Geschöpf hatte ja ihr über alle Maßen geliebtes Töchterlein. Die Existenz dieses zauberhaften Wesens, ein Spiegelbild ihrer schönen Mama, gab der Melusine du Ferbac Kraft und Halt. Außerdem hielt der Huddscha schützend seine Hand über die beiden. Dieses Bild bestärkte den Meister aller Meister in dem langsam reifenden Entschluss, nicht in die Geschicke von Masyaf einzugreifen. Was immer auch in dem wirren Kopf des Geschickten vorgehen mochte, das allein von Allah bestimmte Schicksal würde auch für ihn und seine umstürzlerischen, zerstörerischen Pläne eine passende Antwort bereithalten. So beschloss Jaluddin, fürs Erste sein Wissen und seine Vermutungen für sich zu behalten. Der erhabene Huddscha hatte sich bislang immer noch als Herr jeder Lage erwiesen!

UNGLÜCKLICHER SCHACHZUG

Zutiefst beglückt war der Geschickte von Masyaf losgezogen. Verflogen war sein Zorn, der ihn ergriffen, als er hatte feststellen müssen, dass es dem Eunuchen offensichtlich gelungen war, die beiden Kandidaten, die er sich für seine Mission ausgeguckt hatte, rechtzeitig verschwinden zu lassen. Der Geniestreich mit Melou hatte Husain für die erlittene Unbill mehr als entschädigt. So wurde von ihm, außer einigen Dienern und Knechten, auch niemand mit auf die Reise genommen, jedenfalls hatte er auf die Wahl anderer *fida'i* ausdrücklich verzichtet. Er wollte die Aufgabe, die er sich gestellt hatte, allein lösen, wenn nötig, mit eigener Hand. So war er frei von allen Zwängen! Vielleicht würden sich im Gespräch mit dem Regenten auch ganz andere Perspektiven auftun, dann war es völlig unnötig, den letzten Schritt zu tun. Husain ad-Din Marzuban verdrängte bewusst das Schicksal der meisten Assassinen, dass sie mit dem tödlichen Stich gegen ihr erwähltes Opfer fast immer auch sich selbst den Todesstoß versetzten.

Je weiter er sich nach Süden bewegte, desto mehr träumte er sich in den Besitz des »Verheißenen Landes«, bewirkt durch nichts als einen Floh, den ihm der Chatillon spaßeshalber ins Ohr gesetzt hatte. Husain genoss den Blick auf die fruchtbare Küstenebene mit ihren weißen Städten am Ufer des Meeres, dessen frische Brise und Salzgeschmack er begierig durch die Nase zog. Der Geschickte reiste als reicher Kaufmann. Für die perfekte Tarnung hatte er in der Schatzkammer von Masyaf eine sorgfältige Auswahl getroffen, die ihn als Kenner und Liebhaber besonders schöner Kleinodien auswies, das sollte ihm den Zugang auch zu hochgestellten Persönlichkeiten erleichtern. Davon abgesehen, hatte Husain keine besonders klare Vorstellung, wie er – bei einem Zusammentreffen mit Raimund von Tripolis – das Gespräch überhaupt anlegen sollte, er war so verblendet von dem strahlenden Schein seiner Wunschbilder, dass ihm deren Umsetzung nur noch nebensächlich erschien.

Am zentralen Stadttor von Tripolis erfuhren die Wachträume des Geschickten einen ersten Dämpfer. Der Graf sei nicht in der Stadt, sondern einer Einladung seines Vasallen, des Herrn von Botrun, gefolgt. Dessen Burg lag wenige Stunden Ritts weiter südlich an der Küste. Husain ließ es sich nicht verdrießen, auch wenn er sich auf ein Treffen in Tripolis eingestellt hatte, und machte sich wieder auf den Weg.

Sayf und El-Mansur warteten geduldig, bis sich die Gefangene mit ihrer Lage abgefunden hatte. Kira sah ein, dass sie von ihren alten Jugendfreunden keine Hilfe zu erwarten hatte. Sie war Teil eines Abenteuerspiels geworden, in den Augen der beiden Freunde sogar der Eintrittspreis in die noch völlig offene Runde. Das würde sie ihnen irgendwann heimzahlen, wenn sie am Zuge sein würde und diese Helden von ihr abhängig!

Kira ließ sich von den beiden Beduinen auf das Lasttier helfen, nahm die Zügel schnalzend in die nach wie vor zusammengebundenen Hände, was dem Dromedar jedoch keinerlei Regung entlockte. Erst als das vorangehende Tier sich mit der Sänfte erhob, bequemte es sich, seinem Beispiel zu folgen. »Schwanz verbindet!«, scherzte sie herausfordernd an die Adresse Sayfs.

Der grinste frech zurück, und El-Mansur, leicht vergrätzt, fauchte den Freund an: »Den Teufel wirst du tun!« Er musste eingesehen haben, dass er lächerlich wirkte, also wich er aus in die Groteske. »Wage nicht noch einmal dein freches Auge auf die *huri* unseres Herrn zu werfen!«

Da kicherten die beiden alten Knaben, aber es war kein befreiendes Gelächter. Zu unsicher erschien alles, was vor ihnen lag. Sie hatten transjordanischen Boden betreten. Das Abenteuer konnte beginnen!

Als sie die Oase Habis Dschaldak am Flusse Jarmak erreichten, war dort überall zu hören, dass der Fürst von Oultre-Jourdain, der schreckliche Herr Reynald de Chatillon, schon vor Tagen mit seinem Heer weitergezogen sei nach Bosra. So schöne Augen die Dame Kira ihrem Jugendfreund auch machte, Sayf ließ sich nicht erweichen, sie wenigstens jetzt – mitten in der Wüste – von ihren lästigen Handfesseln zu befreien, zudem wachte der verschmähte El-Mansur mit Argusaugen darüber, dass die beiden sich nicht zu nahe kamen. Es war eine lange Reise, durch die glühende Hitze des Hauran, denn Bosra lag am Rande des Djebel al-Druz und hatte einst den Römern als Hauptstadt ihrer Provinz Arabia gedient. In der weit gestreckten Stadt, aus der die gut erhaltenen Bauten der Römerzeit sich als Monumente alten Glanzes erhoben, wimmelte es von Beduinen mit ihren Kamelkarawanen wie auf einem riesigen Markt. Unterhalb der Ränge des Stadions, in dem einst Streitwagen ihre mörderischen Rennen austrugen, stapelte sich das Bauholz, immer neue Stämme wurden von den Karawanen herangeschleppt, wurden bearbeitet, mit Äxten geglättet und zu langen Bohlen zersägt. Es wurde gebohrt und gedübelt, mit Stichel und Hobel gewerkt.

»Was fertigt ihr hier, dass es solcher Mengen Holzes bedarf?«, erkundigte sich El-Mansur bei einem der Vorarbeiter. Die Antwort fiel überraschend aus:

»Schiffe!«

Schiffe? Mitten in der Wüste? El-Mansur fühlte sich auf den Arm genommen.

»Ich hatte mir schon gedacht, dass Ihr mit den Vorschlägen des guten An-Nasir –«, sprach der Geschickte sich überlegen gebend und wohlgesittet, »wenig anfangen konntet, verehrter Graf Raimund –« Das gezeigte Wohlwollen Husains wechselte über zur Häme. »Dem Eunuchen mangelt es an jeglicher Sicht von einem überhöhten Standort aus – an der Vision des Großen!«

Raimund von Tripolis wollte nicht weniger Gelassenheit ausstrahlen, war aber völlig irritiert von dem unnötig intriganten und pompösen Gehabe. »Und was befähigt Euch, Husain ad-Din Marzuban? – Außer der seltsam anmutenden Bezeichnung ›Der Geschickte‹?«

Die Rückfrage behagte Husain ungemein. »Hinter mir steht Alamut, der allerhöchste Imam persönlich.« Er ließ die beeindruckende Offenbarung auf der Zunge zergehen, bevor er weitersprach. »Ich vertrete die Auffassung, dass die Assassinen bei ehrlicher Darlegung ihrer Wünsche zu weitaus besseren Ergebnissen gelangen müssten – zumal im Gespräch mit des Königs mächtigstem Mann, seinem Regenten!«

Raimund reagierte unwirsch. »Ich bin nicht länger Hirn und verlängerter Arm des Königs!« Husain hatte den Eindruck, der Graf litt sehr unter seinem Abgang, als der jetzt kummervoll hinzusetzte: »Herr Balduin hat sich einen anderen als Regenten erwählt –«

Der Geschickte fiel darauf herein, oder er spielte sein Bedauern äußerst glaubhaft. »Darin tat er unrecht«, säuselte Husain voller Mitgefühl. »Ihr dientet ihm treu und mit dem Blick fürs rechte Maß.«

Raimund ging darauf willig ein. »Die Krankheit hat den König nicht nur seiner Sehkraft beraubt, den Gebrauch seiner Arme und Beine – und so …«

»So fiel er wehrlos in die Hände schlechter Ratgeber –« Dem Geschickten lag daran zu zeigen, dass er sich auskannte, über Verbindungen verfügte, »wie Guido von Lusignan oder Gerard de Ridfort?«

»Warum erwähnt Ihr Herrn Reynald nicht, den Ihr ja kürzlich aufsuchtet?!« Diese scharfe Zwischenfrage brachte Husain aus dem Konzept, wieso wusste man in Tripolis davon?

»Ja, richtig, wir tauschten uns beiläufig aus –«

»Dafür reistet Ihr tagelang durch die Wüste, um auf dem Kerak –« Raimund versuchte den Hohn aus seiner Stimme zu nehmen. »Was verlangte er denn von Euch?!«

»Euch aus dem Weg zu räumen!« Husain hatte begriffen, dass jetzt Angriff seine einzige Verteidigung darstellte.

»Keine schlechte Idee, nicht wahr?« Raimund spürte, dass er das Heft in die Hand bekam.

»Überflüssig!«, wehrte der Geschickte gelangweilt ab, obgleich er auf glühenden Kohlen saß. »Es ist nun kaum noch zu vertreten –«

»Und was bot er Euch dafür?«

»Viel und wenig zugleich.« Husain versuchte den Wert herunterzuspielen, sich die Verlockung nicht anmerken zu lassen. »Weitaus mehr Dornen als Rosenblüten! Mehr oder minder alles Land vom Marqab im Norden bis Ba'albek im Süden und ohne Zugang zur Küste und unter Ausschluss der Burgen im Besitz der großen Ritterorden –«

Raimund wurde leise. »Wisst Ihr eigentlich, wem dieses Land voller Dornen rechtmäßig zusteht?!« Seine Stimme wurde schärfer, er konnte seine Empörung nicht verbergen. »Es ist mein angestammtes Erbe!«

Der Geschickte verhielt sich so, als wäre ihm das nie in den Sinn gekommen. »Das muss nicht hinderlich sein!«, gab er seelenruhig zur Antwort. »Vereint könnten wir Saladin die Stirn bieten!«

Diese Volte in die Selbstverständlichkeit überforderte selbst den Grafen Raimund. »Warum lässt er Euch nicht Saladin beseitigen?!«

Husain hatte seine Sicherheit zurückgewonnen. »Der Vorschlag wurde ebenfalls gemacht, er ist ja auch erwägenswert –«

Raimund begann innerlich zu kochen ob so viel Unverfrorenheit. »Und wie stellt Ihr Euch Eure weitere Zukunft vor, ehrenwerter Herr Husain ad-Din Marzuban? Ich als Euer Vasall –??«

»Das wäre zu überlegen, Vasall des erhabenen Imams vielleicht –«

Graf Raimund hatte sich erhoben. Ein freundliches Lächeln ging über seine Züge. »Ihr solltet Eure Vorschläge gut und genau bedenken«, sprach er fürsorglich, »das braucht Zeit und Ruhe.« Er legte dem Geschickten, der sich ebenfall erheben wollte, schwer die Hand auf die Schulter. »Die will ich Euch gerne geben –«

Im Rücken des Geschickten waren auf leisen Sohlen die Wachen in den Raum getreten und griffen blitzartig nach den Armen von Husain, rissen sie ihm, der noch aufspringen wollte, auf den Rücken und fesselten ihn.

»Durchsuchen!«, ordnete der Graf an. »Nichts ist so gefährlich wie Irre, weil sie nichts von ihrer Krankheit wissen!«

Die Wächter tasteten Husain sorgfältig ab. In den Stiefelschäften wurden sie fündig. Die Wadenteile waren so gearbeitet, dass sie jeweils einem beidseitig scharfen *khanjar* als Scheide dienten, von oberhalb der Achillessehne bis zum Knauf unterhalb der Kniekehle.

»Nehmt sie in Verwahrung!«, befahl Graf Raimund dem Herrn von Botrun, der jetzt auch hinzugetreten war. »Ich will nicht, dass sich unser Gast verletzt während der Gastfreundschaft, die Ihr ihm auf Botrun angedeihen lassen werdet.«

»*Agli ordini, Signor mio!*«, rief der Pisaner frohgemut, und der Geschickte wurde in den Kerker abgeführt.

DER SCHRECKLICHE CHATILLON

SCHIFFE IN DER WÜSTE

El-Mansur und sein Freund Sayf hielten an der Spitze ihres kleinen Trupps Einzug in Bosra. Kira hatten sie bereits mit einem luftigen Musselinschleier verhüllt, als sie der weit gestreckten Oase ansichtig wurden.

Sie fragten nach dem Chatillon und wurden in Richtung des römischen Theaters gewiesen, das als dunkler Monolith aus der Menge flacher, weißgekalkter Behausungen ragte. Dem halbrunden Bau waren an der Fassade wuchtige Türme vorgesetzt worden, und im Inneren der Cavea hatte man Magazine und Zisternen hochgezogen und so die ehemalige Stätte des Vergnügens zu einer wehrhaften Zitadelle geformt. Herr Reynald stand im Innenhof in glühender Hitze und erteilte seine Anweisungen, Boten schwangen sich auf ihre Pferde, Baumeister und Ingenieure entrollten ihre mit Zeichnungen bedeckten Blätter. Sklaven hielten an Stangen ein gewaltiges Sonnensegel und fächelten mit riesigen Palmwedeln den Herren darunter Luft zu. Vor der Gruppe stand aufgebockt das Holzmodell eines Schiffes, das den Konstrukteuren zur Diskussion letzter Detailfragen diente.

Schon vor Betreten des befestigten Areals hatte Sayf der Dame Kira wieder ihren Platz in der Sänfte zugewiesen, ihr dafür aber die Fesseln durchschnitten. Die Torwächter hatten sofort einen Hofbeamten des Fürsten herbeigerufen, und der hatte dafür gesorgt, dass Diener die Sänfte bis vor Herrn Reynald trugen, denn für den sei der vertrauliche Inhalt bestimmt. Der *secretarius* flüsterte seinem Herrn die Nachricht von der Ankunft der Dame aus Masyaf ins Ohr, worauf der befahl, die Sänfte irgendwo abzustellen. Er verbesserte sich dann und hieß die Diener, sie in seine Gemächer zu tragen. Sayf und El-

Mansur hingegen ließ er sich sofort vorstellen und schien mit ihrem Anblick sehr zufrieden.

»Sayf und Mansur«, erklärte er ihnen fast routinemäßig, »Ihr könnt Euch erst mal frisch machen nach dem langen Ritt, Euer Dienst beginnt morgen, wenn wir aufbrechen zum Transport des Materials.«

Damit waren die beiden Freunde entlassen, sehr zu ihrer Enttäuschung, irgendwie hatten sie sich mehr erwartet. Diener wiesen ihnen in dem gleichen weiträumigen Bauwerk ihr Schlafquartier.

»Ich nehme an, deine Freundin Kira«, bemerkte El-Mansur mit falschem Mitleid in der Stimme zu Sayf, der sich schon auf der harten Bettstatt zu lagern suchte, »ruht in weicheren Pfühlen als unsereins!«

»Wieso plötzlich ›meine‹?!«, entgegnete Sayf. »Als kleiner Junge wolltest du sie immer haben – ohne mir allerdings deine Schwester zu überlassen!«

»Kann ein Mann nicht zwei Frauen begehren?«, verteidigte sich matt El-Mansur. Es war heiß. Sein Blick ging vom Turmzimmer, wo man sie untergebracht hatte, hinunter zur Stadt Bosra, blieb aber haften auf zwei Männern, die auf dem Dach unter ihnen standen und kein Auge für die antiken Paläste hatten. Sie hantierten mit einer *ballista*, die sie gerade unter Mühen herumgedreht hatten, sodass ihre Schussrichtung jetzt über die Ränge des Theaters hinweg auf die große Bühne zielen musste, genau dorthin, wo Herr Reynald mit seinen Baumeistern stand.

»Sayf!«, rief er aufgeregt. »Sind das nicht unsere beiden Beduinen, die das Dromedar mit Kira –!?« Sayf war müde und zeigte kein Interesse an dem, was seinen Freund derart bewegte. Jedenfalls dachte er nicht daran, sich zu erheben. »Sayf, die beginnen schon, den *arcus* zu spannen!« El-Mansur beobachtete empört das Treiben zu seinen Füßen. »Sayf! Sayf, ich glaube, die wollen den Herrn Chatillon ermorden!«

»Wen?! Unseren Herrn?« Wie der Blitz war Sayf aufgesprungen, riss El-Mansur mit sich, sie stürmten die Treppen hinunter, sprangen in langen Sprüngen die Ränge hinab und auf die Bühne, grad' auf die Gruppe zu; sie warfen sich auf Reynald und rissen ihn zu Boden. Da zischte es schon in der Luft, das todbringende Geschoss rauschte heran, zerfetzte das Sonnensegel und bohrte sich mit eiserner Spitze an der Stelle knirschend in den Bühnenboden, wo eben noch Herr Reynald gestanden. Einem seiner Berater hatte es das Bein zerschmettert. Sein Blut spritzte über Sayf und El-Mansur, die mit ihren Leibern den Chatillon schützend bedeckten. Alle rappelten sich wieder auf, die Leibgarde nahm die Jagd nach den Attentätern auf, Herr Reynald klopfte sich den Staub aus den Kleidern und raunzte die beiden Freunde an.

»Ihr könnt's wohl nicht abwarten, mir mein Leben zu retten!?« Doch dann schlug er ihnen anerkennend auf die Schulter und stellte sie seinen wichtigsten Leuten vor, nicht ohne Stolz darauf hinweisend, dass der Alte vom Berge sie zu seinem Schutz abgestellt habe. »Echte Assassinen!«

»Das hat man gemerkt!«, lobte laut einer der Kommandeure, und alle lachten befreit.

Als alle Schiffsteile fertig gestellt waren und die verantwortlichen Bootsbauer sie durchnummeriert hatten, waren sie den Kamelkarawanen zugeteilt und den Tieren aufgeladen worden. Reynald de Chatillon wusste den Sultan im hohen Norden im Land der Ortiqiden, jenseits des Tigris, und konnte sich sicher sein, dass Saladin von dort nicht so schnell zurückkehren würde. Dennoch traf er eine Maßnahme zur Absicherung seines lang gehegten Planes. Er schickte die gewaltige Kamelkarawane voraus in den Süden, vorbei an seinen beiden Burgen Kerak und Montreal, während er selbst sich noch so lange im Hauran herumtrieb, bis seine von Spionen argwöhnisch observierte Person mit dem aufsehenerregenden Holztransport nicht mehr in Verbindung gebracht wurde.

»Um die Aufmerksamkeit der Zuträger des Sultans einzig

und allein auf den Bösewicht Reynald zu lenken, sollte uns jetzt noch eine hübsche Karawane von reichen Kaufleuten über den Weg laufen!«, erläuterte der Chatillon zufrieden und stolz zugleich seinen neuen Leibwächtern und der Dame, die zu seinem freudigen Erstaunen verlangt hatte, in Lederwams und Hosen an seiner Seite zu reiten. Das gefiel ihm ungemein, zumal Kira schon in der ersten Nacht ohne Zucken überspielt hatte, dass sie bis zu diesem Zeitpunkt noch Jungfrau gewesen – und danach wäre selbst ein derart erfolgreicher Draufgänger wie Reynald nie und nimmer auf solche Idee gekommen.

Sie ritten an der Spitze des kleinen Heereszuges – die Ingenieure und Bootsmänner hatte er mit dem Baumaterial vorausgeschickt –, doch so sehr sie auch Ausschau hielten, ausgerechnet jetzt ließen sich keine begüterten Reisenden blicken, die vom Nil durch den Sinai oder vom Roten Meer herauf gen Jerusalem oder Damaskus zogen. Einzig bei der Beduinenstadt Amman trafen sie auf riesige Schafherden, die dort zum Markt getrieben wurden.

»Gemeinhin verachte ich die nützlichen Tiere keineswegs«, ließ er Kira mit einem breiten Lachen wissen, »aber jetzt würden sie uns nur zur Last fallen – und für die paar Hammel zum Nachtmahl lohnt sich ein spektakulärer Raub nicht.«

»Kauft sie den Leuten für gutes Geld ab und ladet sie dazu noch ein, mit uns zu speisen und zu feiern«, schlug Kira ihm lächelnd vor. »Das wäre eine ungewöhnliche Neuigkeit über den guten Herrn de Chatillon – und mit Beduinen reisen solche Nachrichten schneller – und überallhin!«

Reynald sah sie belustigt an; es war erst später Nachmittag, doch er griff ihren Vorschlag auf und erteilte seinen Leuten den Befehl, Rast einzulegen und entsprechend zu verfahren. Die Zelte wurden aufgeschlagen, große Feuer entzündet, und bald drehten sich die fetttriefenden Hammel an den Spießen. Es wurde ein gelungenes Fest, die Sänger besangen den Ruhm des edlen Herrn Reynald, und für die christlichen Streiter schenkten die Knappen den Wein unter der Hand aus, denn nichts sollte die gute Laune der muslimischen Gäste trüben. Doch wer von ihnen es mit seinem Gewissen und dem Koran vereinbaren konnte und dennoch nach dem Rebensaft verlangte, dem wurde er auch gern, aber mit Maßen kredenzt. Die Beduinen bedankten sich mit zwei Dutzend Milchlämmlein, sodass auf dem Weiterritt am nächsten Morgen manch grimmer Rittersmann ein kleines blökendes Wollknäuel neben Schild und Speer vor sich im Sattel oder gar liebevoll im Arm hielt.

Bei der verlassenen Festung Le Vaux Moise, dicht neben der Felsengräberstadt von Petra, traf man sich wieder mit den vorausgezogenen Lastkamelen, die alle Planken, Wanten und Kiele, Masten, Segel und Ruder der zerlegten Boote durch die Wüste geschleppt hatten, und zog gemeinsam hinab nach Aila beziehungsweise nach dem benachbarten Aqaba, das die Christen bevorzugten. Die Stadt ergab sich Reynald sofort, aber er ließ sie weder brandschatzen, noch plünderte er sie aus, weil er hier seine Schiffe zusammensetzen und zu Wasser lassen wollte. Für beides brauchte er die gute Zusammenarbeit mit der Bevölkerung, vor allem willige örtliche Hilfskräfte. Unter Anleitung der Ingenieure und der anderen Fachleute verliefen die schon vorher am Toten Meer geübten Arbeiten wie am Schnürchen und in Windeseile.

Nicht weit entfernt lag im Golf von Aqaba das befestigte Eiland Ile de Graye. Die ägyptische Besatzung schlug zwar den versuchten Handstreich zurück, fand aber keine Zeit mehr, Boten auszusenden, die vor der überraschenden Anwesenheit von Reynalds Flotte warnen konnten. Der Chatillon blieb mit zwei Schiffen zurück, um die Insel abzuriegeln, alle anderen segelten hinaus aufs Rote Meer, mit ortsansässigen Piraten als Lotsen. Bei Reynald blieben natürlich die Dame Kira und seine beiden Leibwächter. Sayf und El-Mansur waren enttäuscht von dieser Entscheidung, sie wären lieber mit den anderen auf große Fahrt gegangen, hinein in das wilde Abenteuer, zumal sie noch nie zur See gefahren waren.

Kira genoss still die kleine Rache, im Mittelpunkt der Aufmerksamkeit des Chatillon zu stehen, die Unterhaltung mit dem Kriegsherrn allein zu bestreiten. Schließlich durfte sie ihren alten Jugendfreunden nur mit völliger Nichtbeachtung begegnen. Als Maîtresse des Kriegsherrn verbot sich ihr jede Vertraulichkeit mit Untergebenen, allein schon durchblicken zu lassen, dass man sich von früher her kannte, hätte Misstrauen, vielleicht Eifersucht freigesetzt, unter der ihre Stellung gelitten hätte, und den beiden Leibwächtern mit Sicherheit geschadet. Kira hatte sich vorgenommen, das Beste aus ihrem Los zu machen, und das war ihr bisher gut gelungen: Sie fand den Chatillon als Mann aufregend, und er behandelte sie mit größtmöglicher Zuvorkommenheit. Reynald war eine solche Frau noch nie begegnet! Kira war ein prächtiges Weib und wusste seine Sinne anzuregen, und gleichzeitig, und das fand er so fabelhaft, gab sie sich nur damenhaft, wenn es seiner Reputation nützte, ansonsten war sie völlig anspruchslos, eher eine heitere Kampfgefährtin und besonnene Beraterin.

Die Ile de Graye mit den zwei verbliebenen Schiffen anzugreifen war sinnlos. Im Gegenteil, sie mussten sich immer wieder vorsehen, nicht in die Reichweite der schweren Katapulte zu geraten, denn die Besatzung lauerte nur darauf, sie mit einem glücklichen Schuss zu erwischen. Andererseits durften sie sich auch nicht zu weit entfernen, damit – vor allem im Schutz der Nacht – keinem noch so kleinen Fischerboot die Flucht aufs Meer oder zur Küste hin gelingen konnte. Je länger Kairo das Geschehen verborgen blieb, desto sicherer konnte die Flotte im Roten Meer agieren, von der sie nichts hörten, bis ein Schnellsegler mit einem Boten heraufkam und stolz berichtete, dass sie die afrikanische Küste hinabgesegelt seien, im Vorbeifahren mehrere kleine Städte überfallen und ausgeplündert, bis sie schließlich Aidib angegriffen hätten, den großen nubischen Hafen gegenüber Mekka. Dort hätten sie etliche reich beladene Handelsschiffe aus Aden und aus Indien erbeutet. Die schönsten Stücke der Beute hätten ihm seine Kommandeure mitgegeben, damit der Herr sähe, wie erfolgreich sein Unternehmen verlaufe. Der Chatillon ließ die Kisten und Truhen voll mit indischen Seiden und Gewürzen aus dem Jemen, die Schmuckschatullen, gefüllt mit ziselierten Ringen und Reifen, Juwelen bestückten Gürteln und kostbaren Perlenketten, sofort zu sich auf sein Schiff hinüberschaffen. Der Bote erzählte, dass sie sogar einen Trupp an der Küste angelandet hätten, der ins Landesinnere vorgestoßen und dem es gelungen sei, eine völlig ahnungslose Karawane zu überfallen, die aus dem Niltal durch die Wüste gekommen war. Auch hier sei die Beute gewaltig gewesen, und es gäbe keine Zeugen, weil sie die gesamte Mannschaft niedergemacht hätten. Als er von Aidib losgesegelt sei, hätten sich die anderen Schiffe gerade aufgemacht, nun zur arabischen Küste überzusetzen. Reynald lobte den Boten und beschenkte ihn reich, wies ihn aber an, nicht zurückzukehren zur Flotte, sondern sich mit dem mitgebrachten Segler hier zu seiner Verfügung zu halten, denn es werde immer schwieriger, Ausbruchsversuche von der Insel mit nur zwei Schiffen in Schach zu halten.

Melusine du Ferbac und ihre kleine Tochter Xenia hatten sich zwar nicht mit ihrem Schicksal abgefunden, wohl aber damit, dass es wenig Sinn machte, sich die Kehlen heiser zu schreien und mit den Fäusten gegen die kräftigen Wände der Sänfte zu hämmern. Das Gehäuse war auch mitnichten für den Reisekomfort einer Dame versehen, sondern für den Transport von Sklavinnen. Doch das hatten sie erst bemerkt, als die Tür schon hinter ihnen verschlossen wurde. Es gab keine Sitzgelegenheit, sondern nur ein Loch im Boden, durch das die Insassen ihre Notdurft verrichten konnten. Eiserne Ringe an den Wänden zeigten, dass es sie noch schlimmer hätte treffen können, nämlich angekettet wie wilde Tiere vom schaukelnden Gang der Kamele durchgerüttelt zu werden. Umso erlösender empfanden Mutter und Tochter den Empfang, der ihnen am Zielort bereitet wurde.

Der Sklavenhändler, wohl auch aus Freundschaft zu Jaluddin, hatte plötzlich Skrupel, die beiden günstig erworbenen Weiber auf dem nächsten größeren Sklavenmarkt zu versteigern, wo er zwar mit erheblichem Gewinn rechnen konnte, Mutter und Tochter aber Gefahr liefen, auseinandergerissen zu werden. So steuerte er nach Tagen unschlüssigen Herumziehens Botrun an, dessen Herrschaft, ein wohlhabender Kaufmann aus Pisa namens Plivano nebst seinem Weibe Lucia, dafür bekannt war, dass sie mit Vorliebe Kinder aus christlichen Familien, vor allem europäischer Herkunft kauften, deren Eltern umgekommen oder verschollen waren – nicht so sehr aus Barmherzigkeit, sondern zu ihrer eigenen Unterhaltung, denn ihre Ehe war kinderlos geblieben. Sie beschäftigten sie mit leichten Arbeiten im Haushalt, sodass diese nicht über die Stränge schlugen und solche Privilegien missbrauchten. Die Faszination, die von Melusine ausging, und der Liebreiz, aber auch die Keckheit von Xenia, nahmen das Ehepaar sofort für die Neuankömmlinge ein, kaum dass Melusine und ihr jüngeres Ebenbild wie eine Löwin und ihr Junges fauchend aus ihrem dunklen Käfig geschossen kamen. Der Händler wurde fürstlich entlohnt, für seine Umsicht belobigt, besonders als er freimütig geschildert hatte, wie er an diesen Fang geraten war.

Husain ad-Din Marzuban konnte von Glück sagen, dass der Mann ihn, seine infame Rolle bei dem Anschlag und vor allem seinen Namen nicht erwähnenswert fand. So kam den Plivanos ein Zusammenhang mit dem Insassen des Kerkers von Botrun, den sie für ihren Grafen Raimund dort gefangenhielten, gar nicht in den Sinn. Zudem war es auch nicht so, dass sie nun ihren neuesten Erwerb täglich um sich hatten und die Gespräche über die Umstände, die ihr Personal nach Botrun geführt hatten, einen größeren Raum einnahmen. Und Melusine legte ebenso wenig Wert auf familiären Umgang mit der Herrschaft, denn sie betrachtete den Aufenthalt allenfalls als eine vorübergehende Episode.

Spätabends im Schein der Fackeln ließ Reynald die Kisten und Truhen öffnen und beschenkte Sayf und El-Mansur mit je einem teuren Festgewand, einem *libas alhafl*, samt Turban, Schärpe, verzierten Stiefeln und einem edelsteinbesetzten Schwertgehänge, die Klingen der *scimtare* waren aus feinstem Stahl. Dann wählte er mit eigener Hand eine kostbare Robe für Kira aus, überhäufte sie mit Geschmeide, Ketten und funkelnden Ringen, doch der Dame verlangte es nach ganz anderem. Mit sicherem Blick hatte sie einen in Silber getriebenen Brustharnisch entdeckt sowie ihr passende Arm- und Beinschienen und einen dazugehörigen goldglänzenden Helm samt Brünne aus fein gehämmerten Stahlplättchen. Das wäre ihr wichtiger als jedes noch so schöne Gewand! »Mein Kyr du Lac!« Der Chatillon schmunzelte und ließ es sich nicht nehmen, seiner Dame selbst die Rüstung anzulegen. Er ließ sie gerade unter den Waffen diejenige auswählen, die ihr am besten in der Hand lag, als Sayf einen Warnschrei ausstieß.

Über die Reling waren im Dunkel der Nacht von der Ile de Graye kommende, gedungene Korsaren gestiegen, um sich des Schiffes zu bemächtigen. El-Mansur warf sich auf den Ersten, der schon sein Enterbeil schwang, Reynald brüllte seine Leute zusammen und riss sein Schwert aus der Scheide. Dennoch hätte ihn ein geschleuderter Dolch in den Rücken getroffen, wenn nicht Kira mangels eines Schildes ihren güldenen Helm, den sie gerade überstülpen wollte, dazwischen gestoßen hätte Die vier fochten vehement, was die Angreifer überraschte.

»Dicht am Mann bleiben!«, schrie El-Mansur. »Das schützt vor Wurfgeschossen!«

Dennoch hätten sie sich nicht lange gegen die Überzahl verteidigen können, wenn jetzt nicht die Besatzung und Reynalds Leute eingegriffen hätten. Die Letzten der Korsaren wurden rücklings über die Bordwand gedrängt oder fielen getroffen zurück ins Wasser. El-Mansur stemmte einen schweren Brocken, der als Geschoss für den Trebuchet des Schiffes gedacht war, hoch auf die Reling und ließ ihn im letzten Moment hinabplumpsen, mitten in das gerade im Ablegen begriffene Ruderboot, mit dem die Feinde sich angeschlichen hatten. Der Stein durchschlug Bänke und Boden des Boots, das sofort sank und noch einige der Angreifer mit sich riss. Auch die Davongekommenen zogen es vor, in den Wellen zu ertrinken oder den blutrünstigen Haien zum Opfer zu fallen, als an Bord Rettung zu suchen. Warum, das sahen die Leute von der Insel am nächsten Morgen. Alle Korsaren, die noch lebend an Bord ergriffen worden waren, etwa ein halbes Dutzend, hingen jetzt an den Füßen von der Bordwand herab, gerade, dass ihr Kopfhaar noch das Wasser berührte.

»Die Wachen, die heute Nacht Dienst taten«, grummelte der Chatillon, »die hätte man gleich dazuhängen sollen!« Aber Kira brachte ihn von dieser Strafmaßnahme ab. »Wir haben kaum eigene Verluste zu beklagen und brauchen vor allem jeden Mann an Bord.«

Es vergingen noch einige Tage und schlaflose Nächte, denn hätten sie bei Anbruch der Dunkelheit Fackeln angezündet, um die nächste Umgebung des eigenen Schiffes auszuleuchten, dann hätten die von der Insel genau sehen können, wo sich die Blockadeboote gerade befanden, und es wäre ihnen noch leichter gewesen, am Chatillon vorbei aufs hohe Meer zu entwischen. Dass es schon einigen gelungen sein musste, konnten sie am täglich abnehmenden Bestand der Fischerboote im Hafen der Ile de Graye ersehen.

»Wir müssen damit rechnen«, ließ sich Raynald missvergnügt zu der Erkenntnis herbei, »dass Kairo mittlerweile informiert ist. Also kann es nicht mehr lange dauern, bis –«

Kira zeigte auf einen schwankenden Punkt am Horizont. »Ein Segler –«, sie hielt die Hand schützend über die Augen, »– es könnte einer der unseren sein?«

»Das Segel hängt in Fetzen – übel sind die Aufbauten zugerichtet –« Sayf hatte scharfe Augen. »Es hält auf uns zu, sie rudern mit aller Kraft.«

Das Schiff kam langsam näher, die Takelage war in erbarmungswürdigem Zustand, der Mast zersplittert und nur notdürftig mit Stricken und Hölzern geschient, damit er sich noch aufrecht hielt. Die Leute an Bord schienen knapp einer bösen Schlacht entronnen, kaum einer, der keinen blutgetränkten Verband trug, lungerten sie von Hunger und Durst gequält auf dem Deck.

Reynald ließ sie längsseits holen und den Kapitän vor sich kommen. Dieser konnte vor Schwäche kaum sprechen, also reichte ihm Kira erst einmal einen Becher Wein.

»An der Küste Arabiens«, begann der Mann stockend seinen Bericht, »steckten wir alle Schiffe in Brand, die wir fanden – in El-Haura und in Yambo, den Häfen von Medina – wir drangen vor bis zur Reede von ar-Raghib, das ist schon ein Hafen von Mekka selbst, dort versenkten wir ein Pilgerschiff, das wir abgefangen hatten mit Mann und Maus – und dann, und dann kam die Flotte der Ägypter!« Der erschöpfte Kapitän stärkte sich mit einem weiteren kräftigen Schluck. »Sie waren uns nicht nur zahlenmäßig überlegen, sondern auch – im Gegensatz zu uns – straff geführt. Sie riegelten mit einem Teil ihrer Flotte den Ausgang zum Ozean ab und schoben sich dann langsam vor – es war wie bei einer *mattanza*, nur dass wir es waren, die sie wie Tunfische zum Abschlachten vor sich hertrieben, sie verfügten über genügend gut ausgerüstete Kampfgaleeren, um uns weitläufig einzukreisen – da gab ich das Kommando zum Durchbruch, bevor das Netz sich schloss. Wir sind das einzige Schiff, das entkam –«, beendete der Kapitän seinen Bericht. »Ich fürchte, dass auch Ihr hier nicht länger sicher seid!«, setzte er noch, an den Chatillon gewandt, hinzu.

»Ich denke«, wandte El-Mansur ungefragt ein, »wir haben keinen Augenblick mehr zu verlieren!«

»Doch!«, entgegnete ihm Sayf trocken und wies zur nahen Küste von Aila hinter ihnen. »Denn wir werden schon erwartet!«

Tatsächlich hatten von der Insel Boote übergesetzt zum Strand und dort Bewaffnete angelandet, die dem Chatillon den

Rückzug aufs Land verwehren sollten. Teile der Bevölkerung der Stadt schienen sich mit ihnen zu verbrüdern, jedenfalls strömten Verstärkungen aus den Stadttoren. Sie bildeten eine lange Kette.

»Richtig, Sayf«, lobte knurrend der Herr Reynald. »Nur im Schutz der Nacht können wir durchbrechen! Alle vier Schiffe laufen mit voller Fahrt, dicht zusammengedrängt, an einem Punkt auf dem Ufer auf – Überraschung gepaart mit geballter Kraft!« Der Chatillon schien seine gute Laune wiedergefunden zu haben, denn er winkte Kira zu sich und verschwand mit ihr in seiner Kajüte auf dem Heck. Seine Leibwächter nahmen an der hinaufführenden Treppe Aufstellung.

Bericht des Eunuchen
an seinen erhabenen Herrn und Meister,
Sheik Sinan

Der Angriff auf die Häfen der heiligsten Stätten des Islam, die kaltherzige Versenkung eines Schiffes voller Pilger löste in der gesamten islamischen Welt einen Aufschrei des Entsetzens, der Empörung und des Abscheus aus. Das Töten von jemandem, der sich auf seiner «hadsch» befindet, gilt als Verbrechen übelster Art und stellt für jeden Muslim eine unüberbietbare Gräueltat dar. Saladins Bruder el-Adil, Statthalter von Ägypten, entsandte sofort eine Flotte unter dem Admiral Lulu. Sie überraschte die Seeräuber in El-Haura, vernichtete ihre Schiffe, gab sich aber viel Mühe, die Besatzungen lebend zu bergen. Ein Teil der Gefangenen wurde nach Mekka geschickt, um bei nächster festlicher Gelegenheit auf dem Opferplatz zu Mina hingerichtet zu werden, die anderen wurden nach Kairo verfrachtet und dort dem wütenden Pöbel vorgeworfen. Lulu beeilte sich, bis nach Aila vorzustoßen, aber der Chatillon hatte sich mit den ihm verbliebenen Truppen schon weit ins Landesinnere abgesetzt. So verlangte der Sultan von König Balduin Genugtuung und sofortige Auslieferung des

Schurken. Balduin konnte und wollte ihm beides nicht zugestehen. An einem solchen Vorgehen gegen Reynald wäre das Königreich zerbrochen. Saladin schäumte und schwor feierlich, dass er Reynald diese Schandtat niemals vergeben werde. Die Christen würden mit ihm dafür büßen!

Ich mache mir Sorgen, mein erhabener Herr und Meister, um unsere drei aus Masyaf, Sayf, El-Mansur und die «huri» Kira, die wir dem Chatillon überlassen haben. Wenn Reynald in die Hände des Sultans geraten sollte, wird mit seiner nächsten Umgebung nicht viel Federlesen gemacht werden.

Der Zorn des Sultans war so groß, dass er mit einem gewaltigen Heer von Damaskus auszog, südlich des Sees Genezareth über den Jordan setzte und in Palästina einfiel. Die Bewohner der nahen Stadt Beisan flohen in die Mauern von Tiberias, das Leibgedinge der Frau des Grafen Raimund von Tripolis. Die plötzliche massive Bedrohung einte die zerstrittenen Kräfte des Königsreiches. Dem amtierenden Regenten Guido von Lusignan gelang es, sowohl die Templer wie die Johanniter, dazu die Herren von Ibelin, von Caesarea, von Sidon und selbst Raimund von Tripolis unter seiner Fahne zu sammeln. Reynald de Chatillon nahm sich nicht einmal die Zeit, auf seinem Kerak vorbeizuschauen, sondern eilte von seiner südlichen Burg Montreal, wo er sich von dem Abenteuer im Roten Meer Erholung gegönnt hatte, unverzüglich nach Jerusalem, wo der Regent Guido sein Heer um sich versammelte. Seine eigenen Truppen aus Oultre-Jourdain ließ er sich von seinem blutjungen Stiefsohn Humfried von Toron herbeiführen. Zu dem Aufgebot stießen der Herzog von Brabant und ein Kontingent aus Aquitanien, die frisch im Heiligen Land eingetroffen waren.

Der Sultan hatte inzwischen das griechische Nonnenkloster auf dem Berg Tabor plündern und die frommen Schwestern schänden lassen, aber die Mauern des oberhalb auf der Spitze des Berges gelegenen lateinischen Konvents hielten dem Ansturm stand. Die Christen führten ihr Heer bis zu den Goliaths-Tümpeln und konnten nicht verhindern, dass Saladin sie in die Zange nahm und bald mit seiner zahlenmäßig überlegenen Armee einschloss. Einzig die Tatsache, dass sich in den Tümpeln reichlich Fische fangen ließen, rettete sie vor dem Verhungern. Jeder wartete darauf, dass die andere Seite als Erste mit dem Angriff beginnen würde. Die aus Frankreich und natürlich der unverantwortliche Reynald bestanden auf sofortiger Attacke, doch Raimund und die Herren von Ibelin verhinderten solche Unvernunft, denn in solchen Situationen ist der Angreifer immer im Nachteil.

Fünf Tage lagen sich die Heere gegenüber. Vergeblich hatte Reynald zuvor versucht, seine Geliebte zu bewegen, sich vom Heer und ihm zu entfernen, er hatte ihr seine beiden Leibwächter als Eskorte angeboten, Kira ließ sich nicht beirren. Sie wollte an seiner Seite diesen Kampf bestehen oder mit ihm untergehen. Reynald war gerührt, als er sie so sah, wie sie den silbernen Brustpanzer und die Beinschienen anlegte. Kira hatte ihr Haar unter einem Kopftuch versteckt. Mit Helm wirkte sie tatsächlich wie ein junger Krieger.

»Meine Amazone!«, rief er bewundernd und küsste sie auf den Mund.

Zur Schlacht, von vielen herbeigesehnt, von weitaus mehreren gefürchtet, kam es indes nicht. Die Minderzahl hätte zwar den offenen Kampf nicht durchstehen können, die Überzahl indes nicht das längere Hinwarten!

Wie vom besonnenen Grafen von Tripolis vorausgesehen, brach nach dem fünften Tag der Sultan sein Lager ab und führte sein Heer über den Jordan zurück.

Zwischen dem todkranken König Balduin und seinem Schwager Guido kam es bald darauf zum Zerwürfnis, als der König ihm anbot, Jerusalem mit der Stadt Tyros, die zu Sybilles Aussteuer gehört hatte, zu tauschen, weil die Meeresluft ihm wohler täte. Guido lehnte grob ab. Der König rief wütend den Kronrat zusammen und ließ Guido als Regenten absetzen. Der kündigte daraufhin der Krone seine Lehnstreue auf und zog sich auf seine Grafschaft Jaffa zurück, die der König nun im

Gegenzug besetzen ließ und Guido ins südliche Askalon vertrieb. Die Großmeister der Templer und der Johanniter legten sich – in seltener Einmütigkeit – für den Rebellen ins Zeug. Balduin, in einer Zornesaufwallung, verbannte beide von seinem Hof. Obgleich er sich ohne fremde Hilfe nicht mehr bewegen, nicht einmal mehr seine Unterschrift vollziehen konnte, nahm König Balduin die Regierung wieder selbst in die Hand. Dennoch, die Absetzung des Guido war ein unbestreitbarer Sieg der Partei um den Grafen von Tripolis. Doch die Gegenpartei, deren Haupt zweifellos Guidos Weib Sybille ist, hatte schon zum Gegenschlag ausgeholt. Ihre kleine Halbschwester Isabel nähert sich bedenklich dem Alter der Ehefähigkeit. Ihre Ansprüche auf den Thron sind nicht von der Hand zu weisen. Um sie zu entschärfen, soll Sybille planen, Isabel schnellstens mit einem ihrer zuverlässigen Parteigänger zu vermählen, bevor sie die Hand einem Manne reicht, der vielleicht – oder wahrscheinlich – für sie und Guido auf dem Thron eine Bedrohung darstellen könnte.

Mein erhabener Herr und Meister, wir sehen bewegten Zeiten entgegen, in denen die Vernunft ihre Stimme längst verloren hat.

Euer ergebener Diener An-Nasir.

PS: Da nichts von namhaften Verlusten bekannt geworden, vor allem nichts Neues vom Chatillon, nehme ich an, dass Sayf und El-Mansur wohlauf sind. Dass die Tochter der Thamar und des Husain sich in ihrer neuen Rolle als Bett- und Schlachtgefährtin des Reynald sehr gut eingelebt hat, entnehme ich Quellen, die von einem jungen und ausnehmend hübschen Gefährten des Chatillon zu berichten wissen. Es liegt sicher in seinem Interesse, über die wahre Beschaffenheit dieser Person nichts verlauten zu lassen. Was den Vater der Kira, unseren Geschickten, anbelangt, ist er seit seiner Mission zu Raimund von Tripolis wie vom Erdboden verschwunden. Ihr werdet verstehen, dass ich von mir aus in dieser Sache nichts unternehme.Was mich beunruhigt ist allerdings, dass unmittelbar nach seiner Abreise auch unsere Melusine samt Töchterlein ebenfalls von niemandem mehr gesehen wurde. Ein Zusammenhang besteht nach meiner Erkenntnis nicht. Der Wesir verließ Masyaf nachweislich ohne sie, er nahm nicht einmal jemanden von unseren «fida'i» mit auf die Reise. Die von mir vernommenen Torwachen erzählten, dass Melusine von einem Besuch bei ihrer Mutter auf Montmor nicht zurückgekehrt sei. Nach Anfrage bei Aziza ergab sich jedoch, dass sie dort nie aufgetaucht ist, weder sie noch ihre Tochter Xenia. Die Geschichte ist mir ein Rätsel!

SCHWEREN HERZENS

Nach der glimpflich ausgegangenen Konfrontation bei den Goliaths-Tümpeln zog Reynald de Chatillon mit seinem gesamten Heer zurück nach Oultre-Jourdain. Sein Antlitz indes verfinsterte sich von Tag zu Tag. Er ritt mit der Dame Kira und seinen beiden Leibwächtern am Ende des Zuges, den der junge Humfried anführte.

»Sagt nur, mein Herr und Geliebter, ist Euch die entgangene Schlacht aufs Gemüt geschlagen?«, versuchte Kira den griesgrämigen Chatillon aufzuheitern. »In den weichen Federkissen von Kerak – so denke ich, können wir ganz andere Schlachten schlagen!«

Reynald ging nur grummelnd darauf ein. »Ausgerechnet Humfried ist von Frau Sybille als Bräutigam der jungen Isabel auserkoren worden!«

»*Insh'allah!*«, rief Kira belustigt aus. »Der ist doch – mit Verlaub und ohne Euch als Vater zu nahe treten zu wollen – dem eigenen Geschlecht zugetan, um nicht zu sagen: stockschwul!«

»Stiefvater!«, knurrte der Chatillon. »Und eine *huri* wie Ihr sollte ein solches Wort nicht in den Mund nehmen!«

»Ex-*huri*!«, entgegnete Kira gereizt und ohne Rücksicht auf seine schlechte Laune. »Und von Euch lasse ich mir nicht den Mund verbieten!«

Es hatte den Anschein, als würde Reynald einlenken, denn er setzte jetzt von sich aus zu einer Erklärung an, wenn auch mürrisch. »Was die beiden in der Brautnacht treiben, ist wahrlich nicht mein Problem, – wahrscheinlich gar nichts, die Prinzessin ist erst elf –«, um verdrossen fortzufahren, »aber es fällt mir zu, die Hochzeit auszurichten – und zwar auf dem Kerak!«

»Das ist doch wundervoll!«, begeisterte sich Kira. »Wir werden den Kindern ein rauschendes Fest bereiten!«

Reynald schaute sie nachdenklich an, fast besorgt, so schien es. »Wir?«, schickte er als drohende Frage vorneweg. »Kira, ich glaube, Ihr seid für mich zu alt geworden!«, stellte er rüde fest. »Ich will Euch bei der Ankunft auf Kerak nicht mehr um mich haben!«

Kira war es, als würde ihr der Boden unter den Füßen weggezogen. Diese Schmach! Und das in Gegenwart von El-Mansur und Sayf.

»*Comment j'ai merité cette disgrace?!*«, stammelte sie fassungslos, Tränen schossen ihr in die Augen.

Der Chatillon schenkte ihr keinen weiteren Blick, sondern gab seinem Pferd die Sporen und galoppierte nach vorn zur Spitze des Zuges.

»Trag es mit Fassung!«, sagte El-Mansur beklommen und wenig geschickt. Er erntete nur einen zornigen Blitz aus den funkelnden Augen der Jugendfreundin.

Sayf griff behutsam nach ihrer Hand. »Er liebt dich nach wie vor«, versuchte er ihr Trost zu geben. »Es ist wohl nur so, dass auf dem Kerak die Herrin des Hauses, seine Ehefrau Stephanie, sich die Anwesenheit einer Geliebten ihres Ehegatten nicht bieten lassen wird, schon gar nicht bei einer so offiziellen Veranstaltung wie der Hochzeit ihres geliebten Sohnes Humfried, ein Fest, zu dem alle Granden des Königsreiches geladen werden.« Sayf strich ihr besänftigend über die Hand. »Das geht einfach nicht!«, beschloss er seine Rede.

»Das würde sogar fürchterlich in die Hose gehen!«, bekräftigte El-Mansur die Ausführungen seines Freundes.

»Warum heißt er mich dann zu alt!«, schluchzte Kira. »Statt mir ehrlich die Umstände zu unterbreiten – bin ich ein Scheuerlappen, den man nach reichlichem Gebrauch –?!«

»Lass dir jetzt nichts anmerken!«, unterbrach sie beschwörend El-Mansur und reichte ihr sein Schnupftuch. »Er kommt zurück!«

Reynald de Chatillon ließ sich von der Spitze des Zuges zurückfallen, begleitet von seinem Stiefsohn Humfried, einem auffallend hübschen Knaben mit weichen Gesichtszügen. Er trug schwer an einem Ledersack, den er mit einer höflichen Verbeugung Kira überreichte. Sie konnte sein Gewicht kaum halten, Sayf sprang ihr bei.

»Ihr wünscht uns zu verlassen?«, sprach er freundlich. »Meinem Ziehvater liegt daran, Euch trotz des Schmerzes, den ihm Euer Scheiden bereitet, diese Geschenke zu überreichen, als kleine Erinnerung an die schönen Stunden, die er in Eurer Gesellschaft verbringen durfte.«

Kira war verwirrt, sie schenkte Humfried ein dankbares Lächeln, nicht wegen der sicher kostbaren Geschenke, sondern ob der tröstlichen Worte, die vom Herzen des Jünglings zu kommen schienen. Kira wagte einen Blick zu Reynald hinüber, doch der starrte in die Luft – glitzerten seine Augen? Sie glaubte, es wahrgenommen zu haben, und wandte ihren Blick schnell wieder ab.

Der Chatillon winkte seine beiden Leibwächter zu sich. »Ihr habt mir vortrefflich gedient, und es gibt keinen Grund, Euch nicht bei mir zu behalten. Aber ich möchte Euch bitten, die Dame meines Herzens sicher und wohlbehalten nach Masyaf zurückzugeleiten. Das ist mir ein Herzenswunsch!« Er schaute den beiden in die Augen, und sie nickten einverständig. »Wenn mir Gott gewährt, die früher oder später unausweichlich auf uns zukommende Entscheidungsschlacht zu überleben, würde ich mich glücklich schätzen, Euch wieder in meine Dienste zu nehmen.« Er holte tief Luft, der Abschied von den drei Menschen, die über so lange Zeit Gefahren und Freuden mit ihm geteilt hatten, zerrte an seinem Gemüt. »Ich habe für Eure Heimreise einen Wagen beladen lassen, den Ihr bitte mit Euch führt, als unzureichende Anerkennung, denn was wiegt schon ein gerettetes Leben auf?!«

El-Mansur war so gerührt, dass ihm keine rechte Antwort einfiel. Sayf hätte dem Chatillon gern auf die Frage erwidert: Das, was man daraus macht!, aber er besann sich ebenso schnell, dass eine solche Antwort sich nicht geziemte. Beide

Leibwächter erboten sich, begleitet von Humfried, den Wagen zu holen, während Reynald noch bei Kira zurückblieb. Als sie mit dem hoch beladenen Gefährt zurückkehrten, sahen sie von weitem, wie sich die beiden Liebenden voneinander lösten. Als der Chatillon an ihnen vorbeiritt, grüßten sie ihn stumm, aber er erwiderte den Gruß nicht mehr.

»Den werden wir nicht wiedersehen!«, sagte El-Mansur, bevor sie bei der wartenden Kira eintrafen.

Als würde die Bedrohung durch Saladin nicht existieren, reisten aus allen Orten des Königreiches die Hochzeitsgäste auf dem Kerak an, selbst aus den entferntesten Ländern weit im Norden und Osten, und mit ihnen trafen Gaukler und Narren, Musikanten und Tänzer ein. Der Eunuch hatte den Waffenmeister Jaluddin eigentlich nur gebeten, sich zum Kerak zu begeben und dort zuzusehen, ob es ihm gelingen könnte, Kira und die beiden Freunde El-Mansur und Sayf wieder vom Chatillon loszueisen. Denn auf Masyaf war man sich des sich zusammenbrauenden Unwetters durchaus bewusst.

Wie es der Zufall wollte, traf Jaluddin im Gewühl auf einen alten Bekannten, den Sklavenhändler, der ihm schon so manches Mal mit einem hübschen, gelehrigen Geschöpf ausgeholfen hatte. Von diesem erfuhr er, was der Geschickte inzwischen angestellt hatte, um dem dicken An-Nasir und dessen Lieblingen eins auszuwischen, denn darum war es Husain allein gegangen, als er Melou verkaufte. Das junge Weib war dem Geschickten gewisslich egal, es ärgerte ihn höchstens ihre Sonderstellung innerhalb des Paradieses! Jetzt wusste wenigstens Jaluddin, dass Melusine und ihre Tochter sich wohlbehalten in Botrun befanden!

Der Sultan hatte weder die Untaten des Chatillon vergessen, noch den Misserfolg bei den Goliaths-Tümpeln. Hätte er damals gewusst, dass sich der gesuchte Reynald in den christlichen Reihen befand, hätte er wahrscheinlich auf Teufel komm raus den Angriff gewagt. Aber nun schien sich der Übeltäter selbst das Loch gegraben zu haben, aus dem er ihm nicht mehr entwischen sollte.

Die Festlichkeiten dauerten schon Tage an, als plötzlich die Schreckensnachricht auf dem Kerak eintraf, der Sultan sei, von Damaskus kommend, mit einem riesigen Heer im Anmarsch. Tatsächlich hatte Saladin zu diesem Zeitpunkt längst das Nordufer des Toten Meeres erreicht, und ägyptische Truppen – durch Brieftauben herbeigeordert – drangen im frühen Morgengrauen bereits in die Unterstadt ein.

Reynald, der dort noch arglos den Zustand der Befestigungen inspizieren wollte, wäre ihnen fast in die Hände gefallen. Nur dank der Tapferkeit Jaluddins konnte er sich noch in letzter Minute mit heiler Haut in sein Kastell retten. Der Meister aller Meister verteidigte allein die schmale Brücke über den Burggraben, bis sie hinter ihm eingerissen und das große Tor geschlossen war. Doch in der Sekunde, in der das letzte Teilstück des verbindenden Bogens in die Tiefe stürzte und sich eine unüberwindbare Kluft auftat, sprang der agile Schwertkämpfer ein, zwei, drei gewaltige Salti mortali rückwärts und war im rettenden Spalt der sich schließenden Torflügel verschwunden.

Währenddessen nahmen die Festlichkeiten in den Sälen und Höfen des Kerak unvermindert ihren Fortgang, und zwar jetzt erst recht mit Trotz und voller Übermut. Saladin hatte neun große Steinschleudern aufgeboten, die ohne Unterlass ihre schweren Brocken gegen die starken Mauern hämmerten, drinnen vergnügte man sich weiter mit Reigen und Gesang, sprach dem Weine zu und den schönen Frauen, applaudierte den Bänkelsängern und feierte die Troubadoure.

Jaluddin, den überraschend eingetroffenen Meister aller Meister, ehrte und pries der Chatillon bei jedem Trinkspruch. Seine Scherze trugen viel zu der ausgelassenen Stimmung bei. Doch keiner wusste, wie diese Hochzeit enden würde.

Auf Masyaf traf inzwischen die Saida Thamar ein, die von einer ausgedehnten Reise zurückgekehrt war. Nachdem von ihrem Mann Husain ad-Din Marzuban überhaupt keine Nachricht mehr kam, musste, durfte sie annehmen, dass er den Tod gefunden hatte, von Räubern erschlagen und verscharrt – oder irgendwo in einem Kerker schmachtete; allerdings war nie eine Lösegeldforderung an sie herangetragen worden. So hatte die Saida beschlossen, ihren neuen Status als Witwe auf ihre Weise auszuleben. Schon lange hatte sie eine Reise durch das Land bis nach Jerusalem unternehmen wollen, jetzt hatte sie die Freiheit – und ausreichend Mittel – für ein solches Unternehmen. Denn als große Dame wünschte sie gewisslich aufzutreten! Kurz hatte sie vor ihrer Abreise mit dem Gedanken gespielt, Aziza mitzunehmen, als Gesellschafterin und Kammerfrau, aber dann verwarf sie die Idee schnellstens wieder. Stattdessen nahm sie Timdal mit.

Dass kurz nach der Abreise des Geschickten auch auf unerklärliche Weise Melusine samt Tochter aus Masyaf verschwunden waren, hatte sie der Mutter auf Montmor noch mitgeteilt. Doch diese sorgte sich höchstens wegen ihrer Enkelin. Thamar hatte ihr versprechen müssen, während der Reise Augen und Ohren offen zu halten, ob sich nicht doch irgendwo eine Spur der Kleinen auftat.

Derweil, und das wusste weder Thamar noch sonst jemand, befand sich der Geschickte immer noch im Verlies von Botrun; er wurde gut behandelt, so wie man halt in einem Hospiz mit Leuten umgeht, die unter bestimmten Wahnvorstellungen leiden und daher von der Verwandtschaft lieber unter Verschluss gehalten werden. Im Falle des Husain war für den Herrn von Botrun der zuständige Vormund sein Lehnsherr Graf Raimund. Der einzige Haken an der Geschichte war, dass Graf Raimund – auch auf Grund der turbulenten Ereignisse der letzten Jahre – seinen Gefangenen schlicht vergessen hatte. Anfangs hatte ihn sein Beichtvater noch gelegentlich an ihn erinnert, aber dann hatte auch der das Schicksal des Eingekerkerten verdrängt, und so war der Geschickte lebendig begraben an einer der lieblichsten Küsten der Grafschaft.

Dass Melusine mit ihrer Tochter Xenia sich am gleichen Ort aufhielt, und zwar an der sonnigen Oberseite der Burg am Meer, wäre jedem, der sich für ihr Schicksal interessierte, zumindest als ausgleichende Gerechtigkeit erschienen. Doch ihr drohte eine andere Art von Vergessensein. Die beiden jungen Männer, die sich nach ihr verzehrten und die sie auf ihre besondere Art heiß und innig liebte, waren immer noch weit weg von dem Geschehen, sie konnten von nichts wissen, sonst wären sie sofort zu ihrer Hilfe herbeigeeilt, dessen war sich Melou sicher, und Xenia auch! Doch auf Masyaf bekümmerte ihr Verschwinden ansonsten eigentlich niemanden. An-Nasir hatte es hingenommen, ebenso wie den plumpen Trick des Geschickten, ihn von seinem Oktogon wegzulocken zu einer angeblichen Besprechung mit dem Huddscha, der aber gar nicht anwesend war, wie sich schnell herausstellte. Die Saida war zu sehr mit ihren eigenen *aventiuren* beschäftigt – und Jaluddin, der inzwischen als einziger Kenntnis von Melusines Aufenthaltsort hatte, befand sich noch irgendwo zwischen Transjordanien und irgendeinem Punkt der von tiefer Unruhe ergriffenen und mit selbsterzeugter Spannung geladenen *terra sancta.* Und wo der erhabene Huddscha, der immer alles sah und alles hörte, sich aufhielt, wusste niemand!

Die mächtige Festung Kerak trotzte blendend den Angriffen Saladins. Ab und an zeigten sich die angeheiterten Gäste oben auf den Mauern und schauten belustigt hinab auf das Treiben der Belagerer. Frau Stephanie, die Mutter des Bräutigams, richtete mit eigener Hand silberne Schüsseln und Platten von der Hochzeitstafel her, die sie dem Sultan mit besten Empfehlungen hinausschickte. Saladin revanchierte sich galant, indem er sich erkundigte, in welchem der Türme das junge Paar nächtige, und gab an seine Katapulteure Befehl, diesen Turm von der Beschießung auszunehmen. Trotz dieses höfischen Zwischenspiels war es ihm mit der Eroberung der Burg des Teufels bitterernst, und wenn auch die Mauern noch keine Risse zeigten, hatten seine Pioniere schon den Burggraben fast eingeebnet und setzten an, Tunnel unter das Mauerwerk zu bohren.

Allerdings hatten sich – bevor noch die Einschließung perfekt war – Boten nach Jerusalem durchgeschlagen, um den König um Entsatz zu bitten. Der zögerte keinen Augenblick, berief das Heer, stellte es unter den Befehl des Grafen Raimund von Tripolis, bestand aber darauf, selbst in einer Sänfte mit ihnen zu ziehen. In Eilmärschen rückten sie über Jericho am Ostufer des Toten Meeres vor.

Als Saladin von ihrem Herannahen erfuhr, hob er die Belagerung auf und zog sich im weiten Bogen über Bosra nach Damaskus zurück. Der König wurde im Triumph in die Burg getragen, das Fest fand seinen Höhepunkt und gloriosen Abschluss zugleich. Einzig Raimund von Tripolis weigerte sich, den Kerak zu betreten, er wünsche nicht mit dem Chatillon zusammenzutreffen, also blieb er beim Heer in der Unterstadt.

Die Gäste konnten sich ungehindert auf die Heimreise begeben. Jaluddin allerdings, der von Reynald mit dürren Worten erfahren hatte, dass die Gesuchten ihn verlassen hätten, glaubte nicht daran, dass eine Abenteurerin wie Kira nun nach Masyaf zurückkehren würde, und ihren Einfluss auf Sayf und El-Mansur schätzte er hoch genug ein, dass sie die beiden mit sich gezogen hätte. Aber wohin? Er beschloss, unterwegs die Ohren offen zu halten, nach dem Verbleib des Wagens und des ihn begleitenden, prächtig ausgestatteten Terzetts. Wohin würde er – der große Meister aller Meister – sich wenden, wenn er in ihrer Lage wäre? Wahrscheinlich zur Hauptstadt, nach Jerusalem!

Die Saida hatte auf ihrer Reise Tagebuch zu führen versucht, denn sie wünschte bei ihrer Rückkehr im Boudoir die Mädchen mit ihren Erlebnissen zu unterhalten. Sie hatte schon unterwegs geübt, laut aus ihren Aufzeichnungen vorzulesen; es lag ihr durchaus daran, für die Mädchen als bewundertes und beneidetes Vorbild dazustehen.

So sorgte sie nun auch dafür, dass alle zugegen waren, zumindest ihre eigene Tochter Shirin, nachdem sie schon auf die andere, Kira, verzichten musste und auch Melusine auf merkwürdige Weise abhanden gekommen war, samt ihrem Töchterlein. Mit vorgetäuschter Bescheidenheit verlas Thamar den Titel:

»**Diarium Itineris der Saida Thamar** –

Meinen aufregenden Weg nach Jerusalem habe ich euch schon die letzten Abende vorgelesen –«, begann sie selbstbewusst und ließ sich auch nicht stören, als jetzt der Eunuch, begleitet von Timdal, den Raum betrat und still zwischen den erwartungsvoll lauschenden *huriat* Platz nahm. Das Erscheinen An-Nasirs quittierte die Saida mit Genugtuung. »Auch wie es mir gelang, mir Zutritt bei Hofe zu verschaffen, nachdem ich in der Altstadt unweit des Palastes Quartier genommen. Stellt euch vor, welchen Namen diese Herberge, eine der ältesten im heiligen Jerusalem, im Schilde führte? ›Zum letzten Nagel‹!« Thamar genoss das staunende Kichern ihrer unbedarften Zuhörerinnen. »**Timdal** –«, sie nickte dem Mohren anerkennend zu, »**hatte einen jungen Priester kennengelernt, der sich um einen kleinen, kränklichen Knaben kümmerte, weil es sonst niemand tat. Es war aber das Kind der Sybille und von seiner Rabenmutter als so lästig empfunden, dass sie ihm wohl den Tod an den Hals wünschte. Ich erbot mich, die Pflege des Knaben zu übernehmen, und das Kind nahm meine Fürsorge und die Aufheiterung durch den Mohren dankbar an. Er hieß Balduin, wie sein Onkel, der König, – aber sein Gesundheitszustand war derart miserabel, dass Ralph von Sidon, der junge, ihn betreuende Priester, mir im bitteren Scherz anvertraute, er würde keine Wette eingehen, wer von** den beiden eher in die Grube fahren würde, der Kleine oder der König. Nach seinem kühnen Eingreifen bei der Hochzeit von Kerak hatte die grässliche Lepra ihn fest und unwiderruflich an sein Krankenlager gefesselt, er konnte sich nicht mehr erheben. Aber sein kühner, königlicher Geist ließ ihn noch nicht im Stich. Er bat seinen Vetter Raimund von Tripolis zu sich und bot ihm an, die Regentschaft wieder zu übernehmen. Balduin traf alle notwendigen Vorkehrungen für seinen Tod. Er berief die Barone ein und tat ihnen seine letzten Verfügungen kund. Da er selber kinderlos geblieben, sollte ihm sein Neffe auf den Thron folgen. Die Barone vernahmen erfreut, dass – auf keinen Fall Guido! – sondern Raimund bis zu dessen Volljährigkeit die Regentschaft übertragen sein sollte. Die Versammelten schworen feierlich, dass sie den Willen des Königs befolgen würden.

Unter ihnen befand sich auch Gerard de Ridfort, der – nach stürmischer Auseinandersetzung gewählt – der neue Großmeister des Templerordens geworden war. Aber auch er, bekanntlich ein alter Feind des Grafen von Tripolis, bekräftigte durch Schwur seine Zustimmung. Mir fiel die ehrenvolle Aufgabe zu, den von seinen Krankheiten geschwächten Knaben Balduin auf meinen Armen in die Kirche zum Heiligen Grabe zu tragen. Dort krönte ihn der Patriarch zum König.« Die Saida Thamar lächelte stolz und erschöpft in den Kreis ihrer Zuhörerinnen. »Soviel für heute!«

Doch da meldete sich ihre Älteste, Shirin, zu Wort. »Was aber geschah mit der kleinen Isabel, die mit dem Schönling Humfried verheiratet worden war?«

Thamar konnte sie beruhigen und zurechtstutzen zugleich. »Humfried gilt nicht nur als schöner Jüngling, alle rühmen seine umfassende Bildung und große Gelehrsamkeit!«

Die Antwort brachte die ansonsten selten widersprechende Shirin auf. »Das besagt noch nichts über Glück und Unglück der armen Isabel in dieser erzwungenen Ehe –«

Thamar ließ sich nicht provozieren, aber auch die kleine Spitze nicht nehmen. »Entsprechend seiner Veranlagung verhält sich Humfried von Toron sanft und rücksichtsvoll zu seiner kindlichen Gemahlin – und sie liebt ihn sehr!«

Dass die Saida auf ihrer Rückreise nach Masyaf in Niphin Station gemacht hatte, einem kleinen befestigten Ort mit Burg, landeinwärts, nicht weit entfernt von Botrun gelegen, unterschlug sie. Es war ihr nicht wichtig genug erschienen. Sie hatte noch weiterreisen wollen bis Botrun, aber da ihr Herr Thomas, der Burgherr von Niphin, mit so viel artiger Liebenswürdigkeit entgegentrat, entschied sich die ›Baronin von Marzuban‹, die Einladung zur Übernachtung dort anzunehmen. Timdal hatte umsichtig den Tross und das begleitende Personal zusammengestellt, sowohl für Reittiere als auch für Wagen und Zelt gesorgt. Es war der Auftritt einer Fürstin, und als solche fühlte sich die Saida auch in ihrem Selbstverständnis. Der Mohr, den ihr der alternde An-Nasir nur unwillig überlassen hatte, war auch – dank seiner Schminkkünste – der Garant dafür, dass sie noch als durchaus begehrenswerte Schönheit in Erscheinung treten konnte. Dass der Burgherr in der Nacht von ihrer Präsenz keinerlei Gebrauch machte, enttäuschte sie ein wenig. Beim frühen Mahl zu ihrer Stärkung vor der Weiterreise, kam sie – aus schlechtem Gewissen, bisher mitnichten an die Vermissten gedacht, geschweige denn nach ihnen gesucht zu haben – auf Melusine und Xenia zu sprechen. Thamar war klar, dass vor allem ihr alter Freund An-Nasir sich gerade von ihr einen Hoffnungsschimmer in dieser reichlich mysteriösen Angelegenheit versprach. So schwärmte sie vor dem Herrn Thomas unvermittelt und dadurch sehr einprägsam von Melou und ihrer zu mädchenhaftem Liebreiz erblühenden Tochter Xenia, ein verständiges, keckes Kind, der zauberhaft schönen und betörenden Mutter wie aus dem Gesicht geschnitten! Herr Thomas war tief beeindruckt, und das Bild der schönen Melusine ging ihm noch lange im Kopf herum, nachdem die Baronin von Marzuban längst abgereist war nach Masyaf.

DIE BRUDERSCHAFT VON KARLEMAN

Um möglichst schnell aus dem Herrschaftsgebiet des Fürsten von Oultre-Jourdain herauszugelangen, hatten Kyr du Lac und ihre beiden Begleiter – El-Mansur, der sich jetzt wieder Victor du Montmor nannte, und der Ritter Seyfert von Daula – Sayf wollte mit dieser Namensgebung seinen Ziehvater, den Eunuchen ehren – den Weg um den südlichen Zipfel des Toten Meeres gewählt. Ein stark zerklüftetes Gebiet und ein wenig benutzter Pfad, der unterhalb der biblischen Feste von Masada vorbeiführte. In der Höhe von Eyn-Gedi kam es zum Ausbruch des schon seit einigen Stunden schwelenden Zwistes. Sowohl Victor wie auch Seyfert weigerten sich, beim bevorstehenden Einzug in Jerusalem als Gefolge von Kira aufzutreten, die mit dem Gedanken liebäugelte, nach langer Zeit sich mal wieder in Frauenkleidern wohlzufühlen und sich bewundern zu lassen – immer noch in der stillen Hoffnung, dort bei Hofe könnten sich ihre Wege noch einmal mit denen des Reynald von Chatillon kreuzen und es würde ihr so leichter fallen, sein Herz wiederzugewinnen. Doch das passte den beiden Rittern ganz und gar nicht in ihre unausgegorenen Pläne, selbst bei Hofe etwas zu erreichen. Schnell ging der Streit auch um den Wagen mit den Geschenken des Chatillon. Kira machte geltend, dass die Gabe, quasi eine komplette Aussteuer, in erster Linie ihr gegolten habe, zumindest ihr zu verdanken sei. Es ging weniger darum, dass sie sich um die gerechte Aufteilung der Schätze stritten, sondern wer den eindrucksvollen Wagen – wenn sie sich denn trennen sollten – mit sich führen dürfte. Später würden sie sich dann sowieso – wohl oder übel – in der Herberge »Zum letzten Nagel« treffen. Um Kira zu beweisen, dass sie bei ihnen mit ihrem Dickkopf nicht durchkommen sollte, ließen die beiden Freunde sie kurzerhand in der Einöde stehen – sie zog sich gerade im Schatten des Gefährts um, »verkleidete sich als Frau«, wie Sayf spottete –, was die beiden Männer benutzten, oberhalb des Pfades in die bizarren Steinformationen hinaufzuklettern, denn sie hatten auf einer Felskuppe ein unzugänglich wirkendes, einsames Kloster erspäht, es war wohl eher eine Burg. Das Gemäuer erhob sich auf dem gegenüberliegenden Berghang, nein, es hing wie das struppige Nest eines Greifvogels über dem tiefen Tal. Dort unten begann auch der sich in Serpentinen zur Klosterburg hinaufschlängelnde Saumpfad, und, oh Wunder!, gerade in diesem Moment bogen zwei, drei Dromedare, das Bett des Baches verlassend, in genau diesen steinigen Weg ein. Die Tiere trugen schwer an ihren Lasten, es waren Fässer und Truhen, deren metallene Beschläge in der Sonne aufblitzten.

»Das ist unsere Rettung!«, rief El-Mansur seinem Freund aufgeregt zu. »Ich wette, die haben alles, was wir brauchen, um uns von Kyr du Lac unabhängig zu machen!«

»Ich weiß nicht, wie du darauf kommst!«, protestierte Sayf, aber El-Mansur stolperte und rutschte schon den Schotter des Abhangs hinunter, sodass er ihm wohl oder übel folgen musste. »Was brauchen wir Wein!? Was sollen wir mit –!« Sayf verlor sein Gleichgewicht und fiel, rollte die Geröllhalde hinab, bis ein Dornenbusch ihn auffing.

Und El-Mansur lachte über den kläglichen Anblick, den er bot.

»Bald sehen wir so aus, dass man uns für Vogelscheuchen hält!«, spottete er.

»Oder für die einer Dame entlaufenden, treulosen Knechte!«, fauchte Sayf mit schmerzverzogener Miene.

»– denen man nur Übles zutrauen kann!«, scherzte El-Mansur.

Sie retteten sich beide in ein großes Gelächter, dessen Echo von den Felswänden zurückgeworfen wurde. Doch dann blieb ihnen das Lachen im Halse stecken.

Über ihnen, vor ihnen standen schweigend drei weißgekleidete Ritter, deren Clamys über dem Kettenhemd nichts als ein einfaches schwarzes Balkenkreuz mit je einem Schlüssel im Geviert aufwiesen. Sie trugen ihre schweren Topfhelme unterm Arm, aber ihre Schwerter hatten sie gezogen, und die Mienen der blondbärtigen Männer mit ihren grauen kalten Augen verhießen nichts Gutes, zumindest kein Mitleid.

»Räuberpack?!«, sagte der eine, um sich die Zustimmung seiner Gefährten einzuholen, es war aber eigentlich keine Frage. Sie sahen aus wie Brüder.

»Räuberpack!«, sagte der Zweite.

El-Mansur rutschte das Herz in die zerfetzte Hose. Wenn der Dritte auch zum gleichen Verdikt kam, dann waren sie geliefert! Doch Sayf fasste sich ein Herz.

»Seyfert von Daula und Victor du Montmor!«, meldete er stramm. »Beide entflohen aus dem Kerker von Bosra!«

Die drei Ritter schauten sich bedeutungsvoll an. »Saladin?«, fragte der Erste.

Sayf nickte.

»Vier Monate und elf Tage!«, sagte El-Mansur.

»Und wer ist die Dame dort unten, die Ihr im Stich gelassen habt?«

»Den Namen wissen wir nicht«, sagte Sayf schnell. »Wir haben sie gerade erst getroffen.«

»Sie wünschte, von uns nach Jerusalem begleitet zu werden«, bestätigte El-Mansur.

Die Ritter runzelten die Stirn. Dann verkündete der Erste, er war der Kleinste: »Die Eskorte einer alleinreisenden Dame übernehmen selbstverständlich wir!«

Seine langen Brüder schauten etwas verwundert auf ihn herab, doch dann erklärte der Zweite: »Selbstredend! Das gehört zu den Aufgaben, zu denen wir durch unser Gelübde verpflichtet sind.« Der Dritte knirschte mit den Zähnen.

»Und wer ist Euer Herr?!«

El-Mansur hatte sich gefangen. »Der Ritter Roger du Ferbac, Herr auf Montmor!«, gab er stolz und geschwind zur Auskunft, bevor Sayf irgendetwas Falsches verkünden konnte.

»Nie gehört!«, sagte der Zweite. »Wo liegt denn das?«

»Die Burg bewacht in Sichtweite die Festung der Assassinen von Masyaf!«, erklärte Sayf seelenruhig. »Wir sind auf dem Heimweg –«

»Hochinteressant!«, sagte der Dritte zu seinen Begleitern. »Seid bitte Gäste der Bruderschaft Stadischer Ritter auf Burg Karleman!«

Er hatte wohl das Sagen. So folgten die beiden Freunde den Deutschen auf ihren Felsenhorst.

In Botrun hatten sich Melusine und ihre Tochter inzwischen mit den Verhältnissen so weit abgefunden, dass sie das tägliche Leben in der kleinen Stadt am Meer genossen. Zum Entsetzen ihrer Gastgeber und zum Erstaunen der Bevölkerung warfen sie sich vom Strand aus in die Meeresbrandung, tauchten darin unter und ließen sich von der Flut weit hinausziehen, ohne zu ertrinken! Einzig der Herr Plivano, von allen »Il Cavalier'« gerufen, hatte seine Freude an dem Schauspiel, seine Frau Lucia starb jedes Mal, wenn sie es mitansehen musste, tausend Tode. Doch ihr schlechtes Gewissen gegenüber Xenia und ihrer schönen Mutter, immerhin waren die beiden offenkundig noblen Geblüts, ließ sie nicht eingreifen, im Gegenteil – sie behandelte beide mit immer größerem Zuvorkommen, sodass man meinen konnte, sie wäre die Dienerin und Melou und die wie ihre jüngere Schwester wirkende Xenia die Prinzessinnen. Nixe gefiel das alles ungemein, sie tollte durch die Burg und über den Markt von Botrun, die Leute liebten und verwöhnten sie. Melusine wehrte sich gegen die Vereinnahmung durch ihre ›Sklavenhalter‹ – den Ausdruck hatte sie zum Erschrecken der guten Menschen von Botrun ihrer Tochter beigebracht –, denn sie wusste, dass sie dem Plivano und seinem betulichen Weibe eines Tages Schmerz zufügen musste, weil sie ganz gewiss den Ort wieder verlassen würde. Ihre Freunde Sayf und El-Mansur würden sie holen! Aber es kam ganz anders.

Um ihren Status als Dienerin zu unterstreichen, bestand Melusine darauf, jeden Tag von einem Brunnen, der besonders wohlschmeckendes Wasser führte, für den Tisch ihrer ›Herrschaft‹ von dort einen Eimer voll herbeizuholen, den sie wie alle Frauen auf dem Kopf heimtrug – Xenia tat es ihr mit ihrem kleineren Bottich auf anmutige Weise gleich. Heute wirkte Melusine aufgewühlt und höchst erregt, denn das Gespräch war – wovon sonst nie die Rede gewesen – auf den Gefangenen gekommen, der seit längerer Zeit auf Befehl des Grafen von Tripolis unten im Kerker schmachtete. Der Cavalier', der sich nie um ihn gekümmert hatte, glaubte sich plötzlich zu erinnern, dass der Mann Husain hieß und – so folgerte er weiter – vielleicht derjenige sei, dem Melusine all ihr Ungemach verdanke! Denn sie hatte natürlich im Laufe der Zeit von den Umständen berichtet, die sie in die Fänge des Sklavenhändlers fallen ließen, und auch den Verdacht geäußert, dass nur der Geschickte dahinter stehen konnte.

»Der Geschickte!«, hatte Frau Lucia sofort aufgehorcht. »Ja, so nannte er sich –«, um gleich hinzuzufügen, »aber den Eindruck eines solches Unmenschen machte er nicht! Eher ein ›Herr‹!«

Der Plivano ließ sich nicht davon abbringen, den Gefangenen auf der Stelle heraufholen zu lassen, um ihn mit seinem Opfer zu konfrontieren. Da war Melusine aus der Burg gerannt, und Xenia hinter ihr her. Sie beruhigten sich erst wieder, als sie am Brunnen anlangten und ihr Wasser schöpften. Doch dann wurden sie unschlüssig, die Begegnung mit Husain konnte nur unangenehm werden, und dem wollte Melusine aus dem Weg gehen. Was brachte es ihr, ihm ins Gesicht sehen zu müssen und dann dafür Sorge zu tragen, dass der grässliche Kerl wieder dorthin verschwand, wo er bisher gehockt!? Die beiden bemerkten nicht den Trupp fremder Reiter, der den Brunnen zu umstellen begann. Sie waren als Letzte geblieben, alle anderen Frauen waren längst zur Stadt zurückgeschritten. Als der Kreis sich zuzog, war es zu spät. Der erste Reiter griff im Vorbeifegen Xenia und hob sie vor sich auf den Sattel. Melusine war zu erstarrt, um auch nur einen Schrei auszustoßen. Willenlos ließ sie sich abführen. Aus ihrem Ziel machten die Räuber keinen Hehl. Es war die nahe Burg von Niphin, über die es von den Frauen am Brunnen oft und nur Schlimmes zu hören gab. Melusine hatte das Gerede nie ernst genommen. Die Reiter waren Knechte des Herrn Thomas, der von einer leichten Anhöhe aus das Gelingen des Überfalls verfolgte. Er hatte Mutter und Tochter schon seit Tagen beobachtet, denn als er sie zum ersten Mal am Brunnen sah, wusste er sofort, dass es sich um die handelte, von denen ihm diese Baronin vorgeschwärmt. Weiß Gott! Sie hatte recht! So hatte er mit Ungeduld eine günstige Gelegenheit abgewartet, und heute hatte er zugeschlagen!

Als Melusine und Xenia nicht zurückkehrten, befürchtete man zu Botrun sofort das Schlimmste, nämlich einen Raub durch umherstreifende Beduinen. Denn den wahren Hergang hatte keiner beobachtet. Lucia tröstete sich mit der Möglichkeit, Melusines Freunde, von denen sie ab und an sprach, wären gekommen und hätten sie »befreit«, statt sie in aller Form abzuholen und heimzugeleiten. Herr Husain, auf ergrimmtes Befragen durch den Hausherrn, lachte nur ob der Unterstellung. Melusine du Ferbac sei immer ein wildes Kind gewesen, ohne jede Zucht und Sitte. Wahrscheinlich sei sie aus Masyaf ebenso schuldhaft wie leichtsinnig entschwunden wie jetzt auch hier! Wenn sie die kühne Behauptung aufstelle, er, der Geschickte und verantwortliche Wesir von Masyaf, habe etwas mit ihrer ›Entführung‹ zu tun, dann würde sie schlichtweg lügen! Frau Lucia glaubte ihm sofort, und sie setzte ihrem Mann, dem Cavalier' zu, bis der einwilligte, Husain nicht wieder in den Kerker zu stecken, sondern ihm »Auf das Ehrenwort eines Ehrenmannes« Hausarrest auf der Burg anzubieten.

Die kleine Gemeinschaft der deutschen Ordensbrüder versammelte sich im Refektorium von Karleman zum Gebet *ad vesperas* vor dem kargen Nachtmahl. *»Deus in adiutorium meum intende –«*, murmelten die Brüder, um es dann mit einem kräftigen *»dixit Dominus!«* abzuschließen. Der kleine Grauhaarige, die Freunde hatten inzwischen erfahren, dass er der Abt dieses wehrhaften Konvents war, forderte sie auf, zuzugreifen, als jetzt die Platten und Brotkörbe herumgereicht wurden.

»Es ist gepökelter Hering aus dem Nordmeer, den unsere Freunde aus Bremen unserer Tafel zwei Mal im Jahr stiften«, pries er die streng duftenden Fische an, »von unserem Bruder Küchenmeister sorgfältig gewässert, in Öl eingelegt und mit hiesigen Kräutern gewürzt – ein wunderbarer Schmaus, zart wie der Podex des heiligen Kindes!« Seyfert bediente sich nur zögerlich von dem ihm roh anmutenden Fisch. »Nehmt von unserem Brot dazu«, ermunterte ihn der zweite Ritter, der neben Seyfert auf der langen Holzbank saß. »Frater Pistorius backt es aus dem Schrot verschiedener Körner, untermengt den Teig mit Nüssen, Rosinen und Pistazienkernen.«

»Und was ist das für ein Wein, den der Bruder *cellularius* da schäumend aus dem Fasse zapft?«, fragte Victor keck den Abt, und alle lachten.

»Sagt nur, dass Ihr noch nie ein Bier gesehen habt?!«, spottete ungläubig der erste Ritter, und der zweite schlug sich vor Vergnügen auf die Schenkel. »Das müsst Ihr sofort probieren, *stante pede et ex*!«

»Ex! Ex!«, brüllten jetzt auch die anderen.

Victor musste sich erheben und bekam einen besonders großen Humpen gereicht. Er nahm einen tiefen Schluck, das meiste war Schaum. Er hustete und stellte ihn wieder ab. »Unser Wein schmeckt mir besser!«, erklärte er frank und frei dem kleinen Abt.

Der schlug mit der Faust auf den Tisch. *»Silentium!«* Sofort erstarb alles Gelächter. »Seyfert von Daula und Victor de

Montmor sind unsere Gäste!« Die Rüge an seine Mitbrüder war unüberhörbar. »Sie werden uns jetzt etwas über eine Sekte berichten, von der wir alle schon gehört, aber eigentlich nichts wissen: Die Assassinen des Alten vom Berge!«

Jetzt war es tatsächlich mucksmäuschenstill, und Seyfert begann, nachdem er bemerkt hatte, dass sein Freund noch mit dem schäumenden Bier kämpfte, an dem er sich verschluckt hatte. »Es handelt sich um die Glaubensgemeinschaft der Ismaeliten innerhalb der *shiat*«, stellte er vorweg richtig. »Sie selbst halten sich für die Speerspitze des Islam und beziehen daher ihr Recht, Abweichler wie Gegner zu töten!«

Erstauntes Geraune unter den Biertrinkern.

»Bringen sie auch Christen um?«, hakte der streitbare Abt gleich nach.

»Im Prinzip nicht!«, mischte sich Victor ein, nachdem er auf Anraten seines Nebenmannes mit einem Hering seinen Schluckauf besänftigt hatte. »Die ärgsten Feinde der Assassinen sind die Sunniten, die auf die Abstammung vom Propheten Mohammed nichts geben!«

»Aber wir sind doch die Feinde –«, fragte der Ritter neben ihm zweifelnd, »des Islam und des Propheten?«

»Ungläubige betrifft der Unterschied zwischen Shiiten und den Anhängern der *sunna* nicht«, stellte Seyfert klar. »Wir auf Burg Montmor«, behauptete er kühn, »pflegen ein gut nachbarschaftliches Verhältnis zu den Bewohnern von Masyaf.«

Wieder neugieriges Gemurmel unter den Ordensleuten.

»Ist es wahr, dass sie Haschisch rauchen –?«

»Wenn ihre Stunde gekommen ist«, antwortete Victor ernsthaftig, »wenn das Sehnen nach dem Paradies –«

»Und was ist mit dem Paradies?«, ermannte sich einer zu fragen. »Da sollen doch einundzwanzig Jungfrauen –«

Glucksendes Kichern, der Abt mahnte:

»Mehr Respekt, Brüder!«

Victor nahm den Faden wieder auf. »Das weiß niemand«, erklärte er seinen Zuhörern, »weil noch niemand, jedenfalls kein Lebender, dort gewesen ist –«

»– es ist ein Versprechen«, ergänzte Seyfert, »die Hoffnung derer, die ihr Leben dem Tode weihen!«

Betroffenes Schweigen, das erst der Abt zum *completorium* unterbrach. »*Noctem quietam*«, eröffnete er das Nachtgebet. »*Ad finem perfectum concedat nobis dominus omnipotens.*«

Alle standen auf, und auch die Freunde hatten keine Schwierigkeiten, murmelnd in das Gebet einzufallen, wie brave Christen, die zu sein sie ja vorgaben, und anscheinend zweifelte auch niemand an ihrem Glauben. Dann ging man zu Bett. Seyfert und Victor hatte man eine gemeinsame Zelle zugewiesen. Sie waren beide müde und schliefen auch auf der Stelle ein.

Ob sie von Masyaf, seinem Paradies und von Melou träumten, blieb eines jeden Geheimnis, das jeder von ihnen immer seltener mit dem Freunde teilte. Vielleicht erschien ihnen auch der Alte vom Berge und mahnte sie, doch endlich heimzukehren, er mache sich Sorgen um sie, habe Sehnsucht nach ihnen, und sie schämten sich, den alten Mann, der ihnen immer wie ein Vater gewesen war, so leichtfertig verdrängt, so schmählich vergessen zu haben. Oder war es ihr banges Gewissen, dass sie von der Bedrohung wussten, die dem von ihnen so liebevoll verehrten Huddscha durch den machtlüsternen Husain drohte, und es ihm verschwiegen hatten. Dass ihr eigenes Leben ebenfalls in Gefahr war, wenn jene geheimnisvolle Macht, das obskure Priorat mit seinem eiskalten Magister Venerabilis, davon Wind bekam, dass sie in jener Nacht auf der Burg Kahf die Zusammenkunft der Verschwörer belauscht hatten, dieser Gedanke kam ihnen nicht.

Das viele Gold und die generösen Geschenke des Chatillon versetzten Kira gleich nach Entlassung ihrer Eskorte der drei Ritter der Stadischen Bruderschaft in die Lage, in eigener Verantwortung Diener und Knechte anzuheuern und sich selbst mit dem Notwendigsten zu versehen. Von dem Vorhaben, als große Dame in der Hauptstadt des Königreiches aufzutreten, nahm sie allerdings sofort wieder Abstand, als sie beim Einzug in Jerusalem einige der ihr wohlbekannten Hofdamen der Sybille erspähte. Sie war froh, dass diese grässlichen Personen sie, verdeckt von dem Segeltuch ihres Wagens, nicht entdeckt hatten, und beschloss, umgehend wieder in die ihr Sicherheit gebende Rolle der ›Kyr du Lac‹ zu schlüpfen.

Sie nahm Quartier in dem vereinbarten Gasthaus »Zum letzten Nagel«, unweit des königlichen Palastes, wo ihr der geschwätzige Patron sofort vorschwärmte, welch edle Damen und Herren schon die Dienste seines Hauses zu ihrer vollsten Zufriedenheit in Anspruch genommen hätten, letztlich erst eine reifere Dame, eine Baronin von Marzuban, mit ihrem Leibdiener, einem Mohren, der Timdal hieß. Die hohe Herrschaft sei leider nach der Krönung des kleinen Königs wieder abgereist, brachte Kira zu ihrer großen Beruhigung in Erfahrung. Verwirrt war allerdings der biedere Herbergsvater, dass eine anmutige, doch durchaus reputierliche Dame von Stand das Zimmer bezogen hatte und kurz darauf ein junger Rittersmann das Haus verließ.

Das Refektorium von Karleman lag im Dunkel, nachdem die letzten Rittermönche es nach Abhaltung der Vigil zur Mitternachtsstunde verlassen hatten. Nur der Abt saß noch schweigend in sein Gebet versunken auf seinem Sitz im Gestühl. So wirkte es, aber seine Augen und Ohren waren wach und nahmen sehr wohl die weiße Gestalt wahr, die kurz darauf mit einem Windlicht in der Hand erschien, die spitze Kapuze leicht anhob und es ausblies, um dann wortlos neben ihm Platz zu nehmen. Nicht lange darauf tauchte in dem Flur vor dem Speisesaal ein weiteres flackerndes Licht auf, die Gestalt kam näher, sie war gleichermaßen weiß gewandet und ihr Gesicht verhüllt. Auch sie nahm ihren Platz ein. Sie warteten nun zu dritt, doch es tauchte niemand mehr aus dem Dunkeln auf.

»Ich eröffne«, sprach schließlich die metallene Stimme, »und stelle fest, dass Bruder Husain unentschuldigt fehlt!«

Die anderen quittierten dies mit Schweigen. »Wir müssen vorsichtiger bei unseren Treffen zu Werke gehen«, sagte Gerard, der Großmeister des Tempels, zum Magister gewandt. »Auf dem Kerak wurde nach unserer Zusammenkunft ein Bruder gefunden, der unter unwürdigen Umständen und nicht ohne fremde Beihilfe ums Leben gekomen war – aber seine Clamys samt Kapuze wiesen keine Spuren irgendeiner Verunreinigung auf«, holte der Ridfort ohne sonderlich Erregung aus, »sie müssen also von jemand anderem getragen worden sein, um sich unerkannt und heimlich bei uns einzuschleichen.«

Der Angesprochene hüllte sich in nachdenkliches Schweigen, was der Abt schließlich dazu nutzte, nachzuhaken. »Wie zuverlässig ist dieser Mann, der als Vertreter des Alten vom Berge von den Weisen des Priorats ausgewählt wurde, also dieser Bruder Husain?« Wieder blieb der Magister die Antwort schuldig. »Mir macht er mehr den Eindruck, als verfolge der Geschickte –«, die Frage des Templers ging einmal mehr an den Verehrungswürdigen, »in erster Linie seine eigenen Interessen und nicht die der Assassinen«, der Ridfort war sichtlich bemüht, nicht polemisch zu erscheinen, »– weswegen er von Euch ja wohl ins Priorat berufen wurde?«

Der Magister Venerablis ließ sich endlich zu einer Antwort herbei. »Eben weil er erkennbar eigene Ambitionen hat, die wir kontrollierend, vielleicht auch unterstützend begleiten können, setzen wir auf ihn.« Er schaute dabei den Ridfort in einer Weise durchdringend an, dass diesem schlagartig bewusst wurde, dass es sich in seinem eigenen Falle kaum anders verhielt. »Sollte Bruder Husain«, fuhr er – ungerührt ob des beim Großmeister verursachten Unbehagens – bedächtig fort, »eines Tages den Alten vom Berge ›ablösen‹, das heißt: sich selbst zum Huddscha der Assassinen aufschwingen, wird er uns nicht nur verpflichtet, sondern Wachs in unserer Hand sein.« Er lächelte still vor sich hin. »Das dürfte den neuen Großmeister des Tempels ja wohl freuen!«

Bruder Gerard kam nicht dazu, Stellung zu nehmen, denn der Abt fühlte sich ausgeschlossen. »Wir haben zurzeit zwei Ritter hier auf Karleman zu Gast, die von einer Burg stammen, die sich in Sichtweite der Assassinenfestung Masyaf erhebt. Sie gaben uns interessante Einblicke in das Wirken dieser Mördersekte«, beschloss der Abt gewichtig seinen Exkurs, »denen sie sogar gewisse Sympathien entgegenzubringen vorgaben.«

»Ich habe selbst auf der Burg Kahf zwei dieser so genannten *fida'i* kennengelernt, auch ›sympathische‹ Burschen –«, sagte der Templer. »Das Übel mit den Assassinen liegt darin: Du weißt nie, ist es ein als christlicher Ritter verkleideter Meuchler oder ein sich als Anhänger des Alten vom Berge ausgebender gewöhnlicher Schurke! – Ich traue keinem Einzigen aus dem Dunstkreis von Masyaf. Sie stinken alle!«

»Wenn es so einfach wäre, lieber Bruder Gerard!«, grinste der Magister hämisch. »Zurück zu dem Scheiß-Vorfall von Kerak kommend, also auf den mysteriösen Sturz in die Kloake, wir können uns in unserer Wachsamkeit nicht auf unsere Nasen allein verlassen! Wenn wir jemanden verdächtigen, ein Spion zu sein, ist es besser, wir stechen zu und fragen nicht erst lange!« Diese Warnung war dem Magister Venerabilis ernst. »Das können wir von den Assassinen lernen.«

»Ich kann Euch morgen Früh die beiden Ritter vorstellen –?!«, schlug der Abt hilfreich vor. »Vielleicht ergibt sich etwas von Interesse?!«

»Ich will ausschlafen!«, ließ sich der Templer vernehmen und unterdrückte ein Gähnen.

»Ich wüsste nicht, was Eure Gäste wissen könnten, was ich – oder das Priorat – nicht wissen!« Mit dieser etwas hochfahrend vorgebrachten Stellungnahme des Venerabilis war das Angebot des Abtes vom Tisch.

Gleichzeitig hob er die Versammlung auf, und die drei Herren verließen schweigend mit ihren Lichtern das Refektorium. Der hohe Saal lag wieder im Dunkel der Nacht.

Seyfert und Victor schlummerten auf Karleman der *matutin* entgegen. Die Morgenandacht falle noch in die Dunkelheit, weswegen das Wecken zu dieser Zeit gewöhnungsbedürftig sei. Soweit hatte sie der Bruder instruiert, der sie mit einer Ölfunzel zu ihrem Nachtquartier begleitet hatte. Umso stärker sehnten sich beide in ihren Träumen die zärtlich-warme Umarmung der fernen Geliebten herbei, die Weichheit von Melous mädchenhaftem Körper. Sie schmiegte sich an sie, bettete Kopf und Haar auf ihrer erregt atmenden Brust, ihre warmen Lippen berührten sie, es wurde ihnen heißer und heißer, der so heftig begehrte Kuss brannte auf ihrer Haut, glühte, fraß sich brennend immer tiefer – bis in ihr Herz! – Keuchend erwachten sie fast zur gleichen Zeit, im gleichen Atemzug fassten sie, der eine zaghaft, zum Streicheln bereit, der andere beherzt zupackend, dorthin, wo die Geliebte sich befand, befinden musste. Ihre Hände griffen nicht ins Leere, ihre Finger umschlossen etwas Warmes, Hitze Ausstrahlendes; erschrocken berührten sie es, umfassten es mit pochendem Herzen – hielten es ungläubig ins Licht der Öllampe: Ein ofenwarmes Brötchen!

»Der Alte vom Berge!«, rief Victor erschrocken aus, und auch Seyfert – wie aus einem Albtraum erwachend – schrie auf:

»Er war da!« Er fuhr von seinem Lager auf und sprang zur Tür der Zelle, sie war angelehnt. »Erhabener Sinan!«, brüllte er in den Flur und rannte los. Schon an der nächsten Ecke stieß er mit dem grauhaarigen Abt zusammen, der ihm energisch die Hand auf den Mund presste.

»*Silentium ante laudes!*«

»Der Alte vom Berge war da!«, keuchte hinter ihm der ebenfalls aus der Zelle entwichene Victor. »Gerade eben war er noch hier! Der Sheik hat uns sein Zeichen gelassen!!«

»Ein Zeichen?«, hakte der Abt zweifelnd ein, er konnte Hysterie nicht ausstehen. »Was für ein Zeichen?«, fragte er noch einmal streng.

Seyfert wies ihm zitternd das Brötchen in seiner Hand vor. »Hier!«

Der Abt schaute nun auch zu Victor, der ebenfalls einen kleinen Brotlaib umklammerte. Hatte er es hier mit Irren zu tun, deren Krankheit er gestern nicht erkannt hatte? Dann ging ein Grienen über sein Gesicht – inzwischen hatten sich aus den anderen Zellen auch schon mehrere Ordensbrüder herangedrängt.

»Unser Bruder Pistorius«, erklärte der Abt freundlich, wie man mit Kindern spricht, »hat die lobenswerte Gewohnheit, jedem Mitbruder des Morgens zur Vigil ein frischgebackenes Brötlein ans Bett zu bringen, damit keiner ungestärkt zur Andacht komme! Das ist kein Werk des Teufels, kein mysteriöser Zauber, kein *monitum in obscuro*«, beschloss er seine in sanftem Ton gehaltene Belehrung, »sondern eine der vielen Wohltaten unseres Backofens! Und nun bitte wieder *meditatio*, Brüder!«

»Aber –«, Seyfert ließ sich nicht beirren, »es lag auf meiner Brust!«

Der Abt schaute ihn mitleidig an. »Ein kleiner Scherz unseres Pistorius!«

»Doch der Sheik –«, fing nun auch Victor wieder an, und der Komtur rief genervt: *»Silentium absolutissimum!«*

Nach den *laudes* wurde den Freunden von den beiden Rittern, denen sie gleich zu Anfang begegnet waren, mit höflicher Strenge mitgeteilt, dass ein Ordenshaus wie Karleman Laien wie sie nur kurzfristig beherbergen könne.

»Hier – das sendet euch Frater Pistorius als Verpflegung für die Weiterreise!«

Jeder von ihnen erhielt ein Säcklein mit einem Laib des köstlichen Nussbrotes, einen Riemen Speck und ein Stücklein Käse.

Der Geschickte saß im Sonnenlicht auf einer Terrasse über dem blauen Meer, ein breiter Schirm warf seinen sanften Schatten auf ihn und seinen Kerkermeister, den Herrn von Botrun. Sie spielten Schach.

»Ihr seid ein ungewöhnlich zielstrebiger Spieler, Husain«, lobte der Burgherr widerwillig und brachte seine Dame in Sicherheit.

»*Gardez-vous, Chevalier!*«, lächelte der Geschickte und brachte mit seinem Reiter sie ums andere Mal in Schwierigkeiten. »Ihr manövriert Euch in eine ausweglose Situation!«

Seufzend opferte der in den Ritterstand erhobene Kaufmann aus Pisa seinen Läufer. »Ich sollte Euch wieder ins Burgverlies stecken!«, spaßte er, während der Geschickte weiter das Brett abräumte.

»Wenn Ihr gewillt seid, auch dort unten Eurer Spielleidenschaft zu frönen?«, entgegnete ihm Husain ungerührt, fasste aber seine Bereitschaft nicht weiter in Worte.

»So weit soll es mit uns nicht kommen –«, beeilte sich der Cavalier' seinem Gast zu versichern, »im Gegenteil, ich wollte Euch bitten, mein Haus zu hüten, denn es sieht so aus, als würde mein Lehnsherr, der gute Graf Raimund, mich bald unter seine Fahne rufen!«

»Das wird sich kaum vermeiden lassen, nachdem der ›gute‹ Graf, dem ich Eure Bekanntschaft verdanke – und etliche Jahre feuchten Kerker dazu! –, sich mit Guido wieder verständigt hat.«

Dem Cavalier' lag nichts daran, sich begeistert zu zeigen. »Ich verstehe, dass er nicht mit leeren Händen vor den Lusignan treten kann«, jammerte er verhalten. »Aber warum muss ausgerechnet ich, dem das Kriegshandwerk zuwider ist, mich in eine Rüstung quetschen, einen störrischen Gaul besteigen und ein rostiges Schwert in die Hand nehmen, nur um mein teures Weib zur Witwe zu machen?!«

»Schach!«, sagte der Geschickte mitleidslos und grinste. »Wenn ich nicht von so kurzer Statur wär' und weniger auf der Wampe hätt', dann könntet Ihr mich leicht vertreten.«

Husain schaute ob dieser unerwarteten Aussicht wenig beglückt. »Ihr meint, der Graf von Tripolis würde sich meiner nicht mehr erinnern?«

»Dessen bin ich mir gewiss, aber von mir wird er nicht

glauben wollen, dass ich plötzlich vom plumpen Pfeffersack zu solch stattlicher Gestalt erwachsen!«

»Danke für das Kompliment, das es aber in der Konsequenz unvermeidbar macht, dass Ihr Euch *in personam* mit dem Lorbeer eines heldenhaften Kriegers schmücken müsst!«

Der Cavalier' fügte sich in sein trauriges Los. »So kann ich Euch nur noch bitten, hier auszuharren und Euch meines armen Weibes anzunehmen, wenn dann die Nachricht eintrifft, dass ich diesen Ruhm eines Helden mit meinem Leben bezahlt –!?«

»Vielleicht«, der Geschickte sprach ihm Trost zu, »geratet Ihr ja unversehrt in Gefangenschaft – dann lass ich Euch als Revanche ein paar Monate im Kerker schmoren, bevor ich Euch dann auslöse!«

»Geld spielt keine Rolle!«, beeilte sich der Cavalier' zu versichern. »Meine Frau hat alle Vollmachten –«

»So viel Vertrauen? In den Händen der eigenen Frau, das ist zweifellos das Gefährlichste, was Euch zustoßen kann!«, lachte Husain schallend, was den Cavalier' nicht gerade beruhigte.

»Ich verspreche Euch, alles in meiner Macht dafür einzusetzen, dass Ihr mich schnellstens von diesem Dasein als Euer Vertreter wieder ablösen könnt!«

»Lucia ist keine üble Frau!«, protestierte der Cavalier', aber der Geschickte winkte generös ab.

»Ich bin schon verheiratet, und ein Weib wie meine Thamar reicht mir für den Rest meines Lebens!«

Die beiden Herren schüttelten sich die Hand und begannen, die Figuren für ein neues Spiel wieder auf dem Brett zu ordnen.

SEHENDEN AUGES

PALASTINTRIGEN

Sayf und El-Mansur waren noch nicht viel weiter auf ihrem Weg nach Jerusalem gekommen, nach ihrer erzwungenen Bleibe – und dem nachfolgenden Rauswurf – auf der Burg Karleman dieser merkwürdigen ›Bruderschaft Stadischer Ritter‹, als sie einen einzelnen Reiter hinter sich erblickten, der sein Pferd heftig antrieb und noch heftiger mit beiden langen Armen fuchtelte. Es war der Meister aller Meister, der sich nicht minder erstaunt zeigte, seine beiden Zöglinge in dieser Einöde anzutreffen, als Sayf und El-Mansur.

»Ich wähnte euch längst in Jerusalem?!«, begrüßte Jaluddin sie atemlos. »Wo ist Kira du Paradis?«

»Vorausgeritten«, grummelte El-Mansur. »Kyr du Lac konnte es nicht abwarten, den Ort zu erreichen, wo sie ihren Liebsten wieder zu gewinnen hofft –«

»Der Chatillon hat anderes zu tun, als sich bei Hofe herumzutreiben«, bemerkte der Waffenmeister voller Ungeduld. »Und ob Kira sich dort sehen lassen sollte –«

»Princesa Kira de Marzuban, oder unter welchem Namen sie diesmal aufzutreten gedenkt!«, verbesserte Sayf mit Häme.

Das missfiel Jaluddin. »Eure Freundin Melou samt Tochter wurde von Husain an einen Sklavenhändler verkauft, weit unter Preis!«

»Was?!«, erregte sich Sayf. »Das sagt Ihr so ruhig!? Und wir stehen hier noch rum –«

»Gemach!«, versuchte ihn der Meister vergeblich zu beschwichtigen.

»Wohin hat man sie verschleppt?!«, schrie Sayf. »El-Mansur, was sagst du dazu?« Denn er fand auch seinen Freund zu behäbig in der Hinnahme dieser Schreckensnachricht.

»Nach Botrun«, erläuterte Jaluddin. »Dort ist sie gut aufgehoben!« Jaluddin drängte es weiterzureiten.

»Wenn Ihr nicht mitkommt«, ereiferte sich Sayf, »dann werde ich allein losziehen und sie erretten!« Er schaute El-Mansur fragend an, doch der winkte ab.

»Es ist besser, erst mal nach Jerusalem zu reiten!«, ließ er den fassungslosen Freund wissen. »Wir sollten nichts überstürzen –«

»Mit mir nicht!«, unterbrach ihn wütend sein Gefährte. »Da zeigt sich die wahre Liebe!«, stieß er triumphierend aus. »Ich werde Melou befreien – und wenn es mich mein Leben kostet!« Er riss sein Pferd herum und stob Richtung Norden davon.

El-Mansur, jetzt wieder der Ritter Victor du Ferbac, und sein Waffenmeister Jaluddin erreichten bald darauf Jerusalem und fanden auch gleich die unglückliche Kyr du Lac in der Herberge, denn sie hatte bei Hofe nichts erreicht, außer, dass sie erfahren musste, dass der Herr Reynald von Chatillon noch unterwegs war, irgendwo auf Beutezug.

Die drei begaben sich an den Hof. Victor entsann sich des eitlen Truchsess der königlichen Tafel, der ihm damals ermöglicht hatte, als Page in die Nähe des zukünftigen Königs zu gelangen und dessen Freundschaft zu gewinnen. Jetzt lag Balduin im Sterben, aufgefressen und verfault von der tückischen Lepra, die sie damals beim Spiel entdeckten. Der Patron ihrer Herberge hatte es ihnen am Morgen erzählt. Ganz Jerusalem erwartete bedrückt das unvermeidliche Ende des beliebten Königs, und noch viel mehr lastete auf den Bürgern der Stadt die Sorge, was danach kommen würde: Eine Königin Sybille mit diesem Schwachkopf, diesem Hasenfuß Guido als Ehemann? – Würde der den mächtigen Sultan Saladin abwehren können?

Der Truchsess war inzwischen ein alter und verbitterter Mann geworden, denn seit dem Ausbruch der Krankheit hatte Balduin keine Gastmähler mehr gegeben, bei denen der Wein floss. Verschämt, aber gierig nahm er das Geldgeschenk an, das Victor ihm in die Tasche schob, damit er ihm den Zugang zu Balduins Krankenzimmer verschaffte.

Seine Gefährten Kyr und Jaluddin hieß er im Flur warten. Der junge König lag unter einem Baldachin aus feiner Gaze, der Geruch seiner eitrigen Schwären verpestete den hohen Raum, Ärzte und Mönche vom Orden des heiligen Lazarus umstanden sein Bett, ebenso wie Sekretäre, die fleißig notierten, was der lebende Leichnam mit gequälter Stimme von sich gab, Berater nickten oder wischten die Wünsche kopfschüttelnd beiseite. Doch als Balduin mit seinen trüben Augen Victor erblickte, ging ein Leuchten über seine ausgemergelten Züge.

»Victor?«, flüsterte er. »Du bist gekommen – das freut mich –«, und er streckte ihm mühsam seine Hand entgegen. Auch durch die mildtätig vertuschende Gaze sah Victor, dass ihm ein Knochenstrunk entgegenkam, grad' zwei Finger waren noch im Ansatz der Glieder zu erkennen. Er zwang sich, nicht zurückzuschaudern, sondern ergriff, geschützt durch das Netz, die dargebotene Hand und deutete einen Kuss auf die Geschwüre an. »Ja«, sagte Balduin, »mir fehlt schon einiges.« Er zog unter Anstrengungen seinen Arm zurück. »Bald werd' ich's hinter mir haben!« Victor schwieg, nachdem er andächtig »mein lieber König« gehaucht hatte, und Balduin raffte sich noch einmal auf, winkte einen *secretarius* heran. »Victor ist mein Gast!«, ordnete er klar verständlich an, bevor er erschöpft sich in sein Kissen zurückfallen ließ. Auf Zehenspitzen verließ Victor das Sterbezimmer.

Der Regent Raimund von Tripolis rief die Barone nochmals zusammen, er wollte ihre Meinung hören, welche Politik dem Königreich zukünftig am dienlichsten sei. Der Winterregen war ausgeblieben, es drohte eine Hungersnot. Raimund erklärte, dass dem Land ohne Hilfe eines neuen Kreuzzuges aus dem

Abendland ein weiterer Feldzug nicht zuzumuten sei. Er bat sie um ihr Einverständnis zu einem weiteren Waffenstillstand für vier Jahre. Sie billigten sein Vorhaben, und es gelang ihm tatsächlich, mit Saladin zu einem solchen Abkommen zu gelangen. Doch dann begann es mit König Balduin sehr schnell zu Ende zu gehen. Er verlangte – zur Verwunderung der Priester und Hofbeamten – noch einmal Victor zu sehen. Der eilte sofort an das Sterbelager, wurde aber von den Ärzten gebeten, dem König nicht zu nahe zu kommen. Victor hatte Kira mitgenommen, und Balduin flüsterte – er musste das Weib in der Rüstung des Ritters ›Kyr du Lac‹ sofort erkannt haben: »Welch schönes Paar ihr seid – ich wünsche euch –«, mehr war nicht zu verstehen.

Die Priester drängten ihn ab, und so verließ Victor samt Kira den Raum. Wenige Stunden später wurde Balduin von den Qualen seines Leidens erlöst. Er war erst vierundzwanzig Jahre alt.

Des Königs Leichnam war noch nicht in der Kirche zum Heiligen Grabe zur letzten Ruhe gebettet, als Sybille schon die Macht im Palast übernahm. Sowohl Kira als auch Victor hatten alle Veranlassung, nicht mit ihr zusammenzustoßen. Während Victor darauf drängte, sofort die Stadt zu verlassen, stellte Kira sich quer. Sie wollte auf Teufel komm raus am Hofe bleiben, in der Hoffnung, den Chatillon wiederzutreffen.

Jaluddin und El-Mansur wünschten, keine Zeit zu verlieren, und ließen ihr den Willen. Victor eilte zur Herberge, aber gerade als er das Gasthaus betreten wollte, wurde er von einigen Hofdamen der Sybille gesichtet, darunter die ehemaligen Zofen Adelaide und Guinivève.

»War das nicht der Page, der unsere Herrin so an der Nase herumgeführt hat? Und der Freund war doch in der Delegation von diesen –!? Wahrscheinlich sind sie beide Assassinen!«, tuschelten sie aufgeregt und rannten zurück zum Schloss. Sie benachrichtigten gar nicht erst ihre Herrin, sondern hielten sich an den Hauptmann der Leibwache des Lusignan. Der zeigte sich den Damen sofort gefällig. Gerade als Victor sein Gepäck auf dem Karren verladen wollte, trafen die Soldaten Guidos ein und verhafteten ihn. Zum königlichen Schloss gebracht, war die Torwache ganz erstaunt, einen Freund des verstorbenen Königs arrestiert zu sehen, und weil niemand Zeit hatte, sich um einen gefangenen Assassinen zu kümmern, verschwand El-Mansur erst einmal im Kerker.

Der Ritter Kyr du Lac hatte von diesem Vorfall nichts mitbekommen. Er stolzierte durch die Korridore des Palastes, bis er endlich, als er es schon gar nicht mehr erwartete, eine ihm wohlbekannte Stimme hörte. Es war Reynald von Chatillon. Er war nicht allein. Deswegen hatte sich Kyr sofort im Griff, wenngleich ihr die Knie zitterten ob dieses letztlich doch unerwarteten Wiederbegegnens.

»Was kann ich für Euch tun, edler Freund?«, gab sich Reynald mühsam unbefangen, und Ritter Kyr antwortete:

»Beschafft mir eine Stellung an der Seite des Guido von Lusignan, so verbleibe ich in der Nähe der Macht und in der Euren!«

Der Chatillon schaute Kyr zwar befremdet an, ließ sich dann aber herbei, seinen Einsatz zuzusagen. »Ihr könnt auf mich zählen, junger Freund!«, sagte er mit belegter Stimme und ging weiter.

»Wer war das?«, fragte sein Begleiter, ein junger Priester namens Ralph de Sidon, Sohn einer der noblen Familien des Königreiches.

»*Quelqu'un qui va faire carrière!*«, antwortete Reynald mit hörbarer Geringschätzung.

El-Mansur konnte von Glück sagen, dass Sybille den Kopf voll anderer Intrigen hatte, als dass sie dem Geschwätz ihrer Damen Gehör schenkte. Es lag durchaus in ihrem Charakter, dass sie sich auch eine späte Rache an dem Pagen gegönnt hätte, der es gewagt hatte, sich ihr zu entziehen, sie zurückzuweisen!

Der von Raimund bewerkstelligte Vertrag mit dem Sultan verschaffte dem gesamten Königreich erst einmal Erleichterung, doch die trügerische Ruhe war schnell wieder dahin, als jetzt – schon bald nach seinem Onkel – zu Akkon auch der Knabe gleichen Namens starb, der ihm eigentlich hatte nachfolgen sollen.

Sybille gebärdete sich sofort als die neue Herrscherin im Königspalast zu Jerusalem, wohl wissend, dass ihre Herrschaft keineswegs gesichert war. Die meisten der Barone standen zu Raimund von Tripolis, und der würde ihrer jüngeren Schwester Isabel den Vorzug geben, schon um einen König Guido zu verhindern. Dann erfuhr Jaluddin, wie der Seneschall den Regenten Raimund aufs Kreuz gelegt hatte. Beide waren sie am Sterbelager des kleinen Königs zu Akkon zugegen gewesen. Der Seneschall bot Raimund entgegenkommenderweise an, dass er es übernehmen wolle, den Leichnam nach Jerusalem zu überführen, während Raimund die Barone an seinem Sitz zu Tiberias zusammenrufen solle, um die von Balduin getroffenen Verfügungen in Kraft treten zu lassen. Raimund ging in die Falle und begab sich nach Tiberias und versammelte dort alle um sich. Doch die seiner Einladung sofort Folge leisteten, waren sowieso schon seine Parteigänger. Der Seneschall hingegen dachte gar nicht daran, sich mit dem Transport der Leiche zu befassen, sondern schickte Truppen seines Vertrauens nach Tyros und Beirut und besetzte im Handstreich beide Hafenstädte. Gleichzeitig sandte er aber auch Botschaften an Sybille und Reynald, zum Begräbnis nach Jerusalem zu kommen.

Als Raimund entdeckte, dass er arglistig getäuscht worden war, hatte er Beirut schon verloren. Zornig berief er das Hochgericht des Königreiches nach Naplusa ein. Diesmal erschienen alle, die da Sitz und Stimme hatten, so auch Humfried von Toron mit seiner jungen Frau Isabel sowie deren Mutter, die frühere Königin Maria von Byzanz, mit ihrem Mann Balian von Ibelin, einem der maßgebenden Barone des Königreiches. Der Einzige, der sich natürlich nicht sehen ließ, war Reynald de Chatillon. Bevor noch das Gericht tagte, erhielten alle Anwesenden die Aufforderung Sybilles, sich zu ihrer Krönung zu Jerusalem einzufinden. Diese beauftragten im Gegenzug zwei rechtsgelehrte Zisterzienser, die abtrünnigen Verschwörer in der Hauptstadt an ihren Eid zu gemahnen, den sie dem König geschworen hätten. Sybille weigerte sich, die Abgesandten überhaupt zu empfangen. Sie verfügte über Jerusalem und die Seehäfen, die Truppen des Seneschalls, und die des Konnetabels, der Guidos Bruder war, standen auf ihrer Seite, dazu der Chatillon, der Patriarch Heraklios, als ehemaliger Geliebter ihrer Mutter Agnes, und der Großmeister der Templer Gerard de Ridfort, der bei allem dabei war, was gegen Raimund von Tripolis gerichtet war, – und sie besaß die Sympathie des Volkes von Jerusalem. Den einzigen Nachteil sahen die Leute in ihrem Gatten, den keiner leiden konnte.

Der Patriarch und die Tempelritter schlossen die Stadttore und bemannten die Mauern, um jedwelchen Angriff der zu Naplusa versammelten Barone abwehren zu können. Dann trafen sie die notwendigen Vorbereitungen für die Krönung. Die königlichen Insignien wurden in einer Kassette mit drei Schlössern aufbewahrt, von den Schlüsseln befanden sich einer in der Obhut des Patriarchen und je einer in den Händen der beiden Großmeister. Der Johanniter weigerte sich standhaft, seinen Schlüssel für eine Handlung herauszugeben, die er als Verletzung seines Eides ansah, schließlich warf er ihn wütend zum Fenster hinaus. Weder er noch irgendeiner seiner Ritter nahmen an den Festlichkeiten teil. Das erfuhr Jaluddin von dem Johanniter Valerian du Ferbac, der sehr stolz auf seinen Großmeister war, dass er vor allem es den Templern mal wieder gezeigt habe, wie man sich nach Recht und Gesetz verhält. Jaluddin ließ ihm seinen Glauben an das Gute in dieser schlechten Welt.

Angesichts der allgemeinen Unbeliebtheit Guidos krönte der Patriarch Sybille allein. Aber eine zweite Krone lag in Reichweite der neuen Königin. Sie befahl Guido, hervorzutreten und vor ihr niederzuknien. Eigenhändig setzte sie ihm die Krone aufs Haupt. Sodann leistete die versammelte Gesellschaft König und Königin den Treueid. Bei dieser Gelegenheit erblickte der Meister aller Meister zum ersten Mal wieder den Ritter Kyr, dem es nicht erspart blieb, als einer der Ersten dem König zu huldigen. Als er sich wieder erhob, hörte Jaluddin den Fürsten von Transjordanien raunen: »Ihr lebt höchst gefährlich, werter Kyr!«, und bekam zur Antwort:

»Das hält mich jünger, werter Reynald, als ich in Euren Augen bin!«

Der Meister aller Meister musste sich damit begnügen, dass Kira ihn gesehen hatte und sie jetzt wusste, dass er noch am Hofe weilte. Das Einzige, das er ihr noch mitteilen sollte, war, dass El-Mansur immer noch im Kerker des Palastes hockte.

Sayf hatte auf seinem Ritt gen Norden, nach Botrun, in Naplusa erste Rast gemacht, denn das lag auf dem Wege. Seines Anteils an den Geschenken Reynalds war er zwar durch seine hitzige Entscheidung vorerst verlustig gegangen, aber er hatte – schlauer Fuchs, gerissener wenigstens als El-Mansur! – schon beim Beginn des Streits mit Kira am Toten Meer einen Griff in die Kasse getan und sich – Allah sei's gedankt! – so weit mit barer Münze versorgt, dass er standesgemäß auftreten konnte. Auch die ihm zugedachte kostbare Kleidung und Armatur hatte er sofort angelegt beziehungsweise in den Satteltaschen seines Pferdes verstaut. Auf Grund seiner Erscheinung hatte der Ritter Seyfert von Daula überall Zutritt, auch beim Tagen des Hochgerichts.

Gegen die Tatsache der vollzogenen Krönung konnte das Hochgericht zu Naplusa wenig unternehmen. Viele tönten aber lauthals, sie wollten nicht mehr in einem Lande leben, das von einem solchen König regiert werde – als könnten sie einfach auswandern oder sich und ihre Städte für unabhängig erklären! Doch Raimund gab noch nicht auf. In ihrer Mitte befände sich schließlich die Prinzessin Isabel nebst ihrem Manne Humfried von Toron. Die solle man krönen und nach Jerusalem bringen! Gegen die vereinigten Heere aller Barone – vom grässlichen Chatillon mal abgesehen! – und Unterstützung durch die Johanniter könnten sich die Usurpatoren niemals halten! Und Saladin würde, solange er, Raimund, Regent sei, sich an den Waffenstillstand halten, sodass selbst bei einem eventuell ausbrechenden Bürgerkrieg der Bestand des Königreiches nicht gefährdet sei. Alle stimmten Raimund zu und schworen, nicht zu weichen oder zu wanken, bis sie ihr Ziel erreicht. Doch sie hatten ihren genialen Zug auf dem Schachbrett der Macht ohne die Figur des von ihnen ausersehenen Königs gemacht! Humfried von Toron rutschte das Herz in die Hose, als er hörte, was man mit ihm vorhatte. Um nichts in der Welt wollte er König werden! Er schlich sich des Nachts aus dem Gebäude, wo man sich versammelt hatte, hinunter in die Ställe. Aber die Knechte waren aufmerksam und wollten wissen, ob er befugt sei, Naplusa zu verlassen. Entmutigt wollte Humfried gleich wieder aufgeben, da traf er auf den Ritter Seyfert, jung wie er. Humfried fasste Vertrauen zu ihm, nahm allen Mut zusammen und bat ihn um Überlassung seines Pferdes.

»Ich kann Euch dafür kein Königreich versprechen, edler Ritter, denn ich bin soeben im Begriff, das mir angebotene zurückzuweisen!«

Sayf verstand nicht gleich, worum es ging. Er war in den Stall gegangen, um sein Tier für die Nacht zu versorgen und sich mit dem Nötigsten einzudecken. »Wenn Ihr mir Euer Pferd überlasst, will ich Euch das in Gold –«

»Beleidigt mich nicht!«, unterbrach ihn Ritter Seyfert stolz.

»Wenn Ihr nach Toron kommt und weist –«, Humfried nestelte sich ein kostbares Geschmeide vom Hals, »dieses *signum* vor, dann erhaltet Ihr dort drei Pferde und alles, was Ihr sonst noch verlangt.« Herr Humfried umarmte Sayf inniglich. »Die Kette sei hiermit Euch zu eigen!«

Sayf war so überwältigt von den ritterlichen Manieren des jungen Herrn von Toron, dass er in alles einwilligte. Humfried sprang auf das Pferd und ritt aus Naplusa fort, als säße ihm der Teufel im Genick, durch bis nach Jerusalem. Erst als sein Pferd schon über alle Berge war, fiel Sayf ein, dass er vergessen hatte, die Satteltaschen zu leeren.

Ein vorwitziger Sonnenstrahl fiel auf ihr Gesicht und ließ die ›Baronin Thamar de Marzuban‹ – für sie nicht ungewohnt – in einem fremden Bett erwachen. Sie blinzelte. Durch das offene Fenster des Söller ging ihr Blick hinab auf sich leicht im Wind kräuselnde Wellen. Sie war in Tiberias, lieblich gelegen am Ufer des Sees Genezareth. Thamar räkelte sich wohlig in den seidenen Kissen. Gestern Abend war sie auf ihrem Weg nach Jerusalem auf der Burg eingetroffen.

Die Fürstin von Galiläa war ihr eine gute Freundin, seit sie sich bei ihrer ersten Reise auf einem Empfang im Königspalast kennengelernt hatten. Doch diesmal hatte sie die hohe Dame nicht angetroffen. Sie sei nach Naplusa geritten, um dort ihren Mann, den Grafen Raimund, aufzusuchen, wie der alte Kastellan Thamar erklärte. Doch das hinderte ihn nicht, die Frau Baronin als geschätzten Gast zu bewirten und zu beherbergen. Die Gemächer, die ihr angeboten wurden, waren offensichtlich für durchreisende Könige oder Kardinäle bestimmt. Thamar genoss den Luxus. Timdal, ihr Mohr, betrat auf Zehenspitzen die Kemenate und geleitete sie in das mit Mosaiken verkleidete, marmorgeflieste Bad. Auf der Oberfläche des wohltemperierten Wassers schwammen duftende Rosenblätter. Sie ließ sich nackt in die Wanne gleiten und überließ ihren Körper den geschickten Händen des Mohren, der sie mit wohlriechenden Essenzen verwöhnte.

Eigentlich hatte sie die Fürstin nach dem Verbleib ihres Ehegatten Husain fragen wollen, der vor langer Zeit nach Tripolis zu einem Besuch des Grafen Raimund aufgebrochen und seither verschollen war. Sie wusste ja nicht, dass der Geschickte den Grafen hatte ermorden wollen und von Glück reden konnte, dass er nur im Kerker gelandet war. Nicht, dass Thamar ihren Husain sonderlich vermisste, es war ein kurzes Aufflackern weiblicher Neugier gewesen, und so vergaß sie die ungeklärte Frage auch schnell wieder.

Timdal massierte ihr Hals und Nacken mit ätherischen Ölen und streichelte ihre Brüste mit feinem Pinsel. Bis tief in die Nacht hatte sie den Musikanten gelauscht, alles alte Männer, die ihren Instrumenten voller Inbrunst aufreizende Klänge entlockten. Die dazu sich darbietenden Tänzerinnen wiegten hingebungsvoll ihre Leiber, mit denen, was Aussehen und Figur anbelangte, Thamar es leicht hätte aufnehmen können. Die drei anwesenden jungen Männer, schmucke Burschen, die Söhne des Kastellans, hatte der Vater barsch zu Bett geschickt, bevor er seinen hohen Gast persönlich bis zu dessen Gemächern begleitete.

Thamar entstieg dem Bade. Die Frauen, die sogleich mit vorgewärmten weichwollenen Tüchern herbeieilten, schienen die gleichen, die gestern Abend als Tänzerinnen aufgetreten waren. Behutsam rieben sie den ihnen anvertrauten Leib trocken, sagten Thamar, wie schön sie sei, und hüllten sie in ihre kostbare Robe.

Der fürsorgliche Kastellan hatte vor der Abreise der Baronin einen Morgenimbiss vorbereitet, zu dem sich auch der reisefertige Mohr einfand.

Unvermittelt begann Thamar einen Diskurs, dass sie für die weitere Reise nach Jerusalem seine Dienste entbehren könnte. »Es sind nur noch einige wenige Tagesreisen, mein guter Timdal, die mich von meinem Ziel trennen, sie führen allesamt durch sicheres Gebiet von lieben Freunden, und dank deiner Umsicht und der guten Mannschaft, die du zusammengestellt hast, ist für meinen Komfort bestens gesorgt!«

Timdals grienendes Schweigen wirkte obstinat. »Alles keine Argumente«, bequemte sich der Mohr endlich zu einer Stellungnahme, »die mich überzeugen, Euch allein zu lassen!«

»Verdirb mir nicht die gute Laune, Mohr, indem du dich meinen Wünschen widersetzt!«

»Ich habe stets jeden von Euren schönen Augen abgelesen, Herrin!«

»Du glaubst wohl, ›schön‹ erst durch deine Künste!?«, funkelte sie ihn an.

»Nein, nein!«, wich Timdal geschmeidig aus. »Sie strahlen von Eurem inneren Glanz, ganz ohne mein Zutun! – Ich rahme sie nur.«

Thamar sprang auf und drängte zum Aufbruch. »Ich werde dich nicht mehr in meine Nähe lassen, nicht mehr mit dir reden«, drohte sie im Hinausrauschen. »Ich verbanne dich aus meinem Gefolge!«

»Auch wenn Ihr mich mit Steinwürfen verjagen lasst, werde ich hinter Euch herreiten, denn das bin ich mir selbst schuldig!«, entgegnete der Mohr gelassen, denn er war derartige Launen der Saida Thamar gewohnt, und morgen schon würde sie wieder nach ihm rufen.

Die nächste Aufregung erlebte der Königspalast zu Jerusalem, als mitten in der Nacht plötzlich der junge Humfried von Toron erschien. Völlig verschwitzt, ohne Isabel, ohne jegliche Begleitung pochte er an das Tor und verlangte die Königin zu sprechen. Sybille hatte schon ihm und ihrer Schwester den Auftritt vor dem Hochgericht zu Naplusa sehr verübelt. Ganz sicher wollte sie sich jetzt von diesem Verräter nicht im Schlaf stören lassen. Es wurde Humfried bedeutet, sich bis zum Morgen zu gedulden.

Jaluddin kümmerte sich um den jungen Herrn von Toron und besorgte ihm ein standesgemäßes Zimmer. Dafür fragte er ihn aus, was ihn denn bei Nacht und Nebel dazu getrieben habe, hier im Palast der Königin Sybille zu erscheinen. Bruchstückweise entlockte er ihm, was sich zu Naplusa abgespielt hatte. Doch dann war Humfried erschöpft von seinem Ritt eingeschlafen.

Bei der Morgenaudienz behandelte Sybille ihn wie einen gewöhnlichen Bittsteller und ließ ihn ihre Verachtung spüren, indem sie Humfried, immerhin ihr Schwager, unhöflich lange warten ließ. Doch Humfried war bei aller Verlegenheit ein zäher Bursche. Schließlich gestattete sie ihm, sein Anliegen vorzubringen. Kaum hatte Sybille begriffen, wie wertvoll seine Fahnenflucht für ihre Seite war, nahm sie Humfried schnell an der Hand und führte ihn zu Guido, dem er sofort den Treueid leistete.

Humfrieds Umfallen machte alle Pläne der Barone zunichte. Einer nach dem anderen begaben sie sich nach Jerusalem und huldigten König Guido.

Lediglich Raimund zog sich in die Länder seiner Gattin in Galiläa zurück, womit er ein zweites Mal seine Absetzung als Regent in Kauf nahm. Bohemund von Antioch bot ihm als Ausgleich für das Raimund verlustig gegangene Beirut die Stadt Tripolis an, denn auch der Fürst von Antioch war nicht gewillt, den neuen König anzuerkennen, während er aus seinen Sympathien für Raimund nie einen Hehl gemacht hatte.

Ein Glück für alle war, dass Saladin an dem Waffenstillstand festhielt, denn das Königreich unter Guido war alles andere als in einem Zustand, der an erfolgreiche Abwehr eines zügig vorgetragenen Angriffs denken ließ.

Thamar, die Baronin de Marzuban, zog mit ihrem Gefolge unterhalb des Berges Tabor vorbei; der Tag näherte sich bereits dem Abend, und sie überlegte schon, in einem am Wege liegenden Gasthaus am Rande der Goliaths-Tümpel zu nächtigen, als ein einsamer Wanderer müden Schritts ihnen auf der steinigen Straße entgegenkam.

Die tiefstehende Sonne warf bereits ihre langen Schatten, und so wirkte auch seine schlanke Gestalt wie von einem mächtigen Zauber verändert. Thamar sah sie verheißungsvoll auf sich zukommen, doch dann erkannte sie das Gesicht. Es war Sayf, der Ziehsohn ihres alten Freundes An-Nasir. Sie ließ anhalten und hieß den ob der Begegnung verwirrten jungen Mann zu ihr auf den Reisekarren aufsteigen. Sayf war froh, seine müden Glieder für eine kurze Zeit ausruhen zu können. Thamar ließ den Wagen die Richtung der Herberge nehmen, die ihr jetzt mehr noch als zuvor das rechte Ziel für die heutige Nacht erschien. Sayf bemerkte in seiner Erschöpfung den Richtungswechsel nicht einmal, binnen kürzester Zeit war er, an die Schulter der Frau gelehnt, eingeschlafen, tief und fest. Sie erreichten den Gasthof nahe der berühmten Quelle des Jordan, und Thamar ließ den Schlafenden von ihren Dienern behutsam vom Wagen heben und in das Haus tragen. Sie überwachte selbst, dass er auf dem besten und größten Bett des Hauses gelagert wurde. Dann schickte sie alle aus dem Zimmer und begann, ihn zärtlich zu entkleiden – nicht einmal jetzt zeigte Sayf die geringsten Anzeichen zu erwachen. Sie streichelte den sehnigen Leib, schüttelte und rüttelte ihn sanft und immer heftiger. Nichts, Sayf schlief wie ein Stein. Thamar holte sich aus der Küche einen Krug roten Weines. Damit rieb sie ihn ein, erst die Brust, Arme und Beine, doch schnell landete sie bei seinen Lenden.

Bevor sie jedoch nach seinem Gemächte griff, besann sie sich. Rasch schlüpfte sie aus ihrer Robe, blies das Licht aus und legte sich nackt zu ihm. Dann erst nahm sie sich tastend seines schlaffen Gliedes an, das schnell in ihren Händen wuchs. Ein Stöhnen verriet ihr, dass ihr Bemühen von einem erwachenden Sayf wahrgenommen schien. Plötzlich spürte sie seine Hände wie Stahlklammern um ihre Hüfte gelegt, er zog energisch ihren Hintern zu sich, und beglückt spürte Thamar, wie der von ihr erhitzte Stößel in sie eindrang. Sayf richtete sich auf, seine Finger glitten über ihren Leib, ließen auch ihre Brüste nicht aus, während er sie mit mächtigen Stößen vor sich hertrieb. Sie hörte sein Keuchen, sein heißer Atem strich ihr über den Nacken, Thamar gab alles, damit ihr hochgestreckter Arsch seinem immer heftiger tobenden Penis nicht entglitt, gekonnt hielt sie dagegen, tobte mit, so lange sie noch bei Sinnen war. Der Aufruhr im eigenen Leibe überflutete sie, während der Mann zuckend auf ihrem Rücken zu liegen kam. Wohlig, seine warme Last gern ertragend, streckte sie ihren Leib, immer darauf achtend, seinen Stachel nicht zu verlieren. Sayf rührte sich kaum noch, er hatte bislang kein Wort zu ihr gesprochen. »Liebster«, flüsterte Thamar und lauschte. Tiefe Atemzüge verrieten ihr, dass Sayf wieder eingeschlafen war. Ihr schönes Gesäß ihm bereitwillig hinschiebend, schmiegte sie sich an ihn.

Als die Morgensonne sie weckte, war der Platz an ihrer Seite leer. Thamar eilte, sich in eine leichte *djallabija* hüllend, in die Gaststube. Außer Sayf war dort noch keine Person anwesend. Er hatte sich Brot und ein Stück Dörrfleisch aus dem Küchenspind geholt, dazu einen Krug Wasser. Thamar setzte sich zu ihm, der mit offensichtlichem Heißhunger sein karges Mahl kaute.

»Ich muss weiter«, sagte er mit vollem Mund, »Melou suchen!« Thamar nahm es lächelnd hin. »Und wo willst du sie finden?«, fragte sie teilnahmsvoll. »Botrun!«, lautete kauend die knappe Antwort. In Thamars Augen glomm ein Glitzern auf, das ihm entging. »Du brauchst ein Pferd«, sagte sie. »Ich hab' kein Geld«, kam die geschmatzte Entgegnung. Thamar stand auf und griff in ihre Reisetasche und zog einen Beutel prall gefüllt mit Münzen heraus. »Ich könnte es dir geben –«, sagte sie gedehnt und wusste, dass das Licht ihren dunklen Schoß deutlich durch den leichten Musselin ihres Gewandes scheinen ließ. Sayf sah ihr fest in die glitzernden Augen, stopfte den letzten Bissen in den Mund und erhob sich. Wortlos beugte er ihren Leib über den klobigen Tisch, schob die *djallabija* hoch über Schenkel und Pobacken, ließ seine Hose fallen und trat hinter sie. Bevor er Thamar ein weiteres Mal seinen Schwanz spüren ließ, griff er über ihre Hand hinweg nach dem Beutel. Zitternd vor Erregung überließ sie ihn dem Mann.

Bald nach der erfolgreichen Krönung Sybilles war der Chatillon nach Oultre-Jourdain zurückgekehrt, ohne sich von Kira zu verabschieden. An ihrer Liebe zu ihm änderte das nichts. Auch König Guido sah mit Sorge, wie der Chatillon loszog. Zu Recht fürchtete er, dass die räuberischen Aktionen des Ritters den Waffenstillstand mit Saladin gefährden könnten. Und in der Tat dauerte es nur kurze Zeit, bis der Chatillon wieder in die noch offene Wunde hieb, die gerade erst mühselig von Raimund zusammengeflickt und verarztet worden war. Auf Grund der Vereinbarungen durchquerte der Handelsverkehr zwischen Damaskus und Ägypten wie früher fränkisches Gebiet, was Reynald wie stets zuvor sowohl verdross als auch eine ständige Verlockung für ihn darstellte. Als eine riesige Karawane – mit kleiner ägyptischer Begleitmannschaft gegen Beduinenüberfälle – von Kairo kommend durch den Moab zog, konnte der Chatillon nicht länger an sich halten und fiel über sie her, erschlug die Soldaten und verschleppte die Kaufleute samt ihrer Habe auf den Kerak. Die Beute war größer als je zuvor in seinem Räuberleben!

Saladin hielt sich vor Zorn bebend an die Form. Er schickte Abgesandte nach Jerusalem und beschwerte sich bei Guido. Dem war der Vorfall ungeheuer peinlich. Er wollte sofort jemanden zu Reynald schicken, damit der auf der Stelle die Gefangenen und die Beute herausrückte. Der König fragte den Ritter Kyr du Lac, ob er diesen Auftrag annehmen wolle, stünde er doch mit dem Chatillon auf gutem Fuße. Kyr entgegnete, die Reise könnte sich jedweder Königsbote sparen, denn der Chatillon würde die Aufforderung ebenso missachten wie alle zuvor jemals an ihn ergangenen. König Guido ließ seinen Zorn über Reynald an dem unbotmäßigen Kyr du Lac aus: Er solle sich zum Teufel scheren, statt ihm Ratschläge zu erteilen! Der

Ritter quittierte mit stummer Verneigung den Dienst beim König und begab sich auf die Suche nach dem Meister aller Meister.

Unnötig zu erwähnen, dass der an seiner Statt geschickte Bote mit genau der Nachricht vom Kerak zurückkehrte, die Kyr du Lac vorausgesagt hatte. Guido empfand längst seinen Jähzorn, den er an dem Ritter ausgelassen, als ungerecht und wollte ihn bitten, seinen Dienst wieder anzutreten, doch Kyr du Lac war nicht mehr zu finden.

Mitten in der Nacht wurde El-Mansur aus dem Schlaf auf hartem Steinbett in seiner Zelle gerissen. Kira hielt sich nicht mit langen Vorreden auf.

»Deine Freilassung, lieber Victor, erfolgt zu einer einzigen Bedingung.« Kira hatte den Schlüssel zwar ins Loch der Gittertür gesteckt, aber noch nicht umgedreht. »Du musst mir versprechen, zu Reynald zurückzukehren, um wieder deinen Dienst als Wächter seines Leibes anzutreten!« Sie erzählte ihm kurz, was passiert war.

»Du musst zu ihm«, bettelte Kira, »ich habe Angst!«

»Die hätt' ich auch«, knurrte El-Mansur, »grad' deswegen werd' ich mich zu ihm gesellen!«

»Danke, Victor!« Rasch schloss sie auf. »Verlass bitte das königliche Schloss und die Stadt Jerusalem noch heute und begib dich ohne Verzögerung zum Kerak!« Sie umarmte den Freund. »Ein Pferd steht für dich im Stall ›Zum letzten Nagel‹ bereit!«

Kyr und Jaluddin waren beide der Meinung, sie sollten Schloss und Stadt nunmehr schleunigst den Rücken kehren.

Jaluddin wusste, in welcher Remise der Karren stand, mit dem einst Kyr du Lac in Jerusalem eingetroffen war und der dann bei der Verhaftung Victors beschlagnahmt worden war. Dem Ritter Kyr du Lac mit seiner Autorität würde es ein Leichtes sein, das konfiszierte Gefährt wieder freizubekommen. Kira lachte ihn aus.

»Wenn Ihr denkt, Meister aller Meister, ich hänge mich für

Euch als schwebende Prinzessin wieder an dünnen Fischdarm, dann will ich Euch lieber gleich einen Korb geben. Auch die Zeiten sind vorbei!« Jaluddin war arg enttäuscht, denn genau dieses Gauklerleben hatte er sich wieder gewünscht. Kira zerrte ihn roh in die Wirklichkeit zurück. »So brauchen wir den Karren auch nicht, der seines köstlichen Inhalts längst beraubt. Uns genügen zwei Pferde!«

Auf der Burg Toron, auf halber Strecke zwischen dem See Genezareth und der Hafenstadt Tyros gelegen, langte der junge Ritter Seyfert von Daula nach scharfem Ritt an. Er hatte nach dem Vorfall zu Naplusa viel Zeit verloren, weil er sich erst mal ein Pferd besorgen musste, denn Herr Humfried war mit seinem Geldbeutel entschwunden, der sich in der Satteltasche befunden hatte. Aus der Verlegenheit hatte ihm die Saida Thamar geholfen. Der Empfang auf Toron war von größter Liebenswürdigkeit. Als Isabel die goldene Kette sah, überhäufte sie den jungen Gast mit Aufmerksamkeiten. Obgleich der nur um Verpflegung für sich und sein Pferd bat, denn es drängte ihn, nach Botrun zu gelangen, nötigte sie ihn, die Nacht auf Toron auszuruhen, bevor er morgen weiterreite zu seiner Liebsten. Isabel fand die Geschichte von der verkauften Melou ganz allerliebst. Solch einen Ritter, der sich für seine angebetete Dame in Gefahr und Abenteuer stürzte, war ganz nach ihrem Geschmack. Sie selbst war wütend über das Einknicken ihres schwächlichen Ehemanns und hatte sich nach dessen Abreise Hals über Kopf nach Toron zurückgezogen.

Während sie noch angeregt plauderten, wurde Herr Balian von Ibelin angekündigt, ihr Stiefvater. Der Ehegatte der Königin-Mutter Maria von Byzanz traf mit einem kleinen Gefolge bewaffneter Reiter auf Toron ein.

»Ist sie hier?!«, herrschte er die Torwachen an. Die Männer nickten stumm und hießen die Angekommenen, ihre Pferde am Halfter in die Burg zu führen. Kurz darauf stand Balian vor seiner Stieftochter Isabel, einem ebenso aparten wie störrischen Geschöpf. Sie empfing ihn im Beisein ihres Beichtvaters Ralph von Sidon, eines hochgewachsenen Mannes von kräftiger Statur. »Was meint Ihr, Isabel«, eröffnete der Ibelin bemüht väterlich das Gespräch, »welchen Eindruck es erwecken könnte, dass Ihr Eurem angetrauten Ehegespons weggelaufen seid wie ein kleines, trotziges Mädchen?«

Isabel stieg sofort die Zornesröte ins Gesicht, doch ein scheuer Blick auf den sie beschwörend anblickenden Priester änderte ihren Sinn. »Was meint Ihr, Herr Vater, welchen Eindruck es auf mich macht, wenn mein mir angetrauter Ehemann zu meiner erklärten Feindin überläuft und jetzt einem Schwachkopf wie Guido zu Diensten steht, anstatt sich für meine Sache einzusetzen, so wie Ihr, verehrter Herr Vater, es tatet?«

Gegen diese Antwort schien Balian erst mal machtlos, was der Priester nutzte: »Mit Bedacht wählte die Prinzessin diesen Ort, immerhin die Stammburg derer von Toron, also auch des Mannes, den sie sehr liebt«, stellte er klar, »um jeden Eindruck eines Ehezwistes zu vermeiden!«

Gegen dieses Argument ließ sich ebenso wenig einwenden, Balian hielt sich dennoch an seine Stieftochter. »Die Vertretung Eurer Interessen, Isabel, und deren Durchsetzung zum geeigneten Zeitpunkt, liegt – wie Ihr schon freundlich anerkannt habt – in den Händen anderer Männer. Euer Ehemann Humfried – das ebenfalls richtig von Euch gesehen – ist dafür nicht geeignet.«

»Sollte ich ihm denn nicht zeigen dürfen«, entflammte sich die Prinzessin, »wie ich über sein Benehmen denke?! Er muss ja schließlich nicht, nach jener peinlichen Unterwerfung, auch noch diesem König folgen wie ein Hündchen?!« Sie funkelte ihren Stiefvater zornig an. »Ich könnte sein Verhalten schließlich auch als Verrat ansehen!«

»Könnt Ihr, aber Ihr solltet es nicht!«, erwiderte Balian von Ibelin. »Ich bin mir mit Eurer lieben Frau Mutter einig, dass es Schwäche war. Humfried hat vielen Männern eines voraus:

Er weiß, was er nicht kann! Und er will auch kein König sein, und das ist Euer Problem, liebe Isabel, die Ihr genau dieses Ziel vor Augen habt!«

Die Prinzessin lachte. »Für diese klare Erkenntnis könnt' ich Euch umarmen, lieber Herr Vater! Schade, dass Ihr schon mit meiner Mutter verheiratet seid, mit Euch an der Seite wäre ich schon längst Königin!«

»Oder tot!«, warf Ralph von Sidon trocken ein. »Solange Sybille lebt, wird sie auf den Thron nicht verzichten.«

»Genau das!«, sagte der Ibelin und warf dem Priester einen dankbaren Blick zu. »Bis dahin ist es ausgesprochen töricht – wenn nicht gefährlich –, seine Ambitionen offen zu zeigen oder auch nur erahnen zu lassen. Weswegen Ihr jetzt mit mir nach Jerusalem zurückkehrt und Euch wieder mit Humfried versöhnt –«

»Wir sind nicht verstritten!«, wehrte sich Isabel schwach. »Ich wollte ihm nur zu verstehen geben, dass ich nicht länger das kleine Mädchen bin, das man nur sanft und nett behandeln muss, damit es brav den Mund hält! Ich habe auch einen Kopf!«

»Einen sehr hübschen sogar!«, lachte der Ibelin. Er mochte seinen Stolz auf seine Stieftochter nicht verhehlen. »Also kommt jetzt mit mir!« Er wandte sich an Ralph, den Priester. »Euch kann ich das nicht anraten, Monsignore, die Königin hat Euer Mitwirken – oder Duldung dieser unbedachten Flucht – übel vermerkt!«

»Als Mann Gottes und seiner Kirche habe ich meinem christlichen Gewissen zu folgen, und das beugt auch keine Königin Sybille!« Er verneigte sich vor Vater und Tochter. »Mir war die Pflicht zur Fürsorge ein Vergnügen.« Monsignore Ralph von Sidon verließ noch vor ihnen die Burg Toron und ritt hinab zum See nach Tiberias. Auch der Ibelin drängte zum Aufbruch.

Sie hatten das Tor kaum hinter sich gelassen, da stießen sie auf einen Zug kriegsmäßig gerüsteter Berittener, der zur Burg hinaufzog.

»Il Cavalier' de Plivano«, ließ sich ihr Anführer ankündigen. »Herr von Botrun auf dem Wege zu seinem König!« Er hatte wenig Feldherrnhaftes. Doch Sayf hatte sofort aufgehorcht, und zum Missvergnügen des Balian von Ibelin drängte er sich vor und ging den Plivano direkt und wenig höflich an.

»Ihr müsst vor meinem Schwert bestehen, elender Sklavenhalter, denn Ihr haltet meine liebste Dame Melusine du Ferbac als niedrige Sklavin!«

»Nicht einmal ›hieltet‹ wäre zutreffend!«, verbesserte ihn der gutmütige Cavalier'. Die Forderung zum Duell nahm er gelassen hin. »Meine Frau Lucia und ich hielten Eure Melusine wie eine Tochter«, seufzte er, »nur leider ist sie uns abhanden gekommen.« Er schaute Sayf höchst betrübt ins Gesicht. »Wir dachten schon, junger Mann«, sagte er mit Bedauern in der Stimme, »Ihr wäret es gewesen, der sie ganz unnötig befreite!«

»Das wollt' ich auch!«, bekräftigte Sayf, der gerade spürte, wie ihm der Teppich unter den Füßen weggezogen wurde. »Dann ist sie also geraubt worden!«, beschloss Herr Balian die Kontroverse, die sich in Luft aufgelöst hatte. »Somit besteht auch kein Anlass, Ritter Seyfert von Daula, dass Ihr Euch vor dem Schlachtfeld drückt, zu dem der König alle Wehrfähigen des Königreiches zusammenruft. Schließt Euch also, als Entschuldigung für die Beleidigung, dem Edlen Plivano von Botrun an und zieht mit uns zusammen in die große Schlacht gegen Sultan Saladin!«

Sayf blieb gar nichts anderes übrig, als dem Aufgebot Folge zu leisten.

Nach dem Verlassen Jerusalems hatten sich der Ritter Kyr du Lac und sein Waffenmeister Jaluddin nach Norden gewandt. Kira war sich zwar nicht schlüssig, ob sie nach Masyaf zurückkehren wollte, aber der Meister aller Meister wollte seinen Auftrag wenigstens mit ihrer Heimschaffung erfüllen, nachdem er schon auf Sayf und El-Mansur verzichten musste.

Bei kurzer Einkehr in Naplusa hörten sie von dem sich zuspitzenden Zerwürfnis zwischen König Guido und seinem ehemaligen Regenten Raimund von Tripolis. Der Graf hatte einen separaten Waffenstillstand mit dem Sultan geschlossen und dabei auch ausdrücklich die Ländereien seiner Frau, der Fürstin von Galiläa und Herrin von Tiberias, miteingeschlossen. Die unterstanden jedoch dem Königreich. Erbost bot Guido sein Heer auf, um dort einzufallen. Er zog bereits in der Höhe der Burg Belvoir den Jordan hoch, als der Großmeister der Johanniter ihn einholte und ihn als gewaltigen Toren, wenn nicht Irren beschimpfte. Angesichts der unmittelbar drohenden Gefahr, die er durch seine Schwäche gegenüber Reynald de Chatillon heraufbeschworen habe, wolle er jetzt auch noch eine der wichtigsten Stützen des Königreiches gegen sich aufbringen. Gegen den erheblichen Widerstand des Gerard de Ridfort beschwor der Johanniter erfolgreich den König, sofort eine Delegation zu Raimund zu schicken, um sich wieder mit ihm zu versöhnen. Um glaubwürdig dazustehen, sollten beide Großmeister an ihr teilnehmen. Zähneknirschend willigte Gerard de Ridfort ein, und ein stattlicher Zug von Ordensrittern setzte sich in Bewegung.

Kyr du Lac und Jaluddin erreichten Beisan. Die Bewohner des Ortes hielten sich in ihren Häusern verborgen, denn sie waren vom Grafen Raimund gewarnt worden, dass ein zahlenmäßig größerer Zug von Mamelucken ihr Gebiet durchqueren würde. Sie hätten nichts zu befürchten, sollten aber Zusammenstöße vermeiden. Im Rahmen des abgeschlossenen Waffenstillstandes hatte El-Afdal, einer der jüngeren Söhne des Sultans, um Durchzugsgenehmigung beim Grafen gebeten und diese auch erhalten. Raimund schickte der Delegation des Königs, als er von deren Kommen hörte, sofort Boten entgegen, um sie auf die Gefahr aufmerksam zu machen.

Der Ritter Kyr du Lac und sein Waffenmeister hatten gerade die Burgruine von La Fève hinter sich gelassen und ritten auf halber Höhe, als sie im wüsten Galopp von einem einzelnen

Reiter überholt wurden. Er blutete aus vielen Wunden, und seine Clamys mit dem roten Tatzenkreuz der Templer war blutig zerfetzt. Er hielt auch nicht inne in seinem Sturmritt, sondern brüllte ihnen heulend im Vorbeipreschen zu:

»Ein entsetzlich' Unglück ist geschehen!« Sein Brüllen überschlug sich zu einem Jaulen. »Zum Himmel schreit der Verrat!«, und wie von allen bösen Geistern gepeitscht war die befremdliche Erscheinung an ihnen vorübergefegt.

»Habt Ihr ihn erkannt?!«, fragte Kyr du Lac entgeistert den sie begleitenden Jaluddin. »Das war Gernot der Templer! Einer der Zwillinge von Montmor!«

»Schlechtes Zeichen«, erwiderte ihr der Waffenmeister gerade, als sie unten im Tal der Mamelucken ansichtig wurden. Sie ritten in geordneter Formation, doch auf ihren hochaufgerichteten Lanzen steckten die Köpfe der Ordensritter!

DER TEUFEL AUF MONT TABOR

Auf halber Höhe des Berges Tabor, auf den sie sich geflüchtet hatten, stießen Jaluddin und Kyr du Lac auf die ausgebrannte Ruine des Konvents der griechischen Nonnen, den Saladin bei seinem letzten Kriegszug bereits gebrandschatzt hatte. So stiegen sie weiter den schmalen Saumpfad hinauf bis zur Spitze des Berges, wo aus den steilaufragenden Felsklippen sich die Mauern des lateinischen Männerklosters erhoben, die allen Angriffen getrotzt hatten. Jaluddin und sein junger Begleiter fanden das Kloster in heller Aufregung, auch wenn das Heranrücken der Mamelucken sich schnell als disziplinierter Durchzug entpuppte, denn sie ließen den Berg Tabor links liegen. Im Übrigen war die Aufnahme durch die Brüder des heiligen Lazarus herzlich, wenn auch erstaunt, denn selten verirrten sich in diesen unruhigen Zeiten noch Besucher bis hinauf zu ihrem Kloster. Hier war der Meister aller Meister zwar ein Unbekannter, aber Jaluddin focht das wenig an. Binnen kurzem hatte der Meister, der sich als ›Chronist‹ ausgab, den Prior überzeugt, dass er hier mit seinem jungen Freund, dem Ritter Kyr du Lac, verweilen müsse, um an seiner Chronik über die finale Schlacht zwischen Kreuz und Halbmond zu schreiben, sozusagen die letzte Stufe vor Apokalypse und Jüngstem Gericht! Denn der Endkampf stünde ja nun wohl bevor – hier in dieser Gegend und in Bälde!

Das leuchtete dem Prior ein, und er versprach, ihnen den *visitator* des Ordens vorzustellen, der auf seinem Weg nach Jerusalem hier hängen geblieben sei, den *frater superior* Titus de la Porta. Dieser sei allerdings gerade – aller Gefahr zum Trotz – mit einigen Brüdern nach La Fève hinabgeeilt, um dort vielleicht doch noch Überlebende zu finden, ihre Wunden zu lindern und ihnen im Zweifelsfall die Sakramente der Kirche zu spenden. Von dem durchaus mitteilungsbedürftigen Prior erfuhren die beiden Neuankömmlinge dann auch, dass dort ein ziemlich schlimmes Massaker stattgefunden haben musste, denn einer der wenigen überlebenden Johanniter hätte sich bis zum Berg Tabor durchgeschlagen.

»Ich habe ihn völlig verstört in der Ruine des Klosters dieser griechischen Nonnen, die Saladin hat erst schänden und dann abschlachten lassen, nur die Jüngsten wurden verschleppt –«

»Der Johanniter!?«, mahnte Kyr du Lac den Abschweifenden an.

»Den habe ich gefunden. Er hatte sich verkrochen wie ein waidwundes Tier, dabei war er völlig unverwundet! Er wär' fast gestorben vor Angst, als er uns sah. Er stammelte, unter den Templern hätte ein Zwillingsbruder von ihm gedient – und er wüsste nicht, ob der noch lebte. Ich konnte ihm wenig Hoffnung machen –«

»Ach«, seufzte Jaluddin. »Zwillinge sind oft wie ein vierblättriges Kleeblatt! Sie bringen einander Glück!«

»Und wo ist dieser letzte Held des heiligen Johannes abgeblieben?«, erkundigte sich Kyr du Lac anzüglich.

»Er hieß Valerian und wollte nach Hause zur Mama!«, spottete der Prior.

»Wer kann's ihm verdenken«, sagte der Meister Jaluddin. »Auch wir wollen einem so wichtigen Mann der Kirche nun weiter keine Zeit mehr stehlen und werden Euren wertvollen Bericht in unsere Chronik einfügen!«

»Das ehrt unsereins, Meister!«, erwiderte der Mann des heiligen Lazarus voller Stolz. »Wann nimmt schon ein *homo literarius* Anteil an der aufopfernden Arbeit eines kleinen Mönches?« Doch zu seinem Leidwesen setzten Meister Jaludinus und der Ritter Kyr du Lac das interessante Gespräch mit ihm nicht fort, sondern begaben sich zurück in ihre strenge Klausur.

Zwei Tage später kam der Visitator zurück, mit leeren Händen. Der Prior hatte sich darauf eingerichtet, wenigstens ein paar

Verletzte zu empfangen und Verwundete pflegen zu können, wie er dem neben ihm stehenden Ritter Kyr du Lac anvertraute. Der Meister Jaludinus befand sich in seiner Klause und brachte seine Erkenntnisse zu Pergament. Kyr du Lac wurde dem Superior Titus de la Porta als *adlatus* des großen Jaludinus vorgestellt. Der Visitator war ein blasser, unscheinbarer Mann mittleren Alters, sommersprossig, und sein spärlicher Haarkranz war von flammendem Kupferrot. Kyr du Lacs Liebreiz verfehlte seinen Eindruck auf den verkniffenen Visitator nicht. Er fasste sogleich Zutrauen zu dem jungen Mann. So erfuhr Kyr du Lac ungefragt von Titus, was sich in Wirklichkeit bei La Fève abgespielt hatte.

»Die Warnung des Grafen Raimund war rechtzeitig bei der Delegation eingetroffen. Als die Ritter, Templer wie Johanniter, gemeinsam über den Kamm der Berghöhe hinter Nazareth kamen, sahen sie unten im Tal die Mamelucken, die bei den Quellen von Cresson ihre Pferde in die Schwemme ritten. Bei dem Anblick solcher gewaltiger Überzahl riet der Großmeister der Johanniter dringend zum Rückzug. Der Großmeister vom Tempel hingegen wurde wütend.

›Euer Kopf ist Euch wohl zu lieb, als dass Ihr ihn verlieren möchtet!‹, höhnte er.

Da schwoll dem Johanniter der Hals. ›Ich werde mein Leben teuer verkaufen!‹, brüllte er den Templer an. ›Aber Ihr werdet das Eure durch feige Flucht billig bewahren!‹ Und er gab seinem Pferd die Sporen, und hinter ihm stürmten seine Ordensritter, aber auch sämtliche Templer den Berg hinab mitten unter die Mamelucken!« Die Stimme des Visitators schlug während der Beschreibung der Ereignisse hörbar mehr und mehr ins Schrille um. »Es war mehr ein Schlachten als eine Schlacht! Der Großmeister der Johanniter war einer der Letzten, der wütend um sich hauend und stechend der Übermacht zum Opfer fiel. Fast alle Tempelritter und die wenigen Johanniter aus der Begleitung ihres Großmeisters wurden erschlagen – es waren nur drei Mann, die sich lebend retten konnten«, der Visitator hatte eine Art, die Vorgänge zu schildern, dass seine Zuhörer meinen mussten, er hätte selbst mitten im Getümmel gestanden, »das waren Gerard de Ridfort und ein weiterer, schwer verletzter Templer, der völlig verstört, wie mir sein Großmeister versicherte, entkommen sei, sowie irgendein Johanniter, von dem ich den genauen Ablauf der ungeheuerlichen Geschichte erfuhr«, endete Titus de la Porta seine Erzählung, die ihn vor Empörung jetzt noch zittern machte. »Ohne den heimtückischen Verrat des Raimund von Tripolis wäre diese entsetzliche Untat nie geschehen!« Seine hohe Stimme drohte sich zu überschlagen.

»Ja«, sprach der Ritter Kyr du Lac kühl, »so ist es immer! Wenn christliche Ordensritter meinen, an Muslimen ihr Mütchen kühlen zu müssen, und dabei zugrunde gehen, dann ist das ein grässliches Verbrechen.«

Titus de la Porta war ob dieser Bemerkung irritiert, doch der hübsche Ritter ließ sich nicht anmerken, wie er es gemeint hatte, und der Herr Visitator war auf der Hut und wechselte das Thema. »Ich sah es als meine Pflicht als Christ an, mich mit einigen meiner Brüder von hier alsbald hinabzubegeben«, trompetete er sein Mitleiden heraus, »um den Verwundeten und Sterbenden die barmherzige Hand auf die fiebernde Stirn zu legen oder den Kopf eines Todgeweihten zu stützen. Wir fanden jedoch keinen Einzigen!« Er machte eine kunstvolle Pause, um den jungen Ritter zu beeindrucken. »Man hatte allen die Köpfe abgeschnitten und diese als Trophäen mitgehen lassen!«

»Ohne Kopf? Wenig Aussicht«, mischte sich die Stimme Jaluddins mit trockenem Bedauern ein, »ins Paradies zu gelangen!« Der Meister Jaludinus war, aus seiner Schreibklause kommend, unauffällig hinzugetreten.

Der Einwurf behagte dem Visitator nun noch weniger. »Selig sind sie!«, rief er streitlustig. »Denn ihrer ist das Himmelreich!«

Der Meister hatte aufgehorcht, als er die Stimme des Titus de la Porta hörte. Da war gar kein Zweifel möglich, sie war unverkennbar die des Mannes, den er als Magister Venerabilis in den Gewölben des Kerak erlebt hatte. Auch wenn der Prior den Visitator als soeben erst in der *terra sancta* eingetroffen angekündigt hatte – entweder steckten die Brüder des armen Lazarus mit dem Priorat unter einer Decke, oder er wusste es auch nicht besser! »Die Verheißung: Erlangung des Paradieses gegen freiwilligen Märtyrertod kommt mir bekannt vor, venerabiler Visitator.« Jaluddin suchte die Provokation, nicht im Tonfall, sondern in der Wahl seiner Anrede. »Kann es sein, dass ich Euch schon einmal, und zwar unter den Gästen der berühmten Hochzeit auf dem Kerak, gesehen habe?«

»Den kenn' ich nicht!«, fuhr es dem Titus abwehrend heraus, um sich gleich zu korrigieren. »Meint Ihr vielleicht die Eheschließung der jungen Prinzessin Isabel mit dem wenig für eine christliche Ehe geeigneten Stiefsohn des Reynald de Chatillon, auf dessen Schloss – ach ja, das nannte sich wohl ›Kerak‹?«

»Ihr wart dort zusammen mit Gerard de Ridfort, inzwischen durch göttliche Fügung Großmeister des Tempels?!«

Der Magister hatte sich mittlerweile gefangen. »Mag sein oder auch nicht – unter den vielen Gästen!«, wehrte er wegwerfend ab, um dann den Spieß umzudrehen. »Wie kommt es aber, werter Meister Jaludinus, dass ich Euch dort nicht sah? Wart Ihr etwa nicht geladen?«

Jaluddin bemerkte die Gefahr. »Ein unscheinbarer Chronist ist leicht zu übersehen unter all den erlauchten Personen wie Euereins, Bruder Titus.«

»Frater Superior!«, verbesserte Kyr du Lac lächelnd, völlig ahnungslos ob des versteckten Kreuzens der scharfen Klingen zwischen den beiden Männern, und Jaluddin setzte mit »Verehrungswürdiger!« gerade zu einem letzten, sehr gewagten Ausfall an, als Kyr du Lac beide unterbrach:

»Aber den Templer müsst Ihr doch kennen«, ging sie Titus frontal an. »Spracht Ihr nicht soeben über Informationen, die Euch der Großmeister anvertraute, nachdem er als Einziger dem Gemetzel entkommen war?«

Der Visitator wurde ärgerlich, derart inquisitorische Fragen war er zu stellen gewohnt, nicht sie zu beantworten. Er ging zum Angriff über. »Kennt Ihr vielleicht den Wesir der Assassinen des Alten vom Berge, einen gewissen Husain ad-Din Marzuban?«

»Den Geschickten?! Aber gewiss doch!«, gab Jaluddin mit Vergnügen zu. Gern hätte er auf Kyr du Lac gezeigt. ›Darf ich Euch seine Tochter vorstellen?‹ Doch das wäre der Zumutung an die Belastbarkeit des Titus wohl zu viel gewesen, so schmunzelte er in sich hinein. »Wollt Ihr ihn kennenlernen?«, erkundigte sich der Meister beflissen. »Da könnt' ich Euch zur Hand gehen«, bot er freundlich an. »Für mich kein Problem!«

»Nein, nein!«, wehrte Titus ab, es reichte ihm. »Nicht nötig!«

»Wenn wir etwas für Euch tun können …?« Kyr du Lac fing an, die Regeln des Spiels zu begreifen.

»Ich will Euch, werter Meister Jaludinus, nicht länger aufhalten!«, beeilte sich der Visitator, einen glimpflichen Abgang für seine Person zu suchen. »Ich hoffe ein andermal auf eine Vertiefung der Bekanntschaft mit Euch – und Eurem liebenswürdigen *adlatus*!«

Er rauschte von dannen wie eine schweflige Gewitterwolke.

»Dass wir keine rechten Christen sind, wird er durchschaut haben!«, lachte Kyr du Lac. »Wahrscheinlich hält er uns für schlimme Häretiker –«

»Doch niemals für Leute des Alten vom Berge!«, pflichtete ihr der Meister aller Meister zufrieden bei. »Es wird Eure Aufgabe sein, lieber Kyr, ihm täglich neue Versionen über mich, diesen obskuren ›Magister Jaludinus‹, aufzutischen und ihn dabei auf kleiner Höllenflamme zu rösten, denn ich möchte herausfinden, wer ›Frater Superior Titus de la Porta‹ wirklich ist und welcher Art sein Pakt mit dem Teufel!«

Spät in der Nacht empfing der Alte vom Berge den Hüter seines Harems, den Eunuchen An-Nasir, auf der obersten Plattform des Turmes der Himmelsaugen. Der Sheik hantierte mit dem einzigen Instrument, das wegen seiner Größe hier oben unter freiem Himmel stand, ein kunstvolles Holzgestell, in dem eine fein zisilierte Messingröhre hing, bedeckt mit magischen Zahlen und Symbolen, die wie eine lange Tuba zu den Sternen zeigte. Es ging das Gerücht, dass inmitten dieses konischen Rohres sich ein geschliffener Kristall befände, von einzigartiger Größe und absoluter Reinheit. Aber niemand wusste es genau, denn Sinan machte daraus ein großes Geheimnis, und niemand außer ihm durfte jemals durch die Röhre blicken.

»Wie stehen uns die Sterne, erhabener Herr und Meister?«, wagte der lautlos eingetretene Eunuch seine Ankunft anzukündigen.

Der Sheik schlug das schwarze Tuch zurück, unter dem er seinen Kopf verborgen hatte, und nahm langsam sein Auge von der Öffnung. Es war eine sternenklare Nacht, und Milliarden von Lichtspritzern funkelten vom Firmament.

»Für Masyaf nicht einmal schlecht«, sagte er leise, »aber dem Königreich von Jerusalem drohen nahezu unüberwindbare Gefahren.«

»Graf Raimund von Tripolis«, sagte der Eunuch vorsichtig, »den alle, die Templer an der Spitze, einen schändlichen Verräter schimpfen, macht sich schwere Vorwürfe ob des Unglücks.«

»Er mag sich unschuldig fühlen oder zu Tode schämen, er kann eigentlich anstellen, was er will, die Schmach wird er nicht mehr los!«, meinte der Sheik ungerührt. »Aber es ändert auch nichts an der Konstellation der *maximae fortunae adversae*, die unweigerlich wie das Gleiten der Planeten in ihren Bahnen auf die *terra sancta* der Christen zukommt.« Er tippte dem Eunuchen vor die Brust, und als der den Mund öffnete, inspizierte der Sheik das verbliebene Gebiss wie ein Medicus. »Der von Euch angesprochene Vorfall, mein guter, alter Dicker, ist nichts weiter als ein kleines *malum* – kommt vor – behebbar wie ein vereiterter Zahn.«

»Wenn man nicht selber der Zahn ist!«, versuchte nun auch An-Nasir zu scherzen, aber Sinan ging nicht weiter darauf ein.

»Ihr solltet, mein Lieber, über all dem Ungemach, das Euch die Zeitläufe verursachen, das Paradies nicht vernachlässigen!«

»Wie!?«, entfuhr es dem Eunuchen erschrocken. »Ist was mit den *huriat*!?«

»Nicht doch!«, entgegnete lächelnd der Sheik. »Das Cannabis! Es wächst wie Unkraut!« Sinan beschwerte sich nicht, aber allein, dass er es erwähnte, zeigte An-Nasir an, dass hier dringend Abhilfe zu schaffen war. Er wehrte sich dennoch.

»Die *huriat* pflegen das duftende Kraut mit größter Hingabe –«

»Sie beschneiden es nie, sondern lassen es wild wuchern, statt nur die stärksten Triebe auszulesen!« Der Sheik verstand sich auf den Hanfanbau, der Eunuch nicht. Er fühlte sich auch überfordert.

»Was soll ich den Mädchen sagen, damit sie Euren Wünschen gerecht werden? Wollt Ihr, dass sie die überzähligen Pflanzen –?«

»Einfach rausreißen!«, unterbrach ihn lachend der Sheik. »Wir haben keine Tausendschaften mit dem Kraut zu versorgen! Es sei denn, Ihr bringt die Templer dazu, jährlich hundert Säcke als Tribut zu akzeptieren!«

Der Kabir at-Tawashi wusste nun nicht mehr, ob das noch Scherz war oder ob der Huddscha einen solchen Schritt tatsächlich erwog. Jedenfalls hielt er es für geraten, das Thema wieder zu wechseln. »Graf Raimund«, warf er schnell ein, »ließ den König wissen, dass er seine missliche Vereinbarung mit dem Sultan aufkündigen werde, und Guido verzieh ihm prompt!«

»Nur kann der nicht für die Templer sprechen, der Großmeister Gerard de Ridfort bleibt dem Grafen als unerbittlicher Gegner erhalten!« Der Sheik legte dem Eunuchen schwer die Hand auf die Schulter. »Doch all das interessiert Saladin nicht, oder nur insofern, dass derartige Querelen die Christen noch zusätzlich schwächen!« Er führte den Eunuchen zum Treppenabgang von der Plattform hinab in den Turm der Himmelsaugen. »Also, mein Lieber, drückt Euren *huriat* Sicheln in die Hand – sie sollen sich an die Arbeit machen!«

»Und dann alles verbrennen?«, fragte der Kabir at-Tawashi sicherheitshalber nach.

»*Insh'allah!*«, entfuhr es, nun weniger belustigt, dem Sheik. »Damit wir hier im Rauch allesamt ins Delirium verfallen – oder daran ersticken?« Damit der Eunuch das nun nicht mehr als Spaß verstand, setzte er barsch hinzu: »Das Zeugs ist viel zu grün! Sie sollen es über die Mauer werfen!«

Der Glatzkopf des Eunuchen wackelte bedenklich. Mit einem kühnen Gedankensprung rettete er sich zu Saladin. »Ihr seht keine Chance mehr, die Auseinandersetzung zu vermeiden?«

Der Huddscha sah seinen Kabir at-Tawashi streng an. »Der Sultan wird sich nicht versöhnen, selbst wenn einer der Barone ihm den abgeschlagenen Kopf des Chatillon auf güldener Platte brächte!«

An-Nasir machte sich seufzend und bedächtig an den Abstieg. »Ihr habt wohl recht, mein erhabener Herr und Meister. Ich habe Berichte, dass Saladin Heerscharen aus den entferntesten Provinzen seines Reiches zwischen dem Hauran und Damaskus zusammenzieht –«

»Er wird sich dafür Zeit lassen, auch für ihn geht es diesmal ums Ganze – doch für Euch, mein guter Alter, steht jetzt erst mal die Säuberung des Paradieses an!«

Auf dem Berg Tabor, dem Kloster jener Mönche, die ihr Leben im Namen des heiligen Lazarus dem Dienst am siechen Leibe des Nächsten geweiht hatten, gelang es Jaluddin und seinem jugendlichen Begleiter Kyr du Lac immer seltener, sich der Aufdringlichkeit des Visitators Titus de la Porta zu erwehren. Wann immer der rothaarige Ziegenbock – an einen solchen gemahnte sein Spitzbart – die beiden erspähte, bemühte er sich sofort, sie in ein Gespräch zu verwickeln.

»Dank des mehrfach gebrochenen Waffenstillstands steht der Krieg den Christen nun ins Haus.« Mit dieser Feststellung versuchte Jaluddin vergeblich dem Mann, den er als den Magister Venerabilis jenes geheimnisvollen Priorats erkannt zu haben glaubte, seine Distanz zu den kommenden Ereignissen klar zu machen, allein mit geringem Erfolg.

»Ihr sprecht so, werter Meister Jaludinus«, rügte ihn meckernd der Bock, »als könntet Ihr es Euch leisten, in dieser Frage keine klare Position für die Sache unseres Herrn Jesus Christus zu beziehen!?«

Kyr du Lac eilte seinem Meister zu Hilfe, indem er die gleiche Sachlichkeit an den Tag legte. »Frage ist nur noch, wann die Feindseligkeit – auf beiden Seiten reichlich vorhanden – in die Tat münden wird, wo es zur entscheidenden Schlacht kommt –?!«

Der Visitator sah ein, dass er den seltsamen Chronisten samt seinem hübschen Adlatus nicht nageln konnte, zumindest nicht auf das Kreuz festlegen. »Das Gelände, das schon des Öfteren für solche Auseinandersetzungen herhalten durfte, ist zweifellos der landeinwärts gelegene Triangel zwischen Akkon, dem See Genezareth und den Goliaths-Tümpeln im Süden.« Damit sah sich Titus wenigstens in der Lage, seine Sachkenntnis zu beweisen. Dem musste auch der Meister Jaluddin zustimmen.

»Zumindest werden die Franken es bevorzugen, bietet es doch den Flankenschutz des Meeres, durch die Häfen von Akkon, Haifa und Caesarea, sowie reichlich Burgen ringsherum in ihrem Besitz.«

»In der Tat verstärken sich täglich die Gerüchte, dass Saladin sein Heer von Damaskus ins Hauran, nach Bosra verlegt, während König Guido die Lehnsleute der Krone und Bundesgenossen aus dem Norden aufruft, sich zu Akkon um ihn zu versammeln«, bestätigte Kyr du Lac.

»Beides spricht für die Richtigkeit meiner Theorie«, verkündete der Herr Vistator eitel, »und die Mönche unseres mildtätigen Ordens hier auf dem Tabor bestätigen mich in meiner Annahme.«

»Da ständig die halbe Mönchsgemeinschaft auf Reisen durch das Land unterwegs ist«, spöttelte Kyr du Lac, »selbst wenn jetzt viele in die erprobte Hut der Klostermauern heimkehren, erfahrt Ihr als Visitator hier oben in der friedlichen Sicherheit des Berges alles ziemlich schnell –« Der Meister aller Meister griente verstohlen über die kecke Lippe seines Gefährten, »– und genau, als hättet Ihr selbst Eure Haut zu Markte getragen!«

Titus sah ihn nachdenklich an. »Manchmal ist es tatsächlich gesünder«, sprach er mit seiner blechernen Stimme, angesprochen fühlte sich aber Jaluddin, »man steckt nicht überall seine Nase neugierig hinein!«

STOLZEN SINNES INS UNHEIL

Die Christen berieten noch immer in Akkon. Graf Raimund von Tripolis mahnte abzuwarten, denn in der jetzt herrschenden heißen Jahreszeit sei ein fremdes Heer im ausgedörrten Lande im Nachteil. Die Mehrzahl der versammelten Barone teilte seine Meinung, doch Reynald von Chatillon und Gerard de Ridfort, der Großmeister des Tempels, hießen ihn einen Feigling und »Von Saladin gekauft«! Mit Mühe konnten Herr Balian von Ibelin und der König die ewigen Streithähne daran hindern, sich gegenseitig an die Gurgel zu gehen. König Guido, der den Oberbefehl beanspruchte, obgleich es weitaus erfahrenere Männer im Königreich gab, wie den Seneschall oder den Konnetabel oder vor allem Balian von Ibelin, beugte sich der Partei, die schon immer als die Kriegstreiber auszumachen waren. Das musste El-Mansur, jetzt wieder als Victor du Ferbac an der Seite des Chatillon, zu seinem Befremden feststellen. Oblgeich er zu seinem Wort stand, das er Kyr du Lac gegeben hatte, reute ihn der Dienst für den kriegslüsternen Fürsten immer mehr. Nicht so sehr, weil es Herrn Reynald beliebte, ihn oft wie seinen Leibburschen zu behandeln, sondern weil Victor sich ärgerte über die unsinnigen Maßnahmen, die Reynald zusammen mit seinem Kumpan, dem Großmeister des Tempels, heraufbeschwor. Dass er an dessen Seite seinen Bruder Gernot als Adjutanten des Ridfort erleben musste, machte ihm die Sache auch nicht leichter. Die Brüder wechselten miteinander kein einziges Wort. Sie taten so, als wären sie sich noch nie in ihrem Leben begegnet. Das änderte sich erst recht nicht, als der Meister des Tempels den Chatillon ansprach, ob er denn wüsste, dass an seiner Seite ein Assassine lauere? Allerdings hatte da Herr Reynald gut reagiert.

»Einen besseren Leibwächter als jemanden, der sich bei seinem Tode das Paradies erhofft, gibt es nicht!«

Also rückte das Heer aus und marschierte Richtung Sephoria.

Saladin zog derweil in Eilmärschen den Jarmak hinunter zum See Genezareth. Bei Habis Dschaldak stellte er bereits sein Heer in Schlachtordnung auf – er selbst befehligte die Mitte, sein Neffe Taki den rechten Flügel – und rückte vor bis zur Südspitze des Sees, überschritt aber den Jordan noch nicht.

Den Anmarsch der gesamten Armee des Königreiches auf Sephoria konnten die Mönche des Lazarus und ihre Gäste – zumindest als große Staubwolken – vom Kloster aus beobachten, der Tabor ragte hoch aus der Ebene auf. Der Ritter Kyr du Lac, immer noch unter dieser Identität sein Begleiter – ein Weib hätten die Klosterbrüder nie geduldet! –, drängte den Meister Jaluddin hinabzureiten.

»Lasst uns doch das Geschehen aus der Nähe ansehen!« Damit hatte Kyr die schwache Stelle des Meisters aller Meister getroffen. Er warf den lästigen Mantel des Chronisten Jaludinus mit Wonne ab, um endlich wieder seiner Abenteurersucht zu frönen. Ohne sich mit langen Erklärungen gegenüber dem Visitator aufzuhalten, vollzog er den Wechsel zu Jaluddin, dem Waffenmeister, vehement und rascher, als dass der Ritter Kyr du Lac den Ausritt erbetteln konnte. Sie hielten sofort auf Sephoria zu.

Der Sultan brach sein Lager ab, setzte bei Sennabra über den Jordan und schlug fünf Meilen vom See entfernt bei Kafr Sebt mit der Hauptmacht erneut sein Feldlager auf. Gleichzeitig schickte er Taki mit dessen Truppen los, Tiberias anzugreifen. Die Fürstin erfuhr rechtzeitig davon und bat den bei ihr weilenden Priester

Ralph von Sidon, einen entfernten Vetter, sich ins königliche Feldlager zu begeben und ihren Ehemann, den Grafen Raimund, zu benachrichtigen. Zur gleichen Zeit etwa hatten die Franken Sephoria erreicht und richteten sich in den Gärten mit ihren Zelten ein.

»Ein ausgezeichneter Platz für ein Feldlager mit reichlich Wasser und grünem Weideland für die Pferde!«, meinte der stets auf seine Bequemlichkeit bedachte Cavalier' Plivano zu seinem Ritter Seyfert von Daula. Dem gutmütigen Herrn von Botrun machte es nicht das Geringste aus, einen waschechten *fida'i* des Alten vom Berge an seiner Seite zu wissen, im Gegenteil. »Eh ich – darum bitt' ich Euch, dem grausamen Feind in die Hand falle, sollt Ihr gefälligst Euren Dolch zücken und meinem Leben ein schnelles Ende bereiten!«, bat er Seyfert.

Die alarmierende Nachricht des eingetroffenen Ralph von Sidon versetzte das christliche Lager in Unruhe und Unsicherheit, wie man sich verhalten sollte. Graf Raimund riet dem König, hier in Sephoria zu bleiben – genauso wie damals bei den Goliaths-Tümpeln. Saladin würde einen Angriff nicht riskieren, das Gelände sei in jeder Hinsicht zu ihrem Vorteil, und diesmal sei ihr Heer wesentlich stärker!

»Unter solchen Umständen führt der Sultan niemals seine Armee in eine Schlacht!«

Mit großer Mehrheit befürworteten die Barone Raimunds Darlegungen. Doch ausgerechnet da traf völlig abgehetzt ein Bote der Fürstin von Galiläa ein: ›Saladins Truppen hätten die Stadt Tiberias überrannt, ihr sei es bislang gelungen, die Zitadelle zu halten und zu verteidigen, – aber lange könnte sie mit ihrer kleinen Besatzung die zu erwartende Belagerung nicht durchstehen!‹

Das Schicksal der tapferen Fürstin bewegte die Herzen der Ritter. Ihre Söhne, die mit dem Vater beim Heer waren, baten unter Tränen, man möge um Christi willen ihre Mutter retten, die drunten am See so verzweifelt aushielte! Viele der Barone unterstützten ihre Bitte. Da erhob sich Graf Raimund.

»Es wäre reine Tollheit, die jetzige Stellung aufzugeben, um stattdessen in dieser Sommerhitze auf einen gefahrvollen Marsch durch das kahle Bergland zu ziehen!« Und als er spürte, dass nicht Vernunft, sondern Gefühle die Oberhand gewannen, setzte er scharf und deutlich hinzu:

»Tiberias ist meine Stadt, und seine Verteidigerin, die Fürstin von Galiläa, ist meine Frau! Aber lieber will ich Tiberias mit allen, die sich darin befinden, verlieren, als dass das Königreich zugrunde geht!« Seine offenen Worte überzeugten, auch den König. Um Mitternacht ging man endlich auseinander, entschlossen, sich von Sephoria nicht wegzubewegen.

Nachdem die Barone sich in ihre Quartiere zurückgezogen hatten, schlich sich Gerard de Ridfort zurück zum Zelt Guidos. Er hatte nur Gernot mitgenommen, den er vor dem Zelt des Königs warten ließ, damit niemand die Unterredung störe.

»Wollt Ihr denn wirklich einem Verräter wie Raimund trauen?«, fragte er den König.

Der König ließ das nicht gelten. »Wir haben Raimund von Tripolis verziehen und Uns mit ihm versöhnt.« König Guido bemühte in seiner Not sogar den *pluralis maiestatis* gegen den Templer. »Sonst wäre der Graf mit all seinen Rittern nicht hier beim Heer, wie Ihr und ich!«

Der Großmeister gab nicht nach. »Ist es denn nicht schändlich, eine so wichtige Stadt, nur einen Katzensprung entfernt, so mir nichts, dir nichts aufzugeben, dem Feind in die Hand zu spielen?!« Guido wankte, der Templer sattelte drauf: »Ich sage Euch: Wir Ritter vom Tempel zu Jerusalem, wir lassen eher unseren Orden fahren als die einmalige Gelegenheit, Rache zu nehmen an den Ungläubigen! Zur Hölle mit ihnen!«

Der König war dem Großmeister nicht gewachsen. Und als der Templer das Zelt des Königs verließ, hatte er sein Ziel erreicht. Guido schickte auf der Stelle seine Herolde durch das nächtliche Lager: »Aufbruch bei Sonnenaufgang!«, lautete die Parole.

Der Meister aller Meister und Kyr du Lac waren nicht durchgeritten, sondern hatten in Kana'a übernachtet, schon weil es Jaluddin immer weniger eilig hatte, dem Heer zu nahe zu kommen. Die Leute in Kana'a waren sehr beunruhigt, dass ihr Dorf sich genau zwischen den Fronten befand. Erst da wurde ihm so richtig bewusst, dass, je weiter sie vorstießen – mit dem Heer des Sultans im Rücken –, sie sich selber vom rettenden Tabor abschneiden würden. Aber Kyr du Lac war nicht zu halten. Schon vor Tagesanbruch trieb sie zum Weiterritt. Noch bevor sie der Stadt Sephoria ansichtig wurden, erhoben sich im Talkessel schon wieder die Staubwolken des weiterziehenden Christenheeres. Es hielt – nur wenig nördlich von ihnen – auf den See zu, auf Tiberias. Jaluddin war nunmehr nicht länger gewillt, sich – nur um der Neugier seiner Begleiterin willen – weiter einer zunehmenden Bedrohung auszusetzen.

Rüde teilte er dem Ritter mit: »Kyr du Lac, ich drehe um!«

»Wieso denn?!«, empörte die sich. »Wir haben's doch gleich geschafft!«

»Kyr«, erwiderte Jaluddin, bemüht, ihr Vertrauen zu gewinnen, »wenn es zur Schlacht kommt, breiten sich solche Auseinandersetzungen durch Verfolgung und Flucht in Windeseile nach allen Seiten aus – und plötzlich sind wir mittendrin!«

Sie schaute den Meister ganz merkwürdig an, wohl erstaunt, dass er nicht so dachte wie sie. Wie ihre Befindlichkeit war, ließ sie ihn aber sofort wissen. »Genau dort will ich sein!«, rief sie emphatisch. »An seiner Seite!«, und sie riss ihr Pferd herum und galoppierte querfeldein hinter den Staubwolken her.

DIE HÖRNER VON HATTIN

Bereits des Morgens regte sich kein Lüftchen in der beginnenden Hitze, als das christliche Heer die grünen Gärten von Sephoria hinter sich ließ, um über die baumlosen Bergrücken zu ziehen. Es dauerte nicht lange, und die Männer litten unter Durst, auch die Pferde quälten sich nur langsam voran, zumal feindliche Heckenschützen pausenlos wahre Pfeilhagel auf die sich dahinschleppenden Truppen niedergehen ließen.

»Was, um Christi willen, ist nur in den König gefahren?«, klagte der Cavalier' Plivano, »dass er sich von solch Wahnsinnigen wie den Templern in diese Scheiße trampeln lässt?« Er gab sich die Antwort gleich selber. »Auch der Chatillon wird daran nicht unschuldig sein.«

»Vielleicht will Herr Reynald plötzlich sein Leben als christlicher Märtyrer beenden?«, setzte Sayf hinzu und zog einen Pfeil aus seinem Schild, der gerade dort hineingefahren war. »Aber man lernt nie aus!«

Am Nachmittag erreichte die christliche Heerschar die Ebene oberhalb des Dorfes Hattin. Noch versperrte ihnen eine Felskuppe den Blick hinunter zum See. Dieser Felsen, der in der Mitte einen tiefergelegenen Sattel aufwies und danach zum Dorf hin steil abfiel, hieß im Volksmund »Die Hörner von Hattin«. Ausgerechnet die Templer ließen den König wissen, dass sie sich am heutigen Tage nicht mehr in der Lage sähen weiterzureiten. Einige Barone, so Balian von Ibelin, der die Nachhut befehligte, drangen in Guido, sich darauf nicht einzulassen, sondern das Heer ohne Rast schnurstracks bis zum See zu führen – selbst, wenn sie auf Widerstand stoßen sollten! Nur so sei für Mensch und Tier das gewährleistet, was sie jetzt – und vor allem morgen – am allerdringlichsten bräuchten: Wasser!

»Wasser!«, stöhnte auch El-Mansur, doch er erntete nur einen verächtlichen Blick des Chatillon.

»Im Paradies, das Euch erwartet, Ritter Victor du Ferbac, werdet Ihr davon noch genug bekommen!«

Doch der König, wohl selbst erschöpft, gab dem Ersuchen Gerards von Ridfort nach und befahl, jetzt und hier das Lager für die Nacht aufzuschlagen. Ralph von Sidon, der Priester, wurde Zeuge dieser unbedachten Entscheidung. Sein Bruder Reinhold war darob so zornig, dass er drohte, dem König die Gefolgschaft aufzukündigen. Er forderte seinen Bruder auf, sich ihm anzuschließen. Doch genau das brachte Ralph zu dem Entschluss, beim König zu bleiben und ihm geistlichen Beistand zu gewähren, was immer auch kommen möge!

Als Graf Raimund, der als Landesherr das Vorrecht besaß, die Vorhut anzuführen, von diesem verhängnisvollen Beschluss vernahm, sprengte er sofort zurück und bestürmte Guido, den Befehl um Himmels willen zurückzunehmen – andernfalls hätten sie die morgige Schlacht bereits jetzt verloren! Hier, in dieser Stellung seien sie – ohne jede Aussicht auf ein Entkommen – dem Verderben preisgegeben! – Der König hörte nicht auf ihn.

»Der Graf hat recht«, sagte El-Mansur und verfiel in einen klagenden Tonfall, als er sich an seinen Schutzbefohlenen, den Herrn Reynald, wandte. »Wir sind verloren, wenn wir bleiben!« Diesmal beschwor er jedoch dessen Zorn.

»Wenn Ihr nur an mir klebt, um zu jammern, dann schert Euch besser zum Teufel, solange noch Zeit ist!«, forderte er ihn unwirsch auf. »Oder zurück zu der Dame, die Euch mir auf den Hals schickte!«

El-Mansur war wütend ob solcher Halsstarrigkeit. »Glaubt bloß nicht, dass Ihr mich so leicht loswerdet! Wir *fida'i* können Durst durchaus ertragen, schlecht aber Mutwillen! Doch zu sterben wissen wir allemal besser als durch unnötigen Wassermangel!«

Dem Priester Ralph blieb nur, das Geschick des Schwachen in die Hände des Herrn zu legen. Er betete mit dem König den Rest der Nacht. Dann entgab er sich seines Rocks als christlicher Priester und legte Rüstung an.

Saladin unten im grünen Tal am See jubelte vor Freude, als ihm seine Spione von dieser – taktisch völlig unsinnigen – Entscheidung der Christen berichteten. Das war der halbe Sieg! Endlich war die Gelegenheit gekommen, auf die er so lange hatte warten müssen!

Die christliche Armee verbrachte eine elende Nacht; wer sich heimlich davonmachte, um an Wasser zu kommen, der kehrte nicht zurück. Sie waren eingeschlossen!

»Wenn Ihr Eure Haut noch retten wollt, Victor du Ferbac, auch um der Dame einen letzten Gruß zu entrichten«, raunzte der Chatillon seinen Leibwächter an, »dann wird es Zeit, dass Ihr Euch davonmacht! In meiner Nähe seid Ihr vom Überleben weit entfernt!«

»Es ist meine Aufgabe, Euch davor zu bewahren, eines gewaltsamen Todes zu sterben!« El-Mansur konnte mindestens so halsstarrig sein wie sein Herr.

Doch der Chatillon bockte. »Ihr könnt und sollt mich nicht davon abhalten, ihn zu suchen und auch zu finden!«

Um Moral und Kraft der Franken noch weiter zu zermürben, setzten des Sultans Soldaten alles trockene Buschwerk rings um den Hügel in Brand, sodass der beißende Qualm und die sich rasch entwickelnde Hitze den Christen noch zusätzlich zu schaffen machten. Im Schutz der Dunkelheit und der Rauchschwaden schob Saladin einen Teil seiner Truppen während der Nacht dicht an sie heran, während unten im Tal noch arabische Musik und Gesänge aus seinem Feldlager heraufdrangen und die Christen teils einlullten, teils wütend machten, weil es ihnen nicht einmal vergönnt war, auch nur ein Auge zuzutun.

Der Angriff der Muslime begann im Morgengrauen, geordnet und diszipliniert, mit einem Hagelschauer von Geschossen auf die Zelte der Christen, gerade zu der Stunde, als denen vor Müdigkeit die verquollenen Augen zufielen. Das Fußvolk hatte jetzt nur noch eines im Sinn: Wasser! Zügellose Massen wälzten sich den Abhang hinab, um zum See durchzubrechen, der verheißungsvoll zu ihnen heraufblinkte. Sie rannten, stolperten in Säcke, die von den Muslimen durch stellenweises elastisches Zurückweichen der Frontlinien aufgehalten wurden, dann zugemacht, und alles, was sich darin befand, wurde niedergeknüppelt, abgestochen und zerhackt. Nur wenige überlebten das Gemetzel!

Die Reiter auf der Höhe schlugen sich indessen großartig, wenn auch mit der Kühnheit von Verzweifelten. Sayf war erstaunt, mit welcher Bravour der behäbige Cavalier' focht und stritt. Sie kämpften Seite an Seite! Die Franken warfen eine Attacke nach der anderen verlustreich zurück, doch Saladin konnte stets auf neue, frische Kräfte zurückgreifen, während die ihren langsam schwanden. Der König, der sich wider Erwarten als hervorragender Kämpfer erwies, verlangte brüllend von Raimund, er solle versuchen, den Ring der Feinde zu durchbrechen, ehe es zu spät sei, denn alle spürten jetzt mehr und mehr das Nachlassen ihrer Kraft, sich im Sattel zu halten und auch noch zu hauen und zu stechen.

»Mein liebster Feind«, spottete der Chatillon, als er das vernahm, »ist auch für mich die letzte Chance, Euch loszuwerden, werter Victor!« Er riss das Pferd seines Leibwächters am Zaumzeug zu sich, und mit einem Schlag auf die Kruppe hetzte er Tier und Reiter mitten unter den losstürmenden Haufen des Raimund von Tripolis. Der Graf stürzte sich an der Spitze seiner Tripolitaner mit aller Macht den Hügel hinab auf den von Saladins Sohn Taki befehligten rechten Flügel. Aber Taki hieß seine Reihen sich öffnen, die Ritter donnerten hindurch, und hinter ihnen schlossen sie sich wieder. Das Losreiten der Tripolitaner war das erste und letzte Mal, dass Sayf und El-Mansur während der tobenden Schlacht einander zu Gesicht bekamen, wenn auch nur für eines Wimpernschlages Länge. Beide hatten ja nicht einmal davon gewusst, dass der andere an ihr teilnahm. Raimund und seinen Mannen war es danach nicht mehr möglich, sich noch einmal zurück zu ihren Leidensgefährten durchzuschlagen.

Im Kampfesgetümmel oben auf dem Hochplateau stieß der Johanniter Valerian auf seinen Zwillingsbruder, den Templer. Die schweren, kaum verkrusteten Verletzungen, die er schon bei La Fève davongetragen, hielten Gernot nicht davon ab, Seite an Seite mit seinen Ordensbrüdern zu fechten. Allerdings wankte er bei jedem Hieb, seine Wunden waren allesamt wieder aufgebrochen, er konnte sich kaum noch im Sattel halten. Valerian griff wortlos ein, er beugte sich rüber zu seinem Bruder und riss ihm die Zügel aus der Hand.

»Lass mir die Ehr', als Templer zu sterben!«, fauchte ihn Gernot an, nicht mehr die Kraft aufbringend, sich gegen den Johanniter zu wehren, der wild um sich hauend das Pferd mit dem Bruder aus der Gefahrenzone zerrte. In dem Moment fegte Raimund mit seinen Leuten wie die wilde Jagd an ihnen vorbei zu Tale.

»Ihm nach!«, schrie Valerian, doch Gernot riss sich los und machte Anstalten, sich wieder in das Schlachtengetümmel tragen zu lassen, dort wo die Templer fochten und wo es am hitzigsten zuging. Valerian hatte seine liebe Mühe, den Starrsinnigen einzufangen, der nicht einmal mehr die Zügel halten konnte.

»Eine Chance haben wir verpasst, du alter Dickschädel!«, warf er Gernot zornig vor. »Beim nächsten Mal folgst du mir – oder ich –!«

Der Templer klammerte sich an den Hals seines Tieres, als jetzt – von Valerian rechtzeitig bemerkt – zwei weitere Haufen dem Grafen von Tripolis folgten. Es waren die Ritter der Herren Reinhold von Sidon, des Bruders von Ralph von Sidon, und des Balian von Ibelin, die darauf vertrauten, dass auch ihr Sturmritt auf keinen unüberwindbaren Widerstand stoßen würde. In der Tat hatte keiner von den Heerführern des Sultans mehr mit ihnen gerechnet, und da sich die Reihen von Taki nicht öffneten, schlugen sie sich eine blutige Gasse durch die überraschten Beduinenreiter des Ahmed ed-Din Tush. Fast wären sie auf Saladin selbst geprallt. Das war auch der Grund, dass man sie fast ohne Verluste hindurchpreschen ließ, denn alle Emire drängten sich jetzt um das Zelt des Sultans, um vordringlich seine Person zu schützen. So entkamen die Zwillinge, eingekeilt in die ohne Halt vom Schlachtfeld hinwegstiebende Kavalkade.

Der Bischof von Akkon war erschlagen worden, das »Heilige Kreuz« der Christen den Muslimen in die Hände gefallen. Das rote Zelt des Königs stürzte um, Guido lag kraftlos am Boden, umgeben von seinen Rittern, die bis zuletzt an seiner Seite gekämpft. Besonders hervorgetan hatten sich der Herr von Botrun, der Cavalier' Plivano und sein Kampfgefährte, der junge Seyfert von Daula. Obgleich sie zum Aufgebot derer von Tripolis zählten, hatten sie sich geweigert, den König im Stich zu lassen. Sie wurden mit ihm zusammen festgenommen. Unter den Gefangenen befanden sich auch Gerard de Ridfort und Reynald von Chatillon sowie Ralph von Sidon, der sich nicht mehr als Priester zu erkennen gab. Ungefesselt wurden sie in das Zelt des Sultans geführt; hier trafen sie auf den Bruder des Königs, den Konnetabel Almarich, sowie den Herrn Humfried von Toron.

Während die Ritter der entkommenen Herren von Ibelin und von Sidon gen Akkon davonritten, hatte Valerian nichts anderes im Sinn, als sich mit seinem aus vielen Wunden blutenden, stark geschwächten Bruder Gernot bis zur Templerfeste Safed durchzuschlagen, die nördlich vom See Genezareth die Jakobsfurt bewachte. Um nicht umherstreifenden Teilen der Armee des Sultans in die Arme zu laufen, versuchten sie erst mal Abstand vom Ort der Schlacht zu gewinnen und wichen in das hügelige Hinterland aus. Nach kurzer Zeit – inzwischen hatten sie auch Hunger – trafen sie an einem kleinen Rinnsal auf einen Ritter, der ihnen durch seine besonders kostbare, makellose Rüstung auffiel. An der Schlacht konnte er nicht teilgenommen haben. Der Fremde kniete bei seinem Pferd, das offensichtlich so unglücklich gestürzt war, dass es sich an einem Bein verletzt hatte. Jedenfalls verliefen alle verzweifelten Versuche, die er anstellte, um es wieder aufzurichten, ergebnislos.

Kyr du Lac hatte sofort begriffen, dass sie die Zwillinge von Montmor vor sich hatte, aber als sie merkte, dass sich bei beiden kein Zeichen des Erkennens einstellte, beließ sie es dabei. Aber sie war auf der Hut, denn sie erinnerte sich sehr wohl der Rohheiten des Gernot und der Verschlagenheit des Valerian. Doch auch dem gemeinsamen Bemühen von Kyr du Lac und Valerian, das Tier wieder auf die Beine zu stellen, war kein Erfolg beschieden, zumal Valerian alsbald wegspringen musste, weil sein Bruder einer Ohnmacht nahe vom Pferd zu gleiten drohte. Sie betteten den Templer auf den Boden. Kyr verband Gernots Wunden notdürftig, so gut es ging, wobei der – statt dankbar zu sein – höhnische Bemerkungen über die Seidentücher machte, die sie aus der Satteltasche hervorholte, auch ihre blanke Rüstung wurde zum Gegenstand seiner Hänseleien.

Kyr du Lac hatte keine Zeit zu verlieren, denn wie sie unschwer an den ramponierten Brüdern sehen konnte, war die Schlacht wohl schon geschlagen! Umso mehr drängte es sie, zu dem Platz zu gelangen, wo die Toten und Verwundeten jetzt elendiglich in der glühenden Hitze dem Verderben preisgegeben waren – der Gedanke, dass Reynald unter ihnen liegen könnte, dringend ihrer Hilfe bedürfe, war stärker als jede Vernunft. So zog Kyr du Lac – immer auf sicheren Abstand bedacht – einen Beutel Gold aus der Tasche und hielt ihn Valerian hin.

»Ich brauche ein Pferd!«, bot sie ihm bündig den Handel an. »Und der –«, sie zeigte auf den stöhnend am Boden liegenden Gernot, »kann seines nicht mehr reiten!«

Das leuchtete Valerian ein, und mit dem Gold ließ sich eher eine Lösung finden, die ihnen weiterhelfen würde, als ohne. Der halb bewusstlose Gernot bekam nicht einmal mit, dass Kyr du Lac auf seinem Pferd wie von allen guten Geistern verlassen über Stock und Stein davonstob.

Als der Sultan gewahr wurde, welchen entsetzlichen Durst die Herren litten, die er als seine Gefangenen um sich versammelt hatte – inzwischen waren noch etliche namhafte Barone und auch noch einige Ritter beider Orden dazugestoßen –, da ließ er einen Krug Rosenwasser bringen, der mit Schnee vom Berge Hermon gekühlt war. Mit eigener Hand füllte Saladin das köstliche Nass in einen Becher, den er dem König reichte. Es war eine Geste, die unter Muslimen dem Gefangenen das Leben garantiert. Der König nahm einen tiefen Schluck. Gedankenlos reichte er den Becher weiter an den neben ihm stehenden Chatillon. Saladin erblasste, er fuhr seinen Dolmetscher an.

»Sag dem König, dass er es war, der diesem Mann den Trunk gereicht, nicht ich!«

Alle erstarrten. Der Sultan stand vor Reynald de Chatillon. »Ihr wisst, warum?«

Der Chatillon lachte ihm ins Gesicht. »Ihr nehmt an, dass ich Durst leide, doch ich kann auf Eure gütige Gabe verzichten!« Sprach's und leerte den Becher auf den Boden des Zeltes.

Saladin war nur einen kurzen Augenblick sprachlos ob dieser Unverschämtheit. Es durfte nicht nach persönlicher Rache schmecken, sondern alle sollten sehen, dass der Sultan das Recht und den verhöhnten Glauben des Propheten auf seiner Seite hatte. »Und Eure elenden Raubzüge, feigen Morde und die Lästerung Gottes – die zählen Euch nichts?!«, herrschte er mit aller Strenge den Chatillon an, doch der schmähte wieder nur voller Häme:

»Ich nahm mir die Freiheit, mich über Eure Moral hinwegzusetzen, und Ihr konntet es nicht hindern – Ihr werdet's auch nie vermögen!«

Saladin schloss die Augen, als würde er sich im stillen Gebet sammeln, dann ließ er sich von seinem Scharfrichter dessen schweren *scimtar* reichen, Reynald wurde auf die Knie gezwungen, und der Sultan trennte ihm mit einem furchtbaren Hieb das Haupt vom ungebeugten Hals.

»Ich hatte Allah geschworen«, rief der Sultan, den blutigen *scimtar* noch in der Hand, allen Umstehenden mit düsterer Stimme zu, »dass dieser –«, er wies jetzt nachträglich doch bebend vor Zorn auf den leblosen Rumpf zu seinen Füßen, »für seine Untaten mit dem Tode büßen sollte!«

Guido erschrak, als Saladin sich jetzt ihm zuwandte. »Ein König tötet keinen König!«, beruhigte ihn der Sultan. »Aber dieser Mann war ein Verbrecher, ein Frevler wider Gott, und wäre es immer geblieben.« Der Sultan ließ an alle Herren vom Rosenwasser ausschenken. Das war der Moment, in dem es Ralph von Sidon gelang, sich hinten aus dem Zelt zu stehlen, gerade als der leblose Körper des Chatillon entfernt wurde. Einzig Sayf bemerkte es, weil er neben Ralph stand und durch den offen gebliebenen Spalt neugierig den Vorgang beobachten konnte. Ralph von Sidon nahm vom abgeschlagenen Haupt des Chatillon dessen blutige Kopfbinde an sich, wickelte sie sich mit größter Selbstverständlichkeit feierlich um die eigene Stirn und schritt von dannen. Die Sklaven, die für die Beseitigung der Leiche zuständig waren, hielten ihn nicht auf – überhaupt niemand hielt Ralph von Sidon auf, auch nicht, als er sich jetzt ein Pferd nahm und davonritt.

Dann gab Saladin Befehl, den König und seine Barone in Gefangenschaft zu nehmen, sich um ihr leibliches Wohl zu kümmern und sie mit Respekt zu behandeln – das gälte auch für Gerard de Ridfort, nicht aber für alle anderen Ordensritter, gleich ob nun Templer oder Johanniter! Diese wurden gefesselt und paarweise hinausgeführt. Keiner kam zurück. Der Sultan weigerte sich, dem Großmeister der Templer Auskunft über ihr Schicksal zu geben. Er ließ ihn nur fragen, ob er ihr Los teilen wolle? Gerard de Ridfort beeilte sich, dies deutlich zu verneinen. In der Tat, sämtliche sonstigen Angehörigen beider Orden wurden gleich abseits vom Schlachtfeld von Leuten des Sultans niedergemacht, die dazu Lust verspürten. Das waren einige, und es ging grausam zu, bis der letzte Templer, der letzte Johanniter von seinen Torturen durch die Gnade des Todes erlöst war.

Der rechtzeitig auf den Tabor zurückgekehrte Jaluddin nahm das Angebot des Priors an, einige Mönche – unter der Führung des Visitators Titus de la Porta – hinaus zum Schlachtfeld bei den Hörnern von Hattin zu begleiten. Sie wollten gerade aufbrechen, als zwei – offenbar dem Gemetzel entronnene – Gestalten auf das Kloster zuwankten. Der eine war auf dem einzigen Gaul angebunden und offensichtlich in beklagenswertem Zustand, der andere führte das ihnen verbliebene Tier, denn er schleppte noch am Sattel und Zaumzeug eines anderen. Es waren die Zwillinge von Montmor, Templer der eine, Johanniter der andere, das war – obgleich blutgetränkt und zerfetzt – an den unterschiedlichen Clamys noch zu erkennen. Valerian war es, der die Mönche bat, seinen Bruder aufzunehmen und zu heilen, wenn Gott es wolle, bis Safed hätten sie es nicht mehr geschafft. So kehrte der Meister aller Meister mit den Zwillingen ins Kloster zurück, während die Brüder unter Titus weiterzogen gen Hattin, um dort nach Verwundeten zu schauen. Jaluddin erkannte plötzlich im Sattelzeug, das Valerian über der Schulter schleppte, das Eigentum des Kyr du Lac wieder und hatte sofort den schrecklichen Verdacht, dass die beiden Kyr überfallen, ausgeraubt und vielleicht sogar getötet hätten, denn die Ausrüstung des Ritters gehörte zum Feinsten, was er kannte. Aber Valerian berichtete Jaluddin die Geschichte von der Begegnung mit dem ihnen fremden Ritter derart glaubwürdig, dass er ihm Glauben schenkte, zumal Valerian auch noch die Reste des rohen Pferdefleisches vorwies, von dem sie sich seither ernährt hatten, aus Angst, Feuer zu machen und vom Feind entdeckt zu werden. Der Meister sorgte dafür, dass der schwer verletzte Gernot im Kloster in die Hände jener Fratres kam, die sich mit Heilkunde und wundstillenden, schmerzlindernden Pflanzentinkturen auskannten.

Kyr du Lac näherte sich dem Schlachtfeld. Zu sehen war es noch nicht, aber zu riechen. Es war der beißende Brandgeruch, der süßfaulige von Verwesung und jener bestialische Gestank, der aus gewalttätiger Mixtur von Eisen, Scheiße, Blut, Schweiß und Pisse entsteht. Sie sah Geier kreischend auffliegen und die ersten Schakale, die sich um Fleischfetzen balgten. Auch wenn ihre Hoffnung mit jedem Schritt schwand, gab sie ihrem Tier trotzig die Sporen. Da sprengte ihr ein hünenhafter Reiter in den Weg, als habe er ihr aufgelauert. Er griff ihrem Gaul ins Halfter und brachte ihn zum Stehen.

»Es ist vorbei«, sagte er mit tiefer Trauer in seiner sonoren Stimme. »Ihr solltet Euch den Anblick ersparen, edle Dame!«

Kyr du Lac war verwirrt. Das erste Mal, dass ein Fremder ihre Verkleidung auf Anhieb durchschaute, ohne dass sie nur ein Wort gesprochen hatte. »Wer seid Ihr?«, fragte sie jetzt. Merkwürdigerweise fasste sie sofort Zutrauen zu dem Hünen, der einen blutigen Schal um die Stirn gewickelt trug und darüber den schwarzen Turban der Muslime.

»Ralph von Sidon, Priester des Herrn!«, stellte er sich mit stolzer Würde vor. »Ich war bis zum bitteren Ende zugegen –«

Kyr rang mit sich. »Sind viele – wer ist gefallen?«, brach sich nach durchschaubarer Einleitung die Frage ihre Bahn. »Reynald de Chatillon? –Ist er tot?!«

Der Priester erkannte ihre Seelenpein sofort. »Er fiel aufrecht in seinem Trotz!«, sprach er versöhnlich. »So wie er gelebt hatte!« Er wickelte den blutigen Schal des Chatillon von seinem Kopf und reichte ihn wortlos der schönen Fremden.

Kyr du Lac kämpfte sichtlich mit den Tränen. Nach einer Weile fing sie sich und sagte stolz: »Ich hatte nichts anderes von ihm erwartet.« Sie stopfte die blutige Stirnbinde unter ihren Brustharnisch. »Wohin führt Euch der Weg, Monsignore?«, fragte sie dann, schon um das Thema zu wechseln.

Der stattliche Mann schaute sie prüfend an. »Wenn Saladin mich zu fassen bekommt, habe ich erheblichen Ärger zu gewärtigen.«

»Also?!«, insistierte Kyr du Lac ungerührt. »Wohin?!«

»Ich müsste für eine Zeit lang untertauchen«, erklärte ihr der Priester, »bis sich die Lage geklärt und beruhigt hat. Burgen in dieser Gegend – das gilt von Ashkalon bis hinauf nach Akkon – bieten keine Sicherheit, der Sultan wird sie eine nach der anderen in seine Gewalt bringen.«

Kyr du Lac musterte den Mann. »Ralph von Sidon«, sagte sie. »Ich könnte Euch den sichersten Unterschlupf verschaffen, der sich zwischen Euphrat und Nil finden lässt –«

»Und das wäre, schöne Dame?«

»Es ist die Festung meines Vaters Husain ad-Din Marzuban, Geschickter des Imam aus Alamut.«

Ralphs Blick auf Kyr verriet Erstaunen mehr noch als Hochachtung. »Ihr meint Masyaf, die Burg der Assassinen?«

»So ist es«, antwortete ihm Kyr du Lac, »ich werde Euch begleiten!«

Sie wendeten beide ihre Pferde und wandten sich gen Norden.

Die Mönche vom Mont Tabor hatten auch verletzte Muslime vom Schlachtfeld mit aufs Kloster genommen, um – wie es ihrer christlichen Pflicht der Barmherzigkeit entsprach – sie ohne Ansehen ihres Glaubens zu pflegen und zu heilen. Hingegen hatten die Zwillinge von

Montmor das Kloster bald wieder verlassen, kaum, dass der Templer Gernot einigermaßen genesen. Gedankt hatten sie den Mönchen die selbstlose Pflege nicht, im Gegenteil, sie beschimpften im Krankensaal auf unflätige Weise die muslimischen Verwundeten, als hätten diese kein Recht auf Versorgung.

»Allah sei Dank, dass wir sie wieder los sind!«, rief der Prior des Klosters dem Visitator Titus de la Porta zu, den er in Verdacht hatte, die gezeigte Intoleranz der Zwillinge gutzuheißen. Dass sie sich auch mit dem Meister aller Meister anlegten, der jetzt aus seinem muslimischen Glauben keinen Hehl mehr machte, brachte ihnen ein, dass der Meister Jaludinus den Johanniter Valerian kurz aufs Kreuz legte, denn an seinem immer noch invaliden Bruder Gernot mochte er sich nicht vergreifen. Damit hatte das Kloster dann seine Ruh, Jaluddin sich aber den Hass der Zwillinge fürs Leben zugezogen! Dank der guten Tat!

DER UNWIEDER-
BRINGLICHE VERLUST

HEIMKEHR NACH MONTMOR

Bei den Hörnern von Hattin hatten die Christen, wenn nicht *die* entscheidende Schlacht verloren, so doch zumindest das größte Heer, das sie je zur Verteidigung ihres Königreiches aufgeboten hatten. Es war fast vollständig vernichtet worden. So hatte Saladin keinen nennenswerten Widerstand mehr zu erwarten, als er jetzt daran ging, sich die einzelnen Städte und Burgen zu unterwerfen. Er begann mit Galiläa, wo die Fürstin ihren Widerstand aufgab und ihm – gegen freien Abzug zu ihrem Mann nach Tripolis – Tiberias übergab. Balian von Ibelin räumte Naplusa, und seine Familie durfte mit Hab und Gut abziehen. Er schickte sie nach Jerusalem. Der Sultan zog die Küste hoch nach Norden. Sein bevorzugtes Verfahren zur reibungslosen Einnahme von festen Orten war der Einsatz der jeweiligen Besitzer, die sich fast ausnahmslos unter seinen hochrangigen Gefangenen befanden. Die Herren wurden unter die Mauern geführt und sichtbar mit dem Tode bedroht, falls die Besatzung sich weigern sollte, dem Befehl zur Auslieferung nachzukommen. Die Drohung wurde nur selten wahrgemacht, denn meistens tat sie die erwünschte Wirkung. Die Übernahme kleinerer Kastelle überließ Saladin seinen bewährten Emiren, die sie dann auch als seine Statthalter verwalten durften.

Einer seiner Heerführer, Ahmed ed-Din Tush, hatte den Auftrag erhalten, den Cavalier' Plivano nach Botrun zu begleiten, um die Burg und Stadt am Meer von ihm ausgehändigt zu bekommen. An der Seite des ehrenvoll Gefangenen ritt treu und unverdrossen sein Schildträger Seyfert von Daula, denn der Cavalier' war ihm im Wort, dass er nun seine lang vermisste Braut in die Arme schließen sollte. Der Herr Plivano hatte ihn allerdings darauf hingewiesen, dass Melusine samt Töchterchen sich in den Händen des Thomas von Niphin befände, und der sei ein sehr unbotmäßiger Vasall, doch könne er sich nicht vorstellen, dass sein Lehnsmann in dieser Situation dem Ersuchen nicht stattgeben werde. Wenn der Cavalier' den Räuber auch keineswegs so einschätzte, er sagte es nicht, um den braven Seyfert nicht zu entmutigen.

Unterwegs trafen sie zunehmend auf Flüchtlinge, die nach Tyros oder Tripolis unterwegs waren und sich bitter beklagten, dass der Herr Thomas von Niphin sie überfallen und ihrer letzten Habe beraubt hätte. Da Niphin auf seinem Weg lag, zögerte Ahmed ed-Din Tush nicht lange, den Herrn zur Ordnung zu rufen und ihm gegebenenfalls Niphin zu entreißen, zumal der ein Vasall des Plivano von Botrun war.

Doch als sie vor der kleinen Stadt ankamen, traten schon ehrerbietig Abgesandte des Herrn Thomas heraus und baten den Abgesandten des Sultans, einzutreten und von Niphin Besitz zu ergreifen. Ahmed ließ die Hälfte seiner Truppen vor den Mauern, auch um Plivano zu bewachen, und nahm die Einladung an, gefolgt von seinen Mannen. Nicht zufällig traf er Herrn Thomas beim Gebet in der ›Moschee‹, umgeben von der gesamten männlichen Einwohnerschaft. Die rasch umgewandelte Kirche von Niphin war sowieso eine ehemalige Moschee, selbst ihr Minarett war noch erhalten, eignete es sich doch ob seiner schlanken Höhe hervorragend als Ausguckposten. Der Herr von Niphin stellte sich mit größter Selbstverständlichkeit als Moslem vor. Ahmed ed-Din Tush war beeindruckt, vor allem, als Herr Thomas es freudig begrüßte, dass Ahmed eine Garnison in die Stadt legen wolle. Darüber hinaus erklärte er sich spontan bereit, dem Abgesandten des großen Saladin bei der Übernahme von Botrun zur Hand zu gehen. Ahmed ließ fast sein gesamtes Gefolge in Niphin zurück, während Herr Thomas, ohne zu zögern, mit seiner gesamten Räuberbande auszog und sich ihm anschloss. Dass diese zahlenmäßig fast doppelt so stark war wie die verbliebenen Muslime, störte zumindest deren Anführer nicht.

So verließen sie den Ort und rückten gegen das weitaus stärkere Botrun vor. Ahmed mochte sein Glück gar nicht fassen, auf diese Weise seinem Sultan gleich zwei feste Plätze zu Füßen legen zu können. Beunruhigt war allerdings Herr Plivano.

»Was zieht denn dieser Herr aus Niphin hinter Euch her?«, fragte er argwöhnisch den Heerführer, dem er anvertraut war. »Ein treuloser Vasall, der es nicht einmal für nötig hält, seinen Herrn zu begrüßen?!«

»Er wünscht uns nur den Weg zu weisen«, antwortete ihm Ahmed, »– vielleicht ist er auch besorgt um Eure Sicherheit!?«

Überzeugt konnte die Antwort den Plivano nicht haben, aber er fügte sich drein, es war ja auch nicht seine Sache, mit wem sich der Abgesandte Saladins da einließ. Auch Seyfert war arg enttäuscht, dass der Cavalier' den Herrn Thomas, einen verschlagen blickenden, fleischigen Mann von untersetzter Statur, dem die Gier und Arglist ins Gesicht geschrieben waren, nicht sogleich wegen der geraubten Melou zur Rede stellte und schon zu Niphin die Herausgabe des jungen Weibes samt Tochter verlangt hatte. Doch der Herr Plivano vertröstete ihn auf später, wenn die übrigen Angelegenheiten zur Zufriedenheit des Emirs geregelt seien.

So kamen sie vor Botrun. Herr Plivano trat vor das geschlossene Tor und rief brav, wie ihm aufgetragen, den Wachen auf der Mauer zu, sie sollten seiner Frau Lucia ausrichten, sie möge die Burg von Botrun an den Sultan übergeben und hinauskommen zu ihm, damit er seine Freiheit wiedergewönne, und wenn der treue Husain noch zugegen sei – was die Wachen grinsend bestätigten –, dann würde er sich freuen, auch den alten Freund wieder in die Arme schließen zu können. Ahmed hatte die widerspruchslos aufgenommene Forderung mit größter Befriedigung verfolgt, so einfach hatte er sich die Inbesitznahme feindlicher Burgen nicht vorgestellt. Es dauerte nicht einmal lange, da öffnete sich das Tor und heraus trat – am Arm des Geschickten – Frau Lucia, die Herrin von Botrun, und hinter ihnen strömte alles hinaus, was in Botrun Beine hatte. Der rundliche Herr Plivano konnte vor Begeisterung nicht an sich halten und eilte mit ausgebreiteten Armen auf seine Gemahlin zu – Frau Lucia wollte ihm in gezeigter Wiedersehensfreude nicht nachstehen und löste sich, fast entschuldigend, von Husain –, doch noch bevor die Eheleute sich in die Arme fallen konnten, stürzte Plivano wie von unsichtbarer Faust getroffen vornüber – zwei, drei Pfeile ragten ihm plötzlich aus Nacken und Rücken, Plivano fiel auf sein Gesicht. Die erstarrte Lucia stieß einen spitzen Schrei aus und machte noch zwei Schritte vorwärts, um sich mit dramatischer Geste über den Gatten zu werfen – doch noch im Fallen fuhren auch ihr zwei Pfeile in die Brust; sie torkelte, stolperte und sank vor dem Gatten auf die Knie. Ein dritter Pfeil in ihrem Hals erstickte einen dumpfen Schmerzenslaut und bettete sie neben ihn.

Der Geschickte hatte sich wie der Blitz platt zu Boden geworfen – und Sayf, der völlig überrascht, doch nur wenig erstaunt war, einen derartigen Empfang zu erleben, als er Husains ansichtig wurde, hechtete geschmeidig zur Seite und rollte sich aus der unmittelbaren Gefahrenzone, war er doch felsenfest davon überzeugt, dass eine solche Niedertracht nur dem Hirn des Geschickten entsprungen sein konnte. Erst als er blinzelnd feststellte, dass es die Männer des Thomas von Niphin waren, die sowohl den Cavalier' gemeuchelt hatten als jetzt auch allen anderen ans Leben wollten, kroch er zu Husain hin, der sich totstellte. Der Geschickte war wütend, dass sich jemand zu ihm gesellte, doch als er Sayf erkannte – ausgerechnet der! –, bedeutete er dem *fida'i*, gleichermaßen zu verfahren. Herrn Plivano war nicht mehr zu helfen, also stellte sich Sayf toter noch als tot, indem er sich unter zwei Gefallene schob, wobei er Brust, Gesicht und Haare mit deren Blut tränkte und sich nicht mehr rührte. Nur so entgingen die beiden nicht eben befreundeten Männer als Einzige dem Massaker. Die Leute von Niphin hatten, von den Muslimen unbemerkt, deren kleinen Haufen umstellt und hatten die nächste Geschosssalve von Pfeilen und Bolzen von allen Seiten auf die überraschte und völlig verwirrte Truppe des Sultans einprasseln lassen. Nur

Ahmed ed-Din Tush überlebte den feigen Anschlag des zuerst noch gar nicht erkannten Gegners. Der neben ihm stehende Herr Thomas hatte ihn mit sich zu Boden gerissen.

»Ein Überfall!«, zischte er dem unter ihm Liegenden zu und hielt ihn da unten auch mit eiserner Hand fest, während über ihren Köpfen ein wüstes Abschlachten begann, an dem sich auch die Bürger von Botrun beteiligten, denn sie hielten die Muslime für die verräterischen Meuchler ihrer beliebten Herrschaft. Kein Einziger von den Leuten Ahmeds entkam außer ihm selbst. Als er sich wieder erheben durfte, musste er feststellen, dass er nur überlebt hatte, um als Faustpfand des Thomas von Niphin – jetzt auch Herr von Botrun – für dessen künftige Sicherheit zu dienen. Er wurde zu Niphin eingekerkert.

Husain ed-Din Marzuban saß der Schreck derart in den Gliedern, dass er froh war, nicht laufen oder stehen zu müssen. Sie hätten ihn mit Sicherheit ebenfalls hinterrücks erschossen oder abgestochen! So robbte er auf dem Bauch hinter Sayf her weg vom Schauplatz der Metzelei; sie pressten sich in einen stinkenden Abwassergraben, wo sie regungslos ausharrten. Beide richteten sich erst wieder auf, als schon die Nacht hereingebrochen war und sie sich davonschleichen konnten. Dennoch: Der Geschickte hatte eine ungeheure Wut im Leib – einmal wegen der Demütigung, aber vor allem ob des üblen Mordes an einem Mann, der sich ihm als ehrlicher Freund erwiesen – von Lucias, seines Weibes Freundlichkeiten ganz zu schweigen! Die Empörung über den niederträchtigen Herrn von Niphin war so groß, dass er sogar seine Aversion gegen Sayf, als einen der beiden verhassten Schützlinge des Alten, beiseite schob und dem *fida'i* anbot, mit ihm zurück nach Masyaf zu reiten. Aber Sayf wollte in seinem Bemühen um Melou mitnichten nachlassen. Jetzt erst recht nicht! Hätte er allerdings geahnt, dass der Mann, mit dem er in der Scheiße gelegen hatte, der war, dem er – und Melou – die ganze Unbill letztlich verdankten, er hätte ihm die Nase so lange in den Schlamm des Rinnsals gedrückt, bis alles Leben aus dem Geschickten gewichen. Aber

Sayf sprach nicht von Melou, und der Geschickte hütete sich, ihr Schicksal auch nur zu erwähnen. So machte Husain sich allein auf den Weg zur Assassinenfestung. Sayf jedoch ritt nach Niphin, um endlich Melou zu befreien.

Müde und zerschlagen kämpften sich zwei Männer den steilen Anstieg hinauf zur Burg Montmor. Es waren Gernot und Valerian, die beiden ältesten Söhne des Burgherrn Roger du Ferbac. Gernot saß im Sattel des Pferdes, das sie sich teilen mussten, denn weder die Mönche vom Berg Tabor noch sonst irgendwer auf ihrem beschwerlichen Heimweg zur väterlichen Burg hatten sich bereit gezeigt, den Zwillingen ein zweites Pferd zur Verfügung zu stellen, und sei es auch nur leihweise. Sie boten allerdings auch keinen besonders kreditwürdigen Anblick. Da sich beide gleich nach dem schmählichen Abgang vom Kloster oberhalb des Sees Genezareth ihrer jeweiligen Ordenstracht entledigt hatten – die Überhänge mit dem roten Tatzenkreuz der Templer oder dem weißen der Ritter Johanni wären zu verräterisch gewesen –, war ihnen nur das zerfetzte Kettenhemd, das aufgeschlitzte Lederkoller geblieben, das sie darunter getragen hatten. Beides hatte ihnen das Leben gerettet, aber viel Staat war nun nicht mehr damit zu machen. Sie fanden die väterliche Burg um vieles verwahrloster, als sie das Montmor ihrer Kindheit in Erinnerung hatten, der Schlamm im Hof hatte sich in eine grüne Lake verwandelt. »Hier stinkt's nach Jauche, dass nicht mal eine Sau sich darin wälzen mag.« Valerian hielt sich die Nase zu.

»Die einzige Sau!«, grummelte Gernot als Antwort auf den Kommentar seines Bruders. »– wenn sie noch lebt!«

Schon am halb offenstehenden Tor hatte sie niemand begrüßt; es hing in den Angeln und ließ sich wohl nicht mehr schließen, sonst lag alles still und verwaist, als wären die Menschen, die hier lebten, längst abhanden gekommen. Doch aus dem Kamin, der seitlich an den Donjon angeklatscht war, stieg zierlich der Rauch auf. Die Brüder stampften die Stufen hoch und fanden ihre Mutter Aziza in der großen kreisrunden Küche. Sie schlief mit dem Kopf auf der Tischplatte.

»Großer Gott!«, sagte sie nur, als Gernot gegen das Möbel trat, und dann: »Wie siehst du denn aus?!«

»Unser Templer hat sich mit der Armee des Sultans geschlagen – allein!«, scherzte Valerian, während sich Gernot stöhnend auf die Bank sinken ließ. Aziza brachte eiligst einen Korb mit Tinkturen, Salben und allerlei Kräutern in Säckchen und Beuteln zum Vorschein und inspizierte die verschmutzten Verbände ihres Ältesten, die seit der Behandlung durch die Mönche des Lazarus nicht mehr gewechselt worden waren. »Und der Alte?«, fragte Valerian wenig ehrerbietig. »Hockt er immer noch in seiner –?«

Aziza schaute nicht auf, denn sie entfernte energisch die teils durchnässten, teils angetrockneten Lappen von Brust und Armen, Nacken und Schultern ihres Sohnes Gernot. »Wo denn sonst wohl?!«, sagte sie seufzend.

Valerian erhob sich und trat wieder auf den Hof hinaus. Tastenden Schrittes bewegte er sich über den modrigen Grund hinüber zum Schuppen, in dem sich der Vater seine Kapelle eingerichtet hatte. Viel Gerät ist nicht mehr dazugekommen, dachte Valerian, als er die Tür langsam aufdrückte, dafür Staub und Spinnweben überall.

Er fand den Alten vor dem Altar mit seinem Wald von Kerzen und Kreuzen, er kniete auf den Stufen und liebkoste eine alabasterne Madonnenstatue. Ihr Körper, weiß unter blauem Umhang, glich eher dem einer griechischen Aphrodite als der Himmelskönigin.

»Gelobet sei Maria, Herr Vater!«, sagte Valerian mit ironischem Unterton, als er sah, wie Roger du Ferbac den schlanken Leib der Figur mit Küssen bedeckte, ihn regelrecht ableckte, seine Zunge glitt die keusch zusammengepressten Schenkel hinauf, fuhr zittrig über die Brustspitzen.

»Vom Paradies stieg sie herab zu mir«, sabberte der Alte fast unverständlich, »– dort, wo mich die schönste aller *huriat* erwartet.« Er begann die gut zwei Fuß messende Skulptur in seinen Armen zu wiegen, nachdem er den blauen Mantel über ihr zusammengeschlagen hatte, damit der Sohn nicht in den Anblick ihrer Blöße kommen sollte. Er weiß nicht, durchfuhr es Valerian, dass er den Leib seiner eigenen Tochter vor Augen hat. »Sie sehnt sich nach mir«, hauchte Roger verzückt. »Ich darf sie nicht warten lassen.« Andächtig küsste er der Statue auf die vom Umhang freigelassene Stirn und betete mit brüchiger Stimme, immer wieder in quälend falsche Töne einer unbekannten Melodie verfallend.

Valerian verließ auf Zehenspitzen den Raum, der von flackernden Kerzen erleuchtet wurde, ohne dass sie ihn in die Helle des Lichts versetzten. Sein Vater hatte ihn nicht erkannt – oder vielleicht für einen Engel gehalten.

Sayf machte sich nicht im Geringsten klar, dass er – seitdem er Jerusalem Hals über Kopf verlassen hatte – von einem Schutzengel, wahrscheinlich dem für die Liebenden, begleitet worden war. Schon, dass er – gefangen mit seinem Herrn, dem Cavalier' Plivano von Botrun, nach der verlorenen Schlacht bei den Hörnern von Hattin – nicht wie die meisten seinesgleichen hatte über die Klinge springen müssen, verdankte er einzig und allein dem Großmut des Sultans, der den Cavalier' nicht seines Schildträgers berauben wollte. Kurz kam ihm in den Sinn, was wohl aus El-Mansur geworden war, den er seitdem nicht wieder gesehen. Hoffentlich hatte der Freund ähnliches Glück gehabt, wie es ihm gerade widerfahren, denn wäre er den Mannen des Thomas von Niphin als falscher Toter aufgefallen, hätten sie wenig Federlesen mit ihm gemacht. Doch diesmal ging der Arglose im Herausfordern seiner unglaublichen Fortune nun doch einen Schritt zu weit. Fast ungedeckt schlich er durchs Gebüsch vor den hohen Mauern von Niphin auf der Suche nach einer vergessenen, unbewachten Seitenpforte, die ihm das Eindringen in die Stadt ermöglichen sollte. Dass auch der verschlafenste

Wächter ihn von oben von den Zinnen aus erspähen musste, kam ihm nicht in den Sinn. Die Besatzung der Wälle war allerdings von Herrn Thomas in höchste Alarmbereitschaft versetzt worden, denn wegen des frechen Griffs nach Botrun und dem widerrechtlichen Gewahrsam seines vom Sultan eingesetzten Emirs musste der Räuber jederzeit mit einem Angriff rechnen. So wurde der verliebte Träumer plötzlich zu Boden gestoßen, die Arme wurden ihm grob nach hinten gerissen, und er kniete vor dem hohnlächelnden Thomas von Niphin.

Sayf hatte ein letztes Mal Glück gehabt, dass sie ihn nicht gleich von oben mit Pfeilen erschossen wie ein vorwitziges Kaninchen, sondern ihren Herrn herbeigerufen hatten. Herr Thomas erkannte den Schildknappen des Plivano sofort wieder, ärgerte sich, dass man ihn vor Botrun übersehen und jetzt auch wieder verschont hatte. So viel Glück machte ihn neugierig. Sayf wollte nun endlich gewitzter sein als bislang, so verschwieg er, dass er in Wahrheit ein Assassine aus Masyaf war, und auch von Melou sollte ihm kein Wort über die Lippen kommen. Er habe sich, nach Verlust seines Kriegsherrn Plivano, ganz einfach verirrt. Zu einfach für jemanden wie Herrn Thomas. Seine Leute warfen Sayf einen Strick um den Hals, das andere Ende über die nächste Astgabel und zwangen den Knienden auf die Zehenspitzen. Sie zogen langsam, denn er sollte sich nicht das Genick brechen, sondern noch Luft haben, die Wahrheit auszuspucken. Als Sayf am Gewicht des eigenen Arsches spürte, dass sie zwar ihren Spaß mit ihm hatten, aber dies sicherlich nicht mehr sehr lange, zumal Herr Thomas ihm freundlich versicherte, dass seine Geduld ein jähes Ende haben könnte, besann er sich eines Besseren.

»Melusine du Ferbac!«, würgte Sayf heraus. »Ich liebe sie und wollte sie befreien!«

»Das ehrt Euch, junger Fant«, amüsierte sich Herr Thomas, »aber wäre es nicht gehörig, mich, ihren Besitzer, um sein Einverständnis zu fragen?!«

Sayf schwieg verbissen, worauf sein Hals wieder länger wurde und seine Zehenspitzen den Boden zu verlieren drohten.

»Für sie würde ich mein Leben geben!«, röchelte er, Thomas lachte roh.

»Was gilt mir dein Leben?!« Er betrachtete genüsslich sein zappelndes Opfer. »Ich will mit eigenen Augen sehen, was dem Liebenden die Freiheit der Geliebten wert –?« Sein Blick verfinsterte sich, worauf das schallende Gelächter seiner Knechte sofort verebbte, wusste man bei Thomas doch nie, woran man war. »Aus dem angenehm feuchten, tiefsten Kerker von Niphin erwarte ich dein Angebot!« Er grinste beifallheischend. »Es erreicht mich im lichtdurchfluteten Harem, wo deine Melusine mir gefällig und gar liebreizend zur Hand geht –« Sayf versuchte verzweifelt seiner Wut Luft zu machen, stattdessen wurde sie ihm abgeschnürt. Gerade als er zu ersticken drohte, ließen ihn die Knechte zu Boden plumpsen wie einen nassen Sack. »Schafft ihn in den Kerker!«, befahl Herr Thomas, und sie schleiften den Gefesselten von dannen, denn die Füße versagten Sayf nunmehr den Dienst. »Wenn es dir dort gefällt und du bleiben möchtest, dann schenk' ich ihr samt Tochter die Freiheit!«, rief der Räuber mit lautem Spott dem Unglücklichen hinterher. »So die schöne Melusine es nicht vorzieht, bei mir zu bleiben!«

»Und wie erfreut sich Sultan Saladin seines glorreichen Sieges?« Mutter Aziza vermochte ihre muselmanische Herkunft nicht zu unterdrücken, doch damit kam sie bei ihrem Sohn Gernot an den Falschen.

»Die Pest!«, grollte der übel zugerichtete Templer. »Diese Beulenpest von Schweinesultan!«, polterte er los. »Was wird die gräusliche Sau schon tun?!« Um erbittert fortzufahren: »Grunzend, schnorchelnd, mit schlabbernden Lefzen rüsselt sie die Küste ab, verschlingt schmatzend Stück für Stück christlichen Landes, Stadt für Stadt, Burg für Burg, als seien es Trüffeln!« Der Templer musste wohl eingesehen haben, dass das, was er wütend beschrieb, ein ganz normaler Vorgang für einen Sieger war, so hob er die Kleinodien hervor, denen bisher solches Schicksal erspart geblieben. »Bis auf Tyros und Akkon!«, schnaufte er, als sei es sein Verdienst. »An diesen wehrhaften Hafenstädten beißt er sich die Zähne aus!«, rief er stolz, gerade als Valerian wieder den Donjon betrat.

»Aber Sidon ergab sich kampflos!«, erteilte der sogleich seinem Bruder Gernot einen Dämpfer. »Herr Reinhold zog sich auf seine uneinnehmbare Burg Beaufort im Libanongebirge zurück!«

»Doch im Süden leistet Ashkalon Widerstand!« Gernot fuchste die pragmatische Einstellung seines Zwillingsbruders. »Mit Schimpf und Schande antworteten die Bürger auf die Aufforderung des feigen Guido, sich zu ergeben!«

»Saladin wird auf diese Stadt in seinem Rücken niemals verzichten«, beschied ihn Valerian kühl. »Sie säße ihm wie ein Stachel im Fleisch, seine Nachschubwege wären ständig bedroht –«

»Das ist doch gut so!«, schnaubte Gernot. »Und so soll es bleiben!«

»Aber kaum auf Dauer!«, schnitt ihm Valerian den Zweig der Hoffnung ab. »Der Sultan wird die reichen Bürger und Handelsherrn kaufen.«

»Aber dann hält immer noch Gazah stand.« Gernot wollte mit der Faust auf den Tisch schlagen, aber der Schmerz, der ihm sogleich durch den Arm fuhr, hielt ihn von solcher Demonstration wilder Entschlossenheit ab. »Die Besatzung besteht nur aus Tempelrittern!«

Da lachte Valerian ihn schallend aus. »Deswegen hat Saladin hier das leichteste Spiel: Er wird Euren gefangenen Gerard de Ridfort unter die Mauern führen, ihm die nackte Klinge zeigen, der wird seinen Tempelrittern die Übergabe befehlen, und dem Befehl des eigenen Großmeisters haben sie bedingungslos zu gehorchen!«

Allem heftigen Wundschmerz zum Trotz holte der erboste Templer zum Schlag aus, aber Valerian hatte sich längst leichtfüßig in Sicherheit gebracht. »So geschah es jedenfalls zu Akkon«, belehrte er ihn nachsichtig, »gegen das sich der

Sultan ein weiteres Mal wandte. Er bot den wohlhabenden Bürgern eine Garantie für Leib und Habe, doch das einfache Volk wollte von einer solchen Kapitulation nichts wissen, es kam zum Aufstand des Pöbels. Den benutzte Saladin beherzt, um in das gut befestigte Akkon einzudringen.« Valerian genoss es, seinen Zwillingsbruder zu peinigen. »Im Handumdrehen wehte das Banner des Propheten auf der Zitadelle!«

»Ach«, entfuhr es der ob des Streits ihrer Söhne bekümmerten Aziza, »welch schlimmer Schlag für die Besiegten!«

»Noch haben wir Jerusalem!«, tröstete Gernot die Mutter.

»Noch!«, nagte Valerian sofort an dem Trost. »Aber auch Saladin wurde dieses Sieges nicht froh, denn die reichen Kaufleute mit ihren Handelskontoren – verunsichert durch die turbulenten Ereignisse – kehrten der Stadt Akkon den Rücken, emigrierten nach Tyros oder begaben sich auf ihren Schiffen zurück nach Europa –«

»Die hätte der Sultan sicher gerne gehalten«, sagte die plötzlich erstaunlich einsichtige Aziza. »Waren sie doch das Rückgrat des blühenden Handels übers Meer!«

Valerian schaute völlig verblüfft auf seine Mutter, die unbekümmert fortfuhr. »In seiner Großmut entließ der Sultan nun auch den König in die Freiheit – das weiß ich von meiner Freundin, der Saida Thamar!«, fügte sie zufrieden lächelnd hinzu.

»Das ist nun wirklich keine Wohltat für unser Königreich«, murmelte Valerian, bemüht, seinen Bruder nicht weiter zu reizen, »sondern beabsichtigt einzig und allein, Zwist zwischen den Baronen und den Ritterorden zu schüren!«

»Und so geht dann auch Jerusalem für die Christen verloren!«, beschloss Aziza sinnend den Diskurs und wandte sich wieder ihrem Herd zu.

TÄUBCHEN VON NIPHIN

Das Leben der Melusine du Ferbac und ihrer kleinen Tochter Xenia verlief mitnichten so sonnig, wie es der Herr von Niphin, sich an den Qualen seines neuen Kerkerinsassen weidend, geschildert hatte. Für den Harem, meist geraubte junge Frauen und Töchter aus der Umgebung oder von überfallenen Flüchtlingsfamilien stammend, kam sie nicht in Frage. Irgendetwas in ihr ließ Herrn Thomas davor zurückschrecken, zumal er selbst von dem Angebot seines Frauenhauses keinen Gebrauch machte, sondern die Weiber höchstens und gelegentlich seinen Leuten zur Belohnung vorwarf. Melusine löste selbst bei diesem menschenverachtenden Unhold eine Faszination aus, der er sich nicht zu entziehen vermochte. Ihre Präsenz machte ihn beklommen, aber er litt, wenn er sie nicht ständig um sich hatte – und sei es nur, um sich über ihr munteres Töchterlein aufzuregen. Xenia zeigte im Umgang mit ihm alles andere als Respekt, und er wagte nicht, sie zu bestrafen, wenn sie ihm wieder einen Schabernack gespielt hatte. Das quirlige Kind war ihm im hohen Maße lästig, doch jedes Mal, wenn seine Hand aufzuckte, dann war es dieser strahlend durchdringende Blick aus ihren stahlblauen Augen, die sie sofort wieder sinken ließ. Das Kind durchschaute ihn, so kam es ihm vor. Wie sehr musste sich dann erst diese alabasterne Mutter, diese zu Fleisch und Blut geronnene Statue der Göttin Diana über ihn erheben?! Er ließ Melusine bei Tisch bedienen, wenn er mit seinem kostbaren Gefangenen, dem Emir Ahmed ed-Din Tush, seine Speisen einnahm. Der von Saladin auserkorene Gouverneur von Botrun vermied alles, was seine Lage erschweren konnte, wusste er doch, dass die Zeit für ihn spielte. Aber er ließ es sich nicht nehmen, der anmutigen Vorkosterin galante Komplimente zukommen zu lassen, während er mit Xenia bei jeder Gelegenheit scherzte. Herr Thomas sah das scheelen Auges. Kaum war das Mahl abgetragen, schickte er Mutter und Tochter in ihre kleine Kammer zwischen Küche und Vorratsräumen zurück. Einen Umzug ins Frauenhaus, das über dem Hof sich als dicker Turm mit winzigen Fenstern erhob, verwehrte er Melou ebenso wie das Betreten der Räume des Emirs Ahmed, der die muntere Xenia schon des Öfteren eingeladen hatte, bei ihm in seinen Gemächern zu spielen. Einzig für einmal die Woche hatte seine Gefangene dem Tyrannen von Niphin den Besuch des *hamam* abgerungen, was jedes Mal Xenias größtes Vergnügen war, denn die »Meisterin des Bades«, die dicke Badra, hatte die Kleine sofort ins Herz geschlossen und erlaubte ihr, nach Lust und Laune zwischen den nackten Weibern des Harems herumzutollen, während sie Melusine unter den gekonnten Griffen ihrer weichen Hände und ihrer muskulösen Arme genussvoll stöhnen ließ. Von Badra erhielt Melou auch das, was ihr seit ihrem gewaltsamen Auszug aus Masyaf am meisten fehlte, ›das Kraut des Paradieses‹, das gelegentliche, wenn schon nicht tägliche Pfeifchen, der duftende, schmeichelnde Rauch der Cannabispflanze. Mit diesem Schatz ließ sich das Verweilen in der Kammer, hinter dem vergitterten Fenster leichter ertragen. Wie in einer religiösen Zeremonie zerkrümelte Melusine das kostbare Klümpchen über der Glut der *nargilah* und streckte sich wohlig auf ihrem Lager aus. Doch kaum war der letzte Zug getan, beschlichen sie wieder Zweifel und Verzagtheit. War das das Leben, welches Allah für sie bereitgehalten hatte?!

Die ersehnte Änderung kam wie der Blitz aus dunklem schwülem Himmel, als Badra ihr im Bade zuflüsterte, unten im tiefsten Kerker schmachte ein junger Mann, der sich aus Sehnsucht nach ihr in Gefahr begeben, ein gewisser Sayf. Melou brannten die Ohren, und ihr Herz schlug bis zum Halse, als sie noch am gleichen Tag vor den Herrn von Niphin trat und sich, ihren Leib anbot. Bedingungslos wolle sie ihm zu Willen sein, wenn er dafür Sayf, seinem Gefangenen, die Freiheit schenken würde. Die Reaktion des Herrn Thomas, der ihr nie Avancen noch je von der Gewalt, die er über sie besaß, Gebrauch gemacht hatte, fiel schlimmer aus, als sie im Innersten befürchtet hatte.

»Melusine, mein weißes Täubchen, Ihr habt scheint's vergessen, warum der Harem Euch verwehrt blieb: Jungfräulichkeit!« Seine Stimme schlug schrill ins Höhnische um. »Einen unbefleckten Schoß, Grundbedingung für den Zugang zum Bett des Herrn, könnt Ihr wohl kaum in Anspruch nehmen!« Er maß Melusine mit einem Blick, der dazu geeignet war, jedes weibliche Selbstbewusstsein in ihr auszulöschen, und wies sie mit hochmütiger Handbewegung aus dem Zimmer. Doch Melusine zeigte sich auch dieser Schmach gewachsen, die Befreiung Sayfs aus dem Kerker war eine Aufgabe, die ihrem Leben hier plötzlich neuen Sinn gab, und so ging sie erhobenen Hauptes und gestärkt aus dem Bade hervor. Sie nahm den Ausfall ihres Peinigers als kalten Guss, der ihre Lebensgeister schlagartig wieder belebte.

Ein zweirädriger Karren rumpelte, von einem Esel gezogen, über die holprigen Pfade des Djebel Bah'ra. Selbst aus der Nähe besehen vermittelte das ärmliche Gefährt den Anschein, es transportiere einen Händler und sein Weib zum nächsten Markt.

»Klag jetzt nicht um dein verschlissenes Lederwams und das zerhackte Kettenhemd!«, ermahnte Jaluddin vorwurfsvoll das gut einen Kopf größere, kräftige Weibsbild an seiner Seite, dessen Gesicht vom Gitternetz einer *burka* vollständig verhüllt war. Der Waffenmeister hatte El-Mansur aufgegabelt, als er den jungen Mann erschöpft am Wege liegen sah. El-Mansur war seit Wochen unterwegs gewesen, nur des Nachts marschierend, um sich nach Masyaf durchzuschlagen. Jaluddin steckte ihn sofort in Frauenkleider und verscharrte alles, was noch an den Krieger El-Mansur hätte erinnern können, denn immer noch schwärmten die Häscher des Sultans aus, um nach heimkehrenden oder umherirrenden christlichen Streitern zu fahnden, die nach ihrem Kriegsverständnis ihnen zugefallene Beute darstellten, wenn sie sich nicht hatten freikaufen können. Und als Assassine erkannt, hätte El-Mansur erst recht nichts zu lachen gehabt. Der Groll Saladins gegen die *fida'i* des Alten vom Berge saß tief, und gerade jetzt tat ein jeder aus Masyaf gut daran, seinen Bütteln und Spionen nicht in die Hände zu fallen.

»Was wisst Ihr von Sayf?«, fragte El-Mansur dumpf hinter seiner ungewohnten Maske hervor. »Zu meinem größten Schrecken sah ich ihn in dem Haufen reiten, den Herr Balian in die Schlacht führte, doch bevor ich mich ihm bemerkbar machen konnte, wurde ich von Herrn Reynald auf rüdeste Weise davongejagt …« El-Mansur war immer noch voller Bitternis, wenn er an die unsanfte Verabschiedung des Chatillon dachte.

Der Meister Jaluddin brachte schnalzend den müden Esel wieder auf Trab. »Der Chatillon wusste besser als jeder andere im Heer, was allen bevorstand«, verkündete Jaluddin sinnend. »Er wünschte dir sein Schicksal zu ersparen, das dir unweigerlich geblüht hätte, wärest du an seiner Seite dem Feind in die Hände gefallen!«

»Ist es nicht Aufgabe eines Leibwächters, gerade in der Not seinen Herren zu schützen?!«, begehrte El-Mansur auf.

»Nicht mehr dann, wenn der Herr sich seines Leibes entgeben will«, klärte Jaluddin den Niedergeschlagenen auf. »Herr Reynald handelte – so unverantwortlich er sich ansonsten gebärdete – dir gegenüber wie ein liebender Vater –«

»Er schickte mich zum Teufel, wie übrigens auch Kyr du Lac!«, ereiferte sich El-Mansur erbost. »Wenn ich sie sähe, sollte ich ihr ausrichten, wenigstens auf dem Weg zur Hölle wünsche er sie nicht mehr zwischen den Beinen zu haben!«

»Auch das ein klarer Beweis übergroßer Liebe!«, erwiderte ihm der lebenserfahrene Waffenmeister. »Kyr sollte ihr Leben behalten! Etwas, was für ihn, das wusste er, bevor die Schlacht begann, mehr als fraglich war. Die Schlacht war für die Christen verloren, bevor sie überhaupt begann.« Jaluddin, der alte

Fuchs, zeigte sich in der Lage, sich in den unverbesserlichen Räuber und leidenschaftlichen Krieger hineinzuversetzen, was El-Mansur nicht gelang. »Der Chatillon war ein zu guter Kämpe, um im Getümmel zu fallen! Außerdem verlangte es ihn, seinem Erzfeind ins Auge zu sehen, selbst im Augenblick des sicheren Schwerttodes über ihn zu triumphieren!« Ein wildes Lachen brach sich die Bahn. »Dabei sollte Kyr du Lac ihm nun wahrlich nicht hinderlich sein! Wäre ihr lockiges Haupt vor dem seinen abgeschlagen worden, hätte ihn das möglicherweise erschüttert, ihm die Worte des Hohns, mit denen auf den Lippen er zur Hölle fuhr, vielleicht unmöglich gemacht – oder seine Lippen hätten gezittert! Nein!«, schloss der einfühlsame Meister. »Er hat recht an dir gehandelt, und auch an Kyr du Lac!«

El-Mansur versuchte sich verständig zu zeigen. »Sie hätten sowieso nur als Liebende zusammenleben können –«

»Ist das nichts?!«, fuhr ihm Jaluddin zornig übers unter der *burka* versteckte Maul. »Wem das gelingt, erwirbt das höchste Gut auf Erden, und das täglich aufs Neue!« Einen Augenblick trat Stille ein zwischen ihnen, jeder gedachte der Liebe in seinem eigenen Leben. Vor El-Mansurs Augen hinter der dunklen Maske schob sich das alabasterne Gesicht.

»Und wenn einer sehnsüchtig nach der einen großen Liebe verlangt?«, stellte El-Mansur seine Frage murmelnd in den Raum zwischen Kutschbock und dem Eselsarsch, der gerade anfing zu äpfeln.

»Du meinst Melou?!«, konfrontierte Jaluddin seinen Zögling unvermittelt und ohne Schonung mit dessen Problemen. »Was soll das für eine Sehnsucht sein? Du begehrst ein lebendiges Wesen für dich allein – aber nur in Gedanken«, wies Jaluddin ihn zurecht. »Du stellst dich wie ein Patriarch zwischen deine Schwester und Sayf, verhinderst deren Ansprüche und Sehnsüchte, nach denen du nie gefragt hast.« Der Meister bändigte mühsam seinen aufsteigenden Zorn. »Du redest von der einen großen Liebe und hältst dir Melou wie eine Tote, die willenlos deinen Träumen preisgegeben ist. Aber Melou lebt!«

El-Mansur schwieg lange trotzig, bevor er sich zu einer Erwiderung aufraffte. »Ihr meint, ich hätte kein Recht –?«

»Du hast mich gefragt«, setzte Jaluddin fast entschuldigend hinzu, um dann seinerseits in Gedanken versunken für eine Weile zu verstummen. Beide Reiter achteten jetzt in ihrem lahmen Trott auf den unwegsamen Gebirgspfad, der sie über die letzten Ausläufer des nördlichen Libanon trug. Sie mieden die üblichen Handelswege vielleicht auch deshalb, weil jeder wohlanständige Kaufmann sie als reisende Wegelagerer, abgefeimte Gauner, gewisslich jedenfalls als Bedrohung für Hab und Gut, wenn nicht seines Leben ansehen musste, bei dem verwahrlosten Anblick, den sie boten. Nach der verhängnisvollen Schlacht von Hattin irrten überall im Lande noch Burschen, aber auch Ritter und Lehnsmänner umher, deren Herren in den Kerkern des Sultans schmachteten oder deren Burgen von den Siegern eingenommen waren. Sie waren Freiwild für die Statthalter Saladins, und so blieb ihnen meist nur das Räuberhandwerk. Also war auch in dieser gottverlassenen Gegend noch Vorsicht geboten.

»Weißt du, wie viele Monde wir dem Ort entfernt waren, der das Paradies auf Erden birgt, den Garten der schönen *huriat*?«, fragte Jaluddin nach einer Weile.

El-Mansur schaute den Meister aller Meister belustigt an, jedenfalls meinte der einen spöttischen Blick durch das Gitterwerk der *burka* zu verspüren. »Ihr meint wohl die Meilen, die uns noch von ihm trennen? Glaubt Ihr allen Ernstes, die verstrichene Zeit würde meine sündigen Gedanken an die Schwester überdecken wie ein dicker Teppich, gewoben aus weißen Schneekristallen –?«

Jaluddin ließ ihn ausreden. »Deine blumigen Einlassungen sind nichts anderes als ein verstecktes, wenn nicht verklemmtes Liebesgedicht für eben dieselbe Dame.«

El-Mansur lachte. »Ihr müsst mich nicht des Inzestes anklagen, nur weil ich Nacht für Nacht ihren Leib wonniglich begehre –«, wies er den Meister aller Meister mit wiedergewonnenem Stolz zurecht.

»Das tut Sayf auch«, konterte der Meister trocken.

»Wir werden ja sehen, wem von uns beiden die ewige Geliebte«, gab sich El-Mansur überlegen, »mit einem einzigen Lächeln die Hoffnung schenkt, sie würde ihn huldvoll erhören!?«

»Wahrscheinlich werdet ihr beide Melusine gar nicht zu Gesicht bekommen«, dämpfte der Meister die Erwartungen seines Zöglings, »dazu verdammt, immer Monde entfernt vom Paradies durch ein Land der Träume zu irren!«

»Mit der Waffe trefft Ihr besser als mit Worten, Meister«, lachte El-Mansur. »Die Dame unseres Herzens hat diesen Ort längst verlassen!«

»Sie wurde geraubt!«, verwies ihm Jaluddin die leichte Art, doch ohne jeglichen Erfolg.

»Sei's drum!«, beschied ihn El-Mansur kühl. »Ich trage das Paradies im Herzen!«, um unbelehrt hinzuzufügen: »Meine Träume kann mir niemand nehmen!«

Nach der rüden Abfuhr, die sie sich bei Herrn Thomas geholt hatte, setzte Melusine alles daran, dass sie samt ihrer Tochter in den Harem umsiedeln konnte. Sie brauchte für das, was sie vorhatte, Bundesgenossen, und die Weiber des Serails waren die Einzigen, die dafür in Frage kamen, hegten sie doch samt und sonders Sympathien – oder handfestere Gelüste – für den schönen jungen Mann, der aus Liebe im Kerker von Niphin schmachtete. Um Herrn Thomas möglichst keine Gelegenheit zu geben, ihr den durchaus nicht unüblichen Wunsch abzuschlagen, hatte ihn Melusine bei Tisch, in Gegenwart des Emirs, vorgebracht. Herrn Thomas konnte es eigentlich egal sein, ob sie nun in der ihr zugewiesenen Kammer hauste oder bei den Damen, in der Art hatte sie Herr Ahmed ed-Din Tush auch sogleich spontan unterstützt, sodass dem Herrn von Niphin nichts anderes blieb – wenn er nicht sein Gesicht verlieren wollte –, als in den sauren Apfel zu beißen. Melou gab sich gleichzeitig mit dem Durchsetzen ihres schönen Kopfes alle Mühe, sich dem Tyrannen gegenüber von besonders liebreizender Seite zu zeigen, damit der nicht etwa Argwohn schöpfen sollte.

Doch Herr Thomas konnte es nicht verwinden, dass Melusine ihn dermaßen überrumpelt hatte. Völlig überraschend erschien er in seinem Harem – was er sonst tunlichst vermied – und verkündete vor versammelter Weiberschar, seine Worte galten allein »seinem weißen Täubchen« Melusine, dass ihr Retter es vorgezogen habe, auf sie zu verzichten, und im Begriff sei, Niphin zu verlassen. Dass er Sayf nicht weit würde kommen lassen, verschwieg er.

»So ein Verräter!«, schimpften die Weiber auf den zuvor im Kerker in Gedanken zumindest Angehimmelten, immerhin hatte das Bild des Unbekannten Nacht für Nacht ihre feuchten Träume beflügelt, in denen sie hemmungslos Hand an ihn legten. »Wie kann ein Mann nur so treulos handeln!«

In diesen ›Aufruhr im Hühnerstall‹ platzte mit seiner Fistelstimme der Obereunuch mit dem Befehl, vier Damen hätten sich auf der Stelle in den Männer-*hamam* zu verfügen, um dem Gefangenen vor seiner Entlassung die Freuden eines sicher angebrachten Bades zu gewähren. Diese Aussicht verlagerte den Tenor des Tumultes von heller Empörung hin zu lustvoller Erwartung. Alle drängten zu Badra, »der Meisterin des Bades«, der die Führung des Trupps oblag.

»Los!«, zischte Shura, die Schwarze, die sie »die Tigerin« riefen, Melusine ins Ohr. »Misch dich unter sie! Ihr müsst zusammen fliehen!«

»Nicht ohne meine Tochter!«, gab die ihr arg enttäuscht, aber unerschütterlich zu verstehen.

Shura zuckte verständnislos die muskulösen Schultern. Ihr gehorchten hier alle Weiber, aber Melusine war wohl eine Ausnahme. Die Tigerin zwang sich ein zähnebleckendes Grienen in das dunkle Gesicht. Sie hatte keine Tochter, nur die dicke Badra als Freundin. Die zog jetzt unter Leitung der beiden Untereunuchen mit den vier Auserwählten los. Die Zurückgebliebenen beneideten sie lauthals, ihnen jede Menge übler

Zoten mit auf den Weg gebend. Schließlich war der Besuch des Männerbades eine unerhörte Provokation!

Tatsächlich hatte Sayf des Morgens völlig unüblicherweise nicht nur das Gitter seiner Kerkerzelle angelehnt vorgefunden, sondern auch alle weiteren Türen standen sperrangelweit offen. Das konnte nur eine Falle sein! Er dachte an die aufmerksamen Wächter oben auf den Mauern von Niphin. Nicht zu Unrecht! Dem Herrn Thomas beliebte es, das Spiel bis aufs Äußerste zu treiben, wie ein alter Kater mit gleich zwei Mäusen! Sayf trat die Flucht nach vorne an. Er beklagte sich bei dem Wärter seines dunklen nassen Lochs, dass es sich gehöre, einem Gefangenen vor seiner Entlassung ein warmes Bad zur Reinigung zu gönnen. Der sah das zwar nicht ein, meldete aber das Verlangen nach oben. Thomas gefiel die neue Variante. So kam es zum Befehl an den Oberaufseher seines Harem. Sayf war sich nicht im Geringsten klar, wie er den Besuch des *hamam* zur Flucht nutzen sollte, aber es war allemal erfolgversprechender, dort eine sich bietende Gelegenheit beim Schopfe zu fassen, als ungewaschen hinterrücks getroffen ins Gras zu beißen. Überrascht war er, als er sich plötzlich von erregten Weibern umgeben sah. Sie rissen ihm förmlich die Kleider vom Leib, und zehn tastende, streichelnde Hände gleichzeitig zwangen ihn in den Zuber mit der warmen Lauge, und wäre der nicht so eng gewesen in seinen Maßen, hätten sich noch mindestens zwei, drei Frauenleiber zu ihm ins Wasser gepresst. So mussten sie sich darauf beschränken, ihn zu seifen und zu schrubben. Besonders sein Hintern und sein Gemächte mussten ihnen arg verdreckt vorgekommen sein, denn er konnte die flinken Finger weder zählen noch auseinanderhalten, die sich unter der trübgrauen Oberfläche dort zu schaffen machten. Das brachte ihn auf die Idee. Unvermittelt sprang er auf in seiner Nacktheit und forderte sie alle auf, sich ihrer Kittel und Schürzen zu entledigen, um zu ihm in den Zuber zu kommen. Den begeisterten Weibern fiel gar nicht auf, dass Sayf dem Zuber entstiegen war, bevor noch die Erste sich mit triumphierendem Geschrei in die

Brühe warf. Sayf schlüpfte hastig in seine weggeworfenen Beinkleider und eilte mit freiem Oberkörper davon.

Als seine Flucht bemerkt wurde, dachten die verantwortlichen Untereunuchen nicht etwa als Erstes an die Verfolgung des Flüchtigen, sondern an die Bestrafung der Weiber, die mit ihm unter einer Decke stecken mussten. Die Meisterin des Bades und die sie begleitenden Damen wurden zur Strafe in den Schwitzraum des Männer-*hamam* getrieben. Erst nach Stunden gelang es der dicken Badra, den begierigen Schwänzen zu entkommen, und sie rannte nackt zurück in den Harem. Erst jetzt hörte Herr Thomas von dem Vorfall. Er jagte sofort Reiter aus den Toren, um die Verfolgung aufzunehmen. »Bringt mir den Kopf dieses Kerls!«, brüllte er über den gesamten Hof der Zitadelle hinweg, bevor er den Befehl gab, die Untereunuchen aufzuhängen. Doch da brach auch schon der Aufruhr los. Mindestens so wütend wie Herr Thomas war die zornbebende Tigerin, als sie sah, was man ihrer Badra angetan! Unter Shuras Führung stürmten sämtliche Weiber seines Harem aufgebracht und johlend gegen den verschlossenen Männer-*hamam*, Steine flogen durch die Fenster, und die hübsch verzierten Türen drohten splitternd ihren Stößen und Tritten nachzugeben. Währenddessen brachten die am ganzen Leibe zitternden Untereunuchen Melusine und ihre Tochter durch geheime Gänge aus dem Harem. Sie fragten Mutter und Tochter gar nicht erst lange, sondern drängten sie förmlich, ihnen zu folgen. Die Untereunuchen galten als ziemlich infame Gesellen, dem Herrn Thomas hörige Speichellecker, und waren deswegen auch in der ganzen Zitadelle gefürchtet. Als die Beschnittenen jetzt hören mussten, dass es ihnen an den Hals gehen sollte, entwickelten sie unvermutete Fähigkeiten zu für Melou sehr ersprießlicher Kollaboration. Sie beschlagnahmten in den Wirtschaftsräumen nicht nur den notwendigen Proviant, sondern entwendeten aus dem Arsenal neben Waffen auch ein Zelt, damit Mutter und Tochter auf ihrer Flucht nicht unter freiem Himmel schlafen sollten. Dann schafften sie Melusine nebst

Tochter aus der Zitadelle durch einen nur ihnen bekannten Tunnel, der weit entfernt von Niphins Mauern endete. Schlau blieben die ungleichen vier in der Röhre hocken, bis die ausgesandten Häscher allesamt vorbeigeprescht waren und draußen tiefe Nacht herrschte. Die beiden Eunuchen hatten mitnichten vor, zurückzukehren und sich der Gnade oder Ungnade ihres Herrn auszuliefern. Sie waren nun fest entschlossen, ihre Schutzbefohlenen selbst bis nach Masyaf zu geleiten, hofften sie doch, dort im ›Paradies der Assassinen‹ von dem berühmten Alten vom Berge in dessen Dienste genommen zu werden.

DIE LIEBENDEN

Der kleine Trupp zog durch die Nacht, einer der Eunuchen trug die schlafende Xenia huckepack. Auf der nächsten Koppel stahlen sie zwei Esel, einen für Melusine, den anderen für das Zelt und den Proviant. Melusine ließ alles stoisch über sich ergehen, aber die inzwischen wieder erwachte Xenia fand das alles furchtbar aufregend. Melusine machte sich höchstens Vorwürfe, dass sie sich in dem Tumult nicht darum gekümmert hatte, ob Sayf denn nun seine Freiheit tatsächlich wiedererlangt hatte, auch wenn die Worte des Herrn Thomas einen Stachel des Zweifels bei ihr zurückgelassen hatten, ob der Liebende, der sich schließlich ihretwegen in die Gefahr begeben hatte, wirklich vorhatte, sie im Stich zu lassen.

Der Morgen graute schon, und weil zumindest im Libanon eine Göttin der Liebenden waltet, war der halbnackt entwichene Sayf, der zusätzlich noch einen Schutzengel hatte, den er arg strapazierte, nach wenigen Meilen, die Nacht hatte er unter Bäumen geschlafen, von Reue gepackt worden, Melusine ihrem traurigen Los überlassen zu haben, und war umgekehrt. Da stand sie plötzlich vor ihm, das heißt, es war Xenia, die den spärlich Bekleideten, den die Nachtkühle noch zittern machte, amüsiert betrachtete, während ihre Mutter wie erstarrt auf ihrem Esel hockte. Melous Starre und Sayfs Zittern waren wie weggeblasen, als sie sich in den Armen lagen. Xenia freute sich, ihre Mutter endlich wieder lachen zu sehen.

Schon in der ersten Nacht schlief Melou mit Sayf. Es war kein schüchternes Ertasten von sich fremden Leibern. Sie kannten einander seit Kindesbeinen, tausendmal hatten sie in

Gedanken den anderen an sich gezogen, mit Küssen bedeckt. Hingabe und Fordern, Erforschen und Erobern mischten sich wild wie zart, sie tobten bis zur völligen Erschöpfung, bis zum nächsten Ausbruch des feuerspeienden Vulkans, bis zum nächsten Ertrinken in den Strudeln von Skylla und Charybdis. Der ersten Nacht folgten noch viele, der Weg war lang. Melou kostete den sehnigen Körper, die samtene Haut ihres Geliebten voll aus, und Sayf erwies sich als feuriger und höchst eifriger Liebhaber. Sie liebten sich in dem mitgeführten Zelt, die Eunuchen nahmen feinfühlig jeden Abend Abstand von dem hastig errichteten Tempel der Venus und des Amor, kümmerten sich leicht verlegen um Xenia, der das verliebte Treiben ihrer Mutter ebenso befremdlich war wie den Beschnittenen. Melou hätte die Wonnen, die Sayf ihr instinktsicher zu bereiten wusste, noch intensiver genießen können, wenn Sayf nicht immer wieder von El-Mansur und dessen unerfülltem Begehren geredet hätte. So drängte sich der Schatten des für Sayf anscheinend übermächtigen Freundes jedes Mal in die Intimität des Zeltes, das ihrer beider Liebesnest hätte sein können. Melou hätte nichts dagegen gehabt, wenn der Körper des von ihr bewunderten Bruders tatsächlich warm und stark zwischen ihnen gelegen hätte. Zwei Männer glücklich zu machen, traute sie sich zu, gerne hätte sie die Zärtlichkeit, die sie für beide empfand, dem einen wie dem anderen gegeben, eigentlich alles, wonach die vertrauten Gefährten der Jugend verlangten, bis zur völligen Erschöpfung! Doch statt sie zu liebkosen, sie mit Küssen zu bedecken, kämpfte Sayf immer wieder gegen Geister, die er selbst herbeiredete. Mit unsinnigen Treueschwüren, die Melou nie von ihm verlangt hatte, mit dem Preisen der eigenen unwandelbaren Liebe, wehrte sich Sayf gegen den unsichtbaren El-Mansur, anstatt sie der so heiß Geliebten in leidenschaftlicher Umarmung schweigend zu beweisen. Melusine unternahm alles, um die weichen Lippen zu verschließen. Vergeblich!

Je näher sie Masyaf kamen, umso mehr setzte ihr die Schwärmerei zu, bis sie eines Nachts in den frühen Morgenstunden sein Liebesgestammel abschnitt. »Liebst du mich nur, weil ich Victors Schwester bin?« Sayf erkannte den Ernst der Lage nicht, in die ihre Beziehung geraten war, er beschwor sie stattdessen, kein Wort über ihre Liebesbeziehung gegenüber El-Mansur verlauten zu lassen. »Siehst du, Sayf«, sagte Melusine traurig, »du fürchtest Victors Liebesentzug mehr, als dass du dich zu mir bekennen willst –«, um enttäuscht hinzuzufügen: »Vor allem, nachdem du jetzt nicht länger zusammen mit ihm von mir träumen kannst, denn ich war nun deine Geliebte in Fleisch und Blut!«

Sayf erschrak über ihren bestimmten Ton. »War –?«, fragte er immer noch ahnungslos und erhielt sofort die klare Antwort.

»Da du nicht bereit bist, in meinem Leben deinen Mann zu stehen«, langsam richtete Melou sich auf, »bist du nun auch nicht mehr, auch nicht weniger –«, setzte sie wehmütig lächelnd hinzu, »als mein ehemaliger Liebhaber!« Entschlossen stand sie vom Lager auf. »Sicher nicht der letzte!« Das klang bitter, und das sollte es auch.

Sayf unternahm nichts, um sie zurückzuhalten. Erst als Melou schon vor dem Zelt stand, machte er einen kläglichen Versuch, sie zu umfassen, ließ aber die Arme gleich wieder sinken. Melusine rief ihre Tochter zu sich und teilte den Eunuchen mit, sie wünsche ab hier und jetzt allein weiterzureisen, Masyaf sei nicht mehr weit. Sie dankte den Verdutzten für die Überlassung des einen Esels und ritt, ohne sich umzuschauen, davon. Der beschämte Sayf wollte nun auch nicht länger die hämischen Blicke der Eunuchen in seinem Rücken spüren und machte sich gleichfalls aus dem Staub.

»Das, was bei den Hörnern von Hattin geschehen ist«, sagte El-Mansur nachdenklich, »macht mich zweifeln an allem, worauf wir bislang vom Sheik vorbereitet wurden. Die wirklich bedeutenden Entscheidungen fallen ganz woanders –«

»– werden von ganz anderen gefällt!«, pflichtete Jaluddin ihm bei.

»Es sind nicht zufällige, kleine Taten, wie Assassinen sie begehen –«, fuhr El-Mansur fort.

»– sondern sich ergebende, zwingende Ereignisse von großer Tragweite, die die Welt verändern«, hatte ihn der Meister sofort unterbrochen. Der Karren mit dem reisenden ›Händler und seinem Weibe‹ rollte durch die Hügel des Noisiri-Gebirges. Hinter einer dieser Kuppen, die sich vor ihnen erhoben, würde Masyaf sich ihnen endlich zeigen. »Unterschätze dennoch nicht die winzigen Ursachen, die – wenn auch kein Zufall, denn den gibt es vor Allah nicht! – zum Auslöser gewaltiger Katastrophen werden können!«, mahnte der Meister aller Meister ernst, doch sein Zögling ließ nicht locker.

»Dann gilt immer noch die Bedeutung der handelnden Personen«, hakte die trotz ihres Eifers dumpf hinter dem Gitterwerk der *burka* hervordringende Stimme ein, »sei es des Täters, sei es des Opfers! Wenn ein Tagedieb einen anderen erschlägt, gerät kein Reich aus den Fugen!« El-Mansur war stolz auf seinen Gedanken, gleichzeitig aber auch betroffen von der Aussicht, wahrscheinlich niemals etwas Großes vollbringen zu dürfen.

»Ich gäb' mein Leben«, rief El-Mansur, »wenn es mir vergönnt wär', etwas Sinnvolles damit zu erreichen, etwas, was aber nur ich, was nur wir –«, verbesserte er sich, Sayf, seinen abwesenden Gefährten mit einbeziehend, »vollbringen können!«

Der Meister aller Meister nickte. Seine Gedanken weilten ganz woanders.

Im Untergrund der Zitadelle von Botrun befand sich ein ehemaliger Steinbruch, noch aus römischer Zeit, ein tiefes Loch mit etlichen Kavernen und von steil abfallenden, fast glatt geschliffenen Felswänden umfasst. Daraus gab es kein Entkommen, es sei denn, man ließ ein Seil hinab in diesen ›Hexenkessel‹, den sich Herr Thomas genüsslich ausmalte. Die Weiber sollten sich zurücksehnen nach dem hellen Tageslicht des Serails von Niphin. Die Hölle auf Erden, nein, tief unter der Erde, würde er ihnen bereiten! Und Shura auspeitschen lassen, wenn sich noch jemals eine Hand oder Stimme zum Aufruhr erhob, – oder noch besser, an den Füßen aufgehängt sollte sie zuschauen müssen, was seine Knechte mit ihrer dicken Freundin anstellten!

Herr Thomas beschloss, seinen Sitz ebenfalls nach Botrun zu verlegen, um sich stets am Leiden der dummen Weiber erfreuen zu können, wenn ihm danach war. Einen anderen Lustgewinn wusste er nicht aus seinem Harem zu ziehen, denn die Natur hatte ihm die gewöhnlichen Freuden des Sexus herb versagt, damit musste er leben!

Da der Zufall es so wollte, oder Sayfs unermüdlicher Schutzengel, hatte er ihn nach Tagen einsamen Marsches auf die Straße geführt, die auch das Wägelchen des Waffenmeisters nehmen sollte. Reue verspürte Sayf keine, wie sollte er auch. Er hatte die Liebe Melous gewonnen, wenn auch wieder verloren. Er hatte ihren Körper besessen, sie die Kraft seines Gliedes fühlen lassen, auch wenn sie dann so tat, als hätte ihr das alles nichts gegeben. El-Mansur würde platzen vor Neid, vor Wut, wenn er wüsste, was er ihm nun als kostbare Erfahrung voraushatte. Und weil er so stark an den lang vermissten Gefährten dachte, überholte ihn, als er in der Ferne Masyaf erblickte, der Karren mit Jaluddin und der von einer *burka* verhüllten Bauersfrau. Erst als die vertraute Stimme erstaunt seinen Namen rief, schaute der zur Seite getretene Sayf auf. El-Mansur und der Waffenmeister taten, als wäre ihr Zusammentreffen das Selbstverständlichste auf der Welt, dabei war die Wahrscheinlichkeit, dass sie allesamt den Tod hätten finden können, weitaus größer, als dass sie hier im Angesicht von Masyaf wieder einander in die Arme fielen!

»Wir haben gerade beschlossen«, erläuterte El-Mansur dem

Freund sogleich, nachdem er sich der lästigen *burka* entledigt hatte, »die Welt zu verändern, indem wir etwas Großes vollbringen!«

»Etwas Besonderes!«, stimmte Sayf ihm sofort begeistert zu. »Das uns aus dem Einerlei, aus diesem Brei des Gewöhnlichen erhebt!«

Jaluddin betrachtete beide amüsiert. »Die kostbare Perle in der Muschelsuppe!?«, spöttelte er. »Das liegt einzig an euch«, setzte er – wieder ernsthaft – hinzu, »es zählt allein, was ihr aus eurem Leben macht!« Er sah die beiden Freunde prüfend an. »Ich könnte euch etwas lehren, das mehr als außergewöhnlich ist, aber dazu bedarf es Ausdauer und Geduld«, er dachte nach, »Mut setze ich bei euch beiden voraus.«

El-Mansur hatte den begeisterten Blick seines Freundes Sayf aufgefangen. »Wir vertrauen Euch, Meister aller Meister!«, sprach er.

»Bedingungslos!«, bekräftigte Sayf. »Wir werden Euch nicht enttäuschen!«

Auf Montmor war die Genesung des Gernot so weit fortgeschritten, dass die fürsorgliche Mutter Aziza daran gehen konnte, für ihre Zwillinge Umhänge zu schneidern, mit denen die Söhne bei ihren Ritterorden wieder Ehre einlegen mochten. Für die Clamys des Templers nahm sie weißen Stoff und applizierte ein ansehnliches blutrotes Tatzenkreuz auf der Brust, für Valerian den Johanniter gestaltete sich die Aufgabe schon schwieriger, denn schwarzes Tuch musste Aziza erst auf dem Markt von den Beduinen erwerben, bevor sie auch ihm sein wuchtiges weißes Kreuz fest aufnähen konnte. Damit wurde der immer noch rüstigen Aziza aber auch klar, dass ihre ungebärdigen Söhne erneut losziehen würden und sie wieder allein zurückblieb – mit ihrem Mann, dem verwirrten Ritter Roger du Ferbac. Sie beklagte ihr Los bei dem einfühlsameren der beiden Zwillinge, Valerian, der auch behutsam auf sie einging.

»Tragt Ihr, Frau Mutter, dem Ritter Roger immer noch nach, was er Euch und Eurer Tochter angetan?«

Aziza schüttelte den Kopf, die grauen Strähnen hatten sich stark vermehrt. »Melusine war immer ein seltsames Mädchen«, erklärte sie mitleidlos, »sie ist eine *albina*, die bringen kein Glück!«

Aziza starrte an ihm vorbei. »Von mir aus kann Melusine bleiben, wo sie ist«, sagte sie.

Valerian schlüpfte in den von ihr bereitgehaltenen schwarzen Umhang und genoss den Anblick des Kreuzes der Johanniter auf seiner Brust. Es war an der Zeit, Montmor zu verlassen.

DER ZUCKERBÄCKER UND DIE PRINZESSIN

Der auffällig vornübergebeugte Mann mit breitem Kreuz und ungewöhnlich langen Armen ritt zusammen mit seinen zwei Zöglingen durch das karstige Hügelland. Die Mauern der Festung Masyaf waren ebenso schnell hinter den Bergkuppen verschwunden, wie sie aufgetaucht waren. Dorthin zog es die beiden nicht länger, seit sie dem großen Abenteuer entgegenfiebern durften, das ihnen der Meister Jaluddin versprochen. Als Letztes verschwand der hohe Donjon von Montmor aus ihrem Blickfeld. Dessen vergewisserte sich der umsichtige Waffenmeister, bevor er Sayf und El-Mansur die leicht schräg ansteigende Felskuppe wies, die höher als alle anderen sich über dem weiten Tal erhob.

»Dort werden wir hinaufsteigen«, eröffnete Jaluddin seinen Gefährten, »doch da das Gelände stark abschüssig ist, werde ich euch hier unten bereits einweisen in den ›Flug des Adlers‹.«

Die beiden Freunde sahen sich an. Ihre Belustigung gegenüber ihrem Lehrmeister zu zeigen, schien ihnen nicht ratsam, zumal Jaluddin sein Angebot durchaus ernsthaft vorgebracht hatte. Auch sein weiteres Verhalten ließ nicht auf einen Scherz schließen. Er sprang ab und zerrte aus der Tragetasche seines Reittieres ein sorgfältig verschnürtes Bündel. In eine Decke eingeschlagen, kam ein mächtiger roter Seidenballen zum Vorschein, der aus vielen Stücken zusammengenäht schien, aus dem noch mehr feine Schnüre ihren Ausgang nahmen, sich bündelten bis zu handfesten Stricken, die in einer Art Handgriff endeten. Vorerst hüllte sich der Meister aller Meister in Schweigen. Stumm wies er Sayf und El-Mansur an, jeweils an den sich gegenüberliegenden Seiten anzupacken, den roten

Ballen behutsam aufzuklappen und die Seidenbahnen auseinanderzuziehen. Es entstand ein gewaltiges Rechteck, mindestens vier Mal so lang wie seine Breite, die vielleicht zwölf Fuß betrug. Dabei zeigte sich, dass die Schnüre in unterschiedlicher Länge in regelmäßigen Abständen an den Kanten befestigt waren, in einer Weise, dass sie – auf einen zentralen Punkt gezogen – den Stoff wie einen sanft gekrümmten Torbogen formen würden. Dickere Wülste durchzogen das zarte Gebilde wie ein Netz von Adern. Der Meister gab auch jetzt noch keine Erklärung ab, sondern bückte sich und zeigte seinen Schülern, was es mit dem Adergeflecht auf sich hatte. In den Stofftaschen waren Schweinsblasen verborgen, die es nun aufzublasen galt.

Jaluddin machte es ihnen einmal vor, dann mussten sie aus ihren eigenen Lungen mit spitzen Lippen in jeden Schlauch so viel Luft pressen, bis er stramm in seiner wulstigen Hülle saß. Während sich die beiden mit hochroten Köpfen mühten, gab der Meister aller Meister bruchstückhaft und recht geheimnisvoll die lang erwartete Geschichte preis, was es für eine Bewandtnis mit dem ›Flug des Adlers‹ auf sich hatte.

»Es war einmal ein Knabe«, begann er bedächtig, während er auf einem Stein Platz nahm, mit keiner Geste duldend, dass sie in ihrer Arbeit innehielten, »der Knabe hatte das Pech, als letztes Kind seines Vaters, eines berühmten Kriegshelden und verdienten Emirs, geboren zu sein. Doch nicht nur das, er war unansehnlich von Gestalt, sodass, als der in seinem Stolz gekränkte Vater ihn zum Dienst als Page an den Hof des Vizekönigs schicken durfte, dort die Höflinge von der Hässlichkeit seines verwachsenen Körpers derart abgestoßen waren, dass sie ihn höhnisch als Bäckerjungen in das Küchenreich des Palastes verbannten –«

Jaluddin fand wohl, dass die rastlose und anstrengende Tätigkeit des Aufblasens durch die beiden *fida'i* trefflich zu seiner Erzählung passte, denn als strenger Meister trat er ab und an auf die bereits mit Luft gefüllten Wülste, um zu prüfen, ob sie noch nachgaben.

»Doch stellte sich der Junge in der Backstube so geschickt

an, dass der Oberhofkoch ihn mit der hohen Ehre betraute, das tägliche Naschwerk für die Prinzessin herzustellen und festlich anzurichten, Mandelküchlein, Schaumgebackenes, Pistazienrollen und Gedichte aus kandierten Früchten. Jeder in der Küche wusste, dass die Prinzessin im obersten Gemach des höchsten Turmes eingeschlossen lebte, unter strengster Bewachung, weil sie ihrem Vater, dem Vizekönig, verweigerte, dem für sie ausgesuchten Mann die Hand zur Ehe zu reichen –«

Endlich hatte das eifrige Blasen von Sayf und El-Mansur den Grad von Prallheit erzeugt, an dem der Meister aller Meister nichts mehr auszusetzen hatte. Er hieß sie jetzt, von seiner Reitgerte angezeigt, die Schnüre so auszulegen, dass keine die anderen kreuzte, noch sie sich verheddern oder gar verknoten konnten. Beim geringsten Fehler ging die Rute unbarmherzig dazwischen, zerzauste die mühsam gezogenen Linien, warf alles wieder durcheinander – und die beiden *fida'i* mussten ihre ganze Arbeit noch einmal von vorn beginnen. Das Einzige, das sie bei Laune hielt, war die Fortsetzung der Geschichte.

»Eines Tages fand der junge Bäcker unter der leer gegessenen Kuchenschale einen Zettel auf dem Silbertablett. Mit hastig hingeworfenen, knappen Sätzen flehte darauf in unverdächtiger Gedichtform ›eine Gefangene, ihr die Freiheit eines Adlers zu schenken, damit sie – als einzig möglicher Fluchtweg – durch die Lüfte ihrem Käfig entkommen könne‹. Dem Jungen war sofort klar, dass es die Prinzessin selber war, die diese Zeilen geschrieben, – und er fühlte sich von ihrem verzweifelten Flehen angesprochen. Da ihm die Gabe der Poesie nicht gegeben war, zeichnete er einen fliegenden Adler, der ein junges Mädchen behutsam in den Fängen hält und sich mit ihm von einem Turm in die Lüfte schwingt. Diese Zeichnung versteckte er das nächste Mal unter den Küchlein. Er dachte sich nichts dabei, er wollte der Prinzessin nur Mut machen in ihrem traurigen Los –«

Die korrekte und schnurgerade Ausrichtung der reißfesten Seidenkordeln befriedigte nunmehr den unerbittlichen Lehrmeister, und er ließ die Freunde – auch das genau nach dem Plan, den nur er im Kopf hatte – die roten Stoffbahnen wieder sorgfältig falten und übereinanderschlagen, dass der Ballen immer kleiner wurde – bis hin zu einem handgerechten Packen, der in jeden Sack passte.

»Doch womit er nicht gerechnet hatte, die Prinzessin nahm den ihr Unbekannten beim Wort und verlangte eine anatomisch genauere Zeichnung des Adlers, der ja sehr groß und stark sein müsste, dass er einem Mädchen die Freiheit zu bringen in der Lage sei. Der Kuchenbäcker konnte nun – aus Scham oder um die Prinzessin nicht zu enttäuschen – nicht mehr zurück. Allerdings ritt ihn auch der Teufel. Es packte ihn plötzlich der Ehrgeiz, einen Adler zu erfinden, der groß und stark genug sein müsste, um das Gewünschte zu erfüllen. Vor allem aber musste dieser Vogel *fliegen* können, wenigstens so lange oder so weit, um von der Höhe des Turmes in die Freiheit zu gelangen. Jede Nacht zeichnete der Knabe jetzt beim Licht einer Ölfunzel in seinem Kämmerlein, entwarf Riesenvögel, deren Gefieder sich aus dem vieler Artgenossen zusammensetzte, untereinander gelenkig oder steif verbunden, vogelgleiche Flugmaschinen, denen der Wind half, denn die Muskelkraft des menschlichen Arms reichte bei weitem nicht aus, solche Mammutschwingen in Bewegung zu setzen und zu halten. Jeden Morgen schickte er ihr seine Skizzen mit den Küchlein, jeden Mittag kam ihre Antwort, Anregungen und Verbesserungsvorschläge. Beide, die sich nie gesehen hatten, entwickelten sich zu begeisterten Träumern, erfindungsreichen Bastlern, zu wahren Koryphäen für alles, was fliegen konnte, vom Vogel bis zum schwebenden Blatt im Herbst, vom Schmetterling bis zur Biene oder Heuschreck', zumindest in der Theorie! Aus dieser gemeinsamen Leidenschaft wurde bald ein stilles Vertrauen, und nachdem die Prinzessin ihre Bedenken gegen jemanden ›aus der Küche‹ hintangestellt hatte und der junge Mann seinen Hochmut gegenüber der technischen Begabung einer Frau überwunden hatte, konnte es auch nicht ausbleiben, dass aus Verschwörern Liebende wurden, mit all den wunderschönen

Zutaten wie Neugier und gegenseitigem Respekt, Mut zur Phantasie und Lust auf das Abenteuer.«

Die Geschichte, die Jaluddin berichtete, schien doch an einem Punkt angekommen zu sein, der ihn mehr mitnahm, als er hatte zeigen wollen. Sayf und El-Mansur stellten deswegen auch keine Fragen, noch drangen sie in ihren Waffenmeister. Jaluddin hatte sich wieder gefangen und befahl seinen Schutzbefohlenen und Lehrburschen barsch, den »Roten Adler« noch einmal der Tragetasche seines Pferdes zu entnehmen und auf dem Boden auszubreiten. Als sie maulten, knurrte er bissig: »Handgriffe, von denen dein Leben abhängt, kannst du nicht oft genug üben!«

Gerade wollten sie sich unwillig wieder an die Arbeit machen, da erschien in ihrem Rücken, also aus Richtung Masyaf, eine kleine Staubwolke, ein Reiter, der auf sie zustrebte. Es war Timdal: Der Eunuch habe ihn geschickt! Der Alte vom Berge sei zurückgekehrt, sprudelte der Mohr heraus, und wünsche sicher, alle zu sehen.

Sayf und El-Mansur sahen sich an. Für einen Moment war der Meister aller Meister samt seiner bewegenden Geschichte vergessen. Jaluddin merkte es, und es war ihm nicht unangenehm. Er war der Erste, der sich auf sein Reittier schwang. Allerdings nur, um den Mohren befriedigt abreiten zu lassen, um vorweg ihre Rückkehr anzukündigen.

Der Meister hatte noch längst nicht vor, mit seinen Schülern wieder in Masyaf aufzutauchen. Nach kurzer Wegstrecke befahl er ihnen, wie üblich das Lager für die Nacht aufzuschlagen.

Das Boudoir der Saida Thamar stand verlassen, die Abwesenheit der Hausherrin machte sich bemerkbar, es war zwar nicht verschlossen, aber den *huriat* fehlte jeglicher Anreiz, sich dort einzufinden. Sie lungerten im Garten herum, einige widmeten sich mit größter Hingabe der Pflege der Cannabispflanzen, doch die gediehen auch von allein, so blieb nur, sie gelegentlich abzuernten, die Blätter zu trocknen und zu fermentieren. Es geschah mehr, um sich zu beschäftigen, als etwa die Sucht nach Haschisch die Mädchen umtrieb. Mit Rauch in Bauch und Lunge verging die Zeit des Dösens in der Sonne weniger quälend, die Träume von jungen, zupackenden Männern mit harten Hintern und noch härteren *qudban* stellten sich leichter ein. Darüber waren sowohl die sich einig, die in kleinen Gruppen ihre Leiber schwitzend verknäulten und sie dabei gern zur Schau stellten, als auch jene, die sich still in ihre Kemenate verzogen, um dort allein für sich Hand anzulegen. Aufregend war beides nicht.

So löste auch die Heimkehr von Melusine und ihrem Töchterchen wenig Aufregung aus. Zumal die völlig ohne jedes Aufheben Zurückgekehrte sich mit keinem Wort über das Erlebte ausließ. Melusine tat so, als wäre überhaupt nichts geschehen, und hatte Xenia das Versprechen abgenommen, die ganze Geschichte ihrer Reise als »großes Geheimnis« zu sehen, das nur sie beide teilen würden. Wenn jemand mit neugierigen Fragen an sie heranträte, sollte sie einfach erklären, sie seien so lange bei ihrer Großmutter Aziza gewesen, weil die krank war.

»Ist sie krank?«, fragte Xenia sofort mitleidsvoll zurück.

»Jetzt ist sie wieder gesund«, versicherte ihr Melou.

An der Innenseite der Mauer, die das Paradies zu den Klippen über dem See abschloss, häuften einige *huriat*, froh, eine Beschäftigung gefunden zu haben, und körperliche Bewegung noch dazu, ausgerissene Cannabisstauden auf einen großen Haufen, während andere es übernommen hatten, unter der Aufsicht von Shirin die welken, teils schon verdorrten Pflanzen durch eine Pechnase ins Freie zu befördern. Die Öffnung, eigentlich dazu gedacht, siedendes Öl oder eben Pech auf anstürmende Angreifer zu schütten, war zu eng, um einem der Mädchen als Fluchtrutsche zu dienen, es wäre auch im freien Fall über die Klippen in die Tiefe gestürzt, aber sie reichte aus, um das ausgerupfte Grünzeug hineinzustopfen und mit Hilfe der Gabelstiele hinauszuschubsen, so wie es der Kabir at-Tawashi verlangt hatte. Wahrscheinlich, wenn es nicht in den Felsen hängenblieb, stürzte es hinab bis zu den Grotten am See, kam es Shirin in den Sinn – ohne dass sie sich große Gedanken darüber machte. Es war ein ziemlich großer Haufen, der aus der gelichteten Plantage der Cannabisstauden zusammengekommen war. Die dafür eingeteilten *huriat*, durchwegs Freiwillige, ergaben sich mit Mistgabeln und Sicheln bewaffnet mit Feuereifer der Aufgabe, den Garten ihres Paradieses zu säubern. Shirin sah, dass ihre Aufsicht für den Fortgang der Arbeiten nicht länger notwendig war, machte sich auf die Suche nach Melou und fand sie am Ende des Gartens im Schatten eines der Zitrusbäume, wie sie Xenia, ihrem Töchterlein, die blonden Haare zu Zöpfen band. Die Kleine kam in das Alter, in dem die Beschäftigung mit dem eigenen Körper mit dem Schmücken des Kopfes begann. So flocht ihr die immer noch zeitlose Jugend ausstrahlende Mutter Melusine Blüten in die vorwitzig abstehenden kürzeren Zöpfe und ganze Stiele voller Blumen und Knospen in die längeren, die ihr bis zum Po reichten. Melou liebte es, aus Xenia ein Kunstwerk zu formen, doch oft gab sie auch nach und ließ Xenia mit ihren eigenen hellen Haarsträhnen das Gleiche anstellen. Mutter und Tochter glichen sich dann wie Schwestern, nur dass sich bei der Iris der Kleinen das Stahlblau des Ferbac durchgesetzt hatte. Auch ihre Augenbrauen entwuchsen der typischen Farblosigkeit von Albinos. Nicht, dass sie dunkel wurden, sie verharrten im Zartgelb ihrer Haarpracht, aber sie zeichneten sich doch deutlich ab im aufregend ebenmäßigen Gesicht von Xenia, ohne die frappante Ähnlichkeit mit der fatalen Schönheit Melous zu verlieren.

Shirin war völlig hingerissen von dem Zusammenspiel von Mutter und Tochter. »Alle sind jetzt zur Mittagsstunde so schlaff –«, nahm ein Gedanke bei ihr Formen an, »dass es wohl niemand bemerken würde«, flüsterte sie verschwörerisch, »wenn wir verschwinden würden, um in der Schlucht zu baden wie früher.«

»Au ja!«, rief Xenia sofort. »Baden in der Schlucht!«

An-Nasir, der Kabir at-Tawashi, hatte die Mädchen im hinteren Ende des Gartens wohlwollend im Auge gehabt, doch dann war er abgelenkt worden. Timdal, der Mohr, meldete ihm die Ankunft der zwei neuen *rafiq*, die von der Assassinenfeste Khawabi geschickt worden seien, um hier auf Masyaf vom Huddscha die höheren Weihen zu empfangen, derer sie für eine Aussendung bedurften. Sie hießen Ali und Yussuf, und da man vom Geschickten, zu dessen Aufgaben die Rekrutierung neuer *fida'i* gehörte, schon lange nichts mehr vernommen hatte, blieben solche Sachen jetzt auch noch an ihm hängen. Seufzend erhob sich der beleibte Eunuch.

Shirin ging voraus. Sie hatte als Einzige einen Schlüssel für die verborgene Tür, die mit dem ›Schlüsselloch‹, die vom Paradies ins Brunnenhaus führte und von dort in die Freiheit. Sie hatte ihn von ihrer jüngeren Schwester Kira geerbt, die ihn mit Hilfe von Timdal und der Saïda Thamar dem Geschickten entwendet hatte. Die beiden jungen Frauen und das kecke Mädchen vergewisserten sich, dass niemand sie beobachtete, dann huschten sie durch den geöffneten Spalt. Während Shirin das Tor wieder hinter sich zuzog und den Schlüssel für Melou gut sichtbar versteckte, stand Xenia schon im Halbdunkel des Raumes am Brunnenrand und drängelte auf schnellen Abstieg durch den schrägen Stollen. Das große Abenteuer begann, sobald Shirin und Melou gemeinsam die Luke in die Tiefe öffneten und die dunklen Treppenstufen sichtbar wurden.

Sayf und El-Mansur trotteten misslaunig und total erschöpft hinter ihrem Meister Jaluddin die schräg abfallende glatte Felsplatte hinunter. Sie hatten schlecht geschlafen auf dem harten Boden. Unerbittlich hatte sie ihr Lehrmeister wieder und wieder auf das steinige Hochplateau getrieben. Den ganzen Tag hatte er sie in glühender Sonnenhitze – den Roten Adler hinter sich herschleifend – den zuvor von ihnen sorgfältig von jedem Steinchen gesäuberten

Abhang hinunterrennen lassen – »Und wieder hinauf!«, lautete das einzige trockene Kommando. »Und noch mal!« Ein unbarmherziger Schinder! Allerdings hatten sich die roten Seidenbahnen nie ordentlich vom Boden erhoben, oder die Schnüre waren schon heillos ineinander verwickelt, bevor es überhaupt dazu kommen konnte. Schließlich hatte der Meister aller Meister die Lehrstunde für beendet erklärt, und sie konnten das wild durcheinandergewirbelte Tuch des Roten Adlers wieder falten, zusammenlegen zu einem Packen – wie jedes Mal, wenn sie erfolglos ihren Lauf abbrechen mussten. Wenn Sayf und El-Mansur nicht so sicher gewesen wären, dass Jaluddin ihnen gut wollte, hätten sie sich schikaniert gefühlt. Merkwürdig stieß ihnen nur auf, dass der Meister aller Meister selbst nie die Fänge des Adlers in die Fäuste nahm und ihnen vormachte, wie es richtig zu geschehen hatte. Ihr Lehrmeister hatte den Stoffballen gebuckelt und schritt ihnen energisch voran.

»Wann endlich dürfen –?« El-Mansur hatte sich ein Herz gefasst, doch der Meister unterbrach ihn sofort.

»Erst, wenn ihr begriffen habt, wie man die Luft einfängt!«, beschied er ihn von oben herab.

»Luft?«, fragte Sayf mehr belustigt als ungläubig, was Jaluddin veranlasste, doch näher auf das Unverständnis seiner Adepten einzugehen.

»Der Wind ist auch nichts als Luft«, grummelte er, »und wenn keiner bläst, müsst ihr dennoch dafür sorgen, dass Luft unter dem Tuch entlangstreicht, euch hebt – und hält!«

Das ermutigte El-Mansur, seinen Einwand doch noch vorzubringen. »Wenn wir uns nie in die Luft erheben dürfen, Meister, erlernen wir das Gefühl nie!«

»Und wenn du dich zu hoch erhebst, ohne zu wissen, warum und wieso, Mansur, dann plumpst du runter wie ein nasser Sack – und so platzt du auch auf!«, entgegnete er ärgerlich.

Sie waren am Fuß des Plateaus angekommen, wo ihre Tiere warteten. Jaluddin verstaute den Roten Adler in der Satteltasche, und sie ritten zurück in der Abendsonne.

Unaufgefordert, aber man konnte spüren, dass die »Geschichte von dem Bäckerjungen und der Prinzessin« in den sich orange und karmin verfärbenden Zyrrhuswolken am Horizont vor ihnen herschwebte, begann Jaluddin auf die seltsame, nicht eingestandene Beziehung mit der fremden Prinzessin zurückzukommen.

»Der junge Bäcker hatte seit einiger Zeit immer weniger Notizen aus dem Turm bekommen, was ihn in der Folge immer weniger beflügelte, die Prinzessin zu kühnen Ritten durch die Lüfte einzuladen, andererseits war er ein Phantast mit durchaus handwerklichen Vorstellungen. Er buk der Gefangenen des Turmes ein Flügelwerk aus glasierten Orangenschalen, das die Rippen darstellte, und hauchdünnem Blätterteig für die Flächen dazwischen. Das Gebilde war dank feiner, erhärteter Zuckerfäden gekrümmt und trug einen zierlichen Frauenleib aus weißem Marzipan, wie eine Wespe im Netz der Spinne. Vielleicht war er mit dieser kühnen Darstellung eines Mädchenkörpers zu weit gegangen, denn danach bekam er keine Antwort mehr –«

Während Jaluddin diese Bilder noch mit verklärter Stimme vor ihren leuchtenden Augen ausbreitete, waren sie auf ihrem Heimweg Masyaf bereits so nahe gekommen, dass sie die Mauern und Türme als dunkle Silhouette über den Hügeln erkennen konnten.

»So wie der von der Liebesgöttin verzauberte Bäcker sich das Gefährt vorstellte, das die Angebetete, die ihm unbekannte, aber längst nicht mehr fremde Prinzessin, in die Freiheit entführen sollte –« Jaluddin veränderte plötzlich seinen Tonfall zu herber Sachlichkeit, »so verlange ich von euch, dass ihr euch Gedanken macht, für die Herstellung eines eigenen Adlers –«

»Aber wir haben doch keine der notwendigen Zutaten«, begehrte Sayf auf, »und mit Nadel und Faden umgehen können wir erst recht nicht!«

»Ich hatte gesagt ›Gedanken machen‹!«, rügte ihn der Meister freundlich. »Ich überlasse euch den Roten Adler als Modell.« Seine Stimme war wieder die eines Instruktors. »Wenn ich von meiner Reise, die ich antreten muss, zurück bin, erwarte ich ein Exemplar, das an Flugfähigkeit dem meinen nahe kommt – wenn nicht gar es übertrifft!« Der Meister aller Meister lachte, als er die betroffenen, ziemlich töricht dreinschauenden Mienen seiner Zöglinge sah. »An-Nasir und der Mohr könnten helfen!«, setzte er tröstend hinzu.

»Und die *huriat* werden nähen?!«, spottete Sayf.

»Warum nicht!« Er fing sich einen strafenden Blick ein.

El-Mansur raffte sich auf. »Nur unter dem Vorbehalt, dass Ihr uns erzählt, wie Eure Geschichte ausgegangen ist!«

»Das könnte für uns sehr lehrreich sein!«, milderte Sayf die harsche Forderung ab, Jaluddin seufzte.

»Dann war in der Küche zu hören, die Prinzessin habe ihren Widerstand gegen das väterliche Gebot aufgegeben. Die Tochter stellte allerdings eine Bedingung. Sie wolle ihr Brautkleid selber nähen, und zwar mit Hilfe ihrer treuen Zofen, die man ihr entzogen hatte, um die Strafe härter zu gestalten. Und sie verlangte eine gewaltige Menge bester und feinster chinesischer Seide, und die Farbe habe feuerrot zu sein! Der Vizekönig war so glücklich über ihren Sinneswandel, dass er befahl, sofort das Gewünschte zu beschaffen, er schickte eigens eine Karawane, bestehend aus seinen schnellsten Reitkamelen, nach Taschkent, um dort auf dem großen Bazar genau die verlangte Farbe und Qualität zu besorgen.«

Sie waren vor dem Tor der Festung Masyaf angelangt. Jaluddin scharte seine beiden Adepten noch einmal um sich. Seine Stimme senkte sich zum Flüstern.

»Während die Karawane noch unterwegs war, behelligte die Prinzessin den Hof ihres Vaters mit einem weiteren ausgefallenen Wunsch. Sie orderte Hunderte von Ellen bester Seidenschnur, schwarz, grün und weiß gefärbt – fein, leicht und reißfest müsse sie sein. Auf die Rückfrage, was sie denn damit wolle, beschied sie den Majordomus mit der Auskunft, dass damit – nach ihren Entwürfen – das Hochzeitskleid bestickt würde. – So und nicht anders wolle sie es haben! Der Majordomus schickte Truppen aus in alle Himmelsrichtungen, alle Teppichwebereien hatten ab sofort nichts anderes zu tun, als Tag und Nacht unter Aufsicht der Soldaten solche Schnüre zu drehen. Wer nicht die Qualität liefere, ausreichend, um das Gewicht des Webers dran aufzuhängen, der sollte mit seiner minderwertigen Ware gewürgt werden, bis ihm die Zunge aus dem Halse hinge. So war das ganze Land in Aufruhr, und der Vizekönig erwartete fiebernd die Rückkehr der Karawane.«

Der Meister aller Meister war ein kunstvoller Erzähler. Er legte hier eine Pause ein, und bevor Widerspruch aufkommen konnte, verfiel er wieder in seinen verschwörerischen Tonfall. »Wir wollen unser geheimes Unternehmen von nun an ›Weißer Drache‹ nennen!« Er dämpfte ihre Begeisterung, er sah sie am Leuchten ihrer Augen, sofort wieder. »Die Schnüre eures Drachens müsst ihr selbst an die Stoffbahnen annähen, höchstens Aziza dürft ihr hinzuziehen, damit keine der *huriat* auch nur im Geringsten ahnen mag, wofür das riesige Segel dienen soll!«

Sayf und El-Mansur nickten eilfertig, und die drei betraten das Torhaus der Festung.

Gernot und Valerian, die Zwillinge, standen im Hof von Burg Montmor an der Pforte in der ›kleinen Mauer‹, die das Burgareal zur Schlucht hin begrenzte. Die Befestigung war hier niedrig gehalten, weil sie nahtlos in die steilen Klippen überging, sodass von dieser Seite kein Angriff zu erwarten war. Gleich hinter der Pforte begann der Abstieg über in den Fels geschlagene Stufen.

Schon nach zwei Kehren des tief in den Stein geschnittenen Pfades öffnete sich der Blick hinab auf den dunkelblauen Bergsee.

Da waren Weiber im Wasser, Valerian erkannte auch sofort seine Schwester Melusine, weil sie größere Strecken unter Wasser schwamm, dicht unter der Oberfläche, sodass ihr weißer Leib durch das kristallene Element hindurchschimmerte, und dicht dahinter folgte ihr leicht verkleinertes Ebenbild, ihr Töchterchen, mit exakt den gleichen perfekten Schwimmbewegungen. Es war noch eine dritte Frau im See, die aber beileibe nicht mit vergleichbarer Eleganz ihre Bahnen zog. Nackt waren alle drei.

Valerian schaute sich nach seinem Bruder um, aber der tapste gesenkten Hauptes die Stufen hinab. Valerian, der sich jetzt schon in Sichtweite der Badenden befand, begann sich für alle sichtbar seiner Kleider zu entledigen. Auf der Felsplatte am Ufer angekommen, streifte er als Letztes demonstrativ seine Beinkleider ab und brüllte dabei wie ein Trunkener auf den See hinaus: »Wartet nur – wir kriegen euch!«

Melusine und ihre Tochter tauchten sofort ab in die Tiefe, aber Shirin, die Dritte im Bunde, wurde von Panik erfasst, und statt dem Ufer der gegenüberliegenden Seite zuzustreben, ruderte sie mit hastigen, ungelenken Schlägen zur Schmalseite des Sees, wo die Felsen des Wasserfalls eine Flucht nahezu unmöglich machten. Über Valerian prasselten kleine Steine, und ein Schatten glitt über ihn hinweg. Gernot hatte tollkühn den Sprung von den Felsen hinab in den See gewagt. Valerian hatte wenig Zeit, den Bruder zu bewundern, denn er sah, dass der genau auf die Stelle gezielt hatte, wo Melou und ihre Tochter nach seiner Berechnung auftauchen mussten. Also hechtete auch Valerian in den See, um den Zugriff Gernots zu verhindern.

Melou und ihr Ebenbild stießen aber hinter Gernot aus dem Wasser wie Delfine, geckernd lachten sie ihn aus, und als er sich schnaubend umwandte, verschwanden Mutter und Tochter wieder in die Tiefe – tauchen konnte Gernot nicht!

Shirin hatte die Attacke des Zwillings mitbekommen. Sie begriff nicht, dass sich Melou samt Xenia eines solch plumpen Versuchs spielend erwehren konnten, sondern sah sich gefordert, helfend, rettend einzugreifen. Wild paddelnd stürmte sie heran und schob sich aufopfernd zwischen Gernot und das Ufer, ihm herausfordernd und heftig atmend die Stirn, aber auch die blanke Brust bietend. Gernot wurde anderen Sinnes, seine Augen glitten nicht mehr ziellos über den Spiegel des Sees, Ausschau nach den Flüchtigen haltend, sondern blieben starr auf den Brüsten von Shirin haften, die auch so lange nicht die Flucht ergriff, bis sie sich mit einem Blick über die Schulter vergewissert hatte, dass Mutter und Tochter das rettende Ufer erreicht hatten. Sie wollte ihnen folgen, doch inzwischen war Gernot so nahe herangekommen, dass er sie an einem Fußknöchel zu fassen bekam und so die Strampelnde zu sich heranziehen konnte. Ihr hilfloser Widerstand stachelte ihn auf – dem kalten Wasser zum Trotz! Valerian kam hinzugeschwommen. Eigentlich wollte er dem Bruder nur die Lust an seinem Fang vermiesen, so tauchte er zwischen den Schenkeln von Shirin hindurch, und das wurde ihm zum Verhängnis, denn auch er war vor der Berührung weiblichen Fleisches keineswegs gefeit – und Gernot zeigte sich nicht im Geringsten verärgert oder gar eifersüchtig, als Valerian sich in das Gemenge mischte. Sie spornten sich gegenseitig an, trieben sich das Wild zu; wenn der eine sie von vorne umfing, machte sich der andere an ihrem verlängerten Rücken zu schaffen. Sie gaben Shirin frei, ließen ihr ein paar Schwimmstöße Richtung Ufer die Illusion, sie sei den rossigen Söhnen des Neptun entkommen, dann holten sie die immer mehr Erschöpfte wieder ein. Mit stummen, aber eindeutigen Gesten verständigten sich die Brüder, ihr Opfer an Land gelangen zu lassen. In der Grotte – bevor Shirin das rettende Gitter erreichen konnte – sollte sie dann die Brunst der Zwillinge befriedigen!

Mit zitternden Knien kroch Shirin über die Steine aus dem Wasser; ohne nach ihren Kleidern Ausschau zu halten, rannte sie auf den Eingang der Grotte zu, doch Valerian war schon vor ihr da und ließ grinsend seinen Schwanz kreisen, und Gernot folgte ihr schnaubend wie ein Hengst mit hochaufgerichteter Rute. Shirin stolperte mehr ins Dunkel der Grotte, als dass sie von dem einen gezogen, von dem anderen geschoben wurde.

Melou war die steile Treppe des Stollens heraufgestürmt, selbst auf die Gefahr hin, Xenia hinter sich zu lassen, aber die Kleine hielt Schritt, und sie erreichten fast gleichzeitig wieder das Brunnenhaus. Melou schickte Xenia mit einem Klaps in die gemeinsame Kemenate, schlang ein Tuch um ihre Hüften und raste durch das Boudoir der Saida Thamar, durch die Tür, die allen *huriat* zu durchschreiten bei Todesstrafe verboten war, mitten in das Gewirr der dunklen Korridore von Masyaf. Eigentlich wollte sie An-Nasir um sofortige Hilfe angehen, doch in der Erregung verfehlte sie den Zugang zu den Räumen des Eunuchen. Jeder anderen *huri*, deren Anwesenheit im Inneren der Festung sowieso undenkbar war, wäre bei diesem Lauf mitten durch den Löwenkäfig mit Sicherheit jeder Fetzen vom Leib gerissen worden, alle hätten sich auf sie gestürzt, den Stärksten wäre es wahrscheinlich dann vorbehalten gewesen, sie reihum zu bespringen. Doch Melou genoss eine Sonderstellung, die Geburt von Xenia und die unsichtbare Hand des Sheiks schützten sie auf seltsame Weise, zu der sie mit ihrer – von Zauberei umgebenen – Erscheinung durchaus beitrug. Es gab viele, die sich vor ihr fürchteten.

Das zeigte sich auch jetzt, jedes Paar von *fida'i*, das ihr über den Weg lief, zeigte die gleiche Reaktion, sie taten so, als würden sie das Hilfsbegehren von Melou nicht hören oder nicht begreifen, grad' so, wie manche sich gegenüber Almosen heischenden Bettlern verhalten. Alle beschleunigten ihre Schritte, schauten zur Seite – gut, ihr Aufkreuzen in dieser streng riechenden Männerwelt hatte etwas Ungehöriges, aber was gerade Shirin geschah, etwa nicht?!

Melou rannte fast die ›neuen‹ *rafiq* Ali und Yussuf über den Haufen. Ohne zu überlegen, was sie von den ihr Fremden verlangte, flehte sie um deren Hilfe für die bedrohte Freundin. Die beiden begriffen sofort ihre Ängste und folgten ihr ohne Zögern im Eilschritt. Melou nahm jetzt auch keine Rücksicht mehr auf die ehernen Regeln des »Paradieses«, zu dem kein Mann – außer dem Huddscha – jemals Zugang, ja auch nur Einsicht haben durfte. Melou führte die jungen Männer schnurstracks durch das Boudoir in den Garten, schickte sie durch die noch offen stehende Tür ins Brunnenhaus und wies ihnen den Stollen in die Tiefe. Ali und Yussuf fanden ihren plötzlichen Einsatz so aufregend, dass sie die Berechtigung von Melou nicht im Geringsten hinterfragten, sondern mit gezückten Dolchen die steile Treppe hinunterstürmten, um eine ihnen unbekannte Dame aus den Händen von zwei Unholden zu befreien.

Das Bild, das sich den erst heranstürmenden, dann zunehmend sich behutsam anschleichenden Rettern bot, war ein völlig anderes, als sie erwartet hatten.

Shirin hatte, als in der dunklen, feuchtkalten Grotte ihr die zwei nackten, erregten Männer gegenüberstanden, plötzlich ihre Angst vor der drohenden Gewalt abgeschüttelt. Nackt war sie selbst und damit ihnen gleich. Sie grinste die Zwillinge an und zeigte ihnen den Weg aus der Sackgasse, in die sie sich verrannt hatten. Beim Eingang der Grotte tat sich ein Spalt auf, nicht etwa erst jetzt, er war da immer schon gewesen, aber sie hatten ihn nicht beachtet, weil sie wie blind vorwärtsgestürmt waren, auf das schwarze Loch zu. Hüftwiegend führte Shirin Gernot und Valerian durch den schmalen Felsspalt, und plötzlich sahen sie über sich den blauen Himmel und die hohen Mauern der Festung Masyaf, eine Kaverne, deren Decke eingestürzt war. Sie musste genau unter der Pechnase liegen, denn hier häuften sich die herausgezupften, mit Stumpf und Stiel vertilgten Cannabisstauden zu einem beträchtlichen Hügel. Ein seltsamer, aufreizender Geruch hing wabernd in der Höhle, es roch nach Moder und süßlichen Blüten. Shirin warf sich mit einem Glucksen der Lust rücklings in das weiche Blätterbett, ohne jede Scham. Die Zwillinge standen ratlos vor den sich öffnenden Schenkeln des Weibes. Als Shirin die Verlegenheit der Männer bemerkte, unterdrückte sie ein Lachen, das in ihr aufstieg; es hätte die beiden nur noch verklemmter gemacht. Herausfordernd wälzte sie sich in dem Laubhaufen auf ihren Bauch und reckte ihnen ihren Hintern entgegen.

»Lasst mich raten«, seufzte sie wollüstig, »wer der Erste ist«, ihre Stimme war kaum zu verstehen, denn sie presste ihr Gesicht in die Blätter, »der zu mir kommt –?«

Das war der Moment, als Ali und Yussuf lautlos um die Ecke bogen. Sie waren wie erstarrt, desgleichen die Zwillinge von Montmor. Valerian bedeutete den zwei Neuankömmlingen, Stille zu bewahren, bevor er dann seinem Bruder Gernot den Vortritt ließ. In stummem Einverständnis ließen Ali und Yussuf ihre Beinkleider fallen und blickten erwartungsvoll auf Gernot, der jetzt mit leichtem Zittern seinen Schwanz in die Hand nahm.

DAS BOUDOIR DER SAIDA THAMAR

Groß waren die Aufregung und die Freude, als die Saida Thamar plötzlich wieder in ihrem Boudoir stand, als sei nichts gewesen. Diese bescheidene Attitüde diente ihr einzig und allein zu unterstreichen, welch bedeutende Weltreisende zu ihren lieben *huriat* heimgekehrt war, lässig tausend Gefahren entronnen, tapfer und mutig unvorstellbaren Strapazen getrotzt!

»Ob ich in Jerusalem weilte, als Saladin –?«, lautete gleich die erste und wichtigste neugierige Frage, die sie stellte, weil sie überlegen darauf antworten konnte.

»Aber sicher, meine Lieben, was denkt denn ihr?!« Ihr Blick fiel auf ihre älteste Tochter, deren schon leicht gewölbter Leib ihren Zustand nicht verheimlichen konnte, doch Thamar beschloss, lächelnd darüber hinwegzugehen, nicht ganz allerdings. »Komm, Shirin«, sagte sie einladend, »ich bin erschöpft. Lies du den Freundinnen meine kleinen Reisenotizen vor – so gewöhnst du dich ans abendliche Erzählen von Märchen, das dich erwartet.«

Shirin schluckte die Art und Weise, mit der ihre Mutter die anderen Umstände zur Kenntnis nahm, in denen sie sich befand. Eine Frage nach dem »Wie« und »Wer« wäre ihr allerdings auch nicht lieb gewesen.

»**Aus dem Diarium Itineris der Saida Thamar**«, verkündete Shirin also mit lauter Stimme, eine Begeisterung vortäuschend, die sie am wenigsten empfand. »**Am Tage, an dem ich, gefolgt von Timdal, meinem treuen Mohren, in Jerusalem einzog, ereignete sich eine Sonnenfinsternis. Zur gleichen dunklen Stunde empfing Saladin in seinem Heerlager eine Abordnung der**

Bürger der Heiligen Stadt, um ihnen seine Bedingungen der Übergabe mitzuteilen.«

»Wo steckt eigentlich Timdal?« Der Zwischenruf kam von Melusine, die auch Xenia, ihre Tochter, mitgebracht hatte. Shirin schaute, von der Unterbrechung aus dem Konzept gebracht, fragend auf ihre Mutter.

»Der kümmert sich um den hohen Gast, der mit uns die Rückreise bestritt!«

Shirin fuhr fort: »Zu des Sultans höchster Verärgerung weigerte sich die Delegation jedoch, ihm die Stadt auszuhändigen, in der Jesus Christus für sie am Kreuze gestorben sei. Stolzerhobenen Hauptes kehrte die Abordnung nach Jerusalem zurück.« Die Saida vergewisserte sich, dass der von ihr durchlebten Erzählung wieder volle Aufmerksamkeit zuteil wurde.

»Der nächste Schachzug Saladins war wohldurchdacht: Er gestattete der Königin Sybille, sich aus der Stadt hinwegzubegeben, zu ihrem Gatten Guido, der sich noch in seiner Hand befand. Damit war Jerusalem ohne einen Vertreter des regierenden Königshauses, im Gegenteil: Das Herrscherpaar stand nun unter seinem Einfluss. Doch die Rechnung, die der Sultan anstellte, ging dennoch nicht auf. Zurückgeblieben in der Stadt war die immer noch rüstige Königinmutter Maria von Byzanz. Ihr derzeitiger Ehemann war der tüchtige Balian von Ibelin. Der fragte beim Sultan an, ob er sie und ihre Kinder aus der bedrohten Stadt herausholen dürfe, um sie in die Sicherheit der Mauern von Tyros zu bringen. Der großmütige Saladin gewährte ihm die Bitte unter der Auflage, dass er sich nicht länger als eine Nacht in Jerusalem aufhalte. Als Balian in der Stadt eintraf, bestürmten ihn alle, er müsse bleiben und das Kommando über die Verteidiger übernehmen. Unter Tränen beschworen ihn die Frauen Jerusalems, sie und ihre Kinder nicht den Horden der Muselmanen auszuliefern, sie wollten ihn auf keinen Fall wieder ziehen lassen.«

Die Saida Thamar musste das Vorlesen ihrer Tochter als zu langatmig oder stockend empfunden haben, sie griff rücksichtslos ein, statt sich zu bedanken. »Balian, der Gutherzige bat Saladin, ihn von seinem Eid zu entbinden. Der Sultan übertrumpfte ihn an edler Gesinnung, er verzieh ihm nicht nur den Wortbruch, sondern bot von sich aus sicheres Geleit für Königin Maria nebst allen Kindern nach Tyros. Damit war Balian den Ballast seiner Familie los und konnte sich der Verteidigung der Stadt widmen – und nachts, wenn er nicht zu erschöpft war, seiner alten Freundin Thamar!« Die Saida genoss den Effekt ihrer hingeworfenen Anmerkung und nickte huldvoll Shirin zu, sie möge fortfahren.

»**Die Aufgabe, die sich Balian hatte aufbürden lassen, war schier unlösbar. Durch die Flüchtlinge aus den benachbarten Gegenden war die Bevölkerung derart angeschwollen, dass auf einen wehrfähigen Mann fünfzig Frauen und Kinder kamen. Ritter waren überhaupt keine in Jerusalem zu finden – außer den Mitgliedern der beiden großen Orden. Balian erhob jeden Knaben von Adel, so er vierzehn Lenze zählte, und die verdientesten Männer aus der Bürgerschaft in den Ritterstand und unterstellte ihnen Teile der ausgehobenen oder angeworbenen Truppen sowie bestimmte Abschnitte des gewaltigen Mauerringes von Jerusalem. Er beschlagnahmte alle öffentlichen Gelder, räumte das königliche Schatzamt leer, er ließ sogar das Silber vom Dach des Heiligen Grabes herunterreißen und einschmelzen. Sämtliche auffindbaren Waffen wurden an die Männer verteilt, die – noch oder bereits – fähig waren, sie zu tragen.**« Shirin schob ermattet das Manuskript von sich weg. »Kann nicht mal eine andere lesen?« Sie schaute entschuldigend zur Saida Thamar, die jedoch kein Mitleid zu zeigen gewillt war. »Du, Melou?«, bettelte Shirin, und es war mit schnellem Griff Xenia, die es an sich zog und vor ihrer Mutter Melusine hinlegte. Melou fügte sich dem Willen ihrer Tochter.

»**Der edle Balian von Ibelin tat alles, was in seiner Macht stand, die völlige Umzingelung der Stadt durch Saladins übermächtiges Heer konnte er nicht verhindern. Es schien, dass dem Sultan daran lag, Jerusalem samt seinen Mauern möglichst unbeschädigt in seinen Besitz zu bringen. So ließ er – aus si-**

cherer Entfernung – von seinen Pionieren das Mauerstück nächst dem Säulentor mit mehreren Stollen untergraben und mit Holzstreben versteifen, um diese dann mit brennbarem Material zu füllen und anzuzünden. Die Mauer brach, es entstand eine große Bresche. Die Verteidiger bemannten sie sofort und kämpften mit wütender Verbissenheit –«

Es entstand eine kurze Unterbrechung, weil der Eunuch auf Zehenspitzen das Boudoir betrat, doch weil er sah, dass es Melou war, die gerade las, wollte er dann doch nicht stören. An-Nasir wünschte sich ihr zu erklären, warum er sich seinerzeit veranlasst gesehen hatte, die neuen *fida'i* Ali und Yussuf gleich nach ihrer Rückkehr aus der Badeschlucht festnehmen zu lassen, ehe sie noch mit irgendjemandem hätten reden können, womöglich versucht hätten, ihre unerhörte Tat zu verteidigen. Was geschehen war, hatte ihm Melusine selbst damals brühwarm und hellauf empört berichtet. Für sie tat es ihm leid, dass er so harsch reagieren musste, aber dass *fida'i* – selbst bei Verfolgung eines Verbrechens! – mir nichts, dir nichts das Paradies durchquerten, als sei es ein Trampelpfad für Dromedare, das ging einfach nicht an! Allein gelassen mit Aufgaben, die ihm – *yalamu Allah!* – nicht lagen, war er gezwungen, so zu handeln. Das musste Melusine doch einsehen! Aber sie schnitt ihn seit dem Tage und war ihm aus dem Weg gegangen. Der Eunuch lächelte gequält zur Vorleserin hinüber, mit der stummen Geste, doch bitte fortzufahren. Melusine lächelte überlegen zurück und versenkte sich wieder in das Manuskript.

»Ein Teil der Truppen unter Führung der Templer und Johanniter drang in Balian, sie einen Ausfall wagen zu lassen. Ein absolut wahnwitziges Unternehmen, das nur Märtyrer – und sonst gar nichts! – gebracht hätte! Der lateinische Patriarch, der nur um sein eigenes Leben bangte, unterstützte Balian in seiner Ablehnung dieses verzweifelten Schrittes. Ein päpstlicher Legat hingegen, ein gewisser Titus de la Porta, plötzlich aus dem Nichts in der bedrohten Stadt erschienen, wiegelte das Volk auf, sich hinter die Ritterorden zu scharen. Der Patriarch setzte den Legaten in seinem Palast fest.

Balian nutzte den Moment, um sich hinaus zu Saladin zu begeben, wozu ich ihn schon seit Beginn der Belagerung zu überreden versucht hatte. Gleichzeitig schwenkte das Volk um, denn es bestand zum größten Teil aus orthodoxen Christen und frühchristlichen Urgemeinden. Erst die Kreuzzüge hatten ihnen eine ›lateinische‹, also römisch-katholische, höhere Geistlichkeit beschert, mit ihnen fremden Riten in einer ihnen unverständlichen Sprache, mit hochmütigen Priestern, die ihre Kirchen benutzten, und einem geldgierigen Klerus, an der Spitze dieser Patriarch mit seiner skandalösen Geliebten! ›Madame La Patriarchesse‹! Unter gerechter mohammedanischer Herrschaft hingegen durften sie stets ihre Andachten verrichten, wie es ihnen beliebte.«

»Einen Becher Wasser bitte!«, verlangte Melusine. »Ich werd' sonst heiser!«

Xenia sprang auf und holte das Verlangte.

»Soll ich dich wieder ablösen?«, bot Shirin an, doch Melou winkte ab.

»Es geht schon!« Sie nahm noch einen Schluck. »Saladin wusste Jerusalem in seiner Hand. Er konnte es jederzeit von seinen Leuten erstürmen lassen, aber er wünschte kein Blutvergießen, keine Plünderung, keine sinnlose Zerstörung. Ihm lag daran, ein Exempel zu statuieren, nicht um sich bei der Bevölkerung beliebt zu machen, sondern um die ›christlichen Kreuzfahrer‹ zu beschämen, die bei der Eroberung der gleichen Stadt schlimmer als Teufel und Barbaren gehaust hatten. Das Blutbad, das die Männer des Ersten Kreuzzuges in beispielloser Rohheit und Grausamkeit angerichtet hatten, war allen noch in furchtbarer Erinnerung, insbesonders den einheimischen Christen!«

»Wieso die?«, fragte Shirin verstört.

»Weil die Kreuzfahrer keinen Unterschied machten bei den Einheimischen«, belehrte ihre Mutter sie. »Ob *muslim*, Jude oder Christ, alle mussten über die Klinge springen!«

»Saladin verlangte jetzt bedingungslose Kapitulation«, fuhr Melou, ungehalten ob der Störung, mit strenger Stimme fort.

»Balian hielt dagegen, dass die Verteidiger sich keinesfalls darauf einlassen würden, er warnte den Sultan, dass sie bis zum letzten Blutstropfen kämpfen würden und zuvor alles in Jerusalem zerstören würden, was dem Islam heilig sei – vom Felsendom bis zur Al-Aqsa-Moschee – sowie sämtliche Mohammedaner in ihrer Hand abschlachten würden, bevor sie selbst in den Tod gingen!«

»Halt!«, rief die Saida. »Was jetzt kommt, sind die langwierigen Verhandlungen, ein Gefeilsche über die Höhe des Preises pro Kopf, die möglichen Freikäufe von der Sklaverei und über das Lösegeld insgesamt! Jedenfalls einigte man sich, Jerusalem fiel unversehrt in Saladins Hand, der Ruhm seiner Menschlichkeit und seiner Güte drang über alle Grenzen hinweg, selbst bis ins Abendland, wo es aber wahrscheinlich keiner hören will!«

»So weit reicht nicht einmal Euer Wissen, Saida Thamar!«, warf Melusine spöttisch ein. »So zäumt Ihr uns nichts als Eure kühne Annahme als solches auf!«

Die Frau des Geschickten funkelte die Freche nur kurz an und beschied sie knapp: »Die Reaktion des Abendlandes werden wir noch sehen, und zwar bald – oder gar nicht!«

Melusine hatte dem Blick standgehalten und vertiefte sich wieder in das Manuskript. »So lasst mich weiterlesen, von da ab, wo es wieder interessant wird!« Diesmal schluckte die Saida, ließ es aber doch – Zugeständnis an ihre Eitelkeit – mit einem falschen Lächeln zu.

»... jedenfalls hätte vielen Tausenden der Marsch zu den Sklavenmärkten erspart bleiben können, wenn sich die Kirche nicht in ihrer Raffgier an ihre sämtlichen Güter und goldenen Gerätschaften geklammert hätte, die ihr die jetzt betroffenen Gläubigen einst gespendet hatten, – wenn die hartherzigen Templer, die geizigen Johanniter ihre Schatztruhen nur einen Spaltbreit geöffnet hätten! Selbst die Mohammedaner waren empört, wie gleichzeitig mit dem Zug der Armen in die Sklaverei der Patriarch mit einer ganzen Wagenladung kostbarer Teppiche und silbernen Tafelgeschirrs aus der Stadt rollte. Saladin und viele seiner Emire kauften aus

eigener Tasche Hunderte von Müttern, Kindern und Alten und schenkten ihnen die Freiheit.« Melou hielt inne, die Mädchen applaudierten.

»Den Rest meiner Erlebnisse«, verkündete Thamar mit wirkungsvoller Bescheidenheit, »muss ich euch so erzählen, weil die sich überstürzenden Ereignisse mich nicht mehr zum Schreiben kommen ließen, denn plötzlich stand Jaluddin, unser Meister aller Meister, vor mir. Er war mit den Eroberern in die Stadt gekommen. Mit ihm und Timdal nahm ich versteckt, denn Frauen waren nicht zugelassen, am Gebet des Dankes in der Al-Aqsa-Moschee teil, das Saladin umringt von einer Riesenmenge Gläubiger dort abhielt, nachdem die heilige Stätte von allen Spuren der Templer gereinigt, mit Rosenwasser besprengt und dem Islam neu geweiht worden war.« Thamar holte tief Atem, bevor sie fortfuhr. »Schon zuvor war unter jubelndem Beifall das christliche Kreuz von der Kuppel des Felsendoms heruntergeholt worden. Mich hielt jetzt nichts mehr in Jerusalem. Mein teurer Freund Balian hatte die Führung eines gewaltigen Flüchtlingstrecks übernommen, der gen Tyros zog. Zum Abschied bat er mich um die Gefälligkeit, ausgerechnet diesen päpstlichen Legaten Titus de la Porta, der sein ärgerlicher Gegenspieler gewesen war, aus der Stadt zu schmuggeln und mit mir nach Masyaf zu nehmen, denn der Mann sei äußerst gefährdet, wenn er den Häschern des Sultans in die Hände fiele. Ich sagte meinem guten Balian auf den Kopf zu, dass einzig und allein er den eifernden Legaten zu Tyros nicht zwischen den Beinen haben wolle. Er lachte und herzte mich, er hoffe, mich kluges Weib nicht zum letzten Male getroffen zu haben.«

Die Saida legte eine kleine Pause ein, damit auch alle ihre Zuhörerinnen zu dieser Einschätzung ihrer Person gelangen konnten. »Das Läuten der Kirchenglocken über der Heiligen Stadt war verstummt, durch die Rufe der *muezzin* angenehm ersetzt. Ich verabschiedete mich –«, hier erhob sich leise An-Nasir, der mächtige Kabir at-Tawashi, der still und sehr interessiert den Ausführungen gefolgt war. Er verneigte sich vor der Saida, die nicht anders konnte, als selbst den Eunuchen mit einem ihrer glutvollen Blicke zu beschenken und danach die Lider verschämt niederzuschlagen wie ein kleines Mädchen. Der Fettkloß lächelte verwirrt, als er jetzt das Boudoir verließ.

»Ich verabschiedete mich –«, setzte Thamar wieder ein, »– auch von meiner Freundin Stephanie, der Fürstin von Oultre-Jourdain, doch zuvor stand ich ihr in einer weiteren schweren Stunde zur Seite. Nachdem sie schon den Verlust ihres Mannes Reynald von Chatillon erlitten habe, bat sie Saladin, er möge ihr wenigstens den geliebten Sohn Humfried zurückgeben, der sich seit Hattin immer noch unter den Gefangenen des Sultans befand. Saladin willigte ein, unter der Bedingung, dass sich die ihm verhasste Festung Kerak endlich ergäbe, sowie auch Montréal auf der Straße nach Aqaba. Er ließ Humfried holen und schickte ihn nach Kerak. Die Besatzung verweigerte ihm jedoch den Gehorsam. Unverrichteter Dinge kehrte er zu seiner Mutter nach Jerusalem zurück. Stephanie, die sich nicht in der Lage sah, ihren Teil der Vereinbarung zu erfüllen, hieß Humfried daraufhin, sich dem Sultan wieder zur Verfügung zu stellen. Dieses ehrenhafte Verhalten verfehlte seinen Eindruck nicht, Saladin schenkte dem Sohn die Freiheit.«

Auch die Saida Thamar bat jetzt um eine Tasse Tee, denn ihre Stimme war schon recht krächzend. »Das Ende ist schnell erzählt: Dieser Titus de la Porta war mir zwar nicht sympathisch, aber durchaus ein gelehrter und vor allem gewitzter Mann. Nach dem fluchtähnlichen Auszug des Patriarchen hatte er in dessen Palast – dank seines Amtes – die Gewalt übernommen. So war er in der Lage, unseren Reisetross mit allem Komfort zu versehen, von einer bequemen Karosse bis zur Begleitmannschaft. Der reichliche Einsatz von Goldmünzen aus einem versteckten – und wohl in der Eile vergessenen – Schatz des Patriarchen erlaubte uns ein ungehindertes Verlassen des Stadttores. Kein Hahn krähte nach dem – unnötig vermummten – Legaten. Da hatte Freund Balian wohl reichlich übertrieben!« Die Saida nahm einen letzten Schluck von ihrem erkalteten Tee und räkelte sich selbstzufrieden in den Polstern. »Und so erreichten wir Masyaf, das der Herr Legat schon immer zu besichtigen gewünscht hatte, nach angenehmer Fahrt – nur, um hier festzustellen, dass ich inzwischen wohl Witwe geworden bin.«

Damit hatte die Saida zu guter Letzt noch einen kleinen Lacher erzielt, und die Mädchen verließen angeregt tuschelnd das Boudoir.

Angetan mit ihren neuen Clamys, verließen Gernot der Templer und Valerian der Johanniter hoch zu Ross die väterliche Burg Montmor. Sie hatten sich von dem alten Ritter Roger in seiner Kapelle verabschiedet, nicht sicher, ob der verwirrte Vater sie noch auseinanderhalten konnte, denn er sprach Gernot mit »Victor« an und pries Valerian ob der Demut und Bescheidenheit des Tempels zu Jerusalem. Sie beließen es dabei, umarmten die weinende Aziza und ritten durch das Tor.

»Zusammen könnten wir bis zur Küste ziehen«, schlug Gernot vor, »dann trennen sich unsere Wege, doch mein Tortosa und dein Marqab liegen dicht beieinander.«

»Eng genug«, scherzte Valerian, »dass wir uns bei nächster Gelegenheit wieder die Köpfe einschlagen –«

»– statt gemeinsam gegen die Muslime zu ziehen!«, grollte Gernot. »Das ist eine große Schande!«

Valerian grübelte, ob er das auch so empfinden sollte.

»Als eine viel schlimmere, unerträgliche Schmach empfinde ich das Verhalten unseres elenden Bruders, der sich frech erdreistet, als Assassine gegen –« Valerian suchte nach Worten, um seinem Hass Ausdruck zu verleihen, doch als er sah, dass Gernot ihm gar nicht zuhörte, brach er die Tirade ab. Mit verbissenem Schweigen ritten die Zwillinge über die schroffen Hügelketten des Noisiri-Gebirges.

Bericht des Eunuchen
an seinen erhabenen Herrn und Meister,
Sheik Sinan

Die völlig überraschende Rückkehr des verschollenen Geschickten, des Herrn Husain ad-Din Marzuban, versetzte uns alle hier auf Masyaf in ziemliche Aufregung, auch wenn Ihr davon keine Notiz zu nehmen wünscht. Mich hätte sie in allergrößte Verlegenheit bringen können.

Und damit komme ich auf einen mir peinlichen Punkt zu sprechen, den ich zudem als kritisch ansehen muss. Melusine, der wir – aus triftigen Gründen – manches nachsehen, hat sich die Freiheit herausgenommen, zwei jungen «fida'i» Zutritt zum Paradies zu ermöglichen, und darüber hinaus ihnen auch noch Einsicht in den Mechanismus des Brunnenhauses samt Tür mit dem Schlüsselloch und dem geheimen Stollen zur Schlucht gewährt. Es ist in meinen Augen unbehelflich, dass sie aus durchaus ehrbaren Motiven handelte, sie versuchte mit dem Einsatz der beiden «rafiq» die zu Recht befürchtete Vergewaltigung ihrer Freundin Shirin zu verhindern, sie befand sich also sicher in Panik, sodass sie sich über die Konsequenzen ihres Tuns keine Gedanken machte. Das ändert nichts daran, dass, wenn diese «Erfahrung» unter den «fida'i» kursieren würde, das gesamte System von den «huriat des Paradieses» entzaubert wäre, jeder Glaube an die winkende Belohnung der mutigen Tat, des bedenkenlos eingesetzten Lebens zerbrochen wäre. In der Folge würde auch die Bedrohung durch die von Euch ausgesprochene «fatwa», jenes unumstößliche Todesurteil und der segensreiche Ruf der absoluten Unfehlbarkeit seines Vollzugs, sich in Rauch auflösen!

Ich habe mir daher erlaubt, die beiden «fida'i» – es handelte sich um die von mir selbst aufgenommenen Yussuf und Ali, was mich besonders schmerzt – sofort bei ihrer Rückkehr aus der Schlucht in Gewahrsam zu nehmen und in der «zinzanah li madjanin», der Zelle der Tobsüchtigen, wegsperren zu lassen. Bisher hatte keiner Zutritt zu ihnen, denn ich bringe ihnen in eigener Person ihr täglich Essen, und außer mir hat keiner die Schlüssel zu diesem abgelegenen Verlies. Dieses sofortige Wegsperren war wie gesagt notwendig, stellt aber auf die Dauer keine Lösung dar. Es sträubt sich etwas in mir, ihre stillschweigende Liquidierung anzuregen – wie ich auch nicht für eine Bestrafung von Melusine plädiere. – Was sowieso nichts ändern würde! – So lege ich die Entscheidung, was mit den Unglücklichen geschehen soll, vertrauensvoll in Eure Hände, erhabener Herr und Meister.

Euer ergebener Diener An-Nasir.

Der ansonsten knöcheltiefe Schlamm im Burghof von Montmor war so hart eingetrocknet, dass bizarre Risse ihn wölbten und aufplatzen ließen wie einen schlecht verlegten Marmorboden. Aziza hatte mit ruhigem Gewissen und stolz auf ihre Leistung als Schneiderin das Ungetüm aus aneinandergefügten Stoffbahnen darauf ausgebreitet, denn nirgendwo auf Montmor war das sonst möglich. Für sie, die mit in die Hüften gestemmten Fäusten im Türbogen des Donjon stand, war das von ihren eigenen Händen geschaffene Gebilde wahrhaft ein »Weißer Drachen«, und er machte ihr Angst – besonders ob des Eifers, mit dem sich der ihr einzig verbliebene Sohn für das Teufelsding einsetzte. Ausgerechnet Victor, ihr Jüngster, der sich übermütig El-Mansur, Der Siegreiche nannte!

Der Meister aller Meister, dessen eingestaubter Kleidung anzusehen war, dass er gerade von einer weiten Reise zurückgekehrt, schritt mit seinen Adepten Sayf und El-Mansur das Werk ab. Es fehlten immer noch die Schweinsblasen in den dafür vorgesehenen Wülsten und alle Schnüre.

»Soll ich Euch den Roten Adler daneben legen?«, bot Aziza eilfertig an. »Oder darüber?!«

»Nicht nötig!«, grummelte Jaluddin, statt ein Wort des Dankes für sie zu finden. »Ich hab' seine Struktur und Maße im Kopf – zu lange schon«, setzte er fast unhörbar hinzu, doch sofort riss sich der Meister wieder zusammen. »Habt ihr die Schweinsblasen?!«, fuhr er El-Mansur in einem Ton an, dass dieser für einen Augenblick erschrak.

El-Mansur zeigte hinüber zur ›Kapelle‹ seines Vaters Roger. An der Wand des Holzschuppens baumelten die zum Trocknen leicht aufgeblasenen *vesicae suillae* gleich reihenweise. »Das wird ja wohl reichen!«, gab er dem Lehrmeister pampig heraus.

Jaluddin ging nicht darauf ein, aber er schien zufrieden. »Und die Schnüre?!«, hielt er sich – diesmal wesentlich freundlicher – an Sayf.

»Sind bestellt!«, war dessen knappe Antwort. Sayf fiel seinem Freund nicht in den Rücken.

Also wandte sich der Meister an die Mutter Aziza, zuckersüß klang seine Stimme. »Ich hoffe, Ihr habt Eurem Sohn, der Euch so viel Dank schuldet, den Umgang mit Ahle und Zwirn beigebracht?!«

Die Alte wiegte lächelnd ihr Haupt. »Mit der eigenen Brut hab' ich nicht viel Glück!«, stellte sie bekümmert fest, während sie eilfertig herbeischlurfte. »Sayf stellt sich wesentlich geschickter an.«

Jaluddin war inzwischen mit den beiden zu der niedrigen Mauer getreten, die sich oberhalb der steilen Felswand erstreckte. Nur ein unbewachtes Tor, das zur Zeit ihrer Kindheit meist offenstand, wie El-Mansur sich sofort erinnerte, wies auf den Weg, der über in den Fels geschlagene Stufen in die Tiefe führte. Nachdenklich standen sie da und betrachteten den See, der smaragden zu ihnen hinaufschimmerte.

»Kommt nicht auf die Idee –«, riss sie ihr Lehrmeister aus den Träumen, »während meiner Abwesenheit alleine auch nur irgendeinen Flugversuch zu unternehmen!«

»*Kana Allahu kabla thalik!*«, stieß Aziza verängstigt aus, obgleich sich Jaluddin klar genug ausgedrückt hatte. »Da sei Gott davor!«

Ihr eigener Sohn ließ sie missbilligend spüren, dass ihr Gejammer fehl am Platz war; sie zog sich betrübt in ihre Küche zurück.

Jaluddin starrte immer noch in den Abgrund, hinab zu dem See in der Schlucht, seine Gedanken waren woanders.

»Der junge Bäcker«, begann er unaufgefordert mit leiser Stimme, »war tieftraurig und bitter enttäuscht von ›seiner‹ Prinzessin, denn die Karawane war zurückgekommen aus Taschkent mit vielen Ballen kostbarer Seide für das rote Hochzeitsgewand. Auch die verlangten schwarzen, grünen und weißen Schnüre waren aus dem ganzen Lande bei Hofe abgeliefert worden. Es hieß, dass zwei Webmeister ihre Reißfestigkeit am eigenen Hals erproben mussten – die Schnüre bestanden die Qualitätsprobe. Die allmählich einsetzenden Vorbereitungen für das große Hochzeitsfest beschäftigten auch bald die Küche und den immer mehr verzweifelten Zuckerbäcker der Prinzessin, denn ihm oblag es, sich noch nie gesehene Kunstwerke von unerhörter Süße einfallen zu lassen, noch nie vernommene Rezepte von tollkühner Raffinesse in Schleckereien und Naschwerk umzusetzen. Und jeden Tag musste er weiterhin dieser treulosen Prinzessin ihre Küchlein in den Turm schicken, immer versucht, ihnen etwas beizumischen, dass sie anderen Sinnes, dass ein Wunder ihre Liebe –

Doch eines Tages fand er unter der leer gegessenen Schale wieder einen Zettel – ihre Schrift, wohl in Hast hingekritzelt.

›Es ist soweit, Liebster!‹, stand da. ›Steh bitte morgen zur Mittagsstund mit zwei schnellen Pferden in dem Hain vor den Säulen des *maabad al muhibin*, des Tempels der Liebenden, der östlich vom Palast liegt, sodass ich dich vom Turm aus sehen kann, so wie du mich sehen wirst, wenn ich in Deine Arme fliege –‹

Der Bäcker war überglücklich, verwirrt wie tausend Sterne, die Welt drehte sich im Kreise, er schwamm kopfüber in einer Meereswoge, die ihn herumwirbelte, ihm war überhaupt nicht bewusst, was ›seine‹ Angebetete, seine verrückte Liebe damit sagen wollte, ihm schwante nicht im Geringsten, was sie wohl meinen könnte. Er kam nicht darauf – unfähig, klar zu denken.

Also begab er sich am nächsten Tag treulich und klopfenden Herzens zum Stelldichein, mit zwei edlen Pferden aus dem Stall des Vizekönigs. Die hatte er sich dort todesmutig ›entliehen‹, doch schützt Allah – so heißt es – die Liebenden, weil er nicht nach der Vernunft ihres Handelns fragt.

Weit vor der zwölften Stunde stand der Bäcker bereits auf der einzigen Lichtung des Hains, den Turm nicht aus dem Auge lassend. Ein Wind war aufgekommen, ganz weit hinten am Horizont ballte sich eine dunkle Wand zusammen. Dann sah er hinter den Zinnen etwas Rotes, wie eine züngelnde Flamme, die sich rasch zu einem Feuerball aufbauschte. Plötzlich wurde ihm angst und bange, er begann endlich zu ahnen, was sich auf dem Turm tat. Abwehrend fuchtelte er wild mit beiden Armen, bis er sich der Lächerlichkeit seines Tuns bewusst wurde – es machte ebenso wenig Sinn wie Schreien und Rufen, zumal das Sausen des Windes in den Bäumen zugenommen hatte. Der blutrote Feuerball entfaltete sich wie eine gigantische Rose, er glaubte am eigenen Leib zu spüren, wie der aufkommende Sturm sie zerzauste, entblätterte – ihm wurde heiß und kalt, unfähig sich zu rühren, starrte er gebannt auf einen roten Schmetterling, der versuchte, die Flügel auszubreiten. Er wusste es jetzt, unbarmherzig wie eine glühende Nadel durchbohrte die Erkenntnis seinen blöden Kopf: Sie springt!

›… in Deine Arme fliegen!‹ – Der rote Schmetterling wurde vom Wind hochgewirbelt, aber er widerstand der Naturgewalt, behielt seine Schönheit: der Schmetterling segelte! – Jähe Hoffnung überflutete den von seiner Angst aufgespießten Bäcker. Der Wind trug den Schmetterling auf und nieder wie ein rotes Blatt im Herbst – immer höher, immer kleiner. Einmal leuchtete es noch glühend aus der blauschwarzen Wolkenwand wie der erste Abendstern – dann war auch dieser letzte Funke verloschen –«

Jaluddin versagte die Stimme ihren Dienst. El-Mansur und sein Freund Sayf traten achtungsvoll einen Schritt zurück, um nicht in sein Gesicht zu sehen. Der Meister weinte. Das zu spüren, dazu bedurfte es nicht, dass er sich kurz darauf zum Abschluss der Geschichte durchrang.

»Der Bäcker fand sich tränenüberströmt in dem Hain wieder. Die ersten Regentropfen fielen. Er konnte sich ausrechnen, dass schneller als er die Soldaten des Vizekönigs an der Absturzstelle eintreffen würden, außerdem – wenn er sich mit den zwei gestohlenen Pferden dort sehen ließe – waren ihm grausame Folter und ein grässlicher Tod gewiss. Aber er fühlte sich schuldig, und den Verlust der Geliebten mit dem eigenen Leben zu büßen, schien ihm das Mindeste in seiner ohnmächtigen Verzweiflung. Er ritt also in die mutmaßliche Richtung. Kein Mensch fragte ihn wegen der kostbar gezäumten Reitpferde, die sogar noch die Schabracke des Vizekönigs trugen, obgleich er es in seinem Schmerz darauf anlegte, indem er immer wieder sich nach dem Weg zum Ort des Absturzes erkundigte.

Schließlich traf er am Unfallort ein, die von dort zurückströmenden Menschen beschrieben ihm den unwegsamen Pfad. Er hätte ihn auch nicht verfehlen können, denn *al auwil*, das Trillern und Heulen der Klageweiber, war weithin zu vernehmen. Den Leichnam der Prinzessin hatten die von den Soldaten herbeigerufenen Zofen bereits zurück in den Palast gebracht.

Der Platz ähnelte ein wenig dem Hain, wo er sie erwartet hatte. Vielleicht hätte sie sogar überleben können, wenn sie von dem Geäst eines Baumes aufgehalten worden wäre. Aber die Prinzessin hatte die einzige Lichtung zwischen den Bäumen gewählt. Diese war jetzt notdürftig mit einigen schwarzen, weißen und grünen zusammengedrehten Kordeln abgesperrt.

Dann sah er im Unterholz etwas Rotes leuchten. Es war das Brautkleid, ›die Roten Flügel der Prinzessin‹, wie die Leute sagten. Sie hatten es nicht achtlos weggeworfen, sondern scheuten vor ihm zurück. Der Vizekönig habe es nicht einmal sehen wollen, berichteten sie voller Schauer. Fürchterliche *djinn* hausten in dem grellroten Seidengewebe, Drachenwürmer wären aus wulstigen Menschendärmen geschlüpft. Nicht einmal in die Nähe dieser ›*djallabija* des Teufels‹ sollte einer sich begeben! Die bösen Geister würden ihm ins Genick springen und es brechen – wie das der Königstochter! Andere wussten zu erzählen, die Prinzessin habe mit *sheitan* in Verbindung gestanden. Geheimnisvolle Briefschaften, bedeckt mit satanischen Zeichen, apokryphen Versen und obskuren Konstruktionen wahrhaft höllischer Gerätschaften habe man im Turm gefunden.

Der Bäcker verließ das Land des Vizekönigs mit dem Roten Adler in der Satteltasche.«

Die beiden Freunde wagten nicht, sich anzuschauen, sondern starrten zutiefst bewegt hinunter zur Schlucht, zum See. War es nicht auch eine Warnung an sie, es mit ihrem Verlangen nach Melou nicht noch ein weiteres Mal auf die Spitze zu treiben!? Schon einmal hatte Melusine den Preis für ihr unkeusches Begehren zahlen müssen. Waren sie vielleicht die größte Gefahr für die Prinzessin ihres Herzens? Sie durften einfach nicht – auch nicht in Gedanken – so verantwortungslos handeln wie der verliebte Zuckerbäcker.

Sie sahen sich, fast gleichzeitig, nach ihrem Waffenmeister um: Jaluddin war gegangen! Und so ritten auch sie fort von Montmor und Masyaf, allein schon, um Melusine nie wieder zu begegnen.

BRENNENDE HERZEN

MACHTSPIELE

Durch die getönten Scheiben des Oktogons fielen die letzten Strahlen der Nachmittagssonne. An-Nasir, der zufrieden in den Rundungen seines beachtlichen Wanstes ruhende Kabir at-Tawashi des Harem, schaute schläfrig den Lichtspielen zu, die sie auf den kopulierenden Paaren seiner Seidentapete veranstalteten. Timdal, sein guter Mohr, hatte ihm den Tee serviert und den Kamin angefacht, denn jetzt im Frühherbst wurden die Abende schnell kühl. Diese fernöstliche Beschaulichkeit wurde jäh unterbrochen, der Türsteher kam kaum dazu, den polternden Gast zu melden, da drängte schon – wie immer, ohne anzuklopfen – der Geschickte in sein Allerheiligstes.

»Eure feisten Züge verraten das Glück, mich wiederzusehen, An-Nasir«, ging Husain sofort seinen alten Widersacher an. »So händigt mir nur den Schlüssel zur Zelle für Tobsüchtige aus, und schon seid Ihr mich wieder los!«

Der beleibte Kabir at-Tawashi wollte sich nicht aus seiner Ruhe bringen lassen, er nippte genüsslich an seinem Tee mit frischer Minze. »Wozu?!«

»Die von Euch dort festgesetzten Yussuf und Ali sind viel zu gefährlich, als dass ich sie in Eurer Obhut belassen könnte.«

Der Eunuch wurde jetzt wach bei dieser Drohung. »Ich gedenke, die von mir in meiner Amtszeit rekrutierten *fida'i* – gleich welche Vergehen sie sich haben zuschulden kommen lassen – lebend dem Richterspruch unseres erhabenen Sheiks zu überantworten, Husain ad-Din Marzuban!«

Der Geschickte biss sich ärgerlich auf die Lippe; dieser fette Eunuch hatte ihm immer noch keinen Stuhl angeboten, so ließ er sich herausfordernd in eines der üppigen Sitzkissen fallen.

»Noch bin ich Herr über alle *fida'i* auf Masyaf, bestellt von eben diesem Huddscha!«

»Noch nicht!«, belehrte ihn An-Nasir. »Ihr habt Euch noch nicht wieder bei Sheik Sinan von Eurer hoffentlich erfolgreichen Mission zurückgemeldet – lange genug hat sie ja gedauert!«, fügte er noch hinzu.

»Woher wollt Ihr das wissen?!«, belferte der Geschickte zurück. »Eure Aufgabe, Eunuch, ist einzig und allein die Aufsicht über die *huriat*, und selbst die lässt zu wünschen übrig«, schnaubte Husain erregt.

Der Geschickte sah ein, dass er so nicht weiterkam. »Gut«, bot er ebenso freundlich grimassierend, »ich lass Euch den Schlüssel, wenn Ihr mir dafür Sayf und El-Mansur überlasst – für eine besondere Mission, die mir am Herzen liegt«, setzte er schnell hinzu, als er den Schatten des Unmuts bemerkte, der über das Gesicht des Kabir at-Tawashi glitt. »Ich belasse Euch auch im Amt, mit all seinen Pflichten und Bürden, denn ich gedenke, wie schon gesagt, Masyaf sofort wieder zu verlassen!«

»Sehr gütig«, spottete An-Nasir, »zu gütig, aber Eure Lieblings-*fida'i* haben aus den Kriegswirren noch nicht zu uns nach Masyaf zurückgefunden.«

Die Auskunft enttäuschte den Geschickten. »Dann gebt mir wenigstens diese Yussuf und Ali«, überdachte er die neue Situation, »ich sorge dafür, dass sie Masyaf nicht wiedersehen!«

»Dacht' ich mir's doch«, schnaufte der Kabir at-Tawashi sich gutmütig gebend, »dass sie bei Euch in guten Händen sind. Aber leider«, fuhr er bekümmert fort, »wurden sie bereits der alleinigen Verfügung unseres erhabenen Huddscha überstellt!«

»Ich geb's Euch schriftlich«, bot der Geschickte bedrohlich sein Entgegenkommen an, »dass Ihr sie freilassen sollt. Ich übernehme die Verantwortung«, fletschte Husain die Zähne. »Das ist eh nicht Eure Stärke.«

»Vor allem nicht mein dringlichster Wunsch«, beschied ihn der Eunuch milde lächelnd. »Doch Ihr könnt die Vollmacht gleich hier ausstellen«, er wies auf das Schreibpult. »Bekanntlich wisst Ihr Feder und Tinte zu gebrauchen!« Der Geschickte erhob sich mit einiger Mühe aus dem Sitzkissen, in dem er zu versinken drohte, und steuerte zielstrebig auf das Pult zu.

»Lasst Euch Zeit, und benutzt nicht nur mein Pergament, sondern auch Euren Geist, eine mich befriedigende Formulierung zustande zu bringen.« Husain tauchte die Feder ins Fässchen und bedachte den Eunuchen mit einem ärgerlichen Blick, ihn nicht weiter zu belästigen.

»Ich werde Euch nicht über die Schulter schauen!«, beruhigte ihn der Fleischberg und wälzte sich mit Hilfe des Mohren ächzend nun ebenfalls von seinen Polstern hoch. »Doch entlastend muss sie sein!«, knurrte er und verließ, auf Timdal gestützt, das Oktogon.

Draußen zischte er dem Mohren zu: »Lauf, hol mir Melusine her, auf der Stelle!« Timdal rannte los, aus dem Oktogon erscholl die entnervte Stimme des Geschickten.

»Ihr könnt mir den Schlüssel geben!«, rief er An-Nasir frohlockend entgegen, als der wieder sein Arbeitszimmer betrat. Während Husain die noch feuchte Tinte mit Sand trocknete, kramte der Eunuch bereits in einer Schublade und zog unter den begierigen Blicken seines Gegenspielers den Schlüssel hervor.

»Hier, das Verlangte!« Der Geschickte hielt das Schriftstück dem Eunuchen hin, die andere Hand nach dem begehrten Schlüssel ausgestreckt. An-Nasir griff beherzt nach dem zusammengerollten Pergament und überließ Husain den Schlüssel. Seine Augen überflogen das Geschriebene: »Auf Befehl des amtierenden Vertreters des erhabenen Huddscha, des Kabir at-Tawashi An-Nasir ad-Daula, sind die inhaftierten *fida'i* Yussuf und Ali mit sofortiger Wirkung freizulassen. Eine umfassende Vollmacht dazu wurde ihm vom Wesir Husain ad-Din Marzuban erteilt.« Der Eunuch war blass geworden.

»Eure Unterschrift fehlt, Geschickter?!«

»Wieso?!«, gab der sich höchst erstaunt und entwand das Pergament behende wieder den Händen des Eunuchen. »Ihr dachtet, An-Nasir, Ihr könntet Euch so leicht aus der Verantwortung stehlen?!«, beschied er den vor Zorn zitternden Eunuchen mit strafendem Blick. »Dass ich Euch bevollmächtigen – und gleichzeitig freisprechen würde, glaubt Ihr doch wohl selber nicht!« Mit diesen Worten warf Husain die Pergamentrolle hinter sich in die Glut der Kaminscheite. »Aber dessen bedarf es nun auch nicht mehr!« Breitbeinig und höhnisch grinsend, hatte er sich vor dem Feuerloch aufgebaut, hinter ihm verzehrten die Flammen das Schriftstück. »Ich werde Masyaf nun wieder verlassen!« Er wandte sich zum Gehen. »Ihr werdet den Verlust ertragen, mein guter alter Fettsack!«, und schritt erhobenen Hauptes hinweg.

Der Eunuch verharrte in gebeugter Haltung, ein gebrochener Mann, bis die schweren Schritte des Geschickten im Flur verklungen waren, dann erst richtete er sich auf. »Führ mir Melou herein!«, forderte er mit undurchdringlichem Gesicht den Mohren auf. Sie erschien samt ihrem Augapfel Xenia. »Heißgeliebte Melusine«, sagte der Eunuch mit gewinnender Freundlichkeit, »durch dein unbedachtes Verhalten beim Versuch, dich dem Schicksal von Shirin entgegenzustemmen, hast du die zwei von dir in die Sache hineingezogenen *fida'i* in größte Gefahr gebracht –«

»Ich weiß«, gab sie kleinlaut zu, »ich hätte selber und sofort in die Bresche springen sollen, aber ich –«, sie warf einen verstohlenen Blick auf die aufmerksam zuhörende Xenia, »ich war nicht allein!«

»Gleichviel!«, erwiderte der Eunuch sachlich. »Dafür wirst du jetzt die Scharte auswetzen –« Sie sah ihn fragend an, während der beleibte Mann in den Taschen seines Gewandes herumfingerte. »Mit diesem Schlüssel –«, er drückte ihn ihr in die Hand, keinen Widerspruch duldend, den sie allerdings auch nicht versuchte, »schleichst du dich in die Grüfte. Ganz hinten befindet sich die gepolsterte Zelle.«

»Ich weiß schon!«, rief Xenia dazwischen. »Für die mit Schaum vorm Mund!«

»Richtig!«, bestätigte An-Nasir lächelnd dem vorlauten Kinde und wandte sich wieder Melou zu. »Hol sie da raus, irgendwie, keiner darf euch sehen, schaff sie ins Brunnenhaus und schick sie hinunter in die Schlucht –« Er schaute sie kurz an, »den Weg kennen sie ja!« Sein Blick blieb auf dem Töchterchen haften. »Xenia bleibt so lange hier bei mir, bis du mir den Schlüssel zurückgebracht hast!« Er tätschelte mit fleischiger Hand den Blondkopf des Mädchens.

»Xenia kommt mit mir!«, beschied ihn Melou mit ebenso viel Bestimmtheit. »Ich brauche sie!« Damit nahm sie ihre Tochter bei der Hand und zog los.

»Aber der Schlüssel, den Ihr dem Geschickten –?«, platzte sofort die Frage Timdals ins Oktogon.

An-Nasir legte dem Mohren lächelnd den fleischigen Zeigefinger auf die Lippen. »War er nicht der Richtige?«, murmelte der Eunuch wie zerstreut seine Zweifel. »Wie bedauerlich! Nun könnte seine ›Dreierbande‹ zu spät kommen.«

Auch Timdal war zuversichtlich. »Ich vertraue Melou.«

»Ich vertraue der Eitelkeit des Geschickten. Er wird sich bis morgen Früh Zeit lassen. Heute Nacht kann er eh nicht mehr seine Reise antreten.« An-Nasir besann sich. »Dennoch will ich sichergehen, Timdal, weswegen ich dir schnell ein paar Zeilen diktieren will, die du heute Nacht noch in den Gemächern des Sheiks abgibst.«

»Wenn der Huddscha aber gar nicht –?«, wagte der Mohr einen Einwand, der sofort abgeschnitten wurde.

»Der Huddscha hört alles und sieht alles! Immer!«

Bericht des Eunuchen an seinen erhabenen Herrn und Meister, Sheik Sinan

Euer ergebener Diener wendet sich in großer Not an Euch, großmächtiger Huddscha. Wie ich schon erwarten durfte, brachte mich der Geschickte sogleich in größte Verlegenheit. Er erfuhr natürlich von allen bösen Geschehnissen hier, für die er mich haftbar machte, und verlangte die Auslieferung der Gefangenen Yussuf und Ali. Ich fühle mich nicht in der Lage, hier einen Palastkrieg mit Husain ad-Din Marzuban durchzustehen. Ich flehe Euch an, lasst mich umgehend wissen, wie ich mich verhalten soll?! Ein anderes, vergleichsweise geringfügigeres Problem ist, dass der Geschickte mich sofort mit Vorwürfen überhäufte, dass ich mir erlaubt hätte, einem christlichen Kleriker, dem Frater Superior Titus de la Porta, Obdach und Schutz vor Saladins Häschern zu gewähren – der übrigens, wie ich herausgebracht habe, den Titel eines päpstlichen Legaten bekleidet. Ich weigere mich bislang, Husain ad-Din Marzuban Rechenschaft zu geben über alles, was sich während seiner langen Abwesenheit auf Masyaf getan hat, kein Wort kam mir von Kira, unserer Ausreißerin, über die Lippen, noch von dem Unglück, das seiner anderen Tochter Shirin widerfahren, bei der wir uns übrigens auf eine Schwangerschaft einstellen müssen. Husain fragte auch nur beiläufig nach ihnen und der Saida Thamar. Ich konnte ihm auch schlecht sagen, was Ihr sicher schon wisst, dass seine Frau es war, die den Kleriker aus Jerusalem mitgebracht hat. Was unser Paradies betrifft, ist mir klar, dass unsere «huriat» – wenn sie nicht anderweitig über die Stränge schlagen und deshalb bei Gelegenheit auszusortieren sind – allesamt Gefahr laufen, allmählich zu überaltern. Irgendwann muss ich neue «huriat» beschaffen. – Es sei denn, Ihr befehlt, den Harem insgesamt zu liquidieren, das hieße, das Paradies aufzulösen?! Die Einzige, die mir solche Sorgen nicht bereitet, ist Melusine du Ferbac, die sich in ihrer Tochter gleichen Namens reinkarniert hat und somit aus eigenem Leib – quasi in Autogenese – für Nachwuchs gesorgt hat. Die Kleine ist ein Schatz!

Euer ergebener Diener An-Nasir.

PS: Der Geschickte scheint mir verändert seit seiner Kerkerhaft beim Grafen Raimund von Tripolis, die er auch nur kurz erwähnte. Die großen Ereignisse sind an ihm völlig vorübergegangen, er wirkt recht weltfremd und dem Leben abgewandt, doch immer noch sehr halsstarrig. Er fragte schon wieder bei mir an, ob ich ihm dieses Mal Sayf und El-Mansur an die Hand geben würde, es ginge um eine besondere Mission, die er mir nicht erklären könne, die ihm aber sehr am Herzen liegen würde. Solche Töne bin ich von Husain ad-Din Marzuban nicht gewohnt, und ich war froh, ihm mitteilen zu können, dass beide «fida'i» noch für Euch auf einer Mission unterwegs seien – was ja auch der Wahrheit entsprach. Er schien sehr enttäuscht, fast verärgert und verlangte von mir, dass ich ihm dann gefälligst zwei andere «fida'i» zur Verfügung stellen solle. Ich wies ihn darauf hin, dass ich dafür zuvor Eure Genehmigung einholen wolle. Diese Auskunft erboste ihn sehr. So habe ich ihn mir wohl gleich wieder zum Feind gemacht. Irgendwie schwer verübelt hat Euer Wesir auch, dass ich ihn aufforderte, den päpstlichen Legaten Titus de la Porta zu empfangen. Der Geschickte reagierte, als hätte ich – um ein christliches Gleichnis zu benutzen – ›dem Teufel mit Weihwasser gedroht‹! Auf keinen Fall wünsche er diesen Herren zu sehen oder gar zu sprechen! Das wundert mich, wo doch der Geschickte ansonsten alles an Privilegien an sich zieht, dessen er habhaft werden kann. – Er wird schon wissen, warum!

Ich werde die ganze Nacht wachen, in Erwartung eines klaren Befehls – und sei es nur ein Wink, den Ihr, erhabener Huddscha, mir erteilen werdet.

In seinem Oktogon stand der Eunuch noch einen Augenblick am Gitterfenster und betrachtete wohlgefällig die schlummernde Melusine du Ferbac unten in ihrer Kemenate. Sie konnte ihn nicht sehen, wahrscheinlich nicht einmal seinen schweren Atem vernehmen. An sie geschmiegt, ruhte in gleicher, an Wildkatzen gemahnender Haltung ihre Tochter Xenia. Wie ähnlich sie sich sahen! Beim ersten Hinschauen hatte sogar An-Nasir sie oft schon verwechselt. Das passierte ihm immer dann, wenn eines der beiden Geschöpfe sich allein im Raum befand, denn Melusine hatte sich ihre mädchenhafte Art bewahrt, ihr zarter, sehniger Leib war von dem der Tochter nicht zu unterscheiden. Der Eunuch seufzte voller Glück und schlurfte zurück an seinen Platz.

Es war weit nach Mitternacht, als Timdal ihn aus seinem Schlummer riss. Der Mohr wedelte mit einem Schriftstück, an dem An-Nasir sofort das Siegel des Sheiks erkannte. Er erbrach es hastig und erbleichte:

»Befehl des Huddscha. Den inhaftierten *fida'i* ist der Gebrauch der Zunge unmöglich zu machen, *oder* sie sind dem Geschickten Husain auf der Stelle, und ohne dass sie mit noch irgendjemandem in Berührung kommen, auszuhändigen. Sheik Sinan« – Signatur und Siegel!

»Falsch oder echt?«, ging seine Frage an Timdal.

»Oder echt vom Geschickten!«, gab der gerade zur Antwort, als im Vorraum ein Krach ausbrach, der nur vom Auftritt ebendieses Herrn herrühren konnte. Wie ein schnaubender Stier stürmte Husain ins Oktogon.

»Nun?!«, bellte er wütend den Eunuchen an. »Wie wollt Ihr dem Befehl Folge leisten?!«

»Überhaupt nicht. Yussuf und Ali wurden auf Eure Anordnung hin freigelassen, wie Ihr sicher schon wisst –«

»Durchaus!«, fauchte der Geschickte aufgebracht. »An ihrer Stelle habe ich Eure Wächter dafür einsperren lassen! Also –«

»Die *fida'i* wurden aus der Gemeinschaft der Assassinen ausgestoßen«, unterbrach ihn kühl der Eunuch. »Sie stehen zu Eurer Verfügung!«

Husain war ob dieser Wendung verunsichert. »Wo?!«, fragte er ungläubig.

»Das werdet Ihr erfahren, wenn Ihr den geraubten Schlüssel zurückgebt – er gehört zur Siegelschatulle unseres großmächtigen Huddscha.«

»Das habe ich bemerkt«, konterte der Geschickte, »der andere befindet sich in meinem Besitz!«

»Ihr habt davon schon Gebrauch gemacht, Husain«, stellte An-Nasir trocken fest.

»Das sagt Ihr!«, parierte der Geschickte. »Der Sheik wird es anders sehen, ungetreuer Siegelbewahrer!«

Der Eunuch brach den Schlagabtausch ab. »Findet Euch morgen Früh bei Sonnenaufgang am Schlüsselloch ein, ohne das Brunnenhaus zu betreten. Dann und dort wird Euch von einem jungen Weib gesagt werden, wo und wann Yussuf und Ali auf Euch warten, aber nur, wenn Ihr zuvor den Schlüssel in die Hand der Botin zurückerstattet habt.«

Türen knallend verließ Husain das Oktogon – ohne dem Bewohner ein Wort des Dankes zukommen zu lassen. Auch für die Seidentapeten hatte er keinen Blick. Das erste Mal, dass sich ein unverhohlenes glucksendes Lachen dem Eunuchen entrang. Es begleitete den Geschickten bis hinaus auf den dunklen Flur.

Der päpstliche Legat schlief in einem der Türme. Sein kreisrundes Zimmer bot – gemessen an der Kargheit der Wohnquartiere von Masyaf – durchaus einen Komfort, den er seiner Stellung als angemessen ansehen konnte. Es wies – außer einer breiten Bettstatt – sogar ein umlaufendes Holzpaneel gegen die Kühle des Steinwerks auf, natürlich nicht zu vergleichen mit den Seidentapeten des Eunuchen. Aber das Oktogon hatte man ihm – wohlweislich – als Quartier nicht angedient, so leid es ihm tat.

Titus war noch nicht in Tiefschlaf gefallen, dazu war der Tag zu turbulent verlaufen, und außerdem war Vollmond, und der schien durch das Fenster. Um seinem Licht zu entgehen, wühlte er seine stark gelichtete Tonsur tief in die Kissen, als er die Stimme hörte:

»Steh auf, Titus!«, flüsterte sie gedämpft, wie durch die Wand. »Tritt ans Fenster, und schau dir den Mond an!« Die Dringlichkeit war ebenso furchtgebietend wie überzeugend. Titus gehorchte dem Befehl, erhob sich leicht torkelnd und tastete sich barfuß zu der schmalen Scharte, durch die das Licht einfiel. Er hatte kaum sein Gesicht zwischen die Steine gepresst, als hinter ihm ein starker Luftzug unter sein Nachtgewand fuhr, begleitet von einem hässlichen, pfeifenden Ton und einem dumpfen Schlag. Titus fuhr herum. Der eiserne dreiarmige Leuchter, der oben von der Decke über seinem Lager hing, war herabgestürzt – genau auf die Stelle, wo sein Kopf sich gerade noch befunden hatte; das weiße Mondlicht zeigte es ihm in aller Deutlichkeit und ohne jegliche Schonung. Kaum hatte Titus das festgestellt, fiel sein Blick auf die Gestalt im Hintergrund. Der Geschickte war lautlos aus der Wand getreten und ließ gerade seinen kurz aufblinkenden Dolch wieder in die Scheide gleiten. Diese Geste machte nicht den geringsten Hehl aus der Tatsache, dass er es war, der das Halteseil gekappt hatte. Mehr an Warnung bedurfte es nicht! Titus bekam kalte Füße.

»Was wollt Ihr, Bruder Husain?!« Der Versuch, den Geschickten anzuherrschen, geriet dem Magister Venerabilis wenig überzeugend. Er fror.

»Das zu fragen, steht wohl eher mir zu, Titus de la Porta! – Ihr habt Euch in meiner Abwesenheit in Masyaf eingeschlichen«, kam die Gegenfrage wie ein weiterer kalter Windstoß, »zu welchem Behufe!?«

»Ich kam in meiner Eigenschaft als *legatus Papae*, der ich immer noch bin – und habe hier um Asyl ersucht, ohne zu ahnen, dass Ihr, Bruder Husain, nicht zugegen sein würdet!«, verteidigte sich der befehlsgewohnte Kopf des Priorats. »Mehrfach habe ich versucht, Euch unter vier Augen zu sprechen, Ihr wart es, der dies stets abgelehnt hat. Warum?!«

»Ich liebe es nicht, wenn man hinter meinem Rücken versucht, mit dem Sheik in Verbindung zu kommen«, wies Husain ihn streng zurecht. »Ihr habt einzig und allein mit mir über das Zusammengehen mit den Assassinen zu verhandeln, Frater Superior, und mit niemandem sonst. Ich könnte das auch als Verrat auffassen, und Ihr, als Magister Venerabilis, wisst, was im Priorat auf Verrat steht –?«

Der Angegriffene setzte sich mit einer Konterattacke zur Wehr. »Ihr wollt Euren eigenen Weg gehen, der nur Euren Interessen dienen soll, nicht denen des Priorats!«

»Bei erwiesener Unfähigkeit der Führung wäre das mein gutes Recht –«, beharrte der Geschickte lauernd.

»Nein!«, kam die Antwort. »Das Priorat kennt nur die Aufnahme eines Mitglieds, eine einseitige Austrittserklärung ist nicht vorgesehen, ebenso wenig wie die Beurteilung des Weges, der einzuschlagen ist. Allein die Weisen bestimmen den Gang der Dinge –«

»Ihr könnt mir nicht drohen!«, lachte Husain. »Ich hingegen werde Euch nur ein Mal gewarnt haben, das war heute! Das Priorat kennt nur einen Austritt, und das ist der Tod. Das gilt auch für Euch. Gute Nacht, Titus de la Porta. Dreht Euch wieder um, und schaut Euch den Mond an!«

Der Legat gehorchte. Der Geschickte hatte hier die Macht. Doch das sollte sich ändern! Als er sich wieder umwandte, war Husain verschwunden, der Kronleuchter von seinem Bett allerdings auch. Nur das Kissen zeugte noch von dem Abdruck, den er hinterlassen hatte. Fröstelnd bestieg Titus sein Lager. Schlaf konnte er jedoch nicht mehr finden.

LEGATUS PAPAE

Der Geschickte ritt im Galopp unterhalb des Djebel Bah'ra entlang, den zu überqueren die Mühe nicht lohnte, um auf schnellstem, wenn auch nicht kürzestem Weg nach Tripolis zu gelangen. Vor ihm sprengten wohlgemut die beiden *fida'i*, die ihm der grässliche Eunuch angedient hatte. Sie schienen tüchtige Burschen zu sein, und er hoffte, mit ihrer Hilfe sein riskantes Vorhaben ausführen zu können. Dennoch musste er sich über den dicken, alten An-Nasir wundern, der ihn erst schnöde hatte abfahren lassen, sich dann aber wie ausgewechselt hilfsbereit gezeigt hatte. Der Eunuch hatte ihm einen Schlüssel in die Hand gedrückt, den er zuvor, in all den Jahren auf Masyaf, noch nie zu Gesicht bekommen hatte. Dazu stellte er die merkwürdige Bedingung, dass ein junges Mädchen ihm mitteilen würde, wo er die Wartenden treffen solle, aber *nur* dann, wenn er zuvor den Schlüssel übergeben habe, sonst *nicht*!

An-Nasir wird mit zunehmendem Alter immer sonderlicher, hatte sich der Geschickte gedacht, doch statt dann genau den erhaltenen Anweisungen zu folgen, hielt er dem ausnehmend hübschen Mädchen einen ganz anderen Schlüssel hin, aber das junge Ding zögerte, ihn anzunehmen. Je länger sie ihn aufmerksam betrachtete, desto mehr Falten, erst des Bedenkens, dann des Unwillens, krausten sich auf ihrer Stirn. Fordernd streckte sie – ohne den falschen Schlüssel überhaupt nur anzufassen – ihre Hand aus und schaute Husain aus ihren stahlgrauen Augen strafend an. Der Geschickte beeilte sich, eine Verwechslung vortäuschend, ihr den richtigen Schlüssel in die Hand zu drücken, und das stolze Geschöpf öffnete endlich den Mund.

»In der Schlucht!«, und rannte mit dem Schlüssel in der Faust zurück in die Festung. Erst dann wurde ihm bewusst, dass ihm Melusines Tochter gegenübergestanden hatte. Sie war ihrer Mutter wie aus dem Gesicht geschnitten. Er hätte sie fragen sollen – zu dumm! Husain war's dennoch zufrieden. Wenn alles, was noch vor ihm lag, genauso glatt vonstatten ging wie dieses Vorspiel, dann sollten ihm auch die absonderlichen Spielchen des Eunuchen recht sein!

Aus dem baumbestandenen Berghang zu seiner Rechten traten vor ihm zwei Reiter in den Weg. Er wusste nicht, warum, aber es war ihm sofort klar, dass es dieser Sayf und sein Freund El-Mansur, dieses ebenso lästige wie unzertrennliche Paar, sein mussten. Seine beiden *fida'i* Ali und Yussuf hatten sofort in ihrem Ritt innegehalten und schauten sich fragend nach ihm um, als die Fremden auf dem Weg erschienen.

»Gut Freund!«, rief der Geschickte seinen aufmerksamen Mannen zu und parierte sein Pferd vor Sayf und El-Mansur, die nicht weniger erstaunt waren, ihn hier zu treffen, als er über ihr plötzliches Auftauchen. Es gelang Husain jedoch nicht, echte Freude über dieses Wiederbegegnen zu heucheln, so schnarrte er nur: »Wenn Ihr wollt, könnt Ihr uns auf einer ganz besonderen Mission begleiten!?«, und als ihm auf Anhieb keine Begeisterung entgegenschlug, fügte er noch geheimnisvoll hinzu: »Ein Unternehmen von politischer Brisanz, das ganzer Kerle bedarf!«

Die beiden Favoriten des Alten musterten ihn, den Geschickten, mit unverschämter Skepsis. Husain ärgerte sich über sich selbst, dass er mit dem Angebot an sie herangetreten war. Gleichzeitig wurde ihm bewusst, dass er Sayf und El-Mansur gegenüber längst nicht mehr weisungsbefugt war. Warum hatte er sie überhaupt gefragt, befehlen hätte er ihnen die Teilnahme sollen! Trotzdem vermochte der Geschickte seine aufsteigende Wut nur mühsam zu unterdrücken, als jetzt Sayf und El-Mansur lediglich einen knappen Blick zu wechseln brauchten, um ihn kühl wissen zu lassen, dass sie – nach so langer Abwesenheit von Masyaf – es vorzögen, sich mal wieder beim Sheik sehen zu lassen. Dagegen ließ sich wenig einwenden. Husain begriff endlich, dass er sie weder mit freundlichen Worten noch mit Drohungen würde überreden können. Also rief er ihnen im Wegreiten nur zu:

»Grüßt mir auf Masyaf den werten Sheik Sinan, Euren dicken Eunuchen – und die entzückende Melusine!« Und er preschte hinter seinen Mannen her.

Bericht des Eunuchen an seinen erhabenen Herrn und Meister, Sheik Sinan

Konrad, Markgraf von Montferrat, Bruder des ersten Gatten der amtierenden Königin Sybille, hatte in Konstantinopel gelebt, war dort in eine Mordtat verwickelt worden, die es ihm angeraten sein ließ, schnellstens zu verschwinden. So schloss er sich heimlich einer Reisegesellschaft fränkischer Ritter an und segelte mit ihnen nach Palästina. Sie wussten alle nicht von den vollkommen veränderten Verhältnissen im Heiligen Land und steuerten Akkon an. Als sie vor der Hafeneinfahrt eintrafen, wunderte sich der Kapitän, dass er die Glocke nicht hörte, die stets geläutet wurde, sobald ein Schiff Eintritt in den Hafen begehrte. Ein merkwürdiges unbestimmtes Gefühl überkam ihn. Irgendetwas konnte da nicht stimmen, und der Kapitän warf deshalb den Anker nicht aus. Bald kam ein Boot mit muslimischen Hafenbeamten längsseits. Konrad, der sich als Kaufmann ausgab, erkundigte sich neugierig, was los sei, und erhielt die Auskunft, dass der Sultan die Stadt in Besitz genommen hätte. Das schlecht verhehlte Entsetzen seiner Mitreisenden erweckte den Argwohn der schon an Bord gekommenen Beamten. Ehe sie noch Alarm schlagen konnten, warfen die Ritter die Beamten kurzerhand über Bord, der Kapitän wendete mit geschicktem Manöver, und die Gesellschaft segelte die Küste hinauf nach Tyros.

Ich hatte es immer schon für einen Fehler gehalten, dass Saladin nicht alles daran gesetzt hatte, diese Stadt längst und notfalls mit Gewalt einzunehmen. Inzwischen war Tyros voll gepropft mit sämtlichen enteigneten Burgbesitzern und Rittern des Königreiches, und folglich waren seine Mauern auch hervorragend bemannt. Dennoch war Tyros vom Lande wie zu Wasser vollkommen eingeschlossen, und es war nur eine Frage der Zeit, wann Hungersnot die übervölkerte Stadt zur Kapitulation zwingen würde.

In diesem kritischen Moment traf Konrad von Montferrat nach Durchbrechen der Blockade mit den fränkischen Rittern im Hafen ein. Konrad wurde von den Eingeschlossenen sofort als Befreier begrüßt, und man übertrug ihm das Kommando. Als Erstes ließ er Saladins schon siegessicher in die Stadt entsandtes Banner in den Festungsgraben werfen und wies dessen Bedingungen harsch zurück. Der erboste Sultan ließ den alten Marquis, den Vater Konrads, aus dem Kerker von Damaskus herbeiholen und drohte, ihn unter den Mauern zu töten, wenn die Stadt sich nicht ergäbe. Die Liebe des Sohnes reichte nicht aus, um den Feldherrn Konrad umzustimmen, er zeigte sich ungerührt vom drohenden Schicksal des alten Mannes. Saladin erwies sich als menschlicher und schenkte dem Marquis das Leben und brach die Belagerung ab. Der Triumph der Christen währte allerdings nur so lange, bis der Gegner kurz danach abermals vor Tyros erschien, diesmal reichlich versehen mit schwerem Gerät und in Begleitung von zehn ägyptischen Kriegsschiffen, die Saladin aus Akkon herbeigerufen hatte. Die Verteidiger eroberten fünf von denen unversehrt, die anderen wurden zerstört oder flohen. Der Sultan berief einen Kriegsrat ein und ließ sich von seinen Emiren überzeugen, dass die Truppen dringend eine längere Pause benötigten. Saladin schickte den Großteil seines Heeres nach Hause, denn für die immer noch anstehende größte Aufgabe seines Lebens brauchte er damals noch ausgeruhte Truppen: für die inzwischen erfolgte Rückeroberung des Heiligen Jerusalem!

Stattdessen unternahm der Sultan einen ganz anderen Schachzug: Er ließ König Guido frei, unter der Auflage, nie wieder gegen den Islam zur Waffe zu greifen. Königin Sybille fand sehr schnell einen willfährigen Priester, der den König von diesem Eid entband, denn sein Wort habe er nur einem Muslim gegeben. Der Kleriker versicherte Guido spitzfindig, dass ein Schwur gegenüber einem Ungläubigen null und nichtig sei. Der Sultan reagierte verärgert, konnte aber – für mein Empfinden – nicht sonderlich überrascht sein von diesem Treuebruch.

Guido, von solchen Skrupeln nicht geplagt, sammelte seine Anhänger um sich und zog mit ihnen nach Tyros, um die Regierung wieder zu übernehmen. Konrad von Montferrat, unangefochtener Herr der Stadt und – neben Raimund von Tripolis – des Königs aussichtsreichster Gegenspieler, schlug ihm die Stadttore vor der Nase zu. Seinen Anspruch auf die Krone habe Guido spätestens seit der verlorenen Schlacht von Hattin und dem Verlust seiner Hauptstadt Jerusalem eingebüßt, ließ er »dem Herrn von Lusignan« ausrichten.

Euer ergebener Diener An-Nasir.

PS: Titus de la Porta, der Herr »Legatus Papae« macht immer noch keine Anstalten, uns wieder zu verlassen, stattdessen geistert er durch die Gänge der Burg, predigt den überraschten «fida'i» von Sündenfall und Auferstehung, was diese allerdings eher belustigt denn verschreckt. Für mein – trotz Alter und fehlender Männlichkeit – immer noch gesundes Empfinden ist der hohe Kleriker einzig und allein darauf aus, Zugang zum Paradies zu gewinnen.

Sayf und El-Mansur näherten sich dem Djebel Bah'ra, dem Höhenrücken, den sie überqueren mussten, um Masyaf endgültig aus den Augen zu verlieren. Sie ritten einen schattigen Hohlweg entlang, rechts und links stand dichter Wald, als plötzlich vor ihnen Steine die Böschung hinunterprasselten und mit einem gewaltigen Satz der Zwilling Gernot sein Pferd in den Hohlweg sprengen ließ. Das Tier hätte sich fast die Vorderläufe gebrochen und seinen tollkühnen Reiter vornüberfliegen lassen, aber das hinderte den Templer nicht, »Verdammtes Assassinengesindel!« zu brüllen und mit seinem Schwert zu fuchteln, das er leichtsinnigerweise schon im Sprung gezogen hatte. Sayf ließ sein Pferd steigen und schaute sich um nach seinem Freund El-Mansur, dessen leiblicher Bruder schließlich der erregte Templer da vor ihm war. Er sah, dass El-Mansur gerade sein Tier herumriss, denn hinter ihm war mit geschlossenem Visier ein Johanniter in offensichtlich ebenso finsterer Absicht aufgetaucht. Es war natürlich Valerian, der andere Zwilling, der bereits seine Lanze eingelegt hatte und jetzt seinem Gaul die Sporen gab.

»*À la Chatillon!*«, schrie Sayf seinem langjährigen Kampfgefährten zu. Derartige Manöver hatten sie sowohl mit Jaluddin, dem Meister aller Meister, hundertfach eingeübt wie auch in der bewegten Zeit beim Herrn von Kerak viele Male in der Härte des Gefechts bestanden. Mansur trieb sein Pferd blitzschnell den Hang hoch, sodass Valerian sein Ziel verfehlte und ins Leere donnerte. Nicht ganz, denn kaum senkte sich seine Lanze, prallte er im vollen Galopp auf Sayf; der fiel über ihn her und schlug Valerian genüsslich die Waffe aus der Hand. Gernot sah sofort die Chance, den triumphierenden Sayf von hinten in den Rücken zu stoßen, und ließ sein Pferd wie auf Samtpfoten vorwärtsschreiten. Er war so mit der Vorbereitung seiner Heimtücke beschäftigt, die ihm wahrlich nicht misslingen sollte, dass er seinen Bruder El-Mansur einen Moment aus dem Auge ließ. Der fegte jetzt schräg die Böschung wieder hinunter und stach Gernot in den Bizeps seines Schwertarms. Klirrend flog die Klinge des Templers zu Boden. Sayf nutzte die Ablenkung und schlug Valerian mit aller Macht auf den Helm, dass der zwei Mal hin und her wankte, bevor er von seinem Ross stürzte. Die beiden Freunde drehten sich nicht einmal mehr nach den schmählich Geschlagenen um, als sie jetzt ihren Ritt fortsetzten.

»Die Zwillinge spinnen!«, entschuldigte sich El-Mansur bei Sayf.

Der Kabir at-Tawashi wollte gerade mit der Niederschrift eines Berichtes an den Huddscha beginnen, als er gestört wurde, denn Titus de la Porta, der Herr Legat, ließ sich von den Türstehern des Oktogons nicht abwimmeln. Seufzend ließ An-Nasir seine Feder sinken, bestäubte das Pergament mit feinem Sand aus dem Streuer und ließ sich erschöpft in eines der Sitzkissen plumpsen. Der Legat liebte es, den Eunuchen in seinem Oktogon aufzusuchen, einmal wegen der unerhörten Darstellungen auf den seidenen Wandtapeten, zum anderen, weil er es aufregend fand, sich in einem Raum aufzuhalten, der direkt über dem Harem lag. Er hatte munkeln gehört, der Eunuch könne von dort aus in jede Kemenate, auf jedes Lotterbett seiner *huriat* hinabsehen. Doch diese Gucklöcher ins Paradies hatte Titus bisher nicht entdecken können, nicht einmal ein Blick aus dem Fenster in den Lustgarten war ihm vergönnt, denn der fette Oberaufseher zwang ihn gleich nach dem Betreten des Oktogons, am Teetisch Platz zu nehmen. An-Nasir hätte von dem ranghohen Vertreter der römischen Kurie gern gehört, wie es sich mit den Ehrbegriffen der Christen vereinbaren ließe, dass ein gegebenes Wort, ein Schwur so einfach wie lästiger Staub vom Mantel eines Königs geblasen werden konnte, wie es im Falle des Treuebruchs Guidos gegenüber Saladin geschehen, doch Titus ließ ihn gar nicht zu solcher Erörterung kommen.

»Dieser Geschickte!«, platzte der Legat gleich heraus. »Wie weit gehen eigentlich seine Kompetenzen!?« Er schien aufgeregt. »Kann er mit seiner Stimme für die Assassinen insgesamt sprechen?«

»Er möchte das gern!« Der Eunuch hatte die Antwort sofort

parat. »Er kann es nicht, aber er tut es!«, legte er süffisant nach. »Wieso? Was hat Husain Euch zugesagt?«

»Nichts!«, antwortete Titus verdächtig schnell. »Aber in Aussicht gestellt, dass die Annahme des christlichen Glaubens für einen Ismaeliten kein unüberwindbares Problem darstellen würde!«

An-Nasir war verblüfft, seine Fettpolster an Kinn und Wangen gerieten ins Zittern. »So wie der Geschickte die Verkündigung der Wiederauferstehung des verborgenen großen Meisters auffasst, mag er da wohl Wege sehen«, sinnierte der Fettkloß innerlich aufgewühlt, »abgesprochen hat er sie aber bisher mit niemandem – wohlweislich!« Er lächelte gequält. »Der erhabene Huddscha, Herr und alleinige Stimme der Assassinen von Syrien, würde ihm – so steht zu hoffen! – eine solche Aussage auch nicht gestatten!«

Der rothaarige Legat mit dem blassen, von Sommersprossen übersäten Fuchsgesicht ließ nicht locker. »Wenn aber Euer Huddscha, der Sheik Sinan, eines Tages nicht mehr –« Titus drückte sich vor der Peinlichkeit, den Gedanken in Worte zu fassen. »Wer ist dann der Nachfolger? Der Wesir Husain ad-Din Marzuban?«

»*Kana Allahu kabla thalik!* – Da sei Gott davor!«, entfuhr es dem dicken Eunuchen.

»Würde Husain in dem Fall«, hakte der Legat nach, »sein Wort von der Annahme des Christentums wahrmachen?!«

Der Eunuch hob abwehrend die fleischigen Hände. »Sollte der Geschickte, was Allah verhüten möge, hier die Macht an sich reißen, dann könnt Ihr Euch darauf verlassen, dass nichts zuvor Versprochene mehr gilt! Christentum oder die Lehre des verborgenen Imam, Husain wird alles seinen Machtinteressen unterordnen! So wahr ich jetzt vor Euch sitze, dann aber in der kalten Grube liegen werde!«

»Wollt Ihr damit sagen, dass ich den Worten Husains kein Vertrauen schenken kann?«

»So wenig wie Euren eigenen, Frater Superior de la Porta!«

Der Legat lächelte verkniffen. »Ihr seid mein Freund!«

»Bin ich nicht«, entgegnete ihm freundlich An-Nasir. »Ich bin ein überzeugter Gegner des Geschickten!«

Das meckernde Lachen des Ziegenbocks zeigte ihm an, dass der Legat verstanden hatte. Titus verneigte sich und verließ widerwillig das Oktogon. Mühsam wuchtete sich der fette Eunuch aus seinem Kissen und schleppte seinen mächtigen Körper zurück zum Schreibpult.

Der Geschickte hatte mit seinen beiden Begleitern, den *fida'i* Yussuf und Ali, den südlichen Ausläufer des Djebel Bah'ra hinter sich gelassen, als ihnen ein einsamer Reiter entgegenkam. Das Auffällige an ihm war nicht das fein gewirkte Kettenhemd, das er unter dem offenen Lederkoller trug, sondern das lange Zweihandschwert, dessen Griff über seine linke Schulter hinwegragte. Er ritt in Gedanken versunken und schaute erst auf, als sie sich so weit genähert hatten, dass sie schon gezwungen waren, dem Träumer auszuweichen. Es war der Meister Jaluddin, der sie mit versonnenem Blick musterte.

»Wohin des Weges, Meister aller Meister!?«, ging ihn Husain forsch an, und der Angesprochene erwiderte kühl:

»Dorthin, wo sich die Geschicke der Völker entscheiden – kennt Ihr den Ort, Husain ad-Din Marzuban?«

Husain war nur kurz verwirrt ob der knappen Antwort, er fing sich aber sofort. »Ich vermag Euch nur einen Bruchteil dessen zu bieten, wonach Euch der Sinn steht, aber auch dort wird sich ein Schicksal wenden – zum Guten oder zum Bösen –«

»Für mich ist nur maßgeblich, ob es bedeutend genug ist, um von meiner Feder für die Nachwelt festgehalten zu werden – was ist das Ziel Eurer Reise?«

Der Geschickte begann Gefallen an dem Wortwechsel zu finden. »Die nächste Station ist Tripolis«, eröffnete er dem gewitzten Fechtmeister. »Dort hoffe ich eine Mannschaft zu meiner Verfügung zu bekommen, mit der ich dann –«

Jaluddin lachte hell auf. »Was, *laka Allah*, lässt Euch glauben, Husain ad-Din Marzuban, Graf Raimund hätte Euch diesmal mit Truppen versehen, statt Euch wieder in den Kerker zu werfen!?«

Der Geschickte wurde hellhörig. »Wieso ›hätte‹?«, fragte er beleidigt.

»Der Graf von Tripolis ist vor wenigen Tagen gestorben, kinderlos! Er hat seine Grafschaft – oder was davon noch übrig ist – seinem jungen Neffen Bohemund von Antioch vermacht – ich glaube nicht, dass der sich für Eure Sache einsetzen wird!?«

»Es ist auch die seine!«, empörte sich Husain, nahm aber den aggressiven Ton sofort zurück. »Wenn Ihr Euch mir anschließen wollt, werter Meister aller Meister, dann würde ich mich ebenso geehrt wie glücklich schätzen – und auch dankbar, *yuwafikana Allah!*«

Jaluddin sah ihn lange an. »Ich sagte schon, wo meine Interessen liegen. Wenn mich Euer Unternehmen zu langweilen beginnt, werde ich Euch verlassen.«

Diesmal lächelte Husain überlegen. »Ich will Euch einen kurzen Einblick in unser kühnes Vorhaben gewähren: Einen muselmanischen Heerführer Saladins, den edlen Emir Ahmed ed-Din Tush, aus dem Kerker von Niphin befreien, um dann mit seiner Hilfe oder *bi aun Allah* Botrun zu erobern und den Mord an dessen rechtmäßigem Herren zu rächen! – Reicht Euch das fürs Erste?«, fragte er schnippisch, doch so leicht ließ sich Jaluddin nicht beeindrucken, im Gegenteil.

»Das Erste, was ich an Eurer Stelle täte, wäre –«, entgegnete er trocken, »mich nach Kahf und Khawabi zu begeben, um Hilfskräfte anzuwerben – schließlich sind die Assassinen dort Eure natürlichen Bundesgenossen!«

Der Geschickte schwieg beschämt, ohne es zu zeigen. Darauf hätte er auch selber kommen können! Also schlug er Jaluddin vor, schon nach Botrun vorauszureiten, um die Lage zu sondieren und vor allem ein Auge auf den hinterhältigen Herrn Thomas von Niphin zu haben.

Jaluddin willigte ein, Husain sollte mit Ali zu den Festungen der Assassinen reiten, die zwischen der Küste und dem Djebel lagen, und er würde Yussuf mit sich nehmen. Sie verabredeten auf Yussufs Vorschlag, der aus der Gegend von Tripolis stammte, den »Blauen Löwen« als Treffpunkt und trennten sich.

IM OKTOGON DES EUNUCHEN

Es klopfte an der Tür, die Wächter meldeten fragend den Herrn Titus de la Porta, Legatus Papae. Der Kabir at-Tawashi gab seufzend seine Zustimmung mit einer silbernen Handglocke, und Titus durfte eintreten. Der Blick des hageren Herrn blieb wie stets an den lasziv-akrobatischen Phantasien kopulierender Paare haften, die sich in Seide gewebt die Wände entlangzogen. Dass er dennoch mit elegantem Schlenker von den Schenkeln auf das Silberglöckchen zu sprechen kam, zeugte von der Höhe seiner rhetorischen Schulung.

»Ich nehme den hellen Klang Eures *tintinabulum* als Ankündigung ernsthafter Intentionen der Assassinen von Masyaf zu Gunsten unseres Herrn Jesus Christus!?«

»Das dürft Ihr«, erwiderte der Eunuch, der inzwischen Platz hinter seinem Arbeitstisch genommen hatte. »Doch welcher Art sind die Absichten Eures Herrschers, des Papstes von Rom? Was habt Ihr unserem erhabenen Sheik Sinan an Geschenken mitgebracht?«

Diese Antwort verwirrte den Legaten, ja sie verärgerte ihn. »Wir, die *sancta ecclesia catolica*«, raffte er sich dennoch zu einer würdigen Replik auf, »wir haben gehört, der Alte vom Berge wünsche zum christlichen Glauben überzutreten, da gehört es sich nicht, nach Geschenken zu fragen – denn schließlich verlangt Ihr nach dem höchsten Geschenk auf Erden, dem Glauben an unseren Herrn Jesus Christus!?«

»Sollten wir das nicht?!«, ließ An-Nasir den Legaten schmoren, und der beeilte sich, keinen falschen Eindruck entstehen zu lassen.

»Wenn unser aller oberster Herr Jesus die Assassinen würdig findet und ihnen die Tür zum Himmelreich öffnet –« Er wurde unterbrochen.

Timdal betrat ohne anzuklopfen den Raum, was den Legaten fuchste, zumal der Eunuch sich sofort dem Mohren zuwandte. Schon bei der Reise von Jerusalem hierher hatte er sich über die nicht im Mindesten unterwürfige Art des Dieners der Saida Thamar geärgert, der sich wie ihr Haushofmeister aufspielte und alle Entscheidungen selber traf. Auch diesmal bedachte er den hohen Gast mit keinem Gruß, geschweige denn mit der gebührenden Entschuldigung wegen der Unterbrechung.

»Die famosen *fida'i* El-Mansur und Sayf sind zu uns zurückgekehrt!«, verkündete der Mohr munter seinem Herrn. »Sie wünschen als Erstes und nichts dringlicher, als Euch zu umarmen!«

An-Nasir war beglückt und gerührt zugleich und schon bereit, seinen Vatergefühlen für die beiden Langvermissten nachzugeben, doch er besann sich.

»Richte den Herren aus, dass ich mich über ihre glückliche Heimkehr freue wie kein Zweiter, aber unserem erhabenen Sheik Sinan gebührt es – vor allen anderen –, zwei so verdienstvolle *fida'i* zu begrüßen. Führ sie sofort zum Huddscha ins Observatorium!«

Timdal stürmte grußlos aus dem Raum. Kaum war der Mohr aus der Tür, schimpfte Titus de la Porta los. »Ihr wisst, An-Nasir, wie lange und wie sehnlich ich nun schon auf eine Audienz bei Eurem erhabenen Sheik warte!« Er mochte seinen Frust nicht mehr zurückhalten. »Kaum kommen da zwei gewöhnliche *fida'i* daher, wird ihnen auf der Stelle eine feierliche Begrüßung gewährt!« Er zitterte vor Zorn. »Ich, Legatus Papae und Vermittler der wichtigsten Frage, die die Assassinen zur Zeit beschäftigen sollte, ich kann, ich darf –«, steigerte er sich erbost, »ich muss warten!«

Der fette Eunuch blinzelte ihn aus seinen Schweinsäuglein an. »Nutzt die verbleibende Zeit, Euch darauf vorzubereiten, was Ihr – und vor allem wie Ihr – Euer Anliegen vortragen wollt!« Dieser Versuch An-Nasirs, den Aufgebrachten zu beruhigen, schlug gänzlich fehl.

»Verkehrte Welt!«, zeterte er los. »Mir obliegt es, Eures Stammes innere Bereitschaft und geistige Reife zu prüfen, ob die Assassinen des Evangeliums würdig sind – dafür will ich Beweise sehen – nach allem, was mir hier bisher an unfreundlichem Empfang und Respektlosigkeit zugemutet wurde –« Seine Drohungen prallten am Eunuchen ab wie Wasser an einem dicken Frosch.

»Sollte ich es Euch an Ehrerbietung haben mangeln lassen, vergebt mir mit der Barmherzigkeit Eures Propheten Jesus!« An-Nasir legte eine erwartungsvolle Pause ein. »Solltet Ihr Euch dazu nicht verstehen können, geleite ich Euch jetzt dennoch zum Turm der Himmelsaugen, damit Ihr dem Erhabenen selbst vortragen könnt, was Euch bewegt!«

»Ihr sollt Euch bewegen!«, der Legat schien dem Platzen nahe. »Der Konvertit bittet in Demut um Erhörung!«, fauchte er aufgebracht und sprang auf. »Seit wann stellt sich die allein seligmachende Kirche einem solchen Verhör!« Er stürmte Richtung Tür, kaum dass der Eunuch ihm zu folgen vermochte. »Doch das will ich alles dem Alten vom Berge selbst Aug in Aug beibringen!«

Sayf und El-Mansur verneigten sich tief vor dem Huddscha und warteten darauf, mit seinem Segen entlassen zu werden. Stattdessen sagte der Sheik: »Ihr habt richtig gehandelt, Euch dem Ansinnen des Husain ad-Din Marzuban zu widersetzen. Es stand ihm nicht zu, auch nur einen einzigen *fida'i* für eine höchst persönliche Abrechnung einzufordern.« Der Alte sah sie lange aus seinen eisgrauen Augen an, ein Lächeln glitt über seine verwitterten Züge. »Geht jetzt – ich werde Euch rufen lassen, wenn Eure Zeit gekommen ist.«

Die beiden Freunde verließen rückwärts das Observatorium und stießen fast mit dem ungeduldig wartenden Legaten zusammen, doch sie zogen die Tür hinter sich zu und stürmten zum Eunuchen, der sich wohlweislich im Hintergrund hielt. Sie umarmten und küssten den alten Freund, der übers ganze Gesicht strahlte wie der gute Mond im vollen Licht des Himmelsgestirns. Die Türwächter hielten derweil Titus davon ab, mit eigenem Knöchel an die Tür zu klopfen. Eine Unverschämtheit, ihn, den Legatus Papae, noch länger warten zu lassen! Wenn Titus von ihnen Verständnis oder gar Entgegenkommen erwartet hatte, sah er sich zwei völlig teilnahmslosen Augenpaaren gegenüber, die nicht die geringsten Anstalten machten, sich der Klinke zuzuwenden. Und folglich blieb die Tür auch verschlossen! Es war nicht zu fassen, aber genau so verhielt es sich! Sollte er rufen, schreien? Den Gefallen würde er diesem Mördergesindel nicht tun! Der Legat machte eine wegwerfende Geste und rauschte empört von dannen.

Die Taverne »Zum Blauen Löwen« lag an der Straße, die von Tripolis durchs Gebirge des Libanon nach Botrun führte. Der Großvater des Besitzers war mit Robert von Flandern beim Ersten Kreuzzug hergekommen, war auf dem endlosen Marsch nach Jerusalem durch einen Pfeilschuss so schwer verwundet worden, dass seine Kameraden ihn aufgaben und in einem Beduinenzelt seinem Schicksal überließen. Die Frauen des Stammes pflegten ihn gesund, er heiratete eine der Töchter und wurde sesshaft. Seine Taverne hatte er in einer schattigen Grotte eingerichtet, erst nur Minztee und *mayet naba'*, frisches Quellwasser, ausschenkend, um bei den Muslimen nicht anzuecken, später – als mittlerweile die christlichen Kreuzfahrer die Sitten und damit auch die Trinkgewohnheiten bestimmten – bot er unter der Hand selbstredend Wein und Met an und erweiterte seine Grotte um etliche Schlafhöhlen samt Strohsäcken. Der Enkel und derzeitige Patron hieß der »Dicke Paul«, und seine ebenso populäre wie gewichtige Person stand mit seinem unübersehbaren Bierbauch für den beliebten, quasi unvermeidlichen

Treffpunkt »Blauer Löwe«. Hier hatten sich Jaluddin und Husain verabredet, wenn Letzterer, begleitet von dem *fida'i* Ali, die notwendigen Assassinen aus den Burgen Kahf und Khawabi herbeigeholt hätte.

Die erste Frage des Geschickten, der mit sich selbst mehr als zufrieden war, eine schlagkräftige Truppe in so kurzer Zeit aufgeboten zu haben, galt dennoch dem *fida'i*, den er Jaluddin überlassen hatte.

»Wo ist Yussuf?!«

»Bereits in Botrun!«, entgegnete der Meister aller Meister nicht minder stolz auf seinen Schachzug. »Er soll das Vertrauen des Herrn Thomas gewinnen, sodass der ihn stets um sich wissen will!«

»Das ist gut!«, lobte ihn der Geschickte. »Aber vor uns liegen jetzt erst mal Niphin und die Befreiung des Ahmed ed-Din Tush – falls er noch lebt.«

Jaluddin blinzelte verschmitzt. »Ich habe mich mit unserem Patron hier besprochen«, sein Blick wies knapp auf den Dicken Paul, der sich am Zapfhahn eines seiner Metfässer zu schaffen machte. »Übermorgen ist großer Markt in Niphin, es werden viele Händler eintreffen, alles alte Freunde von ihm, die gerne flinke Burschen für den Tag als Träger einstellen!«

»Ich verstehe«, sagte Husain. »So sickern unsere Leute aus Kahf und Khawabi unauffällig in die Stadt ein und können –«

»Und werden den ganzen Tag lang schuften«, unterbrach ihn Jaluddin lachend, »Ballen und Kisten schleppen, Körbe füllen und Fässer rollen, und das mit Eifer und recht behende, damit sie nicht auffallen.«

»Recht so!«, lobte der Geschickte wieder. »Und dann gegen Abend schlagen wir los!«

»Im Gegenteil!«, belehrte ihn der Meister aller Meister. »Jedes Aufsehen wollen wir tunlichst vermeiden, damit die Kunde von unserem Handstreich nicht schneller in Botrun eintrifft als wir selbst!«

»Wie stellt Ihr Euch eine ›heimliche‹ Befreiung vor – aus dem Kerker der Zitadelle?« Husain wurde skeptisch, was die

Planung Jaluddins anbelangte, doch der war in seiner vom Eifer beflügelten Phantasie nicht zu halten.

»Freund Paul weiß um ein mit herausragenden Jahrgängen gefülltes Weinlager der Herren von Niphin in der Stadt, das keiner kennt – außer dem Herrn Thomas selbst – doch der weilt ja in Botrun –«

»So weit, so gut!«, grummelte der Geschickte wenig überzeugt.

»Einige dieser edlen Fässer schaffen wir auf die Zitadelle, kleine Belohnung für die treue Wachmannschaft, ausgelobt von ihrem dankbaren Herrn Thomas –«

»Und die gibt sich dem Trunke hin, brüderlich vereint mit unseren Assassinen, denen sie die Schlüssel zu den Verliesen überlässt –??« Der Geschickte war jetzt an dem Punkt angelangt, wo er sich über den ›Meister aller Meister‹ nur noch lustig machen konnte, doch seine Heiterkeit versickerte schnell, als jetzt Jaluddin ungerührt fortfuhr.

»Das liegt allein im hervorragenden Geschick des Anführers dieser Operation, die Ihr natürlich in eigener Person leiten werdet. Ein gewisses Talent als *incitator animorum* wird Euch ja nachgesagt, Husain ad-Din Marzuban, zumindest was das erfolgreiche Aussenden von *fida'i* anbelangt. So werdet Ihr ja wohl ein paar Garnisonssoldaten zum Trinken bewegen können!«

»Und wenn jemand Alarm schlägt?«

»Dann wisst Ihr hoffentlich, wie ein Assassine von hohem Rang dem Tode zu begegnen hat!«

»Ihr seid jetzt schon berauscht vom Weine, Meister aller Meister!«, zürnte der Geschickte, dabei hatten sie seit Beginn ihrer Aussprache beide ihre Becher kaum angerührt. Und Jaluddin reagierte auch völlig nüchtern.

»Es ist Euer Vorhaben, Husain, und wenn Ihr Euch nicht zutraut, es erfolgreich in die Tat umzusetzen, dann schickt Eure *fida'i* wieder nach Hause! Ich habe Euch einen Weg zum Gelingen aufgezeigt, wisst Ihr einen besseren, dann geht ihn – aber ohne mich! Ich beginne mich zu langweilen –« Diese ultimative Drohung wirkte.

»Ihr macht mir den Weg zur Rache wahrhaftig nicht einfach!«, grummelte Husain.

»Vergeltung bedarf der geduldigen Hingabe des Rächers!«, munterte ihn Jaluddin auf.

Der Geschickte fügte sich in die ihm zugewiesene Aufgabe. »Entweder gelingt es uns, sie derart trunken zu machen, dass sie von allein zu Boden fallen – oder wir müssen mit unseren Dolchen nachhelfen!«

»Recht so!«, äffte Jaluddin den Tonfall des Geschickten nach. »Wichtig ist, dass keiner der Besatzung mehr in der Lage ist, den Herrn Thomas zu Botrun zu warnen! Also achtet darauf, dass Eure eigenen Leute einen klaren Kopf und die Übersicht behalten!«

Endlich hoben sie ihre Becher und tranken auf das gute Gelingen. Dann riefen sie die *fida'i* zusammen und teilten jedem seine Aufgabe zu, die er am übernächsten Tage zu bewerkstelligen hatte. Da es Jaluddin nicht nötig erschien, mehr als die Hälfte aller verfügbaren Assassinen in Niphin zum Einsatz zu bringen, durfte sich Husain die für sein Vorhaben am besten geeigneten *fida'i* aussuchen.

Zwei Reiter näherten sich Masyaf, doch als sie die Feste der Assassinen von weitem vor sich sahen – die Burganlage thronte herausfordernd über den felsigen Hügeln –, da zügelte der eine sein Pferd. Seine Gestalt wirkte – im Vergleich zu seinem hünenhaften Begleiter – auffallend schmächtig, auch wenn seine kostbare Rüstung – von der Brünne und dem Brustharnisch bis zu den Beinschienen – in makellosem Silber blinkte, die Helmzier glänzte gar wie aus purem Gold. Das hob ihn gewaltig ab von dem schlichten Feldhabit des Mannes, der jetzt sein Pferd an die Seite des jungen Schönlings brachte und ihn fragend anschaute.

»Auf die Burg hinauf kann ich Euch nicht begleiten, lieber Ralph«, erklärte Kyr du Lac, doch Ralph von Sidon griff ihr in die Zügel, und der mächtige Mann bat:

»Noch ein kleines Stück des Weges?!« Da gab Kyr nach. Schweigend ritten sie nebeneinander, bis dann, am Fuß des Hügels angekommen, in Sichtweite des Burgtores, Kyr du Lac seine Hand in die ihre nahm und ihn so zum Halten brachte. Spontan warf sie sich hinüber zu dem Hünen, der sie mit seinen starken Armen umfasste.

»Ich weiß«, entgegnete Ralph von Sidon wehmütig, »mir droht nun wieder die Einsamkeit meines Berufs –«

»Ich hoffe auch Enthaltsamkeit!«, scherzte Kyr und bot ihm ihre vollen Lippen. Sie küssten sich lange und innig – die Zeit ihres Zusammenseins noch ein letztes Mal auskostend und gleichzeitig von ihr Abschied nehmend. »Monsignore«, hauchte Kyr, sich von ihm lösend, »haltet Euch von nun an – zwangsläufig abstinent – an den Eunuchen, den guten alten An-Nasir.«

Ralph von Sidon war gerade im Begriff, seinem Gaul die Sporen zu geben, als Kyr sich noch einmal umwandte. Sie sah eine Frauengestalt auf einem Maultier aus dem Tor von Masyaf herausreiten, gefolgt von einem hoch bepackten Lastesel, auf dem der Mohr hockte: Thamar, ihre Mutter! Es war zu spät, Reißaus zu nehmen, das wollte sie ihr auch nicht antun, denn Thamar hatte sie bereits erblickt – wenn sie nicht überhaupt alles mitangesehen hatte. Die erfahrene Saida ließ sich zwar nichts anmerken, als Ralph jetzt an ihr vorbei dem Tor zustrebte, aber Kyr konnte sich den prüfend neugierigen Blick gut vorstellen, mit dem Thamar den Mann, den ihre wilde Tochter so offensichtlich geküsst hatte, im Vorbeireiten musterte. Sie täuschte sich! Wie sollte Thamar in dem silberfunkelnden Ritter, der einen anderen Mann – und Priester noch dazu – ohne jede Scham geküsst hatte, ihre eigene Tochter erkennen?! Sie tat es mitnichten, sondern musterte den geharnischten Jüngling voller Befremden, bis Kyr du Lac das Visier hochklappte, den Helm abnahm und das volle Haar ausschüttelte. Mit allem hatte Thamar gerechnet, nur nicht mit einem Wiedersehen mit ihrer verschollenen Jüngsten. Doch die Saida fing sich sofort.

»Du wolltest doch wohl nicht zufällig nach Hause kommen?!«, spöttelte sie – die Rüstung ihrer Tochter abschätzig streifend. »Wir hätten uns verpasst«, setzte sie hinzu, mit leichter Hand auf Timdal weisend, »denn ich begebe mich auf eine längere Reise.«

»Ich könnte Euch ein Stück des Weges begleiten«, antwortete Kyr du Lac. »›Begleiten‹, das macht sowieso den größten Teil meines zwischenzeitlichen Lebens aus –«, fügte sie etwas bitter hinzu, »aber ich will mich nicht aufdrängen, vielleicht habt Ihr eine *aventiure* im Sinn – werte Frau Mutter?!«

Die Saida schaute ihre Tochter leicht verwundert an. »Solches hab' ich immer im Sinn!«, wies sie die Fragende zurecht. »Aber dass ausgerechnet du dir darüber Gedanken machst?!«

Kyr wechselte rasch das Thema. »Und wohin soll die Reise führen? – Oder habt auch Ihr kein festes Ziel?«

»Oh, doch – ich möchte Jerusalem noch einmal sehen, bevor ich –«

»Ihr seid sehr mutig, Frau Mutter!«, beeilte sich Kyr, sie umzustimmen. »Aber das Jerusalem, das Ihr kanntet, existiert nicht mehr!« Die Tochter sah, dass sie nicht die geringste Wirkung erzielte, auf der anderen Seite musste sie ihre Mutter unbedingt davon abhalten, diese Torheit zu begehen. »Was zum Teufel, habt Ihr ausgerechnet jetzt noch dort zu suchen!?«

»*L'aventiure*«, entgegnete ihr Thamar lächelnd, und Kyr bewunderte ihre Mutter.

»Eine Liebesgeschichte?«, fragte sie noch nach, ohne sonderliche Überzeugung.

»Wer weiß?«, erwiderte die Saida, die Tochter in die Schranken weisend. »Kommst du nun mit?«

Kyr beugte sich vor und legte beide Hände auf die Schultern der Mutter. »Balian ist tot«, raunte sie ihr mit leiser Stimme ins Ohr. Es war ihr jetzt völlig egal, ob das stimmte oder nicht. Der Mutter ins Gesicht zu schauen, wagte sie nicht. Thamar war fühlbar zusammengezuckt. Ein kleinlautes, mutloses »Aha« entrang sich ihrem Mund. Kyr kam sich schlecht vor. »Es ist besser, du geleitest die Saida zurück auf die Festung«, wandte sie sich an Timdal, den Mohren. »Oder soll ich

Euch begleiten?«, bot sie der niedergeschlagenen, plötzlich um Jahre gealterten Thamar an.

»Ich finde meinen Weg schon alleine!«, erwiderte diese knapp. »Gehab dich wohl!« Das war der einzige Gruß für die ihr fremd gewordene Tochter. Thamar wendete ihr Pferd und ritt hinter dem Mohren mit seinem Packesel her.

Kyr du Lac sah ihnen nach, bis beide durch das Tor von Masyaf verschwunden waren.

»Fügt unserem Bericht, lieber Timdal, noch folgende Bitte an, nein, breitet sie zu seinen Füßen aus, dass der erhabene Huddscha sie sich zu Herzen nehmen oder darauf herumtrampeln kann!«

»Das gehört noch nicht dazu?«, vergewisserte sich der Schreiber vorsichtig, aber doch mit gewissem Unterton.

Der fette Eunuch hob drohend seine Hand gegen den Mohren, der sich samt bereits ergriffener Feder geschickt wegduckte. »Schreibt!«, ächzte der Fleischberg. »Was den päpstlichen Legaten Titus de la Porta anbelangt, nehme ich mir die Kühnheit heraus, Euch vorzuhalten, dass Ihr es gar zu arg mit ihm treibt! Wenn Ihr ihm weiterhin jede Audienz verweigert, ihn aber andererseits durch Gerüchte in Furcht und Schrecken versetzt, außerhalb unserer Mauern lauerten schon Saladins Schergen auf ihn, dann wird er eines Tages in jener stillen Kerkerzelle enden –«

»Hossa!«, entfuhr es dem belustigten Mohren. »Ihr meint die, wo Yussuf und Ali –?«

»– die für alle bereitgehalten wird, die erst ihren Verstand verlieren«, schnaubte der Kabir at-Tawashi, bemüht, größte Strenge auszustrahlen, »und dann auch noch die Kontrolle über sich selbst, über jegliche Sinne und Glieder! Also habt ein Einsehen.«

»Auch wenn er ein grässlicher Kerl ist – ganz im Gegenteil zu der angenehmen Präsenz des Monsignore Ralph von Sidon«, erlaubte sich Timdal anzufügen, »der sich zudem als ein gebildeter und ergiebiger Gesprächspartner erweist, wie Ihr, erhabener Huddscha, bereits selber festgestellt habt!«

»Dabei vermeidet dieser Titus alles, was ihm als Verrat an der eigenen Sache, also den Interessen des Christentums ausgelegt werden könnte«, zog der Eunuch das Diktat wieder an sich. »Ach«, fiel ihm dabei ein, »fügt noch ein *post scriptum* an: Übrigens hat sich der Herr Legat wie ein zäher Armbrustschütze inzwischen auf unseren El-Mansur eingeschossen, dem er Bolzen für Bolzen Konvertitentum und Verrat an der Lehre Christi vorwirft und ihm sämtliche Qualen androht, die «sheitan» ersinnen mag. Doch der hat dem Titus mannhaft erwidert, dass er für Euch, seinen erhabenen Herrn und Meister, Sheik Sinan, durch alle Feuer der Hölle schreiten werde.«

»Solange nur sein Freund Sayf an seiner Seite sei, winke ihnen das Paradies!«, setzte Timdal spöttisch hinzu, und diesmal fing er sich einen Nackenstüber der fleischigen Hand ein. Der Kabir at-Tawashi brachte leicht verärgert die Formulierung seiner Gedanken zum Abschluss. »Das lob' ich mir, und auch Euch sollte diese Einstellung erfreuen! Den lästigen Titus hingegen könntet Ihr, wenn Ihr ihn sowieso nicht empfangen wollt, dann auch bitte davonjagen wie einen streunenden Hund, keiner wird ihm eine Träne nachweinen!«

»So!«, seufzte er befriedigt. »Jetzt tragt meine erhabenen Worte gefälligst hinüber ins Observatorium und bittet den wartenden Monsignore Ralph zu mir, vorlauter Mohr!«

Die Türsteher des Oktogon ließen den Monsignore eintreten. »Verschont mich mit diesem unerträglichen Vertreter der Kurie!«, ließ Ralph von Sidon seinen Gastgeber An-Nasir sogleich unverblümt wissen. »Ich wünsche ihm nicht zu begegnen, ich möchte nicht einmal, dass er weiß, dass ich unter Eurem Dach weile!«

Den betagten Eunuchen konnte so leicht nichts mehr aus der behäbigen Ruhe bringen. »Was hat der Legat Eures Papstes denn so Widerwärtiges an sich, dass Ihr ihn meiden wollt wie einen Aussätzigen?«

»Einen, der von der Lepra geschlagen ist, den will ich gern mit eigenen Händen waschen und pflegen, aber Titus de la Porta, den fasst nicht einmal *satanus in personam* mit glühender Zange an! – Ihr werdet's ja am eigenen Leib erleben!«

»Hab' ich schon hinter mir!« An-Nasir wischte sich angewidert die Hände. »Und Ismaeliten als christliche Märtyrer gab's bisher auch noch nicht.« Er verlieh seinem Missfallen einen kummervollen Anstrich. »Wenn Ihr, Ralph, mir nicht mit Kreuz und Buch tröstend zur Seite stehen wollt, dann solltet Ihr nun das Weite suchen, denn der Herr Legatus nahet schon.« Ralph sah sich suchend um im achteckigen Salon des Eunuchen, doch keine der chinesischen Seidenteppiche an den Wänden verriet einen geheimen Fluchtweg. An-Nasir bewies dem hünenhaften Priester sein uneingeschränktes Vertrauen. Er drehte an einem der Bettpfosten, die den Baldachin trugen, die gesamte Lagerstatt samt damastenen Kissen sprang stirnseitig hoch, wie sich ein riesiger Krokodilsrachen öffnet, und gab zum Abstieg in den Schlund eine Treppe frei, die hinab in den Harem führen musste. »Timdal wird Euch den Pfad zur Tugend weisen, damit Ihr nicht aus Versehen im Paradies landet!«

Der Mohr kletterte gerade zwischen den Kissen hervor, wo er schon wieder fest geschlummert haben musste, rieb sich die Augen und hüpfte dem Herrn Ralph eilfertig voran. Für ihn war dieser Abgang Routine. Der hochgewachsene Priester musste sich bücken, um Timdal hinabzufolgen.

Hinter ihm senkte sich die luxuriöse Liege wieder in die Waagrechte, und weil die Kissen etwas in Unordnung geraten waren, ließ der Eunuch den samtenen Vorhang vor der Bettstatt fallen.

Sayf und El-Mansur erklommen die letzten Meter vom See heraufkommend bis unter die Mauern von Masyaf. Hier gab es keine in den Stein geschlagenen Stufen wie gegenüber auf dem felsigen Steilhang hinauf nach der Burg Montmor. Der unterirdische Stollen, der verborgen unten am See begann und sich durch den Felsen hochbohrte, bis er im Brunnenhaus mündete, machte einen weiteren Zugang unnötig. Also mussten sich die Insassen der Assassinenfeste, so sie diese überhaupt verlassen durften, einen eigenen Weg zwischen den nackt und schroff aufragenden Klippen suchen, ein mühseliges und nicht ungefährliches Unternehmen. Die beiden Freunde, denen immer noch vom Sheik persönlich das Privileg zugebilligt wurde, dort unten in dem tiefen Bergsee zu baden, wann immer es sie gelüstete, hatten sich enttäuscht nach der kühlen Erfrischung wieder an den Aufstieg gemacht, denn die Person, von der sie sich erhofft hatten, sie eventuell ebenfalls dort anzutreffen, war nicht erschienen. Sie hatten ausgeharrt, bis die Sonne den Talkessel verließ und ein kühler Wind sie in ihren leichten *camisas* frieren machte, nicht bereit, sich gegenseitig auch nur mit einem Wort einzugestehen, dass sie beide nur auf das Auftauchen von Melou warteten. Melusine du Ferbac – längst Mutter einer heranwachsenden Tocher – stellte immer noch, wie seit ihrer frühesten Knabenzeit, die große und einzige Liebe ihres Lebens dar. Als völlig unsinnig und zwecklos hatten sich alle Schwüre erwiesen, sie aus ihren Köpfen zu verbannen oder vor ihr davonzulaufen.

Sayf und El-Mansur waren unterhalb des Mauersockels der Eckbastion angelangt, an der die talseitige Außenmauer des Paradieses und die Trennmauer mit ihrem Brunnenhaus zusammenstießen. Hier, in dem nur von unten aus einsehbaren Teil der Befestigungsanlage, hatten sich im Laufe der Zeit Edera und andere Schlingpflanzen ins steinerne Mauerwerk gekrallt und als dichter Teppich aus dunkelgrünem Blattwerk hochgezogen. Doch gerade als sie unter dem überkragenden Blätterdach hinaufkrochen, raschelte es zu ihren Köpfen, Äste brachen, und ganz langsam erschienen über ihnen erst die baumelnden Füße, dann die derangierte Kutte, schließlich der restliche päpstliche Legat. Titus de la Porta fiel ihnen deshalb derart phasenweise vor die Füße, weil er sich krampfhaft an den Pflanzen festhielt und es seine Zeit dauerte, bis sein Gewicht sie aus ihren Verankerungen gerissen hatte. Dafür lag er jetzt vor ihnen auf dem Rücken wie eine frisch erlegte Wildsau, alle viere von sich gestreckt.

»Um einen Einblick ins Paradies zu erhaschen«, spottete Sayf, der die Sachlage sofort erkannt hatte, »ist der Blick durchs Schlüsselloch weniger unfallträchtig!«

»Sag das nicht!«, hieb El-Mansur in die gleiche Kerbe. »Einmal die *huriat* geschaut, ist dein Leben dann dem Tod geweiht. – Allerdings nicht durch Genickbruch!« Auch er machte keine Anstalten, dem zu Boden gestürzten Kleriker wieder auf die Beine zu helfen.

Wütend und ächzend rappelte sich Titus ohne fremde Hilfe hoch und schüttelte das verräterische Grünzeug von seiner Kutte. »Ich wollte nur mal sehen –«, blaffte er die beiden Hilfsunwilligen an, doch Sayf hatte schon zum nächsten Hieb ausgeholt:

»Was sich hinter dieser hohen Mauer verbirgt und gewiss nicht für Eure Augen bestimmt ist, Titus de la Porta, Magister Venerabilis!«

Titus steckte die Schläge einen nach dem anderen weg; der letzte hatte ihn am Schmerzlichsten getroffen, musste er doch annehmen, dass der Geschickte sein *incognito* schamlos und frevlerisch an zwei gewöhnliche *fida'i* weggeworfen, verfüttert hatte! Um seinen Zorn in die geeigneten Bahnen zu lenken, musste er Zeit gewinnen, und dafür war Liebenswürdigkeit die beste Maske. »Ihr seid die beiden Favoriten des Alten vom Berge?!«, säuselte er scheppernd. Dass ihnen seine unverkennbare Blechstimme längst seine Identität mit dem geheimnisvollen Haupt des Priorats offenbart hatte, die Idee kam Titus nicht.

»Auf uns warten jedenfalls höhere Aufgaben«, sagte El-

Mansur von oben herab, »als einem vorgeblichen Legatus Papae beim versuchten Suizid behilflich zu sein!«

Aber Titus war zu gut geschult, als dass er sich in den Schlachtpferch treiben ließ. »Der erhabene Sheik muss Euch ausersehen haben, dereinst seine Stelle einzunehmen!«

»Dazu fehlt es El-Mansur zwar nicht an geistigem Rüstzeug –«, hub Sayf gerade an, als Titus schon mit der Frage zuschlug, die ihm auf der schwarzen Seele brannte:

»Also wird der Geschickte –?!«

»*Yafathu Allah!*«, entfuhr es Sayf und El-Mansur fast gleichzeitig. »Eine entsetzliche Vorstellung! Sie muss verhindert werden, unter allen Umständen!«

»Das sehe ich auch so!«, frohlockte der Legat. »Aber –«, er wandte sich El-Mansur zu wie einem guten Freund, »– lasst dem Sheik – was Allah verhüten möge! – morgen etwas zustoßen, ein fähiger Mann im besten Alter, wie Ihr, El-Mansur«, seine Schmeicheleien gerieten durch das grelle Organ sofort zu Hetzreden, »könnte aus den Assassinen eine ganz andere Truppe formen – frei von lästigen Religionsfragen!«

»Und zu welchem Behufe«, unterbrach ihn Sayf, »sollte unser gemeinsamer Glaube an die Lehre Ismaels nicht mehr Leitfaden unseres Handelns sein? Weil Euch ein Gottesstaat ganz anderer Art vorschwebt?«

»– mit eigener Macht auf Erden!«, ereiferte sich Titus, seine Stimme wurde schrill. »Die Assassinen als Ordensritter! Die *huriat* als Versprechen himmlischer Lust, als ständiger Anreiz zum Dienst an der Liebe, zu Gott und zur Jungfrau!« Die Pause, die er seiner Emphase gönnte, war zu kurz, um die völlig entgeisterten *fida'i* einschreiten zu lassen. »Dazu müsstet Ihr allerdings Christen werden!«

»Was soll das und wozu!?«, empörte sich Sayf.

»Weil es nur christliche Ritter gibt und geben kann!«, verkündete der Legat wie mit abschließendem Fanfarenstoß und schwieg überraschend, aber durchaus erwartungsvoll.

»Ich habe auf beiden Seiten Männer erlebt«, antwortete El-Mansur bedächtig, »die diesen Ehrentitel nicht verdienten.« Er ließ sich Zeit. »Ich habe in der Welt des Islam Männer kennengelernt, die es an wahrer Ritterlichkeit mit jedem Christen aufnehmen dürften.«

»Ich will solche Einzelfälle nicht bestreiten«, lenkte der Legat flugs ein, »aber zum Rittertum gehört der Dienst an der jungfräulichen Madonna – und nicht an der Hure Babylon, so wie Ihr sie hier in Eurem sündigen Paradies verehrt – dieses weißhäutige Wesen, das die Hölle hervorgebracht!« Titus begann schon wieder zu keuchen, seine Stimme drohte vor Erregung zu versagen. »Dieses Weib, das jeden Mann in seinem Höllenfeuer verbrennt!« Er starrte die beiden Freunde mit wild flackerndem Blick an. »Brennt! Brennt!«, schrie er und warf sich unvermittelt gegen die Schlingpflanzen, hinter denen die Mauer zum Paradies aufragte. Er krallte sich in die Äste und presste sein Gesicht in die Blätter, als könne er dort Kühlung, Linderung für seine Brandwunden finden. Die Freunde sahen sich nur kurz an und verließen den Platz wie auf Zehenspitzen.

Die Leibwächter des Alten geleiteten An-Nasir durch den Gewölbetunnel zum Untergeschoss des Turmes der Himmelsaugen und die breit angelegte Wendeltreppe empor in das Arbeitszimmer des Sheiks. Er traf den Huddscha mit Ralph von Sidon beim Studium des nächtlichen Sternenhimmels an. Die beiden Herren hielten abwechselnd das Auge an das Okular gepresst, das starr durch den schräg nach oben führenden Mauerschlitz in den Nachthimmel ragte.

»Seht Ihr, Herr Ralph«, sprach der Sheik mit düsterer Stimme, »der Hyleg steht unverändert über Masyaf!«

Der Monsignore löste geduldig seinen Gastgeber ab und tat nochmals einen Blick hinauf zu den Sternen. »Das ist Almutin«, suchte er den Huddscha zu beruhigen. »Er deckt ganz Syrien und Palästina ab – und außerdem bringt er kein Unglück, wie man ihm fälschlicherweise nachsagt, sondern kündet nur von anstehenden Entscheidungen, die unser Schicksal betreffen.«

»Lässt er sich versöhnen?«, fragte der Sheik vorsichtig nach. »Oder soll man es nehmen, wie es ist?«

»Gottesfurcht in Demut und Hingabe im Gebet können nicht schaden, werter Huddscha aller Assassinen.«

»Also keine unmittelbare Gefahr für Masyaf?«

»Nein, aber Bewegung, die Veränderungen bringt«, schmunzelte der Monsignore. »Doch für irgendjemanden wird Masyaf auch zur tödlichen Gefahr –«

«Ihr könnt nicht gemeint sein, Ralph von Sidon, seid Ihr doch unser gern gesehener Gast – so lange immer es Euch beliebt –«

»Danke, mein Sheik! Dass ich mich bei Euch wohlfühle, wisst Ihr – aber irgendwann muss ich zurück an weniger angenehme Orte, wohin mich jedoch die Pflicht als Priester ruft!«

»Der Hyleg erzwingt nichts!«, tröstete ihn der Huddscha, ein wenig traurig, denn er hatte den Monsignore als klugen und toleranten Gesprächspartner schätzen gelernt.

Der Eunuch sah keine Veranlassung, sich an dem Disput über die Sterne zu beteiligen. »Erhabener Herr und Meister«, hub er energisch an, »wie Ihr sicher schon wisst, ist unsere altgediente *huri* Shirin, die ältere Tochter des Geschickten, von einem gesunden Knaben entbunden worden –«

»Wir haben ihm den Namen ›Ramon‹ zugedacht«, erwiderte Sinan lächelnd.

Insgeheim grämte An-Nasir sich über die ständig überlegene Art des Sheiks, dieses unerschütterlich in sich ruhende Selbstbewusstsein. »Titus de la Porta«, hielt er spitz dagegen, »Frater Superior und Legatus Papae, verlangt, das Kind christlich zu taufen! – Was ich aber rundweg abgelehnt habe!«, fügte er stolz hinzu.

»Nicht doch!«, entgegnete ihm Sinan lächelnd. »Das kommt unseren Plänen bestens entgegen.« Freundlich wandte er sich an Ralph. »Wollt Ihr das nicht übernehmen, Monsignore?«

Der große starke Mann machte sich ganz klein, im Widerspruch zu seinen wohlgesetzten Worten. »Es wäre mir eine hohe Ehre – aber dann müsste ich ins Licht treten und hätte von da an den Titus de la Porta an der Backe!« Ralph wirkte mehr verlegen als bestürzt, der Sheik runzelte die Stirn.

»Ihr könnt Euch doch nicht ewig verstecken!?«

»Ich verstecke mich nicht!« Ralph reagierte empört. »Ich gehe dem Bruder nur aus dem Weg.«

»Wie Ihr wünscht!« Sinans Lächeln war verflogen.

Ralph von Sidon erhob sich. »Ich habe Kyr du Lac versprochen«, murmelte er undeutlich, »mich um ihre Schwester zu kümmern.« An der Treppe wandte er sich noch einmal um, zum Eunuchen. »Viel dringender als der Taufe bedarf die Mutter im Kindbett unserer menschlichen Zuwendung!«

Versonnen sah der Sheik ihm nach. »Was verschlug diesen Titus eigentlich nach Masyaf?«, stellte er dem Eunuchen unvermittelt die Frage, doch der war vorbereitet.

»Der Herr Legat gibt vor, er solle prüfen, was wahr ist an den Gerüchten, die Assassinen seien gewillt, zum christlichen Glauben überzutreten –«

»Nun, mein alter An-Nasir, sind wir es?«, scherzte der Alte. »Was spricht Euer weites Gewissen?«

Der Eunuch war nicht geneigt, diese Frage auf die leichte Schulter zu nehmen. »Nach etlichen Aussprachen, bei denen er – in Ermangelung einer Audienz, die Ihr ihm bis heute nicht gewährt habt – mit mir vorlieb nehmen musste –«, trug An-Nasir beflissen vor, was die Heiterkeit des Alten nur noch steigerte, »hege ich ernsthafte Zweifel, ob der Legatus, der sich so missionarisch gibt, als gelte es einen Stamm Heiden zu bekehren, überhaupt von jemandem legitimiert ist! Oder ob er nicht vielmehr aus eigenem Antrieb, aus fehlgeleitetem Glaubenseifer handelt!?«

»Ihr meint aus religiösem Wahn?«

»Wahn in jedem Fall!«, rechtfertigte der Eunuch seine Examinierung des Klerikers. »Wenn ich bedenke, welches Interesse er unserem Paradies bekundet –«

»Das spielt doch auch bei den Christen eine nicht unbedeutende Rolle.« Der Sheik konnte diesen Titus einfach nicht ernst nehmen. »Allerdings nicht als traumhafter Zustand, als Ziel alles irdischen Strebens, sondern als Schmach und Fluch!«

»So ist es!«, bestätigte An-Nasir zufrieden. »Es ist der Sündenfall, die menschliche Erbsünde, die den Titus besonders umtreibt, von unseren *huriat* erhofft er sich die reinigende Läuterung seiner Seele –«

»Die Erlösung seines sündhaften Fleisches –«, half ihm der Sheik lachend auf die Sprünge, mit Erfolg.

»Wisst Ihr, erhabener Sinan, was er mich allen Ernstes gefragt hat? Ob er nicht wenigstens einmal zusammen mit den *huriat* in den dampfenden Badebottich steigen dürfe?!«

»Die waschen sich doch nie!« Der Sheik wollte sich ausschütten vor Lachen, der Eunuch war beleidigt, einmal weil er seine Erkenntnisse so wenig gewürdigt sah, zum anderen, weil ihn der Vorwurf mangelnder Säuberlichkeit »seiner« Mädchen tief traf. Sinan merkte es und wechselte das Thema. »Und wer, sagt er, sind seine Auftraggeber?«

»Die Westkirche des Papstes in Rom!«

»Hier habt Ihr die Antwort auf die Frage, lieber An-Nasir, die ich Euch eingangs stellte: Sind wir Ismaeliten bereit und gewillt, einer Glaubensgemeinschaft beizutreten, die solche Leute wie Titus als Legatus Papae aussendet?«

»Nein!«, beeilte sich der Eunuch zu bekunden. »Wir sind es nicht!«

»Das behaltet Ihr für Euch, An-Nasir!«, rügte ihn sanft der Alte. »Natürlich sind wir gewillt! Ob wir bereit sind, steht auf einem anderen Stern!«

Jaluddin, der Meister aller Meister, schüttelte vergrätzt den Staub seines Erkundungsrittes aus den Kleidern, bevor er den »Blauen Löwen« des Dicken Paul betrat, wo er sich mit Husain und den anderen Teilnehmern des Heerhaufens treffen wollte, der gegen Niphin gezogen war. Sie warteten schon auf ihn, stolz auf die gelungene Durchführung ihrer Expedition.

»Thomas von Niphin wurde durch Lichtsignale gewarnt«, knurrte Jaluddin, »die Mauern von Botrun sind besetzt!«

Betretenes Schweigen. »Der Schuft weiß jetzt, dass ich wieder frei bin«, fasste der befreite Emir Ahmed dennoch frohgemut zusammen. »Also auch, dass wir kommen!«

»Großartig!«, entfuhr es Jaluddin mit ätzendem Ton. Der Vorwurf war aber an Husain gerichtet. Doch auch der zeigte sich von der veränderten Sachlage völlig unberührt.

»Damit hilft uns nur noch Unverfrorenheit als einziges Moment der Überraschung«, ließ sich erstaunlicherweise der Geschickte vernehmen. »Wir müssen dem ehrenwerten Herrn Thomas mit derart ausgesuchter Frechheit entgegentreten, dass es ihn völlig verwirrt.«

»Eine Prise Klugheit sollte schon dabei sein«, unterbrach ihn Ahmed, »desgleichen einige duftende Kräuter der Verführung in der Pfanne, in die wir seine Eier schlagen!«

Jaluddin wusste einen Augenblick lang nicht, ob er lachen oder weinen sollte, als ihm allen Ernstes diese Rezepte vorgeschlagen wurden. »Ich hab's!« Der Meister aller Meister sprühte plötzlich wieder vor guter Laune. »Lasst mich nur machen – Dicker Paul!«, rief er den Patron. »Wein für alle!« Er überlegte nur kurz. »Vom Besten! – Aber für jeden nur einen halben Becher!«

DER FLUG DES ROTEN ADLERS

»Glaubt Ihr denn an Gott den Vater, Christus seinen Sohn und den Heiligen Geist?«, verlangte Titus de la Porta, die Hände auf dem Rücken verschränkt, unruhig auf und ab schreitend von seinem Gegenüber zu wissen. Der Alte vom Berge hatte ihn nicht im Observatorium empfangen, sondern ob des sonnigen Wetters oben auf der Plattform des Turmes der Himmelsaugen.

Der Alte wandte seinen Blick von den kargen Hügelketten und sah den Legaten nachdenklich an. »Ihr Christen habt immer noch nicht so recht den Olymp der griechischen Götterwelt überwunden, schon im kaiserlichen Rom ist euch das nicht gelungen!« Er schenkte Titus ein belustigtes feines Lächeln. »Wenn ich Eure Frage so verstehen darf, dass die genannten Erscheinungsformen nichts anderes als die des Einen und Einzigen Gottes sind, dann kann ich sie mit Ja beantworten.« Titus schaute unzufrieden, der Sheik legte ungerührt nach. »*Allahu ahad, Allahu samad. Lam yalid ua lam yulad – ua lam yakunu lahukufuan ahad* – was, für Euch übersetzt, unmissverständlich bedeutet: Allah ist einzig, Allah ist erhaben. Weder zeugte er, noch wurde er gezeugt, und er hat keine Nachfahren.«

»Ihr sprecht also Jesus Christus die Gottessohnschaft ab?!«

»Wenn Ihr Gott in die Fleischlichkeit der Miriam hineinzuziehen versucht –«

»Der Engel!«, erregte sich Titus. »Er steht für die unbefleckte Empfängnis –«

»Dank menschlichen Samens?«, hakte Sinan sofort nach. »Also eines Mannes – oder sind Eure Engel weiblich?!«

»Euch ist nichts heilig!«, zeterte der Legat. »Nicht einmal die Gottesmutter!«

»Die Mutter des Jesus von Nazareth aus dem Hause König Davids?«, legte Sinan nach.

»Ihr wollt oder könnt das Wunder der Apotheose der Beteiligten nicht begreifen!«

»Und Ihr bestätigt nur meine Vermutung gravierender geistiger Rückständigkeit Eurer Kirche –« Mit gebieterischer Geste brachte er den schon wieder aufbrausenden Titus zum Schweigen. »Die Vorstellung des EINEN Gottes überfordert Euch, Ihr braucht einen Alten und einen Gerechten und auch noch einen Wohltäter, dazu noch einen Schöpfergott und einen Weisen, daher die Geistesform des *spiritus sanctus*! Insgesamt decken sie den Jupiter und den Saturnbereich sowie die Sonnengottheit ab, *sol invictus* der Römer. Miriam auf der Mondsichel für das Lunare, das Weibliche schlechthin, Miriam als Mutter für Juno, Ceres und Vesta, Miriam als Jungfrau für Diana, Athene, Artemis – und jetzt noch was für die männliche Jugend: Der ›Christos‹ als Hermes, das ewige Kind, als Merkurius, Magier, Zauberheiler, dazu ein bisschen strahlender Apoll, ein Spritzer Dionysos für Mystik und Räusche – mit solcher Mixtur war es Paulus ein Leichtes, die Herzen der Römer zu gewinnen!«

Der Kirchenmann starrte ihn fassungslos an. »Das ist Blasphemie!«, keuchte er.

»Genau das wollte ich von Euch hören«, erwiderte Sinan überlegen. »Der Islam hat solche Verrenkungen nicht nötig, weswegen er auf längere Sicht Eurer schwer nachvollziehbaren Lehre überlegen sein wird.«

»Satan!«, schnaubte Titus. »Aus Euch spricht Satan!«

Sinan lachte hellauf. »Den lasst lieber beiseite – zu Eurem Besten!«

Der Legat wurde von einem Hustenanfall geschüttelt. »Kraft meines Amtes –«, keuchend fuhrwerkte er mit seiner Hand in der Luft herum, beim Versuch, den Sheik mit dem Kreuzeszeichen zu bannen, »– meiner Weihe als –«, seine weiteren geröchelten Worte waren nicht mehr zu verstehen, was Sinan unbeirrt nutzte, seinen Diskurs zu Ende zu bringen.

»Obwohl Ihr in Eurem Glaubensbekenntnis von einem ›Allmächtigen‹, *Deus omnipotens*, sprecht, also einem allgegenwärtigen, alles umfassenden, einem zu allem fähigen Gott, habt Ihr zwei wichtige Gottheiten der Antike unterschlagen: Venus, die Liebe in allen ihren Möglichkeiten, und Mars, den Krieger! Die eine, weil Ihr Euch Eures Fleisches schämt, den anderen, weil Ihr Euch vorzumachen beliebt, Friede und die Herrschaft des Guten sei der von Gott gewollte Zustand auf Erden!«

»Dafür will ich zeugen!« Der Legat schlug nochmals das Kreuz gegen den Sheik, als stünde der Böse leibhaftig vor ihm. »Ich werde Euch beweisen, dass unser Glaube der bessere, der stärkere ist«, seine Stimme überschlug sich, »dem Jesus Christus den Sieg schenken wird!« Hoch breitete er die Arme aus, als ob er seine Kraft vom Himmel bezöge. »Ich bin bereit, im Gottesurteil gegen jeden von Euch anzutreten!«

Sinan runzelte die Stirn. »Gott nicht zu versuchen, gebietet auch Eure Religion!«, sagte er gerade ernst, als Timdal, der Mohr, atemlos auf dem Turm erschien.

»Der König!«, japste er. »König Guido von Jerusalem – steht mit seinen Rittern vor dem Tor!« Der Alte schaute hinab und sah den Glanz der Rüstungen, die farbenfrohen Schabracken und geschwenkten Fahnen, die tänzelnden Pferde und die sie zügelnden Knechte. »Ein Staatsbesuch!«, trug Timdal noch unnötigerweise bei.

Der Sheik wandte sich an Titus. »Wir werden unser Gespräch ein andermal fortsetzen. Überlegt Euch inzwischen, weshalb ein gläubiger Moslem von seinem Glauben abrücken sollte – so wie der Prophet Mohammed ihn lehrt –, um sich stattdessen Eurer halb heidnischen, halb okkulten Lehre zuzuwenden?«

Wütend und grußlos stapfte der Legatus Papae hinter dem Mohren die Treppe hinunter.

Im oberen Hof von Masyaf waren die Ränge der steinernen Tribünen längst voll besetzt, als der Huddscha mit seinem Gast aus dem doppelflügeligen Portal des Turmes der Himmelsaugen trat. Die hohen Herren blieben dort oben stehen, und ihre Blicke schweiften über die Versammelten. Das Gefolge des Königs hatte in der ersten Reihe Platz genommen, dort wo auch Titus de la Porta, der Legatus Papae, saß. Monsignore Ralph von Sidon ließ sich nicht blicken, was nicht heißen musste, dass er nicht doch dem Treiben unbemerkt zusah – aber ein Zusammentreffen mit dem Titus de la Porta und gleichzeitig auch noch mit König Guido war des Guten zu viel, jedenfalls mehr, als er sich zumuten wollte! Auch Sayf und Mansur waren nicht zu sehen, dafür nahmen aber Shirin und Melusine, weniger von den fremden Gästen, als von den Assassinen tuschelnd vermerkt, in der zweiten Reihe Platz. Doch keiner nahm so auffällig von den beiden *huriat* und ihren Kindern Notiz wie der päpstliche Legat.

Die Saida Thamar hatte sich neben Xenia gesetzt, damit das muntere Kind keinen Unsinn anstellen konnte. Shirin hielt ihren Säugling im Arm – dass sie Ramon nicht die Brust gab, war nur der Anwesenheit ihrer Mutter und dem wachen Auge des An-Nasir zu verdanken, der weiter oben seinen Stammplatz besetzte, von dem aus er alles überblicken konnte.

Neben ihm stand der Mohr. Beide beobachteten aufmerksam die steile Treppe hinauf zur Mauerbrüstung, wo in Abständen von doppelter Mannslänge eine Kette von Wächtern stand. Sinnend betrachtete der Huddscha das Rund zu seinen Füßen, sein Blick glitt über die Mauern hinaus ins hügelige Land. Dann nahm er den König Guido freundschaftlich beim Arm und führte ihn die breit angelegte Treppe hinunter zu dem Podium mit den zwei Sesseln, das unter einem der Bögen des Kreuzgangs errichtet war. Alle Geladenen hatten sich schweigend erhoben und setzten sich nicht eher wieder, bis die beiden hohen Herren ihre Stühle eingenommen hatten. Das erwartungsvolle Schweigen hielt hingegen an es lag beim Huddscha, das Zeichen zum Beginn der Darbietungen zu geben. Woraus sie bestehen würden, wusste keiner – es kam ja auch nicht jeden Tag ein christlicher König zu Besuch.

Und es war nicht allein er, der das Interesse der Assassinen entfacht hatte, sondern auch sein kleines, aber überaus prächtiges Gefolge erregte Aufsehen, ganz besonders ein ganz in silberne Rüstung gehüllter Ritter, der nicht einmal jetzt sich dazu verstand, sein gülden verziertes Visier zu lüften. Es gab nur drei Personen auf Masyaf, die auf Anhieb wussten, um wen es sich handelte. Das waren Sayf und El-Mansur, die vom Turm aus die Szene beobachteten, das Geschenk des Reynald von Chatillon gleich wiedererkannten und sich sofort einig waren, ihr Wissen für sich zu behalten. Beim Dritten handelte es sich um den Monsignore Ralph von Sidon, der – erst erschrocken – nun erst recht froh war, sich nicht gezeigt zu haben, als er Kyr du Lac im Gefolge des Königs entdeckte.

Über den Inhalt des Gespräches, das der König und der Sheik zuvor unter vier Augen im Turm der Himmelsaugen geführt hatten, konnte diesmal selbst der gewiefte Kabir at-Tawashi nur spekulieren. Er wäre zwar gern zugegen gewesen, aber der Huddscha hatte ihn nicht dazu aufgefordert, und auch jetzt saß er viel zu weit weg, um auch nur eines der geflüsterten Worte mitzubekommen.

»Nicht, dass ich Eurer Person misstraue, Majestät«, sagte der Sheik leise zu Guido, es klang aber eher nach einer Zusammenfassung von bereits ausführlich Besprochenem, »doch diesmal lege ich Wert darauf – schon in Verantwortung für mein Volk, wenn ich *baada iradatu Allah* eines Tages nicht mehr bin –, dass mit Brief und Siegel das Königreich als solches, solange es besteht, uns den Bestand und die Unverletzlichkeit unseres Besitzes garantiert und unser Volk vor Verfolgung schützt.« Er sah seinen Nebenmann fragend an.

Guido nickte einverständig, auch wenn seine Worte Vorbehalte zeigten. »Ich verstehe, dass Ihr auf meine *fortune* allein nicht bauen wollt, zumal wir alle sterblich und verderblich, aber wer garantiert mir die Ausführung Eurer Gegenleistung?«

»Mein Wort«, entgegnete Sinan kühl, »denn ich kann meine Zusage jederzeit erfüllen, morgen schon, selbst jetzt!« Dem Sheik missfiel der Schatten des Zweifels in Guidos glattem Gesicht. »Ich kann mich auf den unbedingten Gehorsam meiner *fida'i* verlassen. Auf meinen Befehl bringen sie den Tod und gehen sie in den Tod –« Der König zögerte einen Augenblick zu lang, sich überzeugt zu zeigen. Sinan klatschte zwei Mal in die Hände, und zwei von den Wächtern oben auf der Mauer, die den Befehl auf sich bezogen hatten, sprangen ohne jedes Zaudern hinab in den Burghof, wo sie auf den Steinplatten zerschellten.

König Guido war fassungslos. Seine Erschütterung brach sich erst Bahn, als er sah, dass der Sheik dazu ansetzte, den Beweis fortzusetzen. »Haltet ein!«, rief er erregt. »Ich glaube Euch!«

Lächelnd ließ der Alte seine Hände wieder sinken. »Nicht jeder Sprung führt auf kürzestem Weg ins Paradies«, ließ er ungerührt den König wissen, »der *tayaran al nasr*, der Flug des Adlers, ist die weitaus höhere Herausforderung. Sie gleicht dem hohen Mut eines kühnen Kriegers – steigert seinen Ruhm, erhöht ihn zu Lebenszeiten zum Helden und manchmal noch darüber hinaus – doch eines Tages stürzt auch er, aber alle einundzwanzig *huriat* erwarten ihn an der Pforte zum Paradies!«

»Ihr wollt mir weismachen, dass –?!«

»Wartet ab!«, erwiderte der Sheik und gab ein Zeichen.

Trommelwirbel setzte ein – und plötzlich schwebte ein Adler über der Mauer, zog mit mächtigem Flügelschlag einen Kreis über die Versammelten und schwang sich auf in die Wolken. Der Trommelwirbel ebbte ab, ein Fanfarenstoß: Auf der höchsten Mauer, die vom Turm der Himmelsaugen mit leichtem Gefälle zum Mauereck führte, dort wo die Treppe lag und sich der sie abschließende Turm erhob, erschien eine Gestalt. Es war Sayf. Er verneigte sich in Richtung des Alten vom Berge und seines Gastes unten im Burghof, dann schritt er zurück und öffnete eine hoch gelegene Tür im Turm der Adler, und heraus trat El-Mansur. Er trug – soweit man es erkennen konnte – eine Federhaube, und auch die Ärmel seines Kaftans waren mit abstehenden Adlerfedern besetzt. Viele feine Schnüre gingen von seinen Armen und von seinem kräftigen Ledergürtel aus. Sie endeten allesamt in einem Stoffballen aus bester roter Chatai-Seide, den Sayf hinter ihm hertrug. Während Mansur bedächtig voranschritt, breitete hinter ihm sein Freund die Seidenbahn aus und ordnete die Schnüre, bis es aussah, als hätte der vorausgehende Mansur sich in einem Spinnennetz verfangen, während hinter ihm die grellrote Seidenplane sich drohend wie ein Adler zu erheben begann. Die Fanfaren ertönten, sich hektisch steigernd, El-Mansur lief los, in beiden Fäusten die Schnüre gebündelt, Sayf versuchte erst noch, ihm zu folgen und dabei dem hüpfenden, taumelnden, zuckenden Adler das Schleifen über den steinigen Boden zu ersparen, doch er musste loslassen, denn El-Mansur rannte nun, so schnell ihn die Beine trugen, die schräg abfallende Mauerkrone hinunter, die Seide blähte sich, die Seide erhob sich schwankend im Winde – El-Mansur erreichte die Plattform, es war, als wolle der Rote Adler ihn mit ausgebreiteten Schwingen in letzter Sekunde vor dem Absturz in die Tiefe bewahren, er stemmte sich bei gestrafften Schnüren gegen den Sprung ins Leere, doch kaum hatte sich El-Mansur abgestoßen, da riss der Rote Adler ihn hoch, statt sich in den Fall mitreißen zu lassen. Wie ein gewaltiger Greifvogel mit der Beute in den Fängen schwebten sie davon, verschwanden in einem weiten Bogen hinter den Mauerzinnen. Alle waren von ihren Sitzen aufgesprungen, denn das hatte keiner in seinen kühnsten Träumen sich je vorgestellt: Einer von ihnen war aus eigener Kraft davongeflogen!

Husain hatte die restlichen Assassinen zu der vom Dicken Paul bezeichneten Stelle geführt. Der Ort war von der Besatzung der Mauern von Botrun nicht einsehbar. In einem von Gebüsch und Schlingpflanzen überwucherten Mauerwerk, die Ruine einer kleinen Kapelle, fanden sie schnell unter vermoderten Planken hinter dem Altarstein den Einstieg in den Tunnel. Von hier aus ging ein niedriger Gang, das wusste der Geschickte noch aus seiner Zeit als Gefangener, nachdem er die Freundschaft und das Vertrauen des Plivano gewonnen hatte. Er wand sich unter der Erde, unter den Mauern hindurch bis ins Herz von Botrun, bis in die Zitadelle. Es war ein ehemaliger Gebirgsbach, dessen Bett die Erbauer überwölbt hatten, nachdem der Lauf des Wassers umgeleitet worden war. Husain hatte damals viel Zeit damit verbracht, diese Unterwelt, die verschlungenen Gänge und Gewölbe, von Botrun zu erkunden. Der neue Herr der Stadt, dieser schurkische Thomas von Niphin, kannte den geheimen Gang gewisslich noch nicht, dessen war sich Husain sicher. Es ging jetzt nur noch darum, durch den langen unterirdischen Fluchtkorridor bis in die Eingeweide der Zitadelle vorzudringen und zu hoffen, dass es Ahmed ed-Din Tush gelingen würde, den Herrn Thomas genau zu dem ihm ausführlich und umfassend beschriebenen Punkt zu locken. In langer Linie stiegen die Assassinen hinter dem Geschickten in den Tunnel ein. Der Meister aller Meister blieb allein zurück. Ihm, der den abenteuerlichen Plan ausgeheckt hatte, blieb jetzt nur noch zu warten, dass er aufging.

König Guido und sein Gefolge bereiteten sich auf ihre Abreise von Masyaf vor. Zufrieden schien der König nicht, er wirkte ziemlich verunsichert. Bevor er auf sein bereitgehaltenes Pferd stieg, zog er den zu seiner Verabschiedung erschienenen Sheik noch einmal zur Seite.

»Also!« Guido versuchte seiner Stimme einen forschen Klang zu geben. »Nehmt Ihr, erhabener Meister, mein Angebot an?!« Er wartete die Antwort gar nicht ab, sondern schleimte siegessicher hinzu: »Wer todesmutige Männer wie Ihr sein Eigen nennen darf, hat mit der Erledigung meines vertraulichen kleinen Wunsches doch gewiss kein Problem?«

Sinan sah ihn belustigt an. »Euer Angebot, Majestät, war eine unverblümte Forderung –«, ließ er Guido wissen, »– und meine Gegenforderung wird Euch der ehrenwerte An-Nasir, Kabir at-Tawashi und Mann meines absoluten Vertrauens, unterbreiten«, setzte er noch hinzu, bevor er sich abschließend verneigte. »Ich kann Euch nur bitten, sie ernst zu nehmen!«

Damit war er in einen Seiteneinlass des Torgewölbes verschwunden, und der bereitstehende An-Nasir sprach den König auch sofort und ohne alle Umschweife an. »Mein Herr und Meister besteht auf einem unwiderruflichen Abkommen, vom Hochgericht des Königreiches mit Brief und Siegel bekräftigt, das auch die Unterschriften der Großmeister beider Ritterorden aufweisen muss!«

»Das dauert –«, suchte sich Guido von dem Druck zu befreien oder zumindest Zeit zu schinden, »– bis das Hochgericht –«

Doch der Eunuch schnitt ihm das Wort ab: »Es ist sowieso schon viel von uns verlangt«, entgegnete er aufgebracht, »angesichts der ungewissen Zukunft des Königreiches – von dem keiner weiß, ob es morgen noch Bestand hat –«, An-Nasir besann sich, sein Ton wurde verbindlicher, doch dem Inhalt seiner Worte sollte es an Klarheit nicht fehlen, »– dass die Assassinen sich auf ein schriftliches Versprechen Eurerseits einlassen, während wir unsere Tat niemals mehr ungeschehen machen können!«

König Guido war vergrätzt, er haderte mit sich, ob er dem alten Kabir at-Tawashi überhaupt noch eine Antwort zukommen lassen sollte, sein Blick irrte hinüber zu dem Ritter seines Gefolges, der sich durch den Glanz seiner silbernen Rüstung von den anderen abhob, vor allem aber durch die Tatsache, dass niemand je sein Antlitz zu Gesicht bekommen hatte. Ob Guido diesbezüglich eine Ausnahme darstellte, war das viel betuschelte Geheimnis zwischen dem König und Kyr du Lac. Zu sehen war, dass Guido den klugen Rat des Ritters schätzte, und ein aufmerksamer Beobachter konnte sicher sein, auch diesmal ein aufmunterndes Nicken wahrgenommen zu haben, die Verhandlungen nicht aus verletzter Eitelkeit brüsk abzubrechen. Doch ausgerechnet jetzt wurde der König durch eine Gestalt abgelenkt, die sich ungestüm den Weg zu ihnen bahnte.

Es war Titus de la Porta. Er hatte die Gruppe schon länger beobachtet. Sich einzumischen wagte er allerdings erst, als der Alte vom Berge verschwunden war. Der Eunuch sah es höchst verärgert. Den Herrn Legaten trieb die Sorge, dass Rechte und vor allem Vorrechte der *ecclesia romana* zu kurz kommen möchten. Jedenfalls musste er den letzten Satz des An-Nasir mitgehört haben.

»Gelobt sei Jesus Christus!«, rief er unvermittelt. »Ihn verehren zu dürfen, ist keine ›Tat‹, sondern ein Geschenk Gottes an die Menschheit!«

Wahrscheinlich glaubte er, es ginge um die Bereitschaft der Assassinen, den christlichen Glauben anzunehmen, und da fühlte er sich zuständig, als verdienter Missionar und als Beauftragter der Kurie allemal! Brüsk ging er den König an, der sich gerade anschickte, sich in den Sattel zu schwingen.

»Wie kann ein Streiter des Herrn«, zeterte der Kleriker grollend, »sich zum Disput mit einem Ungläubigen verstehen, ob der sich auf die Lehre Christi ›einlassen‹ will?!« Titus' Stimme troff von Hohn und Überheblichkeit. »Wollt Ihr dulden, dass diese Heiden schon jetzt mit dem ketzerischen Gedanken spielen – so sie denn dieses Geschenk Gottes erhalten –, dass sie ihre Taufe ›ungeschehen‹ machen könnten!?«

Guido bedachte den Geifernden mit einem wütenden Blick und gab seinem Gaul die Sporen, hinter ihm sprengte sein Gefolge den Burghügel von Masyaf hinunter.

»Gar nichts ist ›geschehen‹!«, beschied der Kabir at-Tawashi den Legaten kühl. »Niemand wurde ›eingelassen‹, keiner wurde ›ausgelassen‹!« Damit drehte auch der alte Fettwanst An-Nasir ihm den Rücken, und Titus de la Porta stand plötzlich allein vor den Toren von Masyaf. Er beeilte sich, durch die sich schließenden Torflügel zu schlüpfen.

So sah der Legat nicht, dass sich unter das abreitende Gefolge des Königs auch der Monsignore Ralph von Sidon gemischt hatte. Der Priester trug jetzt wieder Harnisch über dem Gewand seines Standes, was er eh am liebsten tat, und gesellte sich beiläufig zu dem auffälligsten Ritter des Königs, jener blendenden schlanken Gestalt mit der silbern und golden glänzenden Rüstung. Sehnsüchtig schaute Sayf der prächtigen Ritterschar nach. Unter dem Torbogen verborgen, hatte er die gesamte Szene der Abreise des Königs heimlich verfolgt.

Sayf erwartete El-Mansur im Brunnenhaus. Das hatten sie vereinbart, weil sie sofort den Roten Adler wieder zurück an den Platz schaffen mussten, wo ihn der Meister Jaluddin verborgen hielt. Von hier aus konnten sie – ihr Wissen um das Öffnen der Eisernen Pforte des Huddscha einsetzend – am ehesten ungesehen mit dem zwar zusammengefalteten, aber immer noch aufsehenerregenden roten Stoffballen ins Innere der Festung gelangen, um ihn wieder so zu deponieren, dass ihr strenger Lehrmeister nichts merkte – hoffentlich! Jaluddin hatte ihnen ausdrücklich verboten, ohne seine persönliche Anwesenheit irgendeinen Flugversuch zu unternehmen, und hatte diese Anordnung auch nie zurückgenommen.

Sayf war besorgt, und seine Unruhe nahm mit jeder Minute zu, denn er wusste nicht einmal, in welche Richtung sein Freund abgehoben hatte. Dadurch, dass er selbst als »Schwanzfeder« so lange wie möglich hinter dem Adler hergelaufen war, musste er sich am Schluss, vor dem Erreichen des Tores, gewaltsam aus dem Lauf vornüber zu Boden werfen, um nicht in den sich auftuenden Abgrund mitgerissen zu werden. So hatte er die Übersicht verloren, denn als er wieder aufschaute, war der Adler, das Ei in den Fängen, schon verschwunden gewesen. Der Flug konnte El-Mansur auch weit weg entführt haben, vorbei an den gegenüberliegenden Felsklippen, denn dort hatte er den Freund jedenfalls nicht entdecken können. Sayf begann sich gerade mit dem Gedanken anzufreunden, sich auf eine längere Wartezeit einzurichten, als er schwere Schritte unten aus dem Stollen vernahm.

Er war fest davon überzeugt – und auch erleichtert, dass es sich nur um El-Mansur handeln konnte, aber wieso kam der von dort unten, vom See? Die Schritte wurden langsamer, schwerfälliger. Sayf spürte, dass der Freund in Schwierigkeiten steckte, stark erschöpft war oder schwer zu tragen hatte. Er lief ihm die letzten Stufen entgegen. El-Mansur schleppte den klitschnassen Adler auf dem Rücken und Nacken verteilt, kaum, dass sein Gesicht noch darunter zum Vorschein kam – aber er grinste Sayf überglücklich an.

»Konntest dein Erfrischungsbad wohl nicht abwarten«, frotzelte ihn der sofort, »dass du auch den Adler mit ins Wasser genommen hast!?«

»Eine harte Bruchlandung in den Felsen hätte mir geblüht, wenn mir unser lieber See nicht so fürsorglich entgegengekommen wäre!« Mit einem Ächzen der Erleichterung warf El-Mansur den schweren Packen ab, wobei er Schwierigkeiten hatte, sich von den nassen Stoffbahnen und Schnüren zu befreien, die sich wie Polypenarme um Hals und Schulter gelegt hatten. »Ich bekam gerade noch im Steilflug die Kurve –«, das ruhmlose »Ei« machte keinen Hehl aus seinem selbstverschuldeten Missgeschick, »– dann hatte mich der ungebändigte Wind im Griff – das Wasser war meine Rettung!« Er rieb sich den Nacken und schaute seine Schwanzfeder fragend an. »Und wo trocknen wir das kostbare Gefieder unseres Meisters aller Meister?«

Sayf dachte an das Nächstliegende, ohne sich den Spott zu verkneifen. »Auf Masyaf sollten wir uns mit deiner glorreichen Trophäe ›Der Sturzflug des roten Seeadlers‹ besser nicht sehen lassen!«

»Der Burghof von Montmor wäre der sicherste Ort«, hielt El-Mansur sofort bereit, »jetzt verstehe ich, warum der gute Jaluddin mit diesem purpurnen Vogel nie fliegen wollte!« Er lachte, doch Sayf sah ihn strafend an.

»Mit den schmerzlichen Gefühlen anderer soll man nicht scherzen, Mansur!« Als Sayf erkannte, dass sein Freund die Rüge auf die nunmehr leichte Schulter nahm, setzte er trocken hinzu: »Die Enthaltsamkeit des Meisters ist wohl nicht vergleichbar mit dem Unvermögen gewisser ...«

»Ich trau mich wenigstens – im Gegensatz zu dir!«, brauste El-Mansur auf.

»Das tat die Prinzessin auch«, entgegnete Sayf düster, »und der arme Kerl konnte es nicht hindern –«

»Siehst du dich etwa in dieser Rolle, mein kleiner Sayf?!«, spottete El-Mansur. »Ich bin in der Lage, für mein Tun selbst die Verantwortung zu übernehmen!«

»Und ich bad's mit aus!«, entgegnete Sayf gelassen und schob dem Freund den nassen Haufen zu. »Oder hast du dir schon überlegt, was du dem Meister als Entschuldigung für die Übertretung seines klaren Gebots anbieten willst?«

»Du hättest mich gezwungen!«, lachte El-Mansur und schulterte die wassergetränkte, schwere Last. »Und unseren Weißen Drachen, den hatte noch meine Mutter in ihrer Obhut!«

Sayf ließ sich von der Heiterkeit anstecken. »Wenn niemand erfährt, wie schmählich dein Flug geendet, dann haben wir sogar Ehre eingelegt für unseren Meister Jaluddin und sein trauriges Geheimnis!«

»So wollen wir es halten!«, ächzte El-Mansur, während er die Stufen des zum See führenden schrägen Stollens wieder hinabtapste, den gleichen mühseligen Weg ein zweites Mal auf sich nehmend, – und der schöne Freund sprang frei und locker vor ihm her!

»Ich hab' Kira noch mal gesehen«, wusste Sayf zu berichten. »Ein Strahlen ihrer hellen Augen ging über ihr edles Antlitz –«

»– als sie dich erblickte?!«

»Als dieser Ralph von Sidon in letzter Minute sich dem Gefolge des abreisenden Königs anschloss!«

»Ein gut aussehender, sympathischer und kluger Mann!«, stöhnte El-Mansur mit gespielter Anteilnahme.

»Ein falscher Priester allemal!«, ereiferte sich Sayf. »Wenn auch von stattlicher Statur!«

»Freut mich für Kira!«, schnaufte El-Mansur. »Ich wünsche Kyr du Lac alles Glück auf dieser Erde!«

»Wie wohl Melou deinen Flug als Roter Adler aufgenommen hat?!«, spöttelte Sayf weiter, sich an der Mühsal des Gefährten weidend. »Ich glaube, sie hatte nur Augen für ihre Tochter!«

»Die ist ja auch – weiß Gott! – wohlgeratener als ein mickriger Schwanz namens Sayf!«, fauchte El-Mansur, der ständigen Hänseleien leid, und warf in einem Schwung die gesamte nasse Last auf den ihm voranhüpfenden Sayf, dass der in die Knie ging und fast vornüber die Treppe hinabgestürzt wäre. »Die Stufen hinauf nach Montmor darfst du den Adler tragen«, teilte er ihm freundlich mit, fürsorglich die herabhängenden Schnüre auf seinem Rücken ordnend. »Gib Acht, dass du nicht stolperst, mein armer Sayf, ich beschäftige derweil meine Frau Mutter, damit sie dich und den nassen Vogel nicht zu Gesicht bekommt!«

Sie hatten unten den Ausgang der Grotte erreicht, vor ihnen lag der See ihrer Jugend. Ein kurzer Blickwechsel genügte, Sayf ließ das Bündel fallen, und beide hechteten sie, zur gleichen Zeit, in gleichem Bogen dem silbern schimmernden Spiegel entgegen.

DER LEIB
DES HERRN

RACHE
IN MEHREREN GÄNGEN

Thomas von Niphin stand mit seinem neuen Freund und Vertrauten Yussuf hinter der Brustwehr über dem Torbau von Botrun. Sie sahen die Kaufmannskarawane langsam näher kommen.

»Das sind sie«, sagte Yussuf und blickte hinüber zu Thomas, der sich gerade vergewisserte, dass rechts und links hinter den Zinnen des Mauerringes seine Armbrustschützen in Stellung gegangen waren.

»Scheint so –«, bestätigte Thomas, angestrengt die vordersten Reiter ins Visier nehmend. »Alt geworden ist mein Mameluck!«, scherzte er mit seinem Gefährten. »Fast nicht mehr wiederzuerkennen, der Herr Ahmed ed-Din Tush!«

»Wie viele Jahre hat der verdiente Emir des Sultans in Eurem Kerker von Niphin verbracht?«, erkundigte sich Yussuf, höfliches Interesse vortäuschend.

»Er wird's wissen!«, antwortete Thomas leichthin. »Ich habe sie nicht gezählt!«

»Dass der Hurensohn es wagt, in solch durchsichtiger Verkleidung Euch die Aufwartung zu machen, ist für mein Empfinden eine rechte Unverschämtheit!«

»Wohl wahr, lieber Yussuf«, murmelte Herr Thomas nachdenklich. »Aber ich werde ihm den Spaß verderben, indem ich ihn einfach nicht wiedererkenne –«

»Und wenn er sich mit seinem echten Namen vorstellt – Euch mit der von ihm erlittenen Unbill konfrontiert?«

»Dann leide ich unter Gedächtnisschwund.« Er lachte. »In der Tat: Ich hatte ihn in letzter Zeit schon fast vergessen!«

»Die Torwache will wissen, ob sie den Kaufherrn Aladdin Abu ed-Din Plivan einlassen soll?«

»Wie nennt der Kerl sich?! Ed-Din Plivan? Das ist nun wirklich der Gipfel der Dreistigkeit!«, schnaubte der Herr von Niphin, dann entsann er sich der auf seinen Befehl wartenden Torwache: »Lasst sie herein!«

»Die Anspielung in der Namensgebung, völlig von Euch, werter Freund, ignoriert, muss den Frechen kirre machen!«, raunte Yussuf dem Herrn der Stadt zu, während sie die Treppe vom Torturm hinabstiegen, um die Gäste zu begrüßen.

Ahmed ed-Din Tush war vom Dicken Paul mit allem ausgestattet worden, was einen ordentlichen Kaufmann ausmachte. Von der Kleidung eines wohlhabenden Mannes bis zum Zaumzeug seines Pferdes und den messingbeschlagenen Warenkisten und geflochtenen Körben und ganzen Ballen teuren Stoffes, die von den Kamelen der Karawane geschleppt wurden.

Herr Thomas sah sich prüfend und Wohlgefallen bekundend das Angebot an, ließ sich den fremden Handelsherrn vorstellen und lud ihn, ohne mit der Wimper zu zucken, auf die Burg zum Nachtmahl.

Danach schritten Thomas von Niphin und sein Vertrauter Yussuf nachdenklich zurück zur Zitadelle der Stadt, die allen Herrschern von Botrun als Residenz und Zuflucht diente, eine verwinkelte Anlage, deren Mauern und verschachtelte Höfe, Gänge und Treppen Generationen von Besitzern aufeinandergetürmt hatten.

»Was habt Ihr mit Saladins Mann vor, oder besser: Wie wollt Ihr erreichen, dass er schweigt?« Unnachsichtig trieb Yussuf sein Opfer in die vorgegebene Richtung.

»Er wird Botrun nicht wieder verlassen«, versicherte ihm Thomas wunschgemäß. »Nur Grabkammern sind verschwiegener als die Kerker von Botrun!«

»Zuverlässiger als die von Niphin, steht zu hoffen!« Yussuf erlaubte sich leisen Spott.

Thomas hob die Augenbraue. »Absolut sicher! Seht den Emir diesmal wie einen toten Mann!«

»Warum tötet Ihr ihn dann nicht gleich?!«

»Das hätte ich längst tun können«, erklärte der Herr von

Botrun, »doch als Faustpfand gegenüber Saladin ist er nur lebend von Wert!«

»So bleibt Euch nur noch, den Kerl in Euer tiefstes Verlies zu stecken – mit List oder Gewalt –?«, lockte Yussuf den Herrn von Botrun.

»Der Wahnsinnige wird es noch lange bereuen können, dass er nicht das Weite gesucht hat!«, delektierte sich auch Herr Thomas in ungetrübter Vorfreude. »Wir müssen den Emir nur bewegen, dass er sich aus freien Stücken dorthin begibt, wie die dumme Maus, den Duft des Käses im Näschen, in die zuschnappende Falle läuft! In eigener Person will ich mir das ansehen.«

»Das deucht mich ein sehr guter Plan«, bestätigte ihm Yussuf hörbar zufrieden.

Der Kaufmann Aladdin Abu ed-Din Plivan erschien pünktlich zum abendlichen Festschmaus auf der Zitadelle. Von seinem stattlichen Gefolge begleitete ihn nur sein Vertrauter und junger Freund Ali, der die Geschenke des Herrn Aladdin überreichte. Aufmerksam hatte man sich gemerkt, was des Gastgebers Herz und Auge bei ihrer Ankunft zu erfreuen schien. Das lockerte gleich die gespannte Atmosphäre auf, und Herr Thomas erkundigte sich »leutselig« bei seinem Gast, was diesen ausgerechnet nach Botrun getrieben und was er denn für Waren im Angebot habe.

Der ließ sich Zeit, kaute er doch gerade mit sichtlichem Vergnügen sein *hommus*, die Vorspeise aus Kichererbsenbrei mit reichlich Sesam. Das veranlasste Yussuf, den Freund des Hausherrn, der Frage Nachdruck zu verleihen.

»Botrun stand stets, was den Handel betrifft, im Schatten des mächtigen Tripolis –«, hakte er forschend nach, »auch werden dort gemeinhin die besseren Preise gezahlt –?«

Ohne auf sein lauerndes Gegenüber zu achten, lud Aladdin liebevoll seinem jungen Freund Ali den Teller voll mit *babaghanouj*, einer Auberginenpaste, bevor er sich selbst reichlich am *tabouleh* bediente.

»Wer sagt Euch, werter Herr, dass ich etwas zu verkaufen beabsichtige?«

Schon das letzte Wort sprach Aladdin mit vollem Mund, danach war nur noch ein zufriedenes Schmatzen zu vernehmen. Sein sichtliches Ausweichen beflügelte Herrn Thomas, mit seinen Gedanken weiterzueilen. »Ihr sucht hier womöglich ein kostbares Stück zu erwerben? Es sollte mich wundern, wenn es zu Botrun einen Gegenstand von größerem Wert zu finden gäbe, der mir verborgen geblieben –?!«

Der Kaufmann gab sich weniger verschlossen, denn überlegen. »Ihr sprecht von Erwerb –«, zum Leidwesen des Gastgebers schob er sich jetzt von dem duftenden *samak makleh* in den Mund. Er kaute das zarte Fleisch genüsslich. Es dauerte, bevor Herr Aladdin geruhte, sich des Weiteren auszulassen. »Ich gedenke, meine Rechte als Besitzer –«, er schluckte den letzten Bissen und spülte ausgiebig mit dem *asir lemon* nach, »geltend zu machen!«

Herr Thomas wurde hellhörig. »Vielleicht könnte ich Euch behilflich sein, Herr Aladdin, in Botrun wiegt mein Wort mehr als –«

»– mehr als der Anspruch eines legitimen Erben?!«, fiel ihm der junge Ali mutig ins Wort, doch Aladdin verwies ihm mit strenger Güte solche Unterstellung.

»Ich vertraue auf den bekannten Sinn für Gerechtigkeit unseres Gastgebers, unter dessen Schutz wir stehen.«

»Dessen dürft Ihr gewiss sein, werter Herr, vertraut Euch mir an, und ich werde alles Erdenkliche –«

»Es ist einfacher als Ihr denkt, gütiger Herr Thomas.« Nicht einmal jetzt vergaß Aladdin, dem knusprigen *lakem mashwe* Genüge zu tun, er legte Ali die besten Stücke vor und kostete auch selbst, bevor er weitersprach. »Verschlungen sind die Familienbande«, gab er vieldeutig preis, nach einer sehr wählerischen Entscheidung zwischen den vielfältigen Süßspeisen sich ein Stück vom *halawyat* in den Mund schiebend, »ein naher Verwandter meiner Frau Mutter, *rahimahum Allah* – Allah habe sie selig, wurde im Vermächtnis Eures verfluchten Vorgängers, *lakad aakabahu Allah!* – Allah hat ihn gestraft!, mit dem vertraulichen Wissen bedacht, wo sich der erhebliche Goldschatz befindet, den Herr Plivano seinen Untertanen an Steuern abgeknöpft, ohne sie an den Grafen von Tripolis abzuführen!«

Längst war Herr Thomas ganz Ohr, doch es war sein Freund Yussuf, der weiter folgerte: »Den kann er nur hier in dieser Burg versteckt haben!«

»Was glaubt Ihr, junger Freund –«, Aladdin spielte jetzt genüsslich mit ihnen Katze und Maus, »weswegen ich hier –«

»Unmöglich!«, widersprach ihm Thomas. »Wir haben jede Mauer abgeklopft, jeden Stein in den Tiefen des Kastells umgedreht!«

»Und doch habt Ihr ihn nicht gefunden!«, frohlockte Ali. »Wir aber wissen –«

»– wissen jeder so viel, wie der andere braucht«, stellte Aladdin sofort klar, dass auf seiner Seite Maßnahmen zur Sicherheit beachtet wurden, »– und wie er zu bergen ist!«, ergänzte er vergnüglich. »Fragt sich nur noch, welchen Anteil an der Beute Ihr für Euch und Euren Freund Yussuf als angemessen betrachtet?«

Herr Thomas schien von der sich überschlagenden Abfolge an Informationen völlig überrumpelt, sodass er sich nicht in der Lage sah, seine Besitzgier in Zahlen auszudrücken, doch Yussuf hatte es die Sprache keineswegs verschlagen.

»Zwei Drittel für den Herrn von Botrun, ein Drittel dem Finder!«

»Wir sind eins und eins, und ohne uns ist keins«, hielt ihm Ali prompt entgegen. »Drei Fünftel für den rechtmäßigen Erben, zwei Fünftel für den Halter von Grund und Boden!«

Herr Thomas wollte aufbrausen, doch Yussuf hielt ihn zurück. »Wir sollten das Wissen ›um‹ und die Macht ›über‹ gleichwertig sehen«, schlug er vermittelnd vor, »halbe-halbe, unser letztes Wort!«

Aladdin und Herr Thomas standen sich gegenüber wie zwei knurrende Hunde, Ali nahm die Hand seines noch widerstrebenden Gönners und hielt sie dem Burgvogt hin, Yussuf knuffte – als Vertrauter konnte er sich das leisten – Herrn Thomas und drückte seinen Arm mit eisernem Griff nach vorn, bis die beiden Hände sich zum Handschlag vereinten.

Der Rest des köstlichen Mahls blieb unberührt, Herr Thomas ließ Fackeln kommen, doch keiner von seinen Dienern sollte ihn begleiten, außer dem treuen Yussuf, wie auch auf der anderen Seite nur Herr Aladdin und sein junger Freund Ali sich fertig machten zum Abstieg in die Kellergewölbe. Unten angekommen, verständigten sich die ebenso dreisten wie falschen Gäste nur noch durch kaum hörbare, gemurmelte Anweisungen. Das mochte für die Ohren des Herrn Thomas zwar reichlich mysteriös klingen, vielleicht sogar den Verdacht aufkommen lassen, der Kaufmann treibe es mit seiner Unverfrorenheit zu weit, in Wahrheit hieß es für Ahmed und Ali ab jetzt, höchste Konzentration aufzubringen, um sich Wort für Wort der Instruktionen des Geschickten zu erinnern und diese dann in die ihnen fremde Welt des steinernen Labyrinths der Eingeweide von Botrun umzusetzen. So lotsten sie den Herrn der Burg immer tiefer in seine eigenen Kellergewölbe, die er aber offensichtlich noch nie betreten hatte, über glitschige Treppen und brüchige Balustraden hinweg, durch verwinkelte Korridore und aufgelassene Zisternen glitten und stolperten Ahmed und sein junger Begleiter, immer in der bangen Hoffnung, dass ihr Weg sie zu dem vereinbarten Treffpunkt mit Husain und seinen Assassinen führen möge. Doch schon seit einiger Zeit hatte Ali das Gefühl, sich nicht allein mit dem Herrn Thomas und Yussuf durch das Gewirr der engen Gänge und plötzlich sich auftuenden Gewölbesäle zu tasten, sondern dass hinter ihnen, also im Rücken von ihm und Ahmed, andere schlichen, auf leisen Sohlen, jedes Geräusch vermeidend.

In der Tat hatte Herr Thomas – verräterisch und vorsorglich zugleich – veranlasst, dass Knechte seines Vertrauens, die schon bei der »Eroberung« von Botrun dabei waren, ihnen unbemerkt folgten, um im Moment der Entdeckung des Schatzes auf sein Zeichen hin hervorzutreten und die unnötigen Teilhaber am Fund zu beseitigen. Ahmed und Ali wussten, dass sie nicht mehr weit von dem Punkt entfernt sein konnten; auch konnten sie »das Finden« nicht länger hinauszögern, so sehr sie auch ihre Schritte verlangsamten – endlich flammte am Ende eines Saales eine Fackel auf.

In ihrem Lichtschein stand grinsend Husain, der Geschickte, an den sich der Herr von Botrun zwar nicht zu erinnern vermochte, dennoch ging von ihm so viel Gefahr aus, dass Herr Thomas erschrocken das vereinbarte Signal an seine Leute gab, und die drängelten aus dem Gang hinter ihnen, ihre Fackeln tauchten die Szene in helles Licht, als sie drohend an den Wänden Aufstellung nahmen. Husain wartete lächelnd, bis auch der letzte der Knechte eingetroffen war, dann öffnete er eine bisher unbeachtet gebliebene Tür und ließ sie offen.

»Hier entlang, meine Herren«, sagte er einladend, doch keiner von den Botrunern rührte sich, alle starrten auf ihren Herrn, harrten seines Befehls. Herr Thomas suchte triumphierend das Einverständnis seines Vertrauten, Yussuf trat nah zu ihm heran, als wolle er ihm etwas zuflüstern. Doch plötzlich hatte er den Dolch in der Hand, setzte ihn blitzschnell an die Gurgel des Thomas von Niphin, dessen Kopf er an den Haaren nach hinten riss.

In das entsetzte Schweigen hinein wiederholte der Geschickte seine Aufforderung: »Hier entlang!« Er wies auf die offene Tür. »Wenn Euch das Leben Eures Herrn lieb ist!«

Die Leute fingen die verzweifelten Blicke aus den aufgerissenen Augen ihres Herrn auf. »Geht! Geht!«, röchelte der wütend. Der Griff Yussufs lockerte sich nicht im Geringsten, im Gegenteil, das Zerren an der Kopfhaut nahm beißend zu. »Folgt seinem Befehl!«, keuchte Thomas, und zögernd, im Gänsemarsch stolperten die Ersten durch die Tür ins Dunkle, dahinter musste es bergab gehen, denn ihr Getrappel beschleunigte sich, Flüche drangen aus der Öffnung und merkwürdige, wenig vertrauenerweckende Geräusche. Als die Letzten der

Aufforderung nachgekommen waren und ihre Schritte in der Tiefe verhallt, schloss Husain sanft die Pforte und legte einen Riegel vor.

Wer ihn kannte, mochte ahnen, dass den Knechten da unten kaum ein gutes Ende bevorstand, aber keiner der im Raum Verbliebenen – den Geschickten mal ausgenommen – hatte mit dem gellenden Schrei gerechnet, der jetzt wie hundert kreischende Messerklingen von unten gegen die eiserne Tür einstach. Es klang wie ein einziges wildes Aufheulen, aber es kam schrill und fauchend, mit grässlichen Spitzen und unheimlich würgendem Stöhnen aus Dutzenden von Kehlen. Der Ton schwoll an, steigerte sich zur ohrenbetäubenden Grellheit, Laute von abgründigem Hass, aber auch von maßlosem Jubel. – Er ging allen durch Mark und Bein, nur Husain schien nichts zu hören. Ungerührt gab er den beiden *fida'i* ein Zeichen, sich nicht aufhalten zu lassen. Ali und Yussuf fesselten Herrn Thomas die Arme auf den Rücken und stießen ihn vorwärts hinter dem voranschreitenden Husain her. Ahmed ed-Din Tush bildete die Nachhut, zu der sich bald die aus der Tiefe heraufsteigenden Assassinen des Husain gesellten. Sie sprachen kein Wort über die Arbeit, die sie verrichtet hatten, aber ihre Wämser und Hosen waren blutbespritzt.

Oben im Observatorium des Sheiks kam der empörte An-Nasir auf die durch den lästigen Titus empfindlich gestörte Verabschiedung König Guidos zu sprechen.

»Warum habt Ihr ihn nicht mit Steinwürfen vertrieben, den kläffenden Köter?!«, spöttelte Sinan. »Ihr konntet doch auf genügend willige Hände zählen!?« Der Sheik nahm den Besuch des Königs, der ihm einst so viel wert gewesen wäre, inzwischen ebenso wenig ernst wie seine eigene Forderung, die er Guido mit auf den Weg gegeben hatte.

Der Lusignan und sein Weib Sybille waren am Ende ihrer Macht, und ein Abkommen, wie er es für die Assassinen eingefordert hatte, würde – zumindest im Augenblick – gewiss niemand unterschreiben, die Templer oder die Johanniter schon gar nicht!

An-Nasir war mit seinen Gedanken noch bei Titus. Er hatte während der Empfangszeremonie für den König und dem Flug des Adlers den Legaten genau beobachtet. Der hatte Melusine und ihre Tochter die ganze Zeit über angestarrt, als sei ihm der Leibhaftige erschienen oder es hätte ihn eine Marienvision heimgesucht! Für den beunruhigten Eunuchen war es unverhüllte Begierde, pure Fleischeslust, die aus den erregt glühenden Augen des Titus sprachen.

»Wir sollten diesen Schwarzkittel tatsächlich davonjagen, wie einen räudigen –«

»Nein!«, widersprach ihm der Sheik, plötzlich seine Meinung ändernd. »So leicht soll dieser Vertreter des römischen Papstes nicht davonkommen! Natürlich können wir einen Gast – egal ob nun ungeliebt oder hochgestellt – nicht ermorden, aber –« Ein maliziöses Lächeln glitt nur kurz über das Gesicht des Alten vom Berge. »Wollte Titus nicht den Gottesbeweis antreten, für die Überlegenheit und Einzigartigkeit seines Glaubens?« Als An-Nasir fragend zu ihm hinüberschaute, lachte der weißhaarige Huddscha spitzbübisch. »Vielleicht kann auch er fliegen – einem Adler gleich?!«

Der Eunuch fühlte sich überfordert, gleichzeitig schwante ihm Übles, aber er beschloss, an diese Angelegenheit von sich aus nicht mehr zu rühren. »König Guido wollte den Kopf des Konrad von Montferrat?!«, fragte er dann und rettete sich Bestätigung heischend in eine Frage, die keine war.

»Gewiss doch!«, grinste der Sheik. »Und jetzt kennt er den Preis!« An-Nasir verlangte es, den Turm der Himmelsaugen schnellstmöglich wieder verlassen zu dürfen, aber Sinan kannte kein Erbarmen. »Für den des Lusignan würde weitaus weniger gezahlt werden!«

Der dicke Eunuch wand seinen massigen Körper. »Soll ich Euch den Monsignore schicken?«, bot er dem Alten an, da lachte der noch mehr.

»Ralph von Sidon hat Masyaf den Rücken gekehrt – ganz unauffällig im Rahmen der Abreise des Königs!«

An-Nasir machte Anstalten, unter ungewöhnlich tiefen Verbeugungen den Raum zu verlassen.

»Wartet!«, rief ihn der Sheik zurück. »Haltet Ihr den mäßig geglückten Flug des Roten Adlers eigentlich für puren Zufall – oder beruht er auf tatsächlichen Fähigkeiten unseres El-Mansur?«

Dem dicken Eunuchen fiel das Herz in die weite Pluderhose. »Der Meister aller Meister muss ihn einen Zauber gelehrt haben«, druckste An-Nasir herum, »sonst wäre er gleich wie ein Stein in den Abgrund gestürzt. Aber ein zweites Mal sollte er Allahs Güte gewiss nicht versuchen!«

»Schickt mir die beiden her!«, antwortete der Huddscha. »Auch mit Melusine wünsche ich zu sprechen, aber allein –«

Damit entließ er seinen schwitzenden Kabir at-Taswashi.

Unangefochten erreichte der kleine Trupp mit dem Gefangenen das Ende des langen unterirdischen Tunnels. Hier, an seinem verborgenen Ausgang in der von Schlingpflanzen und Gestrüpp überwucherten Ruine der Kapelle, trafen sie auf den ihrer harrenden Jaluddin. Bei ihm warteten schon sehnsüchtig einige der Honoratioren aus der Bürgerschaft von Botrun. Sie übernahmen mit wortlosem Grimm den Herrn Thomas und banden ihn an einen Strick, der von einem ihrer Pferde gezogen wurde.

»Als rechtmäßiger Herr von Botrun«, stellte Ahmed ed-Din Tush die Sachlage klar, »übergebe ich Euch den Mörder meines verehrten Vorgängers Plivano und seiner Frau Lucia!«

Die Delegation ritt los in Richtung Stadt, wo aus dem geöffneten Tor ihnen die aufgebrachte Bevölkerung bereits entgegenströmte. Sie war mit Knüppeln und Äxten, Sensen, Hacken und Dreschflegeln bewaffnet. Die Reiter hielten sich anfangs noch an eine Gangart, die es dem Thomas von Niphin erlaubte, hinter den Pferden herzuhecheln, dann verfielen sie in munteren Trab, der Gefesselte stürzte, wurde geschleift – mitten unter die tobende Menge –, als die Reiter wieder auftauchten, baumelte der Strick lose von dem Pferd – die Beute war in Fetzen über den Boden verteilt, als wolle sie ihn düngen.

Ahmed ed-Din Tush verabschiedete sich von dem Geschickten und seinen beiden Helfern, Ali und Yussuf. »Empfehlt mich, werter Herr Husain, Eurem erhabenen Großmeister, dem Sheik Sinan«, sprach er feierlich, »ich möchte mich gern erkenntlich zeigen. Das Einverständnis meines Sultans vorausgesetzt, werde ich die Burg Niphin, den Ort, an dem ich meine Gefangenschaft erleiden musste, dem Orden des verehrten Alten vom Berge als Lehen übergeben.« Er räusperte sich vor Rührung und wandte sich an Jaluddin. »Es sollte mich freuen, wenn er einen so fähigen Mann wie Euch, Meister aller Meister, dort als seinen Vogt einsetzen würde.«

Der Emir umarmte den völlig überrumpelten Geschickten, küsste auch Ali und Yussuf auf beide Wangen, während er Jaluddin beiseite nahm. »Ihr werdet mich jetzt mit Euren Leuten in die Stadt begleiten, dort werde ich Euch Geschenke finden, die kostbar und teuer genug sind, um meine tiefe Dankbarkeit zu zeigen. Mit denen werdet Ihr dann nach Masyaf zurückkehren und sie dort meinen Freunden überreichen.«

»Ich danke Euch, auch im Namen meines erhabenen Herrn Sheik Sinan, von ganzem Herzen«. Trotz seiner maßlosen Enttäuschung raffte sich der Geschickte zu einer angemessenen Erwiderung auf. »Weiterer Geschenke bedarf es wahrhaftig nicht, nachdem Ihr mir das Größte bereits überlassen habt: Die Rache für den Tod eines Freundes!« Mit diesen Worten ritt er, begleitet von seinen beiden *fida'i*, von dannen.

Der Emir Ahmed ed-Din Tush hielt zusammen mit Jaluddin, dem Meister aller Meister, Einzug in die Stadt Botrun.

DUNKLE STERNE AM HELLEN FIRMAMENT

Sayf und El-Mansur waren außer Atem im Observatorium eingetroffen. Der Sheik erwartete sie auf der obersten Plattform des Turmes der Himmelsaugen. Als sie aus dem Treppenaufgang hinaustraten, ging ihr Blick ins weite Rund der Aussicht, die nur von hier oben so gegeben war. Sie sahen die Berge und hinab in die Täler, Montmor mit seinem hoch aufragenden Donjon und tief unten in der Schlucht den dunklen See. Dann entdeckten sie den Huddscha. Er saß aufrecht im Lotussitz auf einer Pechnase, die weit hinausragte, und er schien zu schlummern. Sayf und El-Mansur wagten nicht, ihn anzusprechen. Sie ahnten, unterhalb der Mauer lag das Paradies. Sayf erinnerte sich des Bildes, als er den Meister zum ersten Male vor sich gesehen hatte, damals, als er als Knabe den erhabenen Sinan auffordern durfte, aus dem Verborgenen zu treten. – Wie lange war das schon her? Der Sheik schlug die Augen auf, El-Mansur fühlte den Blick auf sich gerichtet, diese stahlblauen Augen, von denen ein Leuchten ausging, das ihn durchdrang, jeden seiner Gedanken, seiner heimlichen Träume offenbarte, wie auf einem kristallenen *sunniyeh*.

»Allah ist das Erinnern an unsere Zukunft«, sprach der Huddscha leise, sodass sie zögerlich näher traten. Unterhalb der straffen Gestalt mit dem schlohweißen Haar gähnte tatsächlich der Abgrund der steil abfallenden Mauern von Masyaf. »Wir Menschen sehen nicht einmal die Handbreite voraus, die uns vom Schlund der Hölle trennt oder von der Pforte zum Paradies.« Sinan wies sie an, sich in seine Nähe zu begeben, sich auf die Mauer zu setzen, aber sie zogen es vor, stehen zu bleiben. »Ich habe nicht vorausgesehen, dass einer von uns fliegen will einem Adler gleich.« Der Huddscha hob plötzlich beide Arme gleichzeitig wie Schwingen. Die Freunde erschraken. »Ob er es vermag, liegt wiederum bei Allah, dem Allmächtigen.« Er ließ die Flügel lächelnd wieder sinken. »Einst zeigte ich Euch zwei Dolche, die auf Euch warten würden, wenn Eure Stunde gekommen sei. Ich wollte Allah vorgreifen, doch Er ließ es anders kommen, als mein beschränkter kleiner Menschengeist es sich ausgemalt hatte. Umso mehr will ich mich nun ihm unterwerfen, statt Euch einen Befehl zu geben, als wäre dies die Mission, zu der ich Euch aussende. Ihr müsst entscheiden, ob Ihr Euch ein weiteres Mal den Flügeln Allahs anvertrauen wollt, und Ihr habt auch die Qual, Euch zu einigen, wer von Euch beiden sich freudig in die Lüfte erhebt und wen das härtere Los trifft, bangend auf dem Boden der Erde den Flug des Freundes zu verfolgen. Lasst mich dann wissen, wie Ihr Euch entschieden habt –«

»Ich werde fliegen!«, erklärte sofort El-Mansur mit aller Entschiedenheit. »Schon weil ich der Selbstsüchtigere bin! Ich will nicht leiden, würde mein Freund –«

»Ich bin der Stärkere«, unterbrach ihn Sayf. »Ich nehme es auf mich, am Boden zurückzubleiben, nachdem ich El-Mansur, den ich über alles liebe, bis zum entscheidenden Absprung begleitet haben werde.«

»Das habe ich mir gedacht«, sagte Sinan. »Was die Regeln von Masyaf bezüglich der Nacht mit den *huriat* vorschreiben, so sind diese von Euch bereits übertreten worden –«

»Wir lieben beide nur eine –«, rief El-Mansur.

»Und sonst keine!«, bekräftigte Sayf sogleich.

»Ich weiß«, erwiderte der Sheik. »Auch wenn Ihr es einem alten Mann nicht glauben werdet: Die Liebe ist wie der Flug des Roten Adlers. Sie dauert wie er – wenige Flügelschläge –, die dem Liebenden wie eine Ewigkeit vorkommen.« Der Huddscha sah sie beide mit großer Güte an, um dann in aller Strenge fortzufahren: »Wenn der Adler fliegt, werdet Ihr beide mit der Vielgeliebten auch die Freuden und Schmerzen der Liebe erfahren haben – *Allah maakum!*«

Als sich Sayf und El-Mansur auf der obersten Treppenstufe noch einmal nach dem Alten vom Berge umsehen wollten, war der Platz auf der weit hinausragenden Pechnase leer.

Die ihnen unbekannte Burg der Templer bestand nur aus einem Turm, und für den Orden lohnte es sich nicht, dort eine Garnison zu unterhalten. Zwei steinalte Kriegermönche hielten die Stellung, die niemand angriff, da sie auch strategisch ohne jeden Wert war. Doch hierhin hatte der Trupp Ordensritter, der Husain und seine beiden Begleiter schon kurz hinter Botrun aufgegriffen hatte, wortlos verschleppt. Der Geschickte stand vor Gerard de Ridfort, dem gefürchteten Großmeister der Templer. Der befand sich offensichtlich *incognito* auf der Durchreise und war nicht gewillt, von dem Zusammentreffen groß Aufhebens zu machen. Er bot Husain auch keinen Sitzplatz an, hingegen verlangte er als Erstes, dass die beiden den Geschickten begleitenden Assassinen den Raum verlassen sollten.

»Ich verbürge mich für sie.« Husain machte einen Versuch, sich zu wehren oder wenigstens seine Würde zu retten.

»Das könnt Ihr nicht!«, beschied ihn der Ridfort. »Und als Leibwächter nützen sie Euch nicht!« Er wies ihnen die Tür, und sie folgten der Aufforderung. »Ihr habt Thomas von Niphin beseitigt«, eröffnete der Templer das Gespräch, um gleich den Spott hinzuzufügen: »Ist das Euer Beitrag zum ›Großen Plan‹ des Priorats?!« Auch dieser Antwort enthob er den Geschickten. »Stattdessen habt Ihr einen Moslem wieder in den Besitz von Botrun gebracht!«

»Der Emir hat uns immerhin zum Dank Niphin als Lehen überlassen!«

»Euch oder den Assassinen!?«

»Das dürft Ihr als Einheit nehmen!« Husain hatte sich gefangen und gleichzeitig begriffen, dass er nichts außer seinem Leben zu verlieren hatte.

Gerard de Ridfort änderte den Ton nur leicht. »Dann darf

ich also –«, höhnte er verhalten, »– Niphin als ersten Mauerstein sehen, für die Errichtung unseres gemeinsamen Bauwerks des Priorats?«

»Ihr oder der Orden der Templer?«

»*Wir* nehmen unser Gelübde der persönlichen Besitzlosigkeit ernst!«, entgegnete der Großmeister streng.

»Immerhin war Botrun ein Stachel in Eurem Fleisch, Gerard de Ridfort! Euer Leben hätte einen anderen Verlauf –«

»Es ist gut so!«, unterbrach ihn der Angesprochene barsch. »Als Meister vom Tempel bin ich Teil eines großen Ganzen!«

»Aber eben nur ein Teilchen –«, Husain versuchte dem sich unnahbar Gebenden emotional beizukommen, »ersetzbar, wenn auch nicht austauschbar!«

»Das ist das Beruhigende!« Er sah dem Geschickten nachdenklich in die Augen, ein leichtes Bedauern huschte über seine Miene. »Wenn Ihr zu Staub geworden, Husain ad-Din Marzuban, wer hält dann die Assassinen auf dem von Euch dem Priorat beschworenen Weg?! Der Schwur ist nicht rückgängig zu machen –«

»Schon deswegen, Gerard de Ridfort, muss ich ihn bei meinen Lebzeiten einhalten, da ich wusste, auf was ich mich einließ!« Er fixierte seinerseits sein Gegenüber. »Seid Ihr bereit, einen Schritt weiterzugehen? Ich bin es!«

»Seid Ihr bereit«, folgte kalt die Gegenfrage, »Euren Sheik Sinan zu töten?«

Husain wankte nicht. »Wenn es an der Zeit ist«, lautete seine Antwort, »und Ihr samt Eurem Orden etwas Vergleichbares unternehmt!«

Der Großmeister reagierte verärgert. »Vergleicht Euch nicht mit dem Tempel«, schnarrte er arrogant, »der, zur Weltmacht ausersehen, mit anderen Maßstäben gemessen wird!«

»Und welche Rolle spielt dann das Priorat?« Jetzt war es am Geschickten zu spotten. »Vertreten durch diesen ehrfurchtgebietenden Magister Venerabilis!?«

Dieser Einwand kam dem Ridfort ungelegen. »Titus de la Porta ist nichts als ein aufgeblasener, trompetender Frosch!

Das muss Euch in Masyaf doch auch schon aufgegangen sein, auch wenn Ihr ihn immer noch laut quaken und herumhüpfen lasst.«

»Er ist lästig!«, räumte Husain ein.

»Warum bringt Ihr ihn nicht zum Zerplatzen, ein kleiner Stich –?!«

»Wir setzen unsere Dolche nicht beliebig ein!«, rügte Husain sofort den Templer. »Außerdem hat uns bislang keiner darum gebeten.«

Der oberste Templer ging ihm nicht in die Falle. »Wir werden den Teufel tun!«, verabschiedete er den Geschickten ebenso unvermittelt, wie er ihn empfangen hatte. »Dorthin wünsch' ich auch Euch, Husain ad-Din Marzuban! Irgendwann werdet Ihr in der Hölle schmoren!«

»Ihr werdet mich dort erwarten, dessen bin ich mir sicher!«, antwortete der Geschickte und wandte sich zum Gehen. »Aber selbst im Inferno gilt noch der Schwur, den auch Ihr auf das Priorat geleistet!«

Nach der erzwungenen Begegnung mit dem obersten Templer führte der Geschickte seine beiden Begleiter, die *fida'i* Yussuf und Ali, wieder zurück in das hügelige Gelände außerhalb der Stadt Botrun, wo er – verborgen im Gestrüpp und der von Efeu überwucherten Ruine – den Einstieg in den geheimen Gang wusste, der mitten ins Herz der Stadt führte. Die beiden kannten diesen künstlichen Tunnel nicht, denn bei der Eroberung von Botrun war Yussuf schon als Vorauskommando in der Burg des Herrn Thomas gewesen, während Ali den Emir Ahmed begleitet hatte. Geschweige denn, dass sie die geringste Ahnung davon hatten, was sie im verwinkelten Untergrund, dem Bauch und dem Gedärm der Zitadelle, erwartete. Sie waren die einzigen *fida'i*, die Husain aufgefordert hatte, mit ihm nach Masyaf zurückzukehren, alle anderen hatte er zur Verstärkung der Garnison von Niphin dem Emir zurückgelassen. Welcher Art die Überlegungen waren, die der Geschickte diesbezüglich anstellte, ahnte keiner. Wer ihn kannte, konnte sich vorstellen, dass er die Zurücksetzung, die er durch den Emir erfahren hatte, die offene Bevorzugung dieses Jaluddin, nicht auf sich beruhen lassen würde. Die Antwort konnte keine schnelle, womöglich überhastete Tat sein, sondern das Ergebnis einer wohlüberlegten langfristigen Planung, die auch den Besitz von Botrun miteinschloss. Niphin würde nur der erste Schritt sein, und schon da störten ihn diese zwei, Yussuf und Ali, denn sie waren Zeugen der Willenserklärung des Ahmed ed-Din Tush gewesen, dass dieser Niphin dem Orden der Assassinen, also Sheik Sinan, als Lehen zu übergeben wünschte und nicht ihm, Husain ad-Din Marzuban, zum persönlichen Gebrauch. Dazu kam noch die erfahrene Kränkung, für die sich der Geschickte ebenfalls keine Mitwisser wünschte, dass der Gouverneursposten nicht ihm, sondern einem hergelaufenen Gaukler und Waffenmeister angedient worden war, »Meister aller Meister«! Lachhaft! Diese unerwünschte Mitwisserschaft allein hätte jemandem wie dem Geschickten schon gereicht, um die beiden *fida'i* zu beseitigen. Dazu kam nun aber noch schwerwiegend die Tatsache, dass sie – auch wenn sie das Gespräch nicht mit angehört hatten – Zeugen geworden waren, dass er sich mit dem Großmeister der Templer ausgesprochen hatte, immerhin erklärte Feinde der Assassinen. Vergleichsweise gering im Gewicht kam das Vergehen hinzu, das sie bereits in Masyaf auf sich geladen hatten, als sie ins Paradies eingedrungen waren, ein schon für sich todeswürdiges Vergehen! Sie gaben ihre Tat sogar freimütig zu, hatten sie ihm in allen Details geschildert, von den *huriat*, die ihnen – abgesehen von dieser Melusine nebst Tochter – dabei begegnet waren, bis zum streng geheimen Brunnenhaus mit dem Schlüsselloch! Sie zum Schweigen über alles, was sie gesehen hatten, zu vergattern, war viel zu riskant.

»Was brauchen wir *fida'i* diese Mädchen?«, hatte Yussuf – ausnahmsweise gesprächig – bereitwillig eingestanden. »Höher als das Leben ist das Gewissen eines Mannes einzuschätzen! Und darüber steht nur noch der Wille Allahs!«

»Ihn zu erfüllen«, hatte Ali zugestimmt, »bedeutet die Erlangung des Paradieses!«

Die Gefahr, dass sie bei ihrer Rückkehr nach Masyaf mit den anderen *rafiq* darüber plaudern würden, verlangte einfach von ihm, Husain ad-Din Marzuban, der sich verantwortlich fühlte für das Aufrechthalten des Mythos vom Paradies und seinen *huriat*, dafür zu sorgen, dass sie mundtot gemacht würden. Und da war Ausstoßen aus dem Kreis der Lebenden nun mal das sicherste Verfahren! Der Sheik würde es ihm sogar danken, dass er die durch Laschheit des fetten Eunuchen entstandene Scharte auf diese Weise elegant und diskret wieder ausgewetzt hatte!

Husain musste den ganzen Weg über, seitdem sie die Templerburg verlassen hatten, auf seine Begleiter den Eindruck eines Mannes gemacht haben, der schwer an einer Last trug. Erst als er sie bei dem verborgenen Einstieg halten ließ, traute sich Ali, ihn anzusprechen.

»Erhabener Husain«, sprach er schüchtern, aber vor Eifer glühend, »wenn Ihr mir das offene Wort nicht verübelt, Euer Verdienst und Euer Einsatz waren es, die dem Emir Ahmed wieder in den Sattel verhalfen! Den Ruhm und den Dank jedoch hat dieser ›Meister aller Meister‹ eingeheimst!«

»Ali hat recht«, grummelte jetzt auch Yussuf, der Ältere der beiden *fida'i*. »So wie er andere in Botrun einschleichen ließ, erschlich er sich die Gunst des Emirs! Ihr zerrtet unter Einsatz Eures Lebens das glühende Eisen aus dem Feuer –«

»Das ist mehr als ungerecht«, unterbrach ihn flammend Ali. »Das ist üble Heimtücke, deren Opfer Ihr geworden seid!«

»Ihr solltet das so nicht hinnehmen«, erklärte jetzt auch Yussuf mit Bestimmtheit. »Dieser Jaluddin hat den Tod verdient – und er ist nicht einmal gläubiger Ismaelit!«

Der Geschickte stocherte erfreut in einer Glut, mit der er keineswegs gerechnet hatte. »Der Alte vom Berge, unser großer und gerechter Huddscha, würde es genauso sehen wie ihr, doch ich kann ihm nicht vorgreifen, sonst würde ich ihm den Kopf dieses elenden Verräters –«

»Wir wären bereit!«, rief Ali, nachdem er sich mit schnellem Seitenblick der Zustimmung seines Gefährten versichert hatte. »Führt Ihr uns diesen Weg zurück nach Botrun –«, fügte er hinzu, weil Husain ihnen inzwischen stumm den Einstieg in den unterirdischen Gang offenbart hatte. »Und wir bürgen mit unseren Dolchen dafür, dass die Gerechtigkeit den Sieg davonträgt!« »Wofür wir gleich hätten sorgen sollen!«, stimmte ihm sein Gefährte grimmig zu.

»Die Hinnahme solch schreiender Ungerechtigkeit soll uns nicht noch einmal passieren!«, drohte Yussuf mit finsterer Miene. Alle drei waren von ihren Pferden abgestiegen. »Das wollt Ihr wirklich für mich tun?«, fragte der Geschickte zur Sicherheit scheinheilig. Beide nickten grimmig. So hieß er sie ihre Pferde anbinden und schritt ihnen voran in die dunkle Tiefe.

Es verging knapp eine Stunde, bis Husain ad-Din Marzuban allein wieder auftauchte. Er wischte sich nachdenklich die Hände ab. Weder an ihnen noch an seiner Kleidung waren Blutspuren zu entdecken. Als er davonritt, führte er die beiden übrigen Pferde mit sich.

»Ich sehe großes Ungemach auf El-Mansur zukommen!«, hielt sich der Eunuch, kaum in die eigenen Gemächer zurückgekehrt, an seinen Mohren Timdal. »Dem Sheik scheint der Gedanke zu gefallen, den Herrn Legatus fliegen zu sehen –«

»Eher schwimmt ein Stein auf dem Wasser, als diese schwarze Seele sich in die Lüfte erhebt!«, griente der Kleine. »Doch was hat unser Mansur damit zu schaffen?«

»Der Legatus Papae besteht auf seinem Gottesurteil, um die Überlegenheit des Christentums zu beweisen, und als geeigneten Kandidaten auf unserer Seite hat er sich El-Mansur ausgeguckt, seit er ›dem elenden Konvertiten‹ Flügel wachsen und ihn davonschweben sah.«

»Die Vorstellung eines solchen Zweikampfes behagt natürlich Sheik Sinan –«, zeigte sich Timdal sehr verständig,

»die Überwindung der Schwerelosigkeit hat den Erhabenen schon immer gefesselt, seit ihn die Frage beschäftigt, warum die Sterne nicht vom Himmelszelt herabfallen«, scherzte der Mohr.

»Weißt du es?«, knurrte An-Nasir und ließ sich ächzend auf seinem Sitzkissen nieder. »Ich befürchte nur, wie ich unsere Freunde Sayf und El-Mansur kenne, dass sie sich mit Wonne auf die Herausforderung einlassen –«, grollte der Eunuch, »allein schon aus Lust an diesem albernen Treiben, mittels aneinandergenähter Bettlaken durch die Lüfte zu segeln!«

Der Mohr sah seinen betagten Herrn und Gebieter und dessen mächtigen Leib nachdenklich an. »Besorgt wäre ich nur, wenn Ihr es, mächtiger Kabir at-Tawashi, in eigener Person unternehmen wolltet – bei El-Mansur befürchte ich keine größeren Risiken, als jeder *fida'i* gemeinhin auf sich nimmt.« Er schaute An-Nasir offen ins Gesicht. »Weswegen die beiden sich ja auch mit Begeisterung vom Meister Jaluddin in diese gefährliche Kunst haben einweisen lassen!«

»Du meinst, sie leiden darunter, dass der Sheik ihnen noch immer nicht die Gunst gewährt hat, einen Auftrag anzunehmen und auch auszuführen?«

»Bisher haben sie noch nie einen erhalten!«, verteidigte Timdal die beiden Freunde.

Der Alte wiegte mit leichtem Zittern seinen feisten Hals. »Der erhabene Huddscha hebt sie für etwas Besonderes auf, das sollten sie doch wissen!?«

»Kenntnis von einem Plan, den andere mit dir vorhaben, heißt noch lange nicht, dass du ihn in deinem Innersten akzeptierst«, entgegnete der Mohr altklug, »besonders dann nicht, wenn du eigene Vorstellungen von deiner Berufung hast – Sayf und El-Mansur warten schon lange –«

»Auch Geduld ist eine Tugend der *fida'i* – und auf eine wahrhaft große Aufgabe muss einer auch länger warten können, eventuell sein Leben lang!«, hielt ihm der dicke Vorsteher des Harem vorwurfsvoll entgegen, doch der Mohr strahlte ihn unvermittelt an.

»Bei Eurem weisen Spruch über Geduld und Warten fällt mir noch die ›Belohnung‹ ein! Habt Ihr eigentlich bedacht, dass der Huddscha den ›Flug des Drachens‹ womöglich schon als ›Die Mission‹ ansehen könnte?« Der dicke Eunuch hatte noch nicht begriffen, worauf Timdal hinsteuerte, er räusperte sich ungeduldig. »Wenn dem so wäre«, erklärte der Mohr naseweis, »müssten Sayf und El-Mansur dann nicht die Nacht zuvor bei den *huriat* verbringen?«

»Ich sehe, worauf du hinauswillst«, murmelte An-Nasir erschrocken. »Melou! Sie würden beide auf Melusine bestehen.« Ein kummervoller Seufzer entrang sich seiner fetten Brust. »Ob der das recht ist –?«

»Ich habe mir erlaubt, mal vorzufühlen, wie sie dazu steht.«

»Verdammtes schwarzes Hurenbalg!«, entfuhr es dem Eunuchen. »Nimmst du dir nicht zu viel heraus!?«

Timdal hatte sich blitzschnell außer Reichweite der bedrohlich pendelnden Faust begeben. »Es war lediglich eine Art Gespräch von Frau zu Frau«, grinste er aus sicherer Entfernung. »Ganz beiläufig! Melou gab sich – Ihr werdet staunen – nicht im Geringsten zögerlich.« Der Mohr wusste, dass der Zorn des Eunuchen schnell verrauchte. »Sie war wohl auf die Frage vorbereitet, denn sie wusste schon, dass El-Mansur gegen den Legaten antreten will, denn sie erklärte mir klipp und klar, sie würde als *huri* jeden *fida'i* empfangen, den die Order des Sheiks ihr zuweist, wie es sich gebühre. Sie wünsche keine Sonderstellung für sich –« Timdal schien die zunehmende Betroffenheit des alten An-Nasir zu genießen, »und das beträfe auch mögliche verwandtschaftliche Nähe zu einem vom Huddscha Auserwählten!« Der Mohr war stolz auf das Ergebnis seiner Befragung, die dem Kabir at-Tawashi ein gebrummtes »Erstaunlich!« abrang.

»Und unsere beiden Helden habe ich ebenfalls befragt!« Mit diesem Geständnis rückte Timdal erst jetzt heraus. »Getrennt!« Gleichzeitig traute er sich wieder in die Nähe seines Gebieters. »Als ich die Möglichkeit von Melusine als *huri* erwähnte, katapultierte sich Sayf überraschenderweise schleunigst ins Abseits. Er sei lediglich die Schwanzfeder! Das Leben riskiere nur sein Freund allein! Also gebühre diesem die Nacht mit der schönsten *huri* des Paradieses –«

«Merkwürdig!«, schnaufte der Kabir at-Tawashi. »Sehr merkwürdig – und El-Mansur?«

»Der reagierte überraschenderweise plötzlich sehr zurückhaltend: ›Nur, wenn Melou es wünscht!‹ – Ich versteh' die Welt nicht mehr!?«, erregte sich noch nachträglich der Mohr. »Eine Nacht im Paradies! Der Traum aller *fida'i*!«

»Nicht für die beiden!«, verkündete An-Nasir überlegen. »Sie wollen, dass ihr Traum nie ein Ende hat.«

Dazu wusste Timdal nichts mehr zu sagen als »Ach ja?! Ich dachte –« Und da ihn sein Gebieter strafend ansah, warf er sich ohne jeden Übergang platt vor seinem Herrn auf den Boden.

»Scher dich zum Teufel! Oder zur Saida Thamar!«

Dies kaum ausgesprochen, schnellte der Mohr in einem Salto rückwärts hoch und eilte behende von dannen.

DIE BLUTIGEN WEIBER VON BOTRUN

Auf dem Söller der Zitadelle von Botrun ließ sich Jaluddin in die von Ahmed angebotenen Sitzkissen fallen. Ein Knappe brachte einen Krug eisgekühlten Rosenwassers mit einigen Scheiben frisch aufgeschnittener Zitrusfrüchte darin.

»Wenn ich so bedenke –«, seufzte der erschöpfte Meister aller Meister, »– wie alles hätte auch anders ausgehen können –«

»Es war Maßarbeit«, bestätigte der Emir anerkennend, »ohne Eure Hilfe säße ich immer noch in den feuchten Verliesen von Niphin –«

»Dass Euch der Sultan bis heute nicht vermisst hat?«, gab Jaluddin seiner Verwunderung Ausdruck.

Ahmed zwang sich zu einem Lächeln, es geriet bitter. »Der Herr von Niphin schickte Saladin mit dem Ausdruck tiefsten Bedauerns die Nachricht von meinem Ableben –« Er trank seinem Gast zu, der daraufhin seinen Becher in einem Zug leerte.

»– woraufhin, da verwette ich meine Seele!«, schnalzte Jaluddin genüsslich, »der Sultan den Halunken selbst mit der Verwaltung des Lehens beauftragte?!«

»So wird es wohl gewesen sein«, bedachte Herr Ahmed sein Schicksal, »doch jetzt lasst uns gemeinsam Ausschau halten, welche Kostbarkeiten der Räuber hinterlassen –«

Es klopfte heftig an die hohe Tür, die rückseitig den Altan vom Vorzimmer trennte. Es war schon wieder der Knappe. Er stolperte fast vor die Füße des Emirs, gestoßen von einem Knäuel erregter Personen, ein Gemenge von Weibern und Wachen, die stumm und verbissen darum rangen, wem der Zutritt als Erstem gebührte.

»Die beiden Weiber sind aus dem *kidr al saharrah* entkommen«, keuchte der Knappe erregt, »weil sie einen von uns als Geisel nahmen und bedrohten! Ein wahrer Hexenkessel!«, empörte er sich

Die Blicke von Jaluddin und dem Emir wanderten zur Tür, wo jetzt die Wachen von zwei jungen Frauen abließen, die wiederum einen der Knechte des Herrn Thomas wie einen nassen Lappen im Griff hielten. Der Kerl war blass vor Angst, weil sie ihm mit gezacktem Eisen den Kiefer stützten sowie eine Art zweizinkiger Gabel unter die Nasenflügel pressten. Gesicht und Schultern ihres Opfers zeigten deutlich, was ihm blühte, wenn es sich nicht fügte. Die beiden Weiber waren in hohem Maße erregt, erregend war jedoch auch die Art, wie sie gekleidet waren – oder was davon noch übrig: schartige Schlitze bis in Hüfthöhe und kräftige Risse in ihren Gewändern, die mehr bloße Haut zur Geltung brachten, als dass sie diese verdeckten. Ihre nackten Arme wiesen blutige Spuren von Kampf auf, aber ihre Geisel ließen sie auch jetzt nicht fahren, sondern zwangen sie vor dem Emir in die Knie.

»Erhabener Herr«, sprach die eine, von dunkler Hautfarbe, kurz geschorenem Kraushaar und grün schimmernden Augen. »Ihr habt den Sieg davongetragen über den Unhold, der uns geraubt und in ein elendes Loch gepfercht!« Sie reckte ihre gertenschlanke Gestalt und sah Ahmed herausfordernd ins Auge. »Können wir nicht erwarten, dass sich unser Schicksal nun zum Guten wendet?!«, brachte sie mutig ihre Anklage vor.

»Die meisten von uns würden jedem Harem zur Zier gereichen«, warf sich jetzt auch ihre Gefährtin in die volle Brust, nicht ohne die Geisel mangels freier Hand mit einem Fußtritt zu bedenken. »So Ihr uns frische Gewänder schenkt und vor allem zuvor die Freuden eines wohlriechenden Bades gewährt!«

Beides schien dem Emir einleuchtend, was die Damen auf der nackten Haut trugen, waren nur noch Fetzen, und der Geruch, der von ihnen ausging, erinnerte eher an einen Käfig voller Raubkatzen, als an den Duft junger Weiber im Harem.

»Wie heißt ihr zwei?«, erkundigte sich Ahmed ed-Din Tush indigniert. »Und wie viele seid ihr insgesamt dort unten?«

»Ich heiße Badra«, erklärte die Hellhäutige, etwas Üppige, »und das ist Shura«, sie zeigte mit Neigen ihres Kopfes fast unterwürfig auf die Gefährtin, »genannt die ›Tigerin‹!«

Der freundlich nickende Jaluddin zog ihre Blicke auf sich. »Also?«, ermahnte er Shura, die Tigerin, deren Art ihm gefiel. »Wie hoch ist die Anzahl Eurer Leidensgenossinnen?«

»Warum begebt Ihr Euch nicht selbst hinunter zu dem Loch, in dem wir bis heute hausen müssen wie wilde Tiere«, ging sie den Meister an. »Heute Morgen waren es noch siebenunddreißig –«

«Und jetzt?« Jaluddin blieb freundlich interessiert.

»Ein paar weniger!«, schnappte die Tigerin nach der dargebotenen Hand.

Der Emir musste nun Autorität zeigen. »Der Dame Badra soll ein Bad in meinen Gemächern angerichtet werden, der Kerl –«, er wies mit der Stiefelspitze auf den Knecht zu seinen Füßen, »ist dem Henker zu übergeben, der ihn befragen soll – und Ihr, werte Shura, begleitet meinen hohen Gast, den Meister aller Meister Jaluddin, hinab zu den Verliesen. Er allein wird über Euer weiteres Ergehen befinden.« Ahmed verneigte sich lächelnd vor dem Meister aller Meister. »Mir ist zu Ohren gekommen, dass zwar das Paradies des erhabenen Sheiks Sinan bereits einundzwanzig duftende Blumen zieren, doch bedenkt auch, wie viel ich dem edlen Husain ad-Din Marzuban schulde, und bitte vergesst Euch selbst nicht aus falscher Bescheidenheit! Die Auswahl überlasse ich Euch!«

Mit dieser ihm nicht ganz geheueren Aufgabe wurde der Meister Jaluddin, begleitet von der Tigerin Shura und einer Eskorte Bewaffneter, in die Unterwelt entsandt. Der junge Knappe war ihnen ebenfalls mitgegeben worden, denn er schien der Einzige, der sich mit dem Weg dorthin genau auskannte. Er hieß Shams. So erreichten sie das Gewölbe mit der eisernen Tür ohne große Umwege über einen schmalen Stollen, der von den Gemächern des Hausherrn direkt in die Tiefe führte, seltsamerweise über ein jetzt unbenutzt wirkendes unterirdisches Bad mit rundem Marmorbecken – das Wasser schien erst kürzlich abgelassen.

»›Das Wechselbad der erregten Gefühle!‹«, feixte Shams und zeigte auf die Nilpferdpeitschen, die an der Wand hingen. »Hier verwandelten sich die Bestien in zärtliche Gefährtinnen der Nacht!«, fügte er erläuternd für Jaluddin hinzu, und schon hatte ihm die Tigerin mit einem kaum hörbaren Fauchen alle fünf Krallen übers Gesicht gezogen, dass er vor Schmerz aufheulte, während Blutstropfen schnell die Spuren nachzeichneten.

»Hier zwang der Unhold Thomas uns zu widernatürlichen Handlungen mit seinen Knechten«, erläuterte die Tigerin empört, »zu denen sein verkümmerter Schwanz nicht fähig war!«, und sie schlug nochmals nach dem Knappen.

Die Eskorte wollte sich auf Shura stürzen, doch Jaluddin hatte bereits ihren Arm ergriffen und ihr auf den Rücken gedreht. »Erspart mir solche Handgreiflichkeiten, Shura!«, sagte er freundlich, ohne lockerzulassen, wies aber gleichzeitig die ihm sofort gereichte Neunschwänzige zurück. »Eure Haut ist mir zu schade!«

Die dunkle Schönheit schlug die Augen nieder, sie kämpfte kurz mit einem verdächtigen Glitzern, dann warf sie den Kopf in den Nacken. »Das soll ich Euch glauben?!«, knurrte sie aufsässig. »Meister aller Meister!«

Jaluddin ging nicht darauf ein, sondern hieß Shams die Tür entriegeln. Ihre Fackeln beleuchteten gespenstisch einen immer stärker abfallenden Gang, an dessen Ende plötzlich flackernder Lichtschein wahrnehmbar wurde und ein Rumoren, Zischen und Keifen, das aber fast schlagartig abstarb zu einer unwirklichen Stille, kaum dass die Eisentür hinter ihnen zugefallen war. Das Gefälle beschleunigte ihre Schritte, Jaluddin war der Erste, immer Shura wie einen Schutzschild vor sich herstoßend, der um die plötzliche Ecke des Ganges bog. Das Bild, das sich ihm bot, überraschte ihn, jagte ihm aber auch einen Schauer über den Rücken. Das seltsame unruhige Licht drang aus einem viele Klafter tiefer gelegenen Felskessel, wohl ein ehemaliger Steinbruch. Es ging von Dutzenden offen qualmender oder glühender Feuerstellen aus, und darum lungerten, mehr nackt als bekleidet, drei Dutzend junge Weiber. Von hellweißer Haut bis zum tiefen, schimmernden Schwarz des Ebenholzes, lang herabfallendes Goldhaar, kupferfarbenes aus dem hohen Norden des Abendlandes bis zum seidenweichen Dunkel der Frauen weit hinter der Schwarzmeerküste oder dem kurzgelockten, gekrausten von den Ländern jenseits der großen Wüste. Ebenso unterschiedlich war auch der auffallend reichliche Schmuck: Dicke Fußringe aus schwerem Silber und Armreifen aus Elfenbein wechselten mit geschmiedeten Ketten, Halsbändern und Ohrgehängen aus farbigem, leuchtendem Stein, Ambra, Koralle, Jaspis und Achat, Muscheln und Kristallen.

Sie alle starrten verbissen schweigend hinauf zu dem Umgang in der Felswand, wo Jaluddin und seine Begleiter bewegungslos verharrten. Für sie war nicht zu übersehen, dass keine Hand dort unten unbewaffnet war; meist waren es selbstgebastelte Tötungswerkzeuge aus Gabeln und Gürtelschnallen, Haarnadeln, aber auch Eisenketten, mit spitzen Dornen besetzte Kugeln oder messerscharf geschliffene Vierkantstangen.

Keine Mauer, keine Brüstung trennte den Pfad vor dem senkrechten Fall in die Tiefe. »Wenn ich dir jetzt einen Stoß verpasse«, knirschte Shura dem Mann zu, der sie immer noch mit eisernem Griff in seiner Gewalt hielt, »dann wünsch dir nur, dass du tot unten ankommst!«

Jaluddin grinste. »Am Spieß geröstet aus Hungerspein, zerrissen aus purer Lust?«, fragte er erheitert zurück.

»Aus Wut!«, funkelte ihn die Tigerin an. »Jetzt trefft Eure verdammte Wahl, Meister aller Meister! Jede, die hier rauskommt, kann sich nichts Schöneres vorstellen, als Euch erst bis aufs Blut zu ficken und dann die Kehle durchzubeißen!«

»Welch vergnügliches Ende!«, scherzte Jaluddin unbeeindruckt. »War dieser Art das Los der Knechte des Herrn Thomas?«

»Seine Folterknechte erfuhren nur am eigenen Leibe, was viele von uns seit Wochen, seit Monaten durchmachen«, entgegnete Shura hart. »Es machte keinen Sinn, sie am Leben zu lassen!« Sie schaute hinab in den Kessel. »Leid tut es mir nur, dass dabei auch etliche der jungen Männer den Tod fanden, die zu unserer Befreiung herbeigeeilt waren –«, sagte sie sinnend. »Wo wir beide jetzt stehen, fand das mörderische Handgemenge statt. Von da unten gesehen, waren Freund und Feind nicht zu unterscheiden«, sie lachte böse, »nur dieser eine Knecht überlebte. Die gute Badra hatte ihn unter ihrer Decke versteckt!«

Jaluddin überlegte. Hinabzusteigen war Wahnsinn! Das angespannte Schweigen der Hyänen ließ die Mordgedanken spürbarer aus dem Loch mit seinen Feuerstellen hochwabern, eine schweflige Dunstwolke der Hölle, wie nur wenige Stunden zuvor, als das warme, noch zuckende Fleisch der Männer ihnen vorgeworfen wurde – »Raubkatzen lauern auf ihren Fraß!«, entfuhr es Jaluddin schaudernd. Es machte ihm die Entscheidung nicht leichter:

»Ihr, Shura, werdet die Auswahl treffen, die Euch behagt. Ich vertraue Eurem Geschmack in Bezug auf prachtvolle Fotzen, pralle Brüste und blendend scharfe Zähne!«

Die Tigerin sah ihn verunsichert an. »Ihr vertraut mir, nachdem ich Euch an die Kehle wollte –?«

»Besser als ein Biss in die Eier!«, flachste er gutgelaunt.

»Braucht Ihr denn für den Harem Eures Sheiks keine Jungfrauen?«, fragte Shura ungläubig. »Hier findet Ihr keine einzige!«

»Das macht nichts!«, entgegnete Jaluddin. »Der Hüter des Paradieses, unser alter Kabir at-Tawashi, spürt den Unterschied schon längst nicht mehr!«

Die Tigerin beugte sich plötzlich zurück und biss ihrem neuen Herrn mit kaum verhehlter Leidenschaft ins Ohrläppchen, tief stieß ihre heiße Zunge in die Muschel. Jaluddin ließ sie gewähren. »Dreiunddreißig der dir liebsten Weiber dürfen dir folgen!«, ließ er Shura wissen und gab ihr Handgelenk frei.

Sie warf sich sofort auf ihn, doch statt ihn über die Klippe zu stürzen, schlang die Tigerin ihre Pranken um ihn, schlug zärtlich ihre Krallen in seinen Rücken. »Ich zähle nicht dazu!«, flüsterte sie ihm ins Ohr. »Ich gehöre dir – dir allein!«, setzte sie drohend hinzu.

»Das hatte ich mir auch so gedacht, meine schwarze Prinzessin«, erwiderte Jaluddin und grinste, »und nun triff deine Wahl – und bedenke, dass wir beim erhabenen Sheik Sinan, dem großmächtigen Alten vom Berge, damit viel Ehr' einlegen wollen – ich und du, Prinzessin!«

Ahmed ed-Din Tush ließ seinen Freund und Gast, den Meister Jaluddin, ziemlich lange im Vorraum zu seinen Gemächern warten. Immerhin wurde er aufmerksam bedient, und er genoss die schneegekühlten Früchte. Schließlich rauschte der Emir im seidenen *roob al sabah* herein und entschuldigte sich augenzwinkernd, bevor er sich neugierig in die Kissen sinken ließ.

»In Euren Harem würde ich nicht eine einzige –«, eröffnete Jaluddin gemächlich, »der noch verbliebenen Damen aufnehmen. Sie sind allesamt bösartig und verdorben!«

»Badra ist wahrhaftig alles andere als von schlechter Sitte!«, wiegelte der Emir grinsend ab. »Ein wahres Wonnekissen!«

Jaluddin nahm es gelassen zur Kenntnis. »Ihr seid der Herr, Ahmed ed-Din Tush! Es steht Euch frei, mit jeder Einzelnen zu verfahren, wie es Euch beliebt. Ich habe einen anderen Vorschlag –« Er hielt den Emir bewusst etwas hin, indem er mit größtem Genuss einige der Kirschen aus der mit Schnee vom Berge Hermon gefüllten Schale fischte und einzeln zwischen Zunge und Gaumen zerplatzen ließ. »Ihr wart so gütig, zum Dank für Eure Befreiung, den Assassinen des Alten vom Berge Niphin als nicht vererbliches Lehen anzutragen. Ich mache mich anerbietig, die dort noch auf einen Befehl des Geschickten, Husain ad-Din Marzuban, wartenden Assassinen – soweit sie nicht bereits nach Kahf und Khawabi zurückgekehrt sind – zu überreden, in Eure Dienste zu treten. Eine Verheiratung mit entsprechender Anzahl Frauen würde die Sache erheblich erleichtern und die Loyalität zu Eurer Person unverbrüchlich stärken.« Jaluddin spürte, dass sein Angebot auf Interesse stieß. Er musste diese Lösung durchsetzen, denn dem Alten vom Berge konnte er diese reißende Meute unmöglich zumuten. »*Yalamu Allah* – nur Allah weiß, was noch kommen wird«, seufzte er, der Emir sollte sich nicht beleidigt fühlen. »Ich würde beruhigt abreisen, wenn ich meinen Freund Ahmed ed-Din Tush umgeben von einer Leibgarde von Assassinen wüsste, die ihn mit ihren Leibern schützen, was immer hier in Botrun und Niphin noch geschehen mag, zwischen Eurem Sultan und dem Grafen von Tripolis, von allen anderen Kriegsherren ganz zu schweigen!«

Der Emir sprang auf und umarmte gerührt den Meister aller Meister. »Der beste Schutz, den ich mir wünschen könnte, wäre, dass Ihr selbst Euch entschließen könntet, hierzubleiben, ich gäb' Euch Niphin –«

»Jaluddin ist nicht geschaffen für einen festen Ort der Bleibe noch für ein Amt! Wenn Ihr meines Armes bedürft – oder meines Rates –, dann schickt zwei der Assassinen los, mich zu suchen.«

Glücklich war der Emir nicht ob dieses Korbes, aber er fügte sich drein. »Und wer organisiert jetzt den Transport der Weiber, die Ihr in meinem Namen mit untertänigsten Grüßen und Wünschen Eurem Sheik zuzuführen verspracht?«

»Ich!«, grinste der Meister. »Ich werde mich um alles kümmern, bevor ich abreise, ebenso wie um die Verheiratung der verbleibenden Frauen, verbunden mit dem Treueschwur ihrer Ehemänner auf Eure Person!«

»Ich danke Euch«, sagte der Emir erleichtert.

»Das Kommando über die Reise der anderen habe ich der Dame Shura, jener Tigerin, übertragen. Ob sie die von ihr ausgewählten Gefährtinnen in Käfigen nach Masyaf transportieren lassen will, unter strikter Bewachung und starker Eskorte, oder als bewaffnete Karawane, die selbst ihren Reiseweg durch das Gebirge findet, ist mir egal – sie hat mein volles Vertrauen! Ich bitte Euch, ihren Wünschen so zu entsprechen, als wäre ich noch da.«

In dem Augenblick störte der Knappe ein weiteres Mal. Sein durch fünf rote Striemen verziertes Gesicht wirkte versteinert, stumm wies er auf den flachen Obstkorb, den zwei Diener hinter ihm herantrugen. Dass es sich unter dem verbergenden Tuch nicht um Kürbisse handelte, schwante den beiden Herren bereits, bevor Shams mit einem Ruck das Tuch wegriss. Da staken die abgeschnittenen Köpfe von Yussuf und Ali auf zwei von unten durch das Geflecht gestoßenen Dolchen.

»Die haben wir im ›Wechselbad der Gefühle‹, im leeren Marmorbecken gefunden«, schilderte Shams das plötzliche Auftauchen der Trophäen mit Schaudern. »Die Weiber behaupten, sie hätten nichts damit zu tun – keine hatte eine Erklärung dafür, wie die dorthin –«

Voller Abscheu wedelte der Emir den Dienern, sich mit dem Korb zu entfernen.

»Ich nehme alles zurück«, stieß Jaluddin zwischen den Zähnen hervor. »Ich will mit diesen Weibern nichts mehr zu tun haben, ich werde sie auch nicht dem Harem des Sheiks zuführen – nicht einmal als Geschenk!«

»Es erfüllt mich mit Scham«, keuchte blass der Emir, »solches überhaupt erwogen zu haben – schauerlich!«, stöhnte er auf. »Wenn ich nur daran denke, mit welch liebenswürdigem Einsatz gerade Ali mich bei diesem Unternehmen begleitet hat –«

»Auch Yussuf verdanken wir viel –«, sinnierte der Meister, »seiner Umsicht –«

»Sie verließen uns zusammen mit Eurem Husain ad-Din Marzuban«, versuchte sich der Emir einen Reim auf das ihm unerklärliche Geschehen zu machen. »Sie müssen ihm weggelaufen sein –«, folgerte er weiter, »um auf eigene Faust –«

»Nein«, sagte Jaluddin. »Sie waren *fida'i*! Ungehorsam oder Flucht kommen für sie nicht in Frage, nie!«

»Und was mach' ich jetzt mit diesen Hyänen, denn Weiber will ich sie nicht mehr heißen!?«, jammerte Ahmed.

»Verbrennt sie!«, schlug Shams vor, der immer noch in der Tür stand. Er zitterte am ganzen Leibe. »Oder jagt sie in die Wüste! Nur fort mit ihnen!«

»Du hast recht, mein Sohn«, ging der Emir dankbar auf den Vorschlag ein. »Sie sollen mir aus den Augen verschwinden!«

»Töten wäre sicherer«, sagte Jaluddin.

»Aber dann stellen wir uns mit diesen entmenschlichten Geschöpfen auf eine Stufe«, hielt Ahmed sogleich dagegen, »und wofür hält das Gesetz die ›Verbannung‹ bereit?!«

»Nicht für Gesetzlose, nicht für Tiere!«, empörte sich Shams.

»Tu, was dein Vater dir sagt!«, griff der Meister beschwichtigend ein und wandte sich an den Emir. »Übertragt dieser Tigerin Shura die Verantwortung, diesen Weiberhaufen aus Botrun wegzuführen, aber sagt ihr nicht, dass ich sie nicht mehr sehen will.«

»Dann werdet Ihr sie bald in Masyaf auf dem Halse haben, Meister aller Meister!«, bemerkte Shams keck.

»Ich sicher nicht, der Geschickte vielleicht!«, klärte ihn Jaluddin wohlwollend auf. »Schickt Euren Dank an Sheik Sinan mit anderen Geschenken, als Euch um seinen Harem zu sorgen. Weiber machen nur Ärger! Ich verschwinde jetzt. Verhaltet Euch, als sei ich noch hier!«

Sie umarmten und küssten sich nochmals, und der Emir seufzte; »Was mir das Liebste wäre!«, um dann schnell hinzuzufügen: »Ihr könnt Euch auf mich verlassen, werter Jaluddin, Meister aller Meister!«

Der dicke Kabir at-Tawashi versenkte sich in die Zeilen, die er zuvor seinem Mohren Timdal diktiert hatte:

... Herr Guido von Lusignan, seines Zeichens immer noch »König von Jerusalem«, erschien ein zweites Mal vor den Mauern von Tyros. Diesmal hatte er auch seine Gattin, die Königin Sybille, mitgebracht. Nicht zuletzt in ihrem Namen

verlangte er nochmals Konrads Unterwerfung unter seine Oberhoheit als rechtmäßiger König. Der Montferrat ließ nicht einmal die Gesandtschaft in die Stadt eintreten, sie musste ihre Botschaft am Tor abgeben. Guido wartete geduldig vor den Mauern auf eine Antwort, währenddessen er erleben musste, dass sich immer mehr Barone und Herren seines Hofes auf die Seite von Konrad schlugen und mit Freuden in Tyros empfangen wurden.

In seiner Verzweiflung entschloss sich der glücklose Guido zu einem tollkühnen Schritt. Er brach ganz plötzlich sein Lager ab und marschierte mit den wenigen Getreuen, die ihm noch verblieben waren – alle, Freund wie Feind, dachten, er zöge sich wieder zurück nach Tripolis –, in die entgegengesetzte Richtung, schnurstracks auf Akkon los! Irgendwie kann ich diese Mischung aus Dreistigkeit und Trotz verstehen. Guido musste beweisen, dass immer noch «er» – und «nicht» Konrad! – der König ist, und dazu bedurfte er dringend einer neuen Hauptstadt – und die musste er sich erst mal erobern!

Der Eunuch langte nach der Karaffe mit frischem Quellwasser, die auf dem zierlichen Taburet stets für ihn bereitstand, und goss sich schwer atmend von dem köstlichen Nass in die kristallene Schale. Er trank befriedigt mit kleinen Schlucken. Wie angenehm war es doch, einen solchen Bericht fertig zum Lesen zu bekommen und nicht mühsam am *maktab* stehend selber verfassen und auch noch seine Niederschrift auf sich nehmen zu müssen. Wie oft hatte er seine Onkel innerlich verflucht, dass sie ihn nach dem Tode seiner Eltern nicht nur hatten kastrieren, sondern ihm auch noch Lesen und vor allem die Schrift hatten beibringen lassen – welch unerträgliche, Finger glühende, Augen tränende Folter für ein gerade erblühendes Knabenleben! Welch Genuss war dagegen das Schlürfen der Mühsal fremder Federn:

Nun ist die Besatzung, die der Sultan in die – auch für ihn – wichtige Hafen- und Handelsstadt gelegt hatte, gut doppelt so stark wie die des Königs kleiner Heerhaufen – und zusätzlich lagerte das Hauptheer unter Saladin nicht allzu weit von Akkon entfernt. Als den Sultan dann die Nachricht von dem Marsch Guidos auf Akkon erreichte, nahm er es nicht ernst und ließ sich Zeit. König Guido hatte inzwischen Akkon erreicht und am Flüsschen Belus, nur eine Meile von Stadt und Küste entfernt, sein Lager aufgeschlagen. Pisanische und sizilianische Schiffe hatten ihn begleitet, weniger, um ihm hilfreich zur Hand zu gehen, als aus Ärger über die Bevorzugung der Genuesen zu Tyros durch Konrad. Sie ankerten in Sichtweite in der Bucht zwischen Akkon und Haifa.

Die Garnison von Akkon, die leicht ihre Übermacht zu diesem Zeitpunkt hätte ausspielen können, unternahm nichts, besonders nachdem sie eine erste ebenso ungestüme wie unbedachte Attacke von des Königs kleinem Haufen mühelos hatte zurückweisen können. Die Muslime warteten auf ihren Sultan, um Guido in die Zange zu nehmen, also die Christen zwischen ihren Mauern und dem Hauptheer zu zerquetschen.

Ebenso wartete Guido – nach dem ersten Misserfolg – auf weitere Verstärkungen.

Der Eunuch unterbrach die Lektüre seines Berichtes. Aus dem Harem unter ihm hatte er ungewohnte Töne gehört, die Stimme eines Mannes war an sein Ohr gedrungen. An-Nasir nahm sich nicht die Zeit, empört zu sein, sondern erhob seine Massen lautlos, um pflichtbewusst die Wahrheit festzustellen. – Die Geräusche, ein merkwürdig gedämpfter, leidenschaftlicher, abgehackter Wortwechsel, kamen aus der geräumigen Kemenate, die Melusine mit Xenia, ihrer Tochter, bewohnte. In seinen Filzpantoffeln schlurfte An-Nasir, so behutsam er es vermochte, zur Außenwand seines achteckigen Arbeitszimmers, das – eingebettet über den Räumlichkeiten des Harem – dem Kabir at-Tawashi erlaubte, von oben durch ein Gitter Einblick in jedes Zimmer zu nehmen, ohne dass die Bewohnerinnen etwas merkten. Er schaute direkt auf Melusine herab, auf breiter Lagerstatt hingegossen wie die schaumgeborene Venus, der Alabasterkörper kaum verhüllt von hauchdünnem Musselin. Neben ihr nymphengleich Xenia, deren kindlicher Leib sich nackt dem stummen Betrachter bot. Sie schlief. Vor dem Bett kniete der päpstliche Legat.

»Erhört mich, Göttin –«, flehte er mit verzweifelter Dramatik und krächzender Stimme die anmutig aufgestützte Melusine an. »Ich verzehre mich –« Der dreiste Kleriker musste sich im Schutz der Nacht eingeschlichen haben, Melusine bedeutete ihm, leiser zu sprechen.

»Mäßigt Euch, Herr Titus, oder wie soll ich den Priester nennen?«, flüsterte sie beschwichtigend, als sie sah, dass Gesten nichts fruchteten, doch genau dieser Ton trieb den Titus de la Porta erst recht zur Raserei.

»Heißt ihn himmlischen Freudenspender, geweihte Kerze, *chierichetto* –«, jammerte er lallend – wie von Sinnen. »Verhöhnt und verspottet ihn als ›Eure Eminenz‹ – *Venerabile, Santità!*«, keuchte der Kniende. »So wie es meiner Herrin beliebt, doch – im Namen der allerheiligsten Jungfrau! – erbarmt Euch Eures Sklaven!«

Melusine musste sich zusammenreißen, um nicht hellauf loszulachen; sie gab sich vertrauensvoll, doch streng. »Wenn Ihr morgen zur Gottesprobe schreitet, nach der Ihr selbst verlangt habt, dann springt als Erster!« – Dieser zierliche weiße Leib machte den Kirchenmann offenbar wahnsinnig. Der Eunuch lauschte voller Neugier. – »Lasst El-Mansur nicht den Vortritt –«, raunte das rätselhafte Weib verschwörerisch. »Dann fallt nämlich Ihr in das rettende Netz, und den *fida'i* ereilt das Schicksal, das Euch zugedacht!«

Der Legat streckte seine Hand nach der ihren aus, um sie an seine Lippen zu führen. »Ich werde fliegen«, stöhnte er verzückt, »auf und nieder, auf und nieder – der Himmel ist mein!«

Melusine schaute ihn mit ihren großen Augen entgeistert an. »Geht nun!«, flüsterte die Verführerin. »Morgen Nacht will ich Euch dann zu Willen sein!«

In der plötzlich eingetretenen Stille erschrak der lauschende An-Nasir über den stechenden, brennenden Blick, mit dem Titus das Weib anstarrte. »Nicht *Ihr*!«, röchelte er und zeigte mit spitzem Finger auf das schlafende Töchterchen. »*Sie* muss mein werden!« Seine hechelnde Stimme schlug ins Schrille um. »Ihr Leib soll mir die süßen Qualen der Hölle –«

Über Melusines Antlitz zog sich eine unsichtbare Eisschicht, ihre Augen wurden dunkel – zitternd legte sie ihm den Finger auf die sabbernden Lippen. »Weckt sie nicht auf!«, mahnte sie beherrscht und entzog ihm ihre Hand. »Und geht jetzt!«

Der Legat torkelte wie benommen aus der Kemenate, auch der Eunuch schlurfte in Gedanken versunken zurück und ließ sich ächzend in sein Kissen fallen. Dieser Titus de la Porta war des Todes! Das stand nun auch für den erschütterten Kabir at-Tawashi fest. Sowohl als Mann, der sich als widerwärtiges Schwein erwiesen hatte, als auch als Vertreter dieser christlichen Kirche! Wenn der Papst zu Rom einen derart niederträchtigen Kindsschänder zu seinem Legatus erhob, dann war die Kirche des Teufels! Und wenn Satan schon jedem Versuch, diesen »Stellvertreter Gottes« samt »Gottessohn« und »Heiligem Geist« auszurotten, widerstand, dann sollte wenigstens jeder seiner Sendboten, derer ein Rechtgläubiger habhaft werden konnte, über die Klinge springen, ohne Ansehen der Person! Der weise Sheik Sinan hatte mal wieder alle notwendigen Vorsorgen getroffen, das war beruhigend zu wissen.

Mit einem Seufzer der Erleichterung nahm An-Nasir den vom Mohren geschriebenen Bericht wieder auf, um die unterbrochene Lektüre fortzusetzen.

... Akkon war eine natürliche Festung, ihre Wälle hatte der Sultan sofort nach Einnahme der Stadt wieder ausbessern lassen, sein Befehlshaber der Garnison verfügte über reichlich Bewaffnete, und es waren genügend Vorräte vorhanden, um einer Belagerung ungefährdet und lange zu trotzen.

König Guido ließ sich davon nicht verdrießen, nach und nach trafen die Verstärkungen ein, auf die er gehofft. Als Erstes erschien eine größere Flotte von Friesen und Dänen, deren Galeeren und wendige Langboote einen seeseitigen Angriff auf den Hafen denkbar machten. Wenige Tage später brachten Schiffe aus Italien flämische und französische Truppen. Mit ihnen gingen zahlreiche Noble und namhafte Ritter an Land, so der junge Graf Andreas de Brienne.

Der Landgraf Ludwig von Thüringen traf ein, der – statt seinen Kaiser Friedrich Barbarossa auf dem mühsamen Landweg zu begleiten – die Seereise vorgezogen hatte. In seinem Gefolge befanden sich auch etliche Bischöfe samt ihren berühmten Belagerungsmaschinen und, was viel wichtiger war: auf seinem Weg über Tyros war es dem Landgrafen gelungen, Konrad von Montferrat zu überreden, sich dem christlichen Heer anzuschließen, mit der Einschränkung, dass er nicht unter Guidos Oberbefehl an den Kämpfen teilnehmen müsse.

Jetzt ergriff Saladin nun doch die Unruhe.

Unruhe ergriff auch den Eunuchen. Als Kabir at-Tawashi war er gehalten, entweder selber gegen den Frevler einzuschreiten oder – weil es sich hier um eine hochgestellte Persönlichkeit handelte, *porcus excelsus*, dieser Schweinepriester!, den unerhörten Vorfall dem Huddscha zur Kenntnis zu bringen. Doch sollte er den Sheik deswegen in seiner Nachtruhe stören? Morgen Früh war das Verbrechen auch noch frisch genug! An-Nasir nahm vor Erregung immer noch leicht schnaubend seine Lektüre wieder auf.

Saladin eilte herbei. Seinen überhasteten Angriff auf des Königs Lager konnte dieser zurückschlagen, aber es gelang dem Sultan, die fränkischen Linien zu umgehen und Verbindung zur Stadt aufzunehmen. Doch ehe er sich mit den Verteidigern auf eine gemeinsame Strategie geeinigt hatte, traten die Christen von sich aus zum Großangriff an. Es wurde eine erbitterte Schlacht.

Saladins Neffe Taki zog sich auf der rechten Flanke zurück, um die ihm gegenüberstehenden Templer nachzulocken. Saladin ließ sich von diesem Manöver täuschen, schwächte umgehend seine Mitte, um Taki zu retten. Ergebnis: Sowohl die Mitte als auch der rechte Flügel wurden mit schweren Verlusten zusammengehauen und flohen.

Dem jungen Grafen Andreas de Brienne gelang es sogar, bis zum Zelt des Sultans vorzudringen, er zahlte seinen Wagemut mit dem Leben. Der schnelle Sieg machte die Christen leichtsinnig, sie setzten den Flüchtigen nach. Da führte Saladin persönlich die noch unversehrte Linke in die Schlacht, ihre Sturmattacke trieb die Christen, die sich schon als Sieger wähnten, zurück in ihr befestigtes Lager, wo Saladin sie nicht anzugreifen wagte. Nicht allen gelang dieser rettende Sprung in die Sicherheit hinter den Palisaden. Die Verluste waren hoch, auf beiden Seiten. Die Templer verloren ihren Großmeister Gerard de Ridfort, er wurde gefangengenommen und diesmal auf Befehl des Sultans auf der Stelle enthauptet. Sein Leibbursche, Ritter Gernot, hatte vergeblich versucht, ihn vor diesem Schicksal zu bewahren. Konrad von Montferrat entging der Gefangenschaft – so wird erzählt – nur durch das beherzte Eingreifen seines Nebenbuhlers Guido. Doch selbst der König wäre um ein Haar erschlagen worden, wenn nicht der Ritter an seiner Seite, auffallend durch seine silbern und gülden glänzende Rüstung, den schon Bewusstlosen auf seinem Pferd rasch aus dem Getümmel gezerrt hätte.

Zum Sieger können sich beide Seiten nicht ausrufen, auch wenn rein strategisch gesehen der Sultan die größeren Vorteile für sich verbuchen kann. Doch die Kampfmoral der Christen befindet sich nach dieser Auseinandersetzung wieder ungemein im Aufwind. Sie haben Saladin tatkräftig bewiesen, dass sie noch längst nicht am Ende sind und dass auch er, der große Sultan, keineswegs unschlagbar ist.

Aus Europa treffen weitere Kreuzfahrer ein, Vorboten der zögerlichen Könige, die noch in ihre heimischen Zwiste verwickelt sind. Selbst das macht dem Christenheer vor Akkon Mut –

Befriedigt legte der Eunuch die Seiten beiseite und schlief auf der Stelle erschöpft in seinem Sitzkissen ein.

IM TURM DER HIMMELSAUGEN

Glutrot versank die Sonne hinter den Mauern von Masyaf. Im Quartier der beiden Freunde erschien mit scheinheiligem Lächeln Timdal, der Mohr. »Der Huddscha verlangt Euch zu sehen«, sagte er zu El-Mansur gewandt.

»Nicht beide?«, fragte Sayf ohne Argwohn zurück. »Nein, Euch nicht, nur den Helden von morgen!« Es gefiel Timdal, sich in der Rolle des vielleicht Schicksale entscheidenden Boten des Sheiks zu sehen.

»Schwanzfedern werden nicht gesegnet!«, bedachte El-Mansur den Gefährten mit freundlichem Spott und folgte dem Mohren. Er hielt zwar eine neuerliche Unterweisung des Erhabenen für überflüssig, eigentlich konnte sie ihn nur aus der inneren Sammlung reißen, mit der er sich auf den morgigen Tag, den Flug seines Weißen Drachens vorbereitete.

Sie durchschritten, Timdal vorneweg, die Gänge der Festung, überquerten den oberen Innenhof, Schaubühne seines bisher einzigen Auftritts vor großem Publikum – in Anwesenheit eines Königs! Der Mohr steuerte zielstrebig den Turm der Himmelsaugen an, den offiziellen Sitz des Huddscha, gekrönt von seinem weit auskragenden Ausguck, dem Observatorium. Doch kaum hatten sie die Wachen am Eingang zum Untergeschoss passiert, von wo aus sich die Marmortreppen kunstvoll ineinander verschlungen nach oben wendelten, da öffnete der Mohr eine unscheinbare Tür, und sie stiegen in die Tiefe. Der Mohr entzündete eine Fackel, um El-Mansur die wenigen Stufen hinabzuleuchten. Ein langer Gewölbetunnel schloss sich an und führte vom Sockel des Turmes, wohl der Befestigungsmauer folgend, auf verwinkelten Wegen, bis er beim Beginn einer engen Wendeltreppe endete. Aus seinen Kenntnissen der Anlage schloss El-Mansur, dass sie sich jetzt unterhalb des Turmes der Adler befanden, wohlgehüteter Ort der geheimen Bibliothek von Masyaf. Er wollte sich dessen bei Timdal versichern, doch der Mohr war plötzlich taub und stumm oder beides. Wortlos drückte er El-Mansur die Fackel in die Hand, verneigte sich übertrieben und trat den Rückweg an. Nachtblind war er offensichtlich nicht, denn schnell hatte ihn das Dunkel des Ganges verschlungen.

El-Mansur wand sich gebückt die steilen Stufen hoch. Sie mussten sich in der Außenmauer des Turmes verbergen, denn ab und an zeigte ihm ein leichter Luftzug schmale, schießschartenartige Schlitze an, durch die er mit einiger Mühe einzelne Sterne des sich verdunkelnden Nachthimmels erspähte. Die Treppe fand ihren Abschluss in einer niedrigen Tür. Sie war unverschlossen. Als El-Mansur sie aufdrückte, stand er mitten in der größten Sammlung apokrypher Werke, deren Bestand – erfolgreich vor ihr geheimgehalten – von der Welt niemals zur Kenntnis genommen wurde. Vor ihm erhob sich eine Art wassergefülltes Taufbecken, umgeben von eisernen Haltern, bestückt mit gelöschten Fackeln, denn sie zeigten samt und sonders nach unten, hin zum Wasser. El-Mansur folgte einsichtig der Aufforderung und erstickte mit leichtem Zischen die blaffende Flamme der seinen. Dann erst bemerkte er den schwachen Lichtschein zwischen den hohen Holzgestellen, über und über gefüllt mit vergilbten Pergamenten und angestaubten Folianten. Sich behutsam vorwärtstastend und auch aus Scheu jedes laute Geräusch vermeidend, bewegte er sich auf die Quelle des Lichtes zu, in Erwartung, den Sheik lesend inmitten seiner kostbaren Bücher anzutreffen.

Umringt von Regalen wie in einem kostbaren Schrein, illuminiert von einer von der Decke herabhängenden Öllampe, auf einem schlichten Teppichlager hingestreckt, lag – Melusine. Den Kopf seitlich aufgestützt, das eine Bein verführerisch angewinkelt, musterte sie den Fassungslosen mit ihrem rätselhaften Blick fragend, fordernd und betörend zugleich. Winzige Feuerfunken schienen einzeln in ihren Augen aufzuglimmen, aus ihnen zu sprühen und auf ihrer weißen Haut zu erlöschen. Sie war nackt, und das mit größter Selbstverständlichkeit.

»Zieh dich aus, El-Mansur«, sagte sie mit belegter Stimme und ohne den Blick von ihm zu wenden. Er stand unschlüssig da, nicht einen einzigen Schritt auf sie zu hatte er getan, seitdem er die Schwester erblickt hatte. Wie lange hatte El-Mansur auf diesen Augenblick gewartet und gleichzeitig sich doch nie vergegenwärtigt? Er war wie gelähmt, er fühlte, dass alle Kraft aus seinem Körper wich, von seinen Lenden ganz zu schweigen. Er wünschte sich, Sayf wäre bei ihm, würde ihm einen Stoß geben, damit er sich endlich bewegte – nein! Er konnte es nicht!

Melou lächelte überlegen. »Es ist eben ein Unterschied«, sagte sie leise, »ob man es in seinen Träumen, selbst Hand anlegend, mit einem wehrlosen Wesen treibt oder –«, sie räkelte sich in verführerischer Unschuld, »nun Leib gegen Leib –«

»Sprich nicht so mit mir, Melou!«, stammelte El-Mansur, wütend auf sich selbst und fast schon flehend.

Aber ihre Stimme wurde immer rauer. »– oder ob es der Mann –«, wiederholte sie unerbittlich, und in El-Mansurs Ohren tönte sie immer vulgärer, »– wenigstens im Ansatz, zu einem *coitus* bringen soll, bringen will – und auch kann!« Sie warf den Kopf zurück, dass ihre Brüste spitz zur Geltung kamen, und öffnete langsam die Schenkel. »Nun komm schon!«, befahl sie ärgerlich.

»Warum machst du das mit mir, Melou!?«, klagte El-Mansur. Er ließ sich jetzt wenigstens auf die Knie sinken, versuchte sie zu umarmen, ihren Leib zu liebkosen. Sie ließ es mit sich geschehen, ohne eine Geste der Abwehr, doch auch ohne irgendeine Empfindung zu zeigen. Hingebettet lag sie da zu seiner beliebigen Verfügung. »Was habe ich dir getan?!« In den gestöhnten Ausbruch seiner Verzweiflung mischten sich Tränen.

»Was du mir getan hast, El-Mansur?«, sprach sie leise vor

sich hin und zog ihre Knie an sich. »Du hast meine schwesterliche Liebe zu dir, die nicht aufs ›Kopulieren‹ aus war – es aber auch nicht ausschloss! –, missbraucht!« Sie ließ es zu, dass er seinen Arm um sie legte. »Du hast mich in jedem deiner feuchten Träume missbraucht –unter deine Bettdecke gezogen, ohne mich auch nur einmal zu fragen –« Melou schaute sinnend auf ihn herab, dessen Haupt jetzt in ihren Schoß zu sinken sich anschickte.

»Wieso ich, wieso ich allein?!«, bäumte sich El-Mansur auf. »– und nicht auch Sayf!?«

»Lass deinen Freund aus dem Spiel!« Sie schob ihn energisch von sich weg. »Selbst diese Liebe hast du mir zerstört!«

»Melou!«, jammerte El-Mansur, sich widerwillig erhebend, um gleich darauf sich wieder gegen ihren Busen fallen zu lassen. »Meine liebste Melou!«, um kläglich hinzuzufügen: »Was soll ich nur machen?!«

»Mich endlich ficken!«, sagte sie trocken und öffnete langsam ihren Schoß.

Wie von Furien gehetzt, stürmte El-Mansur aus der Bibliothek des Huddscha.

Der Morgen graute noch über Masyaf, als Sayf versuchte, seinen Freund El-Mansur wachzurütteln. Wie konnte der Kerl nur so tief und fest schlafen? Er, Sayf, hatte die ganze Nacht kein Auge zugetan, aus Sorge um den Gefährten. Endlich veränderte sich dessen ruhiges Atmen, El-Mansur wollte sich zur anderen Seite rollen, aber Sayf hielt ihn an der Schulter fest.

»Gut, dass Jaluddin bislang nicht zurückgekehrt –«, sagte er laut genug, um Gehör bei dem Schläfer zu finden. »Er würde dich niemals fliegen lassen!«

Langsam drehte sich El-Mansur zurück auf den Rücken und schlug die Augen auf. »Wie du auch!«, knurrte er missmutig, aber nicht unfreundlich.

»Gewiss nicht!«, bestätigte ihm Sayf vorwurfsvoll, und El-

Mansur richtete sich auf, die Ellenbogen zum Abstützen nach hinten abgewinkelt.

»Es ist wohl so«, bedachte El-Mansur den besorgten Freund mit seiner Erkenntnis, »dass der nicht unter dem Segel Hängende tausend Tode stirbt –«, langsam warf er die wärmende Decke zurück und schwang die Beine aus dem Bett, auf dem er nun saß. »Ich fühle mich jedoch befreit –«, sagte er bedächtig und griff nach seinen Hosen, »– wenn ich den Boden unter meinen Füßen verliere –«, energisch zerrte er die Beinkleider hoch, »– und völlig sicher«, er sprang auf, »weil es ein offenes, klares Geschehen zwischen mir und den Winden ist!«

»Und Allah!«, fügte Sayf rügend hinzu.

»Sollte es dem Höchsten gefallen«, entgegnete El-Mansur und schnallte den Gürtel enger, »mich zu sich zu rufen, dann weiß ich Melous Augensterne auf mich gerichtet, wenn ich ins Paradies eintrete.«

Sayf quälte sich ein Lachen ab. »Das vergönne ich dir niemals, also solltest du auch nicht abstürzen!«

El-Mansur wies auf den Stoffballen aus heller Seide, der sich auf dem Tisch ihrer gemeinsamen Kammer türmte. »Dann lass uns jetzt das Tuch kunstgerecht falten, wie es uns der Meister aller Meister gelehrt –«, er schob den Freund vor sich her. »Die Schnüre geordnet, die Schafsdärme stramm aufgeblasen!«

Zusammen legten sie Hand an das aus vielen Einzelbahnen doppelt und dreifach genähte Tuch, zogen es glatt und schichteten sorgsam Falte auf Falte, immer darauf achtend, dass die Schnüre sich nicht verhedderten oder gar verknoteten und gradlinig auf die sich verdickenden Enden zuliefen, die zu Handgriffen geformt waren. Während El-Mansur noch sinnend das Werk besah, betastete, es zurechtzupfte, war Sayf ans Fenster getreten und betrachtete aufmerksam den sich schnell von Karminrot ins Goldene verfärbenden Horizont. Er zwang sich, das einsetzende Morgenrot als gutes Omen zu werten.

»Es wird ein schöner Tag!« Es klang beschwörend, und El-Mansur wandte sich nach ihm um und grinste spitzbübisch.

Im Sockelgeschoss des Turmes der Himmelsaugen standen die zwei Männer sich gegenüber. Der fensterlose Raum war in schummriges Licht getaucht, das durch die über einer rundumlaufenden Holzempore ins Mauerwerk geschnittenen schmalen Schießscharten fiel. Der Sheik musterte seinen Wesir mit kühlem Interesse, als würde Husain zum ersten Mal bei ihm vorstellig, jedoch keineswegs abschätzig. »Ich habe mir erlaubt, alles so vorzubereiten, wie es Euren Intentionen entspricht, Geschickter!«

Husain hörte den unterschwelligen Spott sehr wohl heraus. »Die Vernichtung des Titus de la Porta muss auch in Eurem Interesse liegen –«, wandte er schnell ein.

»Ich räume Euch nur den ersten Stein aus dem steilen Weg, der zum Gipfel des Priorats führt, Magister Venerabilis *in spe*!«

»Damit macht Ihr Euch zum Teil des *opus magnum*, erhabener Huddscha, ein gefährliches Spiel!«

»Das Ihr auf Euch nehmen wolltet, Geschickter, ohne im Geringsten dazu berufen zu sein!«, antwortete Sinan mit Spott auf die versteckte Drohung. »In der Bestimmung der Assassinen ist eine solche Einmischung gewiss nicht vorgesehen!«

Husain schluckte. »Was nicht besagt, dass sie einen solchen Anteil an zukünftiger Macht nicht anstreben sollten –« Der Wesir bemühte sich, kein unbedachtes Wort verlauten zu lassen, aber er war dem Sheik nicht gewachsen.

»Die Assassinen sind gezwungen, sich *zwischen* ihnen zunehmend feindlich gesinnten Kräften zu behaupten«, ließ er sich dennoch zur Emphase verlocken. »Wir müssen an die Zukunft denken!«

»Unsere – oder die Eure, Geschickter!?«

»Ihr selbst habt mich zum Wesir aller Assassinen Syriens erhoben!«, verteidigte sich Husain vorwurfsvoll, aber vergeblich.

»Damit habe ich Euch nur auf die letzte Stufe gestellt, die vor dem Erlangen der höchsten Würde des Huddscha liegt«, die Stimme des Sheik troff vor Sarkasmus, »aber noch müsst Ihr warten, bis ich den Stuhl räume.«

»Nie im Leben«, beteuerte Husain mit hörbar geheuchelter Empörung, »ist mir der Gedanke gekommen –«

»Ich weiß«, schnitt ihm Sinan die zu erwartenden Treueschwüre ab, »um Eure unverbrüchliche Loyalität, Husain.« Sein Tonfall wurde leiser und damit auch gefährlicher. »Es ist eine Sache, den amtierenden Großmeister eines Ordens zu beseitigen, der ist ersetzbar, so wie ich es bin, – aber eine andere – und da warne ich Euch –, die Bruderschaft der Assassinen in ihrer Eigenständigkeit oder gar in ihrem Bestand zu gefährden!« Sinan richtete den Blick seiner stahlblauen Augen zwingend auf den Geschickten, dass dieser ihm nicht ausweichen konnte. »Ich hoffe, Ihr habt mich verstanden!«

Wie ein geprügelter Hund folgte Husain seinem Herrn. Noch einmal hatte sich Sinan als der Stärkere erwiesen, doch das musste so nicht bleiben! Noch bevor sie die Tür erreichten, die zum Burghof von Masyaf hinausführte, hatte sich die Gestalt des Geschickten wieder gestrafft.

Die *fida'i* Sayf und El-Mansur befanden sich im Turm der Adler, in einem kargen Zwischengeschoss – weit über dem Sockel gelegen, aber noch unterhalb der letzten Etagen, die allein dem Huddscha und seiner Bibliothek vorbehalten waren. Mangels Sitzgelegenheiten hockten die beiden mit dem Rücken zur Wand auf dem Steinboden und warteten. Vor ihnen häufte sich als ordentlich zusammengelegtes Paket das Seidentuch samt den Lenk- und Halteschnüren ihres Weißen Drachens. Sie warteten darauf, dass man ihnen Bescheid gab für ihren Auftritt. Die einzige Tür im steinernen Rund des Raumes, das wussten sie, führte hinaus auf die hohe abfallende Mauer, auf der sie, El-Mansur vorneweg, ihren Lauf zu absolvieren hatten, bis der dann – am Ende angelangt – abspringen musste. Unter sich nannten die Freunde den, der sprang, »das Ei«! Entweder trug der Adler ihn ins sichere Nest – oder das Ei entglitt seinen Fängen und – klatsch! Sayf oblag es, als »die Schwanzfeder« hinter dem Adler herzurennen und bis zuletzt dafür zu sorgen, dass er sein Gefieder frei und fehlerlos entfaltete – davon hing alles ab, vor allem das Leben des Freundes.

In der Mitte des Raumes befand sich die Klappe für die einziehbare Leiter. Auf diese Weise waren sie mühsam bis hierher gelangt.

»Und der Sheik?«, fragte Sayf, gedankenverloren auf die Klappe starrend, denn nach oben, an der Decke wiederholte sie sich nicht. »Wie geht der ein und aus?«

»Es muss eine gesonderte Treppe im Mauerwerk verborgen sein«, beschied ihn El-Mansur, der mit seinen Gedanken ganz woanders war, »denn über uns befinden sich noch mindestens zwei Stockwerke, die mit Folianten und Pergamentrollen voll gestopft sein sollen, ›Die geheime Bibliothek des Großen Meisters‹ –«

»Ich habe gehört, dass dort auch das ebenso geheime Liebesnest des Huddscha –«, rätselte Sayf gerade, als er ein knarzendes Geräusch zu seinen Füßen vernahm.

Die Klappe im Holzboden vor ihnen ruckte, tat sich einen Spalt weit auf, es erschien der Wuschelkopf von Timdal. Der Mohr krabbelte behende aus dem Loch heraus und baute sich vor den beiden *fida'i* auf.

»Befehl des Huddscha!«, verkündete er strahlend. »Ihr sollt mir das Tuch übergeben!«, setzte der Mohr hinzu, seine Wichtigkeit durch in die Hüften gestemmte Arme unterstreichend. »Euren Drachen – wie er liegt und fliegt, bekommt der Titus de la Porta! Denn der springt zuerst!«

Das verwirrte die Freunde, Sayf hatte unhörbar aufgeatmet, doch El-Mansur ärgerte sich. »Und warum kommt dann der hohe Herr nicht her?!«

Timdal war auch um diese Antwort nicht verlegen. »Weil ihm auf der hohen Mauer schwindelig wird –«, feixte er frech. »Er will den feierlichen Lauf durch die Menge, wie bei einer schnellen Springprozession – eins, zwei, hopps! Eins, zwei, hopps! Und zum Adlertor hinaus!«

Es dauerte, bis Sayf sich den Vorgang vorgestellt hatte und

seine Sprache wiederfand. »Und wenn das kostbare Tuch dann in Fetzen –«, erwiderte er schließlich empört, »womit soll danach El-Mansur springen?!«

»Der Meister aller Meister stellt ihm, seinem besten Schüler, seinen eigenen, den Roten Adler, zur Verfügung!«

»Was?!«, entfuhr es El-Mansur erschrocken. »Seit wann ist Jaluddin zurück?«

»Heute Nacht!«, sagte der Mohr kurz angebunden.

»Allah sei Dank!« Ebenso knapp fiel der Stoßseufzer von Sayf aus.

»*Khara!*«, zischte El-Mansur dazwischen. »Ich hatte mich so darauf gefreut, diesem Kleriker auf die Tonsur zu kacken!«

Sayf schüttelte sein besorgtes Haupt. »Wer läuft denn als Schwanzfeder hinter dem her und hält das Tuch?!«

»Ich!«, erklärte Timdal voller Stolz.

»Schleppenträger seiner Heiligkeit, des Legatus Papae!«, höhnte El-Mansur.

»Gebt Ihr mir jetzt das gewünschte Tuch?!«, forderte der Mohr ultimativ.

»Nehmt es Euch!«, knurrte El-Mansur. »Und fallt nicht auf die Nase!«

»Wenn Ihr Euch in den Schnüren verfangt, könnt Ihr mitgerissen werden«, ermahnte jetzt auch Sayf den Mohren.

»Das macht dann zwei platte Eier auf dem heißen Stein!«, spottete El-Mansur. »Ein großes Straußenei mit weißer Kukulle und ein kleines schwarz gesprenkeltes Wachtelei!«

Timdal raffte das Tuch an sich und verschwand mit dem Stoffballen, die Schnüre hinter sich herschleifend, in der Bodenluke.

»Was sollen wir eigentlich noch hier?«, grummelte Sayf erleichtert. »Lass uns doch hinuntergehen und zuschauen, wie dein Rivale sich anstellt –?!«

»Wie auch immer!«, hielt ihm El-Mansur entgegen. »Weder ein geglückter Flug noch das Glück des Absturzes stellen einen Beweis für den besseren Glauben dar –«

»– schon gar nicht die Meinung Allahs zu dieser frevelhaften Versuchung, dass ein Mensch fliegen will, einem Adler gleich!«, bekräftigte Sayf, er sah sich bestätigt. »Es ist Teufelswerk, und dem Teufel fallen die Seelen in die Hände, die des Zerschmetterten ebenso wie die des Überlebenden!«

»Und die Schwanzfeder steckt er sich an den Hut!«, spöttelte El-Mansur. »Oder glaubst du, dem Komplizen bleibt die Hölle erspart?« Doch der Freund ließ sich nicht beirren.

»Du hältst dich für ein hartgekochtes Ei, El-Mansur«, hielt Sayf ihm erregt entgegen, »doch dir das Gegenteil zu beweisen, dazu bedarf es nicht einmal Allahs«, fügte er hämisch hinzu. »Dafür reicht schon der Zorn des Meisters Jaluddin, der uns jetzt erwartet!« Sayf wich geschickt dem verärgten Fußtritt seines Kumpanen aus.

Sie verließen den Raum im Turm und begaben sich nach unten.

URTEIL GOTTES?

Die steinernen Stufen der Tribüne des inneren Hofes von Masyaf waren bis auf den letzten Platz besetzt. Wie üblich saßen die ergrauten *da'i* in den vorderen Reihen, hinter dem Ehrenplatz für den Alten vom Berge, der noch leer war, aber schon flankiert von zwei *fida'i*, die rechts und links davon Aufstellung genommen hatten. Wie immer trug der eine Knabe die drei ineinandergesteckten Dolche, der andere das gefaltete Linnentuch. Durch den Mittelgang getrennt, hielten sich in der gegenüberliegenden Hälfte, vorgesessen vom Kabir at-Tawashi, die schon älteren Damen des Harem auf, denen die ›ewige Jugend‹ so sichtbar abhanden gekommen, dass sie als *huriat* nicht mehr dienen konnten. Dann hätten sie sich allerdings auch in jeder Art von Öffentlichkeit niemals zeigen dürfen! Husain ad-Din Marzuban hatte ihm bei seiner Rückkehr – wie der alte Obereunuch An-Nasir mit Bitternis vermerkte – bereits angekündigt, es sei an der Zeit, das Paradies gründlich »auszumisten« – wie er sich ausdrückte –, um den gesamten Harem dann zu erneuern und zu verjüngen. Der Kabir at-Tawashi war empört ob des Eingriffs des Geschickten in seine ureigenen Rechte und keineswegs gewillt, sich von einem wie Husain aufs Altenteil schieben zu lassen, wie die hier bloßgestellten älteren Jungfern.

Gleich hinter dem Eunuchen thronte tief verschleiert die Saida Thamar, in ihrem Schatten Shirin, die zur großen Erleichterung des fetten Kabir at-Tawashi wenigstens ihrem Sohn Ramon nicht länger die Brust gab, schließlich konnte der Knabe bereits laufen und redete wie ein klapperndes Mühlrad am Bach gleich in drei Sprachen daher: Arabisch, Fränkisch und zur Verwirrung aller auch Kirchenlatein, aber alles durcheinander! Melusine hatte sich – gegen jedes Protokoll – zu An-Nasir gesellt, und zwar mitsamt Xenia, ihrem liebreizenden Töchterchen, das ihr wie aus dem Gesicht geschnitten schien. Das konnten natürlich nur die *huriat* beurteilen und die wenigen, die Melous Gesicht kannten, wie der Eunuch, Timdal – und sicher auch der Huddscha. Denn sie war tief verschleiert – wie eine Braut –, und auch Xenia hatte darauf bestanden, ihrer jungen Mutter nachzueifern, und trug stolz einen durchsichtigen Schleier aus feiner Gaze.

Die wartende Menge war unruhig, ihre Augen wanderten weniger hinauf zum Portal im Turm der Himmelsaugen, durch das der Huddscha aufzutreten pflegte, sondern blieben immer wieder an dem – mit weißem Damast behangenen – Holztisch hängen, ein Altar, den sich dieser christliche Priester genau vor dem unteren Ende des Mittelganges errichtet hatte. Nicht nur, dass ihn mehrere, recht unterschiedliche Silberleuchter mit dicken, brennenden Wachskerzen schmückten, sondern auch das Symbol des christlichen Feindes erhob sich in der Mitte, ein schweres, kunstvoll geschmiedetes Eisenkreuz mit einem elfenbeinernen Gekreuzigten. Alles Leihgaben aus der Kapelle des Herrn von Burg Montmor.

Titus hätte ja gern auch die Anwesenheit des Ritters Roger gesehen, damit ihm dieser als Messdiener zur Hand gehen könne, doch der im Geiste stark verwirrte Alte hatte sich ängstlich geweigert, die Festung Masyaf je wieder zu betreten. Dafür war sein Weib Aziza zugegen, die mit bescheidenem Stolz in der zweiten Reihe hinter Tochter und Enkelin kauerte.

Titus de la Porta, der Legatus Papae, ordnete nervös die Requisiten, derer er bedurfte, um den Assassinen die Messe zu halten, denn das hatte er sich ausbedungen, und dazu brauchte er nun dringend wenigstens einen – sei es noch so unbedarften – Ministranten. Sein Auge war vergeblich schon etliche Male zur Tochter der Melusine geirrt, doch weder das elfengleiche Kind noch die Mutter schenkten dem Kleriker auch nur einen einzigen Blick. Er überlegte schon, ob er – getauft oder nicht! – dem Mohren das Amt anvertrauen sollte, da löste sich der kleine Ramon vom Schoß seiner Mutter Shirin, tapste mit ungelenken Schritten bis vor zum Altar, ergriff mit sicherer Hand das Gefäß mit dem Weihrauch, den Titus gerade entzündet hatte, und schwenkte es in so würdiger Manier, als habe Gott ihm diese Gabe in die Wiege gelegt. Dem Titus kam es jedenfalls – oder zeigte sich hier die Kraft der christlichen Taufe? – als Wunder vor, und es blieb ihm auch gar keine Zeit, über eine andere Lösung nachzudenken, denn von oben schritt jetzt gemessenen Schrittes der Huddscha, der erhabene Sheik Sinan, herab.

Hinter ihm ging mit finsterer Miene der Geschickte, und um den ungewöhnlichen Aufzug zu vervollständigen, war Husain ad-Din Marzuban flankiert von den *fida'i* Sayf und El-Mansur, die beide nicht als seine Freunde galten. So wirkte es eher, als ob sie ihn vor Gericht oder gar zum Schafott geleiteten, womit auch unklar blieb, ob sich der Sheik mit dem Geschickten wieder ausgesöhnt hatte.

Titus, zur Feier des Tages mit frisch gewaschener Soutane angetan, bereichert mit einem bestickten *cingulum* und über die Schultern ein prächtiges Skapulier – beides Stücke, von denen sich der alte Herr von Montmor höchst ungern getrennt hatte –, gab dem Mohren einen Wink, worauf der das gewaltige Stoffbündel des Weißen Drachens auf den Altar hievte. Dies Segel zu segnen und die Hilfe aller Heiligen herbeizuflehen war dem Bruder Titus plötzlich wichtiger als die Messe, deren feierliche Abhaltung er sich vorgenommen hatte. »*Agnus Dei qui tollis peccata mundi* –« Ohne dass er ihnen Einhalt zu gebieten vermochte, schlotterten ihm die Knie. »*dona nobis pacem!*«

Der kleine Ramon schwenkte den Kessel mit Inbrunst, alles war von dem geweihten Rauch eingenebelt. Titus musste husten und schielte zu der Gruppe, die sich zu Füßen seines Altars versammelt hatte, ohne die geringste Notiz von ihm zu nehmen. Er sah, dass der Meister Jaluddin diesem Konvertiten El-Mansur ein gleiches Bündel aushändigte, wie es Timdal ihm gebracht hatte. Nur war dieses Tuch rot. Sofort stieg sein Argwohn, der Rivale könnte ihm zuvorkommen oder gar über ein besseres Segel verfügen, dem womöglich satanische Kräfte innewohnten? Er verließ unsicheren Schrittes seinen Platz vor dem Altar, um sich unauffällig der Gruppe zu nähern. Timdal schleifte also den Weißen Drachen hinter ihm her, wobei der Mohr sich schon jetzt mit den Füßen in den Schnüren verhedderte.

Der Beifall der versammelten Assassinen war abgeklungen, der Huddscha nahm seinen Platz ein. Dem wachsamen Auge Jaluddins war nicht entgangen, in welchem Zustand sich der Weiße Drachen des Legaten befand. Er winkte Timdal zu sich und befahl ihm, das Tuch neu und sachgemäß zu falten. Sayf sprang dem Mohren bei, während Jaluddin sich bemühte, dem völlig ahnungslos danebenstehenden Titus die richtigen Schnüre in die Hände zu drücken, wobei ihm endgültig klar wurde, dass der Legat keinen blassen Dunst von ihrem ordentlichen Gebrauch hatte.

Der kleine Ramon wedelte auch dem Roten Adler Weihrauch zu, hüllte die Schwitzenden in dicken Qualm, aber niemand nahm ihm das Räuchergefäß weg. Trotz des Durcheinanders gab Sinan dem Geschickten das Zeichen, mit der Zeremonie zu beginnen.

Husain trat an den verwaisten Altar mit dem eisernen Kreuz der Christen, und mit dem Ruf »Allah!« zog er die Aufmerksamkeit der Versammelten auf sich, und vor allem trat Stille ein, und dann erhob sich der Huddscha und ergriff selbst das Wort.

»Es kann Allah nicht gefallen«, begann er zum Erstaunen aller, »dass seine vermeintliche Gunst dafür hergenommen wird, über Glauben und Unglauben zu entscheiden. Ein rechter Moslem ist sich schon kraft seiner Gebete seines Heiles sicher.« An-Nasir bedachte als frommer Mann den Nachteil, den Titus einging, der offensichtlich keinerlei Erfahrung mit dem Gefieder des Adlers hatte. »Selbst ein christlicher Märtyrer kann den wahrhaft Gläubigen nicht vom Weg abbringen, den uns der Prophet gewiesen.« Titus begriff, dass diese Worte ihm galten. Obgleich die Vorbereitungen seines Segeltuches noch nicht völlig abgeschlossen waren, drängte es ihn in die Nähe des Sheiks – kaum dass Timdal ihm mit dem Packen folgen konnte! Nicht, dass Titus etwa bestrebt war, keines der Worte Sinans zu verlieren, er wollte parat sein für eine Erwiderung, die ihm auf der Zunge zu brennen begann. »Ich frage also den päpstlichen Legaten –«, fuhr der Alte vom Berge jedoch fort, »was er sich davon verspricht, hier das zu suchen, was die Christen fälschlicherweise als ›Gottesurteil‹ betrachten? Wäre es nicht seinem Anliegen, uns für das Christentum zu gewinnen, viel mehr von Nutzen, er würde auf seinen ›Altar‹ steigen und uns von dort aus seine Botschaft predigen?« Für einen geeigneten Widerpart musste der Sheik nicht lange nachdenken. »Wir vertrauen dem Geschickten Husain ad-Din Marzuban unsere Gegenrede an, mit der er für die Lehre Mohammeds einstehen wird.«

Diese plötzliche Gefahr, das Programm vom Spektakel, das sich die meisten versprachen, ins Gegenteil umzukehren, also eine mehr oder minder erbauliche Vortragsstunde, gefiel den wenigsten, sie begannen leise zu murren. Den Geschickten störte es, vom dankbaren Posten eines Zeremonienmeisters abgerufen zu werden, um sich als Prediger zu betätigen – auch war er darauf nicht vorbereitet. Der Legat witterte in dem Vorschlag schlicht eine üble Falle, denn würde er mit Christi und Mariae Hilfe im »Flug des Adlers« gegen den Konvertiten antreten, so würde das ein klares und eindeutiges Ergebnis zeitigen, an dem nicht zu rütteln wäre, aber in einem Wettstreit des Wortes, den er gewiss nicht fürchten musste, wer würde da den Sieger feststellen? Und nach welchen Kriterien? Der Beifall der Masse, das Urteil des Sheiks –?

All diese Überlegungen wurden über den Haufen geworfen, weil sich plötzlich Sayf mit verzweifeltem Aufschrei auf den Roten Adler stürzte und sich vor aller Augen und Ohren an El-Mansur wandte. »Wenn einer von uns sterben soll –«, stieß er atemlos aus, »dann will ich es für dich!«

Das Bekenntnis störte, verstörte auch kurz Titus, der dann aber sofort schrill triumphierte. »Mein ist der Sieg! Gott wird ihn seinem Diener gewähren, denn hier kann Gott gar nicht anders handeln!«

Der Geschickte entriss Sayf das rote Segel und übergab es wieder El-Mansur. »Dies ist ein Gottesurteil, kein Liebesopfer!«, höhnte er, doch ein unendlich verständnisvoller, gütiger Blick des Sheiks brachte den Ausgerasteten wieder zu Sinnen, machte ihn wieder zur folgsamen »Schwanzfeder«.

Titus trat vor den Alten vom Berge, verneigte sich und sprach: »Für mich reicht Euer Wort, erhabener Huddscha, mit dem Ihr eingewilligt habt, dass ich mich mit einem Kandidaten meiner Wahl genau auf dem Felde messen mag, das mich überhaupt erst veranlasst hat, Gottes Willen zu suchen. Der ›Flug des Adlers‹ erscheint mir nach wie vor das hervorragend und einzigartig geeignete Mittel, eine Entscheidung des rechten Glaubens herbeizuführen. Denn wo sonst sind wir Menschen mehr in der Hand des Herrn, wenn nicht in dem Element, das sich bis in den Himmel erstreckt und uns atmen lässt –?« Er wandte sich zu dem Mohren, um sich zu vergewissern, dass der alles Notwendige für seine Mission bereithielt. »Ich werde fliegen!«, ließ er den Huddscha triumphierend wissen. Mit einem überraschenden Schritt war er zum Roten Adler gesprungen, legte seine Hand auf ihn. »Und damit niemand glaubt, ich habe mein Tuch in irgendeiner Weise manipuliert, werde ich den Flug mit den Flügeln meines Gegners bestreiten!« Er starrte den Sheik herausfordernd an, zähnefletschend, als stünde der Leibhaftige vor ihm. »Wenn sich Euer *fida'i* vor der Macht Gottes fürchtet, dann gehört der Sieg meinem Herrn Jesus Christus!«

»Davon kann nicht die Rede sein!« El-Mansur hatte sich beherrschen müssen, seinen Gegner nicht schon vorher zu unterbrechen. »Ich stehe zu dem Befehl«, er hielt sich an Sinan, der versonnen lächelte, »den Ihr, erhabener Herr und Meister, mir erteilt habt!« Das Nicken des Sheiks signalisierte dessen Einverständnis und auch die stumme Aufforderung, den neuerlichen Wechsel hinzunehmen.

»Dann soll es so geschehen!«, ergriff jetzt Husain wieder

das Wort. »Gewinnt der verehrte Titus de la Porta, Legatus des Papstes von Rom, dann nehmen die Assassinen im Herrschaftsbereich des erhabenen Sheiks Sinan den christlichen Glauben an, zahlen der *ecclesia catolica* Tribut, und ein lateinischer Bischof möge seinen Sitz auf Masyaf nehmen.« Alle schauten auf den Huddscha, und der nickte, worauf auch seine Umgebung wohlwollend ihre Zustimmung hören ließ. Der Geschickte ließ sich davon nicht beirren. »Gehört indes der Sieg dem auserwählten *fida'i* –«, er zeigte, schlecht seine Missachtung verhehlend, auf El-Mansur, »ist Euch, Titus de la Porta, – so Ihr überlebt – der Kerker sicher. Dort werdet Ihr gehalten, bis sowohl der Orden der Templer wie der der Johanniter durch beschworenen und besiegelten Vertrag auf jede Tributzahlung auf die Dauer von zwölf Jahren verzichtet haben.« Er schaute dabei Titus gewinnend an, als hätte er eine überaus freundliche Einladung ausgesprochen. »Seid Ihr bereit?!«

Das galt für beide, doch schneller als El-Mansur sein Ja-Wort aussprechen konnte, stieß der Legatus Papae seine Rechte in die Luft und rief aus: *»Deus lo vult!«*

Der Geschickte warf ihm stirnrunzelnd einen mahnenden Blick zu. »Dann wird Euch jetzt der Meister aller Meister in die Regeln einweisen!«

Jaluddin, der bisher damit beschäftigt war, das Tuch des Legaten wieder zu ordnen, übergab jetzt Timdal die Schnüre des Roten Adlers, damit der sie seinem »Ei« einzeln in die Hände drücken sollte. »Die beiden Streiter für Gottes Ehre umfliegen – nach dem Absprung durch das Tor des Adlers – den Donjon von Montmor«, er wies mit der Hand in die Richtung der kleinen Burg, »dessen Spitze den Fliegenden gut sichtbar sein wird.« Jaluddin hielt kurz inne, denn auf ein Kommando des Geschickten erhoben sich jetzt sämtliche *fida'i* und nahmen Aufstellung beiderseits des leicht abfallenden, gepflasterten Weges, der den Mittelgang zwischen den Tribünen fortsetzte bis zum Tor in der Mauer. »Danach erfolgt –«, Jaluddin wirkte verunsichert, denn es war das erste Mal, dass sein Drachen hier auf Masyaf zu solch höheren Weihen eines feierlichen Spalieres kam, »– die sichere Landung im ›Paradies‹ –«, ihm schien die Bemerkung nicht angemessen, aber dann ritt ihn der Teufel, den päpstlichen Legaten mit fleischlicher Versuchung zu konfrontieren, »– mitten unter den einundzwanzig *huriat*!«

Titus' Blick suchte den von Xenia, die gerade erfreut darüber, dass es ihr endlich gelungen war, den ganz in Weiß gekleideten El-Mansur samt seinem Freund Sayf zu erspähen, beiden strahlend zuwinkte. Die Freunde bemerkten es, weil beider Auge gleichzeitig auf der tiefverschleierten Melusine geruht hatten. Das Bild des jungen Mädchens neben der unsichtbaren, unerreichbaren Geliebten rief alte Erinnerungen wach, gab jedem von ihnen einen Stich ins Herz, sie schauten sich unwillkürlich an und mussten beide lächeln – und Xenia, die sehr wohl spürte, dass es um sie ging, lächelte zurück. Titus fing ihr Lächeln auf und nahm es beglückt als allein für ihn bestimmt.

Das breite Tor der Adler in der Außenmauer schwang langsam auf, dahinter dehnte sich weit das felsige Land – dennoch konnte der Sprung ebenso ins Nichts führen, denn unterhalb des Tores gähnte der Abgrund. El-Mansur trat zum Sheik und verneigte sich, Titus beeilte sich, es ihm gleichzutun. Die *fida'i* begannen zu klatschen, steigerten sich zum frenetischen Trommelwirbel. Titus schielte zu El-Mansur hinüber, vermeinte dessen Bereitschaft zu spüren, als Erster mit dem Lauf zu beginnen. Er stieß Sayf zur Seite, stürmte den abschüssigen Weg entlang – beide Fäuste mit den Schnüren erhoben, Timdal rannte mit dem Seidenballen hinter ihm her, so schnell ihn seine kleinen Füße tragen konnten, er stolperte, schlug vornüber auf die Nase, das rote Adlergefieder entglitt ihm – Titus ließ sich davon nicht aufhalten, er sprang – die roten Stoffbahnen wirbelten durch die Luft, ein warmer Aufwind blähte sie kurz auf, hob sie noch einmal höher, bevor sie vom Strudel des Falls erfasst wurden –

El-Mansur schaute leicht erstaunt zu Sayf, der nur mit den Achseln zuckte. Dann traten sie beide vor den Alten vom Berge, der ihnen begütigend die Hände auf die Stirn legte – bis alle Aufregung aus ihnen gewichen und die Kraft zurückgekehrt war.

Der Geschickte hatte sich an die Schwelle des Tores begeben und hinuntergeschaut in die Tiefe. Da lag der zerschmetterte Körper des Titus de la Porta in seiner feiertäglichen Soutane, dramatisch hingestreckt und halb verdeckt von den roten Adlerschwingen. Husain ließ das Tor wieder schließen, Jaluddin nahm – ohne auf Widerrede zu stoßen – aus den Händen von Sayf die unbenutzte Flugseide des Weißen Drachens wieder in Empfang. Er war froh, dass die Angelegenheit so ausgegangen war, so verzichtete der Meister aller Meister auch auf jede Art von Vorwurf, im Gegenteil, er grinste komplizenhaft, als er im Vorbeigehen El-Mansur auf die gebeugte Schulter klopfte.

Der Sheik erhob sich, die Versammlung löste sich auf.

Im Hinausgehen, in Richtung seines Turmes der Himmelsaugen, gab der Huddscha dem Kabir at-Tawashi einen Wink, sich um seinen früheren Ziehsohn Sayf zu kümmern, während er zwei seiner Diener losschickte, El-Mansur aufzufordern, ihm zu folgen. Der um seinen Einsatz gebrachte Himmelsflieger war noch wie betäubt, als er sich auf den Weg machte. Er fühlte sich wahrhaft wie ein Ei, aber eines, das von jemandem achtlos fallen gelassen und jetzt zerplatzt war. Im Nachhinein neidete er Sayf dessen Rolle als leichte Schwanzfeder. Die Verteilung der Last war ungerecht!

Er traf den Sheik im Observatorium an. Sinan sagte lange Zeit gar nichts. Er schaute El-Mansur an mit seinen einzigartigen Augen, die alle Verwirrung, alles Verborgene zu durchdringen vermochten, aber auch alles auf sich zu nehmen, mit sich zu nehmen wussten in die Stille eines Bergsees. Sie konnten klar sein wie Wasser über den Kieselsteinen seines Ufers im Sonnenlicht und dunkel wie seine unerreichbare Tiefe.

El-Mansur fühlte erst, wie die letzten Krämpfe der Spannung sich lösten, wie die maßlose Enttäuschung von ihm abfiel und er dann langsam eintauchen durfte in das Wasser – Trinken und Ertrinken zugleich. Dann griff der Huddscha in aller Ruhe nach einem kristallenen *daurak*. Der Erhabene, den menschlichen Wissens noch nie jemand hatte Wein trinken sehen, schenkte bedächtig die rubinrote Flüssigkeit sich und seinem Gast ein, und sie tranken schweigend. Sie tranken viel, und ohne zu sprechen, bis El-Mansur zu Boden sank. Er spürte noch, wie Sinan eine Decke über ihn breitete, ihm gütig dabei über die Stirn strich und dann den Raum verließ.

El-Mansur fiel in tiefen Schlaf. Doch dann, es war wie im Traum, wie in seinen so oft geträumten Träumen, schmiegte sich plötzlich der warme Körper der Schwester an ihn. Sie musste sein Glied nicht führen, wortlos verschmolzen ihre Leiber. Sie verbrachten die restlichen Stunden nicht wie im Rausch, sondern wie auf Wolken, einer Wolke des Verstehens und Sich-Vertrauens, einer Wolke, die nur ihnen gehörte, deren Umfangen, deren Zärtlichkeit, deren Geben und Nehmen, fern aller Gier, unersättlich war –

Am Morgen verließ sie ihn, um Masyaf zu verlassen. Melou würde Jaluddin nach Niphin folgen, keineswegs als dessen Weib, sondern als Vorsteherin seiner Hofhaltung und seines bescheidenen Palastes. Das hatten sich beide so ausbedungen, und der Huddscha hatte es gutgeheißen. Der Meister aller Meister hatte im Namen der Assassinen den Gouverneursposten angenommen, den der Emir ihm angedient hatte. Xenia würde ihre Mutter Melusine begleiten. Sonst wünschte die Rätselhafte nichts mitzunehmen von Masyaf.

Sayf und El-Mansur war es nicht vergönnt, von ihr Abschied zu nehmen. Die Liebende wollte es ihnen ersparen. Der Alte vom Berge begleitete Melou und Xenia bis zum Tor der Festung, sonst niemand.

Den beiden Freunden wies der Huddscha die Bibliothek oben im Turm der Adler zu. Sie sollten dort Quartier beziehen und sich mit nichts anderem befassen, als mit dem Studium der heiligen Schriften, vor allem denen, die von der *da'wa* künden, von der Botschaft der Liebe, der Liebe unter den Menschen zu berichten wissen.

الله أكبر

ALLAHUAKBAR

Nur Gott ist groß!

EPILOG

Der gewaltsame Tod des Legaten wurde selbstredend dem Alten vom Berge und seinen Assassinen angehängt, denn Erklärungen wurden von Masyaf gar nicht erst gefordert – dafür sorgten schon in seltener Einmütigkeit die beiden Orden der Templer und der Johanniter – und selbst wenn jemand den »berüchtigten Meuchelmördern« sein Ohr geliehen hätte, hätten die »ungeklärten Umstände« kaum, die abstrusen Gerüchte über das Ableben des Titus de la Porta dafür umso mehr Glauben gefunden. Somit war die törichte Frage, ob die Assassinen die Lehren Ismaëls gegen die des Christentums eintauschen würden, erst einmal aus der Welt. Mit der Tötung des päpstlichen Legaten Titus de la Porta, und darum handelte es sich *de facto*, hatten die Assassinen das Feld der rein politischen Morde verlassen und erstmals – so sahen es wenigstens die Christen des Heiligen Landes – in der Auseinandersetzung zwischen den beiden maßgeblichen Religionsblöcken Stellung bezogen. Zwar waren ihre gefürchteten Anschläge, die sie bislang in Persien verübt hatten, durchaus auch als Stiche des militanten Skorpions Ismaëls gegen die Obrigkeit in Bagdad zu verstehen. Aber das waren interne Angelegenheiten des Islam gewesen. Der Angriff auf einen ranghohen Vertreter der Kurie hatte mit der bisher praktizierten Machtpolitik, die oft in ganz klarer Verfolgung wirtschaftlicher Interessen stand, nichts mehr gemein! Er setzte somit ein Zeichen. Die Assassinen wurden danach bei Gegnern und Feinden – Freunde hatten sie kaum – nicht länger als schwer zuzuordnende, indifferente Glaubenskrieger wahrgenommen.

Die Sekte des Alten vom Berge stand wieder da, wo sie schon immer gesessen hatte: zwischen den Stühlen eines in sich uneinen Islam und eines völlig verstrittenen Okzidents. Beide Seiten schienen zu warten, auf welche Weise das Abendland die Herausforderung annehmen würde, die für das Christentum die Rückeroberung Jerusalems durch den Islam darstellte.

Was die internen Machtkämpfe auf Masyaf betraf, konnte sich Sheik Sinan durchsetzen. Der »Geschickte« Husain wurde nach Alamut, dem Hauptsitz der Sekte, zurückgerufen. Er verließ Syrien ohne Aufhebens, unter Zurücklassung seiner Familie. Shirin trat mehr und mehr in die Fußstapfen ihrer Mutter, der Saida Thamar. Mit mütterlicher Hand leitete sie den zunehmend verwaisenden Harem. Von ihrer Schwester, der Abenteurerin Kyr du Lac, war nur zu hören, dass sie pendelnd zwischen ihrem Dienst bei König Guido – unter Vermeidung von Zusammenstößen mit Sybille – und dem Haushalt des Hofpredigers Ralph von Sidon gesichtet wurde.

Melusine du Ferbac bereitete unmittelbar nach dem ominösen »Gottesurteil« ihre Abreise aus der Festung vor. Da ihr keine Schwierigkeiten in den Weg gelegt wurden, gingen alle davon aus, dass der Sheik davon wusste und ihren Schritt billigte. Als Begleitung bedang sie sich den Mohren Timdal aus. Gegen diesen Wunsch protestierten sowohl die Saida Thamar als auch An-Nasir, der Kabir at-Tawashi, vehement, jedoch ohne Erfolg.

Melou verließ samt ihrer Tochter Xenia das Paradies, eskortiert von einem Trupp älterer *rafiq*, den der Meister aller Meister eigenhändig verlesen hatte. Es gab genügend in die Jahre gekommene *fida'i*, die nie mehr zum Einsatz kommen würden, aber ungeeignet waren, Ehren und Pflichten eines *da'i* zu übernehmen.

Die beiden *fida'i* Sayf und El-Mansur wurden vom Sheik in den Rang von da'i versetzt, nachdem sie mit dem »Flug des Adlers« die traditionellen Regeln einer Mission durchbrochen hatten. Gerade, weil diese erfolgreich verlaufen war und sie beide unvorhergesehenerweise noch unter den Lebenden weilten.

Bis zuletzt hatten sie gehofft, von Jaluddin aufgefordert zu werden, ihm nach Niphin zu folgen, denn von Melou wollten und konnten beide nicht lassen! Bitter enttäuscht ließen sie sich von ihrem Gönner Sinan den Turm der Adler als Refugium zuweisen und ein Studium der Schriften der Bibliothek als Arbeitsaufgabe. Sie sahen ihre Entscheidung als innere Emigration.

Die Knospe des Paradieses hatte sich geschlossen, doch sie schlummerte nur, jederzeit fähig, sich aufs Neue zur vollen Blüte zu entfalten.

Roma, im März 2006 Peter Berling

ANHANG

ANMERKUNGEN

AUS DER VERBORGENHEIT
S. 12

alhamdulillah!: (arab.) Allah sei gepriesen!
djallabija: (arab.) langes Gewand
sutra: (arab.) Jacke
sarawil: (arab.) eine Art Breeches
al athim: (arab.) der Erhabene
Imam: (arab.) religiöses Oberhaupt der Schiiten (nachweislicher Nachkomme Mohammeds)
Alamut: Hauptsitz und Festung der Assassinen im persischen Khorasan-Gebirge; die bedeutendste von ungefähr dreißig umliegenden Assassinenfestungen; Hauptquartier und Sitz des Imam, südwestlich des Kaspischen Meeres an der alten Seidenstraße gelegen. Heute schwer zugängliche Ruinen
Elogen: (a. d. Griech.) Lobreden
Assassinen: schiitisch-ismaelitische Geheimsekte mit Hauptsitz in Alamut, die 1176 auch in Syrien Fuß fasste. Ihr erster dortiger Großmeister war Sheik Rashid ed-Din Sinan, der unter seinem Beinamen »der Alte vom Berge« berühmt und berüchtigt wurde. Das Wort »Assassinen« leitet sich angeblich von *hasha-shyn* ab (den Mitgliedern der Sekte nachgesagter Drogenkonsum) und steht bis heute im Mittelmeerraum für »Meuchelmörder«.
Tempelritter: Gründungsdatum und -umstände des Ordens liegen im Dunkeln. Gleich nach der Eroberung von Jerusalem (I. Kreuzzug 1096–1099) erhielten einige Ritter (aus der Verwandtschaft des Bernhard von Clairvaux)

die Erlaubnis, sich im Gebäude des ehemaligen Tempels niederzulassen. 1118 beantragte der erste Großmeister Hugo de Payns die Anerkennung als Ritterorden, die 1120 erfolgte. Ordenstracht: weißer Mantel mit rotem Tatzenkreuz. Der Orden der »Sacrae domus militiae Templi Hierosolymitani magistri« wurde 1307 durch Prozess vom frz. König Philipp der Schöne aufgelöst, sein letzter Großmeister Jacques de Molay 1314 auf der Seine-Insel in Paris verbrannt.

Johanniter: Ritterorden, hervorgegangen aus der Bruderschaft des Hospitals von Jerusalem, die schon vor dem I. Kreuzzug dort kranke Pilger pflegte. 1099 beantragte der Prokurator des Hospitals, Gerald von der Provence, die Ordensgründung, die 1113 durch Papst Paschalis II. bestätigt wurde. 1220 formte der erste Großmeister Raymond du Puy ihn zum Ritterorden um, und der Ordensheilige Johannes ›der Almosengeber‹ wurde durch den streitbaren Evangelisten gleichen Namens ersetzt. Ordenstracht: schwarzer Mantel (im Krieg roter Rock) mit weißem Kreuz. Nach ihrem Stiftungssitz, dem Hospital zu Jerusalem, wurden die Ritter auch »Hospitaliter« genannt. 1291, nach dem Fall Akkons, zog der Orden sich nach Zypern zurück, 1309 nach Rhodos, 1530 nach Malta (bis 1798, daher der Name »Malteser«). Existiert bis heute noch in Rom als »Souveräner Orden von Malta« auf exterritorialem Gebiet (Aventin).

Krak des Chevaliers: oder (arab.) Qala'at el-Hosn, Hauptfeste der Johanniter im Heiligen Land

salat al thuhur: (arab.) Mittagsgebet

muezzin: (arab.) Ausrufer, der vom Turm der Moschee (Minarett) zum Gebet ruft

a'imma: (arab.) Vorbeter

Sheik Rashid ed-Din Sinan: Der erste Großmeister der Assassinen von Syrien, wurde unter seinem

Beinamen »der Alte vom Berge« berühmt und berüchtigt. Die Benutzung des Beinamens weitete sich auf sämtliche Nachfolger im Amt des syrischen Großmeisters der Assassinen aus.

Donjon: (frz.) In der normannischen Burgbauweise übliche Bezeichnung für den befestigten Hauptturm, später von anderen Burgbauten übernommen; für die letzte Verteidigung bestimmt (Fluchtturm)

Masyaf: Hauptfestung der syrischen Assassinen, zwischen Homs und Hama, in Höhe der Hafenstadt Tortosa (Tartus) im Noasiri-Gebirge gelegen

hashashyn: (arab.) Haschischraucher

Ismaeliten: radikale Schiiten; es hatte zu Beginn des Islam, nach dem Tode des Propheten, eine Spaltung gegeben zwischen den Anhängern der *shiat* (Schiiten), die nur Blutsverwandte des Propheten zu seinen Nachfolgern bestimmen wollten, und denen der *sunna* (Sunniten), die ein Wahlkalifat propagierten. Die in Bagdad herrschenden Abbasiden waren sunnitisch und wurden daher von den schiitischen Assassinen mörderisch bekämpft.

Clamys: weiße Tunika der Tempelritter mit rotem Tatzenkreuz, über der Rüstung getragen

kamis saghir: (arab.) Hemdchen

fida'i: (arab.) Gelübde, Rang; Novize im Assassinenorden, der zwar das Gelübde abgelegt hat, aber noch nicht initiiert ist. Die Initiierung erfolgte spätestens mit der ›Aussendung‹, dem Tötungsauftrag.

bantalonat: (arab.) Hosen

Tripoden: (altgriech.) Einzahl: Tripus, dreifüßiges Gestell für Kochtöpfe

huri: (arab.) Mehrzahl: *huriat*; die Gespielin des Paradieses

Paradies: Name für die Gärten des Harem des Großmeisters der Assassinen. Dort wurde der Legende nach den Mitgliedern des Ordens vor der ›Aussendung‹ im Haschischrausch ein Blick auf die *huriat*

oder ein kurzer Aufenthalt bei ihnen gestattet, sodass ihre Sehnsucht nach dem Paradies übermächtig wurde und sie den Tod nicht scheuten.

thukb al muftah: (arab.) Schlüsselloch

Musselin: leichtes Baumwollgewebe aus der Stadt Mossul

djinn: (arab.) (meist böse) Geister

filius: (lat.) Sohn

Kastellan: (a. d. Lat.) Burgvogt, Schloßverwalter

da'wa: (arab.) ursprünglich: »Einladung« an Nichtmuslime, zum Islam überzutreten; hier: Verkündung, Botschaft

sha'ria: (arab.) das religiöse Gesetz des Islam

Felonie: (frz.) Untreue (im Mittelalter gegenüber dem Lehnsherrn)

sunna: (arab.) Herkommen, Brauch, Botschaft. Überlieferung der Aussprüche des Propheten, an die sich die sunnitischen Muslime als Richtschnur des Handelns halten.

huddscha: (arab.) Großmeister

Griechisches Feuer: von Kallinikos von Byzanz 671 erfundenes Kampfmittel, das in verschlossenen Töpfen von Katapulten geschleudert wurde und auch auf dem Wasser brannte; Mischung von Schwefel, Steinsalz, Harz, Erdöl, Asphalt und gebranntem Kalk; 672 von den Byzantinern erfolgreich zur Verteidigung von Konstantinopel gegen die Araber eingesetzt

saida: (arab.) Dame, Frau (als Anrede)

alhamdullillah: (arab.) Gott sei Dank

kabir at-tawashi: (arab.) Oberaufseher des Harem

Sufis: (arab.) wörtlich Wollkleidträger; Anhänger des Sufismus, einer islamischen Lehre, die die Ergründung des Spirituellen (u.a. durch Askese, Meditation) einerseits zu einer Wissenschaft erhoben hat, zum anderen zur Blüte hoher Dichtkunst

Kemenaten: (a. d. Lat.) mit einem ›Kamin‹ versehene heizbare Frauengemächer

Komtur: Befehlshaber einer Ordensburg oder eines Ordensbezirks

Turkopolen: Bezeichnung für einheimische Hilfstruppen der Barone von Outremer und der Ritterorden. Die Turkopolen waren oft nicht einmal Christen, sondern verdingten sich als Söldner an die Herren, die das Gebiet beherrschten, in dem sie heimisch waren. Bei den Orden gab es eigens für sie die Einrichtung eines Turkopolen-Kommandeurs.

Beauséant: (frz.) Kriegsbanner der Templer, das im Kampf stets in die Höhe gehalten werden musste. Es zeigte das Bild der Maria.

rafiq: (arab.) Kamerad, Mitglied des Assassinenordens, das, im Unterschied zu den ranghöheren *fida'i* und den *da'i* zwar aufgenommen, aber erst teilweise eingeweiht ist. Bezeichnung der *fida'i* untereinander

da'i: (arab.) Meister, die ›weisen Alten‹, initiierte geistige Führungsschicht der *fida'i*

magister venerabilis: (lat.) verehrungswürdiger Meister

Priorat der heiligen Magdalena: legendärer Geheimorden der ›Schwarzen Madonna‹, gilt als häretisch

Seneschall: (Seneschalk, mhd. Seneschalt) fränkischer Hofbeamter (ostfränk.-dt. Bezeichnung meist: Truchsess); oberster Beamter am fränkischen Hof, Leiter des Versorgungswesens, Heerwesens und der Gerichtsbarkeit

Marschall: in den Ritterorden der Verantwortliche für das Heerwesen

capitulum: (lat.) Kapitel, geistliche Körperschaft, in Klöstern die Ratsversammlung der Mönche

silentium!: (lat.) Ruhe!

opus magnum: (lat.) Meisterwerk, Hauptwerk, wesentlicher Begriff der Alchemie

Häresie: (a. d. Griech.) Ketzerei, Abweichlertum

hidjab: (arab.) Gesichtsschleier

mustadschib: (arab.) der sich um Aufnahme in den Orden bewerbende Assassine, Stadium *vor* dem Noviziat

Aspirant: (a. d. Lat.) Anwärter

shiat: (arab.) die Fährte, die Spur, die Linie, die Partei; ihre Anhänger, die Schiiten, erkennen als Imame bzw. Kalifen nur Blutsnachkommen des Ali (*shi'at Ali*) und der Fatima (Tochter des Propheten, s. Fatimiden) und die auf sie zurückgehende Überlieferung der Worte des Propheten an.

Der Prophet: Prophet Mohammed (arab. = der Gepriesene) eigentlich Abdul Kasim Muhammad ibn Abdullah (571–632), Stifter des Islam; ursprünglich Kaufmann; um 610 fühlte er sich durch Visionen zum Propheten berufen; die Offenbarungen sind im Koran aufgezeichnet. Mohammeds Auszug (*hedschra*) von Mekka nach Medina 622 gilt als Beginn der islamischen Zeitrechnung.

DER GAUKLER

S. 86

Majordomus: (lat.) Vorsteher des Haushalts, Oberhofmeister

saffa: (arab.) Gaukler

nargilah: (arab.) Wasserpfeife

shai ma' nana: (arab.) Tee mit frischer Minze

commilito: (lat.) Kriegskamerad, Waffengefährte

mercurium: (lat.) Quecksilber

ecclesia catolica: (lat.) die allgemeine Kirche; offizielle Bezeichnung für die römisch-katholische Kirche der Päpste

dégoutant: (frz.) ekelhaft, widerlich

de iure: (lat.) dem Gesetz nach

de facto: (lat.) nach den Fakten, tatsächlich

vis-à-vis: (frz.) gegenüber

Kavalkade: (a. d. Frz.) schneller Sturmritt eines Reiterhaufens

Ayub: General und Vater Saladins (Ayubiten, sunnitische Dynastie)

Fatimiden: schiitische Dynastie (909–1171), ursprünglich in Nordafrika

(Mahdia), dann Sultanssitz in Kairo, die ihren Ursprung auf Fatima zurückführte. Der sunnitische Saladin setzte der Dynastie 1171 durch die Eroberung Ägyptens ein Ende.

DAS ZÄHE
LEBEN DES SULTANS
S. 132

sheitan: (arab.) Teufel, Satan

Königreich von Jerusalem: Das Königreich Jerusalem, Ergebnis des I. Kreuzzuges 1099, umfasste einen Küstengürtel von Gaza im Süden bis Beirut im Norden mit der Hauptstadt Jerusalem; assoziiert waren die Grafschaften Tripoli und das Fürstentum Antioch, das sich bis zur Grenze des Königreiches von Klein-Armenien im Norden erstreckte. 1188 eroberte Saladin Jerusalem zurück. Hauptstadt des Königreiches wurde Akkon. Im 13. Jahrhundert bestand das Königreich Jerusalem nur noch aus diesem befestigten Hafen und dem von Tyros. Deren Einnahme durch die Mamelucken beendete 1291 beendete das Königreich.

Seerepubliken: Amalfi, Pisa, Genua und Venedig

Kaiser Manuel: Kaiser Manuel I. Comnenos von Byzanz (1143–1180), wurde 1176 bei Mantzikart vernichtend von den Seldschuken geschlagen

allah maak!: (arab.) Gott sei mit dir!

scimtar: (*schimitar*, arab.) Krummsäbel, meist damaszenischer Herkunft, mit breit auslaufender Klinge

Oultre-Jourdain: (altfrz.) »Land jenseits des Jordan«, Fürstentum der Kreuzfahrer

haqawati: (arab.) Märchenerzähler

chubs: (arab.) Brötchen

ouazir al-khazna: Oberhofkämmerer

Goldbesanten: seit den Kreuzzügen verbreitete byzantinische Goldmünzen

al-hamdu'lilāh rabbi l-ālamīn …: (arab.) Lob sei Allah, dem Herrscher über Welten, dem Barmherzigen und Gnädigen, der am Tage des Gerichts regiert! Dir dienen wir, und Dich bitten wir um Hilfe! Führe uns den rechten Weg, den Weg derer, denen Du Gnade erwiesen hast, nicht den Weg derer, die Deinem Zorn verfallen sind und irregehen!

Großmeister: oberster Kommandant eines militärischen Ordens, bei den deutschen Orden auch »Hochmeister« genannt

Malik: (arab.) König

Ritter Templi Salomonis: (lat.) *militiae templi Salomonis*: Streiter des Tempels Salomo; Teil des offiziellen Eigennamens des Templerordens, der sich auf den Gründungsort bezieht, obgleich zu diesem Zeitpunkt der jüdische Tempel nicht mehr existierte und die ersten Templer Sitz im Wohntrakt der Al-Aqsa-Moschee nahmen.

misbah: (arab.) Leuchter

sayadun: (arab.) Häscher

saydalanjun: (arab.) Pharmakologe, Apotheker

Phiole: (griech.) bauchiges Gefäß aus Glas mit langem Hals

Land Cathai: (Kithei) vom Namen der Kitan (Randvolk Chinas im frühen Mittelalter) abgeleitete Bezeichnung für das nördliche China

FALSCHE VERBÜNDETE

S. 188

Signatur: (lat.) Unterschrift

Renegat: (a. d. Lat.) Glaubensabtrünniger

Interna: (lat.) innere Angelegenheiten

Insubordination: (lat.) Auflehnung, Widerstand

Insignien: (lat.) Zeichen oder Symbole der Macht

tarbush: (arab.) hohe, fezartige Kopfbedeckung mit schmalem Turban

Omen: (lat.) Zeichen, Vorzeichen

mauclerc: (altfrz.) schlechter Priester

Languedoc: Landschaft im Südwesten des heutigen Frankreich, die als Fürstentum mit eigener Kultur und Sprache (»Langue d'oc«) bis ins 13. Jahrhundert vom französischen Königreich unabhängig war. Oc basierte im Wesentlichen auf der Grafschaft Toulouse (Tolosa); gotische Gründung.

tamrin: (arab.) geistliche Übung, Exerzitium

Alilat: (arab.) Göttin der Weisheit, des Handels und der Liebe

Volte: (frz.) Reitfigur; Kniff

khanjar: (arab.) Taggert, orientalischer Krummdolch

Agli ordini, Signor mio!: (ital.) Zu Befehl, mein Herr!

DER SCHRECKLICHE CHATILLON
S. 246

cavea: (lat.) Zuschauerraum

secretarius: (lat.) Sekretär

ballista: (lat) großes fahrbares Armbrustgeschütz, schleuderte angespitzte Pfähle zielgenau; die Bogensehne war meistens radgespannt.

arcus: (lat.) Bogen

Trebuchet: (frz.) Wurfmaschine (großes, zerlegbares Katapult) mit langem Wurfarm auf hohem Gerüst

mattanza: sizilianische Treibjagd auf Tunfische (*matar* = töten)

hadsch: Pilgerreise nach Mekka, die jeder gläubige Muslim wenigstens einmal in seinem Leben machen sollte

Leibgedinge: Lehen, ursprünglich Mitgift

Comment j'ai merité cette disgrace?: (frz.) Womit habe ich nur diesen Undank verdient?

aventiuren: (lat.-vulgärlat.-frz.-mhd.) Abenteuer

terra sancta: (lat.) das Heilige Land

diarium itineris: (lat.) Reisetagebuch, Reisebericht

Verdikt: (lat.) Urteil

Bruderschaft Stadischer Ritter: norddeutsche landsmännische Vereinigung von Kreuzfahrern

ad vesperas: (lat.) Abendgebet

Deus in adiutorium meum intende ...: (lat.) Gott, der Du mich hörst, komm mir zu Hilfe ...

Dixit Dominus!: (lat.) So sprach der Herr!

Podex: (lat.) Gesäß

cellularius: (lat.) Kellermeister

stante pede et ex!: (lat.) sofort und vollständig (austrinken)!
completorium: (lat.) Nachtgebet
Noctem quietam … ad finem …: (lat.) Zum guten Abschluss gewähre uns Gott der Allmächtige eine ruhige Nacht!
Refektorium: Speisesaal im Kloster
Vigil: (lat.) Morgengebet, Nachtoffizium
Matutin: (lat.) erste Morgenandacht
Silentium ante laudes!: (lat.) Vor dem Morgenlob hat Stille zu herrschen!
monitum in obscuro: (lat.) versteckte Mahnung, finstere Drohung
meditatio: (lat.) innere Sammlung
silentium absolutissimum!: (lat.) vollkommenes Stillschweigen!
Gardez-vous, Chevalier!: (frz.) Passt auf, Ritter! Obligatorischer Warnruf beim Schachspiel, wenn die ›Dame‹ gefährdet ist
in personam: (lat.) persönlich
Truchsess: (aus dem Mhd.) Vorsteher der Verwaltung, u. a. für Aufsicht über die Tafel zuständig

SEHENDEN AUGES
S. 292

Quelqu'un qui va faire carrière: (frz.) Einer, der noch Karriere machen wird!
Königin Maria von Byzanz: Maria Comnena (ob ihrer griechischen Herkunft genannt ›von Byzanz‹) war die zweite Frau von König Almarich I. von Jerusalem und Mutter von Balduin IV. und Isabel.
Konnetabel: königlicher Haushofmeister mit besonderer militärischer Funktion, so Chef der königlichen Leibwache und der Palastwache
Usurpatoren: (a. d. Lat.) Herrscher, die sich widerrechtlich in den Besitz der Macht bringen
obstinat: (lat.) starrsinnig, widerspenstig
Monsignore: (ital.) kirchlicher Würdenträger
Mamelucken: Leibgarde der Fatimidensultane von Ägypten (türkische Sklaven), usurpierten den Thron nach Sturz des letz-

ten Ayubitensultans (1250 Ermordung Turanshas) und gründeten eigene Dynastie

visitator: (lat.) hoher kirchlicher Würdenträger, etwa ein Bischof, der einem Amtsbezirk einen Kontrollbesuch abstattet

frater superior: (lat.) ›Ober-Bruder‹, meist Vorsteher eines Konvents, dem noch nicht der Titel eines ›Abtes‹ verliehen wurde

homo litterarius: (lat.) Literat, Schriftsteller, Gebildeter

adlatus: (lat.) Gehilfe

maximae fortunae adversae: (lat.) dem höchsten Glück feindlich (gesonnen)

malum: (lat.) Übel

Adjutant: (a. d. Lat.) beigeordneter Offizier

pluralis maiestatis: (lat.) von der eigenen Person in der Mehrzahl sprechen, üblich bei öffentlichen Auftritten und Äußerungen von Monarchen

Hörner von Hattin: Hügelgruppe oberhalb des Sees Genezareth; dort schlug Saladin 1187 vernichtend das Kreuzfahrerheer (was zur Rückeroberung von Jerusalem für den Islam im gleichen Jahr führte)

DER UNWIEDERBRINGLICHE VERLUST
S. 348

Fant: altes Schimpfwort für jungen Angeber (kommt von *infant*)

burka: (arab.) Schleier, der das ganze Gesicht verhüllt, mit Sehschlitz

hamam: (arab.) Baderaum; Dampfbad

Kollaboration: (lat.) Zusammenarbeit

Arsenal: (ital.) Waffenlager, Munitionsdepot

Skylla und Charybdis: Gestalten der griechischen Mythologie (Odyssee, Argonautensage); Skylla war ein sechsköpfiges Ungeheuer, das in der Straße von Messina gegenüber dem Meereswirbel Charybdis lebte und Schiffe verschlang.

Venus: römische Göttin der Liebe

Amor: römischer Gott der Liebe (Sohn der Venus)

Albina: (lat.) Mädchen oder Frau, deren Körper keine Farbpigmente bilden kann

Koryphäen: (griech.) herausragende Gelehrte, ursprünglich Vorsänger, der den Ton angibt
qudban: (arab.) Glied, Penis, »Schwanz«
Adepten: (a. d. Lat.) Bewerber um Aufnahme in einen Geheimbund bzw. jemand, der in eine Geheimlehre eingewiesen wird
Instruktor: (lat.) jemand, der andere anleitet, unterweist
yalamu Allah!: (arab.) weiß Gott!
fatwa: (arab.) religiöses Urteil, Rechtsgutachten, das nur von einem dazu autorisierten Rechtsgelehrten erstellt werden darf, aber von jedem Muslim in Auftrag gegeben werden kann
vesicae suillae: (lat.) Schweinsblasen
Schabracke: (vom türkischen *caprak* = Satteldecke) oft prunkvoll verzierte Pferdedecke, die über den Pferderücken gebreitet bzw. unter den Sattel gelegt wird
apokryphe Verse: (griech.) verborgene Zeichen, Schriften mit verborgenem Sinn; Bezeichnung für christliche Überlieferungen, die nicht in den Kanon der offiziellen Bibel aufgenommen wurden

BRENNENDE HERZEN
S. 414

legatus Papae: (lat.) päpstlicher Legat, Gesandter
À la Chatillon!: (frz.) Wie der Chatillon!
laka Allah: (arab.) bei Allah!
yuwafikana Allah: (arab.) so Allah uns Erfolg schenken wird
bi aun Allah: (arab.) mit Allahs Hilfe
tintinabulum: (lat.) Glockenspiel, Schellenglöckchen (bei der Liturgie)
incitator animorum: (lat.) Aufputscher der Seelen, Überredungskünstler
post scriptum: (lat.) Nachbemerkung, Zusatz
satanas in personam: (lat.) der Teufel persönlich
camisas: (arab.) Hemden
yafathu Allah!: (arab.) Gott bewahre!
Okular: (lat.) an einem optischen Gerät die dem Auge zugewandte Linse
Almutin: (arab.) dominierender Stern im Horoskop

Hyleg: (arab.) so wird Almutin genannt, wenn es im Horoskop um die Frage geht, wie lange ein Ereignis oder ein Leben dauert; gilt fälschlicherweise oft als Todesbote.

incognito: (lat.) unerkannt

spiritus sanctus: (lat.) Heiliger Geist

Jupiter: römischer Göttervater (der griechische Zeus)

Saturn: römischer Gott des Alters, der Weisheit und Strenge

sol invictus: (lat.) die unbesiegbare Sonne, spätrömischer Gottestitel, mit dem sich vor allem die Caesaren schmückten

Juno: römische Göttermutter

Ceres: römische Göttin des Ackerbaus

Vesta: römische Göttin des Herdfeuers

Diana: römische Göttin der Jagd

Athene: in der griechischen Mythologie Lieblingstochter des Zeus, Stadtgöttin von Athen, Göttin des Krieges und des Friedens, der Weisheit, der Künste und des Handwerks

Artemis: griechische Göttin der Jagd

Hermes: griechischer Götterbote und Gott des Handels

Mercurius: römischer Götterbote und Gott des Handels

Apoll: griechisch-römischer Sonnengott und der Dichtkunst (Erfinder der Leier), kleinasiatische Herkunft (›Baal‹, ›Abelion‹)

Dionysos: griechischer Gott des Weines (lat. Bacchus)

Blasphemie: (griech.) Gotteslästerung

Mars: römischer Gott des Krieges

baada iradatu Allah: (arab.) nach Allahs Willen

fortune: (frz.) Glück, Schicksal

DER LEIB DES HERRN

S. 474

tabouleh: (arab.) Salat, kalte Vorspeise aus Weizenschrot, Minze, Tomaten und Zwiebeln

asir lemon: (arab.) Limonade

lahem mashwe: (arab.) Fischgericht

halawyat: (arab.) Süßspeise, Nachtisch
sunniyeh: (arab.) Tablett
Allah maakum!: (arab.) Allah sei mit euch!
kidr al saharrah: (arab.) Hexenkessel
roob al labah: (arab.) Morgenmantel
tabouret: (a. d. Arab.) Beistelltischchen (arab. *tarabesa*)
maktab: (arab.) Schreibpult
chierichetto: (ital.) Messdiener, Ministrant
Venerabile, Santità: (ital.) Verehrungswürdiger, Heiligkeit
coitus: (lat.) Geschlechtsverkehr
in spe: (lat.) zukünftiger
Folianten: (a. d. Lat.) Bücher im Format eines Papierblatts
Kukulle: (von lat. *cucullus* = Kapuze), Oberteil eines Ordenshabits mit integrierter Kapuze
khara: (arab.) Scheiße!
cingulum: (lat.) Gürtelbinde, Schärpe, Strick (der um die Hüfte getragene Gurt), Teil des Ordenskleides, Symbol keuscher Enthaltsamkeit
Skapulier: (lat.) von *scapulae* = Schulterblätter; Überwurf, Schultertuch bei der Mönchstracht, ursprünglich übergeworfene Arbeitsschürze
Agnus dei qui tollis peccata mundi … dona nobis pacem: (lat.) Lamm Gottes, der du hinwegnimmst die Sünden der Welt … gib uns deinen Frieden.
Deus lo vult!: (lat. Dialekt/okzit.) Gott will es!
daurak: (arab.) Karaffe

DANK UND QUELLEN

Danksagungen zu vereinfachen und zu verschlanken mag zwar den Leser erfreuen, entspricht aber oft nicht dem berechtigten Anspruch der zu Ehrenden.

Ich gedenke dabei im Besonderen meiner langjährigen Mitarbeiterin Sylvia Schnetzer, die meine Arbeit an diesem Buch von den ersten handschriftlichen Entwürfen durch sämtliche Versionen bis zu der vorliegenden Endfassung kundig und aufopfernd begleitet hat – unermüdlich über ein Jahr lang!

Es folgen jene, die mir durch Zuarbeit meine Tätigkeit nicht unwesentlich erleichtert haben: Anke Dowideit-Ceccattelli, Shirin Fatemi, Julia Wolters.

Des Weiteren bedanke ich mich bei meinen erprobten, zuverlässigen Spezialisten: für Fragen der lateinischen Liturgie Dario della Porta, Professor an der Universität von Aquila, und für arabische Islamistik dem freien Dozenten Daniel Speck.

Im Hause Gustav Lübbe gilt mein Dank dem Verlagsleiter Marco Schneiders, meiner stets sowohl einfühlsamen wie energischen Lektorin Daniela Bentele-Hendricks nebst ihrer freundlichen Mitarbeiterin Heike Rosbach.

Für das Cover Beate Stefer und für die Gestaltung der ›Innereien‹ Reinhard Borner und Yvonne Schlitt.

Die Verdienste der AVA-International, insbesondere die meines Agenten Roman Hocke, vermag ich nur unangemessen zu würdigen. Diese Anerkennung soll auch die dankenswerten Hilfestellungen des Seniors Reinhold G. Stecher und der Damen Claudia von Hornstein und Christine Ziehl mit einbeziehen.

Sie alle ermöglichen dem Autor, Kopf und Hand freizuhaben für das Wesentliche: Schreiben!

Als Quellen zog ich heran:

Bosworth, Clifford Edmund, The Islamic Dynasties, Edinburgh University Press, 1967/1980

Burman, Edward, The Assassins – Holy Killers of Islam – Crucible, London, 1987

Lewis, Bernard, The Assassins – A Radical Sect in Islam, Weidenfeld & Nicholson, London, 1967

And last but not least:

Runciman, Steven, A History of the Crusades, Cambridge University Press, 1950/1954

Sowie meine eigenen Arbeiten, insbesondere die Pentalogie Die Kinder des Gral, Gustav Lübbe Verlag, Bergisch Gladbach, 1991–2005

Rom, im Juli 2006 Peter Berling

Die Kinder des Gral auf ihrer gefährlichsten Mission

Peter Berling
DER SCHWARZE KELCH
Roman
1280 Seiten
ISBN 978-3-404-14262-0

Von einer dunklen Verheißung geleitet, begeben sich Roç und Yeza, die Erben des sagenumwobenen Gralsgeschlechts, auf eine gefahrvolle Reise. Sie führt die beiden Liebenden aus den dunklen Wäldern Okzitaniens, wo die Scheiterhaufen der Inquisition brennen, zum Tempel von Jerusalem, der seit der Eroberung durch die Kreuzfahrer in Trümmern liegt. Dort soll sich das Schicksal der beiden jungen Menschen erfüllen, die von einem mächtigen Geheimbund ausersehen sind, Päpsten, Kaisern und Königen zu trotzen und der Welt den Frieden zu bringen. Doch die Mission des Königlichen Paares droht zu scheitern, denn dunkle Mächte entsenden ihre Spione und Häscher.

Bastei Lübbe Taschenbuch

Eine Frau in der Runde der Gralsritter?
Ein großes Abenteuer der Zeit der Kreuzzüge.

Peter Berling
DIE KETZERIN
Roman
704 Seiten
ISBN 978-3-404-14627-7

Peter Berling erzählt die fesselnde Geschichte der schönen Laurence, deren geheimer Wunsch es ist, ein Ritter zu werden. Unbeirrbar in ihrer Abenteuersucht, hält sie an dem Glauben fest, dass es einer wagemutigen Frau wie ihr gelingen müsste, in die Runde der Gralsritter aufgenommen zu werden.

Laurence lebt in einer der widersprüchlichsten, wildesten Epochen, die Menschen jemals geprägt haben: im Zeitalter der Kreuzzüge. Gläubige Inbrunst, Höllenangst und Abkehr von der Welt beherrschen diese Zeit. Die Geschichte schlägt einen Bogen von den Pyrenäen bis zum Goldenen Horn, von den Wäldern der Ardennen bis zur Felsküste Siziliens.

Bastei Lübbe Taschenbuch